국어과 선생님이 뽑은

중학생이
읽어야 할
소설

국어과 선생님이 뽑은

중학생이
읽어야 할
소설

중2
39편

dskimp2000 엮음

book&book

서문

　학창 시절에 읽은 책 한 권이 당신의 고귀한 인생을 바꿔놓듯이 독서는 내 영혼에 양식을 채우는 것과 같다. 책을 읽는다는 것은 과거의 훌륭한 사람들과 대화하는 것과 같고 그들의 사상을 널리 배우는 방법이다. 인간은 죽지만 책은 영원히 죽지 않는다. 책은 시간과 공간의 한계를 넘어 세상을 넓고 새롭게 보는 통찰력과 수많은 스승을 만나게 해주는 지식의 보고(寶庫)이며, 책을 읽으면 사고방식과 행동을 변화시키고 아이디어와 창의성을 길러준다. 학교에서 배우는 교과서가 문학을 이해하는 데 중요한 역할을 하고 대학에까지 이어져 문학교육과 문학을 배우게 되는 밑거름이 되는 것이다. 다른 사람의 생각을 읽고 격조 높은 교양과 균형 잡힌 역사의식을 지니고 지식과 지혜로 가득 찬 교양과 사고를 키워주는 독서야말로 인문 정신과 새로운 세상을 체득하게 한다.

　모든 배움의 시작은 책 읽기로부터 시작되고 젊은 시절의 독서는 한 사람의 운명을 바꾸어 놓을 만한 힘을 지닌다. 한 편의 책을 읽는 것은 시험이나 출세를 위한 것이 아니라 내가 경험하지 못한 세상을 조우하고, 각 시대의 고민이 무엇이었는지 파악하고, 일상에서 접하기 힘든 표현과 어휘를 배우고, 작품에 대한 단편적인 지식보다는 인생에 대한 안목과 자신의 삶을 훌륭하게 가꿔 나가게 하는 최고의 방편으로 책 읽기의 중요성은 아무리 강조해도 지나치지 않는다. 책을 많이 읽은 사람이 미래를 이끌고 책을 읽는 것만큼 근본적인 인성 교육은 없는 것이다. 독서는 여러 사람의 생각과 사상을 통해 간접경험을 하고 공감 능력을 키운다. 흔히 고전이라고 하면 시대에 뒤떨어진 것이라고 가볍게 생각할 수도 있다. 그러나 온고지신(溫故知新)처럼 과거는 과거로서 의미가 있고 현재는 과거가 바탕이 되어 만들어진 창조물이므로 오늘날의 고전은 항상 새로움으로 인식되어야 한다. 아침저녁 머리맡에 두고 한줄 한줄 우리의 선학들을 만나고 그것을 내 것으로 키우는 능력을 길러야 하겠다.

책은 넓고 넓은 시간의 바다를 건너는 배와 같고, 세상의 모든 지식이 담겨 있는 책은 인생의 길잡이가 된다. 알면 알수록 모르는 것이 더 많고, 배우면 배울수록 배울 것이 더 많은 인류 보편적 가치관과 비판적 사고를 통해 올바른 역사의식과 세계관을 길러준다. 지적인 탁월성을 지닌 세계 최고의 대문호들의 작품을 읽는다는 것은 몇백 년 전에 살았던 당대 최고의 지성과 대화하는 것과 같다. 책은 탁월한 지성을 갖춘 저자가 몇십 년의 각고의 노력을 들여 어렵게 체득한 지식과 교양을 압축해 놓은 것이다. 자라나는 청소년들의 인격 형성과 교양을 쌓기 위해서는 가르침과 배움을 통해 다양한 경험과 많은 시간을 투자하여 공부해야 탁월한 지성을 기르게 된다. 탁월함은 타고난 본성이 아니라 반복적인 노력과 좋은 습관을 들여야 만들어지는 것이다. 독서는 좋은 성격과 지성을 길러주는 모체이므로 세계 유명 작가들의 작품을 읽는 습관을 들여 자기의 생각과 교양에 필수적인 문학적 소양과 글쓰기 실력을 키워야 하겠다.

국어과 선생님이 뽑은 중학생이 읽어야 할 소설은 교육과정 개편과 교과서 개정에 맞춰 예비 중학생과 중학생들의 논술과 대학 입시에 도움이 되었으면 하는 바람으로 지식과 지혜로 가득 찬 교양과 사고를 키워주고 세상을 보는 시야를 넓혀주는 한국 단편·세계 단편·한국 고전 등 조선 상고 시대부터 신화·설화·가전체·수필 및 근현대 소설과 세계 명 단편 39편을 수록하고, 작품마다 작가 소개·작품 정리·줄거리를 실었으며 한자나 어려운 단어는 주석을 달아 원작의 표현과 내용을 쉽게 파악할 수 있게 꾸며보았다.

해설

소설의 갈래와 시점에 대하여

소설은 문학의 한 종류이며 민간에 떠돌고 있는 현실 세계에 있음 직한 사람의 생활에서 실제로 있었던 일과 앞으로 일어날 일을 작가의 상상력에 바탕을 두고 허구적 구성으로 꾸며나가는 산문체의 문학 양식을 말한다. 소설의 특성인 허구적이라는 말은 거짓이 아니라 작가의 상상력으로 사실에 없는 일을 사실처럼 꾸며 사건을 재창조하는 것을 말한다.

소설이란 말은 고려 말 이규보의 백운소설에서 처음 발견되고, 분량에 따라 장편, 중편, 단편으로 나뉘고 장르에 따라 다양한 형태의 소설이 존재한다. 그리고 개화기에 창작된 조선 시대 소설과 근대 소설 사이의 과도기적인 서사 양식으로 봉건 질서의 타파와 개화기의 계몽과 자주적 독립 사상의 고취를 주제로 다룬 신소설이 있다.

신화 · 설화

설화는 일정한 구조를 가진 꾸며낸 이야기로 서사 문학의 근본이다. 설화는 신화, 전설, 민담으로 나뉜다. 설화는 소설 문학의 기원이 된다. 우리나라의 경우 고대 설화가 고려 시대에 들어와 정착되면서 패관 문학이 발달하고 이것이 가전체를 거쳐 고대 소설을 발생시켰다. 설화의 가장 큰 특징은 구전되는 점이다. 설화는 반드시 화자가 청자를 대면하여 청자의 반응을 의식하며 구현된다. 이의 구전에 적합하도록 단순하면서도 잘 짜인 구조를 가지며 표현도 복잡하지 않다. 그리고 구전되기 때문에 보존과 전달 과정은 유동적이며 가변적이다. 전승되는 설화를 문자로 정착시키면서 문헌 설화가 되고, 설화를 정착시켜 기록 문학적 복잡성을 가미하면 소설이 된다. 설화에서 소설로의 이행은 구비 문학이 기록 문학으로 바뀌는 과정에서 가장 큰 비중을 차지한다. 설화 중 민담의 일부는 전래 동화로 정착되기도 하였다.

가전체

전이란 어떤 사물의 꾸며낸 일대기를 쓰는 문체(體)로 고려 중기 이후 설화를 수집, 정리, 창작하는 과정에서 의인체의 가전이 출현하게 된다. 이러한 가전체 문학의 발달은 무신정권 이후에 등장한 사대부들의 의식과 밀접한 관련을 지니고 있다. 고려 후기부터 조선 전기까지 문인들 사이에서 유행했던 문학의 갈래로 신진 사대부들의 당시 사회에 대한 문제의식과 사물에 대한 지대한 관심을 표현한 것으로, 어떤 사물을 역사적 인물처럼 의인화하여 그 가계(家係)와 생애 및 개인적 성품, 공과(攻過)를 기록하는 전기(傳記) 형식의 글을 말한다. 가전체 문학의 특징은 계세징인의 목적과 사물의 의인화, 풍자적 주제, 함축적 수사와 전고에 의존한 사건과 사물을 의인화하여 설화와 소설의 중간적 교량 역할을 한다. 실전(實傳)이라 하지 않고 가전(假傳)이라고 한 것은 '가(假)'가 허구적 성격을 내포하고 있기 때문이다. 개괄(槪括)적 관념론자인 그들이 사물에 대한 관심과 인간 생활을 합리적으로 구성하려는 정신을 표현하고, 사람이 태어나서 성장하고 어떤 일을 겪고 죽는 것과 그 후손들의 내용이 주를 이룬다. 또한 가전의 유래는 당나라 문장가 한유의 〈모영전〉과 신라 시대 설총의 〈화왕계〉 등에서 유래된 것으로 보인다.

패관 문학

고려 시대에 이르러 민전에 구전되어 오던 전승 설화가 많이 문헌에 채

록되었다. 이렇게 채록되는 과정에서 채록자의 창의가 가미되어 윤색된 것을 패관 문학이라고 하였다. 패관이란 한나라의 관직명으로 정치에 참고하기 위해 거리에 떠돌던 이야기를 수집하던 벼슬아치를 말한다. 패관 문학은 소설의 전신으로서 소설 발달에 많은 영향을 주었다. 대부분 이야기는 민담의 영역에 속한다. 신화와 전설에서 분리된 민담은 구전되면서 창의성이 덧붙여져 문학성을 갖추며 한문학의 발달에 힘입어 조선조에 이르기까지 활발하게 꽃을 피우게 된다. 패관 문학은 고려 고종 때 중심으로 발달하며 훈민정음이 창제된 후에도 잡기, 시화 등이 꾸준히 등장하였다.

고전 소설

고전 소설이란 산문 문학으로 서사 문학(敍事文學)의 한 장르이다. 옛날 설화를 바탕으로 중국 소설의 영향을 받아 생겨난 조선 시대에 이루어진 소설로 근대 이전의 소설을 말한다. 동양 전래에서 중요하지 않은 잡사(雜事)의 기록으로 갑오경장 이후 신소설이 나오게 되자 이것과 구별하기 위하여 고소설을 고전 소설이라 칭하게 되고 해방 이후 널리 쓰였다. 고전 소설은 패설(稗說)이나 언패(諺稗) 또는 이야기책으로 인물과 사건 및 배경을 갖춘 소설을 일컫는다. 학술적인 용어로 고대 소설 · 고소설 · 고전 소설 · 이조 소설 등도 함께 쓰이는데 그 가운데 고소설을 표준으로 삼았다. 소설이라는 용어는 서사 문학의 한 장르로 인물 · 사건 · 배경을 바탕으로 하는 서사무가 · 서사민요 · 설화와 구별된다. 고전 소설의 출발은 김시습의 〈금오신화〉가 창작된 조선 초기나 신라 말기에서 고려 초기에 창작된 전기류(傳奇類)와 고려 시대에 창작된 패관 문학과 가전체 등 근대 소설 이전의 소설을 고전 소설로 정의한다. 고전 소설은 전지적 작가 시점으로 서술자가 작중에 개입하여 인물에 대한 평가를 직접적으로 드러내는 서술자 시점과 관찰자 시선으로 유교적 윤리관에 기반한 권선징악과 선인과 악인의 이분법적 구조로 대립하는 양상을 보이는 작품이 주를 이룬다.

한문 소설

우리나라의 소설은 전기적 요소를 간직한 한문 소설에서부터 출발한다. 한문 소설의 대부분은 오늘날 우리가 사용하는 근대적 의미의 소설 개념과는 일치하지 않는다. 전기적이라는 것은 현실성이 있는 이야기가 아니며 일상적으로 현실적인 것과 거리가 먼 신비로운 내용을 허구적으로 짜 놓은 것을 말한다. 15세기 후반 김시습의 〈금오신화〉가 한국 고대 소설의 시초로 죽은 사람과 사랑을 하고 꿈에서 소원을 이루는 초현실적인 요소를 지닌 한문으로 쓰인 이야기다. 이 작품은 민중 사이에서 구전되던 설화, 고려의 패관 문학, 가전체 등의 서사적 전통 위에 중국의 전기 소설인 〈전등신화〉의 영향을 받았다. 전기적 요소를 간직한 한문 소설은 고대 소설의 출발로 보이며 국문 소설이 나오기 전에 임제의 〈원생몽유록〉, 〈수성지〉, 〈화사〉 등의 가전 소설과 몽자류 형식의 전통 속에서 전개되었다.

한글 소설

한국 문학사에 진정한 한글 소설은 광해군 때 허균이 지은 〈홍길동전〉에서 시작된다. 임진왜란과 병자호란은 당시 조선 사회 구조의 근간이었던 신분 질서에 큰 동요를 가져왔다. 양반 계층, 평민 계층 모두에서 신분의 분화 현상이 나타나기 시작하였으며, 평민들이 자각 의식도 두드러지게 나타나기 시작했다. 이러한 현상은 평민 계층의 문화적 참여와 함께 문학에서 산문의 발달을 촉진하고 이에 따라 소설의 융성기를 맞이하게 된다. 이러한 분위기 속에서 소설은 몰락한 양반 또는 평민들의 환상과 꿈, 그리고 시대적 요구와 개혁의 의지 등을 반영하게 된다. 또한 규방 여인들의 독서로 자리 잡게 되고 소설 속의 여성 의식이 개입되기도 하였다.

고전 수필

문학에는 상상적, 허구적 성격을 주로 하는 요소와 더불어 실제의 생활 경험이나 생각을 담은 요소가 있다. 살아가면서 느끼는 생각과 과정을 기록한 글들이 그 속에 공감할 만한 의미와 미적 요소가 들어 있으면서 훌륭한 문학이 된다. 이러한 범위에 속하는 글들을 포괄적으로 '수필'이라고 총칭한다. 우리나라에 이런 기록 문학이 본격적으로 발달한 것은 고려 시대 초기부터지만, 17세기경부터 한글의 광범위한 보급과 함께 일상적 경험을 기술하는 데 있어 섬세하고도 구체적인 표현력에 대한 인식이 깊어짐에 따라 많은 한글 수필이 출현하게 되었다.

시점

시점(視点)이란 소설을 이야기하는 서술자의 눈을 통해 작품 속의 내용을 바라보는 시선과 사물을 보는 관점을 말하는 것으로, 서술자의 위치를 조정하여 이야기의 전달 방식을 구성하는 것을 말한다. 시점을 분류하는 방식은 1인칭 시점·1인칭 관찰자 시점·3인칭 시점·3인칭 관찰자 시점·작가 관찰자 시점·전지적 작가 시점으로 나뉜다. 여기에서 서술되는 '관찰자'와 '화자'는 소설의 서술자를 말하고, 서술자는 시점의 구성에 따라 작가일 수도, 관찰자일 수도 있다. 서술자는 작품 속의 등장인물(1인칭)

일 수도 있고, 이야기 밖에서 서술자(3인칭)일 수도 있는 것이다. 이에 간략하게 시점에 대해 적어 보겠다.

· 1인칭 시점 — 서술자인 '나' 가 화자가 되어 이야기의 중심인물로 등장하고 서술자가 작품에 '나' 또는 '우리' 로 등장하는 방식을 뜻한다.
· 1인칭 주인공 시점 — 서술자인 '나' 가 작품 속 등장인물 중에 주인공인 동시에 서술자이면서 주인공인 '나' 의 입장에서 사건이나 주변 상황을 관찰하고 서술해 나가는 방식을 뜻한다.
· 1인칭 관찰자 시점 — 주인공이 아닌 '나' 가 서술자로서 주인공의 생각이나 행동을 관찰자의 시선으로 바라보고 '나' 가 다른 사람의 이야기를 전달하는 방식을 뜻한다.
· 3인칭 시점 — 서술자가 작품 내부에 등장하지 않고 서술자가 등장인물이 아닌 '그' 와 '그녀' 또는 '그들' 로 화자가 누구인지 모르게 서술해 나가는 방식을 뜻한다.
· 3인칭 관찰자 시점 — 서술자가 작품 밖에 존재하며 제삼자의 위치에서 주인공의 내면과 성격을 관찰하고 등장하는 인물들의 과거와 미래에 대해서 자기 주관을 배제하고 단순한 관찰자의 심정으로 눈에 보이는 대로 서술하는 것을 뜻한다.
· 3인칭 전지적 작가 시점 — 서술자가 등장인물이 아니고 작품 밖에서 사건을 전개하고 등장하는 작중 인물의 태도와 인간관계 및 내면세계는 물론 앞으로 일어날 모든 것을 작가의 위치에서 자유롭게 서술하는 것을 뜻한다.

차 례

운수 좋은 날

- 현진건 -

작가 소개

현진건(玄鎭健 1900~1943)

현진건의 호는 빙허이며 1900년 8월 9일 대구에서 태어났다. 1917 일본 도쿄에 있는 세이조(成城) 중학교를 졸업하고, 중국 후장 대학에서 독일어를 공부하다가 1919년 귀국하였다. 현진건은 1920년 '개벽'에 소설 〈희생화〉를 발표해 문단에 입문했지만 좋은 평가를 받지 못했다. 하지만 1921년 〈빈처〉를 발표해 소설가로서 인정받았다. 그해 홍사용 · 이상화 · 나도향 · 박종화와 '백조'를 발간하였으며, 〈타락자〉, 〈운수 좋은 날〉, 〈불〉을 발표함으로써 김동인과 더불어 근대 단편 소설의 선구자가 되었다. 1935년 조선일보 사회부장 때 일장기 말소 사건으로 1년간 옥고를 치르고 풀려난 후 신문사를 떠났다.

1939년에는 동아일보에 장편 〈흑치상지〉를 연재했지만 내용이 불온하다는 이유로 연재가 중단됐다. 이후 장편 〈적도〉, 〈무영탑〉 등을 발표하면서 작품 활동을 이어갔으나, 1943년 마흔 세 살의 나이로 세상을 떠났다.

그는 자연주의 문학의 대표 작가이며 '한국의 모파상'이라는 별명을 들을 정도였다. 백조 동인 중에서도 가장 예술성이 높은 작가라는 평을 들었다. 그의 작품으로는 〈빈처〉, 〈술 권하는 사회〉, 〈할머니의 죽음〉, 〈운수 좋은 날〉, 〈B사감과 러브레터〉, 〈불〉, 〈사립 정신 병원장〉등의 단편이 있고, 〈적도〉 등의 장편이 있다.

작품 정리

이 작품은 1920년대 하층 노동자의 삶을 날카로운 관찰로 생생하게 그려 놓은 현진건의 대표 작이다. 지식인 중심의 인물 설정에서 벗어나 하층 노동자를 주인공으로 설정한 점도 특색 있고,

기교적인 측면에서는 작품 전후의 명암 대비를 통해 아이러니를 유발한다.

이 소설의 주인공인 김 첨지는 그 당시 하층민의 고난과 역경의 삶을 상징하는 전형적 인물이다. 따라서 김 첨지의 집안에 관한 이 작품은 한 개인의 고난을 뜻하는 것이 아니라 당시 하층민의 삶의 고뇌를 대변한다.

이 소설의 표제가 된 '운수 좋은 날'은 인력거꾼으로 큰 벌이를 한 운수 좋은 날이 아니라 병든 아내가 죽은 비운의 날을 표현한 것이다. 김 첨지는 운수가 좋아 돈도 벌고 선술집에서 건주정까지 부리는 표면적 행동과 아내가 죽을지도 모른다는 불안한 내면 심리가 대립과 갈등을 일으킨다. 이는 김 첨지의 행운이 '아내의 죽음'으로 이어지는 극적 반전을 이루고 있지만, 치밀한 구성과 복선으로 그 죽음은 개연성이 있는 죽음이 된다.

〈운수 좋은 날〉은 김 첨지의 행운과 불행을 선명하게 대비하여 그의 비극적 운명을 더욱 강조한 현진건의 놀라운 통찰력과 뛰어난 표현력 덕분에 그 시대 단편 소설의 수준을 한 단계 끌어올린 수작으로 평가된다.

작품 줄거리

동소문동에 사는 인력거꾼 김 첨지는 열흘 동안 돈 구경도 못하다가 이날은 이상할 만큼 운수 좋게 손님이 계속 생겼다. 그는 눈물이 날 만큼 기뻤다. 오랫동안 앓아누워 있는 아내에게 설렁탕 한 그릇을 사다 줄 수 있으니까 말이다.

그의 행운은 그걸로 그치지 않았다. 오늘 아침에 나가지 말라는 병든 아내의 말이 생각나서 주저하였지만 비를 맞으면서 한 학생을 남대문 정거장까지 데려다주고 1원 50전을 번다. 그는 기뻤지만 한편으론 겁이 났다. 오늘따라 운수가 무척 좋으니 말이다.

남대문 정거장으로 가는 동안은 이상할 정도로 다리가 가뿐하더니 집 가까이에 오자 다리가 무거워지고 나가지 말라던 아내의 말이 귀에 울렸다. 그리고 자녀의 울음소리가 들리는 듯하여 자신도 모르게 멈춰 섰다가 손님의 재촉에 정신을 차리고 다시 가기 시작했다. 집에서 멀어질수록 발은 가벼워졌다. 남대문 정거장에서 운 좋게 또 한 명의 손님을 인사동까지 데려다 주었다. 기적 같은 벌이였다. 아무래도 이 기쁨이 계속되지 않을 것같은 예감이 들었다. 집에 가기가 두려웠다.

집에 가다가 친구 치삼이를 만나 함께 술을 하고 술이 과하자 머리를 억누르는 불안을 풀어 버리기 위해 벼락같이 고함을 지르다가 금방 껄껄거리며 웃고, 그러다가 또다시 목 놓아 울기도 하며 법석을 떤다. 그는 그만하라며 말리는 치삼이에게 아내가 죽었다고 농을 한다. 추적추적 내리는 비를 맞으면서 아내가 그토록 먹고 싶어 하던 설렁탕을 사 들고 집으로 돌아간다.

김 첨지는 목청을 있는 대로 내어 욕을 퍼부으며 발을 들어 누운 아내의 다리를 찼다. 그러나 아무 반응이 없다. 아내는 죽어 있었다. 남편은 아내 머리를 흔들었다. "이년아, 죽었단 말이냐? 왜 말이 없어?" 김 첨지의 눈에서 떨어진 눈물이 죽은 아내의 뻣뻣한 얼굴을 적신다. 김 첨지는 미친 듯이 제 얼굴을 죽은 아내의 얼굴에 비비며 중얼거린다. "설렁탕을 사다 놓았는데 왜 먹지를 못하니, 왜 먹지를 못하니…… 괴상하게도 오늘은 운수가 좋더니만!" 하고 한탄한다.

　┌─────────┐
　│ 핵심 정리 │ ··
　└─────────┘

　· 갈래 : 사실주의 소설
　· 시점 : 전지적 작가 시점
　· 배경 : 일제 강점기 겨울비 오는 서울 빈민가
　· 주제 : 일제 강점기 하층민의 비참한 생활상
　· 출전 : 개벽

🚲 운수 좋은 날

새침하게 흐린 품이 눈이 올 듯하더니 눈은 아니 오고 얼다가 만 비가 추적추적 내리었다.

이날이야말로 동소문 안에서 인력거꾼 노릇을 하는 김 첨지에게는 오래간만에도 닥친 운수 좋은 날이었다. 문안에(거기도 문밖은 아니지만) 들어간답시는 앞집 마나님을 전찻길까지 모셔다드린 것을 비롯으로, 행여나 손님이 있을까 하고 정류장에서 어정어정하며 내리는 사람 하나하나에게 거의 비는 듯한 눈길을 보내고 있다가 마침내 교원인 듯한 양복쟁이를 동광학교까지 태워다 주기로 되었다.

첫 번에 30전, 둘째 번에 50전, 아침 댓바람에 그리 흔치 않은 일이었다. 그야말로 재수가 옴 붙어서 근 열흘 동안 돈 구경도 못 한 김 첨지는 10전짜리 백동화 서 푼, 또는 다섯 푼이 찰깍하고 손바닥에 떨어질 때 거의 눈물을 흘릴 만큼 기뻤다. 더구나 이날 이때에 이 80전이라는 돈이 그에게 얼마나 유용한지 몰랐다. 컬컬한 목에 모주 한 잔도 적실 수 있거니와 그보다도 앓는 아내에게 설렁탕 한 그릇도 사다 줄 수 있음이다.

그의 아내가 기침으로 쿨룩거리기는 벌써 달포가 넘었다. 조밥도 굶기를 먹다시피 하는 형편이니 물론 약 한 첩 써 본 일이 없다. 구태여 쓰려면 못 쓸 바도 아니로되, 그는 병이란 놈에게 약을 주어 보내면 재미를 붙여서 자꾸 온다는 자기의 신조에 어디까지 충실하였다. 따라서 의사에게 보인 적이 없으니 무슨 병인지는 알 수 없으되 반듯이 누워 가지고, 일어나기는 새로 모로도 못 눕는 걸 보면 중증은 중증인 듯.

병이 이대도록 심해지기는 열흘 전에 조밥을 먹고 체한 때문이다. 그때도 김 첨지가 오래간만에 돈을 얻어서 좁쌀 한 되와 10전짜리 나물 한 단을 사다 주었더니 김 첨지의 말에 의하면 그 오라질 년이 천방지축으로 냄비에 대고 끓였다. 마음은 급하고 불길은 달지 않아 채 익지도 않은 것을 그 오라질 년이 숟가락은 고만두고 손으로 움켜서 두 뺨에 주먹 덩이 같은 혹이 불거지도록 누가 빼앗을 듯이 처박질하더니만 그날 저녁부터 가슴이 땅긴다, 배가 켕긴다고 눈을 흡뜨고 지랄병을 하였다. 그때 김 첨지는 열화와 같이 성을 내며,

"에이, 오라질 년, 조랑 복은 할 수가 없어. 못 먹어 병, 먹어서 병, 어쩌란 말이야! 왜 눈을 바루 뜨지 못해!"

하고 김 첨지는 앓는 이의 뺨을 한 번 후려갈겼다. 흡뜬 눈은 조금 바루어졌건만 이슬이 맺히었다. 김 첨지의 눈시울도 뜨끈뜨끈하였다.

이 환자가 그러고도 먹는 데는 물리지 않았다. 사흘 전부터 설렁탕 국물이 마시고 싶다고 남편을 졸랐다.

"이런 오라질 년! 조밥도 못 먹는 년이 설렁탕은. 또 처먹고 지랄병을 하게."

라고 야단을 쳐 보았건만, 못 사 주는 마음이 시원치는 않았다.

인제 설렁탕을 사 줄 수도 있다. 앓는 어미 곁에서 배고파 보채는 개똥이(세 살 먹이)에게 죽을 사 줄 수도 있다. 80전을 손에 쥔 김 첨지의 마음은 푼푼하였다.

그러나 그의 행운은 그걸로 그치지 않았다. 땀과 빗물이 섞여 흐르는 목덜미를 기름 주머니가 다 된 광목 수건으로 닦으며, 그 학교 문을 돌아 나올 때였다. 뒤에서,

"인력거!"

하고 부르는 소리가 난다. 자기를 불러 멈춘 사람이 그 학교 학생인 줄 김 첨지는 한 번 보고 짐작할 수 있었다. 그 학생은 다짜고짜로,

"남대문 정거장까지 얼마요?"

라고 물었다. 아마도 그 학교 기숙사에 있는 이로 동기 방학을 이용하여 귀향하려 함이리라. 오늘 가기로 작정은 하였건만 비는 오고, 짐은 있고 해서 어찌할 줄 모르다가 마침 김 첨지를 보고 뛰어나왔음이리라. 그렇지 않으면 왜 구두를 채 신지 못해서 질질 끌고, 비록 '고쿠라' 양복일망정 노박이로 비를 맞으며 김 첨지를 뒤쫓아 나왔으랴.

"남대문 정거장까지 말씀입니까?"

하고 김 첨지는 잠깐 주저하였다. 그는 이 우중에 우장도 없이 그 먼 곳을 철벅거리고 가기가 싫었음일까? 처음 것, 둘째 것으로 그만 만족하였음일

까? 아니다, 결코 아니다. 이상하게도 꼬리를 맞물고 덤비는 이 행운 앞에 조금 겁이 났음이다.

그러고 집을 나올 제 아내의 부탁이 마음에 켕기었다. — 앞집 마나님한 테서 부르러 왔을 제 병인은 그 뼈만 남은 얼굴에 유일의 생물 같은 유달리 크고 움푹한 눈을 애걸하는 빛을 띠며,

"오늘은 나가지 말아요. 제발 덕분에 집에 붙어 있어요. 내가 이렇게 아 픈데……."

라고 모깃소리같이 중얼거리고 숨을 걸그렁걸그렁하였다. 그때에 김 첨지 는 대수롭지 않은 듯이,

"아따, 젠장맞을 년, 별 빌어먹을 소리를 다 하네. 맞붙들고 앉았으면 누 가 먹여 살릴 줄 알아?"

하고 훌쩍 뛰어나오려니까 환자는 붙잡을 듯이 팔을 내저으며,

"나가지 말래도 그래, 그러면 일찍이 들어와요."

하고 목메인 소리가 뒤를 따랐다.

정거장까지 가잔 말을 들은 순간에 경련적으로 떠는 손, 유달리 큼직한 눈, 울 듯한 아내의 얼굴이 김 첨지의 눈앞에 어른어른하였다.

"그래 남대문 정거장까지 얼마란 말이오?"

하고 학생은 초조한 듯이 인력거꾼의 얼굴을 바라보며 혼잣말같이,

"인천 차가 열한 점에 있고, 그다음에는 새로 두 점이던가."

라고 중얼거렸다.

"1원 50전만 줍시오."

이 말이 저도 모를 사이에 불쑥 김 첨지의 입에서 떨어졌다. 제 입으로 부르고도 스스로 그 엄청난 돈 액수에 놀랐다.

한꺼번에 이런 금액을 불러라도 본 지가 그 얼마 만인가? 그러자 그 돈 벌 용기가 병자에 대한 염려를 사르고 말았다. 설마 오늘 내로 어떠랴 싶었 다. 무슨 일이 있더라도 제일 제이의 행복을 곱친 것보다도 오히려 갑절이 많은 이 행운을 놓칠 수 없다 하였다.

"1원 50전은 너무 과한데."

이런 말을 하며 학생은 고개를 기웃하였다.

"아니올시다. 이수로 치면 여기서 거기가 시오 리가 넘는답니다. 또 이런

진날에 좀 더 주셔야지요."

하고 빙글빙글 웃는 차부의 얼굴에는 숨길 수 없는 기쁨이 넘쳐흘렀다.

"그러면 달라는 대로 줄 터이니 빨리 가요."

관대한 어린 손님은 그런 말을 남기고 총총히 옷도 입고 짐도 챙기러 갈 데로 갔다.

그 학생을 태우고 나선 김 첨지의 다리는 이상하게 거뿐하였다. 달음질을 한다느니 보다 거의 나는 듯하였다. 바퀴도 어떻게 속히 도는지 구른다느니 보다 마치 얼음을 지쳐나가는 스케이트 모양으로 미끄러져 가는 듯하였다. 언 땅에 비가 내려 미끄럽기도 하였지만.

이윽고 끄는 이의 다리는 무거워졌다. 자기 집 가까이 다다른 까닭이다. 새삼스러운 염려가 그의 가슴을 눌렀다.

'오늘은 나가지 말아요. 내가 이렇게 아픈데!'

이런 말이 잉잉 그의 귀에 울렸다. 그리고 병자의 움쑥 들어간 눈이 원망하는 듯이 자기를 노리는 듯하였다. 그러자 엉엉하고 우는 개똥이의 곡성을 들은 듯싶다. 딸꾹딸꾹하고 숨 모으는 소리도 나는 듯싶다.

"왜 이러우, 기차 놓치겠구먼."

하고 탄 이의 초조한 부르짖음이 간신히 그의 귀에 들어왔다. 언뜻 깨달으니 김 첨지는 인력거를 쥔 채 길 한복판에 엉거주춤 멈춰 있지 않은가.

"예, 예."

하고 김 첨지는 또다시 달음질하였다. 집이 차차 멀어질수록 김 첨지의 걸음에는 다시금 신이 나기 시작하였다. 다리를 재게 놀려야만 쉴 새 없이 자기의 머리에 떠오르는 모든 근심과 걱정을 잊을 듯이.

정거장까지 끌어다 주고 그 깜짝 놀랄 1원 50전을 정말 제 손에 쥐매, 제 말마따나 10리나 되는 길을 비를 맞아 가며 질퍽거리고 온 생각은 아니 하고, 거저나 얻은 듯이 고마웠다. 졸부나 된 듯이 기뻤다. 제 자식뻘밖에 안 되는 어린 손님에게 몇 번이나 허리를 굽히며,

"안녕히 다녀옵시오."

하고 깍듯이 재우쳤다.

그러나 빈 인력거를 털털거리며 이 우중에 돌아갈 일이 꿈 밖이었다. 노동으로 하여 흐른 땀이 식어지자 굶주린 창자에서, 물 흐르는 옷에서 어슬

어슬 한기가 솟아나기 비롯하매, 1원 50전이란 돈이 얼마나 귀찮고 괴로운 것인 줄 절절히 느끼었다. 정거장을 떠나는 그의 발길은 힘 하나 없었다. 온몸이 옹송그려지며 당장 그 자리에 엎어져 못 일어날 것 같았다.

"젠장맞을 것! 이 비를 맞으며 빈 인력거를 털털거리고 돌아를 간담. 이런 빌어먹을, 제 할미를 붙을 비가 왜 남의 상판을 딱딱 때려!"

그는 몹시 화증을 내며 누구에게 반항이나 하는 듯이 게걸거렸다. 그럴 즈음에 그의 머리엔 또 새로운 광명이 비쳤나니, 그것은 '이러구 갈게 아니라 이 근처를 빙빙 돌며 차 오기를 기다리면 또 손님을 태우게 될는지도 몰라.'란 생각이었다. 오늘 운수가 괴상하게도 좋으니까 그런 요행이 또 한 번 없으리라고 누가 보증하랴. 꼬리를 굴리는 행운이 꼭 자기를 기다리고 있다고 내기를 해도 좋을 만한 믿음을 얻게 되었다.

그렇다고 정거장 인력거꾼의 등쌀이 무서우니 정거장 앞에 섰을 수는 없었다. 그래 그는 이전에도 여러 번 해 본 일이라 바로 정거장 앞 전차 정류장에서 조금 떨어지게 사람 다니는 길과 전찻길 틈에 인력거를 세워 놓고 자기는 그 근처를 빙빙 돌며 형세를 관망하기로 하였다. 얼마 만에 기차는 왔고 수십 명이나 되는 손이 정류장으로 쏟아져 나왔다. 그중에서 손님을 물색하는 김 첨지의 눈엔 양 머리에 뒤축 높은 구두를 신고 망토까지 두른 기생 퇴물인 듯, 난봉 여학생인 듯한 여편네의 모양이 띄었다. 그는 슬근슬근 그 여자의 곁으로 다가들었다.

"아씨, 인력거 아니 타시랍시오?"

그 여학생인지 뭔지가 한참은 매우 태깔을 빼며 입술을 꼭 다문 채 김 첨지를 거들떠보지도 않았다. 김 첨지는 구걸하는 거지나 무엇같이 연해연방 그의 기색을 살피며,

"아씨, 정거장 애들보담 아주 싸게 모셔다드리겠습니다. 댁이 어디신가요?"

하고 추근추근하게도 그 여자의 들고 있는 일본식 버들고리짝에 제 손을 대었다.

"왜 이래, 남 귀찮게."

소리를 벽력같이 지르고는 돌아선다. 김 첨지는 어랍시오 하고 물러섰다.

전차는 왔다. 김 첨지는 원망스럽게 전차 타는 이를 노리고 있었다. 그러나 그의 예감은 틀리지 않았다. 전차가 빡빡하게 사람을 싣고 움직이기 시작하였을 제 타고 남은 손 하나가 있었다. 굉장하게 큰 가방을 들고 있는 걸 보면 아마 붐비는 차 안에 짐이 크다 하여 차장에게 밀려 내려온 눈치였다.

김 첨지는 대어 섰다.

"인력거를 타시랍시오."

한동안 값으로 실랑이를 하다가 60전에 인사동까지 태워다 주기로 하였다. 인력거가 무거워지매 그의 몸은 이상하게도 가벼워졌고 그리고 또 인력거가 가벼워지니 몸은 다시금 무거워졌건만 이번에는 마음조차 초조해 온다. 집의 광경이 자꾸 눈앞에 어른거리어 인제 요행을 바랄 여유도 없었다.

나뭇등걸이나 무엇 같고 제 것 같지도 않은 다리를 연해 꾸짖으며 갈팡질팡 뛰는 수밖에 없었다.

"저놈의 인력거꾼이 저렇게 술이 취해 가지고 이 진 땅에 어찌 가노."

라고 길 가는 사람이 걱정을 하리만큼 그의 걸음은 황급하였다. 흐리고 비오는 하늘은 어둠침침하게 벌써 황혼에 가까운 듯하다.

창경원 앞까지 다다라서야 그는 턱에 닿은 숨을 돌리고 걸음도 늦추잡았다. 한 걸음 두 걸음 집이 가까워 갈수록 그의 마음조차 괴상하게 누그러웠다. 그런데 이 누그러움은 안심해서 오는 게 아니요, 자기를 덮친 무서운 불행을 빈틈없이 알게 될 때가 박두한 것을 두리는 마음에서 오는 것이다. 그는 불행에 다닥치기 전 시간을 얼마쯤이라도 늘리려고 버르적거렸다. 기적에 가까운 벌이를 하였다는 기쁨을 할 수 있으면 오래 지니고 싶었다. 그는 두리번두리번 사면을 살피었다. 그 모양은 마치 자기 집, 곧 불행을 향하여 달려가는 제 다리를 제힘으로는 도저히 어찌할 수 없으니 누구든지 나를 좀 잡아다고, 구해다고 하는 듯하였다.

그럴 즈음에 마침 길가 선술집에서 그의 친구 치삼이가 나온다. 그의 우글우글 살진 얼굴에 주홍이 돋는 듯, 온 턱과 뺨을 시커멓게 구레나룻이 덮였거늘, 노르탱탱한 얼굴이 바짝 말라서 여기저기 고랑이 패고, 수염도 있대야 턱 밑에만 마치 솔잎 송이를 거꾸로 붙여 놓은 듯한 김 첨지의 풍채하고는 기이한 대상을 짓고 있었다.

"여보게 김 첨지, 자네 문안 들어갔다 오는 모양일세그려, 돈 많이 벌었을 테니 한잔 빨리게."

뚱뚱보는 말라깽이를 보던 맡에 부르짖었다. 그 목소리는 몸짓과 딴판으로 연하고 싹싹하였다. 김 첨지는 이 친구를 만난 게 어떻게 반가운지 몰랐다. 자기를 살려 준 은인이나 무엇같이 고맙기도 하였다.

"자네는 벌써 한잔한 모양일세그려. 자네도 오늘 재미가 좋아 보이."
하고 김 첨지는 얼굴을 펴서 웃었다.

"아따, 재미 안 좋다고 술 못 먹을 낸가. 그런데 여보게, 자네 왼 몸이 어째 물독에 빠진 생쥐 같은가? 어서 이리 들어와 말리게."

선술집은 훈훈하고 뜨뜻하였다. 추어탕을 끓이는 솥뚜껑을 열 적마다 뭉게뭉게 떠오르는 흰 김, 석쇠에서 뻐지짓뻐지짓 구워지는 너비아니 구이며 저육이며 간이며 콩팥이며 북어며 빈대떡…… 이 너저분하게 늘어 놓은 안주 탁자에 김 첨지는 갑자기 속이 쓰려서 견딜 수 없었다. 마음대로 할 양이면 거기 있는 모든 먹음먹이를 모조리 깡그리 집어삼켜도 시원치 않았다. 하되 배고픈 이는 우선 분량 많은 빈대떡 두 개를 쪼기로 하고 추어탕을 한 그릇 청하였다.

주린 창자는 음식 맛을 보더니 더욱더욱 비어지며 자꾸자꾸 들이라 들이라 하였다. 순식간에 두부와 미꾸리 든 국 한 그릇을 그냥 물같이 들이켜고 말았다. 셋째 그릇을 받아 들었을 제 데우던 막걸리 곱빼기 두 잔이 더웠다. 치삼이와 같이 마시자 원원이 비었던 속이라 찌르르하고 창자에 퍼지며 얼굴이 화끈하였다. 눌러 곱빼기 한 잔을 또 마셨다. 김 첨지의 눈은 벌써 게게 풀리기 시작하였다. 석쇠에 얹힌 떡 두 개를 숭덩숭덩 썰어서 볼을 불룩거리며 또 곱빼기 두 잔을 부어라 하였다.

치삼은 의아한 듯이 김 첨지를 보며,

"여보게 또 붓다니, 벌써 우리가 넉 잔씩 먹었네. 돈이 40전일세."
하고 주의시켰다.

"아따 이놈아, 40전이 그리 끔찍하냐? 오늘 내가 돈을 막 벌었어. 참 오늘 운수가 좋았느니."

"그래 얼마를 벌었단 말인가?"

"30원을 벌었어, 30원을! 이런 젠장맞을 술을 왜 안 부어…… 괜찮다, 괜찮다. 막 먹어도 상관이 없어. 오늘 돈 산더미같이 벌었는데."

"어, 이 사람 취했군. 그만두세."

"이놈아, 이걸 먹고 취할 내냐, 어서 더 먹어."

하고는 치삼의 귀를 잡아채며 취한 이는 부르짖었다.

그리고 술을 붓는 열다섯 살 됨 직한 중대가리에게로 달려들며,

"이놈, 오라질 놈, 왜 술을 붓지 않어."

라고 야단을 쳤다. 중대가리는 히히 웃고 치삼을 보며 문의하는 듯이 눈짓을 하였다. 주정꾼이 이 눈치를 알아보고 화를 버럭 내며,

"에미를 붙을 이 오라질 놈들 같으니, 이놈 내가 돈이 없을 줄 알고."

하자마자 허리춤을 흠칫흠칫하더니 1원짜리 한 장을 꺼내어 중대가리 앞에 펄쩍 집어 던졌다. 그 사품에 몇 푼 은전이 잘그랑하며 떨어진다.

"여보게, 돈 떨어졌네, 왜 돈을 막 끼얹나."

이런 말을 하며 일변 돈을 줍는다. 김 첨지는 취한 중에도 돈의 거처를 살피는 듯이 눈을 크게 떠서 땅을 내려다보다가 불시에 제 하는 짓이 너무 더럽다는 듯이 고개를 소스라치자 더욱 성을 내며,

"봐라, 봐! 이 더러운 놈들아, 내가 돈이 없나, 다리 뼉다구를 꺾어놓을 놈들 같으니."

하고 치삼의 주워 주는 돈을 받아,

"이 원수엣돈! 이 육시를 할 돈!"

하면서 팔매질을 친다. 벽에 맞아떨어진 돈은 다시 술 끓이는 양푼에 떨어지며 정당한 매를 맞는다는 듯이 쨍하고 울었다.

곱빼기 두 잔은 또 부어질 겨를도 없이 말려 가고 말았다. 김 첨지는 입술과 수염에 붙은 술을 빨아들이고 나서 매우 만족한 듯이 그 솔잎 송이 수염을 쓰다듬으며,

"또 부어, 또 부어."

라고 외쳤다. 또 한 잔 먹고 나서 김 첨지는 치삼의 어깨를 치며 문득 껄껄 웃는다. 그 웃음소리가 어떻게 컸던지 술집에 있는 이의 눈은 모두 김 첨지에게로 몰리었다. 웃는 이는 더욱 웃으며,

"여보게 치삼이, 내 우스운 이야기 하나 할까? 오늘 손을 태우고 정거장

에까지 가지 않았겠나."

"그래서?"

"갔다가 그저 오기가 안 됐데그려, 그래 전차 정류장에서 어름어름하며 손님 하나를 태울 궁리를 하지 않았나. 거기 마침 마나님이신지 여학생이신지 — 요새야 어디 논다니(웃음과 몸을 파는 여자를 속되게 이름)와 아가씨를 구별할 수가 있던가 — 망토를 두르고 비를 맞고 서 있겠지. 슬근슬근 가까이 가서 '인력거 타시랍시오.' 하고 손가방을 받으려니까 내 손을 탁 뿌리치고 홱 돌아서더니만 '왜 남을 이렇게 귀찮게 굴어!' 그 소리야말로 꾀꼬리 소리지, 허허!"

김 첨지는 교묘하게도 정말 꾀꼬리 같은 소리를 내었다. 모든 사람은 일시에 웃었다.

"빌어먹을 깍쟁이 같은 년, 누가 저를 어쩌나, '왜 남을 귀찮게 굴어!' 어이구, 소리가 처신도 없지. 허허."

웃음소리들은 높아졌다. 그러나 그 웃음소리들이 사라지기 전에 김 첨지는 훌쩍훌쩍 울기 시작하였다.

치삼은 어이없이 주정뱅이를 바라보며,

"금방 웃고 지랄을 하더니 우는 건 또 무슨 일인가?"

김 첨지는 연해 코를 들이마시며,

"우리 마누라가 죽었다네."

"뭐, 마누라가 죽다니, 언제?"

"이놈아 언제는 오늘이지."

"예끼 미친놈, 거짓말 마라."

"거짓말은 왜, 참말로 죽었어, 참말로…… 마누라 시체를 집에 뼈들쳐 놓고 내가 술을 먹다니, 내가 죽일 놈이야, 죽일 놈이야."

하고 김 첨지는 엉엉 소리를 내어 운다.

치삼은 흥이 조금 깨지는 얼굴로,

"원 이 사람이, 참말을 하나, 거짓말을 하나, 그러면 집으로 가세, 가."

하고 우는 이의 팔을 잡아당기었다.

치삼의 끄는 손을 뿌리치더니 김 첨지는 눈물이 글썽글썽한 눈으로 싱그레 웃는다.

"죽기는 누가 죽어."

하고 득의가 양양.

"죽기는 왜 죽어, 생때같이 살아만 있단다. 그 오라질 년이 밥을 죽이지. 인제 나한테 속았다."

하고 어린애 모양으로 손뼉을 치며 웃는다.

"이 사람이 정말 미쳤단 말인가? 나도 아주먼네가 앓는단 말은 들었는데."

하고 치삼이도 어느 불안을 느끼는 듯이 김 첨지에게 또 돌아가라고 권하였다.

"안 죽었어, 안 죽었대도 그래."

김 첨지는 화증을 내며 확신 있게 소리를 질렀으되 그 소리엔 안 죽은 것을 믿으려고 애쓰는 가락이 있었다. 기어이 1원어치를 채워서 곱빼기 한 잔씩 더 먹고 나왔다.

궂은 비는 의연히 추적추적 내린다.

김 첨지는 취중에도 설렁탕을 사 가지고 집에 다다랐다. 집이라 해도 물론 셋집이요, 또 집 전체를 세 든 게 아니라 안과 뚝 떨어진 행랑방 한 칸을 빌려 든 것인데 물을 길어 대고 한 달에 1원씩 내는 터이다. 만일 김 첨지가 주기를 띠지 않았던들 한 발을 대문에 들여놓았을 제 그곳을 지배하는 무시무시한 정적 — 폭풍우가 지나간 뒤의 바다 같은 정적에 다리가 떨렸으리라. 쿨룩거리는 기침 소리도 들을 수 없다. 그르렁거리는 숨소리조차 들을 수 없다. 다만 이 무덤 같은 침묵을 깨뜨리는, 깨뜨린다느니 보다 한층 더 침묵을 깊게 하고 불길하게 하는 빡빡 하는 그윽한 소리, 어린애의 젖 빠는 소리가 날 뿐이다. 만일 청각이 예민한 이 같으면 그 빡빡 소리는 빨 나름이요, 꿀떡꿀떡하고 젖 넘어가는 소리가 없으니 빈 젖을 빤다는 것도 짐작할는지 모르리라.

혹은 김 첨지도 이 불길한 침묵을 짐작했는지도 모른다. 그렇지 않으면 대문에 들어서자마자 전에 없이,

"이 난장맞을 년, 남편이 들어오는데 나와 보지도 않아, 이 오라질 년."

이라고 고함을 친 게 수상하다. 이 고함이야말로 제 몸을 엄습해 오는 무시무시한 증을 쫓아 버리려는 허장성세인 까닭이다.

하여간 김 첨지는 방문을 왈칵 열었다. 구역을 나게 하는 추기, 떨어진 삿자리 밑에서 나온 먼지 내, 빨지 않은 기저귀에서 나는 똥내와 오줌내, 가지각색 때가 켜켜이 앉은 옷 내, 병인의 땀 썩은 내가 섞인 추기가 무던 김 첨지의 코를 찔렀다.

방 안에 들어서며 설렁탕을 한구석에 놓을 사이도 없이 주정꾼은 목청을 있는 대로 다 내어 호통을 쳤다.

"이런 오라질 년, 주야장천 누워만 있으면 제일이야! 남편이 와도 일어 나지를 못해."

라는 소리와 함께 발길로 누운 이의 다리를 몹시 찼다. 그러나 발길에 채는 건 사람의 살이 아니고 나뭇등걸과 같은 느낌이 있었다.

이때에 빽빽 소리가 응아 소리로 변하였다. 개똥이가 물었던 젖을 빼어 놓고 운다. 운대도 온 얼굴을 찡그려 붙여서 운다는 표정을 할 뿐이다. 응 아 소리도 입에서 나는 게 아니고 마치 뱃속에서 나는 듯하였다. 울다가 울 다가 목도 잠겼고 또 울 기운조차 시진한 것 같다.

발로 차도 그 보람이 없는 걸 보자 남편은 아내의 머리맡으로 달려들어 그야말로 까치집 같은 환자의 머리를 껴들어 흔들며,

"이년아, 말을 해, 말을! 입이 붙었어, 이 오라질 년!"

"……."

"으응, 이것 봐, 아무 말이 없네."

"……."

"이년아, 죽었단 말이냐, 왜 말이 없어?"

"……."

"으응. 또 대답이 없네, 정말 죽었나 버이."

이러다가 누운 이의 흰 창을 덮은 위로 치뜬 눈을 알아보자마자,

"이 눈깔! 이 눈깔! 왜 나를 바라보지 못하고 천장만 보느냐, 응?"

하는 말끝엔 목이 메었다. 그러자 산 사람의 눈에서 떨어진 닭의똥 같은 눈 물이 죽은 이의 뻣뻣한 얼굴을 어룽어룽 적시었다. 문득 김 첨지는 미친 듯 이 제 얼굴을 죽은 이의 얼굴에 한데 비비대며 중얼거렸다.

"설렁탕을 사다 놓았는데 왜 먹지를 못하니, 왜 먹지를 못하니……. 괴상 하게도 오늘은! 운수가 좋더니만……."

할머니의 죽음

- 현진건 -

작품 정리

〈할머니의 죽음〉은 1923년 〈백조〉에 발표된 단편소설로 임종을 앞둔 할머니를 중심으로 펼쳐지는 죽음을 준비하는 가족들의 심리와 인간성을 객관적인 관찰자의 시점으로 사실적 묘사가 뛰어난 작품이다.

할머니가 위독하다는 전보를 받고 여기저기 흩어져 살던 자손들이 모두 모이고 위급한 상황을 넘기고 임종이 시간을 끌게 되자 병환의 쾌유보다는 직장 문제로 머물 수 없어 빨리 돌아가시기를 기다린다. 가족들이 할머니의 죽음을 둘러싸고 벌이는 천륜으로 이어진 전통적인 가족 제도보다 개인의 일을 중시하는 현대 사회의 문제점과 핵가족제도의 이기적이고 요식인 행위를 비판하는 작품이다.

작품 줄거리

3월 그믐날 '나'는 '조모주 병환 위독'이라는 전보를 받고 기차를 타고 급히 시골로 내려간다. 집으로 오는 동안 돌아가시지나 않았나 염려하며 마당에 들어서자 삿자리로 두른 울막을 보고 상청(喪廳)이 아닌가 하고 가슴이 덜컥하고 내려앉는다. 할머니의 병세는 악화하였지만 돌아가시지는 않았다. 집안의 효부로 알려진 중모(仲母)가 연일 밤을 새우며 할머니를 간호하고 염불한다. 그러고 아침저녁으로 멀리 흩어져 있던 자손들이 모두 모이고 며칠을 보낸다. 그러나 할머니가 겪는 고통과는 달리 자손들은 직장 때문에 오래 머무를 수 없어 할머니가 빨리 돌아가시지 않자 가족들이 한의원을 불러 진찰한다. 의원의 오늘 내일을 넘기기 힘들다는 진단과는 달리 할머니가 정신을 차리자 다시 양의(洋醫)에게 상태를 묻고 2, 3주는 더 사신다는 말에 자손들은 모두 바쁘다는 핑계로 모두 떠난다. '나'도 할머니의 병세가 호전되자 서울로 올라온다. 그러다 어느 아름다운 봄날, 깨끗하게 봄옷으로 갈아입고 친구들과 우이동으로 벚꽃놀이를 가다가 '오전 3시 조모주별세'라는 사망 전보를 받는다.

핵심 정리

· 갈래 : 단편 소설
· 시점 : 1인칭 관찰자 시점
· 배경 : 1920년대 3월 아름다운 봄날
· 주제 : 이기적인 인간의 비판
· 출전 : 개벽

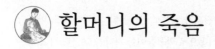# 할머니의 죽음

'조모주 병환 위독'

3월 그믐날 나는 이런 전보를 받았다. 이는 ××에 있는 생가(生家)에서 놓은 것이니 물론 생가 할머니의 병환이 위독하단 말이다. 병환이 위독은 하다고 해도 기실 모나게 무슨 병이 있는 게 아니다. 벌써 여든둘이나 넘은 그 할머니는 작년 봄부터 시름시름 기운이 쇠진해서 가끔 가물가물하기 때문에 그동안 자손들로 하여금 한두 번 아니게 바쁜 걸음을 치게 하였다.

그 할머니의 5년 맏인 양조모(養祖母)는 갑자기 울기 시작하였다.

"아이고……, 이승에서는 다시 못 보겠다. 동서라도 의로 말하면 친형제나 다름이 없었다……. 육십 년을 하루 같이 어디 뜻 한 번 거슬러 보았을까……."

연해연방 이런 넋두리를 섞어 가며 양조모는 울었다. 운다고 하여도 눈 가장자리가 붉어지고 목소리가 떨릴 뿐이었다. 워낙 연만(年滿)한 그는 제법 울음답게 울 근력조차 없었다.

"그래도 그 할머니는 팔자가 좋으시다. 자손이 늘은 듯하고…… 아이고……."

끝으로 이런 말을 하며 울음이 한숨으로 변하였다. 자기가 너무 수(壽)한 까닭으로 외동자들을 앞세워 원이 되고 한이 되어 노상 자기의 생을 저주하는 그는 아들이 둘(본래 셋이더니 그중에 중부(仲父)가 일찍이 돌아갔다), 직손자가 여덟이나 되는 그 할머니를 언제든지 부러워하였다.

"지금 돌아가시면 호상(好喪)이지. 아드님이 백발이 허연데……."라고, 양모(養母)도 맞방망이를 치며 눈을 멍하게 뜬다. 나도 과연 그렇기도 하겠다 싶었다.

나는 그날 ×차로 ××를 향하여 떠났다. 새로 석 점이 지나 기차를 내린 나는 벌써 돌아가시지나 않았나 염려를 마지않으며 캄캄하고 좁은 골목을 돌아들어 생가(生家)의 삽짝 가까이 다다를 때 곡성이 나는 듯 나는 듯하여 마음이 조마조마하였다. 하건만 다행히 그 불길한 소리가 들리지 않았다. 삽짝은 빠끔히 열려 있었다.

마당에 들어서니 추녀 끝에 달린 그을음 앉은 괘등(掛燈)이 한 칸 반밖에 안 되는 마루와 좁직한 뜰을 쓸쓸하게 비추고 있었다. 우물 둑과 장독간의 사이에 위는 거적으로 덮고 양 가는 삿자리로 두른 울막을 보고 나는 가슴이 덜컥하고 내려앉았다. 상청(喪廳)이 아닌가…….

그러나 내 어림의 짐작은 틀렸다. 마루에 올라선 내가 안방 아랫방에서 뛰어나온 잠 못 잔 피로한 얼굴들에게 이끌리어 할머니의 거처하는 단칸 건넌방으로 들어가니 할머니는 깔아진 듯이 아랫목에 누웠으되 오히려 숨은 붙어 있었다. 그 앞에 앉은 나를 생선의 그것 같은 흐릿한 눈자위로 의아스럽게 바라본다.

"얘가 누구입니까. 어머니, 얘가 누구입니까."

예안(禮安) 이씨로, 예절 알기와 효성 있기로 집안 중에 유명한 중모(仲母)는 나를 가리키며 병자의 귀에 대고 부르짖었다.

"몰라…….."

환자는 담이 그르렁그르렁하면서 귀찮은 듯이 대꾸하였다.

"내가 누구입니까, 할머니!"

나는 그 검버섯이 어룽어룽한 뼈만 남은 손을 만지며 물어보았다. 나의 소리는 떨리었다.

"저를 모르시겠습니까. 제가 ○○이 아닙니까."

"응, 네가 ○○이냐…….."

우는 듯이 이런 말을 하고 그윽하나마 내가 잡은 손에 힘을 주는 듯하였다. 그 개개풀린 눈동자 가운데도 반기는 빛이 역력(歷歷)히 움직였다.

할머니의 병환이 어젯밤에는 매우 위중해서 모두 밤새움을 한 일, 누구누구 자손을 찾던 일, 그중에 내 이름도 부르던 일, 지금은 한결 돌린 일……, 온갖 것을 중모는 나에게 알려 주었다. 나는 그날 밤을 누울락 앉을락, 깰락 졸릴락 할머니 곁에서 밝혔다. 모였던 자손들이 제각기 돌아간 뒤에도 중모만은 할머니 곁을 떠나지 않았다. 불교의 독신자인 그는 잠 오는 눈을 비비기도 하고 기침으로 목청을 가다듬기도 하면서 밤새도록 염불을 그치지 않았다. 그 소리는 적적한 새벽녘에 해가(상여가 나갈 때 부르는 노래)

와 같이 처량히 들렸다. 나는 새삼스럽게 그 효심의 지극함과 그 정성의 놀라움에 탄복하였다.

아침저녁으로 각지에 흩어져 있는 자손들이 모여들기 시작하였다. 방이라야 단지 셋밖에 없는데, 안방은 어머니, 형수들이 점령하고 뜰아랫방 하나 있는 것은 아버지, 삼촌, 당숙들에게 빼앗긴 우리 젊은이 패 — 사, 육촌 형제들은 밤이 되어도 단 한 시간을 눈 붙일 곳이 없었다. 이웃집에 누우이 교섭한 끝에 방 한 칸을 빌려서 번차례로 조금씩 쉬기로 하였다. 이 짧은 휴식이나마 곰비임비 교란되었나니 그것은 십 분 들이로 집에서 불러들이는 까닭이다. 아버지와 삼촌네들의 큰 심부름 잔심부름도 적지 않았지만 할머니 곁에 혼자 앉은 중모의 꾸준한 명령일 때가 많았다. 더욱이 밤새 한 시에나 두 시에나 간신히 잠이 들어 꿀보다 더 단잠이 온몸에 나른하게 펴진 새벽녘에 우리는 끄들리어 일어나는 수밖에 없었다.

"할머니 병환이 이렇듯 위중하신데 너희는 태평하게 잠을 잔단 말이냐."

우리가 건넌방에 들어서면 그는 다짜고짜로 야단을 쳤다. 그중에도 가장 나이 어리고 만만한 내가 이 꾸중받이가 되었다. 인정사정없는 그의 태도가 불쾌는 하였지만 도덕적 우월을 빼앗긴 우리는 대꾸 한마디 할 수 없었다.

"다들 뭐란 말이냐. 나는 한 달이나 밤을 새웠다. 며칠들이나 된다고."

졸음 오는 눈을 비비는 우리를 보고 그는 자랑스럽게 또 이런 꾸중도 하였다.

'놀라운 효성을 부리는 게 도무지 우리 야단칠 밑천을 장만하는 게로구나.'

나는 속으로 꿀꺽꿀꺽하며 이런 생각을 하였다.

한 번은 또 그의 명령으로 우리는 건넌방에 모여들었다. 그 방문은 열어젖히었는데 문지방 위에 할머니의 지팡이가 놓이고 그 밑에 또 신으시던 신이 놓여 있었다. 방 안 할머니의 머리맡에는 다라니(불경)가 걸려 있다.

'할머니가 운명을 하시나 보다!'

우리는 번개같이 이런 생각을 하며 할머니 곁으로 다가들었다. 그는 담을 그르렁그르렁 거리며 혼혼히 누워 있었다. 중모는 흐르는 눈물을 걷잡지 못하며 그의 귀에 들이대고 울음소리로 아미타불과 지장보살을 구슬프게 부르짖고 있었다.

한동안 엄숙한 긴장이 여기 있었다. 모두 같은 일을 기대하면서.

십 분! 이십 분! 환자의 신상에는 아무 별증이 나타나지 않았다.

"아마, 잠이 드신 모양입니다."

이윽고 아버지가 이 긴장한 침묵을 깨뜨렸다. 그리고 중모를 향하여,

"잠 주무시게스리 염불(念佛)을 고만 뫼십시오." 하고 나가 버렸다. 그 뒤를 따라 빽빽하게 들어섰던 자손들이 하나씩 둘씩 헤어졌다.

그래도 눈물을 섞어가며 염불을 계속 외던 중모가 얼마 뒤에 제물에(제풀에) 부처님 찾기를 그치었다. 그리고 끝끝내 남아 있던 나에게 할머니가 중부가 왔다고 하던 일, 자기를 데리고 교군(가마꾼)이 왔다던 일, 중모의 손을 비틀며 어서 가자고 야단을 치던 일을 이야기하였다. 그러다가 숨구멍에서 무엇이 꿀꺽하더니 그만 저렇게 정신을 잃으신 것을 설명해 들려줬다.

그날 저녁때에 할머니는 여상히 깨어나셨다. 이런 일이 한두 번이 아니었다. 몇 번이나 신과 지팡이가 놓였다 치였다, 다라니가 벽에 걸리었다 떼었다 하였다. 그러는 동안에 자손의 얼굴은 자꾸자꾸 축이 나갔다. 말하기는 안됐지만 모두 불언 중에 할머니의 하루바삐 끝장나기를 기다리고 있었다. 관조차 맞추어서 칠까지 먹여 놓았다. 내가 처음 오던 날 상청(喪廳)이 아닌가 하고 놀래던 그 울막도 이 관을 놓아두려는 의지간이었다.

그러하건만 할머니는 연하한 모양으로 그물그물하다가 또 정신을 차리었다. 아니 정신이 돌아오는 때가 도리어 많아 간다. 자기 앞에 들어서는 자손들을 거의 틀림없이 알아맞췄다.

그리고 가끔 몸부림을 치면서 일으켜 달라고 야단을 쳤다. 이럴 때에 중모는 거북스럽게도 염불(念佛)을 모시었다.

"어머니, 어머니, 가만히 계셔요. 가만히 계셔요."

그는 몸부림하는 할머니를 제지하면서 이렇게 타일렀다.

"저를 따라 염불을 모셔요. 나무아미타불, 나무아미타불."

"나 일어 날란다."

"에그, 왜 그러셔요. 가만히 계셔요, 제발 덕분에. 나무아미타불, 나무아

미타불……."

"나무아미타불, 나무아미타불."

할머니는 마지못하여 중모를 따라 두어 번 입술을 달싹달싹하더니 또 얼굴을 찡그리며 애원하는 어조로,

"인제 고만 뫼시고 날 좀 일으켜 다고. 내 인제 고만 가련다."

"어디 가세요! 가만히 누워 계시지요. 왜 일어나시긴. 나무아미타불……왕생극락…… 나무아미타불……."

할머니는 귀찮아 못 견디겠다는 듯이 팔을 내어 저으며,

"듣기 싫다, 염불 소리 듣기 싫다! 인제 고만 해라." 하며 몸을 일으키려고 애를 쓴다.

"그게 무슨 말씀입니까."

중모는 질색을 하며 더욱 비장(悲壯)하게 부처님을 찾았다.

"듣기 싫다! 듣기 싫어. 나는 고만 갈 테야."

할머니는 또 이렇게 재우쳤다.

나는 이 광경을 보고 적이 의외의 감이 있었다. 할머니는 중모보다 못하지 않은 불교의 독신자이다. 몇십 년을 하루 같이 새벽마다 만수향을 켜 놓고 염불 모시기를 잊지 않은 어른이다. 정신이 혼혼한 뒤에도 염주(念珠)담은 상자와 만수향만은 일일이 아랑곳하던 어른이다.

"…… 하루에도 만수향을 세 갑 네 갑 켜시겠지. 금방 사다 드리면 세 개씩 네 개씩 당장 다 켜 버리시고 또 안 사 온다고 꾸중이시구나……."

작년 가을 내가 귀성하였을 때 계모가 웃으며 할머니의 노망 이야기를 하는 가운데 만수향 켜는 것을 그 하나로 헤아렸다.

그러하던 할머니가 왜 지금 와서 염불을 듣기 싫다는 건가? 그다지 할머니는 일어나고 싶으신가? 죽어 가면서도 일어나려는 이 본능 앞에는 모든 것이 권위를 잃은 것인가?

"저렇게 일어나시려 하니 좀 일으켜 드리지요."

나는 보다 못해 이런 말을 했다.

"안 된다. 일으켜 드릴 수가 없다. 하도 저러시길래 한번 일으켜 드렸더니 어떻게 아파하시는지 차마 뵐 수가 없었다."

"어째 그래요?"

나는 이렇게 반문하였다. 이 반문에 대한 중모의 설명은 더욱 놀라운 것이었다.

　할머니가 작년 봄부터 맑은 정신을 잃은 결과에 늙은이가 어린애 된다고, 뒤를 가리지 않게 되었다. 게다가 이 두어 달 전부터 물을 자꾸 청해 잡수시고 옷이고 요 바닥에 함부로 뒤를 보았다. 그것을 얼른 빨아 드리지 못한 때문에 제물에 뭉켜지고 말라붙은 데다가 뜨거운 불목(아랫목)에 데어 궁둥이 언저리가 모두 벗겨졌다. 그러므로 일어나려면 그곳이 땅기고 박혀 아파하는 것이라 한다.

　이 말을 들은 나는 할머니를 모로 누이고 그 상처를 보았다. 그 자리는 손바닥 넓이만치나 빨갛게 단 쇠로 지진 듯이 시커멓게 벗겨졌는데 그 위에는 하얀 해가 징그럽게 끼었고 그 가장자리는 독기를 품고 아른아른히 부르터 올라 있다. 나는 차마 더 볼 수가 없었다. 이것이 무슨 일인가! 양조모, 양모가 부러워하던 늘은 듯한 자손은 다 무엇을 하고 우리 할머니를 이 지경이 되게 하였는가? 왜 자주 옷을 갈아입혀 드리며 빨아 드리지 못하였는가? 이 직접 책임자인 계모가 더할 수 없이 괘씸하였다.

　그러나 가만히 생각해 보면 그를 그르다고도 할 수 없다. 위에도 말하였거니와 할머니가 이리된 지는 하루 이틀이 아니다. 벌써 몇 달째 흘리는 뒤를 그때 족족 빨아낼 수 없으리라. 더구나 밤에 그런 것이야, 일일이 알 수도 없으리라. 하물며 계모는 시집오던 첫날부터 골머리를 앓을 만큼 큰 병객이다. 병명은 의원을 따라 혹은 변두리 머리라고도 하고 혹은 뇌진이라고도 하고 혹은 선천 부족(先天 不足)이라고도 하였지마는 하나도 고쳐 주지는 못하였다. 삼십이 될락 말락 하건만 육십이나 칠십이 다 된 노인 모양으로 주야장천 자리보전하고 누워 있는 터이다. 제 몸이 괴로우니 모든 것이 싫은 것이다. 그리고 나까지 아우르면 아버지 슬하에 아들만 넷이나 되건마는 지금 육십 노경에 받드는 어느 아들, 어느 며느리 하나 없다. 집안이 넉넉지 못한 탓으로 사방에 흩어져서 제 입 풀칠하기에 눈코를 못 뜨는 까닭이다.

　이 책임을 누구에게 돌릴까? 나는 알 수가 없었다. 쓴 물만 입안에 돌 뿐이다.

그 후에 또 이런 일이 있었다. 어느 때 내가 할머니 곁에 갔을 적이었다. 할머니는 그 뼈만 남은 손으로 나의 손을 만지고 있었다.

"○○아, ○○아."

할머니는 문득 나를 불렀다.

"인제는 다시 못 보겠다, 인제는 다시 못 보겠다."

"왜 그런 말씀을 하십니까?"

"인제 내가 안 죽니, 그런데 너, 내청 하나 들어주겠니."

"네? 무슨 말씀입니까."

"나, 나 좀 일으켜 다고."

나는 눈물이 날 듯이 감동하였다. 어찌 차마 이 청을 떼칠 건가. 나는 다짜고짜로 두 손을 할머니 어깨 밑으로 넣으려 하였다. 이것을 본 중모는 깜짝 놀라며 나를 말렸다.

"얘, 네가 왜 또 그러니. 일으켜 드리면 아파하신대두 그 애가 그러네."

"그때 약을 사다 드렸으니 그 자리가 인제는 아물었겠지요."

나는 데었단 말을 듣던 그날 약 사다 드린 것을 생각하고 이런 말을 하였다.

"어머니! 어머니! 가만히 누워 계셔요, 네? 일어나시면 아프십니다."

중모는 잔상이(부드럽고 친절하게) 타이르듯 말하였다. 할머니는 물끄러미 나와 중모를 번갈아 보시더니 단념한 듯이 눈을 감았다. 한참 앉아 있다가 나는 몸을 일으켰다. 이때에 할머니가 눈을 번쩍 뜨며 문득,

"어데를 가?"라고 물었다. 나는 주춤 발길을 멈추었다.

할머니는 퀭한 눈으로 이윽고 나를 쳐다보더니 무엇을 잡을 듯이 손을 내어 저으며 우는 듯한 소리로,

"서방님! 제발 나를 좀 일으켜 주십시오. 서방님, 제발 나를 좀 일으켜 주십시오."라고 부르짖었다.

"에그머니! 그게 무슨 말입니까? 그 애가 ○○이 아닙니까. 서방님이 무엇이야요."

중모는 바싹 할머니에게 다가들며 애처롭게 알려 드렸다. 이때 마침 할머니가 잡수실 배즙을 가지고 들어오던 둘째 형수가 무슨 구경거리나 생긴 듯이 안방을 향하고 외쳤다.

"에그, 할머니 좀 보아요! 서울 아우님더러 서방님! 서방님! 하십니다."

이 외침을 듣고 자부들은 모여들었다. 그들의 눈은 호기심에 번쩍이고 있었다. 나는 또 할머니의 청을 물리칠 수는 없었다.

그것이 어떻게 나쁜 영향을 초치할지라도 아니 일으켜 드릴 수 없었다.

그러나 할머니는 요 바닥 위로 반자를 떠나지 못하여,

"아야야!"라고 외마디 소리를 쳤다. 나는 얼른 들어 올리던 손을 뺄 수밖에 없었다.

다시금 눕기 싫어하던 요 위에 누운 뒤에도 할머니는 앓기를 말지 않았다. 적지 아니한 꾸중을 모시었다.

이윽고 조금 진정이 되더니만 또 팔을 내저으며 기를 쓰고 가슴을 덮은 이불자락을 자꾸자꾸 밀어 내리었다. 감기나 들까 염려하는 중모는 그것을 꾸준히 도로 집어 올렸다.

할머니는 손을 내어밀더니 이번에는 내 조끼 단추를 붙잡아 당기었다.

"왜 이리하십니까? 단추를 빼란 말씀입니까?"

할머니는 고개를 끄덕이었다. 끄덕였다 하여도 끄덕이려는 의사를 보였을뿐이었다. 나는 단추 한 개를 빼었다. 그래도 할머니는 자꾸 조끼의 단추와 씨름을 말지 아니하였다. 나는 단추를 낱낱이 빼는 수밖에 없었다. 그러고 나니 그는 또 옷고름과 실랑이를 시작하였다.

"옷고름을 끄를까요?"

"응!"

나는 옷고름을 끌렀다. 끄른 뒤에 할머니는 또 소매를 잡아당기었다.

"왜 이리하셔요?"

"버, 벗어라, 답답치 않니?"

여기저기서 멈추려고 애쓰는 웃음이 키키하였다.

나는 경멸과 모욕의 시선을 그들에게 던졌다. 자기가 얼마나 답답하고 갑갑하길래 남의 단추 끼운 것과 옷고름 맨 것과 저고리 입은 것조차 답답해 보일 것이랴! 여기는 쓰디쓴 눈물과 살을 저미는 슬픔이 있어야 하겠거늘, 이 기막힌 광경을 조소로 맞아야 옳을까?

나는 곧 그들에게 침이라도 뱉고 싶었다. 하되 나의 마음을 냉정하게 살펴본즉 슬프다! 나에게는 그들을 모욕할 권리가 없었다. 형수들 앞에서 앞

가슴을 풀어 젖히라는 할머니가 민망스럽기도 하고 딱하기도 하였다. 환자를 가엾다고 생각하면서도 나의 속 어디인지 웃음이 움직인 것은 부정할 수 없는 사실이었다. 더구나 내가 젊은이 패가 모인 이웃집 방에 들어갔을 때 무슨 재미스러운 일이나 보고 온 사람 모양으로 득의양양히 이 이야기를 하고서 허리를 분질렀다…….

거기에서는 할머니의 병세에 대하여 의논이 분분하였다. 그들은 하나도 한가한 이가 없었다. 혹은 변호사, 혹은 은행원, 혹은 회사원으로 다 무한년하고 있을 수 없는 형편이었다.

"나는 암만해도 내일은 좀 가 보아야 되겠는데……. 나는 그 전보를 보고 벌써 돌아가신 줄 알았어. 올 때에 친구들이 북포(北布)니 뭐니 부의(賻儀)를 주길래 아직 돌아가시지도 않았는데 이게 웬일이냐 하니까, 그 사람들 말이, 돌아가셔도 자손들에게 그렇게 전보를 놓으니, 하데 그려. 그래 모두 받아 왔는데……. 허허허…….."

그중에 제일 연장자로 쾌활하고 말 잘하는 백형(佰兄)은 웃음 섞어 이런 말을 하고 있었다.

"암만해도 오늘내일 돌아가실 것 같지는 않은데…… 이거 큰일 났는걸, 갈 수도 없고……."

"딴은 곧 돌아가실 것 같지는 않아……."

은행원으로 있는 육촌은 이렇게 맞방망이를 쳤다.

"의사를 불러서 진단을 해 보는 것이 어떨까요?"

부산 방직 회사에 다니는 사촌이 이런 제의를 하였다.

"옳지, 참 그래 보아야 되겠군."

아버지께 이 사연을 아뢰었다.

"시방 그물그물하시지 않나, 그러면 하여간 의원을 좀 불러올까."

의원은 아버지와 절친한 김 주부(金主簿)를 청해 오기로 하였다.

갓을 쓴 그 의원은 얼마 아니 되어 미륵(彌勒) 같은 몸뚱이를 환자 방에 나타내었다. 매우 정신을 모으는 듯이 눈을 내리감고 한나절이나 진맥을 하더니 고개를 절레절레 흔들며 물러앉는다.

"매우 말씀하기 안 되었소마는 아마 오늘 밤이 아니면 내일은 못 넘길 것 같소."

매우 말하기 어려운 듯이, 기실 조금도 말하기 어렵지 않은 듯이, 그 의원은 최후의 판결을 언도하였다.

"글쎄, 그래 워낙 노쇠하여서 오래 부지를 하실 수 없지……."

그러면 그렇지 하는 얼굴로 아버지는 맞방망이를 쳤다.

가려던 자손은 또 붙잡히었다. 그러나 할머니는 그날 저녁부터 한결 돌리었다. 가끔 잡수실 것을 찾기도 하였다. 잡숫는 건 고작해야 배즙, 국물에 만 한 술도 안 되는 진지였다. 죽과 미음은 입에 대기도 싫어하였다. 그리고 전일에 발라 드린 양약(洋藥)의 효험이 나서 상처가 아물었는지 자부와 손부에게 부축되어 꽤 오래 일어나 앉게도 되었다.

그 이튿날이 무사히 지나가자 한의(韓醫)의 무지를 비소(誹笑)하고 다른 것은 몰라도 환자의 수명이 어느 때까지 계속될 시간 아는 데 들어서는 양의(洋醫)가 나으리라는 우리 젊은 패의 주장에 의하여 ××의원 원장으로 있는 천엽 의학사(千葉醫學士)를 불러오게 되었다.

그는 진찰한 결과에 다른 증세만 겹치지 않으면 2, 3주일은 무려(無慮)하리라 하였다.

"그래, 그저 그럴 거야. 아직 괜찮으신데 백주에 서두르고 야단을 했지." 하고 일이 바쁜 백형(伯兄)은 그날 밤으로 떠나갔다.

그 이튿날 아침이었다.

우리가 집에 돌아오니까 할머니 곁을 떠난 적 없는 중모가 마당에서 한가롭게 할머니의 뒤 흘린 바지를 빨고 있다가 웃는 낯으로 우리를 맞으며,

"할머님이 오늘 아침에는 혼자 일어나셨다. 시방 진지를 잡수고 계시다. 어서 들어가 뵈어라."

나는 뛰어 들어갔다. 자부와 손부의 신기하게 여기는 시선을 받으면서 할머니는 정말 진지를 잡숫고 있었다.

나는 빙글빙글 웃으며,

"할머니, 어떻게 일어나셨습니까?"

할머니는 합죽한 입을 오물오물하여 막 떠 넣은 밥 알맹이를 삼키고,

"내가 혼자 일어났지, 어떻게 일어나긴. 흉악한 놈들, 암만 일으켜 달라니 어데 일으켜 주어야지. 인제 나 혼자라도 일어난다." 하며 자랑스럽게 대답하였다.

"어제 의원이 왔지요. 인제 할머니가 곧 나으신대요."

"정말 낫겠다고 하든, 응?" 하고 검버섯 핀 주름을 밀며 흔연(欣然)한 웃음의 그림자가 오래간만에 그의 볼을 스쳤다. 나의 눈엔 어쩐지 눈물이 핑 돌았다.

그날 밤차로 모였던 자손들은 제각기 흩어졌다. 나도 그날 밤에 서울로 올라왔다.

어느 아름다운 봄날이었다……. 말갛게 개인 하늘은 구름 한 점도 없고 아른아른한 아지랑이가 그 하늘거리는 깁 올(비단 올)이로 봄 비단을 짜내는 어느 아름다운 봄날이었다. 나는 깨끗하게 춘복(春服)을 차리고 친구 몇 몇과 우이동 앵화(櫻花) 구경을 막 나가려던 때이었다. 이때에 뜻 아니 한 전보 한 장이 닥치었다.

'오전 3시 조모주 별세'

감자

- 김동인 -

작가 소개

김동인(金東仁 1900~1951)

1900년 평양에서 태어났다. 1912년 평양 숭덕 보통학교를 졸업하고, 1914년 일본으로 건너가 도쿄 아오야마 중학부에 유학하였다. 1917년 아오야마 학교를 졸업하고 그림에 뜻을 두어 가와바타 미술학교에 입학한다. 1919년 김동인은 동경에서 우리나라 최초의 문예 동인지인 '창조'를 출판하여, 창간호에 처녀작 〈약한 자의 슬픔〉을 발표하고, 1920년에는 〈피아노의 울림〉과 〈마음이 옅은 자여〉를 발표하였다. 1921년 〈배따라기〉와 단편 〈유성기〉를 발표했지만 경영난 때문에 '창조'를 폐간했다.

그러다가 1922년에 창작집 〈목숨〉, 〈딸의 업을 이으려고〉, 〈전제자〉를 발표했다. 1924년에는 동인지 '영대'를 간행하였으나, 다음 해 제5호를 끝으로 폐간했다. 1929년 〈젊은 그들〉을 동아일보에 연재하였고 1930년에는 단편 〈죄와 벌〉, 〈포플러〉, 탐미주의적인 작품인 〈광염소나타〉를 발표했다. 1933년 조선일보에 〈운현궁의 봄〉을 연재했고, 1935년 '야담'지에 〈광화사〉를 발표했다. 1938년 일본 천황에 대한 불경죄로 옥고를 치르기도 하였고 광복 직후에는 우익 단체인 전조선 문필가협회 결성을 주선하는 등 좌익과의 싸움에 앞장섰다. 1951년 1·4 후퇴 때 가족이 피난 간 사이에 홀로 서울 성동구 자택에서 죽었다.

첫 단편 소설 〈약한 자의 슬픔〉은 한국 최초의 리얼리즘 또는 자연주의 작품으로 알려져 있다. 단편 〈마음이 옅은 자여〉, 〈목숨〉, 〈발가락이 닮았다〉 등을 썼고, 자연주의 경향의 작품 〈배따라기〉, 〈태형〉, 〈감자〉, 〈김연실전〉 등을 발표했다. 한편 대조적인 작품인 〈광화사〉, 〈광염소나타〉 등은 낭만주의 경향을 보이는 작품이다.

대표작품으로는 〈여인〉, 〈붉은산〉, 〈젊은 그들〉, 〈대수양〉, 〈왕부의 낙조〉등이 있다. 그를 기념하기 위해 사상계 및 동서문화, 1979년부터는 조선일보사에서 동인문학상을 제정·수여하고 있다.

〈감자〉는 복녀라는 가난하지만 정직한 농가에서 자란 여인이 환경의 영향을 받아 타락해 가는 과정을 그린 작품으로 1925년 '조선문단'에 발표되었다. 자연주의 경향의 소설로 김동인의 위치를 확고히 해 준 작품이다. 〈감자〉에 나타난 빈궁한 삶의 체험은 당시 식민지 현실을 반영하는 보편성까지 확보하게 된다. 작품 서두에 제시된 칠성문 밖 빈민굴은 도덕성과 윤리 의식이 부재(不在)하는, 정상적인 세계로부터 격리된 생활공간으로서 이후의 사건에 대한 어떤 예감을 제공한다. 이러한 공간에서 일어날 수 있는 일이란 파렴치하고 부도덕한 '싸움, 간통, 살인, 도둑, 구걸, 징역, 이 세상의 모든 비극과 활극의 근원지'일 수밖에 없다. 복녀 내외가 여기까지 흘러오게 된 것은 가난과 남편의 게으름 때문이다. 원래는 선비의 가통(家統)을 이은 집안의 딸이라 염치도 알고 경우도 아는 복녀였지만, 가난 때문에 밥을 얻으러 다니기도 하고 송충이 잡는 일에서부터 몸을 팔기 시작했다. 복녀의 죽음도 따지고 보면 이러한 불우한 환경이 빚어낸 일종의 숙명으로, 그 운명은 환경에 의해 이미 결정된 것이다. 그녀의 최초 부정은 타율적인 것이었지만 나중에는 자율적인 것으로 변화된다.

'복녀'라는 한 여인의 삶이 농축되어 있는 이 작품의 특징은 우선 그 간결한 문장과 압축적인 대화가 눈에 띈다. 그리고 작가의 주관적인 설명이나 해석이 없이 객관적인 거리를 유지하는 냉철한 문체도 두드러진 특징이다. 내용 면에서는 환경결정론에 입각한 김동인 특유의 자연주의적인 시각이 잘 드러나고 있다.

복녀는 15세 나이에 20년 연상의 동네 홀아비에게 80원에 팔려 시집을 가게 된다. 그러나 남편이 무능하고 게을렀다. 가난하지만 정직한 농가에서 자라 막연하나마 도덕심을 가지고 있던 복녀(福女)는 사느라고 노력했지만 이농민 신세가 되어 평양에서 행랑살이를 전전하다가 결국 칠성문 밖 빈민굴로 들어가게 된다.

당국에서 빈민 구제를 겸하여 시행한 기자묘 솔밭의 송충이잡이를 하게 된 복녀는 열심히 송충이를 잡는다. 그런데 복녀가 며칠 일을 하다 보니 젊은 여인 몇몇은 일하지 않고 나무 밑에서 노닥거려도 복녀보다 하루 품삯을 8전이나 더 받는다는 사실을 안다.

어느 날 감독관은 복녀를 부르고, 복녀는 감독관에게 몸을 허락한다. 그날부터 그녀의 도덕관은 변하였다. 가을이 되자 복녀는 빈민굴 아낙네들을 따라 중국인 감자밭에 감자를 도둑질하기 위해 드나든다. 그러던 어느 날 밤, 복녀가 감자 한 광주리를 훔쳐서 막 일어나려는 찰나 중국인 왕 서방에게 붙잡힌다. 이번에도 복녀는 왕 서방을 따라가서 몸을 허락하고 얼마간의 돈을 얻어 집으로 돌아온다. 왕 서방은 그녀의 집에까지 드나들고 그 후 복녀 부부의 생활에는 약간의 윤기가 흐르기 시작한다. 왕 서방이 복녀의 집에 오면 복녀의 남편은 복녀가 마음 놓고 몸을 팔 수 있도록 자리를 피해 주곤 한다.

다음 해 봄이 되자 복녀는 왕 서방이 젊은 색시를 얻는다는 소식을 듣고 분노한다. 마침내 색시가 오자 복녀는 새벽에 왕 서방 집을 덮쳐 낫으로 왕 서방을 위협하다가 되레 왕 서방에 의해 살해된다. 복녀의 송장은 사흘이 지나도록 묻히지 못하다가 사흘째 되던 날 밤 왕 서방과 복녀 남편, 한방 의사가 모인다. 그날 밤 왕 서방은 복녀 남편에게 30원을 주고 한방 의사에게는 20원을 준다. 그리고 복녀는 이튿날 뇌일혈로 죽었다는 한방 의사의 진단으로 공동묘지에 묻힌다.

핵심 정리

· 갈래 : 순수 소설
· 시점 : 3인칭 관찰자 시점
· 배경 : 1920년대 일제 식민지 평양 칠성문 밖 빈민굴
· 주제 : 가난이 빚은 한 여인의 비극적인 삶
· 출전 : 조선 문단

감자

  싸움, 간통, 살인, 도둑, 구걸, 징역, 이 세상의 모든 비극과 활극의 근원지인 칠성문 밖 빈민굴로 오기 전까지는, 복녀의 부처는(사농공상의 제2위에 드는) 농민이었다.

  복녀는 원래 가난은 하나마 정직한 농가에서 규칙 있게 자라난 처녀였었다. 이전 선비의 엄한 규율은 농민으로 떨어지자부터 없어졌다 하나, 그러나 어딘지는 모르지만 딴 농민보다는 좀 똑똑하고 엄한 가율이 그의 집에 그냥 남아 있었다. 그 가운데서 자라난 복녀는 물론 다른 집 처녀들같이 여름에는 벌거벗고 개울에서 멱 감고, 바짓바람으로 동네를 돌아다니는 것을 예사로 알기는 알았지만, 그러나 그의 마음속에는 막연하나마 도덕이라는 것에 대한 기품을 가지고 있었다.

  그는 열다섯 살 나던 해에 동네 홀아비에게 80원에 팔려서 시집이라는 것을 갔다. 그의 새서방(영감이라는 편이 적당할까)이라는 사람은 그보다 20년이나 위로서, 원래 아버지의 시대에는 상당한 농민으로 밭도 몇 마지기가 있었으나, 그의 대로 내려오면서는 하나둘 줄기 시작하여, 마지막에 복녀를 산 80원이 그의 마지막 재산이었다. 그는 극도로 게으른 사람이었다. 동네 노인의 주선으로 소작 밭깨나 얻어 주면, 종자만 뿌려 둔 뒤에는 훔치질도 안 하고 김도 안 매고 그냥 버려두었다가는 가을에 가서는 되는 대로 거두어서 '금년은 흉년이네' 하고 전주 집에는 가져도 안 가고 자기 혼자 먹어 버리고 하였다. 그러니까 그는 한 밭을 이태를 연하여 부처 본 일이 없었다. 이리하여 몇 해를 지내는 동안 그는 그 동네에서는 밭을 못 얻을 만큼 인심과 신용을 잃고 말았다.

  복녀가 시집을 온 뒤, 한 3, 4년은 장인의 덕으로 이렁저렁 지냈으나, 이전 선비의 꼬리인 장인도 차차 사위를 밉게 보기 시작하였다. 그들은 처가에까지 신용을 잃게 되었다.

  그들 부처는 여러 가지로 의논하다가 하릴없이 평양 성안으로 막벌이로 들어왔다. 그러나 게으른 그에게는 막벌이나마 역시 되지 않았다. 하루 종일 지게를 지고 연광정에 가서 대동강만 내려다보고 있으니, 어찌 막벌이인들 될까. 한 서너 달 막벌이를 하다가, 그들은 요행 어떤 집 막간(행랑)살이로 들어가게 되었다.

그러나 그 집에서도 얼마 안 되어 쫓겨 나왔다. 복녀는 부지런히 주인집 일을 보았지만, 남편의 게으름은 어찌할 수가 없었다. 매일 복녀는 눈에 칼을 세워 가지고 남편을 채근하였지만, 그의 게으른 버릇은 개를 줄 수는 없었다.

"뱃섬 좀 치워 달라우요."

"남 졸음 오는데, 님자 치우시관."

"내가 치우나요?"

"20년이나 밥 처먹구 그걸 못 치워?"

"에이구, 칵 죽구나 말디."

"이 년, 뭘!"

이러한 싸움이 그치지 않다가 마침내 그 집에서도 쫓겨 나왔다.

이젠 어디로 가나? 그들은 하릴없이 칠성문 밖 빈민굴로 밀리어 오게 되었다.

칠성문 밖을 한 부락으로 삼고 그곳에 모여 있는 모든 사람들의 정업은 거지요, 부업으로는 도둑질과(자기네끼리의) 매음, 그 밖에 이 세상의 모든 무섭고 더러운 죄악이었다. 복녀도 그 정업으로 나섰다.

그러나 열아홉 살의 한창 좋은 나이의 여편네에게 누가 밥인들 잘 줄까.

"젊은 거이 거랑질은 왜?"

그런 소리를 들을 때마다 그는 여러 가지 말로 남편이 병으로 죽어 가거니 어쩌거니 핑계는 대었지만, 그런 핑계에서는 단련된 평양 시민의 동정은 역시 살 수가 없었다. 그들은 이 칠성문 밖에서도 가장 가난한 사람 가운데 드는 편이었다. 그 가운데서 잘 수입되는 사람은 하루에 5리짜리 돈푼으로 1원 7, 80전의 현금을 쥐고 돌아오는 사람까지 있었다. 극단으로 나가서는 밤에 돈벌이 나갔던 사람은 그날 밤 40여 원을 벌어 가지고 와서 그 근처에서 담배 장사를 시작한 사람까지 있었다.

복녀는 열아홉 살이었다. 얼굴도 그만하면 빤빤하였다. 그 동네 여인들의 보통 하는 일을 본받아서, 그도 돈벌이 좀 잘하는 사람의 집에라도 간간이 찾아가면, 매일 5, 60전은 벌 수가 있었지만, 선비의 집안에서 자라난 그는 그런 일은 할 수가 없었다.

그들 부처는 역시 가난하게 지냈다. 굶는 일도 흔히 있었다.

기자묘 솔밭에 송충이가 끓었다. 그때 평양부에서는 그 송충이를 잡는데(은혜를 베푸는 뜻으로) 칠성문 밖 빈민굴의 여인들을 인부로 쓰게 되었다.

빈민굴 여인들은 모두 다 지원을 하였다. 그러나 뽑힌 것은 겨우 50명쯤이었다. 복녀도 그 뽑힌 사람 가운데 한 사람이었다.

복녀는 열심히 송충이를 잡았다. 소나무에 사다리를 놓고 올라가서는, 송충이를 집게로 집어서 약물에 잡아넣고, 또 그렇게 하고, 그의 통은 잠깐 사이에 차고 하였다. 하루에 32전씩의 품삯이 그의 손에 들어왔다.

그러나 대엿새 하는 동안에 그는 이상한 현상을 하나 발견하였다. 그것은 다른 것이 아니라, 젊은 여인부 여남은 사람은 언제나 송충이는 안 잡고, 아래서 지절거리며 웃고 날뛰기만 하고 있는 것이었다. 뿐만 아니라 그 놀고 있는 인부의 품삯은, 일하는 사람의 삯전보다 8전이나 더 많이 내어 주는 것이다.

감독은 한 사람뿐이었는데, 감독도 그들이 놀고 있는 것을 묵인할 뿐 아니라, 때때로는 자기까지 섞여서 놀고 있었다.

어떤 날 송충이를 잡다가 점심때가 되어서, 나무에서 내려와 점심을 먹고 다시 올라가려 할 때에 감독이 그를 찾았다.

"복네! 얘, 복네!"

"왜 그릅네까?"

그는 약통과 집게를 놓고 뒤로 돌아섰다.

"좀 오나라."

그는 말없이 감독 앞에 갔다.

"얘, 너, 음…… 데 뒤 좀 가 보자."

"뭘 하레요?"

"글쎄, 가야……."

"가디요 — 형님."

그는 돌아서면서 인부들 모여 있는 데로 고함쳤다.

"형님두 갑세다 가레."

"싫다 얘. 둘이서 재미나게 가는데, 내가 무슨 맛에 가갔니?"

복녀는 얼굴이 새빨갛게 되면서 감독에게로 돌아섰다.

"가 보자."

감독은 저편으로 갔다. 복녀는 머리를 수그리고 따라갔다.

"복네 좋았구나."

뒤에서 이러한 조롱 소리가 들렸다. 복녀의 숙인 얼굴은 더욱 발갛게 되었다.

그날부터 복녀도 '일 안 하고 품삯 많이 받는 인부'의 한 사람이 되었다.

복녀의 도덕관 내지 인생관은 그때부터 변하였다.

그는 아직껏 딴 사내와 관계를 한다는 것을 생각하여 본 일도 없었다. 그것은 사람의 일이 아니요, 짐승의 하는 짓쯤으로만 알고 있었다. 혹은 그런 일을 하면 탁 죽어지는지도 모를 일로 알았다.

그러나 이런 이상한 일이 어디 다시 있을까. 사람인 자기도 그런 일을 한 것을 보면, 그것은 결코 사람으로 못 할 일이 아니었었다. 게다가 일 안 하고도 돈 더 받고, 긴장된 유쾌가 있고, 빌어먹는 것보다 점잖고…… 일본말로 하자면, '삼박자(三拍子)' 갖춘 좋은 일은 이것뿐이었다. 이것이야말로 삶의 비결이 아닐까. 뿐만 아니라 이 일이 있은 뒤부터 처음으로 한 개 사람이 된 것 같은 자신까지 얻었다.

그 뒤부터는, 그의 얼굴에 조금씩 분도 발리게 되었다.

1년이 지났다.

그의 처세의 비결은 더욱더 순탄히 진척되었다. 그의 부처는 이제는 그리 궁하게 지내지는 않게 되었다.

그의 남편은, 이것이 결국은 좋은 일이라는 듯이 아랫목에 누워서 벌씬벌씬 웃고 있었다.

복녀의 얼굴은 더욱 예뻐졌다.

"여보, 아즈바니, 오늘은 얼마나 벌었소?"

복녀는 돈 좀 많이 번 듯한 거지를 보면 이렇게 찾는다.

"오늘은 많이 못 벌었쉐다."

"얼마?"

"도무지 열서너 냥."

"많이 벌었쉐다. 한 댓 냥 꿰주소고래."

"오늘은 내가……."

어쩌고저쩌고하면, 복녀는 곧 뛰어가서 그의 팔에 늘어진다.

"나한테 들킨 댐에는 꿰구야 말아요."

"나 원, 이 아즈마니 만나믄 야단이더라. 자 꿰주디, 그 대신 응? 알아있디?"

"난 몰라요. 해해해해."

"모르믄 안 줄 테야."

"글쎄, 알았대두 그런다."

— 그의 성격은 이만큼까지 진보되었다.

가을이 되었다.

칠성문 밖 빈민굴의 여인들은 가을이 되면 칠성문 밖에 있는 중국인의 채마밭에 감자(고구마)며 배추를 도둑질하러, 밤에 바구니를 가지고 간다. 복녀도 감자깨나 잘 도둑질하여 왔다.

어떤 날 밤, 그는 고구마를 한 바구니 잘 도둑질하여 가지고, 이젠 돌아오려고 일어설 때에 그의 뒤에 시꺼먼 그림자가 서서 그를 꽉 붙들었다. 보니, 그것은 그 밭의 주인인 중국인 왕 서방이었다. 복녀는 말도 못 하고 멀찐멀찐 발아래만 내려다보고 있었다.

"우리 집에 가!"

왕 서방은 이렇게 말하였다.

"가재믄 가디. 원, 것두 못 갈까."

복녀는 엉덩이를 한 번 홱 두른 뒤에, 머리를 젖히고 바구니를 저으면서 왕 서방을 따라갔다.

1시간쯤 뒤에 그는 왕 서방의 집에서 나왔다. 그가 밭고랑에서 길로 들어서려 할 때에, 문득 뒤에서 누가 그를 찾았다.

"복네 아니야?"

복녀는 홱 돌아서 보았다. 거기는 자기 곁집 여편네가 바구니를 끼고, 어두운 밭고랑을 더듬더듬 나오고 있었다.

"형님이댔쉐까? 형님두 들어갔댔쉐까?"

"님자두 들어갔댔나?"

"형님은 뉘 집에?"

"나? 눅(陸) 서방네 집에. 님자는?"

"난 왕 서방네…… 형님 얼마 받았소?"

"눅 서방네 그 깍쟁이 놈, 배추 세 페기……."

"난 3원 받았다."

복녀는 자랑스러운 듯이 대답하였다.

10분쯤 뒤에 그는 자기 남편과 그 앞에 돈 3원을 내어놓은 뒤에, 아까 그 왕 서방의 이야기를 하면서 웃고 있었다.

그 뒤부터 왕 서방은 무시로 복녀를 찾아왔다.

한참 왕 서방이 눈만 멀찐멀찐 앉아 있으면, 복녀의 남편은 눈치를 채고 밖으로 나간다. 왕 서방이 돌아간 뒤에 그들 부처는 1원 혹은 2원을 가운데 놓고 기뻐하고는 하였다.

복녀는 차차 동네 거지들한테 애교를 파는 것을 중지하였다. 왕 서방이 분주하여 못 올 때가 있으면 복녀는 스스로 왕 서방의 집까지 찾아갈 때도 있었다.

복녀의 부처는 이제 이 빈민굴의 한 부자였다.

그 겨울도 가고 봄이 이르렀다.

그때 왕 서방은 돈 백 원으로 어떤 처녀를 하나 마누라로 사 오게 되었다.

"흥!"

복녀는 다만 코웃음만 쳤다.

"복녀, 강짜하갔구만."

동네 여편네들이 이런 말을 하면, 복녀는 '흥' 하고 코웃음을 웃고 하였다.

내가 강짜를 해? 그는 늘 힘 있게 부인하곤 하였다. 그러나 그의 마음에 생기는 검은 그림자는 어찌할 수가 없었다.

"이놈 왕 서방, 네 두고 보자."

왕 서방이 색시를 데려오는 날이 가까워졌다. 왕 서방은 아직껏 자랑하던 길다란 머리를 깎았다. 동시에 그것은 새색시의 의견이라는 소문이 퍼졌다.

"흥!"

복녀는 역시 코웃음만 쳤다.

마침내 색시가 오는 날이 이르렀다. 칠보단장에 사인교를 탄 색시가 칠성문 밖 채마밭 가운데 있는 왕 서방의 집에 이르렀다.

밤이 깊도록 왕 서방의 집에는 중국인들이 모여서 별난 악기를 뜯으며 별난 곡조로 노래하며 야단하였다. 복녀는 집 모퉁이에 숨어 서서 눈에 살기를 띠고 방 안의 동정을 듣고 있었다.

다른 중국인들이 새벽 2시쯤 하여 돌아가는 것을 보면서, 복녀는 왕 서방의 집 안에 들어갔다. 복녀의 얼굴에는 분이 하얗게 발리어 있었다.

신랑, 신부는 놀라서 그를 쳐다보았다. 그것을 무서운 눈으로 흘겨보면서, 그는 왕서방에게 가서 팔을 잡고 늘어졌다. 그의 입에서는 이상한 웃음이 흘렀다.

"자, 우리 집으로 가요."

왕 서방은 아무 말도 못 하였다. 눈만 정처 없이 두룩두룩하였다. 복녀는 다시 한번 왕 서방을 흔들었다.

"자, 어서."

"우리, 오늘 밤 일이 있어 못 가."

"일은 밤중에 무슨 일."

"그래두, 우리 일이……."

복녀의 입에 아직껏 떠돌던 이상한 웃음은 문득 없어졌다.

"이까짓 것."

그는 발을 들어서 치장한 신부의 머리를 찼다.

"자, 가자우, 가자우."

왕 서방은 와들와들 떨었다. 왕 서방은 복녀의 손을 뿌리쳤다.

복녀는 쓰러졌다. 그러나 곧 다시 일어섰다. 그가 다시 일어설 때는, 그의 손에는 얼른얼른하는 낫이 한 자루 들리어 있었다.

"이 되놈, 죽어라. 이놈, 나 때렸디! 이놈아, 아이구 사람 죽이누나."

그는 목을 놓고 처울면서 낫을 휘둘렀다. 칠성문 밖 외딴 밭 가운데 홀로 서 있는 왕 서방의 집에서는 일장의 활극이 일어났다. 그러나 그 활극도 곧 잠잠하게 되었다. 복녀의 손에 들리어 있던 낫은 어느덧 왕 서방의 손으로 넘어가고, 복녀는 목으로 피를 쏟으면서 그 자리에 고꾸라져 있었다.

복녀의 송장은 사흘이 지나도록 무덤으로 못 갔다. 왕 서방은 몇 번을 복녀의 남편을 찾아갔다. 복녀의 남편도 때때로 왕 서방을 찾아갔다. 둘의 사이에는 무슨 교섭하는 일이 있었다. 사흘이 지났다.

밤중 복녀의 시체는 왕 서방의 집에서 남편의 집으로 옮겨졌다. 그리고 시체에는 세 사람이 둘러앉았다. 한 사람은 복녀의 남편, 또 한 사람은 어떤 한방 의사 ― 왕 서방은 말없이 돈주머니를 꺼내어, 10원짜리 지폐 석 장을 복녀의 남편에게 주었다. 한방 의사의 손에도 10원짜리 두 장이 갔다.

이튿날, 복녀는 뇌출혈로 죽었다는 한방의의 진단으로 공동묘지로 가져갔다.

배따라기

- 김동인 -

〈배따라기〉는 1921년 '창조' 에 발표된 작품으로 헤어짐과 만남이라는 인생의 역정을 펼쳐 보이면서 현실적인 삶이 예술에 의해 아름답게 묘사된 작품이다. '배따라기' 는 평안도 민요의 하나이며 '배따라기' 라는 이름은 '배떠나기' 의 방언인 것으로 알려져 있다.

이 작품은 낭만적이며 탐미주의적인 경향이 드러나 있다. 운명 앞에선 인간의 무력함과 끝없는 회한, 바다를 배경으로 한 서정적 비애감이 소설의 주조를 이루고 있다.

외부 이야기의 화자인 나와 내부 이야기의 주인공인 그가 느끼는 삶의 비극과 허무함이 동일한 지평 위에 놓여 있다는 점이 주목되는 작품으로 우리나라의 단편 소설사에서 액자 소설의 구조를 취하고 있다. '배따라기' 라는 노래로 표상되는 예술의 아름다움이 현실적인 삶의 희생 위에서 얻어진다는 김동인 특유의 예술 지상주의적인 시각도 잘 드러나 있다.

의처증과 오해가 증오로 표출되면서, 평범하게 살아가던 사람들의 관계를 와해시키고 운명 앞에 선 인간의 무력한 모습, 그리고 끝없는 자책과 회한(悔恨)의 정서는 특히 바다의 이미지와 어울려 서정적인 심미감을 더해 준다.

배따라기의 애절한 노래와 어울려 있는 형제의 방랑은 비극적인 운명이면서도 아름다움을 느끼게 한다. 삶의 비극이 예술적인 아름다움으로 승화되고 있는 것이다.

이 작품의 주인공인 '그' 는 도덕이나 윤리, 혹은 이성의 규제를 의식하기보다는 충동적인 감정과 본능에 의해 행동하는 인물이다. 그의 감정적인 분노는 아내의 죽음이라는 파괴적인 결과를 불러온다.

나는 대동강에 첫 뱃놀이하는 날인 삼월삼짇날 대동강에서 영유 배따라기를 구슬프게 부르는 어떤 사내를 만난다. 그의 고향은 영유이며 20년간 고향에 가지 않았다고 한다. '나' 는 궁금증이 생겨 그 이유를 묻고, '영유 배따라기'를 부르는 '그'의 사연을 듣는다.

그의 형제는 영유에서 조금 떨어진 조그만 어촌에 사는 부자로 배따라기 노래를 잘 부른다. 형제는 모두 장가를 들었고 부부 사이 못지않게 의가 좋았다. 형인 '그'는, 아름다운 아내와 늠름하고 잘생긴 동생을 두었다. 그는 성품이 쾌활하고 친절한 젊은 아내가 미남인 동생에게 친절한 것을 못마땅해하며 아내를 자주 괴롭힌다. 그 후 아내와 아우 사이의 관계가 유난히 좋자 형은 둘 사이를 의심하고 기회만 있으면 꼬투리를 잡아 혼내 주려고 벼른다. 그런 참에 아우가 영유에 자주 출입하면서 첩을 얻었다는 소문을 들은 아내가 형에게 동생을 단속하라고 보채자 의심은 더욱 깊어진다.

그는 명절에 쓸 장도 보고 아내가 갖고 싶어 하던 거울도 하나 살 겸해서 장으로 간다. 기쁜 마음에 집에 당도해 보니, 아내와 동생이 옷매무새가 흐트러진 채 씩씩거리며 한방에 있었다. 그전부터 아내가 동생에게 살갑게 구는 것이 눈엣가시였던 그는 아내와 아우의 변명도 듣지 않고 아내를 두들겨 패고 그들을 쫓아낸다. 집을 나간 아내는 밤이 깊어도 돌아오지 않았다.

저녁때 방에 들어와 성냥을 찾던 형은 낡은 옷 뭉치에서 쥐가 나오는 것을 보고 자신의 경솔한 행동을 후회했으나 기다리던 아내는 다음 날 시체가 되어 바다 위에 떠오르고, 이 때문에 아우는 집을 나가 행방이 묘연하게 된다. 결국 형은 20년 동안 배따라기 노래를 부르며 뱃사람이 되어 떠돌아다닌다는 동생을 찾아 방랑 생활을 계속한다.

그가 영유를 떠난 지 10년이 지난 어느 날, 그는 어느 바닷가에서 동생을 만난다. 그러나 "형님, 그저 다 운명이외다!"라고 하는 이 한마디와 함께 동생은 환상처럼 떠나 버린다. 그리고 다시 10년 세월을 유랑하지만 동생을 다시 만나지는 못한다.

그날 밤 '나'는 '그'의 숙명적 경험담에 잠을 못 이룬다. 다음 날 아침 대동강에 나갔지만 '그'의 모습은 보이지 않았다.

<hr/>

핵심 정리

· 갈래 : 액자 소설
· 시점 : 1인칭 관찰자 시점
· 배경 : 1920년대 일제 강점기 평양과 영유
· 주제 : 오해가 빚은 형제간의 비극적인 인간의 비애
· 출전 : 창조

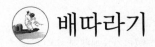

배따라기

좋은 일기이다.

좋은 일기라도 하늘에 구름 한 점 없는 — 우리 '사람'으로서는 감히 접근도 못 할 위엄을 가지고, 높이서 우리 조그만 사람을 비웃는 듯이 내려다보는 그런 교만한 하늘이 아니고, 가장 우리 '사람'의 이해자인 듯이 낮게 뭉글뭉글 엉기는 분홍빛 구름으로서 우리와 서로 손목을 잡자는 그런 하늘이다. 사랑의 하늘이다. 나는 잠시도 멎지 않고 푸른 물을 황해로 부어 내리는 대동강을 향한 모란봉 기슭 새파랗게 돋아나는 풀 위에 딩굴고 있었다.

이날은 3월 삼질, 대동강에 첫 뱃놀이를 하는 날이다. 까맣게 내려다보이는 물 위에는, 결결이 반짝이는 물결을 푸른 놀잇배들을 타고 넘으며 거기서는 봄 향기에 취한 형형색색의 선율이 우단보다도 부드러운 봄 공기를 흔들면서 날아온다. 그리고 거기서 기생들의 노래와 함께 날아오는 조선아악(雅樂)은 느리게, 길게, 유창하게, 부드럽게, 그리고 또 애처롭게 — 모든 봄의 정다움과 끝까지 조화하지 않고는 안 두겠다는 듯이 대동강에 흐르는 시꺼먼 봄물, 청류벽에 돋아나는 푸르른 풀어음, 심지어 사람의 가슴속에 봄에 뛰노는 불붙는 핏줄기까지라도, 습기 많은 봄 공기를 다리 놓고 떨리지 않고는 두지 않는다.

봄이다. 봄이 왔다.

부드럽게 부는 조그만 바람이 시꺼먼 조선 솔을 꿰며, 또는 돋아나는 풀을 스치고 지나갈 때의 그 음악은 다른 데서는 듣지 못할 아름다운 음악이다.

아아, 사람을 취케 하는 푸르른 봄의 아름다움이여! 열다섯 살부터의 동경(東京) 생활에 마음껏 이런 봄을 보지 못하였던 나는, 늘 이것을 보는 사람보다 곱 이상의 감명을 여기서 받지 않을 수 없다.

평양성 내에는 겨우 툭툭 터진 땅을 헤치며 파릇파릇 돋아나려는 버들의 어음으로 봄이 온 줄 알 뿐, 아직 완전히 봄이 안 이르렀지만, 이 모란봉 일대와 대동강을 넘어 보이는 가나안 옥토를 연상시키는 장림(長林)에는 마음껏 봄의 정다움이 이르렀다.

그리고 또 꽤 자란 밀보리들로 새파랗게 장식한 장림의 그 푸른빛, 만족한 웃음을 띠고, 그 벌에 서서 내려다보는 농부의 모양은 보지 않아도 생각할 수가 있다.

구름은 자꾸 하늘을 날아다니는 모양이다. 그 밀 위에서 비치었던 구름의 그림자는 그 구름과 함께 저편으로 물러가며 거기는 세계를 아까 만들어 놓은 것 같은 새로운 녹빛이 퍼져 나간다.

바람이나 조금 부는 때는 그 잘 자란 밀들은 물결같이 누웠다 일어났다, 일록 일청으로 춤을 춘다. 그리고 봄의 한가함을 찬송하는 솔개들은 높은 하늘에서 동그라미를 그리며 더욱더 아름다운 봄의 향기로운 정취를 더한다.

"다스한 봄 정에 솟아나리라. 다스한 봄 정에 솟아나리라."

나는 두어 번 소리 나게 읊은 뒤에 담배를 붙여 물었다. 담뱃내는 무럭무럭 하늘로 올라간다.

하늘에도 봄이 왔다.

하늘은 낮았다. 모란봉 꼭대기에 올라가면 넉넉히 만질 수가 있으리만큼 하늘은 낮다. 그리고 그 낮은 하늘보다는 오히려 더 높이 있는 듯한 분홍빛 구름은 몽글몽글 엉기면서 이리저리 날아다닌다.

나는 이러한 아름다운 봄 경치에 이렇게 마음껏 봄의 속삭임을 들을 때는 언제든 유토피아를 아니 생각할 수 없다. 우리가 시시각각으로 애를 쓰며 수고하는 것은 — 그 목적은 무엇인가? 역시 유토피아 건설에 있지 않을까? 유토피아를 생각할 때는 언제든 그 '위대한 인격의 소유자' 며 '사람의 위대함을 끝까지 즐긴' 진시황(秦始皇)을 생각지 않을 수 없다.

우리가 어찌하면 죽지를 아니할까 하여, 소년 삼백을 배를 태워 불사약을 구하러 떠나보내며, 예술의 사치를 다 하여 아방궁을 지으며, 매일 신하 몇천 명과 잔치로써 즐기며, 이리하여 여기 한 유토피아를 세우려던 시황은, 몇만의 역사가가 어떻다고 욕을 하든 그는 정말로 인생의 향락자며 역사 이후의 제일 큰 위인이라고 할 수가 있다. 그만한 순전한 용기 있는 사람이 있고야 우리 인류의 역사는 끝이 날지라도 한 사람을 가졌었다고 할 수 있다.

"큰사람이었었다."

하면서 나는 머리를 들었다.

이때 기자묘 근처에서 무슨 슬픈 소리가 들리면서 봄 공기를 진동시켜 날아오는 것이 들렸다.

나는 무심코 귀를 기울였다.

'영유 배따라기'다. 그것도 웬만한 광대나 기생은 발꿈치에도 미치지 못하리만큼 — 그만큼 그 배따라기의 주인은 잘 부르는 사람이었다.

비나이다, 비나이다.
산천후토 일월성신 하나님 전 비나이다.
실날 같은 우리 목숨 살려 달라 비나이다.
에 — 야, 어그여지야.

여기까지 이르렀을 때에 저편 아래 물에서 장구 소리와 함께 기생의 노래가 울리어 오며 배따라기는 그만 안 들리게 되었다. 나는 2년 전 한여름을 영유서 지내본 일이 있다. 배따라기의 본고장인 영유를 몇 달 있어 본 사람은 그 배따라기에 대하여 언제든 한 속절없는 애처로움을 깨달을 것이다.

영유, 이름은 모르지만 ×산에 올라가서 내려다보면 앞은 망망한 황해이니, 그곳 저녁때의 경치는 한 번 본 사람은 영구히 잊을 수가 없으리라. 불덩이 같은 커다란 시뻘건 해가 남실남실 넘치는 바다에 도로 빠질 듯, 도로 솟아오를 듯 춤을 추며, 때때로 보이지 않는 배에서 배따라기만 슬프게 날아오는 것을 들을 때엔 눈물 많은 나는 때때로 눈물을 흘렸다. 이로 보아서 어떤 원의 아내가 자기의 모든 영화를 낡은 신같이 내어 던지고 뱃사람과 정처 없는 물길을 떠났다 함도 믿지 못할 말이랄 수가 없다.

영유서 돌아온 뒤에도 그 '배따라기'는 내 마음에 깊이 새겨져 잊으려야 잊을 수가 없었고, 언제 한 번 영유를 가서 그 노래를 한 번 들어 보고 그 경치를 다시 한번 보고 싶은 생각이 늘 떠나지를 않았다.

장구 소리와 기생의 노래는 멎고 배따라기만 구슬프게 날아온다.
결결이 부는 바람으로 말미암아 때때로는 들을 수가 없으되, 나의 기억과 곡조를 종합하여 들은 배따라기는 이 대목이다 —

강변에 나왔다가
나를 보더니만
혼비백산하여
꿈인지 생시인지, 생시인지 꿈인지,
와르륵 달려들어
섬섬옥수로 부쳐 잡고
호천망극하는 말이
"하늘로서 떨어지며
땅으로서 솟아났다
바람결에 묻어오고
구름길에 싸여 왔다."
이리 서로 붙들고 울음 울 제
인리 제인이며
일가친척이 모두 모여

여기까지 들은 나는 마침내 참지 못하고 벌떡 일어서서 소나무 가지에 걸었던 모자를 내려쓰고 그곳을 찾으러 모란봉 꼭대기에 올라섰다. 꼭대기는 좀 더 노랫소리가 잘 들린다. 그는 배따라기의 맨 마지막, 여기를 부른다.

밥을 빌려서
죽을 쑬지라도
제발 덕분에

뱃놈 노릇은 하지 마라
에 ― 야 어그여지야 ―.

그의 소리로써 방향을 찾으려던 나는 그만 그 자리에 섰다.

"어딘가? 기자묘? 혹은 을밀대?"

그러나 나는 오래 서 있을 수가 없었다. 어떻든 찾아보자 하고 현무문으로 가서 문밖에 썩 나섰다. 기자묘의 깊은 솔밭은 눈앞에 쫙 퍼진다.

"어딘가?"

나는 또 물어보았다.

이때에 그는 또다시 배따라기를 시초부터 부른다. 그 소리는 왼편에서 온다.

왼편이구나 하면서, 소리 나는 곳을 더듬어서 소나무 틈으로 한참 돌다가 겨우 기자묘 치고는 그중 하늘이 넓고 밝은 곳에 혼자서 뒹굴고 있는 그를 찾아내었다. 내가 생각한 바와 같은 얼굴이다. 얼굴, 코, 입, 눈, 몸집이 모두 네모나고 그의 이마의 굵은 주름살과 시꺼먼 눈썹은 고생 많이 함과 순진한 성격을 나타낸다.

그는 어떤 신사가 자기를 들여다보는 것을 보고 노래를 그치고 일어나 앉는다.

"왜 그냥 하지요."

하면서 나는 그의 곁에 가 앉았다.

"뭐……"

할 뿐 그는 눈을 들어서 터진 하늘을 쳐다본다.

좋은 눈이었다. 바다의 넓고 큼이 유감없이 그의 눈에 나타나 있다. 그는 뱃사람이라 나는 짐작하였다.

"고향이 영유요?"

"예, 뭐, 영유서 나기는 했디만, 한 20년 영윤 가 보디두 않았어요."

"왜 집에, 20년씩 고향엘 안 가요?"

"사람의 일이라니 마음대로 됩대까?"

그는 왜 그러는지 한숨을 짓는다.

"거저, 운명이 제일 힘셉디다."

운명의 힘이 제일 세다는 그의 소리는 삭이지 못할 원한과 뉘우침이 섞여 있다.

"그래요?"

나는 다만 그를 건너다볼 뿐이다.

한참 잠잠하니 있다가 나는 다시 말하였다.

"자, 노 형의 경험담이나 한번 들어 봅시다. 감출 일이 아니면 한번 이야기해 보소."

"뭐, 감출 일은……."

"그럼 어디 한번 들어 봅시다그려."

그는 다시 하늘을 쳐다보았다. 그러나 좀 있다가,

"하디요."

하면서 내가 담배를 붙이는 것을 보고 자기도 담배를 붙여 물고 이야기를 꺼낸다.

"잊히디두 않는 19년 전 8월 열하룻날 일인데요."

하면서 그가 이야기한 바는 대략 이와 같은 것이다.

그의 살던 마을은 영유 고을서 한 20리 떠나 있는 바다를 향한 조그만 어촌이다. 그의 살던 조그만 마을(서른 집쯤 되는)에서는 꽤 유명한 사람이었다.

그의 부모는 모두 열댓에 났을 때 돌아갔고, 남은 사람이라고는 곁집에 딴살림하는 그의 아우 부처와 자기 부처뿐이었다. 그들 형제가 그 마을에서 제일 부자고 또 제일 고기잡이를 잘하였고 그중 글이 있었고, 배따라기도 그 마을에서 빼나게 그 형제가 잘 불렀다. 말하자면 그 형제가 그 동네의 대표적 사람이었다.

8월 보름은 추석 명절이다. 8월 열하룻날 그는 명절에 쓸 장도 볼 겸, 그의 아내가 늘 부러워하는 거울도 하나 사 올 겸 장으로 향하였다.

"당손네 집에 있는 것보다 큰 거이요. 잊디 말구요."

그의 아내는 길까지 따라오면서 잊지 않도록 부탁하였다.

"안 잊어."

하면서 그는 떠오르는 새빨간 햇빛을 앞으로 받으면서 자기 마을을 나섰다.

그는 아내를(이렇게 말하기는 우습지만) 고와했다. 그의 아내는 촌에서는 드물게 연연하고도 예쁘게 생겼다(그는 나에게 이렇게 말하였다).

"성내(평양) 덴줏골(갈보촌)을 가두 그만한 거 쉽디 않갔이요."

그러니까 촌에서는, 그리고 그 당시에는 남에게 우습게 보이도록 그 내외의 사이는 좋았다. 늙은이들은 계집에게 혹하지 말라고 흔히 그에게 권고하였다.

부처의 사이는 좋았지만 — 아니, 오히려 좋으므로 그는 아내에게 샘을 많이 하였다. 그리고 그의 아내는 시기를 받을 일을 많이 하였다.

품행이 나쁘다는 것이 아니라, 그의 아내는 대단히 천진스럽고 쾌활한 성질로서 아무에게나 말 잘하고 애교를 잘 부렸다.

그 동리에서는 무슨 명절이나 되면, 집이 그중 정결함을 핑계 삼아 젊은이들은 모두 그의 집에 모이고 하였다. 그 젊은이들은 모두 그의 아내에게 '아즈마니'라 부르고, 그의 아내는 '아즈바니, 아즈바니' 하며 그들과 지껄이고 즐기며, 그 웃기 잘하는 입에는 늘 웃음을 흘리고 있었다. 그럴 때마다 그는 한편 구석에서 눈만 흘근거리며 있다가 젊은이들이 돌아간 뒤에는 불문곡직하고 아내에게 덤벼들어 발길로 차고 때리며 이전에 사다 주었던 것을 모두 거둬 올린다. 싸움을 할 때에는 언제든 곁집에 있는 아우 부처가 말리러 오며, 그렇게 되면 언제든 그는 아우의 부처까지 때려 주었다.

그가 아우에게 그렇게 구는 데는 이유가 있었다. 그의 아우는 시골 사람에게는 다시 없도록 늠름한 위엄이 있었고, 매일 바닷바람을 쐬었지만 얼굴이 희었다. 이것 뿐으로도 시기가 된다 하면 되지만, 특별히 아내가 그의 아우에게 친절히 하는 데는 속이 끓어 못 견디었다.

그가 영유를 떠나기 반년 전쯤 — 다시 말하자면 그가 거울을 사러 장에 갈 때부터 반년 전쯤 그의 생일날이었다. 그의 집에서는 음식을 차려서 잘 먹었는데 그에게는 괴상한 버릇이 있었으니, 맛있는 음식은 남겨 두었다 좀 있다 먹고 하는 것이 습관이었다. 그의 아내도 이 버릇은 잘 알 터인데 그의 아우가 점심때쯤 오니까 아까 그가 아껴서 남겨 두었던 그 음식을 아우에게 주려 하였다. 그는 눈을 부릅뜨고 '못 주리라'고 암호를 하였지만 아내는 그것을 보았는지 못 보았는지 그의 아우에게 주어 버렸다. 그는 마음속이 자못 편치 못하였다. 트집만 있으면 이년을…… 그는 마음먹었다.

그의 아내는 시 아우에게 상을 준 뒤에 물러 오다가 그만 그의 발을 조금 밟았다.

"이년!"

그는 힘껏 발을 들어서 아내를 냅다 찼다. 그의 아내는 상 위에 거꾸러졌다가 일어난다.

"이년, 사나이 발을 짓밟는 년이 어디 있어!"

"거 좀 밟아서 발이 부러뎃쉐까?"

아내는 낯이 새빨개져서 울음 섞인 어조로 고함친다.

"이년! 말대답이……."

그는 일어서서 아내의 머리채를 휘어잡았다.

"형님! 왜 이러십니까?"

아우가 일어서면서 그를 붙잡았다.

"가만있거라, 이놈의 자식."

하며 그는 아우를 밀친 뒤에 아내를 되는대로 내리찧었다.

"죽일 년, 이년! 나가거라!"

"죽여라, 죽여라! 난 죽어도 이 집에선 못 나가!"

"못 나가?"

"못 나가디 않구. 뉘 집이게……."

이때다. 그의 마음에는 그 못 나가겠다는 아내의 마음이 푹 들이박혔다. 그 이상 때리기가 싫었다. 우두커니 눈만 흘기고 있다가 그는,

"망할 년, 그럼 내가 나갈라."

하고 그만 문밖으로 뛰어나가서,

"형님, 어디 갑니까?"

하는 아우의 말에는 대답도 안 하고, 곁 동네 탁주 집으로 뒤도 안 돌아보고 가서, 거기 있는 술 파는 계집과 술상 앞에 마주 앉았다.

그날 저녁 얼근히 취한 그는 아내를 위하여 떡 한 돈어치 사 가지고 집으로 돌아왔다. 이리하여 또 서너 달은 평화가 이르렀다. 그러나 이 평화가 언제까지든 계속될 수가 없었다. 그의 아우로 말미암아 또 평화는 쪼개져 나갔다.

5월 초승부터 영유 고을 출입이 잦던 그의 아우는 5월 그믐께부터는 고

을서 며칠씩 묵어 오는 일이 많았다. 함께 고을에 첩을 얻어 두었다는 소문이 퍼졌다. 이 소문이 있은 뒤로 아내는 그의 아우가 고을 들어가는 것을 벌레보다도 더 싫어하고, 며칠 묵어서 오는 때면 곧 아우의 집으로 가서 그와 담판을 하며, 심지어 동서 되는 아우의 처에게까지 못 가게 하지 않는다고 싸우는 일이 있었다. 7월 초승께 그의 아우는 고을에 들어가서 열흘쯤 묵어 오는 일이 있었다. 이때도 전과 같이 그의 아내는 그의 아우며 제수와 싸우다 못하여 마침내 그에게까지 와서 아우가 그런 못된 데를 다니는 것을 그냥 둔다고 해 보자 한다. 그 꼴을 곱게 보지 않았던 그는 첫마디로 고함을 쳤다.

"네가 상관이 무에가? 듣기 싫다."

"못난둥이. 아우가 그런 델 댕기는 걸 말리디두 못하고!"

분김에 이렇게 그의 아내는 고함쳤다.

"이년, 무얼?"

그는 벌떡 일어섰다.

"못난둥이!"

그 말이 채 끝나기도 전에 그의 아내는 악 소리와 함께 그 자리에 거꾸러졌다.

"이년! 사나이에게 그따우 말버릇 어디서 배완!"

"에미네 때리는 건 어디서 배웠노? 못난둥이!"

그의 아내는 울음소리로 부르짖었다.

"상년 그냥? 나갈! 우리 집에 있디 말구 나갈!"

그는 내리찧으면서 부르짖었다. 그리고 아내를 문을 열고 밀쳤다.

"나가디 않으리!"

하고 그의 아내는 울면서 뛰어나갔다.

"망할 년!"

토하는 듯이 중얼거리고 그는 그 자리에 주저앉았다.

그의 아내는 해가 져서 어두워져도 돌아오지 않았다. 일단 내쫓기는 하였지만 그는 아내의 돌아옴을 기다리고 있었다. 어두워져도 그는 불도 안 켜고 성이 나서 우들우들 떨면서 아내가 돌아오기를 기다렸다. 그러나 그의 아내의 참 기쁜 듯이 웃는 소리가 그의 아우의 집에서 밤새도록 울리었다. 그는 움쩍도 안 하고 그 자리에 앉아서 밤을 새운 뒤에 새벽 동터 올 때 아내와 아우를 죽이려고 부엌에 가서 식칼을 가지고 들어와서 문을 벌컥 열었다.

그의 아내로서 만약 근심스러운 얼굴을 하고 그 문밖에 우두커니 서서 문을 들여다보고 있지 않았다면, 그는 아내와 아우를 죽이고야 말았으리라.

그는 아내를 보는 순간 마음에 가득 차는 사랑을 깨달으면서 칼을 내던지고 뛰어나가서 아내의 머리채를 휘어잡고, 이년! 하면서 들어오더니 뺨을 물어뜯으면서 함께 이리저리 자빠져서 뒹굴었다.

그런 이야기를 다 하려면 끝이 없으되 그만 '그', '그의 아내', '그의 아우' 세 사람의 삼각관계는 대략 이와 같다.

각설 ―

거울은 마침 장에 마음에 맞는 것이 있었다. 지금 것과 대보면 어떤 때는 코도 크게 보이고 입이 작게도 보이는 것이지만, 그 당시에는 그리고 그런 촌에서는 둘도 없는 귀물이었다. 거울을 사 가지고 장을 본 뒤에 그는 이 거울을 아내에게 주면 그 기뻐할 모양을 생각하며 새빨간 저녁 햇빛을 받은 넘치는 듯한 바다를 안고 자기 집으로 늘 들르던 탁주 집에도 안 들르고 돌아왔다.

그러나 그가 그의 집 방 안에 들어설 때에는 뜻도 안 하였던 광경이 그의 눈앞에 벌어져 있었다.

방 한가운데는 떡상이 있고, 그의 아우는 수건이 벗어져서 목뒤로 늘어지고, 저고리 고름이 모두 풀어져 가지고 한편 모퉁이에 서 있고, 아내도 머리채가 모두 뒤로 늘어지고, 치마가 배꼽 아래 늘어지도록 되어 있으며, 그의 아내와 아우는 그를 보고 어찌할 줄을 모르는 듯이 움쩍도 안 하고 서 있었다.

세 사람은 한참 동안 어이가 없어서 서 있었다. 그러나 좀 있다가 마침내 그의 아우가 겨우 말했다.

"그놈의 쥐 어디 갔나?"

"흥! 쥐? 훌륭한 쥐 잡댔구나!"

그는 말을 끝내지도 않고 짐을 벗어 버리고 뛰어가서 아우의 멱살을 그러줘었다.

"형님! 정말 쥐가!"

"쥐? 이놈, 형수하고 그런 쥐 잡는 놈이 어디 있니?"

그는 아우의 따귀를 몇 대 때린 뒤에 등을 밀어서 문밖에 내어 던졌다.

그런 뒤에 이제 자기에게 이를 매를 생각하고 우들우들 떨면서 아랫목에 서 있는 아내에게 달려들었다.

"이년! 시 아우와 그런 쥐 잡는 년이 어디 있어!"

그는 아내를 거꾸러뜨리고 함부로 내리찧었다.

"정말 쥐가…… 아이 죽갔다."

"이년! 너두 쥐? 죽어라!"

그의 팔다리는 함부로 아내의 몸에 오르내렸다.

"아이 죽갔다. 정말 아까 적은이(시 아우) 왔기에 떡 자시라고 내놓았더 니……."

"듣기 싫다! 시 아우 붙은 년이, 무슨 잔소릴……."

"아이, 아이 정말이야요. 쥐가 한 마리 나……."

"그냥 쥐?"

"쥐 잡을래다가……."

"상년! 죽어라! 물에라두 빠데 죽어!"

그는 실컷 때린 뒤에, 아내도 아우처럼 등을 밀어 쫓았다. 그 뒤에 그의 등으로,

"고기 배때기에 장사해라!"

하고 토하였다.

분풀이는 실컷 하였지만, 그래도 마음속이 자못 편치 못하였다. 그는 아 랫목으로 가서 바람벽을 의지하고 실신한 사람같이 우두커니 서서 떡상만 들여다보고 있었다.

1시간…… 2시간…….

서편으로 바다를 향한 마을이라 다른 곳보다는 늦게 어둡지만, 그래도 술시(戌時)쯤 되어서는 깜깜하니 어두웠다. 그는 불을 켜려고 바람벽에서 떠나 성냥을 찾으러 돌아갔다.

성냥은 늘 있던 자리에 있지 않았다. 그래서 여기저기 뒤적이노라니까

어떤 낡은 옷 뭉치를 들칠 때에 문득 쥐 소리가 나면서 후덕덕 뛰어나온다.

그리하여 저편으로 기어 도망한다.

"역시 쥐댔구나!"

그는 조그만 소리로 부르짖었다. 그리고 그만 맥없이 털썩 주저앉았다.

아까 그가 보지 못한 때의 광경이 활동사진과 같이 그의 머리에 지나갔다.

아우가 집에를 온다. 아우에게 친절한 아내는 떡을 먹으라고 아우에게 떡상을 내놓는다. 그때에 어디선가 쥐가 한 마리 뛰어나온다. 둘이서는 쥐를 잡노라고 돌아간다. 한참 성화시키던 쥐는 어느 구석에 숨어 버린다. 그들은 쥐를 찾느라고 두룩거린다. 그럴 때에 그가 집에 들어선 것이다.

"상년, 좀 있으믄 안 들어오리……."

그는 억지로 마음먹고 그 자리에 드러누웠다. 그러나 그의 아내는 밤이 가고 날이 밝기는커녕 해가 중천에 올라도 돌아오지를 않았다. 그는 차차 걱정이 나서 찾아보러 나섰다.

아우의 집에도 없었다. 동리를 모두 찾아보아도 본 사람도 없다 한다.

그리하여 낮쯤 한 30리 내려간 바닷가에서 겨우 아내를 찾기는 찾았지만, 그 아내는 이전 같은 생기로 찬 산 아내가 아니요, 몸은 물에 불어서 곱이나 크게 되고, 이전에 늘 웃음을 흘리던 예쁜 입에는 거품을 잔뜩 문 죽은 아내였다.

그는 아내를 업고 집으로 돌아오기까지 정신이 없었다.

이튿날 간단하게 장사를 하였다. 뒤에 따라오는 아우의 얼굴에는,

'형님, 이게 웬일이오니까.'

하는 듯한 원망이 있었다.

장사를 지낸 이튿날부터 아우는 그 조그만 마을에서 없어졌다. 하루 이틀은 심상히 지냈지만, 닷새가 지나도 아우는 돌아오지 않았다. 그래서 알아보니까, 꼭 그의 아우같이 생긴 사람이 5, 6일 전에 멧산자 보따리를 하여 진 뒤에 시뻘건 저녁 해를 등으로 받고 더벅더벅 동쪽으로 가더라 한다. 그리하여 열흘이 지나고, 스무날이 지났지만, 한 번 떠난 그의 아우는 돌아올 길이 없고, 혼자 남은 아우의 아내는 매일 한숨으로 세월을 보내게 되었다.

그도 이것을 잠자코 보고 있을 수가 없었다. 그 불행의 모든 죄는 그에게 있었다.

　그도 마침내 뱃사람이 되어, 적으나마 아내를 삼킨 바다와 늘 접근하여 가는 곳마다 아우의 소식을 알아보려고 어떤 배를 얻어 타고 물길을 나섰다.

　그는 가는 곳마다 아우의 이름과 모습을 물었으나 아우의 소식은 알 수가 없었다.

　이리하여 꿈결같이 10년을 지나서 9년 전 가을, 탁탁히 낀 안개를 깨며 연안(延安) 바다를 지나가던 그의 배는 몹시 부는 바람으로 말미암아 파선을 하여 벗 몇 사람은 죽고 그는 정신을 잃고 물 위에 떠돌고 있었다.

　그가 겨우 정신을 차린 때는 밤이었다. 그리고 어느덧 그는 뭍 위에 올라와 있었고, 그를 말리느라고 새빨갛게 피워 놓은 불빛으로 자기를 간호하는 아우를 보았다.

　그는 이상히도 놀라지도 않고, 천연하게 물었다.

　"너, 어딓게(어떻게) 여기 완?"

　아우는 잠자코 한참 있다가 겨우 대답하였다.

　"형님, 거저 다 운명이외다."

　따뜻한 불기운에 깜박 잠이 들려다가 그는 화다닥 깨면서 또 말했다.

　"10년 동안에 되게 파리했구나."

　"형님, 나두 변했거니와 형님도 몹시 늙으셨쉐다."

　이 말을 꿈결같이 들으면서 그는 또 혼혼히 잠이 들었다. 그리하여 두어 시간, 꿀보다도 단잠을 잔 뒤에 깨어 보니 아까 빨간 불은 피어 있지만 아우는 형의 얼굴을 물끄러미 들여다보고 있다가 새빨간 불빛을 등으로 받으면서, 더벅더벅 아무 말 없이 어두운 가운데로 사라졌다 한다.

　이튿날 아무리 알아보아야 그의 아우는 종적이 없어지고 알 수 없으므로, 그는 하릴없이 다른 배를 얻어 타고 또 물길을 떠났다. 그리하여 그의 배가 해주에 이르렀을 때 그는 해수욕장에 들어가서 무엇을 사려다 저편 맞은편 가게에 얼핏 그의 아우 같은 사람이 있으므로 뛰어가서 보니 그는 벌써 없어졌다. 배가 해주에는 오래 머물지 않으므로 그는 마음은 해주에 남겨 두고, 또다시 바닷길을 떠났다.

그 뒤에 3년을 이리저리 돌아다녔어도 아우는 다시 볼 수가 없었다.

그리하여 3년을 지나서 지금부터 6년 전에, 그의 탄 배가 강화도를 지날 때에, 바다를 향한 가파로운 뫼켠에서 바다를 향하여 날아오는 '배따라기'를 들었다. 그것은 어떤 구절과 곡조는 그의 아우 특색으로 변경된 그의 아우가 아니면 부를 사람이 없는 '배따라기'이다.

배가 강화도에 머무르지 않아서 그저 지나갔으나 인천서 열흘쯤 머무르게 되었으므로, 그는 곧 내려서 강화도로 건너가 보았다. 거기서 이리저리 찾아다니다가, 어떤 조그만 객줏집에서 물어보니, 이름도 그의 아우요, 생긴 모습도 그의 아우인 사람이 묵어 있기는 하였으나, 사나흘 전에 도로 인천으로 갔다 한다. 그는 돌아서서 인천으로 건너서 찾아보았지만 그 조그만 인천에서도 그의 아우를 찾을 바가 없었다.

그 뒤에 눈 오고 비 오며 6년이 지났지만, 그는 다시 아우를 만나 보지 못하고 아우의 생사까지도 알 수 없었다.

말을 끝낸 그의 눈에는 저녁 해에 반사하여 몇 방울의 눈물이 반짝인다. 나는 한참 있다가 겨우 물었다.

"노형 계수는?"

"모르디오. 20년을 영유는 안 가 봤으니까요."

"노형은 이제 어디루 갈 테요?"

"것두 모르디요. 정처가 있나요? 바람 부는 대로 몰려댕기디요."

그는 다시 한번 나를 위하여 배따라기를 불렀다. 아아, 그 속에 잠겨 있는 삭이지 못할 뉘우침, 바다에 대한 애처로운 그리움.

노래를 끝낸 다음에 그는 일어서서 시뻘건 저녁 해를 잔뜩 등으로 받고, 을밀대를 향하여 더벅더벅 걸어갔다. 나는 그를 말릴 힘이 없어서 멀거니 그의 등만 바라보고 앉아 있었다.

그날 밤, 집에 돌아와서도 그 배따라기와 그의 숙명적 경험담이 귀에 쟁쟁히 울리어서 잠을 못 이루고 이튿날 아침 깨어서 조반도 안 먹고 기자묘로 뛰어가서 또다시 그를 찾아보았다. 그가 어제 깔고 앉았던 풀은 모두 한편으로 누워서 그가 다녀감을 기념하되 그는 그 근처에 보이지 않았다. 그러나 — 그러나 배따라기는 어디선가 쟁쟁히 울리어서 모든 소나무들을 떨리지 않고는 안 두겠다는 듯이 날아온다.

"모란봉(牡丹峰)이다. 모란봉에 있다."

하고 나는 한숨에 모란봉으로 뛰어갔다. 모란봉에는 사람이 하나도 없다.

부벽루(浮碧樓)에도 없다.

"을밀대(乙密臺)다."

하고 나는 다시 을밀대로 갔다. 을밀대에서 부벽루를 연한, 지옥까지 연한 듯한 골짜기에 물 한 방울도 안 새리라, 빽빽이 난 소나무의 그 모든 잎잎은 떨리는 배따라기를 부르고 있지만 그는 여기도 있지 않다. 기자묘의 하늘을 향하여 퍼져 나간 그 모든 소나무의 천만의 잎잎도, 그 아래쪽 퍼진 천만의 풀들도 모두 그 배따라기를 슬프게 부르고 있지만, 그는 이 조그만 모란봉 일대에서 찾을 수가 없었다.

강가에 나가서 알아보니 그의 배는 오늘 새벽에 떠났다 한다.

그 뒤에 여름과 가을이 가고 1년이 지나서 다시 봄이 이르렀으되, 잠깐 평양을 다녀간 그는 숙명적 경험담과 슬픈 배따라기를 남겨 두었을 뿐, 다시 조그만 모란봉에 나타나지 않았다.

모란봉과 기자묘에 다시 봄이 이르러서, 작년에 그가 깔고 앉았던 부러졌던 풀들도 다 곧게 대가 나서 자줏빛 꽃이 피려 하지만, 끝없는 뉘우침을 다만 한낱 '배따라기'로 하소연하는 그는 이 조그만 모란봉과 기자묘에서 다시 볼 수가 없었다. 다만 그가 남기고 간 '배따라기'만 추억하는 듯이 모든 잎잎이 속삭이고 있을 따름이다.

금 따는 콩밭

- 김유정 -

김유정(金裕貞 1908~1937)

김유정은 1908년 1월 11일 강원도 춘천(春川) 남면 실레마을에서 태어났다. 본관은 조선 시대의 명문 양반 가문 중 하나인 청풍 김씨로 10대조인 명재상 김육과 9대조인 명성황후의 아버지이자 숙종의 외할아버지인 청풍부원군 김우명의 후손으로 아버지는 김춘식이며 어머니는 청송 심씨로 8남매 중 일곱째이자 2남 6녀 중 차남으로 태어났다. 김유정의 집안은 대대로 내려온 갑부였지만 1913년 토지와 가옥을 정리해 서울 종로구 운니동으로 이사를 한다. 이사한 이듬해에 어머니가 시름시름 앓다 돌아가시고 3년 뒤 아버지마저 세상을 떠난다.

고향을 떠나 일찍이 부모를 여읜 12세 때 서울 종로구 재동 공립보통학교에 입학하고 1929년에 휘문고등 보통학교를 졸업한 그는 이듬해 연희전문학교 문과에 진학하지만, 학업에 대한 회의를 이유로 중퇴하였다. 그는 1931년 고향으로 내려가 야학을 열고 금광 사업에 손을 대기도 하였다. 다음 해 1932년부터 실레마을에 금병의숙(錦屏義塾)을 세우고 본격적인 문맹퇴치운동을 벌였다. 1933년에 〈산골 나그네〉와 〈총각과 맹꽁이〉를 쓰고 1935년 조선일보에 〈소낙비〉가 그리고 중앙일보에 〈노다지〉가 신춘문예에 각각 당선되면서 문단의 주목을 받고 등단한다.

그 후 구인회의 일원으로 소설가 이상과 김문집 등과 친분을 갖고 창작활동을 하였다. 김유정은 등단하던 해에 〈봄봄〉 〈금 따는 콩밭〉 〈만무방〉 〈떡〉 〈산골〉 등을 잇달아 발표한다. 이 작품들은 농촌에서 우직하고 순진하게 살아가는 인물들을 그의 특유의 해학적 수법으로 표현한 작품들이다. 1936년에 늑막염과 치질과 폐결핵으로 정릉의 암자에서 휴양하고 〈산골 나그네〉 〈옥토끼〉 〈동백꽃〉 〈정조〉 〈슬픈 이야기〉 등의 단편들을 발표한다. 이어진 다음 해 1937년도 〈따라지〉 〈땡볕〉 〈정분〉 등의 단편과 〈생의 반려〉 등의 장편소설을 발표한다.

그의 문학세계는 강원도 지방의 토속어를 바탕으로 뛰어난 해학과 풍자를 통해서 일제강점기에 우리 농촌의 참담한 현실을 정확하게 묘사했다. 그의 소설에 보이는 질펀한 웃음 속에는 땅에 붙박여 처절하게 살아가는 농민들의 애끓는 울음이 짙게 깔려 있다.

그는 등단한 지 2년 만에 30여 편의 단편과 10편의 수필과 1편의 장편과 1편의 번역 소설을 발표하는 왕성한 창작력을 보이지만 그로 인한 병마와 가난에 시달려 건강이 날로 악화한다. 그 뒤 암자에서 나와 셋방과 매형의 집을 전전하다 1937년 3월 29일 경기도 광주에 있는 다섯째 누나의 집에서 29세의 젊은 나이로 생을 마감한다.

작품 정리

〈금 따는 콩밭〉은 '개벽'에 발표된 단편 소설로 금광이라는 허황된 욕망에 대한 인간의 탐욕을 해학적 요소와 간결한 문체로 표현하고 있다.

제목에서 알 수 있듯이 콩밭에서 금을 따겠다는 생각 자체가 희화적인 것으로 어수룩한 농군이 탐욕과 허망한 망상을 깨우치는 과정을 그리고 있다.

이 작품에는 1930년대의 농촌 현실이 반영되어 있다. 농촌 생활의 궁핍함과 일확천금을 얻어 가난을 벗어나려는 삶의 양식이 보편화되어 나타나고 있다.

이 작품에서 '콩밭'은 금을 캐기 위한 영식의 무익한 노력이 소모되는 곳이며, 금을 따기 위해 콩밭에 뚫은 구덩이 속은 황토 장벽으로 좌우가 꽉 막혀 무덤 속 같은 절망과 분노와 죽음으로 채워진 장소이다. 이것은 당시 우리 농민들이 처한 현실이다. 1930년대, 인간 생활의 기본 조건이 갖춰져 있지 않은 생활 이전의 절망 상태인 것이다. 주인공이 금줄을 찾기 위해 발버둥 치는 것은 가난의 수렁에서 빠져나오고자 하는 욕구이다. 가난에서 벗어나기 위해 그들이 할 수 있는 최선의 방법은 일확천금의 꿈 이외에 다른 선택이 없다. 삶의 마지막 수단으로써 생존을 위한 눈물겨운 선택인 것이다.

자신의 권유로 시작한 콩밭에서 금을 캐려는 일이 허사로 돌아가려 하자 수재는 흙에서 금이 나온다고 거짓말을 한다. 금광을 안다는 수재의 허풍과 마을 촌로와 마름의 수구적인 자세, 그리고 영식과 그 처의 금에 대한 현혹됨이 삼각관계를 이루며, 황금에 어두워지는 인간의 욕망이 강원도 산골을 배경으로 해학적으로 그려지고 있다.

가난한 소작인인 영식은 금을 찾아다니는 수재의 말을 믿고 그와 함께 콩이 한창 자라는 콩밭을 파헤치기 시작한다. 금을 캐기 위해 영식은 그렇게 콩밭 하나를 결딴냈다. 약이 올라 죽을 둥 살 둥 눈이 뒤집혀 곡괭이질만 하는 영식에게 동네 어른들은 미친 짓은 그만두고 순리대로 콩이나 가꾸어 먹으라고 하지만 영식은 눈앞에 나타날 금줄을 생각하며 깊은 구덩이 속에서 암팡스레 곡괭이질을 한다. 마름도 화가 나 날마다 찾아와 다 된 콩밭을 뒤엎는 그를 추궁하지만 그런 말이 영식의 귀에 들어올 리가 없다. 영식은 처음 '이 밭에 금이 묻혔으니 파 보자'는 수재의 말에 반대하며 몇 차례 거절을 한다. 하지만 술을 사 가지고 와서 거듭 설득하고, 아내까지 옆구리를 찌르며 부추기는 바람에 승낙을 했던 것이다. 수재를 철썩 같이 믿고, 산 너머에 있는 금맥이 이 콩밭 밑으로 흐르고 있다고 기대하며 영식 부부는 집도 새로 짓고, 옷도 사고, 코다리도 먹으며 살아갈 꿈에 부푼다.

그러나 아무리 땅을 파헤쳐도 금이 나올 기미가 없자 영식은 수재를 노려보며 점점 초조해한다. 쌀을 빌려다가 산제를 지내지만 여전히 금은 나오지 않고, 영식은 자신을 탓하는 아내에게 공연히 화풀이를 한다. 한편 수재는 금이 나올 가망이 없다는 것을 알고는, 구덩이 속에서 불그죽죽한 황토 한 줌을 움켜 내어 영식 부부에게 한 포대에 50원씩 하는 금이라고 거짓말을 하고 그날 밤으로 줄행랑을 치려고 마음먹는다.

· 갈래 : 단편 소설
· 시점 : 3인칭 관찰자 시점
· 배경 : 1930년대 강원도 어느 산골
· 주제 : 절망적 현실에서 허황된 꿈과 욕망을 추구하는 인간의 어리석음
· 출전 : 개벽

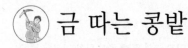# 금 따는 콩밭

땅속 저 밑은 늘 음침하다.

고달픈 간드렛불(광산의 구덩이 안에서 불을 켜 들고 다니는 등) 맥없이 푸르끼하다. 밤과 달라서 낮엔 매우 흐릿하였다.

거치른 황토 장벽으로 앞뒤 좌우가 콕 막힌 좁직한 구덩이. 흡사히 무덤 속같이 귀중중하다. 싸늘한 침묵, 쿠더부레한 흙내와 징그러운 냉기만이 그 속에 자욱하다.

곡괭이는 뻔질 흙을 이르집는다(여러 겹으로 된 것을 켜켜이 뜯어낸다). 암팡스러이 내려 쪼며, "퍽퍽퍽 —."

이렇게 메떨어진 소리뿐. 그러나 간간 우수수하고 벽이 헐린다.

영식이는 일손을 놓고 소맷자락을 끌어당기어 얼굴의 땀을 훑는다. 이놈의 줄이 언제나 잡힐는지 기가 찼다. 흙 한 줌을 집어 코 밑에 바싹 들이대고 손가락으로 샅샅이 뒤져 본다. 완연히 버력(광석이나 석탄을 캘 때 광물 성분이 섞이지 않은 잡돌)은 좀 변한 듯싶다. 그러나 불통버력이 아주 다 풀린 것도 아니었다. 말똥버력이라야 금이 온다는데 왜 이리 안 나오는지.

곡괭이를 다시 집어 든다. 땅에 무릎을 꿇고 궁둥이를 번쩍 든 채 식식거린다. 곡괭이를 무작정 내려찍는다.

바닥에서 물이 스미어 무르팍이 흥건히 젖었다. 굿(구덩이) 엎은 천판(천반, 광 구덩이의 천장)에서 흙 방울은 내리며 목덜미로 굴러든다. 어떤 때에는 윗벽의 한쪽이 떨어지며 등을 탕 때리고 부서진다. 그러나 그는 눈도 하나 깜짝하지 않는다. 금을 캔다고 콩밭 하나를 다 잡쳤다. 약이 올라서 죽을 둥 살 둥 눈이 뒤집힌 이 판이다. 손바닥에 침을 탁 뱉고 곡괭이 자루를 한번 꼬나 잡더니 쉴 줄 모른다.

등 뒤에서는 흙 긁는 소리가 드윽드윽 난다. 아직도 버력을 다 못 친 모양. 이 자식이 일을 하나, 시조를 하나. 남은 속이 바직바직 타는데 웬 뱃심이 이리도 좋아.

영식이는 살기 띤 시선으로 고개를 돌렸다. 암 말없이 수재를 노려본다. 그제야 꾸물꾸물 바지게(발채를 얹은 지게)에 흙을 담고 등에 메고 사다리를 올라간다.

굿이 풀리는지 벽이 움찔하였다. 흙이 부서져 내린다. 전날이라면 이곳에서 아내 한 번 못 보고 생죽음이나 안 할까 털끝까지 쭈뼛할 게다. 그러나 인젠 그렇게 되고도 싶다. 수재란 놈하고 흙더미에 묻히어 한껍에 죽는다면 그게 오히려 나을 게다. 이렇게까지 몹시 몹시 미웠다.

이놈 풍치는 바람에 애꿎은 콩밭 하나만 결딴을 냈다. 그뿐만 아니라 모두가 낭패다. 세 벌 논도 못 맸다. 논둑의 풀은 성큼 자란 채 어지러이 널려 있다. 이 기미를 알고 지주는 대로하였다. 내년부터는 농사지을 생각도 말라고 발을 굴렀다. 땅은 암만을 파도 지수가 없다. 이만해도 다섯 길은 훨씬 넘었으리라. 좀 더 지펴야 옳을지 혹은 북으로 밀어야 옳을지, 우두커니 망설거린다. 금점(금광)에는 풋둥이다. 입때껏 수재의 지휘를 받아 일을 하여 왔고, 앞으로도 역시 그러해야 금을 딸 것이다. 그러나 그런 칙칙한 짓은 안 한다.

"이리 와 이것 좀 파게."

그는 으슥 위풍을 보이며 이렇게 분부하였다. 그리고 저는 일어나 손을 털며 뒤로 물러선다.

수재는 군말 없이 고분하였다. 시키는 대로 땅에 무릎을 꿇고 벽채(광산에서 사용하는 연장의 하나)로 군버력을 긁어낸 다음 다시 파기 시작한다.

영식이는 치다 나머지 버력을 짊어진다. 커다란 걸대를 뒤룩거리며 사다리로 기어오른다. 굿 문을 나와 버력더미에 흙을 마악 내치려 할 제,

"왜 또 파. 이것들이 미쳤나 그래!"

산에서 내려오는 마름과 맞닥뜨렸다. 정신이 떠름하여 그대로 벙벙히 섰다. 오늘은 또 무슨 포악을 들으려는가.

"말라니까 왜 또 파는 게야!"

하고 영식이의 바지게 뒤를 지팡이로 꽉 찌르더니,

"갈아먹으라는 밭이지, 흙 쓰고 들어가라는 거야, 이 미친 것들아. 콩밭

에서 웬 금이 나온다구 이 지랄들이야, 그래."

하고 목에 핏대를 올린다. 밭을 버리면 간수 잘못한 자기 탓이다. 날마다 와서 그 북새를 피우고 금하여도 다음 날 보면 또 여전히 파는 것이다.

"오늘로 이 구덩이를 도로 묻어 놔야지, 낼로 당장 징역 갈 줄 알게."

너무 감정에 격하여 말도 잘 안 나오고 떠듬떠듬거린다. 주먹은 곧 날아들듯이 허구리께서 불불 떤다.

"오늘만 좀 해 보고 그만두겠어유."

영식이는 낯이 붉어지며 가까스로 한마디 하였다. 그리고 무턱대고 빌었다.

마름은 들은 척도 안 하고 가 버린다.

그 뒷모양을 영식이는 멀거니 배웅하였다. 그러나 콩밭 낮짝을 들여다보니 무던히 애통 터진다. 멀쩡한 밭에 구멍이 사면 풍풍 뚫렸다.

예제 없이 버력은 무더기무더기 쌓였다. 마치 사태 만난 공동묘지와도 같이 귀살쩍고 되우 을씨년스럽다. 그다지 잘되었던 콩 포기는 거반 버력더미에 다아 깔려 버리고 군데군데 어쩌다 남은 놈들만이 고개를 나풀거린다. 그 꼴을 보는 것은 자식 죽는 걸 보는 게 낫지 차마 못 할 경상이었다.

농토는 모조리 떨어질 것이다. 그러나 대관절 올 밭도지(밭의 소작료로 받는 현물) 벼 두 섬 반은 뭐로 해내야 좋을지. 게다 밭을 망쳤으니 자칫하면 징역을 갈는지도 모른다.

영식이가 구뎅이 안으로 들어왔을 때 동무는 땅에 주저앉아 쉬고 있었다. 태연 무심히 담배만 뻑뻑 피우는 것이다.

"언제나 줄을 잡는 거야."

"인제 차차 나오겠지."

"인제 나온다?"

하고 코웃음을 치고 엇먹더니(사리에 맞지 않는 언행으로 비꼬더니) 조금 지나매,

"이 새끼."

흙덩이를 집어 들고 골통을 내려친다.

수재는 어쿠 하고 그대로 폭 엎드린다. 그러다 벌떡 일어선다. 눈에 띄는 대로 곡괭이를 잡자 대뜸 달려들었다. 그러나 강약이 부동, 와살스러운 팔

뚝에 퉁겨져 벽에 가서 쿵 하고 떨어졌다. 그 순간에 제가 빼앗긴 곡괭이가 정바기(정수리)를 겨누고 날아드는 걸 보았다. 고개를 홱 돌린다. 곡괭이는 흙벽을 퍽 찍고 다시 나간다.

수재 이름만 들어도 영식이는 이가 갈렸다. 분명히 홀딱 속은 것이다.

영식이는 본디 금점에 이력이 없었다. 그리고 흥미도 없었다. 다만 밭고랑에 웅크리고 앉아서 땀을 흘려 가며 꾸벅꾸벅 일만 하였다. 올엔 콩도 뜻밖에 잘 열리고 맘이 좀 놓였다.

하루는 홀로 김을 매고 있노라니까,

"여보게 덥지 않은가? 좀 쉬었다 하게."

고개를 들어 보니 수재다. 농사는 안 짓고 금점으로만 돌아다니더니 무슨 바람에 또 왔는지 싱글벙글한다. 좋은 수나 걸렸나 하고,

"돈 좀 많이 벌었나? 나 좀 꿔 주게."

"벌구말구. 맘껏 먹고 맘껏 쓰고 했네."

술에 거나한 얼굴로 신껏 주적거린다. 그리고 밭머리에 쭈그리고 앉아 한참 객설을 부리더니,

"자네, 돈벌이 좀 안 하려나? 이 밭에 금이 묻혔네, 금이."

"뭐?"

하니까, 바로 이 산 너머 큰골에 광산이 있다, 광부를 삼백여 명이나 부리는 노다지판인데 매일 소출되는 금이 70냥을 넘는다, 돈으로 치면 칠천 원, 그 줄맥이 큰 산허리를 뚫고 이 콩밭으로 뻗어 나왔다는 것이다. 둘이서 파면 불과 열흘 안에 줄을 잡을 게고, 적어도 하루 서 돈씩은 따리라. 우선 30원만 해도 얼마냐. 소를 산대도 반 필이 아니냐고.

그러나 영식이는 귀담아듣지 않았다. 금점이란 칼 물고 뜀뛰기다. 잘되면이거니와 못 되면 신세만 조진다. 이렇게 전일부터 들은 소리가 있어서였다.

그담 날도 와서 꾀송거리다(그럴듯한 말로 설득하다) 갔다. 셋째 번에는 집으로 찾아왔는데 막걸리 한 병을 손에 들고 영을 피운다. 몸이 달아서 또 온 것이었다. 봉당에 걸터앉아서 저녁상을 물끄러미 바라보더니 조당수(좁쌀로 묽게 쑨 미음 같은 음식)는 몸을 훑는다는 둥 일꾼은 든든히 먹어야

한다는 둥 남들은 논을 사느니 밭을 사느니 떠드는데 요렇게 지내다 그만
둘 테냐는 둥 일쩝게(거추장스럽거나 일거리가 되어 귀찮고 불편하다) 지
절거린다.

"아주머니, 이것 좀 먹게 해 주시게유."

그리고 비로소 영식이 아내에게 술병을 내놓는다. 그들은 밥상을 끼고
앉아서 즐겁게 술을 마셨다. 몇 잔이 들어가고 보니 영식이의 생각도 적이
돌아섰다. 딴은 1년 고생하고 끽 콩 몇 섬 얻어먹느니보다는 금을 캐는 것
이 슬기로운 짓이다. 하루에 잘만 캔다면 한 해 줄곧 공들인 그 수확보다
훨씬 이익이다. 올봄 보낼 제 비룟값, 품삯, 빚에 빚진 7원 까닭에 나날이
졸리는 이 판이다. 이렇게 지지하게 살고 말 바에는 차라리 가로지나 세로
지나 사내자식이 한번 해 볼 것이다.

"낼부터 우리 파 보세. 돈만 있으면이야, 그까짓 콩은……."

수재가 안달스레 재우쳐 보채일 제 선뜻 응낙하였다.

"그래 보세, 빌어먹을 거 안 됨 고만이지."

그러나 꽁무니에서 죽을 마시고 있던 아내가 허구리를 쿡쿡 찔렀게 망정
이지 그렇지 않았더면 좀 주저할 뻔도 하였다.

아내는 아내대로의 셈이 빨랐다.

시체(그 시대의 풍습이나 유행)는 금점이 판을 잡았다. 섣부르게 농사만
짓고 있다간 결국 비렁뱅이밖에는 더 못 된다. 얼마 안 있으면 산이고 논이
고 밭이고 할 것 없이 다 금쟁이 손에 구멍이 뚫리고 뒤집히고 뒤죽박죽이
될 것이다. 그때는 뭘 파먹고 사나. 자, 보아라. 머슴들은 짜기나 한 듯이
일하다 말고 후딱 하면 금점으로들 내빼지 않는가. 일꾼이 없어서 올엔 농
사를 지을 수 없으니 마느니 하고 동리에서는 떠들썩하다. 그리고 번동 포
농이조차 호미를 내던지고 강변으로, 개울로 사금을 캐러 달아난다. 그러
다 며칠 뒤엔 다비신('양말'의 사투리)에다 옥당목(옥양목보다 품질이 낮
은 무명의 피륙)을 떨치고 희짜를 뽑는 것이 아닌가.

아내는 콩밭에서 금이 날 줄은 아주 꿈 밖이었다. 놀라고도 또 기뻤다.
올해는 노상 침만 삼키던 그놈 코다리(명태)를 짜장(과연, 정말로) 먹어 보
겠구나만 하여도 속이 미어질 듯이 짜릿하였다. 뒷집 양근댁은 금점 덕택
에 남편이 사다 준 고무신을 신고 나릿나릿 걷는 것이 무척 부러웠다. 저도

얼른 금이나 펑펑 쏟아지면 흰 고무신도 신고 얼굴에 분도 바르고 하리라.

"그렇게 해보지 뭐. 저 양반 하잔 대로만 하면 어련히 잘될라구."

얼떨하여 앉았는 남편을 이렇게 추겼던 것이다.

동이 트기 무섭게 콩밭으로 모였다.

수재는 진언(주문)이나 하는 듯이 이리 대고 중얼거리고 저리 대고 중얼거리고 하였다. 그리고 덤벙거리며 이리 왔다가 저리 왔다가 하였다. 제 딴은 땅속에 누운 줄맥을 어림하여 보는 맥이었다.

한참을 밭을 헤매다가 산 쪽으로 붙은 한구석에 딱 서며 손가락을 펴들고 설명한다. 큰 줄이란 본시 산운, 산을 끼고 도는 법이다. 이 줄이 노다지임에는 필시 이켠으로 버듬히 누웠으리라. 그러니 여기서부터 파 들어가자는 것이다.

영식이는 그 말이 무슨 소린지 새기지는 못했다마는, 금점에는 난다는 수재이니 그 말대로 하기만 하면 영락없이 금퇴야 나겠지 하고 그것만 꼭 믿었다. 군말 없이 지시해 받은 곳에다 삽을 푹 꽂고 파헤치기 시작하였다.

금도 금이면 애써 키운 콩도 콩이었다. 거진 다자란 허울 멀쑥한 놈들이 삽 끝에 으스러지고 흙에 묻히고 하는 것이다. 그걸 보는 것은 썩 속이 아팠다. 애틋한 생각이 물밀 때 가끔 삽을 놓고 허리를 구부려서 콩잎의 흙을 털어 주기도 하였다.

"아, 이 사람아, 맥쩍게 그건 봐 뭘 해. 금을 캐자니깐."

"아니야, 허리가 좀 아파서."

핀잔을 얻어먹고는 좀 열적었다(약간 부끄럽고 계면쩍다). 하기는 금만 잘 터져 나오면 이까짓 콩밭쯤이야. 이 밭을 풀어 논도 만들 수 있을 것이다. 눈을 감아 버리고 삽의 흙을 아무렇게나 콩잎 위로 확확 내어 던진다.

"국으로(제 주제에 맞게) 땅이나 파먹지 이게 무슨 지랄들이야!"

동리 노인은 뻔찔 찾아와서 귀 거친 소리를 하고 하였다.

밭에 구멍을 셋이나 뚫었다. 그리고 대고 뚫는 길이었다. 금인가 난장을 맞을 건가 그것 때문에 농군은 버렸다.

이게 필연코 세상이 망하려는 징조이리라. 그 소중한 밭에다 구멍을 뚫고 이 지랄이니 그놈이 온전할 겐가.

노인은 제 물화에 지팡이를 들어 삿대질을 아니 할 수 없었다.

"벼락 맞느니, 벼락 맞어!"

"염려 말아유. 누가 알래지유."

영식이는 그럴 적마다 데퉁스레 쏘았다. 골김에 흙을 되는대로 내꼰지고는 침을 탁 뱉고 구덩이로 들어간다. 그러나 마음 한구석에는 언제나 끈ㅡ하였다. 줄을 찾는다고 콩밭을 통히 뒤집어 놓았다. 그리고 줄이 언제나 나올지 아직 까맣다. 논도 못 매고 물도 못 보고 벼가 어이 되었는지 그것조차 모른다. 밤에는 잠이 안 와 멀뚱하니 애를 태웠다.

수재는 낙담하는 기색도 없이 늘 하냥이었다. 땅에 웅숭그리고 시적시적 노량으로 땅만 판다.

"줄이 꼭 나오겠나?"

하고 목이 말라서 물으면,

"이번에 안 나오거든 내 목을 비게."

서슴지 않고 장담을 하고는 꿋꿋하였다.

이걸 보면 영식이도 마음이 좀 뇌는 듯싶었다. 전들 금이 없다면 무슨 멋으로 이 고생을 하랴. 반드시 금은 나올 것이다. 그제는 이왕 손해는 하릴없거니와 그만두리라는 절망이 스스로 사라지고 다시금 주먹이 쥐어지는 것이었다.

캄캄하게 밤은 어두웠다. 어디선가 뭇 개가 요란히 짖어 댄다.

남편은 진흙투성이를 하고 내려왔다. 풀이 죽어서 몸을 잘 가누지도 못하고 아랫목에 축 늘어진다.

이 꼴을 보니 아내는 맥이 다시 풀린다. 오늘도 또 글렀구나. 금이 터지면 집을 한 채 사 간다고 자랑을 하고 왔더니 이내 헛일이었다. 인제 좌기가 나서 낯을 들고 나갈 염의(염치와 의리)조차 없어졌다.

남편에게 저녁을 갖다주고 딱하게 바라본다.

"인제 꿔 온 양식도 다 먹었는데……."

"새벽에 산제를 좀 지낼 텐데 한 번만 더 꿔 와."

남의 말에는 대답 없고 유하게 흘게 늦은(죈 정도가 느슨한) 소리뿐. 그리고 드러누운 채 눈을 지그시 감아 버린다.

"죽거리두 없는데 산제는 무슨……."

"듣기 싫어, 요망 맞은 년 같으니."

이 호통에 아내는 그만 멈칫하였다. 요즘 와서는 무턱대고 공연스레 골만 내는 남편이 영 딱하였다. 환장을 하는지 밤잠도 아니 자고 소리만 빽빽 지르며 덤벼들려고 든다. 심지어 어린 것이 좀 울어도 이 자식 갖다 내꽂지라고 북새를 피우는 것이다.

저녁을 아니 먹으므로 그냥 치워 버렸다. 남편의 영을 거역키 어려워 양근댁한테로 또다시 안 갈 수 없다. 그간 양식은 줄곧 꾸어다 먹고 갚지도 못하였는데 또 무슨 면목으로 입을 벌릴지 난처한 노릇이었다.

그는 생각다 끝에 있는 염치를 보째 쏟아 던지고 다시 한번 찾아가는 것이다마는, 딱 맞닥뜨리어 입을 열고,

"낼 산제를 지낸다는 데 쌀이 있어야지우."

하자니 영 낯이 화끈하고 모닥불이 날아든다.

그러나 그들은 어지간히 착한 사람이었다.

"암, 그렇지요. 산신이 벗나면 죽도 그릅니다."

하고 말을 받으며 그 남편은 빙그레 웃는다. 워낙이 금점에 장구(오랫동안) 닳아 난 몸인 만치 이런 일에는 적잖이 속이 틔었다. 손수 쌀 닷 되를 떠다 주며,

"산제란 안 지냄 몰라두 이왕 지내려면 아주 정성껏 해야 됩니다. 산신이란 노하길 잘하니까유."

하고 그 비방까지 깨쳐 보낸다.

쌀을 받아 들고 나오며 영식이 처는 고마움보다 먼저 미안에 질리어 얼굴이 다시 빨갰다, 그리고 그들 부부 살아가는 살림이 참으로 몹시 부러웠다. 양근댁 남편은 날마다 금점으로 감돌며 버력더미를 뒤지고 토록을 주워 온다. 그걸 온종일 장판돌에다 갈면 수가 좋으면 2, 3원, 옥아도(밑져도) 7, 80전꼴은 매일 셈이 되는 것이었다. 그러면 쌀을 산다, 피륙을 끊는다, 떡을 한다, 장리를 놓는다……. 그런데 우리는 왜 늘 요 꼴인지 생각만 하여도 가슴이 메는 듯 맥맥한 한숨이 연발을 하는 것이었다.

아내는 집에 돌아와 떡쌀을 담갔다. 낼은 뭘로 죽을 쑤어 먹을는지. 윗목에 웅크리고 앉아서 맞은쪽에 자빠져 있는 남편을 곁눈으로 살짝 할퀴어 본다. 남들은 돌아다니며 잘도 금을 주워 오련만 저 망나니 제 밭 하나를

다 버려도 금 한 톨 못 주워 오나. 에, 에, 변변치도 못한 사나이. 저도 모르게 얕은 한숨이 거푸 두 번을 터진다.

밤이 이슥하여 그들 양주는 떡을 하러 나왔다. 남편은 절구에 쿵쿵 빻았다. 그러나 체가 없다. 동네로 돌아다니며 빌려 오느라고 아내는 다리에 불풍이 났다.

"왜 이리 앉았수? 불 좀 지피지."

떡을 찧다가 얼이 빠져서 멍하니 앉았는 남편이 밉살스럽다. 남은 이래저래 애를 죄는데 저건 무슨 생각을 하고 저리 있는 건지. 낫으로 삭정이(산 나무에 붙은 채로 말라 죽은 가지)를 탁탁 조겨서 던져 주며 아내는 은근히 흑닥이었다.

닭이 두 홰를 치고 나서야 떡은 되었다.

아내는 시루를 이고 남편은 겨드랑에 자리 때기를 꼈다. 그리고 캄캄한 산길을 올라간다.

비탈길을 얼마 올라가서야 콩밭은 놓였다. 전면이 우뚝한 검은 산에 둘리어 막힌 곳이었다. 가생이로 느티, 대추나무들은 머리를 풀었다.

밭머리 조금 못미처 남편은 걸음을 멈추자 뒤의 아내를 돌아본다.

"인 내, 그리고 여기 가만히 섰어."

시루를 받아 한 팔로 껴안고 그는 혼자서 콩밭으로 올라섰다. 앞에 쌓인 것이 모두가 흙더미, 그 흙더미를 마악 돌아서려 할 제 아마 돌을 찼나 보다. 몸이 쓰러지려고 우지끈하니 아내가 기겁을 하여 뛰어오르며 그를 부축하였다.

"부정 타라구 왜 올라와, 요망 맞은 년."

남편은 몸을 고르잡자 소리를 뻑 지르며 아내 얼뺨을 붙인다. 가뜩이나 죽으라 죽으라 하는데 불길하게도 계집년이. 그는 마뜩지 않게 두덜거리며 밭으로 들어간다.

밭 한가운데다 자리를 펴고 그 위에 시루를 놓았다. 그리고 시루 앞에다 공손하고 정성스레 재배를 커다랗게 한다.

"우리를 살려 주십사. 산신께서 거들어 주지 않으면 저희는 죽을 수밖에 꼼짝없습니다유."

그는 손을 모으고 이렇게 축원하였다.

아내는 이골을 바라보며 독이 뾰록같이 올랐다. 금점을 합네 하고 금 한톨 못 캐는 것이 버릇만 점점 글러 간다. 그전에는 없더니 요새로 건듯하면 탕탕 때리는 못된 버릇이 생긴 것이다. 금을 캐랬지 뺨을 치랬나. 제발 덕분에 그놈의 금 좀 나오지 말았으면. 그는 뺨 맞은 앙심으로 맘껏 방자(남에게 재앙이 내리도록 비는 짓)하였다.

하긴 아내의 말 그대로 되었다. 열흘이 썩 넘어도 산신은 깜깜무소식이었다. 남편은 밤낮으로 눈을 까뒤집고 구덩이에 묻혀 있었다. 어쩌다 집엘 내려오는 때이면 얼굴이 헐떡하고 어깨가 축 늘어지고 거반 병객이었다. 그러고서 잠자코 커다란 몸집을 방고래에다 쿵하고 내던지고 하는 것이다.

"제미 붙을, 죽어나 버렸으면."

혹은 이렇게 탄식하기도 하였다.

아내는 바가지에 점심을 이고서 집을 나섰다. 젖먹이는 등을 두드리며 좋다고 끽끽거린다.

이젠 흰 고무신이고 코다리고 생각조차 물렸다. 그리고 금하는 소리만 들어도 입에 신물이 날 만큼 되었다. 그건 고사하고 꿔다 먹은 양식에 졸리지나 말았으면 그만도 좋으리 마는.

가을은 논으로 밭으로 누렇게 내리었다. 농군들은 기꺼이 낯을 하고 서로 만나면 흥겨운 농담. 그러나 남편은 애먼 밭만 망치고 논조차 건살 못하였으니 이 가을에는 뭘 거둬들이고, 뭘 즐겨 할는지. 그는 동리 사람의 이목이 부끄러워 산길로 돌았다.

솔숲을 나서서 멀리 밖에를 바라보니 둘이 다 나와 있다. 오늘도 또 싸운 모양. 하나는 이쪽 흙더미에 앉았고 하나는 저쪽에 앉았고 서로들 외면하여 담배만 뻑뻑 피운다.

"점심들 잡숫게유."

남편 앞에 바가지를 내려놓으며 가만히 맥을 보았다.

남편은 적삼이 찢어지고 얼굴에 생채기를 내었다. 그리고 두 팔을 걷고 먼 산을 향하여 묵묵히 앉았다.

수재는 흙에 박혔다 나왔는지 얼굴은커녕 귓속들이 흙투성이다. 코 밑에는 피딱지가 말라붙었고 아직도 조금씩 피가 흘러내린다. 영식이 처를 보더니 열적은 모양. 고개를 돌리어 모로 떨어치며 입맛만 쩍쩍 다신다. 금을 캐라니까 밤낮 피만 내다 말라는가. 빚에 졸리어 남은 속을 볶는데 무슨 호강에 이 지랄들인구. 아내는 못마땅하여 눈가에 살을 모았다.

"산제 지낸다구 꿔 온 것은 언제나 갚는다지유?"

뚱하고 있는 남편을 향하여 말끝을 꼬부린다. 그러나 남편은 눈썹 하나 까딱하지 않는다. 이번에는 어조를 좀 돋우며,

"갚지도 못할 걸 왜 꿔 오라 했지유!"

하고 얼추 호령이었다.

이 말은 남편의 채 가라앉지도 못한 분통을 다시 건드린다. 그는 벌떡 일어서며 황밤주먹을 쥐어 낭창할 만치 아내의 골통을 후렸다.

"계집년이 방정맞게."

다른 것은 모르나 주먹에는 아찔이었다. 멋없이 덤비다간 골통이 부서진다. 암상을 참고 바르르하다가 이윽고 아내는 등에 업은 어린애를 끌러 들었다. 남편에게로 그대로 밀어 던지니 아이는 까르륵하고 숨 모는 소리를 친다. 그리고 아내는 돌아서서 혼잣말로,

"콩밭에서 금을 딴다는 숙맥도 있담."

하고 빗대 놓고 비아냥거린다.

"이년아, 뭐!"

남편은 대뜸 달려들며 그 볼치에다 다시 올찬 황밤을 주었다. 적이나 하면 계집이니 위로도 하여 주련만 요건 분만 폭폭 질러 노려나. 예이, 빌어먹을 거, 이판사판이다.

"너하구 안 산다. 오늘루 가거라."

아내를 와락 떠다밀어 밭둑에 젖혀 놓고 그 허구리를 퍽 질렀다. 아내는 입을 헉 하고 벌린다.

"네가 허라구 옆구리를 쿡쿡 찌를 제는 언제냐, 요 집안 망할 년."

그리고 다시 퍽 질렀다. 연하여 또 퍽.

이 꼴들을 보니 수재는 조바심이 일었다. 저러다가 그 분풀이가 다시 제게로 슬그머니 옮아올 것을 지레 채었다. 인제 걸리면 죽는다. 그는 비슬비슬하다 어느 틈엔가 구덩이 속으로 시나브로 없어져 버린다.

볕은 다사로운 가을 향취를 풍긴다. 주인을 잃고 콩은 무거운 열매를 둥

글둥글 흙에 굴린다. 맞은쪽 산 밑에서 벼들을 베며 기뻐하는 농군의 노래.

"터졌네, 터져."

수재는 눈이 휘둥그렇게 굿 문을 뛰어나오며 소리를 친다. 손에는 흙 한 줌이 잔뜩 쥐었다.

"뭐?"

하다가,

"금줄 잡았어, 금줄."

"응 —"

하고 외마디를 뒤남기자 영식이는 수재 앞으로 살같이 달려들었다. 허겁지겁 그 흙을 받아 들고 샅샅이 헤쳐 보니 딴은 재래에 보지 못하던 불그죽죽한 황토이었다. 그는 눈에 눈물이 핑 돌며,

"이게 원줄인가?"

"그럼 이것이 곱색줄이라네. 한 포에 댓 돈씩은 넉넉잡히대."

영식이는 기쁨보다 먼저 기가 탁 막혔다. 웃어야 옳을지 울어야 옳을지. 다만 입을 반쯤 벌린 채 수재의 얼굴만 멍하니 바라본다.

"이리 와 봐. 이게 금이래."

이윽고 남편은 아내를 부른다. 그리고 내 뭐랬어. 그러게 해 보라고 그랬지 하고 설면설면 덤벼 오는 아내가 한결 어여뺐다. 그는 엄지가락으로 아내의 눈물을 지워 주고 그러고 나서 껑충거리며 구덩이로 들어간다.

"그 흙 속에 금이 있지요."

영식이 처가 너무 기뻐서 코다리에 고래등 같은 집까지 연상할 제, 수재는 시원스러이,

"네, 한 포대에 50원씩 나와유."

하고 대답하고 오늘 밤에는 꼭, 정녕코 꼭 달아나리라 생각하였다.

거짓말이란 오래 못 간다. 뽕이 나서 뼈다귀도 못 추리기 전에 훨훨 벗어나는 게 상책이겠다.

노다지

- 김유정 -

작품 정리

이 작품은 〈노다지〉, 〈금〉, 〈금 따는 콩밭〉 등 금을 소재로 한 김유정 소설 세 편 중 제일 먼저 발표된 작품으로, 1935년 '조선중앙일보'에 연재되었던 금을 소재로 한 신춘문예 가작 입선 작품이다. 허약하고 소심하지만 금전에 밝은 꽁보와, 건강한 체격이지만 금전에는 밝지 못한 더펄이라는 두 사람이 벌이는 궁핍한 현실로부터 물질적 풍요를 획득할 수 있는 유일한 탈출구인 금광과 농촌 현실을 그려낸다. 노다지를 앞에 두고 목숨이 사라질 위기에 직면하여 인간이 어떻게 행동하나 하는 문제와, 인간 욕망의 최대치인 황금에 대해 잠재해 있는 욕심과 자연에서 물질적 욕망을 얻으려는 금광이라는 인위적 배경이 대비되는 작품이다.

작품 줄거리

꽁보와 더펄이는 남의 금점에 몰래 들어가 금을 캔다. 1년 전 친구들과 금을 캐다 큰 싸움이 나서 꽁보가 맞아 죽을 뻔 했을 때 더펄이가 구해준다. 그래서 꽁보는 자신의 목숨을 구해준 더펄이가 고마워서 자신의 누이를 소개시켜 주겠다고 한다. 그 후 꽁보와 더펄이는 서로 형제처럼 어울려 지내게 된다. 어느 날 주막에서 둘은 금이 많이 나오는 금점이 있다는 말을 듣고 칠흑 같은 밤에 숨어 들어가 금맥을 찾는다. 꽁보가 운 좋게 금맥을 발견하고 곡괭이로 금을 캐자 곁에서 지켜보던 힘이 좋은 더펄이가 꽁보를 제치고 자신이 금을 캐겠다고 한다. 곡괭이로 마구 캐던 중에 금정의 기둥이 무너지고 무거운 돌들이 더펄이를 덮친다. 자기를 제치고 금을 캐던 더펄이가 미웠던 꽁보는 돌무더기에 깔린 더펄이를 두고 캐낸 금덩이를 가지고 굴 문을 나와 혼자 도망친다.

핵심 정리

· 갈래 : 단편 소설
· 시점 : 작가 관찰자 시점
· 배경 : 1930년대 어느 금광
· 주제 : 황금에 대해 잠재해 있는 인간의 본성
· 출전 : 조선중앙일보

노다지

그믐 칠야 캄캄한 밤이었다. 하늘의 별은 깨알같이 총총 박혔다. 그 덕으로 솔숲 속은 간신히 희미하였다. 험한 산중에도 우중충하고 구석배기 외딴곳이다. 버석만 하여도 가슴이 덜렁한다. 호랑이, 산골 호생원!

만귀(깊은 밤)는 잠잠하다. 가을은 이미 늦었다고 냉기는 모질다. 이슬을 품은 가랑잎은 바시락바시락 날아들며 얼굴을 축인다.

꽁보는 바랑을 모로 베고 풀 위에 꼬부리고 누웠다가 잠깐 깜박하였다. 다시 눈이 떠졌을 적에는 몸서리가 몹시 나온다. 형은 맞은편에 그저 웅크리고 앉아 있는 모양이다.

"성님, 인제 시작해 볼라우!"

"아직 멀었네. 좀 춥더라도 참참이 해야지⋯⋯."

어둠 속에서 그 음성만 우렁차게, 그러나 가만히 들릴 뿐이다. 연모를 고치는지 마치 쇠 부딪는 소리와 아울러 부스럭거린다. 꽁보는 다시 웅송그리고 새우잠으로 눈을 감았다. 야기(밤공기)에 옷은 젖어 후줄근하다. 아랫도리가 척 나간 듯이 감촉을 잃고, 대고(자꾸) 쑤실 따름이다. 그대로 버뜩 일어나 하품을 하고는 으드들 떨었다.

어디서인지 자박자박 사라지는 발자국 소리가 들린다. 꽁보는 정신이 번쩍 나서 눈을 둥굴린다.

"누가 오는 게 아뉴?"

"바람이겠지, 즈들이 설마 알라구!"

신청부같은 그 대답에 적이 맘이 놓인다. 곁에 형만 있으면야 몇 놈쯤 오기로서니 그리 쪼일 게 없다. 적삼의 깃을 여미며 휘돌아보았다.

감때사나운 큰 바위가 반득이는 하늘을 찌를 듯이, 삐쭉 솟았다. 그 양어깨로 자지레한 바위는 뭉글뭉글한 놈이 검은 구름 같다. 그러면 이번에는 꿈인지 호랑인지 영문 모를 그런 험상궂은 대가리가 공중에 불끈 나타나 두리번거린다. 사방은 모두 이따위 산에 둘렸다. 바람은 뻔질나게 구르며 습기와 함께 낙엽을 풍긴다. 을씨년스레 샘물은 노냥 쫄랑쫄랑 금시라도 시커먼 산 중턱에서 호랑이 불이 보일 듯싶다. 꼼짝 못 할 함정에 든 듯이 소름이 쭉 돋는다.

꽁보는 너무 서먹서먹하고 허전하여 어깨를 으쓱 올린다. 몹쓸 놈의 산골도 다 많으이. 산골마다 모조리 요지경이람. 이러고 보니 몹시 무서운 기억이 눈앞으로 번쩍 지난다.

바로 작년 이맘때이다. 그날도 오늘과 같이 밤을 도와 잠채(광물을 몰래 채굴)를 하러 갔던 것이다. 회양 근방에도 가장 험하다는, 마치 이렇게 휘하고 낯선 산골을 기어올랐다. 꽁보에 더펄이, 그리고 또 다른 동무 셋과. 초저녁부터 내리는 보슬비가 웬일인지 그칠 줄을 모른다. 붕, 하고 난데없이 이는 바람에 안기어 비는 낙엽과 함께 몸에 부딪고 또 부딪고 하였다. 모두들 입 벌릴 기력조차 잃고, 대고 부들부들 떨었다. 방금 넘어올 듯이 덩치 커다란 바위는 머리를 불쑥 내어 대고 길을 막고 막고 한다. 그놈을 끼고 캄캄한 절벽을 돌고 나니 땀이 등줄기로 쪽 내려 흘렀다. 게다가 언제 호랑이가 내닫는지 알 수 없으매 가슴은 펄쩍 두근거린다.

그러나 하기는, 이제 말이지 용케도 해먹긴 하였다. 아무렇든지 다섯 놈이 서른 길이나 넘는 암굴에 들어가서 한 시간도 채 못 되어 감(광석)을 두 포대나 실히 따올렸지마는, 문제는 노느매기에 있었다. 어떻게 이놈을 나누면 서로 억울치 않을까, 꽁보는 금점에 남다른 이력이 있느니만치 제가 선뜻 맡았다. 부피를 대중하여 다섯 목에다 차례대로 메지메지 골고루 노났던 것이다. 한데 이런 우스꽝스러운 놈이 또 있을까.

"이게 일테면 노는 건가!"

어두운 구석에서 어떤 놈이 이렇게 쥐어박는 소리를 하는 것이다. 제 딴은 욱기(불끈하는 기운)를 보이느라고 가래침을 배앝는다.

"그럼."

꽁보는 하 어이없어서 그쪽을 뻔히 바라보았다. 이건 우리가 늘 하는 격식인데 이제 와서 새삼스럽게 게정(불평)을 부릴 것이 아니다.

"아니, 요게 내 거야?"

"그럼 누군 감벼락을 맞았단 말인가?"

"아니, 이 구덩이를 먼저 낸 것이 누군데 그래?"

"누구고 새고 알 게 뭐 있나. 금 있으니 땄고, 땄으니 노났지!"

"알 게 없다? 내가 없어도 느가 왔니? 이 새끼야?"

"이런 숭맥 보래. 꿀돼지 제 욕심 채우기로 너만 먹자는 거야?"

바로 이 말에 자식이 욱하고 들이덤볐다. 무지한 두 손으로 꽁보의 멱살을 잔뜩 움켜쥐고, 흔들고 지랄을 한다. 꽁보가 체수가 작고 좀팽이라 쳐들고 한창 얕본 모양이다.

비를 맞아 가며 숨이 콕 막히도록 시달리니 꽁보도 화가 안 날 수 없다. 저도 모르게 어느덧 감석(감돌)을 손에 잡아 놈의 골통을 패뜨렸다. 하니까, 이놈이 꼭 황소같이 식, 하더니 꽁보를 피언한 돌 위에다 집어 때렸다. 그리고 깔고 앉더니 대뜸 벽채(광석을 긁어모으는 호미)를 들어 곁 갈빗대를 힉, 하도록 아주 몹시 조겼다. 죽지 않기만 해도 다행이지만 지금도 이게 가끔 도지어 몸을 못 쓰는 것이다. 다음에는 왼편 어깨를 된통 맞았다. 정신이 다 아찔하였다. 험하고 깊은 산속이라 그대로 죽여 버릴 작정이 분명하다. 세 번째에는 또다시 가슴을 겨누고 내려올 제, 인제는 꼬박 죽었구나 하였다. 참으로 지긋지긋하고 아슬아슬한 순간이었다. 그때 천행이랄까 대문짝처럼 크고 억센 더펄이가 비호같이 날아들었다. 자분참(지체없이) 그놈의 허리를 뒤로 두 손에 쥐어 들더니 산비탈로 내던져 버렸다. 그놈은 그때 살았는지 죽었는지 이내 모른다. 꽁보는 곧바로 감석과 한꺼번에 더펄이 등에 업히어 마을로 내려왔던 것이다.

현재 꽁보가 갖고 다니는 그 목숨은 더펄이 손에서 명줄을 받은 그때의 끄트머리다. 더펄이를 형이라 불렀고 형우제공을 깍듯이 하는 것도 까닭 없는 일은 아니었다.

이 산골도 그 녀석의 산골과 똑 헐없는(영락없는) 흉측스러운 낯짝을 가졌다. 한번 휘돌아 보니 몸서리치던 그 경상(경치)이 다시 생각나지 않을 수 없다. 꽁보는 담배를 빡빡 피우며 시름없이 앉았다.

"몸 좀 녹여서 인제 시적시적 해볼까?"

더펄이도 추운지 떨리는 몸을 툭툭 털며 일어선다. 시작하도록 연모는 차비가 다 된 모양. 저편으로 가서 훔척훔척하더니 바랑에서 막걸릿병과 돼지 다리를 꺼내 들고 이리로 온다.

"그래도 좀 거냉은 해야 할 걸!"

하고 그는 병마개를 이로 뽑더니,

"에이, 그냥 먹세. 언제 데워 먹겠나?"

"데웁시다."

"글쎄, 그것두 좋구. 근데 불을 났다가 들키면 어쩌나?"

"저 바위틈에다 가리고 핍시다."

아우는 일어서서 가랑잎을 긁어모았다.

형은 더듬어 가며 소나무 삭정이를 뚝뚝 꺾어서 한 아름 안았다. 병풍과 같이 바위와 바위 사이에 틈이 있었다. 그 속으로 들어가 그들은 불을 놓았다.

"커 ― 그어 맛좋다이."

형은 한잔을 쭉 켜고 거나하였다. 칼로 돼지고기를 저며 들고 쩍쩍 씹는다.

"아까 술집 계집 봤나?"

"왜 그류?"

"어떻든가?"

"……"

"아주 똑 땄데, 고거 참!"

하고 그는 눈을 불빛에 끔벅거리며 싱글싱글 웃는다. 일 년이면 열두 달 줄창 돌아만 다니는 신세였다. 오늘은 서로, 내일은 동으로, 조선 천지의 금점판치고 아니 집적거린 데가 없었다. 언제나 나도 그런 계집 하나 만나 살림을 좀 해보누 하면 무거운 한숨이 절로 안 날 수 없다.

"거, 계집 있는 게 한결 낫겠더군!"

하고 저도 열적을만큼 시풍(시속, 속된)스러운 소리를 하니까,

"글쎄요……"

하고 꽁보는 그 얼굴을 빤히 쳐다보았다. 이날까지 같이 다녀야 그런 법 없더니만 왜 별안간 계집 생각이 날까, 별일이로군! 하긴, 저도 요즘으로 부쩍 그런 생각이 무럭무럭 안 나는 것도 아니지만, 가을이 늦어서 그런지 홀아비 마주 앉기만 하면 나는 건 그 생각뿐.

"성님. 장가들라우?"

"어디 웬 계집이 있나?"

"글쎄?"

하고 꽁보는 그 말을 재치다가 언뜻 이런 생각을 하였다. 제 누이를 주면 어떨까. 지금 그 누이가 충주 근방 어느 농군에게 출가하여 자식을 둘씩이나 낳았지마는 매우 반반한 얼굴을 가졌다. 이걸 준다면 형은 무척 반기겠고, 또한 목숨을 구해 준 그 은혜에 대하여 손씻이도 되리라.

"성님. 내 누이를 주라우?"

"누이?"

"썩 이쁘우. 성님이 보면 아마 담박 반하리다."

더펄이는 다음 말을 기다리며 다만 벙벙하였다. 불빛에 이글이글하고 검붉은 그 얼굴에는 만족한 미소가 떠올랐다. 그 누이에 대하여 칭찬은 전일부터 많이 들었다. 그럴 적마다 속중으로는 슬며시 생각이 달랐으나 차마 이렇다 토설치는 못했던 터이었다.

"어떻수?"

"글쎄, 그런데 살림하는 사람을 그리 되겠나?"

하며, 뒷심은 두면서도 어정쩡하게 물어보았다. 그러고들 껍적하고 술을 따라서 아우에게 권하다가 반이나 엎질렀다.

"그야, 돌려 빼면 그만이지 누가 뭐랠 터유."

꽁보는 자신이 있는 듯이 이렇게 선언하였다.

더펄이는 아주 좋았다. 팔짱을 딱 지르고 눈을 감았다. 나도 인젠 계집 하나 안아 보는구나! 아마 그 누이란 썩 이쁠 것이다. 오동통하고, 아양스럽고, 이런 계집이 틀림없으리라. 그럴 필요도 없건마는 그는 벌떡 일어서서 주춤주춤하다가 다시 펄썩 앉는다.

"은제 갈려나?"

"가만있수. 이거 해 가지구 내일 갑시다."

오늘 일만 잘되면 내일로 곧 떠나도 좋다. 충청도라야 원도 역경을 지나 칠팔십 리 걸으면 그만이다. 내일 해껏 걸으면 모레 아침에는 누이 집을 들러서 다른 금점으로 가리라 예정하였다. 그런데 이놈의 금을 언제나 좀 잡아 볼는지 아득한 일이었다.

"빌어먹을 거, 은제쯤 재수가 좀 터보나!"

꽁보는 뜯고 있던 돼지 뼉다구를 내던지며 이렇게 한탄하였다.

"염려 말게. 어떻게 되겠지! 오늘은 꼭 노다지가 터질 테니 두고 보려나?"

"작히 좋겠수. 그렇거든 고만 들어앉읍시다."

"이를 말인가. 이게 참할 노릇을 하나, 이제 말이지."

그들은 몇 번이나 이렇게 자위했는지 그 수를 모른다. 네가 노다지를 만나든, 내가 만나든 둘이 똑같이 나눠 가지고 집을 사고 계집을 얻고, 술도 먹고, 편히 살자고. 그러나 여태껏 한 번이라도 그렇게 해본 적이 없으니 매양 헛소리가 되고 말았다.

"닭 울 때도 되었네. 인제 슬슬 가보려나?"

더펄이는 선뜻 일어서서 바랑을 짊어지다가 꽁보를 바라보았다. 몸이 또 도지는지 불 앞에서 오르르 떨고 있는 것이 퍽이나 측은하였다.

"여보게. 내 혼자 해가지고 올게, 불이나 쬐고 거기 있을려나?"

"뭘, 갑시다."

꽁보는 꼬물꼬물 일어서며 바랑을 메었다. 그들은 발로다 불을 비벼 끄고는 거기를 떠났다. 산에, 골을 엇비슷이 돌아 오르는 샛길이 놓였다. 좌우로는, 잣, 밤, 단풍, 이런 나무들이 울창하게 꽉 들어박혔다. 그 밑으로는 자갈 아니면 불퉁 바위는 예제 없이 마냥 뒹굴었다. 한갓 시커먼 그 암흑 속을 그들은 더듬고 기어오른다. 풀숲의 이슬로 말미암아 고의는 축축이 젖었다. 다리를 옮겨 놓을 적마다 철썩철썩 살에 붙으며 찬 기운이 쭉 끼친다. 그리고 모진 바람은 뻔질 불어 내린다. 붕 하고 능글차게 낙엽이 불어 내리다가는 뺑 하고 되알지게 기를 복 쓴다.

꽁보는 더펄이 뒤를 따라 오르며 달달 떨었다. 이게 지랄인지 난장인지, 세상에 짜장 못 해 먹을 건 금점 빼고 다시없으리라. 금이 다 무엇인지, 요 짓을 꼭 해야 한담. 게다가 걸핏하면 서로 두들겨 죽이는 것이 일. 참말이지 금쟁이치고 순한 놈 하나 못 봤다. 몸이 결릴 적마다 지겹던 과거를 또 연상하며 그는 다시금 몸에 소름이 돋았다. 그러자 맞은편 산 수풀에서 큰 불이 어른하였다. '호랑이!' 이렇게 놀라고 더펄이 허리에 가 덥석 달리며,

"저게 뭐유?"

하고 다르르 떨었다.

"뭐?"

"저거, 아니 지금은 없어졌네."

"그게 눈이 어려서 헷거지 뭐야."

더펄이는 씸씸이(힘힘이, 모르는 체) 대답하고 천연스레 올라간다. 다구진(다부진) 그 태도에 좀 안심이 되는 듯싶으나 그래도 썩 편치는 못하였다. 왜 이리 오늘은 대고 겁만 드는지 까닭을 모르겠다. 몸은 매시근하고 열로 인하여 입이 바짝바짝 탄다. 이것이 웬만하면 그럴 리 없으련마는,

"자네 안 되겠네. 내 등에 업히게!"

하고 더펄이가 등을 내대일 제, 그는 잠자코 바랑 위로 넙죽 업혔다. 그래도 끽소리 없이 덜렁덜렁 올라가는 더펄이를 굽어보며 실팍한 그 몸이 여간 부러운 것이 아니었다.

불볕 내리는 복중처럼 씨근거리며 이마에 땀이 쫙 흘렀을 그때에야 비로소 더펄이는 산마루턱까지 이르렀다. 꽁보를 내려놓고 땀을 씻으며 후, 하고 숨을 돌린다. 인제 얼마 안 남았겠지. 조금 내려가면 요 아래 있을 것이다.

그들이 이 마을에 들른 것은 바로 오늘 점심때이다. 지나서 그냥 가려 하다가 뜻하지 않은 주막 주인 말에 귀가 번쩍 띄었던 것이다. 저 산 너머 금점이 있는데 금이 푹푹 쏟아지는 화수분이라고. 요즘에는 화약 허가를 내 갖고 완전히 일을 하고자 하여 부득이 잠시 휴광 중이고, 머지않아 다시 시작할 게다. 그리고 금 도둑을 맞을까 하여 밤낮 구별 없이 감시하는 중이라 하는 것이다.

그러나 이 밤중에 누가 자지 않고 설마, 하고 더펄이는 덜렁덜렁 내려간다. 꽁보는 그 꽁무니를 쿡쿡 찔렀다. 그래도 사람의 일이니 물은 모른다. 좌우 곁으로 살펴보며 살금살금 사리어 내려온다.

그들은 오 분쯤 내리었다. 딴은 커다란 구덩이가 하나가 딱 내달았다. 산중턱에 짚 더미 같은 바위가 놓였고 그 옆으로 또 하나가 놓여 가달(가닥)이 졌다. 그 가운데다 삐듬(비스듬)한 돌 장벽을 끼고 구멍을 뚫은 것이다. 가로는 한 발 좀 못 되고 길이는 약 서 발 가량. 성냥을 그어 대보니 깊이는 네 길이 넘겠다. 함부로 쪼아 먹은 구덩이라 꺼칠한 놈이 군버력(광물이 없는 돌)도 똑똑히 못 치웠다. 잠채를 염려하여 그랬으리라. 사다리는 모조리 떼어가고 민숭민숭한 돌벽이 있을 뿐이다.

그들은 다시 한번 사방을 둘레둘레 돌아보았다. 지척을 분간키 어려우나 필경 사람은 없을 것이다. 마음을 놓고 바랑에서 관솔을 꺼내어 불을 대었다. 더펄이가 먼저 장벽에 엎디어 뒤로 기어 내린다. 꽁보는 불을 들고 조심성 있게 참참이 내려온다. 한 길쯤 남았을 때 그만 발이 찍 하고 더펄이는 떨어졌다. 쿵 하고 무던히 골탕은 먹었으나 그대로 쓱싹 일어섰다. 동이 트기 전에 얼른 금을 따야 될 것이다.

"여보게, 아우. 나는 어딜 따라나?"

"글쎄유……. 가만히 기슈."

아우는 불을 들이대고 줄맥을 한번 쭉 훑었다.

금점 일에는 난다 긴다 하는 아달맹이 금쟁이였다. 썩 보더니 복판에는 동이 먹어 들어가고 양편 가생이로 차차 줄이 생하는 것을 알았다.

"성님은 저편 구석을 따우."

아우는 이렇게 지시하고 저는 이쪽 구석으로 왔다. 그러나 차마 그 틈바귀로 들어갈 생각이 안 난다. 한 길이나 실히 되도록 쌓아 올린 동발이 금방 넘어올 듯이 위험했다. 밑에는 좀 잔돌로 쌓으나 그 위에는 제법 굵직굵직한 놈들이 얹혔다. 이것이 무너지면 깩소리도 못 하고 치여 죽는다.

꽁보는 한참 생각했으되 별수 없다. 낯을 찌푸려 가며 바랑에서 망치와 타래징을 꺼내 들었다. 그런데 어떻게 파먹은 놈이게 움푹 들어간 것이 일은커녕 몸 하나 놓을 데가 없다. 마지못해 두 다리를 동발께로 쭉 뻗고 몸을 그 홈패기에 착 엎디어 망치질을 하기 시작하였다. 돌에 뚫린 석혈 구덩이라 공기는 더욱 퀭하였다. 징 때리는 소리만 양쪽 벽에 무겁게 부딪친다.

'팡! 팡!'

이렇게 몹시 귀를 울린다.

거반 한 시간이 넘었다. 그들은 버력 같은 만감 이외에 아무것도 얻지 못했다. 다시 오 분이 지난다. 십 분이 지난다. 딱 그때다.

꽁보는 땀을 철철 흘리며 좁다란 그 틈에서 감 하나를 손에 따 들었다. 헐없이 작은 목침 같은 그런 돌팍을. 엎드린 그대로 불빛에 비치어 가만히 뒤져 보았다. 번들번들한 놈이 그 광채가 되우 혼란스럽다. 혹시 연철이나 아닐까. 그는 돌 위에 눕혀 놓고 망치로 두드리며 깨 보았다. 좀체 하여서는 쪽이 잘 안 나갈 만치 쭌둑쭌둑한 금돌! 그는 다시 집어 들고 눈앞으로 바싹 가져오며 실눈을 떴다. 얼마를 뚫어지게 노려보았다. 무작정으로 가슴은 뚝딱거리고 마냥 들렌다. 이 돌에 박힌 금만으로도, 모름 몰라도 하치 열 냥쭝은 넘겠지.

천 원! 천 원!

"그 뭔가, 뭐야?"

더펄이는 이렇게 허둥지둥 달려들었다.

"노다지!"

하고 풀 죽은 대답.

"으으응, 노다지?"

하기 무섭게 더펄이는 우뻑지뻑 그 돌을 받아 들고 눈에 들이댄다. 척척 휠 만치 들어박힌 금, 우리도 이젠 팔자를 고치누나! 그는 껍적껍적 엉덩춤이 절로 난다.

"이리 나오게, 내 땀세."

그는 아우의 몸을 번쩍 들어 내놓고 제가 대신 들어간다. 역시 동발께로 다리를 쭉 뻗고는 그 틈바귀에 덥석 엎디었다. 몸이 워낙 커서 좀 둥개이나 아무렇게도 아우보다 힘이 낫겠지. 그 좁은 틈에 타래징을 꽂아 박고, 식식 하고 망치로 때린다.

꽁보는 그 앞에 서서 시무룩허니 흥이 지었다. 금점 일로 할지면 제가 선생님이요, 형은 제 지휘를 받아 왔던 것이다. 뭘 안다고 풋둥이가 어줍대는 가, 돌 쪽 하나 변변히 못 떼어낼 것이……. 그는 형의 태도가 심상치 않음을 얼핏 알았다. 금을 보더니 완연히 변한다.

"저 곡괭이 좀 집어 주게."

형은 고개도 아니 들고 소리를 뻑 지른다. 아우는 잠자코 대꾸도 아니 한다. 사람을 너무 얕보는 그 꼴이 썩 아니꼬웠다.

"아, 이 사람아. 곡괭이 좀 얼른 집어 줘. 왜 저리 정신없이 섰나."

그리고 눈을 딱 부릅뜨고 쳐다본다. 아우는 암말 않고 저편 구석에 놓인 곡괭이를 집어다 주었다. 그리고 우두커니 다시 섰다. 형이 무람없이 굴면 굴수록 그것은 반드시 시위에 가까웠다. 힘이 좀 있다고 주제넘게 꺼떡이는 그 화상이야 눈허리가 시면 시었지 그냥은 못 볼 것이다.

"또 땄네. 내 기운이 어떤가?"

형은 이렇게 주적거리며 곡괭이를 연상 내려찍는다. 마치 죽통에 덤벼드는 돼지 모양이다. 억척스럽게도 손뼘만 한 감을 두 쪽이나 따냈다. 인제는 악이 아니면 세상없어도 더는 못 딸 것이다.

엑! 엑! 엑!

그래도 억센 주먹에 굳은 동이 다 벌컥벌컥 나간다.

제힘을 되우 자랑하는 형을 이윽히 바라보니 또한 그 속이 보인다. 필연코 이 노다지를 혼자 먹으려고 하는 것이다. 하면 내가 있는 것을 몹시 꺼리겠지 하고 속을 태운다.

"이것 봐. 자네 같은 건 골백 와야 소용없네."

하고 또 뽐낼 제 가슴이 선뜩하였다. 앞서는 형의 손에 목숨을 구해 받았으나 이번에는 같은 산골에서 그 주먹에 명을 도로 끊을지도 모른다. 그는 형의 주먹을 가만히 내려 보다가 가엾이도 앙상한 제 주먹에 대조하여 보지 않을 수 없다. 그러나 다만 속이 바르르 떨릴 뿐이다.

그러나 꽁보는 기겁을 하여 놀라며 뒤로 물러섰다. 어이쿠 하고 불시의 비명과 아울러 와르르하였다. 쌓아 올린 동발이 어찌하다 중턱이 헐리었다. 모진 돌들은 더펄이의 장딴지며, 넓적다리, 엉덩이까지 그대로 엎눌렀다. 살은 물론 으스러졌으리라. 그는 엎으러진 채 꼼짝 못 하고 아픔에 못 이기어 끙끙거린다. 하나 죽질 않기만 요행이다. 바로 그 위의 공중에는 징그럽게 커다란 돌들이 내려 구르자 그 밑을 받친 불과 조그만 조각돌에 걸리어 미처 못 굴러 내리고 간댕거리는 것이었다. 이 돌만 내려치면 그 밑의 그는 목숨은 고사하고 윽살이 될 것이다.

"여보게. 내 몸 좀 빼주게."

형은 몸은 못 쓰고 죽어 가는 목소리로 애원한다. 그리고 또,

"아우. 나 죽네. 응?"

하고 더욱 애를 끊으며 빌붙는다. 고개만 겨우 들었을 따름 그 외에는 손조차 자유를 잃은 모양 같다.

아우는 무너지려는 동발을 쳐다보며 얼른 그 머리맡으로 다가선다. 발 앞에 놓인 노다지 세 쪽을 날쌔게 손에 잡자 도로 얼른 물러섰다. 그리고 눈물이 흐르는 형의 얼굴은 돌아도 안보고 그 발로 허둥지둥 장벽을 기어 오른다.

"이놈아!"

너머 기어올라 벼락같이 악을 쓰는 호통이 들리었다. 또 연하여 우지끈 뚝딱, 하는 무서운 폭성이 들리었다. 그것은 거의 동시의 일이었다. 그러고는 좀 와스스 하다가 잠잠하였다.

그때는 벌써 두 길이나 너머 아우는 기어올랐다. 굿(구덩이) 문까지 다 나왔을 제 그는 머리만 내밀어 사방을 두릿거리다 그림자까지 사라진다.

더펄이의 형체는 보이지 않는다. 침침한 어둠 속에 단지 굵은 돌멩이만이 짝 흩어졌다. 이쪽 마구리의 타다 남은 화롯불은 바야흐로 질듯질듯 껌벅거린다. 그리고 된 바람이 애, 하고는 굿(구덩이) 문께서 모래를 좌륵좌륵 들이 뿜는다.

달밤

- 이태준 -

작가 소개

이태준(李泰俊 1904~?)

이태준의 호는 상허(尙虛)이며, 1904년 11월 4일 강원도 철원에서 태어났다.

함경북도 이진에서 한학 공부를 하다 철원 사립 봉명학교를 1918년 수석으로 졸업하고, 상급학교에 진학할 형편이 되지 않아 1920년 초까지 객줏집 사환으로 일하는 등 고초를 겪으며 자랐다. 1921년 휘문고등보통학교에 입학했으나 1923년 동맹 휴학 주도로 중퇴하고 1926년 동경 상지대학 문과에 입학, 1927년에 중퇴하고 귀국한 뒤에 이화여자전문학교 강사, 중외일보 · 조선중앙일보 기자로도 활동했다. 이태준은 시대일보에 〈오몽녀〉를 발표하면서 문단에 등단했다. 1933년 구인회에 가입했고, 1930년대부터 본격적인 작품 활동을 시작하여 많은 작품을 발표하였다. 그의 주요 단편으로는 〈까마귀〉, 〈달밤〉, 〈복덕방〉 등이 있으며, 장편으로는 〈제2의 운명〉, 〈회관〉, 〈불멸의 함성〉, 〈황진이〉, 수필집으로 〈무서록〉 등이 있다. 그 밖에 한 시대의 뛰어난 저서로 평가받은 〈문장론〉, 〈문장강화〉가 있다.

작품 정리

이 작품은 1933년 '중앙'에 발표된 이태준의 첫 단편 소설이다. 성북동으로 이사 온 후 처음 만난 황수건이라는 못난이의 아둔한 세상살이를 곁에서 지켜보는 내용이다.

사람들과 이야기하기를 좋아하는 황수건이 삼산학교 급사로 있을 때 잡담을 하다 쫓겨나고, 성북동 신문 원 배달원이 되어 집집이 신문을 배달하는 것이 소망이라는 그는 보조 배달원 자리마저 잃게 된다. 학교 앞에서 과일 장사를 시작하지만 장마로 문을 닫고 그의 아내마저 형수의 등쌀에 못 이겨 달아난다. 우둔하지만 순박한 성품을 지닌 황수건이 세상에 제대로 적응하지 못하고 실패를 거듭하는 냉혹한 현실의 어려움을 통해 당대 사회의 부조리한 모습을 그려낸다.

이 작품은 인간적인 정이 사라져가는 각박한 세태를 꼬집고, 시간이 흐르고 시대가 바뀌어도 여전히 중요한 것은 인간 본연의 따뜻한 정이라는 이태준의 서정성과 인정미를 잘 드러내는 작품이다.

작품 줄거리

사대문 밖 한적한 성북동으로 이사 온 '나'는 우둔하고 천진스런 황수건을 만났다. 그는 비록 못났지만 천진하고 순박한 사람이다.

그는 아내와 함께 형님 집에 얹혀살고 있다. 이사 온 지 대엿새쯤 되던 날 밤에 그가 신문을 들고 나를 찾아온다. 자신은 마을 아래에 있는 삼산학교에서 급사로 일하다가 일 처리를 잘못해 쫓겨났고, 지금은 월 삼원 정도의 보수를 받는 신문 보조 배달원으로 일하고 있으며, 원 배달원이 되는 것이 앞으로의 꿈이라고 말한다. 그러나 똑똑치 못하다는 이유로 보조 배달원 자리마저 잃는다. 나는 그가 안쓰러워 전에 다니던 삼산학교 앞에서 참외 장사라도 해보라고 돈 3원을 준다. 그러나 참외 장사마저 실패하고 아내마저 달아난다.

달포 만에 찾아온 그는 포도 대여섯 송이를 사왔다. 그러나 곧 쫓아온 사람 때문에 포도원에서 훔쳐 온 것이었다. 나는 포도 값을 물어주고, 그의 마음을 알기에 아무 말도 하지 않았다.

핵심 정리

· 갈래 : 단편 소설
· 배경 : 일제 강점기 서울 성북동
· 시점 : 1인칭 관찰자 시점
· 주제 : 세상에 적응하지 못하는 못난이 황수건의 삶에 대한 연민
· 출전 : 중앙

달밤

성북동으로 이사 나와서 한 대엿새 되었을까, 그날 밤 나는 보던 신문을 머리맡에 밀어 던지고 누워 새삼스럽게,

"여기도 정말 시골이로군!"

하였다.

무어 바깥이 컴컴한 걸 처음 보고 시냇물 소리와 쏴 — 하는 솔바람 소리를 처음 들어서가 아니라 황수건이라는 사람을 이날 저녁에 처음 보았기 때문이다.

그는 말 몇 마디 시키지 않아서 곧 못난이란 것이 드러났다. 이 못난이는 성북동의 산들보다, 물들보다, 조그만 지름길들보다, 더 나에게 성북동이 시골이란 느낌을 풍겨 주었다.

서울이라고 못난이가 없을 리야 없겠지만 대처에서는 못난이들이 거리에 나와 행세를 하지 못하고 시골에선 아무리 못난이라도 마음 놓고 나와다니는 때문인지, 못난이는 시골에만 있는 것처럼 흔히 시골에서 눈에 잘 뜨인다. 그리고 또 흔히 그는 태고 때 사람처럼 그 우둔하면서도 천진스런 눈을 가지고, 자기 동리에 처음 들어서는 손에게 가장 순박한 시골의 정취를 돋워 주는 것이다.

그런데 그날 밤 황수건이는 열 시나 되어서 우리 집을 찾아왔다.

그는 어두운 마당에서 꽥 지르는 소리로,

"아, 이 댁이 문안서……."

하면서 들어섰다. 잡담 제하고 큰일이나 난 사람처럼 건넌방 문 앞으로 달려들더니,

"저, 저 문안 서대문 거리라나요. 어디선가 나오신 댁입쇼?"

한다. 보니 '합비'는 안 입었으되 신문을 들고 온 것이 신문 배달부다.

"그렇소, 신문이오?"

"아, 그런 걸 사흘이나 저, 저 건너 쪽에만 가 찾았습죠. 제기……."

하더니 신문을 방에 들이뜨리며,

"그런뎁쇼, 왜 이렇게 죄꼬만 집을 사구 와 곕쇼. 아, 내가 알었더면 이 아래 큰 개와집도 많은 걸입쇼……."

한다. 하 말이 황당스러워 유심히 그의 생김을 내다보니 눈에 얼른 두드러지는 것이 빡빡 깎은 머리로되 보통 크다는 정도 이상으로 골이 크다. 그런데다 옆으로 보니 장구 대가리다.

"그렇소? 아무튼 집 찾노라고 수고했소."

하니 그는 큰 눈과 큰 입이 일시에 히죽거리며,

"뭘입쇼, 이게 제 업인뎁쇼."

하고 날래 물러서지 않고 목을 길게 빼어 방 안을 살핀다. 그러더니 묻지도 않는데,

"저는입쇼, 이 동네 사는 황수건이라 합니다……."

하고 인사를 붙인다. 나도 깍듯이 내 성명을 대었다. 그는 또 싱글벙글하면서,

"댁엔 개가 없구먼입쇼."

한다.

"아직 없소."

하니,

"개 그까짓 거 두지 마십쇼."

한다.

"왜 그렇소?"

물으니 그는 얼른 대답하는 말이,

"신문 보는 집엔입쇼, 개를 두지 말아야 합니다."

한다. 이것 재미있는 말이다 하고 나는,

"왜 그렇소?"

하고 또 물었다.

"아, 이 뒷동네 은행소에 댕기는 집엔입쇼, 망아지만한 개가 있는뎁쇼. 아, 신문을 배달할 수가 있어얍죠."

"왜?"

"막 깨물랴고 덤비는 걸입쇼."

한다. 말 같지 않아서 나는 웃기만 하니 그는 더욱 신을 낸다.

"그놈의 개, 그저 한 번, 양턱을 멕여 대야 할 턴데……."

하면서 주먹을 부르대는데 보니 손과 팔목은 머리에 비기어 반비례로 작고 가느다랗다.

"어서 곤할 텐데 가 자시오."

하니 그는 마지못해 물러서며,

"선생님, 참 이 선생님 편안히 주뭅쇼. 저의 집은 여기서 얼마 안 되는 걸입쇼."

하더니 돌아갔다.

그는 이튿날 저녁, 집을 알고 오는 데도 아홉 시가 지나서야,

"신문 배달해 왔습니다."

하고 소리를 치며 들어섰다.

"오늘은 왜 늦었소?"

물으니

"자연 그럽죠."

하고 다른 이야기를 꺼냈다.

자기는 워낙 이 아래 있는 삼산 학교에서 일을 보다 어떤 선생하고 뜻이 덜 맞아 나왔다는 것, 지금은 신문 배달을 하나 원 배달이 아니라 보조 배달이라는 것, 저의 집엔 양친과 형님 내외와 조카 하나와 저의 내외까지 식구가 일곱이란 것, 저의 아버지와 저의 형님의 이름은 무엇무엇이며, 자기 이름은 황가인데다가 목숨 수자하고 세울 건자로 황수건이기 때문에 아이들이 노랑 수건이라고 놀리어서 성북동에서는 가가호호에서 노랑 수건 하면 다 자긴 줄 알리라고 자랑스럽게 이야기하다가 이날도,

"어서 그만 다른 집에도 신문을 갖다줘야 하지 않소?"

하니까 그때서야 마지못해 나갔다.

우리 집에서는 그까짓 반편과 무얼 대꾸를 해 가지고 그러느냐 하되, 나는 그와 지껄이기가 좋았다.

그는 아무것도 아닌 것을 가지고 열심스럽게 이야기하는 것이 좋았고, 그와는 아무리 오래 지껄이고 나도 웃음밖에는 남는 것이 없어 기분이 거뜬해지는 것도 좋았다. 그래서 나는 무슨 일을 하는 중만 아니면 한참씩 그

의 말을 받아 주었다.

어떤 날은 서로 말이 막히기도 했다. 대답이 막히는 것이 아니라 무슨 말을 해야 할까 막히었다. 그러나 그는 늘 나보다 빠르게 이야깃거리를 잘 찾아냈다. 오뉴월인데도 "꿩고기를 잘 먹느냐?"고도 묻고 "소와 말과 싸움을 붙이면 어느 것이 이기겠느냐?"는 등, 아무튼 그가 얘깃거리를 취재하는 방면은 기상천외로 여간 범위가 넓지 않은 데는 도저히 당할 수가 없었다.

하루는 나는 "평생소원이 무엇이냐?"고 그에게 물어보았다. 그는 "그까짓 것쯤 얼른 대답하기는 누워서 떡 먹기."라고 하면서 평생소원은 자기도 원 배달이 한 번 되었으면 좋겠다는 것이었다.

남이 혼자 배달하기 힘들어서 한 이십 부 떼어 주는 것을 배달하고 월급이라고 원 배달에게서 한 3원 받는 터이라, 월급을 이십여 원을 받고 신문사 옷을 입고 방울을 차고 다니는 원 배달이 제일 부럽노라 하였다. 그리고 방울만 차면 자기도 뛰어다니며 빨리 돌 뿐 아니라 그 은행소에 다니는 집 개도 조금도 무서울 것이 없겠노라 하였다.

그래서 나는 "그럴 것 없이 아주 신문사 사장쯤 되었으면 원 배달도 바랄 것 없고 그 은행소에 다니는 집 개도 상관할 배 없지 않겠느냐?" 한즉 그는 뚱그레지는 눈알을 한참 굴리며 생각하더니 "딴은 그렇겠다."고 하면서 자기는 경난이 없어 거기까지는 바랄 생각도 못 하였다고 무릎을 치듯 가슴을 쳤다.

그러나 신문사 사장은 이내 잊어버리고 원 배달만 마음에 박혔던 듯, 하루는 바깥마당에서부터 무어라고 떠들어대며 들어왔다.

"이 선생님? 이 선생님 곕쇼? 아, 저도 내일부턴 원 배달이올시다. 오늘 밤만 자면 입쇼……."

한다. 자세히 물어보니 성북동이 따로 한 구역이 되었는데 자기가 맡게 되었으니까 내일은 배달복을 입고 방울을 막 떨렁거리면서 올 테니 보라고 한다. 그리고 "사람이란 게 그리게 무어든지 끝을 바라고 붙들어야 한다."고 나에게 일러 주면서 신이 나서 돌아갔다.

우리도 그가 원 배달이 된 것이 좋은 친구가 큰 출세나 하는 것처럼 마음속으로 진실로 즐거웠다. 어서 내일 저녁에 그가 배달복을 입고 방울을 차고 와서 쫄럭거리는 것을 보리라 하였다.

그러나 이튿날 그는 오지 않았다. 밤이 늦도록 신문도 그도 오지 않았다. 그다음 날도 신문도 그도 오지 않다가 사흘째 되는 날에야, 이날은 해도 지기 전인데 방울 소리가 요란스럽게 우리 집으로 뛰어들었다.

'어디 보자!'

하고 나는 방에서 뛰어나갔다.

그러나 웬일일까, 정말 배달복에 방울을 차고 신문을 들고 들어서는 사람은 황수건이가 아니라 처음 보는 사람이다.

"왜 전에 사람은 어디 가고 당신이오?"

물으니 그는,

"제가 성북동을 맡았습니다."

한다.

"그럼, 전에 사람은 어디를 맡았소?"

하니 그는 픽 웃으며,

"그까짓 반편을 어딜 맡깁니까? 배달부로 쓸랴다가 똑똑치가 못하니까 안 쓰고 말었나 봅니다."

한다.

"그럼 보조 배달도 떨어졌소?"

하니,

"그럼요, 여기가 따루 한 구역이 된 걸이오."

하면서 방울을 울리며 나갔다.

이렇게 되었으니 황수건이가 우리 집에 올 길은 없어지고 말았다. 나도 가끔 문안엔 다니지만 그의 집은 내가 다니는 길옆은 아닌 듯 길가에서도 잘 보이지 않았다.

나는 가까운 친구를 먼 곳에 보낸 것처럼, 아니 친구가 큰 사업에나 실패하는 것을 보는 것처럼, 못 만나는 섭섭뿐이 아니라 마음이 아프기도 하였다. 그 당자와 함께 세상의 야박함이 원망스럽기도 하였다.

한데 황수건은 그의 말대로 노랑 수건이라면 온 동네에서 유명은 하였다. 노랑 수건 하면 누구나 성북동에서 오래 산 사람이면 먼저 웃고 대답하는 것을 나는 차츰 알았다.

내가 잠깐씩 며칠 보기에도 그랬거니와 그에겐 우스운 일화도 한두 가지가 아니었다.

삼산 학교에 급사로 있을 시대에 삼산 학교에다 남겨 놓고 나온 일화도 여러 가지라는데 그중에 두어 가지를 동네 사람들의 말대로 옮겨 보면, 역시 그때부터도 이야기하기를 대단 즐기어 선생들이 교실에 들어간 새 손님이 오면 으레 손님을 앉히고는 자기도 걸상을 갖다 떡 마주 놓고 앉는 것은 무론, 마주 앉아서는 곧 자기류의 만담 삼매로 빠지는 것인데, 한 번은 도학무국에서 시학관이 나온 것을 이따위로 대접하였다. 일본말은 못 하니까 만담은 할 수 없고 마주 앉아서 자꾸 일본말을 연습하였다.

"센세이 히, 오하요 고자이마쓰까……. 히히 아메가 후리마쓰. 유끼가 후리마쓰까 히히……."

시학관도 인정이라 처음엔 웃었다. 그러나 열 번 스무 번을 되풀이하는 데는 성이 나고 말았다. 선생들은 아무리 기다려도 종소리가 나지 않으니까 한 선생이 나와 보니 종 칠 것도 잊어버리고 손님과 마주 앉아서 "오하요 유끼가 후리마쓰까……." 하는 판이다.

그날 수건이는 선생들에게 단단히 몰리고 다시는 안 그러겠노라고 했으나 그 버릇을 고치지 못해서 그예 쫓겨나오고 만 것이다.

그는 "너의 색시 달아난다." 하는 말을 제일 무서워했다 한다. 한 번은 어느 선생이 장난엣말로,

"요즘 같은 따뜻한 봄날엔 옛날부터 색시들이 달아나기를 좋아하는데 어제도 저 아랫말에서 둘이나 달아났다니까 오늘은 이 동네에서 꼭 달아나는 색시가 있을걸……."

했더니 수건이는 점심을 먹다 말고 눈이 휘둥그레졌다 한다. 그리고 그날 오후에는 어서 바삐 하학을 시키고 집으로 갈 양으로 오십 분 만에 치는 종을 이십 분 만에, 삼십 분 만에 함부로 다가서 쳤다는 이야기도 있다.

하루는 거의 그를 잊어버리고 있을 때,

"이 선생님 곕쇼?"

하고 수건이가 찾아왔다. 반가웠다.

"선생님, 요즘 신문이 거르지 않고 잘 옵쇼?"

하고 그는 배달 감독이나 되어 온 듯이 묻는다.

"잘 오, 왜 그루?"

한즉 또,

"늦지도 않굽쇼, 일찍이 제때마다 꼭꼭 옵쇼?"

한다.

"당신이 돌릴 때보다 세 시간은 일찍이 오고 날마다 꼭꼭 잘 오."

하니 그는 머리를 벅적벅적 긁으면서,

"하루라도 거르기만 해라, 신문사에 가서 대뜸 일러바치지……."

하고 그 빈약한 주먹을 부르댄다.

"그런뎁쇼, 선생님?"

"왜 그루?"

"삼산 학교에 말씀예요. 그 제 대신 들어온 급사가 저보다 근력이 세게 생겼습죠?"

"나는 그 사람을 보지 못해서 모르겠소."

하니 그는 은근한 말소리로 히죽거리며,

"제가 거길 또 들어가 볼랴굽쇼, 운동을 합죠."

한다.

"어떻게 운동을 하오?"

"그까짓 거 날마당 사무실로 갑죠. 다시 써 달라고 졸라댑죠. 아, 그랬더니 새 급사란 녀석이 저보다 크기도 무척 큰뎁쇼, 이 녀석이 막 불근댑니다그려. 그래, 한 번 쌈을 해야 할 턴뎁쇼, 그 녀석이 근력이 얼마나 센지 알아야 뎀벼들 턴뎁쇼……. 허."

"그렇지, 멋모르고 대들었다 매만 맞지."

하니 그는 한 걸음 다가서며 또 은근한 말을 한다.

"그래섭쇼, 엊저녁엔 큰 돌멩이 하나를 굴려다 삼산 학교 대문에다 났습죠. 그리구 오늘 아침에 가 보니깐 없어졌는뎁쇼. 이 녀석이 나처럼 억지루 굴려다 버렸는지, 뻐쩍 들어다 버렸는지 그만 못 봤거든입쇼, 제— 길……."

하고 머리를 긁는다. 그러더니 갑자기 무얼 생각한 듯 손뼉을 탁 치더니,

"그런뎁쇼. 제가 온 건입쇼. 댁에선 우두를 넣지 마시라구 왔습죠."

한다.

"우두를 왜 넣지 말란 말이오?"

한즉,

"요즘 마마가 다닌다구 모두 우두들을 넣는뎁쇼. 우두를 넣으면 사람이 근력이 없어지는 법인뎁쇼."

하고 자기 팔을 걷어 올려 우두 자리를 보이면서,

"이걸 봅쇼. 저두 우두를 이렇게 넣었기 때문에 근력이 줄었습죠."

한다.

"우두를 넣으면 근력이 준다고 누가 그럽디까?"

물으니 그는 싱글거리며,

"아, 내가 생각해 냈습죠."

한다.

"왜 그렇소?"

하고 캐니,

"뭘……, 저 아래 윤금보라고 있는데 기운이 장산뎁쇼. 아, 삼산 학교 그 녀석두 우두만 넣었다면 그까짓 것 무서울 것 없는뎁쇼, 그걸 모르겠거든입쇼……."

한다. 나는,

"그렇게 용한 생각을 하고 일러 주러 왔으니 아주 고맙소."

하였다. 그는 좋아서 벙긋거리며 머리를 긁었다.

"그래 삼산 학교에 다시 들기만 기다리고 있소?"

물으니 그는,

"돈만 있으면 그까짓 거 누가 '고쓰까이' 노릇을 합쇼. 밑천만 있으면 삼산 학교 앞에 가서 뻐젓이 장사를 할 턴뎁쇼."

한다.

"무슨 장사?"

"아, 방학 될 때까지 참외 장사도 하굽쇼. 가을부턴 군밤 장사, 왜떡 장사, 습자지, 도화지 장사 막 합쇼. 삼산 학교 학생들이 저를 어떻게 좋아하겝쇼. 저를 선생들보다 낫게 치는뎁쇼."

한다.

나는 그날 그에게 돈 3원을 주었다. 그의 말대로 삼산 학교 앞에 가서 뻐젓이 참외 장사라도 해 보라고, 그리고 돈은 남지 못하면 돌려오지 않아도 좋다 하였다.

그는 3원 돈에 덩실덩실 춤을 추다시피 뛰어나갔다. 그리고 그 이튿날,

"선생님 잡수시라굽쇼."

하고 나 없는 때 참외 세 개를 갖다 두고 갔다. 그러고는 온 여름 동안 그는 우리 집에 얼른하지 않았다.

들으니 참외 장사를 해 보긴 했는데 이내 장마가 들어 밑천만 까먹었고, 또 그까짓 것보다 한 가지 놀라운 소식은 그의 아내가 달아났단 것이다. 저희끼리 금슬은 괜찮았건만 동세가 못 견디게 굴어 달아난 것이라 한다. 남편만 남 같으면 따로 살림나는 날이나 기다리고 살 것이나 평생 동세 밑에 살아야 할 신세를 생각하고 달아난 것이라 한다.

그런데 요 며칠 전이었다. 밤인데 달포 만에 수건이가 윗집을 찾아왔다. 웬 포도를 큰 것으로 대여섯 송이를 종이에 싸지도 않고 맨손에 들고 들어왔다. 그는 벙긋거리며,

"선생님 잡수라고 사 왔습죠."

하는 때였다. 웬 사람 하나가 날쌔게 그의 뒤를 따라 들어오더니 다짜고짜로 수건이의 멱살을 움켜쥐고 끌고 나갔다. 수건이는 그 우둔한 얼굴이 새하얗게 질리며 꼼짝 못 하고 끌려 나갔다.

나는 수건이가 포도원에서 포도를 훔쳐 온 것을 직각 하였다. 쫓아 나가 매를 말리고 포도 값을 물어 주었다. 포도 값을 물어 주고 보니 수건이는 어느 틈에 사라지고 보이지 않았다.

나는 그 다섯 송이의 포도를 탁자 위에 얹어 놓고 오래 바라보며 아껴 먹었다. 그의 은근한 순정의 열매를 먹듯 한 알을 가지고도 오래 입 안에 굴려 보며 먹었다.

어제다. 문안에 들어갔다 늦어서 나오는데 불빛 없는 성북동 길 위에는 밝은 달빛이 깁을 깐 듯하였다.

그런데 포도원께를 올라오노라니까 누가 맑지도 못한 목청으로,

"사……게……와 나……미다까 다메이……끼……까…….."

를 부르며 큰길이 좁다는 듯이 휘적거리며 내려왔다. 보니까 수건이 같았다. 나는,

"수건인가?"

하고 아는 체하려다 그가 나를 보면 무안해할 일이 있는 것을 생각하고, 휙 길 아래로 내려서 나무 그늘에 몸을 감추었다.

그는 길은 보지도 않고 달만 쳐다보며, 노래는 이 이상은 외우지도 못하는 듯 첫 줄 한 줄만 되풀이하면서 전에는 본 적이 없었는데 담대를 다 퍽 퍽 빨면서 지나갔다.

달밤은 그에게도 유감한 듯하였다.

이상한 선생님

- 채만식 -

작가 소개

채만식(蔡萬植 1902~1950)

채만식의 호는 백릉이며, 1902년 전라북도 옥구에서 태어났다.

어릴 때 서당에서 한문을 익혔으며 1914년 임피보통학교(臨陂普通學校)를 졸업하고, 1918년 경성에 있는 중앙고등보통학교에 입학한다. 재학 중에 집안 어른들의 권고로 결혼했으나 행복하지 못했다. 1922년 중앙고등보통학교를 마치고 일본 와세다 대학(早稻田大學) 부속 제1고등학원 문과에 입학하지만 이듬해 공부를 중단하고 동아일보 기자로 입사했다가 1년여 만에 그만둔다.

1924년 단편 〈세 길로〉가 '조선문단'에 추천되면서 문단에 등단한다. 그 뒤 〈산적〉을 비롯해 다수의 소설과 희곡 작품을 발표하지만 별반 주목을 끌지 못했다. 1932년 〈부촌〉, 〈농민의 회계〉, 〈화물자동차〉 등 동반자적인 경향의 작품을, 1933년 〈인형의 집을 나와서〉, 1934년 〈레디메이드 인생〉 등 풍자적인 작품을 발표하여 작가로서의 기반을 굳힌다. 1936년에는 〈명일〉과 〈쑥국새〉, 〈순공 있는 일요일〉, 〈사호 일단〉 등을, 1938년에는 〈탁류〉와 〈금의 열정〉 등의 일제 강점기 세태를 풍자한 작품을 발표한다. 특히 장편 소설 〈태평천하〉와 〈탁류〉는 사회의식과 세태 풍자를 포괄적으로 보여 주고 있는 작품이다. 또한 1940년에 〈치안 속의 풍속〉, 〈냉동어〉 등의 단편 소설을 발표한 그는 1945년 고향으로 내려가 광복 후에 〈민족의 죄인〉 등을 발표하지만 1950년에 생을 마감한다.

작품 정리

이 작품은 일제강점기 당시 키가 작고 머리가 커 뼘박, 대갈장군이라고 불리는 박 선생과, 키와 몸집이 크고 얼굴이 검고 허허 웃기를 잘하는 같은 학교의 온순한 성격의 강 선생의 이야기를 다룬다.

개인의 영달을 위하여 시대 상황에 따라 친일 행위와 광복 후 친미파로 손바닥 뒤집듯 바뀌는 박 선생과, 반일 성향을 지니고 해방 후 교장이 되지만 빨갱이로 몰려 파면당하는 강 선생을 표현한다.

해방 전후 미 군정기 혼란한 사회에서 고위 관료에게 굽실거리고, 자신보다 힘이 없는 사람을 괴롭히는 '이상한 선생님'을 어린아이의 눈을 통해 비판하는 작품이다.

작품 줄거리

그 학교에는 키가 매우 작고 이마가 툭 튀어나온 뺌박 박 선생과, 키가 크고 정이 많은 강 선생이 있었다. 박 선생은 적극적인 친일파로, 아이들이 조선말을 쓰면 바로 혹독한 벌을 준다. 하지만 강 선생은 일본어가 서투르다는 이유로 일본어를 전혀 쓰지 않는다.

1945년 8월 15일 해방이 되자, 강 선생은 일본인 선생과 교장에게 "일본으로 빨리 돌아갈 궁리나 하라"고 하고, 박 선생에게는 "자네 같은 충신이면 일본에서도 괄시하지는 않을 것"이라며 일본으로 함께 떠나라고 한다. 박 선생이 한마디도 못 하며 부끄러워하자 강 선생은 "우리가 죗값은 나중에 치르더라도 우선은 같이 건국에 도움이 되는 일을 하자"고 하며 함께 태극기를 그린다.

얼마 뒤 미 군정기가 시작되고 박 선생은 미군 장교 한 명에게 붙은 뒤에 극단적인 친미주의자가 된다. 한편 강 선생은 미군이 오기 전에 국민학교의 교장이 되지만, 갑자기 빨갱이라는 이유로 교장에서 해임당한다. 그 후 박 선생이 교장이 되고 일제강점기 때 했던 것처럼 미국인들을 열렬히 찬양하며, 미국을 욕하는 학생이 있으면 혹독한 벌을 준다. 이에 학생들은 미국에도 천황이 있느냐고 묻는다. 박 선생은 미국엔 천황 대신 돌멩이라는 양반이 있다고 가르치고, 이에 학생들은 박 선생을 '정말 이상한 선생님'이라 여긴다.

핵심 정리

· 갈래 : 단편 소설
· 시점 : 1인칭 관찰자 시점
· 배경 : 해방 전후 시골 국민(초등)학교
· 주제 : 해방 전후 기회주의적인 인물에 대한 비판

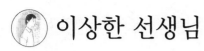 이상한 선생님

1

우리 박 선생님은 참 이상한 선생님이었다.

박 선생님은 생긴 것부터가 무척 이상하게 생긴 선생님이었다. 키가 한 뼘밖에 안 되는 박 선생님이라서, 뼘생 또는 뼘박이라는 별명이 있는 것처럼, 박 선생님의 키는, 키 작은 사람 가운데서도 유난히 작은 키였다. 일본 정치 때, 혈서로 지원병을 지원했다 체격검사에 키가 제 척수에 차지 못해 낙방이 되었다면, 그래서 땅을 치고 울었다면, 얼마나 작은 키인 것은 알 일이다.

그런 작은 키에, 몸집은 그저 한 줌만 하고. 이 한 줌만 한 몸집의, 한 뼘 만한 키 위에 가서, 그런데, 이건 깜짝 놀랄 만큼 큰 머리통이, 보매 위태위 태하게 올라앉아 있다. 그래서 박 선생님의 또 하나의 변명을 대갈장군이 라고도 하였다.

머리통이 그렇게 큰 박 선생님의 얼굴은 어떻게 생겼느냐 하면, 또한 여느 사람과는 많이 달랐다. 뒤통수와 앞이마가 툭 내솟고 내솟은 좁은 이마 밑으로 눈썹이 시꺼멓고, 왕방울 같은 두 눈은, 부리부리하니 정기가 있고도 사납고, 코는 매부리코요, 입은 메기입으로 귀밑까지 넓죽 째지고 그리고 목소리는 쇠꼬챙이로 찌르는 것처럼 쨍쨍하고. 이런 대갈장군의 뼘생 박 선생님과 아주 정반대로 생긴 이가 강 선생님이었다.

강 선생님은 키가 크고, 몸집도 크고, 얼굴이 너부릇하고, 얼굴이 검기는 하여도 순하지 사남이 든 데가 없고, 눈은 더 순하고, 허허 웃기를 잘하고, 별로 성을 내는 일이 없고, 아무하고나 장난을 잘하고…… 강 선생님은 이런 선생님이었다.

뼘박 박 선생님과 강 선생님은 만나면 싸움이었다. 하학을 하고 나서, 우리들이 소제를 한 교실을 둘러보다 가든지, 또는 운동장에서든지(그러니까 우리들이 여럿이는 보지 않는 곳에서 말이다) 두 선생님이 만난다 치면, 강 선생님은 괜히 장난이 하고 싶어, 박 선생님을 먼저 건드리곤 하였다.

"뺌박아, 담배 한 대 붙여 올려라."

강 선생님이 그 생긴 것처럼 느릿느릿한 말로 이렇게 장난을 청하고, 그런다치면 박 선생님은 벌써 성이 발끈 나가지고

"까불지 말아, 죽여놀 테니."

"얘야, 까불다니, 이 덕집엔 좀 억울하구나…… 아무튼 담배나 한 개 빌리자꾸나."

"나두 뼈젓한 돈 주구 담배 샀어."

"아따 이 사람, 누가 자네더러, 담배 도둑질했대나?"

"너두 돈 내구 담배 사 피우란 말야."

"에구 요 재리야! 체가 요렇게 용잔하게 생겼거들랑, 속이나 좀 너그럽게 써요."

"몸 크구서 속 못 차리는 건, 볼 수 없더라."

하나는 커다란 몸집을 해가지고 싱글싱글 웃으면서, 하나는 한 뼘만 한 키에, 그 무섭게 큰 머리통을 한 얼굴을 바싹 대들고는 사남이 졸졸 흐르면서, 그렇게 마주 서서 싸우는 모양은, 마치 큰 수캐와 조그만 고양이가 마주 만난 형국이었다.

2

다른 학교에서도 다 그랬을 테지만, 우리 학교에서도, 그때 말로 '국어'라던 일본말, 그 일본말로만 말을 하게 하고, 엄마 아빠 할 적부터 배운 조선말은, 아주 한 마디도 쓰지 못하게 하였다. 그러나, 주재소의 순사, 면의 면서기, 도 평의원을 한 송주사, 또 군이나 도에서 연설하러 온 사람, 이런 사람들이나 조선 사람끼리 만나도 척척 일본말로 인사를 하고 이야기를 하고 하였지, 다른 사람들이야 일본 사람과 만났을 때 말고는 다들 조선말로 말을 하고, 그래서 학교 문 밖에만 나가면 만판 조선말로 말을 하는 사람들이요, 더구나 집에 돌아가면, 어머니, 아버지, 언니, 누나, 애기, 모두들 조선말로 말을 하고 하였다. 그러니까 우리들도 학교에 가서도, 교실에서 공부를 하고 나와 운동장에서 우리끼리 놀고 할 때에는 암만해도 일본말보다 조선말이 더 많이, 그리고 잘 나와지고 하였다.

학교에서고, 학교 밖에서고 조선말로 말을 하다 선생님한테 들키는 날이면 경을 치는 판이었다. 선생님들 중에서도 제일 심하게 밝히는 선생님이 뼘박 박 선생님이었다. 교장선생님이나 다른 일본 선생님은 나무라기만 하고 마는 수가 있어도, 뼘박 박 선생님은 절대로 용서가 없었다.

나도 여러 번 혼이 나 보았다. 한번은 상준이 녀석과 어떡하다 쌈이 붙어서, 둘이 서로 부둥겨안고 구르면서, 이 자식아, 저 자식아, 죽어봐, 때려봐 하면서 한참 시방 때리고 제기고 하는 참이었다.

그러는 참인데, 느닷없이

"고랏! 조셍고데 겡까 스루야쓰가 이루까,"(이놈아! 조선말로 쌈하는 녀석이 어딨어.) 하면서, 구둣발길로 넓적다리를 걷어차는 건, 정신없는 중에도 뼘박 박 선생님이었다.

우리 둘이는 그 자리에서 뺨이 붓도록 따귀를 맞았고, 공부 시간에 들어가지도 못하고서 그 시간 동안 변소 소제를 하였고, 그리고 조행에 점수를 듬뿍 깎이고 하였다.

이렇게, 뼘박 박 선생님한테 제일 중한 벌을 받는 것이 무엇이냐 하면, 조선말로 지껄이다 들키는 때였다.

강 선생님은 그와 반대로 아무 시비가 없었다.

교실에서 공부를 할 때 외에는 그리고 다른 선생님 ─ 그중에서도 교장 이하 일본 선생님들과 뼘박 박 선생님이 보지 않는 데서는, 강 선생님은 우리들한테, 일본말로 말을 하지 아니하였다. 우리들이 일본말로 하여도 강 선생님은 조선말로 하곤 하였다.

우리들이 어쩌다, 선생님은 왜 '국어'(일본말)로 아니 하세요? 하고 물으면, 강 선생님은 웃으면서, 나는 '국어'(일본말)가 서툴러서 그런다하고 대답하였다.

그렇지만, 우리가 보기에도 강 선생님은 일본말이 서투른 선생님이 아니었다.

3

해방이 되던 바로 그 이튿날이었다. 여름 방학으로 놀던 때라, 나는 궁금하여서 학교엘 가보았다.

다른 아이들도 한 오십 명이나 와서 있었다. 우리는 해방이라는 말은 아직 몰랐고, 일본이 전쟁에 지고, 항복을 한 것만 알았었다. 선생님들이 그 중에서도 뻠박 박 선생님이, 그렇게도 일본(우리 대일본 제국)은 결단코 전쟁에 지지 않는다고, 기어코 전쟁을 이기고, 천하에 못된 미국 영국을 거꾸러뜨려 천황폐하의 위엄을 이 전 세계에 드날릴 날이 멀지 않았다고, 하루에도 몇 번씩 그런 말을 해쌓던 그 일본이, 도리어 지고 항복을 하다니, 도무지 모를 일이었었다.

직원실에는, 교장선생님과 두 일본 선생님과, 그리고 뻠박 박 선생님과 이렇게가 모여 앉아서 초상난 집처럼 모두는 코가 쑤욱 빠져가지고 있었다. 우리들은 운동장 구석으로, 혹은 직원실 앞뒤로 패패로 모여 서서, 제가끔 아는 대로, 일본이 항복한 이야기를 하고 있었다.

그때에 육 학년에 다니던 우리 사촌 언니 대석이가, 뒤늦게야 몇몇 동무와 함께 떨떨거리고 달려들었다.

똘똘하고, 기운 세고, 싸움 잘하고, 그느라고 선생님들한테 꾸지람과 매는 도맡아 맞고, 반에서 성적은 제일 꼴찌요 한 천하 말썽꾼이었다.

대석 언니네 집은, 읍에서 십 리나 되는 곳이었고, 그래서 오늘 아침에야 소문을 들었노라고 하였다.

대석 언니는 직원실을 넘싯이 넘겨다보더니, 싱긋 웃으면서, 처억 직원실 안으로 들어섰다.

직원실 안에 있던 교장선생님이랑, 다른 두 일본 선생님이랑은 못 본 체하고 고개를 숙이고 있는데, 뻠박 박 선생님이 눈을 흘기면서, 영락없이 일본말로

"난다?"(왜 그래?) 하고 책망을 하였다.

대석 언니는 그러나 무서워하지 않고 한다는 소리가

"선생님, 덴노헤이까가 고오상(천황폐하가 항복)했대죠?" 하고 묻는 것이었었다.

뻠박 박 선생님은, 성을 버럭 내어 그 큰 눈방울을 부라리면서, 여전히 일본말로

"잠자쿠 있어 잘 알지두 못하면서…… 건방지게시니." 하고 쫓아와서 곧 한 대 갈길 듯이 을러대었다.

대석 언니는 되돌아서서 나오면서 커다랗게

"덴노헤이까 바가!"(천황폐하 망할 자식!)

"………"

만일 다른 때 누구든지 그런 소리를 했단 당장 큰일이 나는 판이었다. 그러나 교장선생님이랑 두 일본 선생님은 그대로 못 들은 척 코만 빠치고 앉았고, 뺌박 박 선생님도 잔뜩 눈만 흘기고 있을 뿐이지 아무렇지도 않았다.

그런 걸 보면 정녕 일본이 지고, 덴노헤이까가 항복을 하였고, 그리고 그래서 인제는 들 기승을 떨지를 못하는 모양인 것 같았다.

마침 강 선생님이 땀을 뻘뻘 흘리면서 헐떡거리고 뛰어왔다. 강 선생님은 본집이 이웃 고을이었다.

"오오, 느이들두 왔구나. 잘들 왔다. 느이들두 다들 알았지? 조선이, 우리 조선이 해방이 된 줄 알았지? 애들아, 우리 조선이 독립이 됐단다, 독립이! 일본은 쫓겨가구…… 그 지질히 우리 조선 사람을 못살게 굴구, 하시하구, 필 빨아먹구 하던 일본이, 그 왜놈들이, 죄다 쫓겨가구, 우리 조선은 독립이 돼서, 우리끼리 잘살게 됐어, 잘살게."

의젓하고 점잖던 강 선생님이 그렇게도 들이 날뛰고 덤비고 하는 것은 처음 보았다.

"자아, 만세 불러야지, 만세. 독립 만세, 독립 만세 불러야지. 태극기 없니? 태극기. 아무두 아니 가졌구나! 느인 참 태극기가 어떻게 생긴 지 구경두 못했을 게다. 가만있자. 내, 태극기 맨들어 가지구 나오께."

그러면서 강 선생님은 직원실로 들어갔다.

강 선생님이 직원실로 들어서는 것을 보고, 교장선생님이랑 두 일본 선생님은 인사를 하려고, 풀기 없이 일어섰다.

강 선생님은 교장선생님더러 말을 하였다.

"당신들은 인제는 일 없어. 어서, 집으루 가 있다. 당신네 나라루 돌아갈 도리나 허우."

"………"

아무도 대꾸를 못하는데, 뺌박 박 선생님이, 주저주저하다가

"아니, 자상히 알아보기나 하구서……"

하는 것을, 강 선생님이 버럭 큰 소리로

"무엇이 어째? 자넨 그래, 무어가 미련이 남은 게 있어, 왜놈들허구 대가리 맞대구 앉아서 수군덕거리나? 혈서(血書)루 지원병 지원 한번 더해보구퍼 그리나? 아따 그다지 애닯거들랑, 왜놈들 쫓겨가는 꽁무니 따라, 일본으루 가 살게 그려나. 자네 같은 충신이면 일본서두 괄신 아니하리."

"………"

뼘박 박 선생님은 그만 두말도 못 하고 얼굴이 벌개서, 어쩔 줄을 몰라하였다. 뼘박 박 선생님이 남한테 이렇게 꼼짝을 못 하는 것을 보기는, 우리는 처음이었다.

강 선생님은 반지를 여러 장 꺼내어놓고, 붉은 잉크와 푸른 잉크로, 태극기를 몇 장이고 그렸다.

그려 내놓고는 또 그리고, 그려 내놓고 또 그리고, 얼마를 그리면서, 그러다 아주 부드럽고 조용한 목소리로

"여보게 박 선생?"

하고 불렀다. 그러고는, 잠자코 담배만 피우고 앉았는 뼘박 박 선생을 한번 돌려다 보고 나서

"내가 좀 흥분해서, 말이 너무 박절했나 보이. 어찌 생각하지 말게…… 그리구, 인제는 자네나 나나, 그동안 진 죌, 우리 조선 동포 앞에 속죄해야 할 때가 아닌가? 물론 이담에, 민족이 우리를 심판하구, 죄에 따라 벌을 줄 날이 오겠지. 그러나 장차에 받을 민족의 심판과 벌은, 장차에 받을 민족의 심판과 벌이고, 시방 당장, 조선 민족의 한 분자루, 할 일이 조옴 많은가? 우리, 같이 손목 잡구, 건국에 도움 될 일을 하세. 자아, 이리 와서 태극기 그리게. 독립 만세부터 한바탕 부르세."

"………"

뼘박 박 선생님은 아무 소리도 않고, 강 선생님의 옆으로 와서 태극기를 그리기 시작하였다.

그 뒤로 강 선생님과, 뼘박 박 선생님은 사이가 매우 좋아졌다. 뼘박 박 선생님은, 학과 시간마다 여러 가지로 좋은 이야기를 많이 하여 우리한테 들려주었다. 일본이 우리 조선을 뺏어, 저의 나라에 속국(屬國)을 삼던 이야기도 하여주었다.

왜놈들은 천하의 불측한 인종이어서, 남의 나라와 전쟁하기를 좋아하는

백성이라고 하였다. 그래서, 임진왜란 때에도 우리 조선에 쳐들어왔고, 그랬다가 이순신(李舜臣) 장군이랑 권율(權慄) 도원수한테 아주 혼이 나고 쫓기어 간 이야기도 하여주었다.

우리 조선은 역사가 사천 년이나 오래고, 그리고 세계의 어떤 나라보다 못하지 않게 훌륭한 문화가 발달된 나라라고, 이야기도 하여 주었다.

뺌박 박선생님은 한편으로 열심히 미국말을 공부하였다. 그러면서 우리들 더러도 졸업을 하고 중학교에 가거들랑, 미국말을 제일 무엇보다도 많이 공부하라고, 시방은 미국말을 모르고는 훌륭한 사람이 되지 못한다고 하였다.

뺌박 박 선생님은, 한 일 년 그렇게 미국말 공부를 하더니, 그다음부터는 미국 병정이 오든지 하면, 일쑤 통역을 하고 하였다. 중학교에 다닐 때에 조금 배운 것이 있어서, 그렇게 쉽게 체득을 하였다고 하였다.

미국 병정은, 벼 공출을 감독하러 와서, 우리 뺌박 박 선생님을 그 꼬마 자동차에 태워가지고, 동네 동네 돌아다녔다.

뺌박 박 선생님은 미국 양복을 얻어 입고, 미국 담배를 얻어 피우고, 미국 통조림이랑 과자를 얻어먹고 하였다.

해방 뒤에 새로 온 김 교장 선생님이 갈려가고, 강 선생님이 교장이 되었다. 강 선생님이 교장이 된 다음부터는, 뺌박 박 선생님은 강 선생님과 도로 사이가 나빠졌다.

우리는 한번 뺌박 박 선생님이 미국 담배를 피우고 있는 것을, 교장선생님이

"자넨 그건 무어라구, 주접스럽게 얻어 피우군 하나?" 하고, 핀잔을 하는 것을 보았다.

강 선생님은 교장이 된 지 일 년이 못 되어서 파면을 당하였다.

어른들 말이, 강 선생님은 빨갱이라고 하였다. 그리고, 그래서 파면을 당하였느리라고 하였다.

또 누구는, 뺌박 박 선생님이, 강 선생님을 그렇게 꼬아댄 것이지, 강 선생님은 하나도 빨갱이가 아니라고도 하였다.

강 선생님이 파면을 당한 뒤를 물려, 뺌박 박 선생님이 교장선생님이 되었다.

교장이 된 뼘박 박 선생님은, 그 작은 키가 으쓱하였다. 뼘박 박 선생님은 미국을 침이 마르도록 칭찬을 하였다. 이 세상에, 미국같이 훌륭한 나라가 없고, 미국 사람같이 훌륭한 백성이 없다고 하였다.

우리 조선은, 미국 덕분에 해방이 되었으니까, 미국을 누구보다도 고맙게 여기고, 미국이 시키는 대로 순종을 하여야 하느니라고 하였다. 우리가 혹시 말끝에 '미국 놈……'이라고 하면, 뼘박 박 선생님은, 단박 붙잡아다 세우고 벌을 키우곤 하였다. 전에, '덴노헤이까 바가'라고 한 것만큼이나 엄한 벌을 주었다.

"이놈아, 아무리 미련한 소견이기로, 자아 보아라, 우리 조선을 독립을 시켜주느라구, 자기 나라 백성을 많이 죽여가면서 전쟁을 했지. 그래서 그 덕에 우리 조선이 왜놈의 압제에서 벗어나서 독립이 되질 아니했어? 그뿐인감? 독립을 시켜주구 나서두 우리 조선 사람들, 배 아니 고프구, 편안히 잘 살라구, 양식이야, 옷감이야, 기계야, 자동차야, 석유야, 설탕이야, 구두야, 무어 죄다 골고루 가져다주지 않어? 그런데 그런 고마운 사람들더러, 미국 놈이 무어야?"

벌을 세우면서, 뼘박 박 선생님은 이렇게 꾸짖곤 하였다.

우리는 뼘박 박 선생님더러, 미국에도, '덴노헤이까' (천황폐하)가 있느냐고 물었다. 미국에도 덴노헤이까가 있지 않고서야, 우리 조선 사람을, 그렇게 일본의 '덴노헤이까' 처럼 친아들과 같이 사랑하고, 우리 조선 사람들이 잘 살도록 근심을 하며, 온갖 물건을 가져다주고 할 이치가 없기 때문이었다. (해방 전에, 뼘박 박 선생님은, 덴노헤이까는 우리 조선 사람들을 일본 사람들과 같이 사랑하고, 우리 조선 사람들이 잘 살기를 근심하신다고 늘 가르쳐 주곤 하였었다.)

뼘박 박 선생님은 미국에는 덴노헤이까는 없고, 덴노헤이까보다 훌륭한 '돌멩이' 라는 양반이 있다고 대답하였다. 우리는 그럼, 이번에는 그 '돌멩이' 라는 훌륭한 어른을 위하여 '미국 신민노세이시' (미국신민서사)를 부르고, 기미가요 대신 돌멩이가요를 부르고 하여야 하나보다고 생각하였다.

아무튼 뼘박 박 선생님은 참 이상한 선생님이었다.

미스터 방

- 채만식 -

작품 정리

1946년 '대조'에 발표된 〈미스터 방〉은 광복 직후의 혼란기에 미군의 통역을 하면서 권세를 누리는 방삼복이라는 보잘것없는 인물이 '미스터 방'으로 인정받게 되는 과정을 통해 당시의 세태와 인간상을 풍자하는 소설이다. 이 작품은 해방 후 미 군정기의 혼란한 서울을 배경으로 주인공과 기회주의자들이 득세하는 부조리한 사회상을 그린다. 특히 일제 강점기에 친일파로 호의호식하던 백 주사가 '미스터 방'에게 머리를 숙이고 청탁을 하는 상황과, 사소한 실수로 권세를 잃게 되는 부정적인 인물들이 대우받는 당시의 사회 현실을 비판한다.

작품 줄거리

해방 이전 때 은행 중역이 살던 사택에서 '미스터 방'과 백 주사가 술을 마신다. 현재 이 사택은 '미스터 방'의 집이다. 그의 해방 전 이름은 방삼복이다. 그는 돈을 벌기 위해 일본으로 갔지만 10여 년 만에 더 초라해진 모습으로 고향에 돌아온 후 서울로 온다. 서울에서 신기료장수를 하던 짚신 장수 아들 방삼복이, 미군정에서 큰 영향력을 행사하는 미군 장교 S 소위의 통역이 되면서 '미스터 방'으로 불리게 된다. 좋은 집에 살면서 상류층의 청탁으로 치부를 하던 '미스터 방'은 어느 날 고향 사람 백 주사를 만난다. 일제강점기 경찰 생활을 한 아들 덕택에 고리대금으로 많은 돈을 번 백 주사는 해방 후 군중들의 습격을 피해 도망쳐 온 사정을 토로하며 '미스터 방'에게 복수를 부탁한다. 백 주사의 청탁을 들어 주겠다고 장담한 '미스터 방'은 양치질을 한 뒤 물을 바깥으로 뱉고, '미스터 방'이 내뱉은 양칫물을 뒤집어쓴 S 소위에게 주먹질을 당한다.

핵심 정리

· 갈래 : 풍자 소설
· 배경 : 광복 직후, 서울
· 시점 : 전지적 작가 시점
· 주제 : 권력을 좇아 자신의 이익을 좇는 세태에 대한 비판과 풍자
· 출전 : 대조

미스터 방

주인과 나그네가 한가지로 술이 거나하니 취하였다. 주인은 미스터 방(方), 나그네는 주인의 고향 사람 백(白) 주사.

주인 미스터 방은 술이 거나하여 감을 따라, 그러지 않아도 이즈음 의기 자못 양양한 참인데 거기다 술까지 들어간 판이고 보니, 가뜩이나 기운이 불끈불끈 솟고 하늘이 바로 돈짝만 한 것 같은 모양이었다.

"내 참, 뭐, 흰말(빈말)이 아니라 참, 거칠 것 없어, 거칠 것. 흥, 어느 눔이 아, 어느 눔이 날 뭐라구 허며, 날 괄시헐 눔이 어디 있어, 지끔 이 천지에. 흥, 참, 어림없지, 어림없어."

누가 옆에서 저를 무어라고 하며 괄시를 한단 말인지, 공연히 연방 그 툭 나온 눈방울을 부리부리, 왼편으로 삼십 도는 넉넉히 삐뚤어진 코를 벌씸벌씸해 가면서 그리하는 것이었다.

"내 참, 이래 봬두 응, 동양 삼국 물 다 먹어 본 방삼(方三)복이우. 청얼(淸語) 뭇 허나, 일얼 뭇 허나, 영어야 뭐 말할 것두 없구⋯⋯."

하다가 생각난 듯이 맥주 컵을 들어 벌컥벌컥 단숨에 다 마신다. 그리고 시꺼먼 손등으로 입술을 쓱, 손가락으로 김치 쪽을 늘름 한 점, 하던 버릇이, 미스터 방이요 신사요 방 선생으로도 불리어지는 시방도 무심중에 절로 나와 손등으로 입술의 맥주 거품을 쓱 씻고, 손가락으로 라조기 한 점을 집어다 우둑우둑 씹는다.

"술은 참, 맥주가 술입넨다⋯⋯."

어느 눔이 만일 무어라고 시비를 하거나 괄시를 한다면 당장 그 라조기를 씹듯이 우둑우둑 잡아 씹기라도 할 듯이 괄괄하던 결기가 별안간 어디로 가고 이번엔 맥주 추앙이 나오는 것이다.

"술두 미국 사람네가 문명했죠. 죄선 사람은 안직두 멀었어."

"멀구말구. 아직두 멀었지."

쥐 상호의 대추씨 만한 얼굴에 앙상한 노랑 수염 백 주사가, 병을 들어

주인의 빈 컵에다 따르면서 그렇게 맞장구를 쳐 보비위(비위를 잘 맞춤)를
한다.

"아, 백상두 좀 드슈."

"난 과해."

"괜히 그러셔. 백상 주량을 다아 아는데. 만난진 오래어두."

"다아 젊었을 적 말이지, 지금은……."

"올에 참, 몇이시지?"

"갑술생, 마흔여덟 아닌가!"

"그럼 나보담 열한 살 위시군. 그래두 백상은 안 늙으신 셈이야. 허허허
허."

"안 늙는 게 다 무언가. 머리 센 걸 보게!"

"건 조백이시지."

백 주사는 흔연히 수작을 하면서 내색은 아니 하나, 어심(마음속)엔 미스
터 방이 괘씸하기 짝이 없었다.

향리의 예법으로, 십 년 장이면 절하고 뵈어야 한다. 무릎 꿇고 앉아야
하고, 말은 깍듯이 공대를 해야 한다. 그 앞에서 주초(酒草, 술과 담배)가
당치 않고, 막 부득이한 경우면 모로 앉아 잔을 마셔야 한다. 그런 것을, 마
치 제 연갑 친구나 타관 나그네에게나 하는 것처럼, 백상이니, 술 드슈, 조
백이시지 하고 말버릇이 고약해, 발 개키고 앉아서 정면하고 술을 먹어, 담
배 뻐끔뻐끔 피워, 이런 괘씸할 도리가 없었다.

또 나이도 나이려니와, 문벌이나 지체를 가지고 논한다면, 이건 도저히
용서할 수 없는 일이었다.

이래 보여도 나는 삼대조가 진사를 하였고(그 첩지가 시방도 버젓이 있
다), 오대조가 호조판서를 지냈고(족보에 그렇게 분명히 올라 있다), 칠대
조가 영의정을 지냈고(역시 족보에 그렇게 분명히 올라 있다), 이런 명문거
족의 집안이었다. 또 내 십이 촌이 ××군수요, 그 십이 촌의 아들이 만주
국 ××현 ××촌 촌장이요 하였다. 또 그리고 시방은 원수의 독립인지 막
덕인지 때문에 다 그렇게 되었다지만, 아무튼 두 달 전까지도 어느 놈 그
앞에서 기침 한번 크게 못 하던 백 부장 ─ 훈팔(八)등에 ××경찰서 경제
계 주임이던 백 부장의 어르신네 백 주사가 아닌가. 두 달 전 그때만 같았

어도,

'이놈!'

하고 호통을 하여 당장 물고를 내련만, 그 좋은 세상이 어디로 가고 이 지경이란 말인지 몰랐다.

하여튼 그만치나 혼란스러운 백 주사에다 대면 미스터 방의 근지야 아주 보잘 것이 없었다.

미스터 방의 증조가 타관에서 떠들어 온 명색 없는 사람이었다. 그 조부가 고을의 아전을 다녔다. 그 아비가 짚신 장수였다. 칠십에 고로롱고로롱 아직도 살아 있지만, 시방도 짚신 곱게 삼기로 고을에서 첫째가는 방 첨지가 바로 그였다. 그리고 이 방삼복이는……

먹고 자고, 꿍꿍 일하고, 자식새끼 만들고 할 줄밖에는 모르는 상일꾼(농부)이었다. 그러나 서른을 바라보도록 남의 집 머슴살이로, 이집 저집 살고 다니는 코 삐뚤이 삼복이었다. 물론 낫 놓고 기역 자도 못 그리는 판무식이었다.

상일꾼일 바엔 남의 세토(貰土, 소작) 마지기라도 얻어 제 농사를 짓는 것이 아니라, 서른을 바라보도록 남의 집 머슴살이만 하고 다니던 코 삐뚤이 삼복이가 하루아침에 무슨 생각이 났던지 돈벌이를 간답시고, 조석이 간데없는 부모에게다 처자식 떠맡기고는 훌쩍 일본으로 떠나 버렸다. 그것이 열두 해 전.

떠난 지 7, 8년을 별반 신통한 벌이도 못 하는지, 돈 한 푼 보내는 싹도 없더니, 하루는 느닷없이 중국 상해에 와 있노라 기별이 전해져 왔다. 그리고는 감감소식이 없다가, 3년 만에 퍼뜩 고향엘 돌아왔다. 십여 년을, 저의 말마따나 동양 삼국 물 골고루 먹고 다녔으면서 별로 때가 벗은 것도 없어 보이고, 행색은 해어진 양복 누더기에 볼 꿰어진 구두 짝을 꿰고 들어서는 모양이, 군데군데 김질은 하였으나 빨아 다린 무명 고의적삼을 입고 고향을 떠날 적보다 차라리 초라한 것 같았다.

늙은 어미 아비와 젊은 가속이, 뼈품으로 버는 것을 얻어먹으며 굶으며 하면서 한 1년 빈둥거리고 놀더니, 적이 회심이 들었는지, 이번엔 처자식 데리고 서울로 올라왔다.

서울로 올라와서는 현저동 비탈의 다 찌부러진 행랑방을 얻어 살면서,

처음 1년은 용산에 있는 연합군 포로수용소에 다니며 입에 풀칠을 하였고
— 이 동안 그는 상해에서 귀로 익힌 토막 영어가 조금 더 진보되었고.

다시 1년은, 그것 역시 상해에서 익힌 것을 밑천 삼아 구두 직공으로 구
둣방엘 다니며 그럭저럭 살았고. 그러다 일본이 싸움에 지느라고, 구두를
너무 해트려(닳아서 떨어지게 하여) 가죽이 동이 나 구둣방이 너나없이 문
을 닫는 바람에 할 수 없이 이번엔 궤짝 한 개 짊어지고 신기료장수로 나서
고 말았다.

골목골목 돌아다니며, 혹은 종로 복판의 한길에 가 앉아 신기료장수를
하자니, 자연 서울에 온 고향 사람의 눈에 종종 뜨일밖에. 소식이 고향에
퍼지자, 누구 한 사람 칭찬은 없고 저마다 빈정거리는 소리뿐이었다.

"일본으로, 청국으로, 십여 년 타국 바람 쏘이고 온 놈이 겨우 고거야?"

"부전자전이로구면. 아범은 짚신 장수, 자식은 구두 깁는 장수."

"아마 신발 명당에다 무덤을 썼는감."

이렇듯 근지는 미천하고, 속에 든 것 없고, 가랑이가 찢어지게 가난하고,
생화(生貨)라는 것이 고작 거리에 앉아 오는 사람 가는 사람 해어지고 고린
내 나는 구두 짝 꿰매어 주고, 징 박아 주고 닦아 주고 하는 천업이고 하던,
그 코 삐뚤이 삼복이었다.

'흥, 개구리가 올챙이 적을 못 생각한다더니, 발칙한 놈, 고얀 놈.'

백 주사는 생각하자니 속으로 이렇게 분개하지 않을 수가 없었다.

그러나 일변으로는, 그러던 코 삐뚤이 삼복이가 그야말로 선영이 명당에
들었단 말인지 무슨 조화를 지녔단 말인지, 불과 몇 달간에 이렇게 훌륭히
되고 부자가 되고, 미스터 방인지 구리다 방인지가 되고 하여 가지고는, 갖
은 호강 다 하며 천하에 무서울 것이 없고 기광(극성스레 날뛰는 기세)이
나서 막 이러니, 한편 생각하면 신기하기도 하고 부럽기도 하고, 또한 안타
깝기도 하였다.

'사람의 운수란 참 모를 일이야.'

백 주사는 속으로 이렇게 절절히 탄복도 아니 하지 못하였다.

코 삐뚤이 삼복의 이 눈부신 발신은, 그러나 백 주사가 희한히 여기는 것
처럼 무슨 명당바람이 났다거나 조화를 지녔다거나 그런 신기한 곡절이 있
는 바가 아니요, 지극히 간단하고도 수월한 것이었다. 다만 몸에 지닌 재주

가운데 총기가 좀 좋아서 일찍이 영어 마디나 익힌 것을 잊어버리지 아니하였다는, 일종의 특수조건이 없던 바는 아니지만.

1945년 8월 15일, 역사적인 날.

이날도 신기료장수 방삼복은 종로의 공원 건너편 응달에 앉아 구두 징을 박으면서 해방의 날을 맞이하였다. 그러나 삼복은 감격한 줄도 기쁜 줄도 모르고 있었다. 지나가는 행인이 서로 모르던 사람끼리면서 서로 덥석 껴안고 기뻐하고 눈물을 흘리고 하는 것이, 삼복은 속을 모르겠고 차라리 쑥스러워 보일 따름이었다. 몰려 달리는 군중이 오히려 성가시고 만세 소리에 귀가 아파 이맛살이 찌푸려질 지경이었다.

몰려다니고 만세를 부르기에 미쳐 날뛰느라고 정신이 없어, 손님이 없어져 손님이 부쩍 줄었다.

"우라질! 독립이 배부른가?"

이렇게 그는 두런거리면서 반감이 솟았다.

이삼일 지나면서부터야 삼복에게도 삼복다운 해방의 혜택이 나누어졌다.

십 전이나 십오 전에 박아 주던 징을, 오십 전을 받아도 눈을 부라리는 순사를 볼 수가 없었다. 순사가 없어졌다면야 활개를 쳐가면서 무슨 짓을 하여도 상관이 없고 무서울 것이 없던 것이었었다.

"옳아, 그렇다면 독립도 할 만한 건가 보다."

삼복은 징 열 개를 박아 주고 5원을 받아 넣으면서 이렇게 속으로 중얼거리기까지 하였다.

그러나 며칠이 못 가서 삼복은 다시금 해방을 저주하여야 하였다. 삼복이 저 혼자만 돈을 더 받으며, 더 받아 상관이 없는 것이 아니라, 첫째 도가(都家)들이 제 맘대로 재룟값을 올리는 것이었다. 징, 가죽, 고무, 실 모두가 다섯 곱, 열 곱 비싸졌다. 그러니 신기료장수는 손님한테 아무리 비싸게 받는댔자 재료를 비싼 값으로 사야 하니, 결국 도가만 살찌울 뿐이지 소득은 전과 크게 다를 것이 없었다.

"이런 옘병헐! 그눔의 경제곈 다 어디루 가 뒈졌어. 독립은 우라지게도 독립을 헌담."

석양 때 신기료 궤짝을 어깨에 멘 채 홧김에 막걸리 청(술청)으로 들어가 서너 사발 들이켜고는 그는 이렇게 게걸거렸다.

그럭저럭 구월도 열흘이 되고, 서울 거리에는 미국 병정들이 꼬마 차와 함께 그득히 퍼졌다.

그 미국 병정들이 거리를 구경하면서 혹은 물건을 사려고 하면서, 말이 서로 통하지를 못하여 답답해하는 양을 보고 삼복은 무릎을 탁 쳤다.

그러나 슬플진저. 땟국과 땀에 찌든 이 누더기를 걸치고는 가망이 없을 말이었다.

'무슨 도리가 없을까?'

반나절을 궁리를 하다가 정오 때에야 한줄기 서광을 얻었다.

총총히 집으로 돌아가 마누라를 시켜, 구두 고치는 연장 일습과 재료 남은 것에다 이불이며 헌 옷가지 해서 한 짐을 동네 아는 가게에다 맡기고는, 한 달 기한으로 돈 백 원을 서 푼 변으로 취해 오게 하였다.

그 돈 백 원을 가지고 삼복은 흔한 넝마전으로 가서 백 원 돈이 꼭 차는 한도까지 명색이 양복 한 벌과 모자를 샀다. 신발은 부득이 안집 사람이 병정구두 사 신은 것을 이다음 창갈이를 거저 해주겠다는 조건으로 닷새만 제 것과 바꾸어 신기로 하였다.

이튿날 아침 느지감치 새로 장만한 헌 양복, 헌 모자에, 헌 구두로써 궤짝 멘 신기료장수보다는 제법 말쑥하여진 차림을 차리고 마악 나서려는데, 간밤부터 통통 부어 가지고는 시중도 말대꾸도 잘 아니 하던 애꾸장이 마누라가 와락 양복 뒷자락을 움켜쥐고 늘어진다.

"바른 대루 대요."

"이게 별안간 미쳤나?"

"요 망나니야, 반해 가지군 이럭허구 찾아가는 고년이 어떤 년이야? 응?"

"속을 모르거든 밥값을 내지 말랬어, 요 맹추야."

"날 죽이구 가지, 거저는 못 가."

"이년아, 너 이랬단, 내 인제 둔 벌문 증말 첩 얻는다."

"오냐, 잘한다. 날 죽여라, 날……."

"아, 이 우라 주리 뗄 앵길 년이……."

한주먹 보기 좋게 갈겨 넘어뜨리고는, 찌부러진 오두막집을 나와서 종로로 방향을 잡았다.

노예도 노예 이전이면 상전을 선택할 자유를 가지는 수도 있다고.

삼복은 종로에서 전차를 내려 동쪽으로 천천히 걸으면서 물색을 하였다. 생김새가 맘씨 좋아 보이고, 여느 병정이 아니라 장교쯤 가는 이라야 할 것이었다.

청년회관 앞에서 담뱃대를 사고 있는 하나가, 몸집이 부대하고 여느 병정은 아닌 듯하고, 얼굴이 사뭇 선량하여 보이는 게 선뜻 마음에 들었다. 구경하는 체하고 넌지시 그 옆으로 가 섰다.

미국 장교는 담뱃대를 집어 들고 기물스러워 하면서 연방 들여다보다가 값이 얼마냐고,

"하우 머치? 하우 머치?"

하고 묻는다.

담뱃대 장수 영감은 삼십 원이라고 소리만 지른다.

알아들을 턱이 없어 고개를 갸웃거리면서 다시금 하우 머치만 찾는 것을 기회 좋을시고라고, 삼복이가 나직이,

"더티 원."

하여 주었다.

핵 돌아다보더니,

"오, 캔 유 스피크?"

하면서 사뭇 그러안을 듯이 반가워하는 양이라니. 아스러지도록 손을 잡고 흔드는 데는 질색할 뻔하였다.

직업이 있느냐고 물었다. 방금 실직하였노라고 대답하였다.

그럼 내 통역이 되어 주겠느냐고 물었다. 그러겠노라고 대답하였다.

이 자리에서 신기료장수 코 삐뚤이 삼복이가 미스터 방으로 승차를 하여, S라는 미국 주둔군 소위의 통역이 되었다. 주급 십오 불(이백사십 원) 가량의.

거의 매일같이 미스터 방은 S 소위를 낮에는 거리의 구경으로, 밤이면 계집 있는 술집으로 인도하였다.

한번은 탑골공원의 사리탑을 구경하면서, 얼마나 오래된 것이냐고 S 소위가 물었다. 미스터 방은 언젠가 수천 년 된 것이란 말을 들었기 때문에, 투사우전드 이얼스라고 대답하였다.

또 한번은, 경회루를 구경하면서 무엇을 하던 건물이냐고 물었다. 미스터 방은 서슴지 않고,

"킹 드링크 와인 앤드 댄스 앤드 싱, 위드 댄서."

라고 대답하였다. 임금이 기생 데리고 술 마시고, 춤추고 노래 부르고 하던 집이란 뜻이었다.

내가 보기엔 조선 여자의 옷이 퍽 아름답고 점잖던데, 어째서 양장들을 하는지 모르겠다고 S 소위가 물었다. 미스터 방은, 여자들이 서양 사람한테로 시집을 가고파서 그런다고 대답하였다.

서울역을 비롯하여 거리에 분뇨가 범람한 것을 보고, 혹시 조선 가옥에는 변소가 없느냐고 S 소위가 물었다. 미스터 방은, 있기야 집집마다 다 있노라고 대답하였다.

썩 좋은 조선 그림을 한 장 사고 싶다고 하여서, 문지방 위에다 흔히들 붙이는, 사슴이 불로초를 물고 신선이 앉아 있고 한 것을 5원에 한 장 사주었다.

제일 재미있고 유명한 소설이 무엇이냐고 물어서, 〈추월색〉이라고 대답하였고, 그럼 그것을 한 권 사고 싶다고 하여서, 여러 날 사러 다니다 못해 동네 노마네 집의 것을 2원에 사주었다. 이 밖에도 미스터 방이 S 소위에게 조선을 소개한 공로가 여러 가지로 많으나, 대강은 그러하였다.

그 공로에 정비례해서, 미스터 방은 나날이 훌륭하여져 갔다. 8·15 이전에 어떤 은행 중역의 사택이라던 지금 이 집으로 현저동 그 집에서 옮겨 오기는, S 소위의 통역이 된 지 사흘 후였다. 위 아래층을 서양식 절반, 일본식 절반으로 꾸민 호화스러운 저택이었다. 정원엔 때마침 단풍과 가을 화초가 아름다웠고, 연못에선 잉어가 뛰놀고는 하였다.

시방 주객이 앉아 술을 마시는 방은, 앞은 노대(바깥 대, 발코니)가 딸리고 햇볕이 잘 들고 밝아서, 여러 방 가운데 제일 좋은 방이었다. 그러나 방 안에는 벽에 그림 한 장 붙어 있는 바도 아니요, 방에 알맞은 가구 한 벌 놓여 있는 바도 아니요, 단지 방일 따름이어서 싱겁게 넓기만 하였다. 그렇지

만 미스터 방은 실내의 장식 같은 것쯤 그다지 관심 가질 줄을 아직은 몰랐다.

처음엔 식모를 두었다. 그다음엔 침모를 두었다. 그다음엔 손심부름할 계집아이를 두었다.

하루에도 방 선생을 찾는 이가 여러 패씩 있었다. 대개 그들은 자동차를 타고 오고, 인력거짜리도 흔치 않았다. 그렇게 찾아오는 그들은 결단코 빈손으로 오는 법이 드물었다. 좋은 양과자 상자 밑바닥에는 으레 따로 뿌듯한 봉투가 들어있고는 하였다.

미스터 방의, 신기료장수 코 삐뚤이 삼복이로부터의 발신 경로란 이렇듯 심히 간단하고 순조로운 것이었다.

주인 미스터 방이 백 주사의 컵에다 술을 따르려고 병을 집어 들다가,

"오이, 기미코."

하고 아래층에 대고 부른다.

"심부름 갔어요."

애꾸장이 마누라의 꼬챙이 같은 대답.

"안주 어떻게 됐어?"

"글쎄, 안주시키러 갔어요."

"정종 있지?"

"……."

층계 밟는 소리가 나더니, 퍼머넌트한 머리가 나오고, 좁디좁은 이마에 이어서 애꾸눈이 나오고, 분 바른 얼굴이 나오고, 원피스 입은 커다란 젖통의 가슴이 나오고, 마지막 비단 양말 신은 두리기둥 같은 두 다리가 나온다.

"서 주사가 이거 두구 갑디다."

들고 올라온 각봉투 한 장을 남편에게 건네어 준다.

"어디?"

그러면서 받아 봉을 뜯는다. 소절 수(수표) 한 장이 나온다. 액면 만 원짜리다.

미스터 방은 성을 벌컥 내면서,

"겨우 돈 만 원야?"

하고 소절 수를 다다미 바닥에다 홱 내던진다.

"내가 알우?"

"우라질 자식, 어디 보자. 그래 저는 그걸 십만 원에 불하 맡아다 백만 원 하나는 남겨 먹을 테면서, 그래 겨우 돈 만 원야? 엠병헐 자식, 내가 엠피(MP)헌테 말 한마디면, 전 어느 지경으로 갈지도 모르구서."

"정종으루 가져와요?"

"내 말 한마디에 죽을 눔이 살아나구, 살 눔이 죽구 허는 줄을 모르구서. 흥, 이 자식 경 좀 쳐봐라……. 정종 따끈허게 데어 와. 날두 산산허구 허니."

새로이 안주가 오고, 따끈한 정종으로 술이 몇 잔 더 오락가락하고 나서였다.

백 주사는 마침내, 진작부터 벼르던 이야기를 꺼내었다.

백 주사의 아들 백선봉은, 순사 임명장을 받아 쥐면서부터 시작하여 8·15 그 전날까지 7년 동안, 세 곳 주재소와 두 곳 경찰서를 전근하여 다니면서, 이백 석 추수의 토지와, 만 원짜리 저금통장과, 만 원어치가 넘는 옷이며 비단과, 역시 만 원어치가 넘는 여편네의 패물 등을 장만하였다.

남들은 주린 창자를 졸라맬 때 그의 광에는 옥 같은 정백미가 몇 가마니씩 쌓였고, 반년 1년을 남들은 구경도 못 하는 고기와 생선이 끼니마다 상에 오르지 않는 날이 없었다.

××경찰서의 경제계 주임으로 있던 마지막 2년 동안은 더욱더 호화판이었다. 8·15 그날 밤, 군중이 그의 집을 습격하였을 때에 쏟아져 나온 물건이 쌀 말고도,

광목 여섯 통
고무신 스물세 켤레
지카다비 여덟 켤레
빨랫비누 세 궤짝
양말 오십 타

정종 열세 병

설탕 한 부대

이렇게 있었더란다. 만 원어치 여편네의 패물과, 만 원어치의 옷감이며 비단과 만 원짜리 저금통장은 그만두고 말이었다.

물건 하나 없이 죄다 빼앗기고, 집과 세간은 조각도 못 쓰게 산산이 다 부서지고, 백선봉은 팔이 부러지고, 첩은 머리가 절반이나 뽑히고, 겨우겨우 목숨만 살아 본집으로 도망해 왔다.

일변 고을에서는 백 주사가 자식이 그런 짓을 해서 산 토지를 가지고 동네 사람한테 거만히 굴고, 작인들한테 8할 가까운 도지를 받고 고리대금을 하였대서, 백선봉이 도망해 와 눕는 그날 밤 그의 본집인 백 주사의 집을 습격하였다.

집과 세간을 죄다 부수고 백선봉이 보내 준 통제배급물자의 숱한 것들을 죄다 빼앗기고, 가족들은 죽을 매를 맞고 백선봉은 처가로 백 주사는 서울로 각기 피신하여 목숨만 우선 보전하였다.

백 주사는 비싼 여관 밥을 사 먹으면서, 울적하게 거리를 오락가락, 어떻게 하면 이 분풀이를 할까, 어떻게 하면 빼앗긴 돈과 물건을 도로 다 찾을까 하고 궁리를 했으나 아무런 묘책도 없었다.

그러다 오늘 우연히 이 미스터 방을 만났다. 종로를 지향 없이 거니는데, 지나가던 자동차가 스르르 멈추면서 서양 사람과 같이 탔던 신사 양반 하나가 내려서더니 어쩌다 눈이 마주치자,

"아, 백 주사 아니신가요?"

하고 반기는 것이었다.

자세히 보니 길바닥에서 신기료장수를 한다던 코 삐뚤이 삼복이가 분명하였다.

"자네가, 저, 저, 방, 방······."

"네, 삼복입니다."

"아, 그런데, 자네가······."

"허, 살 때가 됐답니다."

그리고 내 집으루 갑시다, 하고 잡아끄는 대로 끌리어 온 것이었다.

의표(의장, 옷차림새) 하며, 집하며, 식모에 침모에 계집 하인까지 부리면서 사는 것 하며, 신수가 훤히 트여 가지고 말도 제법 의젓하여진 것 같은 것이며, 진소위(그야말로) 개천에서 용이 났다고 할 것인지.

옛날의 영화가 꿈이 되고 일보에 몰락하여 가뜩이나 초상집 개처럼 초라한 자기가, 또 한 번 어깨가 옴츠러듦을 느끼지 않을 수가 없었다. 그런 데다 이 녀석이 언제 적 저라고 무엄스럽게 굴어 심히 불쾌하였고, 그래서 엔간히 자리를 털고 일어설 생각이 몇 번이나 나지 않은 것도 아니었다. 그러나 참았다.

보아하니 큰 세도를 부리는 것이 분명하였다. 잘만 하면 그 힘을 빌려, 분풀이와 빼앗긴 재물을 도로 찾을 여망이 있을 듯싶었다. 분풀이를 하고 더구나 재물을 도로 찾고 하는 것이라면, 코 삐뚤이 삼복이가 아니라 그보다 더한 놈한테라도 머리 숙이는 것쯤 상관할 바 아니었다.

"그러니, 여보게 미씨다 방……."

있는 말 없는 말 보태 가며 일장 경과 설명을 한 후에, 백 주사는 끝을 맺기를,

"어쨌든지 그놈들을 말이네. 그놈들을 한 놈 넝기지 말고서 죄다 붙잡아다가 말이네. 괴수 놈들일랑 목을 썰어 죽이구, 다른 놈들일랑 뼉다구가 부러지두룩 두들겨 주구, 꿇어앉히구 항복 받구, 그리구 빼앗긴 것 일일이 도루 다 찾구, 집허구 세간 쳐부순 것 말끔히 다 물리구……, 그렇게만 해준다면 내, 내 재산 절반 노나 주문세, 절반. 응, 여보게. 미씨다 방."

"염려 마슈."

미스터 방은 선뜻 쾌한 대답이었다.

"진정인가?"

"머, 지끔 당장이래두 내 입 한 번만 떨어진다 치면, 기관총 들멘 엠피가 백 명이구 천 명이구 들끓어 내려가서 들입다 쑥밭을 만들어 놉니다, 쑥밭을."

"고마우이!"

백 주사는 복수하여지는 광경을 선히 연상하면서, 미스터 방의 손목을 덥석 잡는다.

"백골난망이겠네."

"놈들을 깡그리 죽여 놓을 테니, 보슈."

"자네라면이야 어련하겠나."

"흰말이 아니라 참 이승만 박사두 내 말 한마디면 고만 다 제바리유."

미스터 방은 그러고는 냉수 그릇을 집어 한 모금 물고 꿀쩍꿀쩍 양치를 한다. 웬 버릇인지, 하여간 그는 미스터 방이 된 뒤로 술을 먹으면서 양치하는 버릇이 생겼었다.

양치한 물을 처치하려고 휘휘 둘러보다, 일어서서 노대로 성큼성큼 나간다. 노대는 현관 바로 위였다.

미스터 방이 그 걸쭉한 양칫물을 노대 아래로 아낌없이 좍 뱉는 바로 그 순간이었다. 그 순간 공교롭게도, 마침 그를 찾으러 온 S 소위가 현관으로 일단 들어서려다 말고(미스터 방이 노대로 나오는 기척이 들렸기 때문에) 뒤로 서너 걸음 도로 물러나,

"헬로."

부르면서 웃는 얼굴을 쳐드는 순간과 그만 일치가 되었다.

"에구머니!"

놀라 질겁하였으나 이미 뱉어진 양칫물은 퀴퀴한 냄새와 더불어 백절폭포로 내리쏟아, 웃으면서 쳐드는 S 소위의 얼굴 정통에 가서 좌르르.

"유 데블!"

이 기겁할 자식이라고, S 소위는 주먹질을 하면서 고함을 질렀고, 그 주먹이 쳐든 채 그대로 있다가, 일변 허둥지둥 버선발로 뛰쳐나와 손바닥을 싹싹 비비는 미스터 방의 턱을,

"상놈의 자식!"

하면서 철컥, 어퍼컷으로 한 대 갈겼더라고.

벙어리 삼룡이

- 나도향 -

작가 소개

나도향(羅稻香 1902~1926)

나도향의 본명은 경손(慶孫)이고, 도향(稻香)은 호이다.

그는 1902년 3월 30일 서울에서 의사인 아버지 나성연과 어머니 김성녀 사이의 7남매의 장남으로 태어났다. 한의사였던 할아버지 병규가 늦게 얻은 아들 성연이 자신의 회갑 때 손자를 얻게 되자 '경사로운 날에 태어난 손자'라는 뜻으로 경손이라고 이름을 지었다. 후에 이름이 맘에 들지 않아 '도향(稻香)'으로 바꾼다. '벼꽃 향기'라는 뜻인 도향은 친구인 소설가 박종화가 지어준 아호이다.

1914년 기독교청년회관 안에 있던 공옥보통학교를 다니고, 1918년 배재고등보통학교를 졸업했다. 후에 할아버지의 권유로 경성의학전문학교에 입학한다. 그는 의전에 들어간 후에도 습작 및 신문 투고 등 의학보다는 문학에 뜻을 두었다. 1919년 가족의 만류에도 의전을 중퇴하고 할아버지의 돈을 훔쳐 와세다대학 영문학부에 입학하려고 일본으로 건너간다. 그러나 학비와 생활비를 마련하지 못해 다시 서울로 돌아온다. 1920년 경북 안동에서 보통학교 교사로 재직했다.

1921년 잡지사 '계명'에서 편집일을 하고, 1922년 '백조' 창간호에 〈젊은이의 시절〉을 발표한다. 그 후 홍사용 · 현진건 · 이상화 · 박영희 등과 '백조' 동인으로 문단에 참여한다. 1924년 시대일보 기자로 일할 때 할아버지가 독립운동에 연루돼 수감 된 후 풀려나지만 그 여파로 숨을 거둔다.

1925년 '여명' 창간호에 〈벙어리 삼룡이〉를 발표하자 한국 근대문학사상 가장 우수한 단편 중의 하나로 인정받는다. 그해 다시 공부하려고 일본으로 떠나지만, 뜻대로 되지 않자 1926년 서울 집으로 돌아온다. 그리고 얼마 후 갑작스레 급성 폐렴으로 24세의 나이로 세상을 떠났다.

대표작품으로는 〈환희〉 〈춘성〉 〈여이발사〉 〈뽕〉 〈물레방아〉 〈지형근〉 〈벙어리 삼룡이〉 〈청춘〉 〈어머니〉 〈전차 차장의 일기〉 등 그 외 다수의 작품을 남겼다.

〈벙어리 삼룡이〉는 1925년 '여명' 지에 발표된 작품이다. 나도향의 대표작으로 이 작품과 쌍벽을 이루는 〈물레방아〉는 이보다 한 달 늦게 발표되었다.

이 작품의 주인공인 삼룡이는 벙어리라는 신체적 결함 외에 옴두꺼비 같은 모습의 소유자이며, 사람으로서가 아니라 물건으로 존재하는 하인의 신분이다. 이런 삼룡이가 새색시를 연모하는 것은 일견 낭만적 행위일지 모른다. 그러나 새색시에 대한 삼룡이의 사랑은 오히려 자연스럽다. 오 생원 아들의 새색시에 대한 억압과 학대는 삼룡이에게 동정을 넘어서 연모의 정을 품게 한다. 그러나 하인과 주인이라는 관계 때문에 삼룡이의 순결한 사랑은 결국 허물어진다.

이 작품은 흔히 낭만주의적 경향이라는 평가를 받는다. 이 작품이 낭만주의적 경향이 강한 것은 사실이지만, 신분을 초월한 사랑의 불가능성, 인간 감정의 근원에 대한 사실적 해부, 주어진 현실에 정확하게 대응하는 현실성 등 리얼리즘의 요소와 순수 낭만주의에서 벗어난 감상성 등 복합적 요소가 혼합되어 있다.

예전에 연화봉이라 불리던 곳에 인심이 후해서 사람들의 존경을 받고 세력도 있는 오 생원이라는 사람이 살고 있었다. 오 생원의 집에는 삼룡이라는 벙어리 하인이 있었는데, 볼품없는 외모에 흉한 걸음을 걷는 그는 마음이 진실하고 충성스러우며 부지런해서 주인에게 사랑을 받고 있었다. 한편, 버릇이 없고 성격이 고약한 주인 아들은 삼룡이를 괴롭히나 삼룡이는 어린것이 귀엽다고 봐주고 자신의 주인 아들이라 언제나 참는다.

그러던 어느 날 주인 아들은 현숙한 처녀를 아내로 맞는다. 삼룡이가 보기에 새 서방님의 아내는 달보다도 곱고 별보다도 아름답다고 생각하였다. 그러나 매사에 훌륭한 신부와 비교되자 열등감에 사로잡힌 주인 아들은 자기 아내를 미워한다. 삼룡이는 천사 같은 새색시가 맞을 때마다 안타까워한다.

하루는 주인 아들이 술에 잔뜩 취하여 쓰러져 있는 것을 업어서 방에 눕힌다. 새색시는 고마운 마음에 삼룡이에게 부시쌈지를 하나 만들어 주는데 이것이 주인 아들에게 발각되어 삼룡이는 흠씬 두들겨 맞는다. 어느 날, 삼룡이는 새색시가 중병이 들었다는 말을 듣고 걱정 끝에 그 방에 들어갔다가 목을 매 죽으려는 새색시를 구한다. 그러나 주인아씨를 범하려 했다는 오해를 받아 모진 매를 맞고 쫓겨난다.

그날 밤, 쫓겨난 삼룡이는 절망감에 주인집에 불을 지른다. 삼룡이는 불이 타오르는 동안 집으로 뛰어 들어가 새색시를 안은 삼룡이는 지붕 위에서 행복을 느끼면서 새색시와 죽음을 맞이한다.

· 갈래 : 단편 소설
· 시점 : 전지적 작가 시점
· 배경 : 일제 강점기 남대문 밖 연화봉
· 주제 : 천한 신분의 불구자인 벙어리의 사랑과 분노
· 출전 : 여명

벙어리 삼룡이

1

내가 열 살이 될락 말락한 때이니까 지금으로부터 십사오 년 전 일이다.

지금은 그곳을 청엽정(靑葉町)이라 부르지마는 그때는 연화봉(蓮花峰)이라고 이름하였다. 즉, 남대문에서 바로 내다보면 오정포(午正砲)가 놓여 있는 산등성이가 있으니, 그 산등성이 이쪽이 연화봉이요, 그 새에 있는 동네가 역시 연화봉이다.

지금은 그곳에 빈민굴이라고 할 수밖에 없이 지저분한 촌락이 생기고 노동자들밖에 살지 않는 곳이 되어 버렸으나 그때에는 자기네 딴은 행세한다는 사람들이 있었다.

집이라고는 십여 호밖에 있지 않았고, 그곳에 사는 사람들은 대개 과목밭을 하고 또는 채소를 심거나, 그렇지 아니하면 콩나물을 길러서 생활을 하여 갔었다.

여기에 그중 큰 과목밭을 갖고 그중 여유 있는 생활을 하여 가는 사람이 하나 있었는데, 그의 이름은 잊어버렸으나 동네 사람들이 부르기를 오 생원(吳生員)이라고 불렀다.

얼굴이 동탕하고 목소리가 마치 여름에 버드나무에 앉아서 길게 목 늘여 우는 매미 소리같이 저르렁저르렁하였다.

그는 몹시 부지런한 중년 늙은이로, 아침이면 새벽 일찍이 일어나서 앞뒤로 뒷짐을 지고 돌아다니며 집안일을 보살피는데, 그 동네에는 그가 마치 시계와 같아서 그가 일어나는 때가 동네 사람이 일어나는 때였다. 만일 그가 아침에 돌아다니며 잔소리를 하지 않으면 동네 사람들은 이상히 여겨 그의 집으로 가 보면 그는 반드시 몸이 불편하여 누워 있었다. 그러나 그와 같은 때는 1년 365일에 한 번 있기가 어려운 일이오, 이태나 3년에 한 번 있거나 말거나 하였다.

그가 이곳으로 이사를 온 지는 얼마 되지 아니하나 언제든지 감투를 쓰고 다니므로 동네 사람들은 양반이라고 불렀고, 또 그 사람도 동네 사람에게 그리 인심을 잃지 않으려고 섣달이면 북어쾌·김 톳을 동네 사람에게 나눠 주며, 농사 때에 쓰는 연장도 넉넉히 장만한 후 아무 때나 동네 사람들이 쓰게 하므로, 그 동네에서는 가장 인심 후하고 존경받는 집인 동시에 세력 있는 집이다.

그 집에는 삼룡(三龍)이라는 벙어리 하인 하나가 있으니, 키가 본시 크지 못하여 땅딸보이고, 고개가 달라붙어 몸뚱이에 대강이를 갖다가 붙인 것 같다. 거기다가 얼굴이 몹시 얽고 입이 크다. 머리는 전에 새 꼬랑지 같은 것을 주인의 명령으로 깎기는 깎았으나 불밤송이 모양으로 언제든지 푸 하고 일어섰다. 그래 걸어 다니는 것을 보면, 마치 옴두꺼비가 서서 다니는 것같이 숨차 보이고 더디어 보인다. 동네 사람들이 부르기를 삼룡이라 부르는 법이 없고 언제든지 '벙어리', '벙어리'라고 하든지 그렇지 않으면 '앵모', '앵모' 한다. 그렇지만 삼룡이는 그 소리를 알지 못한다.

그도 이 집주인이 이리로 이사 올 때에 데리고 왔으니, 진실하고 충성스러우며 부지런하고 세차다. 눈치로만 지내가는 벙어리지마는 말하고 듣는 사람보다 슬기로울 적이 있고, 평생 조심성이 있어서 결코 실수한 적이 없다.

아침에 일어나면 마당을 쓸고, 소와 돼지의 여물을 먹이며, 여름이면 밭에 풀을 뽑고 나무를 실어 들이고 장작을 패며, 겨울이면 눈을 쓸며, 잔심부름과 마른일할 것 없이 못 하는 일이 없다.

그럴수록 이 집주인은 벙어리를 위해 주며 사랑한다. 혹시 몸이 불편한 기색이 있으면 쉬게 하고, 먹고 싶어 하는 듯한 것은 먹이고, 입을 때 입히고 잘 때 재운다.

그런데 이 집에는 삼대독자로 내려오는 아들이 있다. 나이는 열일곱 살이나 아직 열네 살도 되어 보이지 않고, 너무 귀엽게 기르기 때문에 누구에게든지 버릇이 없고 어리광을 부리며, 사람에게나 짐승에게 잔인 포악한 짓을 많이 한다.

동네 사람들은,

"후레자식! 아비 속상하게 할 자식! 저런 자식은 없는 것만 못해."

하고 욕들을 한다. 그래서 그의 어머니는 아들이 잘못할 때마다 그의 영감을 보고,

"그 자식을 좀 때려 주구려. 왜 그런 것을 보고 가만 두?"

하고 자기가 대신 때려 주려고 나서면,

"아뇨, 아직 철이 없어 그렇지. 저도 지각이 나면 그렇지 않을 것이 아뇨."

하고 너그럽게 타이른다. 그러면 마누라는 왜가리처럼 소리를 지르며,

"철이 없긴 지금 나이가 몇이오. 낼모레면 스무 살이 되는데, 또 며칠 아니면 장가를 들어서 자식까지 날 길이 그래 가지고 무엇을 한단 말이오."

하고 들이대며,

"자식은 꼭 아버지가 버려 놓았습니다. 자식 귀여운 것만 알았지 버릇 가르칠 줄은 모르니까……."

이렇게 싸움만 시작하려 하면 영감은 아무 말도 하지 않고 바깥으로 나가 버린다.

그 아들은 더구나 벙어리를 사람으로 알지도 않는다. 말 못 하는 벙어리라고 오고 가며 주먹으로 허구리를 지르기도 하고 발길로 엉덩이를 찬다.

그러면 그 벙어리는, 어린 것이 철없이 그러는 것이 도리어 귀엽기도 하고, 또 그 힘없는 팔과 힘없는 다리로 자기의 무쇠 같은 몸을 건드리는 것이 우습기도 하고 앙증하기도 하여 돌아서서 빙그레 웃으면서 툭툭 털고 다른 곳으로 몸을 피해 버린다.

어떤 때는 낮잠 자는 벙어리 입에다가 똥을 먹인 일도 있었다. 또 어떤 때는 자는 벙어리 두 팔 두 다리를 살며시 동여매고 손가락과 발가락 사이에 화승불을 붙여 놓아 질겁을 하고 일어나다가 발버둥질을 하고 죽으려는 사람처럼 괴로워하는 것을 보고 기뻐하였다.

이러할 때마다 벙어리의 가슴에는 비분한 마음이 꽉 들어찼다. 그러나 그는 주인의 아들을 원망하는 것보다도 자기가 병신인 것을 원망하였으며, 주인의 아들을 저주한다는 것보다 이 세상을 저주하였다.

그러나 그는 결코 눈물을 흘리지 않았다. 그의 눈물은 나오려 할 때 아주 말라붙어 버린 샘물과 같이 나오려 하나 나오지를 아니하였다. 그는 주인의 집을 버릴 줄 모르는 개 모양으로, 자기가 있어야 할 곳은 여기밖에 없고 자기가 믿을 곳도 여기 있는 사람들밖에 없는 줄 알았다. 여기서 살다가 여기서 죽는 것이 자기의 운명인 줄밖에 알지 못하였다. 자기의 주인 아들이 때리고 지르고 꼬집어 뜯고 모든 방법으로 학대할지라도 그것이 자기에

게 으레 있을 줄밖에 알지 못하였다. 아픈 것도, 그 아픈 것이 으레 자기에게 돌아올 것이요, 쓰린 것도 자기가 받지 않아서는 안 될 것으로 알았다. 그는 이 마땅히 자기가 받아야 할 것을 어떻게 해야 면할까 하는 생각을 한 번도 하여 본 일이 없었다.

그가 이 집에서 떠나가려거나 또는 그의 생활환경에서 벗어나려는 생각은 한 번도 해 보지 않았다 할지라도, 그는 언제든지 그 주인 아들이 자기를 학대하고 또는 자기를 못살게 굴 때 그는 자기의 주먹과 또는 자기의 힘을 생각하여 보았다.

주인 아들이 자기를 때릴 때, 그는 주인 아들 하나쯤은 넉넉히 제지할 힘이 있는 것을 알았다.

어떠한 때는 아픔과 쓰림이 자기의 몸으로 스미어들 때면 그의 주먹은 떨리면서 어린 주인의 몸을 치려 하다가는 그것을 무서운 고통과 함께 꾹 참았다. 그는 속으로

'아니다. 그는 나의 주인의 아들이다. 그는 나의 어린 주인이다.'
하고 참았다.

그리고는 그것을 얼른 잊어버리었다. 그러다가도 동넷집 아이들과 혹시 장난을 하다가 주인 아들이 울고 들어올 때에는 그는 황소같이 날뛰면서 주인을 위하여 싸웠다. 그래서 동네에서도 어린애들이나 장난꾼들이 벙어리를 무서워하며 감히 덤비지를 못하였다. 그리고 주인 아들도 위급한 경우에는 언제든지 벙어리를 찾았다. 벙어리는 얻어맞으면서도 기어드는 충견 모양으로 아들을 위하여 싫어하지 않고 힘을 다하였다.

2
벙어리가 스물세 살이 될 때까지 그는 물론 이성과 접촉할 기회가 없었다. 동네의 처녀들이 저를 '벙어리', '벙어리' 하며 괴상한 손짓과 몸짓으로 놀려 먹음을 받을 적에 분하고 골나는 중에도 느긋한 즐거움을 느끼어본 일은 있었으나, 그가 결코 사랑으로써 어떠한 여자를 대해 본 일은 없었다.

그러나 정욕을 가진 사람인 벙어리도 그의 피가 차디찰 리는 없었다. 혹 그의 피는 더욱 뜨거웠을지도 알 수 없었다. 뜨겁다 뜨겁다 못하여 엉기어

버린 엿과 같을지도 알 수 없었다. 만일 그에게 볕을 주거나 다시 뜨거운 열을 준다면 그의 피는 다시 녹을는지도 알 수 없었다.

그가 깜박깜박하는 기름등잔 아래에서 밤이 깊도록 짚신을 삼을 때면 남모르는 한숨을 아니 쉬는 것도 아니지마는, 그는 그것을 곧 억제할 수 있을 만큼 정욕에 대하여 벌써부터 단념을 하고 있었다.

마치 언제 폭발이 될는지 알지 못하는 휴화산(休火山) 모양으로 그의 가슴속에는 충분한 정열을 깊이 감추어 놓았으나 그것이 아직 폭발될 시기가 이르지 못한 것이었다. 비록 폭발이 되려고 무섭게 격동함을 벙어리 자신도 느끼지 않는 바는 아니지마는 그는 그것을 폭발시킬 조건을 얻기 어려웠으며, 또는 자기가 이때까지 능동적으로 그것을 나타낼 수가 없을 만큼 외계의 압축을 받았으며, 그것으로 인한 이지(理智)가 너무 그에게 자제력(自制力)을 강대하게 하여 주는 동시에, 또한 너무 그것을 단념만 하게 하여 주었다.

속으로 '나는 벙어리다' 자기가 생각할 때 그는 몹시 원통함을 느끼는 동시에 말하는 사람들과 똑같은 자유와 똑같은 권리가 없는 줄 알았다. 그는 이와 같은 생각에서 언제든지 단념 않으려야 단념하지 않을 수 없는 그 단념이 쌓이고 쌓이어 지금에는 다만 한 개의 기계와 같이 이 집에 노예가 되어 있으면서도 그것을 자기의 천직으로 알고 있을 뿐이요, 다시는 자기가 살아갈 세상이 없는 것같이 밖에 알지 못하게 된 것이다.

3

그해 가을이다. 주인의 아들이 장가를 들었다. 색시는 신랑보다 두 살 위인 열아홉 살이다. 주인이 본시 자기가 언제든지 문벌이 얕은 것을 한탄하여 신부를 구할 때에 첫째 조건이 문벌이 높아야 할 것이었다. 그러나 문벌이 있는 집에서는 그리 쉽게 색시를 내놓을 리가 없었다. 그러므로 하는 수 없이 그 어떠한 영락한 양반의 딸을 돈을 주고 사 오시다시피 하였으니, 무남독녀의 딸을 둔 남촌 어떤 과부를 꿀을 발라서 약혼을 하고 혹시나 무슨 딴소리가 있을까 하여 부랴부랴 혼례식을 올려 버렸다.

혼인할 때의 비용도 그때 돈으로 3만 냥을 썼다. 그리고 아들의 처갓집에 며느리 뒤보아주는 바느질삯·빨래 삯이라는 명목으로 한 달에 이천오

백 냥씩을 대어 주었다.

신부는 자기 아버지가 돌아가기 전까지만 해도 금지옥엽같이 기른 터이라, 구식 가정에서 배울 것 배우고 읽힐 것 읽혀 못 하는 것이 없고, 게다가 본래 인물이라든지 행동거지에 조금도 구김이 있지 아니하다.

신부가 오자 신랑의 흠절이 생기기 시작하였다.

"신부에게 대면 두루미와 까마귀지."

"아직도 철딱서니가 없어."

"색시에게 쥐여 지내겠지."

"신랑에겐 과하지."

동넷집 말 좋아하는 여편네들이 모여 있으면 이렇게 비평들을 한다. 어떠한 남의 걱정 잘하는 마누라님은 간혹 신랑을 보고는 그대로 세워 놓고,

"글쎄, 이제는 어른이 되었으니 셈이 좀 나요. 저러구 어떻게 색시를 거느려 가누. 색시 방에 들어가기가 부끄럽지 않남."

하고 들이대다시피 하는 일이 있다.

이럴 적마다 신랑의 마음은 그 말하는 이들이 미웠다. 일부러 자기를 부끄럽게 하려고 하는 것 같아서 그 후에 그를 만나면 말도 안 하고 인사도 하지 아니한다.

또 그의 고모 되는 이가 와서 자기 조카를 보고,

"인제는 어른이야. 너도 그만하면 지각이 날 때가 되지 않았니. 네 처가 부끄럽지 아니하냐."

하고 타이를 적마다 그의 마음은 말하는 사람이 부끄럽다는 것보다도 자기를 이렇게 하게 한 자기 아내가 더욱 밉살머리스러웠다.

"여편네가 다 무엇이냐? 빌어먹을 년이 들어오더니 나를 이렇게 못 살게 들 굴지."

혼인한 지 며칠이 못 되어 그는 색시 방에 들어가지를 않았다. 집안에서는 야단이 났다.

마치 돼지나 말 새끼를 혼례 시키려는 것같이 신랑을 색시 방으로 집어넣으려 하나 막무가내였다.

그럴 때마다 신랑은 손에 닥치는 대로 집어 때려서 자기의 외사촌 누이의 이마를 뚫어서 피까지 나게 한 일이 있었다.

집안 식구들은 하는 수가 없어 맨 나중으로 아버지에게 밀었다. 그러나 그것도 소용이 없을뿐더러 풍파를 더 일으키게 하였다. 아버지께 꾸중을 듣고 들어와서는 다짜고짜로 신부의 머리채를 쥐어 마루 한복판에 태질을 쳤다.

그리고는,

"이년, 네 집으로 가거라. 보기 싫다. 눈앞에는 보이지도 마라."

하였다. 밥상을 가져오면 그 밥상이 마당 한복판에서 재주를 넘고, 옷을 가져오면 그 옷이 쓰레기통으로 나간다.

이리하여 색시는 시집오던 날부터 팔자 한탄을 하며 날마다 밤마다 우는 사람이 되었다.

울면 요사스럽다고 때린다. 또 말이 없으면 빙충맞다고 친다. 이리하여 그 집에는 평화스러운 날이 하루도 없었다.

이것을 날마다 보는 사람 가운데 알 수 없는 의혹을 품게 된 사람이 하나 있으니 그는 곧 벙어리 삼룡이었다.

그렇게 예쁘고 유순하고 그렇게 얌전한, 벙어리의 눈으로 보아서는 감히 손도 대지 못할 만큼 선녀 같은 색시를 때리는 것은 자기의 생각으로는 도저히 풀 수 없는 의심이다.

보기에도 황홀하고 건드리기도 황송할 만큼 숭고한 여자를 그렇게 학대한다는 것은 너무나 세상에 있지 못할 일이다. 자기는 주인 새서방에게 개나 돼지같이 얻어맞는 것이 마땅한 이상으로 마땅하지마는, 선녀와 짐승의 차가 있는 색시와 자기가 똑같이 얻어맞는 것은 너무 무서운 일이다. 어린 주인이 천벌이나 받지 않을까 두렵기까지 하였다.

어떠한 달밤, 사면은 고요 적막하고 별들은 드문드문 눈들만 깜박이며 반달이 공중에 뚜렷이 달려 있어 수은으로 세상을 깨끗하게 닦아 낸 듯이 청명한데, 삼룡이는 검둥개 등을 쓰다듬으며 바깥마당 멍석 위에 비슷이 드러누워 하늘을 쳐다보며 생각하여 보았다.

주인 색시를 생각하면 공중에 있는 달보다도 더 곱고 별들보다도 더 깨끗하였다. 주인 색시를 생각하면 달이 보이고 별이 보였다. 삼라만상을 씻어 내는 은빛보다도 더 흰 달이나 별의 광채보다도 그의 마음이 아름답고 부드러운 듯하였다. 마치 달이나 별이 땅에 떨어져 주인 새아씨가 된 것도 같고, 주인 새아씨가 하늘에 올라가면 달이 되고 별이 될 것 같았다.

더구나 자기를 어린 주인이 때리고 꼬집을 때 감히 입 벌려 말은 하지 못하나 측은하고 불쌍히 여기는 정이 그의 두 눈에 나타나는 것을 다시 생각할 때 그는 부들부들한 개 등을 어루만지면서 감격을 느끼었다. 개는 꼬리를 치며 자기를 귀여워하는 줄 알고 벙어리의 손을 핥았다.

삼룡이의 마음은 주인아씨를 동정하는 마음으로 가득 찼다. 또는 그를 위하여서는 자기의 목숨이라도 아끼지 않겠다는 의분에 넘치었다. 그것은 마치 살구를 보면 입 속에 침이 도는 것같이 본능적으로 느껴지는 감정이었다.

4

새댁이 온 뒤에 다른 사람들은 자유로운 안 출입을 금하였으나, 벙어리는 마치 개가 맘대로 안에 출입할 수 있는 것같이 아무 의심 없이 출입할 수가 있었다.

하루는 어린 주인이 먹지 않던 술이 잔뜩 취하여 무지한 놈에게 맞아서 길에 자빠진 것을 업어다가 안으로 들여다 눕힌 일이 있었다. 그때에 아무도 안에 있지 않고 다만 새색시 혼자 방에서 바느질을 하고 있다가 이 꼴을 보고 벙어리의 충성된 마음이 고마워서, 그 후에 쓰던 비단 헝겊 조각으로 부시쌈지 하나를 만들어 준 일이 있었다.

이것이 새서방님의 눈에 띄었다. 그래서 색시는 어떤 날 밤 자던 몸으로 마당 복판에 머리를 푼 채 내동댕이가 쳐졌다. 그리고 온몸에 피가 맺히도록 얻어맞았다.

이것을 본 벙어리는 또다시 의분의 마음이 뻗쳐 올라왔다. 그래서 미친 사자와 같이 뛰어 들어가 새서방님을 내어 던지고 새색시를 둘러메었다. 그러고는 나는 수리와 같이 바깥사랑 주인 영감 있는 곳으로 뛰어가 그 앞에 내려놓고 손짓과 몸짓을 열 번 스무 번 거푸 하며 하소연하였다.

그 이튿날 아침에 그는 주인 새서방에게 물푸레로 얼굴을 몹시 얻어맞아서 한쪽 뺨이 눈을 얼러서 피가 나고 주먹같이 부었다. 그 때릴 적에 새서방의 입에서 나오는 말은,

"이 흉측한 벙어리 같으니, 내 여편네를 건드려!"

하고 부시쌈지를 빼앗아 갈가리 찢어 뒷간에 던졌다.

"그러고 이놈아! 인제는 주인도 몰라보고 막 친다. 이런 것은 죽여야해!"

하고 채찍으로 그의 뒷덜미를 갈겨서 그 자리에 쓰러지게 하였다.

벙어리는 다만 두 손으로 빌 뿐이었다. 말도 못 하고 고개를 몇백 번 코가 땅에 닿도록 그저 용서해 달라고 빌기만 하였다. 그러나 그의 가슴에는 비로소 숨겨 있던 정의감(正義感)이 머리를 들기 시작하였다. 그는 그 아픈 것을 참아 가면서도 북받치는 분노를 억제하였다.

그때부터 벙어리는 안방에 들어가지 못하였다. 이 들어가지 못하는 것이 더욱 벙어리로 하여금 궁금증이 나게 하였다. 그 궁금증이라는 것이 묘하게 빛이 변하여 주인아씨를 뵈옵고 싶은 감정으로 변하였다. 뵈옵지 못하므로 가슴이 타올랐다. 몹시 애상(哀傷)의 정서가 그의 가슴을 저리게 하였다. 한 번이라도 아씨를 뵈올 수가 있으면 하는 마음이 나더니 그의 마음의 넋을 느끼기를 시작하였다. 센티멘틀한 가운데에서 느끼는 그 무슨 정서는 그에게 생명 같은 희열을 주었다. 그것과 자기의 목숨이라도 바꿀 수 있을 것 같았다. 어떤 때는 그대로 대강이로 담을 뚫고 들어가고 싶도록 주인 아씨를 뵈옵고 싶은 것을 꼭 참을 때도 있었다.

그 후부터는 밥을 잘 먹을 수가 없었다. 일도 손에 잡히지 않았다. 틈만 있으면 안으로 들어가고 싶었다.

주인이 전보다 많이 밥과 음식을 주고 더 편하게 하여 주었으나 그것이 싫었다. 그는 밤에 잠을 자지 않고 집 가장자리로 돌아다녔다.

5

하루는 주인 새서방님이 술이 취하여 들어오더니 집안이 수선수선하여지며 계집 하인이 약을 사러 갔다 들어오는 것을 보고 그 계집 하인을 붙잡았다. 그리고 무엇이냐고 물었다.

계집 하인은 한주먹을 뒤통수에다 대고 얼굴에 쓰다듬으며 둘째 손가락을 내밀었다. 그것은 그 집 주인은 엄지손가락이요, 둘째 손가락은 새서방님이라는 뜻이요, 주먹을 뒤통수에 대는 것은 여편네라는 뜻이요, 얼굴을 문지르는 것은 예쁘다는 뜻으로 벙어리에게 쓰는 암호다.

그런 뒤에 다시 혀를 내밀고 눈을 뒤집어쓰는 형상을 하고 두 팔을 착 벌리고 뒤로 자빠지는 꼴을 보이니, 그것은 사람이 죽게 되었거나 앓을 적에 하는 말 대신의 손짓이다.

벙어리는 눈을 크게 뜨고 계집 하인에게 한 발짝 가까이 들어서며 놀라는 듯이 한참이나 있었다.

그의 가슴은 무섭게 격동하였다. 자기의 그리운 주인아씨가 죽었다는 말이나 아닌가, 그는 두 주먹을 마주치며 한숨을 쉬었다. 그러고는 자기 방에 무엇을 생각하는 것처럼 두어 시간이나 두 눈만 껌벅껌벅하고 앉았었다.

그는 밤이 깊어 갈수록 궁금증 나는 사람처럼 일어섰다 앉았다 하더니 두 시나 되어서 바깥으로 나가서 뒤로 돌아갔다.

그는 도둑놈처럼 조심스럽게 바로 건넌방 뒤 미닫이 앞 담에 서서 주저주저하더니 담을 넘었다. 가까이 창 앞에 서서 문틈으로 안을 살피다가 그는 진저리를 치며 물러섰다.

어두운 밤에 그의 손과 발이 마치 그 뒤에 서 있는 감나무 잎같이 떨리더니 그대로 문을 박차고 뛰어 들어갔을 때, 그의 팔에는 주인아씨가 한 손에 길다란 명주 수건을 들고서 한 팔로 벙어리의 가슴을 밀치며 뻗디디었다. 벙어리는 다만 눈이 퉁그레서 '에헤' 소리만 지르고 그 수건을 뺏으려 애쓸 뿐이다.

집안이 야단났다.

"집안이 망했군!"

"어디 사내가 없어서 벙어리를 !"

"어떻든 알 수 없는 일이야!"

하는 소리가 이 구석 저 구석에서 수군댄다.

6

그 이튿날 아침에 벙어리는 온몸이 짓이긴 것이 되어 마당에 거꾸러져 입에서 피를 토하며 신음하고 있었다. 그 곁에서는 새서방이 쇠줄 몽둥이를 들고서 문초를 한다.

"이놈!"

하고는 음란한 흉내는 모조리 하여 가며 건넌방을 가리킨다. 그러나 벙어리는 손을 내저을 뿐이다. 또 몽둥이에는 살점이 묻어 나왔다. 그리고 피가 흘렀다.

벙어리는 타들어 가는 목으로 소리도 못 내며 고개만 내젓는다. 그는 피를 토하며 거꾸러지며 이마를 땅에 비비며 고개를 내흔든다. 땅에는 피가 스며든다. 새서방은 채찍 끝에 납 뭉치를 달아서 가슴을 훔쳐 갈겼다가 힘껏 잡아 뽑았다. 벙어리는 그대로 거꾸러지며 말이 없었다.

새서방은 그래도 시원치 못하였다. 그는 벙어리가 새로 갈아 놓은 낫을 들고 달려왔다. 그는 그 시퍼렇게 날 선 낫을 번쩍 들었다. 그래서 벙어리를 찌르려 할 제 벙어리는 한 팔로 그것을 받았고, 집안사람들은 달려들었다. 벙어리는 낫을 뿌리쳐 저리로 내던졌다.

주인은 집안이 망하였다고 사랑에 누워서 모든 일을 들은 체 만 체 문을 닫고 나오지를 아니하며, 집안에서는 색시를 쫓는다고 야단이다. 그날 저녁에 벙어리는 다시 끌려 나왔다. 그때에는 주인 새서방이 그의 입던 옷과 신을 주며 눈을 부릅뜨고 손을 멀리 가리키며,

"가! 인제는 우리 집에 있지 못한다."

하였다. 이 소리를 들은 벙어리는 기가 막혔다. 그에게는 이 집 외에 다른 집이 없다. 살 곳이 없었다. 자기는 언제든지 이 집에서 살고 이 집에서 죽을 줄밖에 몰랐다. 그는 새서방님의 다리를 껴안고 애걸하였다. 말도 못하는 것을 몸짓과 표정으로 간곡한 뜻을 표하였다. 그러나 새서방님은 발길로 지르고 사람을 불렀다.

"이놈을 좀 내쫓아라."

벙어리는 죽은 개 모양으로 끌려 나갔다. 그리고 대갈빼기를 개천 구석에 들이박히면서 나가 곤드라졌다가 일어서서 다시 들어오려 할 때에는 벌써 문이 닫혀 있었다. 그는 문을 두드렸다. 그의 마음으로는 주인 영감을 찾았으나 부를 수가 없었다. 그가 날마다 열고 날마다 닫던 문이 자기가 지금은 열려고 하나 자기를 내어 쫓고 열리지를 않는다. 자기가 건사하고 자기가 거두던 모든 것이 오늘에는 자기의 말을 듣지 않는다. 어려서부터 지금까지 모든 정성과 힘과 뜻을 다하여 충성스럽게 일한 값이 오늘에는 이것이다.

그는 비로소 믿고 바라던 모든 것이 자기의 원수란 것을 알았다. 그는 모

든 것을 없애 버리고 자기도 또한 없어지는 것이 나은 것을 알았다.

그날 저녁 밤은 깊었는데 멀리서 닭이 우리 소리와 함께 개 짖는 소리만
이 들린다. 난데없는 화염이 벙어리 있던 오 생원 집을 에워쌌다. 그 불을
미리 놓으려고 준비하여 놓았는지 집 가장자리로 쪽 돌아가며 흩어 놓은
풀에 모조리 달라붙어 공중에서 내려다보면 집의 윤곽이 선명하게 보일 듯
이 타오른다.

불은 마치 피 묻은 살을 맛있게 잘라 먹는 요마(妖魔)의 혓바닥처럼 날름
날름 집 한 채를 삽시간에 먹어 버리었다. 이와 같은 화염 속으로 뛰어들어
가는 사람이 하나 있으니 그는 다른 사람이 아니라 낮에 이 집을 쫓겨난 삼
룡이다. 그는 먼저 사랑에 가서 문을 깨뜨리고 주인을 업어다가 밭 가운데
놓고 다시 들어가려 할 제 그의 얼굴과 등과 다리가 불에 데어 쭈그러져 드
는 것을 알지 못하였다.

그는 건넌방으로 뛰어들었다. 그러나 색시는 없었다. 다시 안방으로 뛰
어들었다. 그러나 또 없고 새서방이 그의 팔에 매달리어 구원하기를 애원
하였다. 그러나 그는 그것을 뿌리쳤다. 다시 서까래에 불이 붙어 시뻘겋게
타면서 그의 머리에 떨어졌다. 그러나 그는 그것을 몰랐다. 부엌으로 가 보
았다. 거기서 나오다가 문설주가 떨어지며 왼팔이 부러졌다. 그러나 그것
도 몰랐다. 그는 다시 광으로 가 보았다. 거기도 없었다. 그는 다시 건넌방
으로 들어갔다. 그때야 그는 색시가 타 죽으려고 이불을 쓰고 누워 있는 것
을 보았다. 그는 색시를 안았다. 그러고는 길을 찾았다. 그러나 나갈 곳이
없었다. 그는 하는 수 없이 지붕으로 올라갔다. 그는 비로소 자기의 몸이
자유롭지 못한 것을 알았다. 그러나 그는 자기가 여태까지 맛보지 못한 즐
거운 쾌감을 자기의 마음에 느끼는 것을 알았다. 색시를 자기 가슴에 안았
을 때 그는 이제 처음으로 살아난 듯하였다. 그가 자기의 목숨이 다한 줄
알았을 때, 그 색시를 내려놓을 때에는 그는 벌써 목숨이 끊어진 뒤였다.
집은 모조리 타고 벙어리는 색시를 무릎에 뉘고 있었다.

그의 울분은 그 불과 함께 사라졌을지! 평화롭고 행복스러운 웃음이
그의 입 가장자리에 엷게 나타났을 뿐이다.

백치 아다다

- 계용묵 -

계용묵(桂鎔默 1904~1961)

본관은 수안(遂安). 본명은 하태용(河泰鏞). 평북 선천(宣川) 출생. 아버지는 항교(恒教), 어머니는 죽산 박씨(竹山朴氏)이며, 1남 3녀 중 장남으로 1904년 9월 8일 태어난다. 할아버지 창전(昌琠)에게 '천자문' '동몽선습' 등을 배웠다.

삼봉공립보통학교 재학 중에 순흥 안씨(順興安氏) 정옥과 혼인 후 졸업한다. 1921년 중동학교를 거쳐 1922년 휘문고등보통학교를 다녔으나 할아버지의 반대로 낙향했다. 고향에서 4년간 지내면서 외국문학 작품을 즐겨 읽는다. 1928년 일본 토요대(東洋大學) 동양학과에서 공부하던 중 집안이 파산하여 1931년 귀국한다. 귀국 후 '조선일보' 출판부에 근무한다. 1943년 일본 천황 불경죄로 2개월 동안 수감생활을 하고, 광복 직후 문단의 정치적 대립에도 중립적인 입장을 취하며 작품 활동에 전념한다. 1945년 정비석(鄭飛石)과 잡지 '대조'를 발행하고 1948년 시인 김억(金億)과 출판사 수선사(首善社)를 창립한다. 1·4 후퇴 때 제주도로 피난 가 1952년 그곳에서 '신문화'를 펴낸 뒤, 1953년 문인환도 기념문집인 '흑산호'를 발간했다. 1955년 서울로 돌아와 1961년 '현대문학'에 〈설수집〉을 연재하던 중 58세의 나이로 생을 마친다.

작품으로 〈최 서방〉〈인두지주〉〈백치 아다다〉〈장벽〉〈병풍에 그린 닭이〉〈청춘도〉〈신기루〉〈별을 헨다〉〈바람은 그냥 불고〉〈상아탑〉 등 60여 편의 작품을 발표했다.

이 작품은 1935년 '조선 문단(朝鮮文壇)'에 발표하고 1945년 조선출판사에서 출간된 〈백치 아다다〉에 수록된 계용묵의 대표작인 단편 소설이다.

백치인 아다다는 말을 할 때마다 아다다 소리만 연거푸 하고 힘든 일도 몸 아끼지 않고 집안의 모든 고된 일을 도맡아 혼자 한다. 가난한 집 총각에게 논 한 섬과 함께 시집 보내진다. 시집갈 때 가지고 간 논이 시집의 생계를 유지시켜준 덕에 신랑의 사랑을 받는다. 그러나 남편이 살림에 여유가 생겨 첩을 들이고 구박을 해 친정으로 온다. 그녀는 친정에서도 연거푸 실수를 해 시집으로 돌아가라고 친정엄마가 내쫓는다. 집을 나온 그녀는 수롱이를 찾아간다. 수롱은 그녀를 반갑게 맞으면서 두 사람의 행복을 위해 신미도로 가서 모은 돈으로 밭을 마련하여 농사를 짓고 싶어 밭을 사자고 하나 아다다는 반대하고 행복이 돈 때문에 깨질까 염려해 새벽에 수롱이 몰래 지전을 바다에 뿌린다.

이 작품은 스스로 책임질 수 없는 선천적인 불구로 태어나 육체적 고통과 돈의 횡포로 인한 물질사회의 불합리를 지적한다. 비극적 생을 마쳐야 했던 수난의 여성 백치 아다다의 삶이 얼마나 비참하고 가여운지 잘 보여준다.

작품 줄거리

아다다는 말을 할 때마다 아다다 소리만 연거푸 하는 벙어리며 백치. 확실이란 이름이 있지만 부모도 아다다라 부르고 그녀도 자기 이름으로 안다. 그녀는 힘든 일도 몸 아끼지 않고 집안의 모든 고된 일을 도맡아 혼자 해낸다. 부모는 벙어리며 백치인 그녀를 열아홉을 넘기도록 시집을 못 보내 속을 태우다 논 한 섬과 함께 멀리 사는 가난한 집에 스물여덟 살의 총각에게 시집보낸다. 시집갈 때 가지고 간 논이 가난한 시집 사람들의 생계를 유지시켜준 덕에 신랑의 귀여움을 받는다. 남편이 투기에 손을 대 살림에 여유가 생기자 첩을 들이고 시부모의 학대와 구박을 견디다 친정으로 돌아온다. 친정집에 쫓겨 온 그녀는 집에서도 연거푸 실수를 하자 시집으로 돌아가라고 친정엄마가 머리채를 잡아 휘두르며 내쫓는다. 집을 나온 그녀는 궁리 끝에 수롱이의 오막살이로 간다. 수롱이는 초시의 딸인 그녀를 반갑게 맞으면서 두 사람의 행복을 위해 신미도로 가서 땅을 사기로 하고 그 계획을 아다다에게 알린다.

돈 때문에 겪어야 했던 시집에서의 불행을 생각한 아다다는 아침 일찍 지전 뭉치를 들고 바닷가로 가서 물 위에 뿌린다. 뒤쫓아 온 수롱은 격분해서 그녀를 발길로 거세게 바다에 차 넣는다.

핵심 정리

· 갈래 : 순수 소설   · 시점 : 전지적 작가 시점
· 배경 : 일제 강점기 평안도 어느 마을과 신미도
· 주제 : 물질 중심주의적 삶에 의해 파멸되는 여인의 비극적 삶
· 출전 : 조선 문단

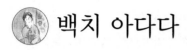

백치 아다다

질그릇이 땅에 부딪히는 소리가 났다고 들렸는데, 마당에는 아무도 없다.

부엌에 쥐가 들었나? 샛문을 열어 보려니까,

"아, 아, 아이 아아 아야!"

하는 소리가 뒤란 곁으로 들려온다. 샛문을 열려던 박 씨는 뒷문을 밀었다.

장독대 밑, 비스듬한 켠 아래 아다다가 입을 헤 벌리고 넙적 엎더져 두 다리만을 힘없이 버지럭거리고 있다. 그리고 머리핀으로 한 발쯤 나가선 깨어진 동이(배가 부르고 아가리가 넓은 질그릇) 조각이 질서 없이 너저분하게 된장 속에 묻혀 있다.

"아이구메나! 무슨 소린가 했더니 이년이 동애를 또 잡았구나! 이년아! 너 더러 된장 푸래든, 푸래?"

어머니는 딸이 어딘가 다쳤는지 일어나지도 못하고 아파하는 데 가는 동정심보다 깨어진 동이만이 아깝게 눈에 보였던 것이다.

"어, 어마! 아다, 아다, 아다 아다다……."

모닥불을 뒤집어쓰는 듯한 끔찍한 어머니의 음성을 또다시 듣게 되는 아다다는 겁에 질려 얼굴에 시퍼런 물이 들며 넘어진 연유를 말하여 용서를 빌려는 기색이나, 말이 되지를 않아 안타까워한다.

아다다는 벙어리였던 것이다. 말을 하려 할 때에는 한다는 것이 아다다 소리만이 연거푸 나왔다. 어찌어찌 가다가 말이 한마디씩 제법 되어 나오는 적도 있었으나 그것은 쉬운 말에 그치고 만다.

그래서 이것을 조롱 삼아 '확실'이라는 뚜렷한 이름이 있었지만 누구나 그를 부르는 이름은 아다다였다. 그리하여 이것이 자연히 이름으로 굳어져 그 부모네까지도 그렇게 부르게 되었거니와, 그 자신조차도 "아다다!" 하고 부르면 마땅히 들을 이름인 듯이 대답을 했다.

"이년까타나 끌(머리)이 세누나! 시집엘 못 가갔음은 오늘은 어드메든가 나가서 뒈디고 말아라, 이년아! 이년아! 아, 이년아!"

어머니는 눈알을 가로 세워 날카롭게도 흰자위만으로 흘기며 성큼 문턱을 넘어선다.

아다다는 어머니의 손길이 또 자기의 끌채(머리채)를 감아쥘 것을 연상하고 몸을 겨우 뒤채어 비꼬아 일어서서 절룩절룩 굴뚝 모퉁이로 피해 가며 어쩔 줄을 모르고 일변 고개를 좌우로 둘러 살피며 아연하게도,

"아다, 어, 어마! 아다 어마, 아다다다다."

하고 부르짖는다. 다시는 일을 아니 저지르겠다는 듯이, 그리고 한 번만 용서를 하여 달라는 듯싶게. 그러나 사정 모르는 체 기어이 쫓아간 어머니는,

"이년! 어서 뒈데라. 뒈디기 싫건 시집으로 당장 가거라. 못 가간?"

그리고 주먹을 귀 뒤에 넌지시 얼 메고(위협하고) 마주 선다. 순간, 주먹이 떨어지면? 하는 두려운 생각에 오싹하고 끼치는 소름이 튀해(가축이나 짐승의 털을 뽑기 위해 끓는 물에 넣었다 꺼내는) 놓은 닭같이 전신에 돋아나는 두드러기를 느끼는 찰나, '턱' 하고 마침내 떨어지는 주먹이 어느새 끌채를 감아쥐고 갈 지(之) 자로 흔들어 댄다.

"아다, 어어 어마! 아, 아고, 어, 어마!"

아다다는 떨며 빌며 손을 모은다.

그러나 소용이 없다. 한번 손을 댄 어머니는 그저 죽어 싸다는 듯이 자꾸만 흔들어 댄다. 하니, 그렇지 않아도 가꾸지 못한 텁수룩한 머리는 물결처럼 흔들리며 구름같이 피어나선 얼크러진다.

그래도 아다다는 그저 빌 뿐이요, 조금도 반항하려고도 않는다. 이런 일은 거의 날마다 지나 보는 것이기 때문에 한대야, 그것은 도리어 매까지 사는 것이 됨을 아는 것이다. 집에 일이 아무리 밀려 돌아가더라도 나 모르는 체 손 싸매고 들어앉았으면 오히려 이런 봉변은 아니 당할 것이, 가만히 앉아 있지는 못했다.

선천적으로 타고난 천치에 가까운 그의 성격은 무엇엔지 힘에 맞히는 노력이 있어야 만족을 얻는 듯했다. 시키건, 안 시키건, 헐하나(수월하나), 힘차나(힘드나), 가리는 법이 없이 하여야 될 일로, 눈에 띄기만 하면 몸을 아끼는 일이 없이 하는 것이 그였다. 그래서 집안의 모든 고된 일은 실로 아다다가 혼자서 치워 놓게 된다.

그러나 어머니는 그것이 반갑지 않았다. 둔한 지혜로 마련(계획) 없이 뼈가 부러지도록 몸을 돌보지 않고 일종 모험에 가까운 짓을 하게 되므로, 그 반면에 따르는 실수가 되레 일을 저질러 놓게 되어 그릇 같은 것을 깨쳐 먹는 일은 거의 날마다 있다 하여도 옳을 정도로 있었다.

그래도 아다다의 힘을 빌리지 않고는 집안일을 못 치겠다면 모르지만, 그는 참례를 하지 않아도 행랑에서 차근차근히 다 해 줄 일을 쓸데없이 가로 맡아선 일을 저질러 놓고 마는 데에 그 어머니는 속이 상했다.

본시 시집을 보내기 전에도 그 버릇은 지금이나 다름이 없어 벙어리인 데다 행동까지 그러하였으므로 내용 아는 인근에서는 그를 얻어 가려는 사람이 없었다. 그리하여 열아홉 고개를 넘기도록 처묻어 두고 속을 태우다 못해 깃부(지참금)로 논 한 섬지기를 처넣어 똥 치듯 치워 버렸던 것이, 그만 오 년이 멀다 다시 쫓겨 와 시집에는 아예 갈 생각도 아니 하고 하루 같은 심화(마음의 화)를 올렸다.

그래서 어머니는 역겨운 마음에 아다다가 실수를 할 때마다 주릿대(주리를 트는 막대기)를 내리고 참례를 말라건만 그는 참는다는 것이 그 당시뿐이요, 남이 일을 하는 것을 보면 속이 쏘는 듯이 슬그미 나와서 곁을 슬슬 돌다가는 손을 대고 만다.

바로 사흘 전인가도 무명 뉨(옷감을 잿물에 담갔다가 솥에 삶는 일)을 낼(할) 때 활짝 달은 솥뚜껑을 마련 없이 맨손으로 열다가 뜨거움을 참지 못해 되는 대로 집어 엎는 바람에 그만 자배기(둥글고 넓적한 질그릇)를 깨치고 욕과 매를 한바탕 겪고 났었건만, 어제저녁 행랑 색시더러 오늘은 묵은 된장을 옮겨 담아야 되겠다고 이르는 말을 어느 겨를에 들었던지 아다다는 아침밥이 끝나자 어느새 나가서 혼자 된장을 퍼 나르다가 그만 또 실수를 한 것이었다.

"못 가간? 시집이! 못 가간? 이년! 못 가갔음 죽어라!"

움켜쥐었던 머리를 힘차게 휙 두르며 밀치는 바람에 손에 감겼던 머리카락이 끊어지는지 빠지는지 무뚝 묻어나며 아다다는 비칠비칠 서너 걸음 물러난다.

순간 정신이 어찔해진 아다다는 넘어지지 않으려고 애써 버지럭거리며 삐치는 다리에 겨우 진정을 얻어 세우자,

"아다, 어마! 아다, 어마! 아다, 아다!"

하고 다시 달려들 듯이 눈을 흘기고 서 있는 어머니를 향하여 눈물 글썽한 눈을 끔벅 한 번 감아 보이고, 그리고 북쪽을 손가락질하여 어머니의 말대로 시집으로 가든지 그렇지 않으면 죽어라도 버리겠다는 뜻으로 고개를 주억이며 겁에 질려 어쩔 줄을 모르고 허청허청 대문 밖으로 몸을 이끌어 냈다.

나오기는 나왔으나 갈 곳이 없는 아다다는 마당귀를 돌아서선 발길을 더 내놓지 못하고 우뚝 섰다.

시집으로 간다고 하였으나 아무리 생각해도 남편의 매는 어머니의 그것보다 무섭다. 그러면 다시 집으로 들어가나? 이번에는 외상없는 매가 떨어질 것 같다. 어디로 가야 하나? 갈 곳 없는 갈 곳을 뒤 짜보자니, 눈물이 주는 위로밖에 쓸데없는 오 년 전 그 시집이 참을 수 없이 그립다.

치울세라, 더울세라, 힘이 들까, 고단할까, 알뜰살뜰히 어루만져 주던 시부모, 밤이면 품속에 꼭 껴안아 피로를 풀어 주던 남편, 아! 얼마나 시집에서는 자기를 위하여 정성을 다하던 것인가?

참으로 아다다가 처음 시집을 가서의 오 년 동안은 온 집안의 사랑을 한 몸에 받아 왔던 것이 사실이다.

벙어리라는 조건이 귀에 들어맞는 것은 아니었으나 돈으로 아내를 사지 아니하고는 얻어 볼 수 없는 처지에서 스물여덟 살에 아직 장가를 못 들고 있는 신세로 목구멍조차 치기 어려운 형세이었으므로, 아내를 얻게 되기의 여유를 기다리기까지에는 너무도 막연한 앞날이었다.

벙어리나마 일생을 먹여 줄 것까지 가지고 온다는 데 귀가 번쩍 띄어 그 자리를 앗기울까(빼앗길까) 두렵게 혼사를 지었던 것이니, 그로 인해서 먹고 살게 되는 시집에서는 아다다를 아니 위할 수가 없었던 것이다. 그러한 가운데 또한 아다다는 못 하는 일이 없이 일 잘하고, 고분고분 말 잘 듣고, 조금도 말썽을 부리는 일이 없었다.

그래서 생활고가 주는 역겨움이 쓸데없이 서로 눈독을 짓게 하여 불쾌한 말만으로 큰소리가 끊일 새 없이 오고 가던 가족은 일시에 봄비를 맞는 동산같이 화락한 웃음의 꽃이 피었다.

원래 바른 사람이 못 되는 아다다에게는 실수가 없는 것이 아니었으나 그로 인해서 밥을 먹게 되는 시집에서는 조금도 역겹게 안 여겼고, 되레 위로를 하고 허물을 감추기에 서로 힘을 썼다.

여기에 아다다가 비로소 인생의 행복을 느끼며, 시집가기 전 지난날 어머니 아버지가 쓸데없는 자식이라는 구실 밑에 아니, 되레 가문을 더럽히는 앙화(殃禍, 재앙) 자식이라고 사람으로서의 푼수에도 넣어 주지 않고 박대하던 일을 생각하고는, 어머니 아버지를 원망하는 나머지 명절 목시(대목 때)나 제향(제사) 때이면 시집에서는 그렇게도 가보라는 친정이었건만 이를 악물고 가지 않고 행복 속에 묻혀 살던 지나간 그날이 아니 그리울 수가 없었다.

그러나 그날은 안타깝게도 다시 못 올 영원한 꿈속에 흘러가고 말았다.

해를 거듭하며 생활의 밑바닥에 깔아 놓았던 한 섬지기라는 거름이 차츰 그들을 여유한 생활로 이끌어 몇백 원이란 돈이 눈앞에 굴게 되니, 까닭 없이 남편 되는 사람은 벙어리로서의 아내가 미워졌다.

조그만 실수가 있어도 눈을 흘겼다. 그리고 매를 내렸다. 이 사실을 아는 아버지는 그것은 들어오는 복을 차 버리는 짓이라고 타이르나 듣지 않았다. 그리하여 부자간에 충돌이 때때로 일어났다. 이럴 때마다 아버지에게는 감히 하고 싶은 행동을 못 하는 아들은 그분을 아내에게로 돌려 풀기가 일쑤였다.

"이년 보기 싫다! 네 집으로 가거라."

그리고 다음에 따르는 것은 매였다. 그러나 아다다는 참아 가며 아내로서의, 그리고 며느리로서의 임무를 다했다.

이것이 시부모로 하여금 더욱 아다다를 귀엽게 만드는 것이어서, 아버지에게서는 움직일 수 없는 며느리인 것을 깨닫게 된 아들은 가정적으로 불만을 느끼게 되어 한 해의 농사를 지은 추수를 온통 팔아 가지고 집을 떠나서 마음의 위안을 찾아 돌다가 주색에 돈을 다 탕진하고 동무들과 물거품같이 밀리어 안동현(安東縣)으로 건너갔다.

그리하여 이 투기적(投機的)인 도시에서 뒹굴며 노동의 힘으로 밑천을 얻어선 '양화(서양 물건)'와 '은떼루'에 투기하여 황금을 꿈꾸어 오던 것이 기적적으로 맞아나기 시작하여 이태 만에는 이만 원에 가까운 돈을 손에

쥐게 되었다. 그리하여 언제나 불만이던 완전한 아내로서의 알뜰한 사랑에
주렸던 그는 돈에 따르는 무수한 여자 가운데서 마음대로 흡족히 골라 가
지고 집으로 돌아왔다.

그리고는 새로운 살림을 꿈꾸는 일변, 새로이 가옥을 건축함과 동시에
아다다를 학대함이 전에 비할 정도가 아니었다. 이에는 그 아버지도 명민
하고 인자한 남부끄럽지 않은 뼈젓한 새 며느리에게 마음이 쏠리는 나머
지, 이미 생활은 걱정이 없이 되었으니 아다다의 깃부로서가 아니라도 유
족할 앞날을 돌아볼 때 아들로서의 아다다에게 대하는 태도는 소모(조금)
도 마음에 거슬리는 것이 없었다.

그리하여 시부모의 눈에서까지 벗어나게 된 아다다는 호소할 곳조차 없
는 사정에 눈감은 남편의 매를 견디다 못해 집으로 쫓겨 오게 되었던 것이
니, 생각만 하여도 옛 매 자리가 아픈 그 시집은 죽으면 죽었지 다시는 찾
아갈 생각이 없었던 것이다.

그래서 집에 있게 되니 그것보다는 좀 헐할망정 어머니의 매도 결코 견
디기에 족한 것이 아니다. 그리고 그것은 날마다 더 심해만 왔다. 오늘도
조금만 반항이 있었던들 어김없이 매는 떨어지고 말았을 것이다.

그러니 어디로 가나? 아무리 생각을 해 보아야 그저 이 세상에서는 수롱
이네 집밖에 또 찾아갈 곳은 없었다.

수롱은 부모 동생조차 없는 삼십이 넘은 총각으로, 누구보다도 자기를
사랑하여 준다고 믿는 단 한 사람이었다. 그리하여 쫓기어 날 때마다 그를
찾아가선 마음의 위안을 얻어 오던 것이다.

아다다는 문득 발걸음을 떼어 아지랑이 얼른거리는 마을 끝 산턱 아래
떨어져 박힌 한 채의 오막살이를 향하여 마당귀를 꺾어 돌았다.

수롱은 벌써 일 년 전부터 아다다를 꾀어 왔다. 시집에서까지 쫓겨난 벙
어리였으나 김 초시의 딸이라 스스로도 낮추 보이는 자신으로서는 거연히
염(생각)을 내지 못하고 뜻있는 마음을 건너볼 길이 없어 속을 태워 가며
눈치만 보아 오던 것이, 눈치에서보다는 베풀어진 동정이 마침내 아다다의
마음을 사게 된 것이었다.

아이들은 아다다를 보기만 하면 따라다니며 놀렸다. 아니, 어른들까지도

'아다다, 아다다.' 하고 골을 올려서 분하나 말을 못 하고 이상한 시늉을 하며 투덜거리는 것을 보므로 좋아라고 손뼉을 치며 웃었다.

그래서 아다다는 사람을 싫어하였다. 집에 있으면 어머니의 욕과 매, 밖에 나오면 뭇사람들의 놀림, 그러나 수룡이만은 자기를 사랑하는 것이었다. 아이들이 따라다닐 때에도 남 아니 말려 주는 것을 그는 말려 주고, 그리고 매에 터질 듯한 심정을 풀어 주는 것이었다.

그리하여 아다다는 마음이 불편할 때마다 수룡을 생각해 오던 것이, 얼마 전부터는 찾아다니게까지 되어 동네의 눈치에도 이미 오른 지 오래였다.

그러나 아다다의 집에서도 그 아버지만이 지처(地處, 대대로 내려오는 신분)를 가지기 위하여 깔맵게 아다다의 행동을 경계하는 듯하고, 그 어머니는 도리어 수룡이와 배가 맞아서 자기 눈앞에 보이지 아니하고 어디로든지 달아났으면 하는 눈치를 알게 된 수룡이는 지금에 와서는 어느 정도까지 내어놓다시피 그를 사귀어 온다.

아다다는 제 집이나처럼 서슴지도 않고 달리어 오자마자 수룡이네 집 문을 벌컥 열었다.

"아, 아다다!"

수룡은 의외에 벌떡 일어섰다.

"너 또 울었구나!"

울었다는 것이 창피하긴 하였으나 숨길 차비가 아니다. 호소할 길 없는 가슴속에 꽉 찬 설움은 수룡이의 따뜻한 위무가 그렇게도 그리웠는지 모른다.

방 안에 들어서기가 바쁘게 쫓기어 난 이유를 언제나 같이 낱낱이 말했다.

"그러기 이젠 아야, 다시는 집으로 가지 말구 나하구 둘이서 살아, 응?"

그리고 수룡은 의미 있는 웃음을 벙긋벙긋 웃어 가며 아다다의 등을 척척 두드려 달랬다. 오늘은 어떻게 해서든지 자기의 것을 영원히 만들어 보고 싶은 욕망에 불탔던 것이다. 그러나 아다다는,

"아다 무, 무서! 아바, 무, 무서! 아다아다다다!"

하고, 그렇게 한다면 큰일 난다는 듯이 눈을 둥그렇게 뜬다. 집에서 학대를

받고 있느니보다는 수롱의 사랑 밑에서 살았으면 오죽이나 행복되랴! 다시 집으로는 아니 들어가리라는 생각이 없었던 바도 아니었으나, 정작 이런 말을 듣고 보니 무엇엔지 차마 허하지 못할 것이 있는 것 같고, 그렇지 않은지라 눈을 부릅뜨고 수롱이한테 다니지 말라는 아버지의 이르던 말이 연상될 때 어떻게도 그 말은 엄한 것이었다.

"우리 둘이 달아났음 그만이디, 무섭긴 뭐이 무서워?"

"……"

아다다는 대답이 없다.

딴은 그렇기도 한 것이다. 당장 쫓기어 난 몸이 갈 곳이 어딘고? 다시 생각을 더듬어 볼 때 어머니의 매는 아버지의 그 눈총보다 몇 배나 더한 두려움으로 견딜 수 없이 아픈 것이다. 그러마고 대답을 못 하고 거역한 것이 금시 후회스러웠다.

"안 그래? 무서울 게 뭐야. 이젠 아야 집으루 가지 말구 나하구 있어, 응?"

"응, 아다 이, 있어, 아다, 아다."

하고 아다다는 다시 있자는 수롱이의 말이 나오기를 기다렸던 듯이, 그리고 살길은 이제 찾았다는 듯이, 한숨과 같이 빙긋 웃으며 있겠다는 뜻을 명백히 보이기 위하여 고개를 주억이며 삿(갈대로 만든 돗자리) 바닥을 손으로 툭툭 두드려 보인다.

"그렇지, 그래, 정 있어야 돼. 응?"

"응, 이서, 이서. 아다, 아다."

"정말이야?"

"으, 응, 저 정, 아다, 아다."

단단히 강문(다짐)을 받고 난 수롱이는 은근히 솟아나는 미소를 금할 길이 없었다.

벙어리인 아다다가 흡족할 이치는 없었지만 돈으로 사지 아니하고는 아내라는 것을 얻어 볼 수 없는 처지였다. 그저 생기는 아내는 벙어리였어도 족했다. 그저 자기의 하는 일이나 도와주고, 아들딸이나 낳아 주었으면 자기는 게서 더 바랄 것이 없었다. 아내를 얻으려고 십여 년 동안을 불피풍우(不避風雨, 비바람을 무릅쓰고) 품을 팔아 궤 속에 꽁꽁 묶어 둔 일백오십

원이란 돈이 지금에 와서는 아내 하나를 얻기에 그리 부족할 것이 아니나, 장가를 들지 아니하고 아다다를 꾀여 온 이유도, 아다다를 꾀이므로 돈을 남겨서 그 돈으로는 살림의 밑천을 만들어 가정의 마루를 얹자는 데서였던 것이다. 이제 그 계획이 은근히 성공에 가까워 옴에 자기도 남과 같이 가정을 이루어 보게 되누나 하니 바라지도 못하였던 인생의 행복이 자기에게도 이제 찾아오는 것 같았다.

"우리 아다다."

수롱이는 아다다의 등에 손을 얹으며 빙그레 웃었다.

"아다, 아다."

아다다도 만족한 듯이 히쭉 입이 벌어졌다.

그날 밤을 수롱의 품 안에서 자고 난 아다다는 이미 수롱의 아내 되기에 수줍음조차도 잊었다. 아니, 집에서 자기를 받들어 들인다 하더라도 수롱을 떨어져서는 살 수 없을 만큼 마음은 굳어졌다. 수롱이가 주는 사랑은 이 세상에서는 더 찾을 수 없는 행복이리라 느끼어졌던 것이다.

그러나 영원한 행복을 위하여는 이 자리에 그대로 박혀서는 누릴 수 없을 것이 다음에 남은 근심이었다. 수롱이와 같이 살자면 첫째 아버지가 허하지 않을 것이요, 동네 사람도 부끄럽지 않은 노릇이 아니다. 이것은 수롱이도 짐짓 근심이었다. 밤이 깊도록 의논을 하여 보았으나 동네를 피하여 낯모르는 곳으로 감쪽같이 달아나는 수밖에는 다른 묘책이 없었다.

예식 없는 가약을 그들은 서로 맹세하고, 그날 새벽으로 그 마을을 떠나 '신미도'라는 섬으로 흘러가서 그곳에 안주를 정하였다. 그러나 생소한 곳이므로 직업을 찾을 길이 없었다. 고기를 잡아먹고 사는 섬이라 뱃놀음을 하는 것이 제 길이었으나, 이것은 아다다가 한사코 말렸다. 몇 해 전에 자기네 동네에서도 농토를 잃은 몇몇 사람이 이 섬으로 들어와 첫 배를 타다가 그만 풍랑에 몰살을 당하고 만 일이 있던 것을 잊지 못하는 때문이었다.

그렇지 않은지라 수롱이조차도 배에는 마음이 없었다. 섬으로 왔다고는 하지만 땅을 파서 먹는 것이 조마구(주먹) 빨 때부터 길러 온 습관이요, 손 익은 일이었기 때문에 그저 그 노릇만이 그리웠다.

그리하여 있던 돈으로 어떻게 밭날갈이(며칠 동안 갈 만큼 넓은 밭)나 사서 조 같은 것이나 심어 가지고 겨울의 시탄(땔나무나 숯)과 양식을 대도록 하고 짬짬이 조개나 굴, 낙지, 이런 것들을 캐어서 그날그날을 살아갔으면 그것이 더할 수 없는 행복일 것만 같았다.

그렇지 않아도 삼십 반생에 자기의 소유라고는 손바닥만 한 것조차 없어, 어떻게도 몽매에 그리던 땅이었는지 모른다. 완전한 아내를 사지 아니하고 아다다를 꼬여 온 것도 이 소유욕에서였다. 아내가 얻어진 이제 비록 많지는 않은 땅이나마 가져 보고 싶은 마음도 간절하였거니와, 또는 그만한 소유를 가지는 것이 자기에게 향한 아다다의 마음을 더욱 굳게 하는데도 보다 더한 수단일 것 같았기 때문이다.

그런 데다 본시 뱃놀음판인 섬인데 작년에 놀구지(병충해)가 잘되었다 하여 금년에 와서 더욱 시세를 잃은 땅은 비록 때가 기경시(起耕時, 논밭을 가는 시기)라 하더라도 용이히 살 수까지 있는 형편이었으므로, 그렇게 하리라 일단 마음을 정하니 자기도 땅을 마침내 가져 보누나 하는 생각에 더할 수 없는 행복을 느끼며 아다다에게도 이 계획을 말하였다.

"우리 밭을 한 뙈기 사자. 그래두 농살 허야 사람 사는 것 같디. 내가 던 답(전답)을 살라구 묶어 둔 돈이 있거든."
하고 수롱이는 봐라는 듯이 시렁 위에 얹힌 석유통 궤 속에서 지전 뭉치를 뒤져내더니 손끝에다 침을 발라 가며 펄딱펄딱 뒤어 보인다.

그러나 그 돈을 본 아다다는 어쩐지 갑자기 화기(생기)가 줄어든다. 수롱이는 그것이 이상했다. 돈을 보면 기꺼워할 줄 알았던 아다다가 도리어 화기를 잃은 것이다. 돈이 있다니 많은 줄 알았다가 기대에 틀림으로써인가?

"이거 봐! 그래는 봐두 이게 일천오백 냥이야. 지금 시세에 밭 이천 평은 한참 놀다가두 떡 먹두룩 살 건데."

그래도 아다다는 아무 대답이 없다. 무엇 때문엔지 수심의 빛까지 역연히 얼굴에 떠오른다.

"아니, 밭이 이천 평이문 조를 심는다 하구 잘만 가꿔 봐, 조가 열 섬에 조짚이 백여 목 날 터이야. 그래, 이걸 개지구 겨울 한동안이야 못 살아? 그럭허구 둘이 맞붙어 몇 해만 벌어 봐! 그 적엔 논이 또 나오는 거야. 이건 괜히 생……."

아다다는 말없이 머리를 흔든다.

"아니, 내레 이게, 거즈뿌레기(거짓말)야? 아, 열 섬이 못 나?"

아다다는 그래도 머리를 흔든다.

"아니, 고롬 밭은 싫단 말인가?"

"아다, 시, 싫어."

그리고 힘없이 눈을 내리깐다. 아다다는 수롱이에게 돈이 있다 해도 실로 그렇게 많은 돈이 있는 줄은 몰랐다. 그래서 그 많은 돈으로 밭을 산다는 소리에 지금까지 꿈꾸어 오던 모든 행복이 여지없이도 일시에 깨어지는 것만 같았던 것이다.

돈으로 인해서 그렇게 행복할 수 있던 자기의 신세는 전남편의 마음을 악하게 만듦으로, 그리고 시부모의 눈까지 가리는 것이 되어 필야엔 쫓겨나지 아니치 못하게 되던 일을 생각하면 돈소리만 들어도 마음은 좋지 않던 것인데, 이제 한 푼 없는 알몸인 줄 알았던 수롱이에게도 그렇게 많은 돈이 있어 그것으로 밭을 산다고 기꺼워하는 것을 볼 때, 그 돈의 밑천은 장래 자기에게 행복을 가져다주기보다는 몽둥이를 가져다주는 데 지나지 못하는 것 같았고, 밭에다 조를 심는다는 것은 불행의 씨를 심는다는 것만 같았기 때문이다.

아다다는 그저 섬으로 왔거니 조개나 굴 같은 것을 캐어서 그날그날을 살아가야 할 것만이 수롱의 사랑을 받는 데 더할 수 없는 살림인 줄만 안다. 그래서 이러한 살림이 얼마나 즐거우랴, 혼자 속으로 축복을 하며 수롱을 위하여 일층 벌기에 힘을 써야 할 것을 생각해 오던 것이다.

"고롬 논을 사재나? 밭이 싫으문?"

수롱은 아다다의 의견이 알고 싶어 이렇게 또 물었다. 그러나 아다다는 그냥 힘없는 고개만 주억일 뿐이었다. 논을 산대도 그것은 꼭 같은 불행을 사는 데 있을 것이다. 돈이 있는 이상 어느 것이든지 간에 사기는 반드시 사고야 말 남편의 심사이었음을 머리를 흔들어 댔자 소용이 없을 것이었다. 그리하여 그 근본 불행인 돈을 어찌할 수 없는 이상엔 잠시라도 남편의 마음을 거슬리므로 불쾌하게 할 필요는 없다고 아는 때문이었다.

"흥! 논이 도흔(좋은) 줄은 너두 아누나! 그러나 가난한 놈에겐 밭이 논보다 나앗디, 나아."

하고 수롱이는 기어이 밭을 사기로, 그 달음에 거간을 내세웠다.

그날 밤.

아다다는 자리에 누웠으나 잠이 오지 않았다.

남편은 아무런 근심도 없는 듯이 세상모르고 씩씩 초저녁부터 자내건만, 아다다는 그저 돈 생각을 하면 장차 닥쳐올 불길한 예감에 잠을 이룰 수가 없었다. 이불을 붙안고 밤새도록 쥐어틀며 아무리 생각을 해야 그 돈을 그대로 두고는 수롱의 사랑 밑에서 영원한 행복을 누릴 수 있으리라고는 믿기지 않았다.

짧은 봄밤은 어느덧 새어, 새벽을 알리는 닭의 울음소리가 사방에서 처량히 들려온다.

밤이 벌써 새누나 하니, 아다다의 마음은 더욱 조급하게 탔다. 이 밤으로 그 돈에 대한 처리를 하지 못하는 한, 내일은 기어이 거간이 밭을 흥정하여 가지고 올 것이다. 그러면 그 밭에서 나는 곡식은 해마다 돈을 불켜 줄 것이다. 그때면 남편은 늘어 가는 돈에 따라 차차 눈은 어둡게 되어 점점 정은 멀어만 가게 될 것이다. 그다음에는? 그다음에는 더 생각하기조차 무서웠다.

닭의 울음소리에 따라 날은 자꾸만 밝아 온다. 바라보니 어느덧 창은 희끄스럼하게 비친다. 아다다는 더 누워 있을 수가 없었다. 옆에 누운 남편을 지긋이 팔로 밀어 보았다. 그러나 움쩍하지도 않는다. 그래도 못 믿기는 무엇이 있는 듯이 남편의 코에다 가까이 귀를 가져다 대고 숨소리를 엿들었다. 씨근씨근 아직도 잠은 분명히 깨지 않고 있다.

아다다는 슬그머니 이불 속을 새어 나왔다. 그리고 시렁 위에 석유통을 휩쓸어 그 속에다 손을 넣었다. 그리하여 마침내 지전 뭉치를 더듬어서 손에 쥐고는 조심조심 발자국 소리를 죽여 가며 살그머니 문을 열고 부엌으로 내려갔다. 그리고는 일찍이 아침을 지어 먹고 나무새기(푸성귀)를 뽑으러 간다고 바구니를 끼고 바닷가로 나섰다. 아무도 보지 못하게 깊은 물 속에다 그 돈을 던져 버리자는 것이다.

솟아오르는 아침 햇발을 받아 붉게 물들며 잔뜩 밀린 조수는 거품을 부걱부걱 토하며 바람결조차 철썩철썩 해안에 부딪친다.

아다다는 그 바구니를 내려놓고 허리춤 속에서 지전 뭉치를 쥐어 들었다. 그리고는 몇 겹이나 쌌는지 알 수 없는 헝겊 조각을 둘둘 풀었다. 헤집으니 일 원짜리, 오 원짜리, 십 원짜리 무수한 관 쓴 영감들이 나를 박대해서는 아니 된다는 듯이, 모두를 마주 바라본다. 그러나 아다다는 너 같은 것을 버리는 데는 아무런 미련도 없다는 듯이 넘노는 물결 위에다 휙 내어 뿌렸다. 세찬 바닷바람에 채인 지전은 바람결 좇아 공중으로 올라가 팔랑팔랑 허공에서 재주를 넘어가며 산산이 헤어져 멀리, 그리고 가깝게 하나씩 하나씩 물 위에 떨어져서는 넘노는 물결조차 잠겼다 떴다 솟구막질을 한다.

어서 물속으로 가라앉든지 그렇지 않으면 흘러 내려가든지 했으면 하고 아다다는 멀거니 서서 기다리나 너저분하게 물 위를 덮은 지전 조각들은 차마 주인의 품을 떠나기가 싫은 듯이 잠겨 버렸는가 하면 다시 기웃거리며 솟아올라서는 물 위를 빙글빙글 돈다.

하더니, 썰물이 잡히자부터야 할 수 없는 듯이 슬금슬금 밑이 떨어져 흐르기 시작한다.

아다다는 상쾌하기 그지없었다. 밀려 내려가는 무수한 그 지전 조각들은 자기의 온갖 불행을 모두 거두어 가지고 다시 돌아올 길이 없는 끝없는 한 바다로 내려갈 것을 생각할 때 아다다는 춤이라도 출 듯이 기꺼웠다.

그러나 그 돈이 완전히 눈앞에 보이지 않게 흘러내려 가기까지에는 아직도 몇 분 동안을 요하여야 할 것인데, 뒤에서 허덕거리는 발자국 소리가 들리기에 돌아다보니 뜻밖에도 수롱이가 헐떡이며 달려오는 것이 아닌가.

"야! 야! 아다다야! 너 돈, 돈 안 건새핸(건사했냐)? 돈, 돈 말이야, 돈……?"

청천의 벽력같은 소리였다.

아다다는 어쩔 줄을 모르고 남편이 이까지 이르기 전에 어서어서 물결은 휩쓸려 돈을 모두 거둬 가지고 흘러 버렸으면 하나 물결은 안타깝게도 그닐그닐 한가히 돈을 이끌고 흐를 뿐, 아다다는 그 돈이 어서 자기의 눈앞에서 자취를 감추어 버리는 것을 보기 위하여 그닐거리고 있는 돈 위에 쏘아 박은 눈을 떼지 못하고 쩔쩔매는 사이, 마침내 달려오게 된 수롱이 눈에도 필경 그 돈은 띄고야 말았다.

뜻밖에도 바다 가운데 무수하게 지전 조각이 널려서 앞서거니 뒤서거니 둥둥 떠내려가는 것을 본 수롱이는 아다다에게 그 연유를 물을 필요도 없이 미친 듯이 옷을 훨훨 벗고 첨버덩 물속으로 뛰어들었다.

그러나 헤엄을 칠 줄 모르는 수룡이는 돈이 엉키어 도는 한복판으로 들어갈 수가 없었다. 겨우 가슴패기까지 잠기는 깊이에서 더 들어가지 못하고 흘러 내려가는 돈더미를 안타깝게도 바라보며 허우적허우적 달려갔다. 차츰 물결은 휩쓸려 떠내려가는 속력이 빨라진다. 돈들은 수룡이더러 어디 달려와 보라는 듯이 휙휙 솟구막질을 하며 흐른다. 그러나 물결이 세어질수록 더욱 걸음발은 자유로 놀릴 수가 없게 된다. 더퍽더퍽 물과 싸움이나 하듯 엎어졌다가는 일어서고 일어섰다가는 다시 엎어지며 달려가나 따를 길이 없다. 그대로 덤비다가는 몸조차 물속으로 휩쓸려 들어갈 것 같아 멀거니 서서 바라보니, 벌써 지전 조각들은 가물가물하고 물거품인지 지전인지도 분간할 수 없을 만큼 먼 거리에서 흐르고 있다. 그러나 그것도 한 순간이었다. 눈앞에는 아무것도 보이는 것이 없다. 휙 휙 하고 밀려 내려가는 거품진 물결뿐이다.

수룡이는 마지막으로 돈을 잃고 말았다고 아는 정도의 물결 위에 쏘아진 눈을 돌릴 길이 없이 정신 빠진 사람처럼 그냥그냥 바라보고 섰더니, 쏜살같이 언덕켠으로 달려오자 아무런 말도 없이 벌벌 떨고 서 있는 아다다의 중동을 사정없이 발길로 제겼다.

"흥앗!"

소리가 났다고 아는 순간, 철썩하고 감탕(진흙)이 사방으로 튀자 보니 벌써 아다다는 해안의 감탕판에 등을 지고 쓰러져 있다.

"이 — 이 — 이······."

수룡이는 무슨 말인지를 하려고는 하나 너무도 기에 차서 말이 되지를 않는 듯 입만 너불거리다가 아다다가 움쩍하는 것을 보더니 아직도 살았느냐는 듯이 번개같이 쫓아 내려가 다시 한번 발길로 제겼다.

"푹!"

하는 소리와 같이 아다다는 가풉선(가파른) 언덕을 떨어져 덜덜덜 굴러서 물속에 잠긴다. 한참 만에 보니 아다다는 복판도 한복판으로 밀려가서 솟구어 오르며 두 팔을 물 밖으로 허우적거린다. 그러나 그 깊은 파도 속을 어떻게 헤어나랴! 아다다는 그저 물 위를 둘레둘레 굴며 요동을 칠 뿐, 그러나 그것도 한순간이었다. 어느덧 그 자체는 물속에 사라지고 만다.

주먹을 부르쥔 채 우상같이 서서 굼실거리는 물결만 그저 뚫어져라 쏘아보고 서 있는 수룡이는 그 물속에 영원히 잠들려는 아다다를 못 잊어함인가? 그렇지 않으면 흘러 버린 그 돈이 차마 아까워서인가?

짝을 찾아 도는 갈매기 떼들은 눈물겨운 처참한 인생 비극이 여기에 일어난 줄도 모르고 '끼약끼약' 하며 흥겨운 춤에 훨훨 날아다닌 깃 치는 소리와 같이 해안의 풍경만 돕고 있다.

나의 소원(所願)

- 김구 -

작가 소개

김구 (金九, 1876~1949)

　백범(白凡) 김구(金九) 선생은 1876년 황해도 해주 백운방(白雲坊)에서 극빈한 집안의 외아들로 태어나, 평생을 조국의 독립과 자주 평화통일을 위해 온몸을 바친 겨레의 큰 스승이었다.

　어려서 서당 교육을 받다가 1893년 동학에 입도하여 1894년 팔봉 접주(八峰接主)로 임명된다. 황해도에서 동학농민운동이 일어나자 선봉장이 되어 해주성을 공격하고, 동학농민운동 후 황해도 안태훈(安泰勳)의 집에 머물며 유학자 고능선(高能善)에게 유학을 배우다 만주 지역을 순회 후 의병 활동에 가담한다.

　1896년 일제의 명성황후 시해에 대한 복수를 위해 일본 육군 중위 스치다(土田讓亮)를 처단한 후 체포되어 인천 감리서에 투옥된다. 옥중에서 독서로 개화사상을 배웠으며 탈옥 후 승려가 되었다.

　1899년 환속한 후에 황해도 각지에 학교를 설립하고 신교육 운동에 노력한다. 1905년 을사조약 무효 투쟁을 벌이며 국권회복운동을 전개하였다. 1907년 국권회복운동의 비밀조직이었던 신민회에 가입하여 황해도 총감으로 활동하다 1911년 안악 사건, 105인 사건으로 수감된다. 1915년 출옥한 후 동산평농장의 농감생활을 하며 농민계몽운동을 전개한다.

　1919년 3.1운동이 일어나자 중국 상하이(上海)로 망명하여 대한민국 임시정부에 참여한다. 임시정부 경무국장, 내무총장, 국무령 등을 역임하며 어려운 상황에서도 임시정부를 활성화시키기 위하여 진력한다.

　1931년 한인애국단을 조직하고 1932년 이봉창, 윤봉길의 의거를 일으키게 해 국내외에 큰 영향을 끼친다. 이 사건으로 백범은 일제의 추격을 피해 피신생활을 하면서, 한인 청년들을 중국 군관학교에 입학시켜 군사훈련을 받게 하여 독립전쟁에 대비한다.

　1940년 충칭(重慶)에 정착 후 임시정부 주석으로서 한국광복군을 조직하여 군사 활동을 전개하며 독립운동 세력의 통합을 이루고, 연합국에게 전후 한국의 독립을 보장받고 조국의 독립을 위해 항일운동의 선봉에 선다.

1945년 해방된 조국에 돌아와 모스크바 3국 외상 회의에서 결정된 미국과 소련의 신탁통치를 반대하며, 자주 민족의 통일 독립국가 건설을 주장하고 반탁운동을 전개한다. 1948년 남한만의 단독 선거를 실시한다는 국제연합 소위원회의 결의에 반대한 후, 남북한의 하나 된 통일 정부 수립을 위해 남북협상을 제의하여 평양에서 '남북조선제정당 사회단체대표자 연석회의'를 개최한다.

그 후 백범 김구 선생은 민족통일을 위해 노력하다가 1949년 6월 26일 당시 육군 소위 안두희에게 암살당하여 지금의 효창공원에 안치되었다.

작품 정리

〈나의 소원〉은 조국의 독립을 위해 평생을 몸 바쳐 온 백범 김구 선생의 민족독립운동에 대한 경륜과 소회를 기록하고 선생의 민족 철학에서 우리 민족에게 하고 싶은 말의 요령을 적은 것이다. 나의 소원은 민족국가, 정치이념, 내가 원하는 우리나라 등 세 편의 글로 된 완전 독립의 통일국가 건설을 지향하는 김구 선생의 민족이념의 역사적인 문헌으로 민족통일의 교본이다.

'나의 소원'은 무릇 한 나라가 서서 한 민족이 국민 생활을 하려면 반드시 기초가 되는 철학이 있어야 한다. 이것이 없으면 국민의 사상이 통일되지 않고 더러는 이 나라의 철학에 쏠리고 더러는 저 민족의 철학에 끌리어 사상의 독립과 정신의 독립을 유지하지 못하고 남을 의지하고 저희끼리는 추태를 나타내는 것이다. 오늘날 우리의 현상으로 보면 더러는 로크의 철학을 믿으니 이는 워싱턴을 서울로 옮기는 자들이요, 또 더러는 마르크스 · 레닌 · 스탈린의 철학을 믿으니 이들은 모스크바를 우리의 서울로 삼자는 사람들이다. 워싱턴도 모스크바도 우리의 서울은 될 수 없는 것이요 또 되어서는 안 되는 것이니, 만일 그것을 주장하는 자가 있다고 하면 그것은 예전 동경을 우리 서울이라고 하는 것이다. 우리는 우리의 철학을 찾고 세우고 주장하여야 한다. 이것을 깨닫는 날이 우리 동포가 진실로 독립정신을 가지는 날이요, 참으로 독립하는 것이고 저마다의 민족 철학을 찾아 세우는 데 참고하고 자극으로 삼아 주기를 바라는 바이다.

작품 줄거리

민족국가는 자주독립한 나라로써 사상의 조국이 아닌 혈통의 조국을 뜻한다. 세계를 무력으로 정복하거나 경제력으로 지배하려는 것이 아니다. 오직 사랑의 문화, 평화의 문화로 우리 스스로 잘 살고 인류 전체가 의좋게 즐겁게 살도록 하는 일을 하자는 것이다. 어느 민족도 일찍 그러한 일을 한 이가 없었으니, 그것은 공상이라고 하지 말라. 일찍 아무도 한 자가 없기에 우리가 하자는 것이다. 또 민주주의란 국민의 의사를 알아보는 절차이지 그 내용은 아니다. 나는 어떠한 의미로든지 독재정치를 배격한다. 나는 우리 동포를 향하여 부르짖는다. 결코 독재정치가 아니 되도록 조심하라고. 우리 동포 각 개인이 십 분의 언론 자유를 누려서 국민 전체의 의견대로 되는 정치를 하는 나라를 건설하자고 하는 것이다. 그리고 우리나라가 세계에서 가장 아름다운 나라가 되기를 원한다. 가장 부강한 나라가 되기를 원하는 것은 아니다. 내가 남의 침략에 가슴이 아팠으니 내 나라가 남을 침략하는 것을 원치 않는다. 우리의 부력(富力)은 우리의 생활을 풍족히 할 만하고, 우리의 강력은 남의 침략을 막을 만하면 족하다. 오직 한없이 가지고 싶은 것은 높은 문화의 힘이다. 문화의 힘은 우리 자신을 행복하게 하고 나아가서 남에게 행복을 주기 때문이라고 한다.

핵심 정리

· 갈래 : 연설문
· 시점 : 1인칭 주인공 시점
· 배경 : 1947년 단독 정부 수립 후
· 주제 : 완전한 자주독립과 인류의 행복과 사명
· 출전 : 백범일지

나의 소원(所願)

1. 민족국가

"네 소원이 무엇이냐?"
하고 하나님이 물으시면 나는 서슴지 않고,
"내 소원은 대한 독립이오."
하고 대답할 것이다.
"그다음 소원은 무엇이냐?"
하면 나는 또,
"우리나라의 독립이오."
할 것이요 또,
"그다음 소원이 무엇이냐?"
하는 세 번째 물음에도 나는 더욱 소리를 높여서,
"나의 소원은 우리나라 대한의 완전한 자주독립이오."
하고 대답할 것이다.

동포 여러분! 나 김구의 소원은 이것 하나밖에는 없다. 내 과거의 칠십 평생을 이 소원을 위해 살아왔고, 현재에도 이 소원 때문에 살고 있고, 미래에도 나는 이 소원을 달하려고 살 것이다. 독립이 없는 백성으로 칠십 평생에 설움과 부끄러움과 애탐을 받은 나에게는 세상에 가장 좋은 것이 완전하게 자주독립한 나라의 백성으로 살아 보다가 죽는 일이다.

나는 일찍이 우리 독립 정부의 문지기가 되기를 원했거니와, 그것은 우리나라가 독립국만 되면 나는 그 나라에 가장 미천한 자가 되어도 좋다는 뜻이다. 왜 그런가 하면, 독립한 제 나라의 빈천이 남의 밑에 사는 부귀보다 기쁘고 영광스럽고 희망이 많기 때문이다.

옛날 일본에 갔던 박제상이,

"내 차라리 계림의 개, 돼지가 될지언정 왜왕(倭王)의 신하로 부귀를 누리지 않겠다."
라고 한 것이 그의 진정이었던 것을 나는 안다.

제상은 왜왕이 높은 벼슬과 많은 재물을 준다는 것도 물리치고 달게 죽임을 받았으니 그것은,

"차라리 내 나라의 귀신이 되리라."
라고 함에서였다.

근래에 우리 동포 중에는 우리나라를 어느 이웃 나라의 연방에 편입하기를 소원하는 자가 있다 하니, 나는 그 말을 차마 믿으려 아니하거니와 만일 진실로 그러한 자가 있다 하면 그는 제정신을 잃은 미친놈이라고밖에 볼길이 없다.

나는 공자, 석가, 예수의 도를 배웠고 그들을 성인으로 숭배하거니와, 그들이 합하여 세운 천당, 극락이 있다 하더라도 그것이 우리 민족이 세운 나라가 아닐진대 우리 민족을 그 나라로 끌고 들어가지 아니할 것이다.

왜 그런가 하면, 피와 역사를 같이하는 민족이란 완연히 있는 것이어서 내 몸이 남의 몸이 못됨과 같이 이 민족이 저 민족이 될 수는 없는 것은 마치 형제도 한집에서 살기에 어려움이 있는 것과 같은 것이다. 둘 이상이 합하여서 하나가 되자면 하나는 높고 하나는 낮아서, 하나는 위에 있어서 명령하고 하나는 밑에 있어서 복종하는 것이 근본 문제가 되는 것이다.

이에 대하여 일부 소위 좌익의 무리는 혈통의 조국을 부인하고, 소위 사상의 조국을 운운하며 혈족의 동포를 무시하고, 소위 사상의 동무와 프롤레타리아트의 국제적 계급을 주장하여, 민족주의라면 마치 이미 진리권(眞理圈) 외에 떨어진 생각인 것같이 말하고 있다.

심히 어리석은 생각이다. 철학도 변하고 정치 경제의 학설도 일시적인 것이나 민족의 혈통은 영구적이다.

일찍 어느 민족 안에서나 종교로 혹은 학설로, 혹은 경제적, 정치적 이해의 충돌로 두 파, 세 파로 갈려서 피로써 싸운 일이 없는 민족이 없거니와, 지내어 놓고 보면 그것은 바람과 같이 지나가는 일시적인 것이요, 민족은 필경 바람 간 뒤의 초목 모양으로 뿌리와 가지를 서로 걸고 한 수풀을 이루어 살고 있다.

오늘날 소위 좌우익이란 것도 결국 영원한 혈통의 바다에 일어나는 일시적인 풍파에 불과하다는 것을 잊어서는 아니 된다.

이 모양으로 모든 사상도 가고 신앙도 변한다. 그러나 혈통적인 민족만은 영원히 성쇠 흥망의 공동운명의 인연에 얽힌 한 몸으로 이 땅 위에 남는 것이다.

세계 인류가 네오내오없이 한 집이 되어 사는 것은 좋은 일이요, 인류의 최고요, 최후인 희망이요, 이상이다. 그러나 이것은 멀고 먼 장래에 바랄 것이요 현실의 일은 아니다. 사해동포의 크고 아름다운 목표를 향하여 인류가 향상하고 전진하는 노력을 하는 것은 좋은 일이요 마땅히 할 일이나 이것도 현실을 떠나서는 안 되는 일이니, 현실의 진리는 민족마다 최선의 국가를 이루어 최선의 문화를 낳아 길러서 다른 민족과 서로 바꾸고 서로 돕는 일이다.

이것이 내가 믿고 있는 민주주의요, 이것이 인류의 현 단계에서는 가장 확실한 진리다.

그러므로 우리 민족으로서 하여야 할 최고의 임무는 첫째로 남의 절제도 아니 받고 남에게 의뢰도 아니 하는 완전한 자주독립의 나라를 세우는 일이다. 이것이 없이는 우리 민족의 생활을 보장할 수 없을 뿐더러 우리 민족의 정신력을 자유로 발휘하여 빛나는 문화를 세울 수가 없기 때문이다.

이렇게 완전 자주독립의 나라를 세운 뒤에는, 둘째로 이 지구상의 인류가 진정한 평화와 복락을 누릴 수 있는 사상을 낳아 그것을 먼저 우리나라에 실현하는 것이다.

나는 오늘날 인류의 문화가 불완전함을 안다. 나라마다 안으로는 정치상, 경제상, 사회상으로 불평등, 불합리가 있고, 밖으로 국제적으로는 나라와 나라의, 민족과 민족의 시기, 알력, 침략, 그리고 그 침략에 대한 보복으로 작고 큰 전쟁이 그칠 사이가 없어서, 많은 생명과 재물을 희생하고도 좋은 일이 오는 것이 아니라 인심의 불안과 도덕의 타락은 갈수록 더하니, 이래서는 전쟁이 그칠 날이 없어 인류는 마침내 멸망하고 말 것이다.

그러므로 인류 세계에서는 새로운 생활 원리의 발견과 실천이 필요하게 되었다. 이야말로 우리 민족이 담당한 천직이라고 믿는다.

이러하므로 우리 민족의 독립이란 결코 삼천리 삼천만의 일이 아니라 진실로 세계 전체의 운명에 관한 일이요, 그러므로 우리나라의 독립을 위하여 일하는 것이 곧 인류를 위하여 일하는 것이다.

만일 우리의 오늘날 형편이 초라한 것을 보고 자굴지심을 발하여 우리가 세우는 나라가 그처럼 위대한 일을 할 것을 의심한다면 그것은 스스로 모욕하는 일이다.

우리 민족의 지나간 역사가 빛나지 아니함이 아니나 그것은 아직 서곡이었다. 우리가 주연배우로 세계 역사의 무대에 나서는 것은 오늘 이후다. 삼천만의 우리 민족이 옛날의 그리스 민족이나 로마 민족이 한 일을 못 한다고 생각할 수 있겠는가.

내가 원하는 우리 민족의 사업은 결코 세계를 무력으로 정복하거나 경제력으로 지배하려는 것이 아니다. 오직 사랑의 문화, 평화의 문화로 우리 스스로 잘 살고 인류 전체가 의좋게 즐겁게 살도록 하는 일을 하자는 것이다.

어느 민족도 일찍 그러한 일을 한 이가 없었으니, 그것은 공상이라고 하지 말라. 일찍 아무도 한 자가 없기에 우리가 하자는 것이다.

이 큰일은 하늘이 우리를 위하여 남겨놓으신 것임을 깨달을 때 우리 민족은 비로소 제 길을 찾고 제 일을 알아본 것이다. 나는 우리나라의 청년 남녀가 모두 과거의 조그맣고 좁다란 생각을 버리고, 우리 민족의 큰 사명에 눈을 떠서 제 마음을 닦고 제힘을 기르기로 낙을 삼기를 바란다.

젊은 사람들이 모두 이 정신을 가지고 이 방향으로 힘을 쓸진대 삼십 년이 못 하여 우리 민족은 괄목상대하게 될 것을 나는 확신하는 바이다.

2. 정치 이념

나의 정치 이념은 한마디로 표시하면 자유(自由)다. 우리가 세우는 나라는 자유의 나라라야 한다.

자유란 무엇인가? 절대로 각 개인이 제멋대로 사는 것을 자유라 하면 이것은 나라가 생기기 전이나 저 레닌의 말 모양으로 나라가 소멸된 뒤에나 있는 일이다.

국가 생활을 하는 인류에게는 이러한 무조건의 자유는 없다. 왜 그런가 하면, 국가란 일종의 규범의 속박이기 때문이다. 국가 생활을 하는 우리를 속박하는 것은 법이다. 개인의 생활이 국법에 속박되는 것은 자유 있는 나라나 자유 없는 나라나 마찬가지다.

자유와 자유 아님이 갈리는 것은 개인의 자유를 속박하는 법이 어디서 오느냐 하는 데 달렸다. 자유 있는 나라의 법은 국민의 자유로운 의사에서 오고, 자유 없는 나라의 법은 국민 중의 어떤 일개인 또는 일계급에서 온다.

일개인에서 오는 것을 전제 또는 독재라 하고, 일계급에서 오는 것을 계급독재라 하고 통칭 파쇼라고 한다.

나는 우리나라가 독재의 나라가 되기를 원치 아니한다. 독재의 나라에서는 정권에 참여하는 계급 하나를 제외하고는 다른 국민은 노예가 되고 마는 것이다.

독재 중에서 가장 무서운 독재는 어떤 주의, 즉 철학을 기초로 하는 계급독재다. 군주나 기타 개인 독재자의 독재는 그 개인만 제거되면 그만이거니와, 다수의 개인으로 조직된 한 계급이 독재의 주체일 때에는 이것을 제하기는 심히 어려운 것이니, 이러한 독재는 그보다도 큰 조직의 힘이나 국제적 압력이 아니고는 깨뜨리기 어려운 것이다.

우리나라의 양반 정치도 일종의 계급독재이거니와 이것은 수백 년 계속하였다. 이탈리아의 파시스트, 독일의 나치스의 일은 누구나 다 아는 일이다.

그러나 모든 계급독재 중에도 가장 무서운 것은 철학을 기초로 한 계급독재이다.

수백 년 동안 이조 조선에 행하여 온 계급독재는 유교, 그중에도 주자학파의 철학을 기초로 한 것이어서, 다만 정치에 있어서만 독재가 아니라 사상, 학문, 사회생활, 가정생활, 개인 생활까지도 규정하는 독재였다.

이 독재정치 밑에서 우리 민족의 문화는 소멸하고 원기는 마멸된 것이다. 주자학 이외의 학문은 발달하지 못하니 이 영향은 예술, 경제, 산업에까지 미치었다.

우리나라가 망하고 민력이 쇠잔하게 된 가장 큰 원인이 실로 여기 있었다. 왜 그런가 하면, 국민의 머릿속에 아무리 좋은 사상과 경륜이 생기더라도 그가 집권계급의 사람이 아닌 이상, 또 그것이 사문난적(斯文亂賊)이라는 범주밖에 나지 않는 이상 세상에 발표되지 못하기 때문이었다.

이 때문에 싹이 트려다가 눌려 죽은 새 사상, 싹도 트지 못하고 밟혀버린 경륜이 얼마나 많았을까. 언론의 자유가 얼마나 중요한 것임을 통감하지 아니할 수 없다. 오직 언론의 자유가 있는 나라에만 진보가 있는 것이다.

지금 공산당이 주장하는 소련식 민주주의란 것은 이러한 독재정치 중에도 가장 철저한 것이어서, 독재정치의 모든 특징을 극단으로 발휘하고 있다. 즉 헤겔에게서 받은 변증법, 포이에르바하의 유물론 이 두 가지와 애덤 스미스의 노동가치론을 가미한 마르크스의 학설을 최후의 것으로 믿어, 공산당과 소련의 법률과 군대와 경찰의 힘을 한데 모아서 마르크스의 학설에 일점일획이라도 반대는 고사하고 비판하는 것도 엄금하여 이에 위반하는 자는 죽음의 숙청으로써 대하니, 이는 옛날 조선의 사문난적에 대한 것 이상이다.

만일 이러한 정치가 세계에 퍼진다면 전 인류의 사상은 마르크스주의 하나로 통일될 법도 하거니와, 설사 그렇게 통일이 된다고 하더라도 그것이 불행히 잘못된 이론일진대 그런 큰 인류의 불행은 없을 것이다.

그런데 마르크스 학설의 기초인 헤겔의 변증법 이론이란 것이 이미 여러 학자의 비판으로 말미암아 전면적 진리가 아닌 것이 알려지지 아니하였는가.

자연계의 변천이 변증법에 의하지 아니함은 뉴턴, 아인슈타인 등 모든 과학자들의 학설을 보아서 분명하다.

그러므로 어느 한 학설을 표준으로 하여서 국민의 사상을 속박하는 것은 어느 한 종교를 국교로 정하여서 국민의 신앙을 강제하는 것과 마찬가지로 옳지 아니한 일이다.

산에 한 가지 나무만 나지 아니하고 들에 한 가지 꽃만 피지 아니한다. 여러 가지 나무가 어울려서 위대한 삼림의 아름다움을 이루고 백 가지 꽃이 섞여 피어서 봄들의 풍성한 경치를 이루는 것이다.

우리가 세우는 나라에는 유교도 성하고 불교도 예수교도 자유로 발달하고, 또 철학을 보더라도 인류의 위대한 사상이 다 들어와서 꽃이 피고 열매를 맺게 할 것이니, 이러고야만 비로소 자유의 나라라 할 것이요 이러한 자유의 나라에서만 인류의 가장 크고 가장 높은 문화가 발생할 것이다.

나는 노자(老子)의 무위(無爲)를 그대로 믿는 자는 아니거니와 정치에 있어서 너무 인공을 가하는 것을 옳지 않게 생각하는 자이다. 대개 사람이란 전지전능할 수가 없고 학설이란 완전무결할 수 없는 것이므로 한 사람의 생각, 한 학설의 원리로 국민을 통제하는 것은 일시 속한 진보를 보이는 듯하더라도 필경은 병통이 생겨서 그야말로 변증법적인 폭력의 혁명을 부르게 되는 것이다.

모든 생물에는 다 환경에 순응하여 저를 보존하는 본능이 있으므로, 가장 좋은 길은 가만히 두는 길이다. 작은 꾀로 자주 건드리면 이익보다도 해가 많다. 개인 생활에 너무 잘게 간섭하는 것은 결코 좋은 정치가 아니다.

국민은 군대의 병정도 아니요 감옥의 죄수도 아니다. 한 사람 또 몇 사람의 호령으로 끌고 가는 것이 극히 부자연하고 또 위태한 일인 것은 파시스트 이탈리아와 나치스 독일이 불행하게도 가장 잘 증명하고 있지 아니한가.

미국은 이러한 독재국에 비겨서는 심히 통일이 무력한 것 같고 일의 진행이 느린 듯하여도 그 결과로 보건대 가장 큰 힘을 발하고 있으니, 이것은 그 나라의 민주주의 정치의 효과이다.

무슨 일을 의논할 때 처음에는 백성들이 저마다 제 의견을 발표하여서 헌헌효효하여 귀일할 바를 모르는 것 같지만, 갑론을박으로 서로 토론하는 동안에 의견이 차차 정리되어서 마침내 두어 큰 진영으로 포섭되었다가, 다시 다수결의 방법으로 한 결론에 달하여 국회의 결의가 되고 원수의 결재를 얻어 법률이 이루어지면, 이에 국민의 의사가 결정되어 요지부동하게 되는 것이다.

이 모양으로 민주주의란 국민의 의사를 알아보는 한 절차 또는 방식이요, 그 내용은 아니다. 즉 언론의 자유, 투표의 자유, 다수결에 복종, 이 세 가지가 곧 민주주의이다.

국론(國論), 즉 국민의 의사의 내용은 그때그때 국민의 언론전으로 결정되는 것이어서, 어느 개인이나 당파의 특정한 철학적 이론에 좌우되는 것이 아님이 미국식 민주주의의 특색이다.

다시 말하면 언론, 투표, 다수결 복종이라는 절차만 밟으면 어떠한 철학에 기초한 법률이나 정책도 만들 수 있으니, 이것을 제한하는 것은 오직 그 헌법의 조문(條文)뿐이다.

그런데 헌법도 결코 독재국의 그것과 같이 신성불가침의 것이 아니라 민주주의의 절차로 개정할 수가 있는 것이니 이러므로 민주, 즉 백성이 나라의 주권자라 하는 것이다.

이러한 나라에서 국론을 움직이려면 그중에서 어떤 개인이나 당파를 움직여서 되지 아니하고 그 나라 국민의 의견을 움직여서 된다. 백성들의 작은 의견은 이해관계로 결정되거니와, 큰 의견은 그 국민성과 신앙과 철학으로 결정된다. 여기서 문화와 교육의 중요성이 생긴다.

국민성은 보존하는 것이나 수정하고 향상하는 것이 문화와 교육의 힘이요, 산업의 방향도 문화와 교육으로 결정됨이 큰 까닭이다.

교육이란 결코 생활의 기술을 가르치는 것만을 의미하는 것이 아니다. 교육의 기초가 되는 것은 우주와 인생과 정치에 대한 철학이다. 어떠한 철학의 기초 위에 어떠한 생활의 기술을 가르치는 것이 곧 국민교육이다.

그러므로 좋은 민주주의의 정치는 좋은 교육에서 시작될 것이다. 건전한 철학의 기초 위에 서지 아니한 지식과 기술의 교육은 그 개인과 그를 포함한 국가에 해가 된다. 인류 전체를 보아도 그러하다.

이상에 말한 것으로 내 정치이념이 대강 짐작될 것이다. 나는 어떠한 의미로든지 독재정치를 배격한다. 나는 우리 동포를 향하여 부르짖는다. 결코 독재정치가 아니 되도록 조심하라고. 우리 동포 각 개인이 십 분의 언론 자유를 누려서 국민 전체의 의견대로 되는 정치를 하는 나라를 건설하자고.

일부 당파나 어떤 한 계급의 철학으로 다른 다수를 강제함이 없고, 또 현재의 우리들의 이론으로 우리 자손의 사상과 신앙의 자유를 속박 하지 않은 나라, 천지와 같이 넓고 자유로운 나라, 그러면서도 사랑의 덕과 법의 질서가 우주 자연의 법칙과 같이 준수되는 나라가 되도록 우리나라를 건설하자고.

그렇다고 나는 미국의 민주주의 제도를 그대로 직역하자는 것은 아니다. 다만 소련의 독재적인 민주주의에 대하여 미국의 언론 자유적인 민주주의를 비교하여 그 가치를 판단하였을 뿐이다. 둘 중에서 하나를 택한다면 사상과 언론의 자유를 기초로 한 자를 취한다는 말이다.

나는 미국의 민주주의 정치제도가 반드시 최종적으로 완성된 것이라고는 생각지 아니한다. 인생의 어느 부분이나 다 그러함과 같이 정치형태에서도 무한한 창조적 진화가 있을 것이다. 더구나 우리나라와 같이 반만년

이래로 여러 가지 국가형태를 경험한 나라에는 결점도 많으려니와 교묘하게 발달한 정치제도도 없지 아니할 것이다.

가까이 조선시대로 보더라도 홍문관(弘文館), 사간원(司諫院), 사헌부(司憲府) 같은 것은 국민 중에 현인(賢人)의 의사를 국정에 반영하는 제도로 멋있는 제도요, 과거제도와 암행어사 같은 것도 연구할 만한 제도다. 역대의 정치제도를 상고하면 반드시 쓸 만한 것도 많으리라고 믿는다.

이렇게 남의 나라의 좋은 것을 취하고 내 나라의 좋은 것을 골라서 우리나라 독특한 좋은 제도를 만드는 것도 세계의 문운(文運)에 보태는 일이다.

3. 내가 원하는 우리나라

나는 우리나라가 세계에서 가장 아름다운 나라가 되기를 원한다. 가장 부강한 나라가 되기를 원하는 것은 아니다. 내가 남의 침략에 가슴이 아팠으니 내 나라가 남을 침략하는 것을 원치 아니한다.

우리의 부력(富力)은 우리의 생활을 풍족히 할 만하고, 우리의 강력은 남의 침략을 막을 만하면 족하다. 오직 한없이 가지고 싶은 것은 높은 문화의 힘이다. 문화의 힘은 우리 자신을 행복하게 하고 나아가서 남에게 행복을 주기 때문이다.

지금 인류에게 부족한 것은 무력도 아니요 경제력도 아니다. 자연과학의 힘은 아무리 많아도 좋으나 인류 전체로 보면 현재의 자연과학만 가지고도 편안히 살아가기에 넉넉하다.

인류가 현재에 불행한 근본 이유는 인의(仁義)가 부족하고, 자비가 부족하고, 사랑이 부족하기 때문이다. 이 마음만 발달하면 현재의 물질력으로 이십억이 다 편안히 살아갈 수 있을 것이다.

인류의 이 정신을 배양하는 것은 오직 문화이다. 나는 우리나라가 남의 것을 모방하는 나라가 되지 말고 이러한 높고 새로운 문화의 근원이 되고, 목표가 되고, 모범이 되기를 원한다.

그래서 진정한 세계의 평화가 우리나라에서, 우리나라로 말미암아서 세계에 실현되기를 원한다. 홍익인간(弘益人間)이라는 우리 국조(國祖) 단군의 이상이 이것이라고 믿는다.

또 우리 민족의 재주와 정신과 과거의 단련이 이 사명을 달하기에 넉넉하고, 국토의 위치와 기타의 지리적 조건이 그러하며, 또 1차 · 2차 세계대전을 치른 인류의 요구가 그러하며, 이러한 시대에 새로 나라를 고쳐 세우는 우리의 서 있는 시기가 그러하다고 믿는다. 우리 민족이 주연배우로 세계의 무대에 등장할 날이 눈앞에 보이지 아니하는가.

이 일을 하기 위하여 우리가 할 일은 사상의 자유를 확보하는 정치양식의 건립과 국민교육의 완비다. 내가 위에서 자유의 나라를 강조하고 교육의 중요성을 말한 것이 이 때문이다.

최고 문화 건설의 사명을 달할 민족은 일언이폐지하면, 모두 성인을 만드는 데 있다. 대한 사람이라면 간 데마다 신용을 받고 대접받아야 한다.

우리의 적이 우리를 누르고 있을 때는 미워하고 분해하는 살벌, 투쟁의 정신을 길렀었거니와, 적은 이미 물러갔으니 우리는 증오의 투쟁을 버리고 화합의 건설을 일삼을 때다. 집안이 불화하면 망하고, 나라 안이 갈려서 싸우면 망한다.

동포 간의 증오와 투쟁은 망조(亡兆)다. 우리의 용모에서는 화기가 빛나야 한다. 우리 국토 안에는 언제나 춘풍이 태탕하여야 한다. 이것은 우리 국민 각자가 한번 마음을 고쳐먹음으로써 되고, 그러한 정신의 교육으로 영속될 것이다.

최고 문화로 인류의 모범이 되기로 사명을 삼는 우리 민족의 각원은 이기적 개인주의자여서는 안 된다. 우리는 개인의 자유를 극도로 주장하되 그것은 저 짐승들과 같이 저마다 제 배를 채우기에 쓰는 자유가 아니요, 제 가족을, 제 이웃을, 제 국민을 잘살게 하기에 쓰이는 자유다. 공원의 꽃을 꺾는 자유가 아니라 공원에 꽃을 심는 자유다.

우리는 남의 것을 빼앗거나 남의 덕을 입으려는 사람이 아니라 가족에게, 이웃에게, 동포에게 주는 것으로 낙을 삼는 사람이다. 우리말에 이른바 선비요 점잖은 사람이다.

그러므로 우리는 게으르지 아니하고 부지런하다. 사랑하는 처자를 가진 가장은 부지런할 수밖에 없다. 한없이 주기 위함이다.

힘든 일은 내가 앞서 하니 사랑하는 동포를 아낌이요, 즐거운 것은 남에게 권하니 사랑하는 자를 위하기 때문이다. 우리 조상네가 좋아하던 인후

(仁厚)의 덕(德)이란 것이다.

이러함으로써 우리나라의 산에는 삼림이 무성하고 들에는 오곡백과가 풍성하며, 촌락과 도시는 깨끗하고 풍성하고 화평한 것이다.

그리하여 우리 동포, 즉 대한 사람은 남자나 여자나 얼굴에는 항상 화기가 있고 몸에서는 덕의 향기를 발할 것이다. 이러한 나라는 불행하게 하여도 불행할 수 없고 망하려 하여도 망할 수 없는 것이다.

민족의 행복은 결코 계급투쟁에서 오는 것도 아니요, 개인의 행복이 이기심에서 오는 것도 아니다. 계급투쟁은 끝없는 계급투쟁을 낳아서 국토의 피가 마를 날이 없고, 내가 이기심으로 남을 해치면 천하가 이기심으로 나를 해할 것이니, 이것은 조금 얻고 많이 빼앗기는 법이다.

일본의 이번 당한 보복은 국제적, 민족적으로도 그러함을 증명하는 가장 좋은 실례다.

이상에 말한 것은 내가 바라는 새 나라의 용모의 일단을 그린 것이거니와, 동포 여러분! 이러한 나라가 될진대 얼마나 좋겠는가. 우리네 자손을 이러한 나라에 남기고 가면 얼마나 만족하겠는가.

옛날 한토(漢土)의 기자(箕子)가 우리나라를 사모하여 왔고, 공자께서도 우리 민족이 사는 데 오고 싶다고 하셨으며 우리 민족을 인(仁)을 좋아하는 민족이라 하였으니, 옛날에도 그러하였거니와 앞으로는 세계 인류가 모두 우리 민족의 문화를 이렇게 사모하도록 하지 아니하려는가.

나는 우리의 힘으로, 특히 교육의 힘으로 반드시 이 일이 이루어질 것을 믿는다. 우리나라의 젊은 남녀가 다 이 마음을 가질진대 아니 이루어지고 어찌하랴!

나도 일찍 황해도에서 교육에 종사하였거니와 내가 교육에서 바라던 것이 이것이었다. 내 나이 이제 칠십이 넘었으니 직접 국민 교육에 종사할 시일이 넉넉지 못하거니와, 나는 천하의 교육자와 남녀 학도들이 한번 크게 마음을 고쳐먹기를 빌지 아니할 수 없다.

1947년
새문 밖에서

仁, 信 두 아들에게 주는 글

　너희는 아직 나이 어리고 또한 나와 반만 리나 되는 먼 곳에 떨어져 살아 좀처럼 얘기해 줄 수도 없구나. 하지만 그간 내가 겪은 일들을 간략하게 적어 동지들에게 맡겨두었다. 장차 너희들이 장성하여 아비의 겪은 일들을 알고 싶을 때가 되거든 보여주기 위해서이다. 그러나 내가 가장 한스럽게 생각하는 것은 너희 형제가 장성했더라면 부자간에 서로 따뜻한 사랑의 대화를 나눌 수 있고 그래서 만족할 수도 있으련만, 세상일이 뜻대로 되지 않는다는 점이구나.

　내 나이는 벌써 쉰셋인데도 너희들은 이제 겨우 열 살, 일곱 살의 어린아이들이니 너희 나이와 지식이 점점 불어갈수록 나의 정신과 기력은 쇠퇴할 뿐이겠구나. 게다가 나는 이미 왜놈 원수들에게 선전포고를 해놓고 지금 사선(死線)에 서 있는 몸이 아니냐. 그렇기 때문에 지금 이 글을 써 두려는 것이다. 지금 이것을 기록하는 것은 결코 너희 형제가 나를 본받으라는 것은 아니다. 내가 진심으로 바라는 것은 너희도 또한 대한민국의 국민인 만큼, 동서고금의 많은 위인 가운데 가장 존경할 만한 인물을 선택하여 가르침을 받는 것일 뿐이다.

그러나 너희들이 장차 크더라도 아비의 일생 경력을 몰라서는 안 되기에 이를 간략하게나마 적는 것이다. 다만 한 가지 유감스러운 것은 벌써 오래된 일들이라 잊어버린 것이 많다는 점이다. 그러나 일부러 지어낸 것은 없는 만큼 믿어주길 바란다.

대한민국 11년(1929) 5월 3일

중국 상해에서 아버지가

마지막 잎새

- 오 헨리 -

작가 소개

오 헨리(O. Henry 1862~1910) 미국 소설가.

본명은 윌리엄 시드니 포터(William Sydney Porter). 오 헨리라는 필명은 1886년부터 쓰기 시작했다고 한다.

그는 1862년 노스캐롤라이나주 그린즈버러에서 포터 부부의 셋째 아들로 태어났다. 어머니 메리는 서른 살의 젊은 나이에 헨리가 세 살일 때 폐병으로 세상을 떠났다.

어머니의 사후, 아버지가 가정을 돌보지 않아 집안 형편이 극도로 나빠지자 온 가족이 숙부의 집에서 더부살이를 하였으며 숙모 에바 라이너가 자신의 집에 차린 사숙에서 전형적인 초등교육을 받았고 숙부 클라크가 경영하는 약국에서 일하면서 전기나 소설, 수필 등을 탐독하여 훗날 작가로서의 자질을 키웠다.

1887년 25세에 17세의 소녀 에이솔 에스티즈 로치와 결혼했다, 1891년 오스틴 은행에 근무하는 한편, 그 무렵부터 문필생활을 하면서 주간신문 〈롤링스톤〉을 발간하였으나 적자만 내다가 1895년에 폐간되었다. 1896년 전에 근무하였던 은행에서 공금횡령 혐의로 고발당하자 그는 온두라스로 도주한다. 당시의 은행 장부가 매우 엉성하여 감사 때 장부의 숫자가 맞지 않자 출납계원이었던 헨리에게 덮어씌웠다는 얘기도 있고, 공금을 신문 발행의 적자를 메우는 데 썼다는 말도 있다. 방랑하던 중에 아내가 위독하다는 소식을 듣고, 1898년 귀국해 자수를 하여 5년 형을 선고받았다. 교도소 복역 중 그곳 체험을 소재로 단편소설을 쓰기 시작했다. 오 헨리라는 필명으로 1899년 〈마그레아즈〉지에 첫 작품을 게재하였다. 이로 인해 모범수로 형기가 단축되어 1901년 출옥한 뒤 곧 뉴욕으로 가서 작가 생활을 시작, 1903년 〈뉴욕월드〉지에 단편을 기고하면서 인기를 모았다. 중앙아메리카에서의 견문을 바탕으로 한 《양배추와 임금님》, 뉴욕 서민생활의 애환을 그린 《4백만》 등 다수의 작품집을 발표한다. 줄거리 전개의 교묘함과 의외의 결말로 끝나는 특유의 작품세계를 보여준다. 1910년 6월 5일, 과로와 간경화, 당뇨병 등으로 뉴욕 종합병원에서 사망했다.

　　마지막 잎새는 오 헨리가 1905년에 발표한 단편으로 병을 앓고 있는 존시와 그녀의 친구 수, 그리고 베어먼 할아버지의 따뜻한 인간애를 보여 준다. 병에 걸려 죽음만 기다리는 젊은 여자를 위해 비바람이 몰아치는 밤에 담쟁이 잎을 벽에 그리고 그날 밤의 과로로 병이 들어 죽는 무명 화가를 통해 삶의 가치를 회복하는 모습과, 가난한 예술가의 애환을 보여주는 오 헨리의 대표적인 작품으로 죽음을 두려워하지 않고 사랑을 실천한 한 예술가의 숭고한 예술혼이 빛을 발하며 또한 어떠한 시련이 닥치더라도 굳센 의지만 있다면 충분히 이겨낼 수 있다는 것을 작가는 이 작품을 통해 암시하고 있다.

작품 줄거리

　　수와 존시는 3층 벽돌집 꼭대기에 공동 화실을 갖고 함께 살아가는 가난한 화가 지망생들이다. 11월에 들어서면서 폐렴으로 앓고 있는 존시는 살려는 의지를 보이지 않은 채 창밖의 잎만 세고 있었다. 의사는 그녀가 생의 의욕이 없으므로 나을 가망성이 없다고 한다. 삶에 대해 소극적이고 회의적이던 존시는 건너편 집 벽에 붙은 담쟁이 잎의 수와 자기 생명을 결부시켜, 담쟁이 잎들이 다 떨어지면 자신도 죽을 거라는 말을 한다. 담쟁이 잎이 하나만 남게 되자 친구 수는 불안해진다. 지하층에서는 40년 동안 그림을 그렸지만 아직 걸작을 그려보지 못한 베어만이라는 노화가가 살고 있었다. 어느 비바람이 몰아치던 밤, 존시는 마지막 한 잎 남은 담쟁이 잎이 떨어졌을 것이라며 체념한다. 하지만 다음 날 아침 존시가 창문을 열어보니 밤새도록 세찬 비와 사나운 바람에도 불구하고 담벽에 담쟁이 잎새 하나가 그대로 붙어 있는 것을 보고 삶의 의욕을 되찾는다. 노화가가 존시를 살리기 위해 비바람 몰아치는 밤중에 담쟁이 잎을 담벽에다 그려 놓은 것이다. 그는 급성폐렴에 걸려 숨을 거두고 마는데 그의 구두와 옷이 축축이 젖어 있고 사다리 옆에 붓 몇 자루와 물감을 탄 팔레트가 있었다.

핵심 정리

· 갈래 : 단편 소설
· 시점 : 3인칭 전지적 작가 시점
· 배경 : 미국 뉴욕 그리니치 빌리지
· 주제 : 이웃을 위한 따뜻한 마음과 희생정신

마지막 잎새

워싱턴 스퀘어 서쪽에 있는 작은 구역은 여러 갈래의 길이 복잡하게 얽혀서 '플레이스'라는 골목길로 나뉘어 있었습니다. 이 '플레이스'는 구불구불한 곡선으로 되어 있어 어떤 길은 본래의 길과 교차하기도 하였습니다.

그것을 보고 어떤 화가가 기발한 생각을 해냈습니다. 그림물감과 종이, 캔버스값 따위를 받으러 온 수금원이 이 골목으로 들어왔다가 한 푼도 받지 못한 채 오던 길로 되돌아가야 한다면 어떻게 될까?

이 고풍스럽고 색다른 그리니치빌리지에 화가들이 하나둘씩 모여들어 십팔 세기풍의 셋방과 네덜란드식 다락방을 찾아다니기 시작했습니다. 그들은 6번가에서 백랍제 컵과 탁상용 난로를 사 들고 들어오기 시작했고 마침내 이곳에 '예술가 마을'이 생기게 되었습니다.

수와 존시의 아틀리에는 벽돌로 지은 나지막한 3층 건물 꼭대기에 있었습니다. '존시'란 조엔너의 애칭이었습니다. 수는 메인주에서 태어났고 존시는 캘리포니아주에서 태어났습니다. 두 사람은 8번가의 식당 '델모니코'에 식사를 하러 갔다가 알게 되어 예술이나 꽃상추 샐러드를 좋아하는 것, 혹은 옷차림이나 취미가 비슷한 것을 알게 되어 아틀리에를 함께 쓰기로 했습니다. 그것이 지난 5월의 일이었습니다.

찬 바람이 불기 시작하는 십일월이 되자 '폐렴'이라는 무서운 침입자가 이 예술가 마을을 돌아다니면서 사람들을 괴롭히기 시작했습니다. 지구 반대쪽에서도 이 무법자가 활개를 치고 다니며 닥치는 대로 수십 명의 목숨을 앗아갔다고 합니다. 하지만 이 비좁고 낡은 '플레이스'의 미로에서는 그의 발걸음 역시 빠르지 못했습니다.

폐렴은 기사도 정신을 가진 신사라고 할 만한 놈이 아니었습니다. 캘리포니아의 미풍 속에 살아왔던 작고 여린 아가씨들은 피투성이가 된 손과 거친 숨결만 노리는 이 늙은 악한이 공격할 만한 사냥감이 아니었습니다. 그럼에도 불구하고 존시는 불행하게도 폐렴에 걸리고 말았습니다. 그녀는 꼼짝없이 쇠침대 위에 누워 네덜란드풍으로 장식된 작은 창문 너머로 이웃 벽돌집의 황량한 벽만을 바라보는 신세가 되고 말았습니다.

그러던 어느 날 아침, 짙은 회색 눈썹을 가진 의사가 수를 복도로 불러냈습니다.

"저 아가씨가 회복될 가능성은……. 글쎄, 아마 열에 하나라고 할 수 있을까요."

그는 체온계를 흔들며 암울한 목소리로 말했습니다.

"그 가능성도 환자의 살려는 의지가 어느 정도냐에 달려 있어요. 저렇게 제 발로 장의사에게 가려고만 한다면 약도 아무 소용이 없습니다. 내가 보기에 저 아가씨는 병이 낫지 않을 거라고 생각하는 것 같아요. 무슨 걱정거리라도 있는 건가요?"

"저 애는 늘 나폴리를 그리고 싶어 했어요."

수가 작은 목소리로 대답했습니다.

"그림을 그린다고요? 어리석군요! 그보다 더 심각한 무슨 걱정거리가 있는 게 아닐까요? 이를테면 남자 문제라든가."

"남자라고요?"

수는 어이가 없다는 듯 큰 소리로 말했습니다.

"남자한테 그럴 가치가……. 아닙니다, 선생님. 그런 사람은 없습니다."

"그렇겠지요. 그럼 그게 바로 약점이로군요."

의사는 계속 말을 이었습니다.

"그러면 내 최선을 다해 의술로 할 수 있는 일을 해보겠습니다. 하지만 환자가 자기 장례식 행렬에 따르는 자동차 수를 상상하기 시작하면 약효는 반으로 줄어드는 법입니다. 만일 저 환자가 친구에게 이번 겨울에 유행할 외투가 어떤 것이냐고 물을 정도가 된다면 가능성은 열에 하나가 아니라 다섯에 하나가 된다고 확신할 수 있습니다."

의사가 돌아가자 수는 작업실로 돌아가서 휴지가 흠뻑 젖도록 울었습니다. 그리고 나서 언제 그랬냐는 듯이 화판을 들고 기분 좋은 표정으로 휘파람을 불면서 존시의 방으로 들어갔습니다.

존시는 침대에 누운 채 꼼짝도 하지 않고 창문 쪽을 바라보고 있었습니다. 수는 그녀가 잠이 든 줄 알고 휘파람을 그쳤습니다. 그리고 화판을 얹어놓고 잡지의 삽화로 쓸 펜화를 그리기 시작했습니다. 젊은 작가가 잡지에 소설을 쓰면서 경력을 쌓듯 젊은 화가 역시 예술의 길을 닦기 위해 잡지의 삽화를 그려야 했던 것입니다.

수는 마술 쇼를 할 때 입는 멋진 승마 바지에 외눈 안경을 쓴 주인공 카우보이를 그리고 있었습니다. 그때 문득 낮은 목소리가 몇 번 반복되는 것을 들었습니다.

수는 급히 존시 곁으로 다가갔습니다. 존시는 눈을 크게 뜨고 창밖을 내다보며 숫자를 거꾸로 세고 있었습니다.

"열둘."

그러고 나서 조금 있다가 '열하나', 그러고는 '열', '아홉', 그리고 거의 동시에 '여덟', '일곱'.

수는 걱정스러운 눈으로 창밖을 내다보았습니다. 무엇을 세고 있는 것일까. 창밖에 펼쳐진 풍경은 쓸쓸한 마당과 높이가 이십 피트쯤 되는 벽돌집의 황량한 벽뿐이었습니다. 그리고 그 벽에는 울퉁불퉁한 뿌리를 가진 오래된 담쟁이덩굴 한 그루가 중간쯤까지 기어 올라와 있었습니다. 덩굴의 잎사귀는 싸늘한 가을바람에 떨어져 나가고 앙상한 가지만이 차가운 벽에 달라붙어 있었습니다.

"존시, 무얼 보고 있는 거니?"

수가 존시의 손을 잡으며 물었습니다.

"여섯."

존시는 속삭이듯이 말했습니다.

"떨어지는 게 점점 빨라져. 사흘 전엔 백 개쯤 남아 있었지. 세느라고 머리가 아플 정도였어. 하지만 이젠 간단해. 어머, 또 하나가 떨어졌네. 이제 다섯이 남아 있을 뿐이야."

"다섯이라고? 그게 뭐야? 나한테도 가르쳐줘."

"담쟁이덩굴에 남아 있는 잎사귀 말이야. 마지막 한 잎이 떨어지면 나도 떠나게 될 거야. 사흘 전부터 그 사실을 알고 있었어. 선생님도 그렇게 말씀하셨지?"

"아니야, 그런 바보 같은 소리는 들어보지도 못했어."

수는 호들갑스럽게 웃으며 말했습니다.

"담쟁이덩굴의 마른 잎사귀하고 네가 낫는 것하고 무슨 상관이 있니. 전엔 저 담쟁이덩굴이 마음에 든다고 했잖아. 넌 참 못됐구나. 너무 바보 같은 말만 하잖아. 선생님이 오늘 아침에 말씀하셨어. 네 병이 나을 수 있는 가능성은……. 어머, 선생님이 뭐라고 하셨더라. 그새 잊었네. 아, 맞아. 나을 가능성은 하나에 열이래. 뉴욕에서 전차를 타거나 공사 중인 빌딩 곁을 지나가도 그 정도 위험은 늘 있게 마련이라는 거야. 수프 좀 마셔보겠니? 그리고 나 그림 좀 그리게 해줘. 그림을 팔아야 아파서 누워 있는 아기한테 포도주를 사주고, 또 먹고 싶은 돼지고기도 살 수 있잖아."

"이젠 포도주 같은 건 살 필요 없어."

존시는 창밖에 시선을 둔 채 말했습니다.

"저것 봐, 또 떨어졌어. 아냐, 수프는 먹지 않을래. 이제 남아 있는 건 네 잎뿐이야. 어두워지기 전에 마지막 잎새가 지는 걸 보고 싶어. 그러면 나도 떠날 거야."

"존시!"

수는 존시 위로 몸을 숙이며 말했습니다.

"내가 그림을 다 그릴 때까지만이라도 눈을 감고 창밖을 보지 않겠다고 약속해줘. 내일까지 그림을 넘겨줘야 한단 말이야. 그래서 햇빛이 필요해. 그렇지 않으면 커튼을 내려버렸을 거야."

"옆방에서 그리면 안 되겠니?"

존시는 냉정하게 말했습니다.

"네 곁에 있고 싶어서 그래."

수가 목소리를 높이며 말했습니다.

"그뿐이 아니야. 저런 말라비틀어진 담쟁이덩굴 잎이나 멍하니 바라보고 있는 바보 같은 짓을 못 하게 하려고 그래."

"그럼, 다 그리면 알려줘."

존시는 눈을 감은 채 조각상처럼 핏기 없는 얼굴로 가만히 누워 있었습니다.

"마지막 잎새가 떨어지는 걸 보고 싶어. 기다리다 지쳤어. 생각하는 것도 지쳤어. 난 모든 것에 대한 집착을 버리고 저 불쌍하고 지친 담쟁이덩굴 잎새처럼 조용히 지고 싶어."

"존시, 그만 잠이나 자두렴."

수가 말했습니다.

"아래층에 사는 베어먼 씨에게 세상을 등지고 동굴에 사는 노인의 모델이 되어 달라고 해야겠어. 금방 돌아올 테니 내가 돌아올 때까지 움직이면 안 돼."

베어먼 노인은 층계 아래 지하실에 사는 화가였습니다. 예순 살이 넘었으며, 미켈란젤로가 조각한 모세와 같은 수염을 기르고 있었습니다. 그는 예술가로서는 낙오자였습니다. 사십 년 동안 붓을 놓지 않으면서도 예술의 여신 뮤즈의 옷자락에도 손이 미치지 못했습니다.

입버릇처럼 걸작을 그린다고 말하면서도 아직 시작도 하지 못한 채 지난 수년 동안 상업용이나 광고용 그림만을 서툰 솜씨로 가끔 그릴 뿐이었습니다. 가끔가다 전문 모델을 채용하지 못하는 예술가 마을의 젊은 화가들에게 모델이 되어주고 몇 푼씩 돈을 받아 연명하고 있었습니다. 그리고 늘 술에 취해 있으면서도 언젠가는 걸작을 그리겠다고 떠벌리곤 했습니다.

그는 몸집은 작았지만 성격이 거세 나약한 사람을 만나면 무척 경멸하며 멸시했습니다. 그리고 위층 아틀리에에 사는 두 젊은 화가를 지키는 감시인 역할을 자처하고 있었습니다.

어두컴컴한 지하실의 움막 같은 방에서는 노간주나무 열매 냄새가 물씬 풍겼습니다. 한쪽 구석에는 이젤이 세워져 있었는데, 거기에는 이십오 년 동안이나 걸작의 첫 붓질을 기다리며 아무것도 그려져 있지 않은 휑한 캔버스가 얹혀 있었습니다.

수는 노인에게 존시의 괴상한 망상을 말해 주며, 나뭇잎처럼 가볍고 여린 그녀가 세상에 대한 애착을 버린다면 정말로 마른 나뭇잎처럼 지고 말지도 모른다고 말했습니다.

그러자 베어먼 노인은 핏발이 선 눈에 눈물을 글썽이며 존시의 어리석은 공상을 비웃었습니다.

"뭐라고?"

그는 강한 독일어 억양을 숨기지 않고 소리쳤습니다.

"다 썩은 담쟁이덩굴 잎사귀가 떨어져도 그 애가 죽지는 않아. 그리고 네가 말하는 세상을 등진 어리석은 사람의 모델 같은 건 해줄 수 없어. 너는 왜 존시가 그런 어리석은 생각을 하게 내버려 두는 거냐? 아, 가여운 존시!"

"병이 깊어져서 마음이 무척 약해졌어요."

수가 말했습니다.

"그리고 고열 때문에 머리가 이상해졌는지 엉뚱한 공상만 해요. 하지만 괜찮아질 거예요. 베어먼 할아버지, 모델이 되고 싶지 않으면 안 해도 상관 없어요. 하지만 할아버지도 너무 말만 앞세워요."

"너도 어쩔 수 없는 여자애로구나."

베어먼이 소리쳤습니다.

"누가 모델이 되지 않겠다고 했어? 어리석은 말은 그만두고 함께 가자. 삼십 분 전에 이미 모델이 되어주겠다고 말하려던 참이야. 그리고 이곳은 존시 같은 착한 아가씨가 병들어 누워 있을 곳이 아니야. 이제 내가 걸작을 그려줘야겠어. 그 후에 우리 함께 어디론가 이사를 하는 거야. 그렇지! 암 그렇게 해야지."

위층에 올라가 보니 존시는 잠들어 있었습니다. 수는 커튼을 창문 아래까지 내리고 베어먼에게 옆방으로 가자고 손짓을 했습니다. 그런 다음 두 사람은 창 너머로 조용히 담쟁이덩굴을 바라보다가 한순간 서로 말없이 얼굴을 마주 보았습니다.

차가운 진눈깨비가 쉬지 않고 내리고 있었습니다. 베어먼 노인은 낡아빠진 푸른 셔츠를 입고 바위 대신 엎어놓은 큰 냄비 위에 앉아, 동굴 속에 사는 세상을 등진 사람의 모델이 되어 주었습니다.

이튿날 아침, 수가 한 시간쯤 자고 나서 깨어 보니 존시는 생기 없는 눈을 둥그렇게 뜨고 창문에 드리운 푸른색 커튼을 물끄러미 바라보고 있었습니다.

"커튼을 올려줘. 창밖을 보고 싶어."

존시가 속삭이는 듯한 목소리로 말했습니다.

수는 어쩔 수 없이 그녀가 시키는 대로 했습니다.

그런데 이게 어찌 된 영문일까요. 밤새 세찬 비바람이 미친 듯이 휘몰아쳤는데도 벽 위에는 담쟁이덩굴 잎새 하나가 아직도 남아 있는 것이었습니다. 그것은 담쟁이덩굴에 남아 있는 마지막 잎새였습니다. 잎자루 부위는 아직도 짙은 초록빛이었지만 톱니 모양의 가장자리는 노랗게 말라버린 잎새 하나가 이십 피트나 되는 높다란 벽에 보란 듯이 매달려 있었습니다.

"마지막 잎새야."

존시가 말했습니다.

"밤사이에 틀림없이 떨어져 버릴 줄 알았는데. 저렇게 바람이 부는데도……. 하지만 오늘은 떨어지겠지. 그러면 나도 죽을 거야."

"존시, 그게 무슨 소리야!"

수는 지친 얼굴을 베개로 감싸며 말했습니다.

"네 일을 생각하지 않는다면 나를 좀 생각해줘. 나는 어떻게 하라고 그러는 거니?"

하지만 존시는 아무 대답도 하지 않았습니다.

멀리 여행을 떠날 결심을 하고 있는 영혼만큼 고독한 것은 없습니다. 죽음에 대한 환상이 점점 더 그녀의 마음을 붙잡을수록 그녀는 친구뿐만 아니라 이 땅에 매어두고 있던 끈을 하나하나 놓아버리려 했습니다.

그렇게 그날은 지나갔습니다. 하지만 저녁이 되어도 잎사귀 하나가 벽 위의 담쟁이덩굴에 매달려 있는 것이 분명하게 보였습니다. 이윽고 밤이 깊어지자 차가운 북풍이 다시 불기 시작했습니다. 세찬 비가 창문을 두드리며 나지막한 네덜란드풍의 차양을 따라 빗방울을 떨어뜨리고 있었습니다.

다음 날 아침이 밝자마자 존시는 커튼부터 올려달라고 말했습니다.

그러나 담쟁이덩굴 잎새는 아직 그대로 매달려 있었습니다. 존시는 오랫동안 그것을 바라보았습니다. 그러다가 수를 불렀습니다. 닭고기 수프를 끓이던 수는 존시에게 다가왔습니다.

"수, 난 나쁜 애였어. 저 마지막 잎새가 어떤 보이지 않는 힘에 의해 지금까지도 남아 있는 건, 내가 얼마나 많은 죄를 지었는지 가르쳐 주려는 거야. 죽으려고 하는 건 크나큰 죄악이야. 이제 수프를 먹어야겠어. 그리고 포도주를 탄 우유도. 아니 그보다 먼저 손거울 좀 갖다줄래? 그리고 등 밑에 베개를 몇 개 넣어주지 않겠니? 몸을 일으켜서 네가 요리하는 걸 보고 싶어."

그리고 한 시간쯤 지난 뒤 그녀가 다시 말했습니다.

"수, 언젠가는 나폴리를 꼭 그려보고 싶어."

오후에 의사가 왔습니다. 수는 의사와 함께 복도로 나갔습니다.

"이제 희망은 반반입니다."

의사는 수의 가냘픈 손을 잡고 웃으며 말했습니다.

"간호만 잘하면 곧 회복할 수 있을 테니 걱정하지 않아도 되겠어요. 그건 그렇고, 아래층에도 환자가 생겼어요. 베어먼이라고 하는 화가인가 봐요. 역시 폐렴입니다. 나이도 많고 몸도 약한데 급성이라 가망이 없답니다. 편하게 해주려고 오늘 입원시키기로 했어요."

이튿날 의사가 다시 와서 수에게 말했습니다.

"이제 위기는 벗어났습니다. 아가씨가 이긴 겁니다. 나머지는 영양 보충과 간병, 그것만 남았어요."

그날 오후, 존시는 침대에 앉아 짙은 푸른색 털실로 숄을 짜면서 흐뭇해하고 있었습니다. 그때 수가 다가와서 그녀를 살며시 껴안았습니다.

"존시, 너한테 할 얘기가 있어."

수가 말했습니다.

"베어먼 할아버지가 오늘 병원에서 폐렴으로 돌아가셨어. 겨우 이틀 앓은 것뿐인데 말이야. 아침에 관리인이 지하실 방에서 고통스러워하는 할아버지를 발견했을 때는 도저히 손쓸 방법이 없었나 봐. 구두와 옷이 땀으로 온통 젖어 있었고 몸은 얼음장처럼 차가웠대.

그렇게 북풍이 거센 밤에 어딜 갔었는지 옆 건물 아래에서 아직 불이 켜진 램프와 사다리 옆에 흩어져 있는 붓 몇 자루가 발견되었대.

저기를 좀 봐, 창문 밖의 마지막 담쟁이덩굴 잎새를. 바람이 부는데도 움직이지 않는 게 이상하다고 생각되지 않아?

존시, 저것은 베어먼 할아버지 최후의 걸작이야. 마지막 잎새가 지던 날 밤, 할아버지가 그것을 벽에다 그린 거지."

20년 후

- 오 헨리 -

작품 정리

　이십 년 후에 다시 만나기로 약속한 두 친구의 만남을 소재로 하는 오 헨리의 작품이다. 두 친구는 약속대로 만나기는 하지만 한 친구는 지명 수배를 받는 범죄자 신분이고, 또 다른 한 친구는 경관으로서 범죄자가 된 친구를 차마 체포할 수 없어 다른 경관을 보내서 체포를 한다는 내용이다.

　경관과 지명 수배자라는 엇갈린 운명의 두 친구의 관계를 담담하고 간결한 문체로 표현하였다. 우정과 현실사이에 선 두 친구의 감정이 직접적으로 드러나지는 않지만 키 큰 사나이가 전해주는 편지와 그 편지를 읽는 보브의 모습을 통해, 경관으로서 친구를 체포할 수 없었기에 자신을 밝힐 수 없었던 친구의 마음과, 서부에서 성공한 이유를 밝힐 수 없었던 수배자 친구의 심정이 매우 선명하게 나타난다.

작품 줄거리

　두 친구 보브와 지미는 이십 년 후에 만나기로 약속한다. 이십 년이 지난 후 밤 열시 무렵, 만나기로 한 장소에 보브가 먼저 와 기다리고 있다. 이때 한 경관이 그에게 다가온다. 그는 경관에게 자신의 가장 친한 친구인 지미에 대해 이야기한다. 그와 함께 자신이 지금 기다리고 있는 장소에서 이십 년 후 어떠한 일이 있어도 꼭 만나기로 약속했다고 말한다. 경관은 가고 보브는 그 자리에서 계속 친구를 기다리고 있다. 잠시 후 약속시간이 조금 지나자 지미가 와 결국 두 사람은 만났다. 그러나 환한 불빛 아래에서 보니 그는 지미가 아님을 보브가 알게 된다. 보브는 시카고에서 지명 수배를 받고 있던 중이었으며 그는 보브를 잡으러 온 경관이었다. 그 경관은 보브에게 지미가 쓴 편지를 건네주었는데, 그 편지에는 처음에 보브에게 말을 걸었던 경관이 지미 자신이었다는 것, 보브가 지명 수배자라는 사실을 알았지만 자기 손으로 친구를 연행할 수 없어서 다른 경관을 대신 보냈다는 것이 적혀 있었다.

· 갈래 : 단편 소설
· 시점 : 3인칭 전지적 작가 시점
· 배경 : 20세기 초반 뉴욕 뒷골목
· 주제 : 친구와의 우정과 정의

🕵️ 20년 후

순찰 경관이 건들거리며 거리를 걸어갔다. 그렇게 건들거리는 것은 습관적인 것이지 남들에게 과시하기 위한 것은 아니었다. 그는 자신의 모습이 남들에게 어떻게 보이는지 상관하지 않았다.

튼튼한 체격으로 어깨를 약간 흔들면서 걷는 이 경관은 경찰봉을 교묘한 동작으로 솜씨 있게 빙빙 돌리면서, 집집마다 문단속이 잘 되었는지 살피기도 하고 가끔 조용해진 거리에 경계하는 시선을 던지기도 했다. 그 모습은 치안 수호자의 본보기였다.

시간은 이제 겨우 밤 10시가 못 되었지만 차가운 바람이 비를 뿌리며 부는 궂은 날씨 때문에 길을 오가는 사람의 모습은 거의 찾아볼 수 없었다.

이 일대는 아침에 일찍 문을 열고 밤에도 일찍 집에 돌아가는 지역이었다. 가끔 담뱃가게나 철야 영업을 하는 간이식당에서 불빛이 비치는 때도 있지만 대부분은 사무실 출입문이라 문을 닫은 지 꽤 되었다.

어느 거리의 중간쯤에 이르렀을 때 경관은 갑자기 걸음을 늦추었다. 불이 꺼진 철물점 출입문 앞에 불을 붙이지 않은 시거를 문 한 사나이가 서 있었던 것이다.

경관이 다가가자 그 사나이는 당황해하며 말하였다.

"아무 일도 아닙니다. 경관 나리."

그는 경관을 안심시키려는 듯이 말했다.

"친구를 기다리는 중이니까요. 이십 년 전의 약속이었습니다. 이렇게 말하면 좀 이상하게 들리겠지만 꾸며 낸 말이 아니라는 걸 확인하고 싶으시다면 말씀드리겠습니다. 꽤 오래전의 일입니다만 지금 이 가게가 들어서기 전에는 레스토랑이 있었습니다. '빅조브래디'라는 레스토랑이었지요."

"그 가게는 5년 전까지도 있었는데 그 뒤에 헐리고 말았지요."

경관이 말했다.

출입문 앞에 서 있던 사나이는 성냥을 그어 시거에 불을 붙였다. 그 불빛으로 모난 턱의 창백한 얼굴과 날카로운 눈매, 그리고 오른쪽 눈썹 가까이에 난 작은 흉터가 보였다. 넥타이핀에는 큼지막한 다이아몬드가 박혀 있었다.

"이십 년 전의 오늘 밤."

사나이는 말하기 시작했다.

"나는 지미 웰스와 '빅조브래디'에서 함께 식사를 했습니다. 지미는 나하고 제일 친한 친구이자 세상에서 제일 좋은 녀석이었어요. 지미하고 난 뉴욕에서 마치 형제처럼 자랐었습니다. 나는 열여덟 살이었고 지미는 스무 살이었죠.

나는 다음 날 크게 성공할 야망을 갖고 서부로 떠나기로 되어 있었습니다. 지미는 도무지 뉴욕을 떠나려 하지 않았습니다. 그 녀석은 사람이 살수 있는 곳이란 이곳밖에 없는 줄 알고 있었으니까요.

그래서 우린 그날 밤에 같이 식사를 하며 약속했습니다. 비록 어떤 처지에 놓여 있건 아무리 먼 곳에서 오게 되더라도 이십 년 뒤에 꼭 이 레스토랑에서 다시 만나기로요. 이십 년이 지나 어떤 사람이 되어 있을지는 모르지만 어쨌든 우리들의 운명도 정해졌을 것이고 재산도 어느 정도 모았을 것으로 생각했던 것입니다."

"그거 꽤 재미있는 얘기로군요."

하며 경관은 이어서 말했다.

"그렇지만 다시 만날 때까지의 시간이 너무 긴 것 같군요. 당신이 서부로 떠난 뒤 그 친구한테서 소식은 없었나요?"

"있었습니다. 얼마 동안은 편지를 주고받았었죠."

사나이는 말했다.

"그런데 한 해 두 해 지나는 동안 서로 소식이 끊어지고 말았습니다. 서부란 엄청나게 큰 곳인 데다가 난 언제나 바쁘게 이리저리 뛰어다녔지요. 그렇더라도 지미가 살아만 있다면 틀림없이 날 만나러 이리 올 겁니다. 그친구는 어떤 경우에도 거짓말을 하지 않는 의리 있는 사나이였으니까요. 그 친구가 약속을 잊을 리는 없습니다. 난 오늘 이곳에 오기 위해 천 마일이나 떨어진 먼 곳에서 달려왔지만 옛 친구인 그 녀석이 와 주기만 한다면 그만한 보람은 있습니다."

기다리고 있던 사나이는 화려한 회중시계를 꺼냈다. 그 뚜껑에는 자잘한 다이아몬드가 수도 없이 박혀 있었다.

"10시 3분 전이군요."

사나이는 말했다.

"우리가 그날이 레스토랑 앞에서 헤어진 것은 정각 10시였습니다."

"서부에 가서는 일이 잘되었나요?"

경관이 물었다.

"물론이죠! 지미가 나의 절반만이라도 잘 되었다면 좋겠는데. 그 녀석은 좋은 녀석임에는 틀림없지만 순진하고 착실한 사람입니다. 난 남의 재산까지도 들어 먹으려는 잠시도 마음을 놓을 수 없는 패거리들하고 힘을 겨루며 살아왔습니다. 뉴욕은 틀에 박힌 생활을 하는 것뿐이지만 사람을 면도날처럼 날카롭게 만들려면 역시 서부로 가야 합니다."

경관은 경찰봉을 빙글빙글 돌리면서 두세 걸음 발길을 옮겼다.

"자, 나는 이제 가보겠소. 당신 친구가 꼭 왔으면 좋겠는데, 약속 시간까지만 기다릴 건가요?"

"아니, 그렇지 않습니다."

상대방은 다시 말했다.

"적어도 삼십 분쯤은 기다려 주겠습니다. 지미가 어디서든 살아 있다면 그때까지는 올 테니까요. 안녕히 가십시오. 경관 나리."

"행운을 빕니다."

경관은 집집마다 문단속을 살피며 순회 구역을 걸어갔다.

거리에는 차가운 이슬비가 내리고 가끔 변덕스러운 바람이 세차게 불어오고 있었다. 그의 곁을 지나가던 몇몇 통행인은 외투 깃을 세우고 호주머니에 두 손을 찌른 채 우울한 표정을 하고 종종걸음으로 걸어갔다.

철물점 출입문 앞에는 청년 시절에 친구와 맺은 어리석고 믿기 힘든 약속을 지키기 위해 1천 마일이나 먼 곳에서 찾아온 사나이가 시거를 피우면서 기다리고 있었다.

그렇게 이십 분쯤을 기다리고 있었다. 그때 외투의 깃을 귀 언저리까지 세운 키가 큰 사나이가 거리 저쪽에서 잰걸음으로 건너왔다. 그는 기다리고 있는 사나이에게 곧바로 다가왔다.

"보브인가?"

그는 의심스러운 듯이 소리쳤다.

"자네는 웰스 아냐?"

출입문 앞에 서 있던 사나이가 외쳤다.

"이 친구, 놀라운 걸!"

방금 온 사나이는 상대방의 손을 덥석 잡으며 외쳤다.

"보브가 틀림없구나! 자네가 살아 있다면 반드시 오리라고 믿었지. 정말 반갑다. 이십 년은 긴 세월이라 우리가 마지막으로 함께 식사했던 그 레스토랑은 없어져 버렸다네. 그 가게가 남아 있었더라면 좋았을걸. 그래, 서부는 어땠나?"

"멋진 곳이지, 원하는 건 무엇이나 손에 넣을 수 있었으니까. 그보다 자넨 많이 달라졌군. 지미, 자네가 나보다 키가 2, 3인치나 더 커질 줄은 생각하지 못했는데……."

"난 스물이 지나고도 키가 좀 더 컸거든."

"뉴욕에선 잘 지내고 있었나, 지미?"

"그저 그렇지 뭐. 난 시청의 한 부서에서 일하고 있어. 자, 가자. 보브. 내가 잘 아는 곳에 가서 지난 이야기나 천천히 하지."

두 사나이는 서로 팔짱을 끼고 거리로 나섰다. 서부에서 온 사나이는 자신의 성공담을 늘어놓으며 지금까지 살아 온 이야기를 열심히 하기 시작했다. 상대방은 외투 깃으로 얼굴을 푹 감싼 채 흥미진진한 표정으로 이야기를 듣고 있었다.

길모퉁이에 전등을 환하게 밝힌 약국이 있었다. 그 밝은 빛 속으로 들어서자 두 사람은 동시에 서로의 얼굴을 쳐다보았다.

서부에서 온 사나이는 발걸음을 멈추더니 갑자기 팔짱 꼈던 팔을 풀었다.

그는 내뱉듯이 말했다.

"당신은 지미 웰스가 아니군! 이십 년은 긴 세월이기는 하지만 사람의 코를 매부리코에서 들창코로 바꾸어 놓을 만큼 길지는 않아."

"때로는 선한 사람이 악한 사람으로 변하는 일도 있겠지."

키가 큰 사나이가 이어서 말했다.

"너는 이미 십 분 전부터 체포된 거야. 실키 보브. 시카고 경찰에서 네가 이 도시에 나타날 거라 예상하고 수사 의뢰를 부탁하는 전보를 쳐 왔다. 점잖게 따라오겠지? 그게 네 신상에 좋을 것이다. 그런데 너한테 편지를 전해 달라는 부탁을 받았다. 순찰계 웰스 순경이 보낸 거다. 여기서 읽어 봐라."

서부에서 온 사나이는 받아 든 작은 쪽지를 펼쳤다. 읽기 시작했을 때는 아무렇지도 않던 그의 손이 다 읽을 무렵에는 약간 떨고 있었다.

보브, 나는 우리가 약속했던 시간에 그곳에 갔었네. 자네가 시거에 불을 붙이려고 성냥을 그었을 때 나는 시카고 경찰에서 수배 중인 사나이의 얼굴이라는 걸 알았다네. 하지만 내 손으로 친구에게 수갑을 채울 수는 없었지. 그래서 일단 경찰서로 돌아와 사복형사에게 그 일을 대신 부탁한 것이라네.
지미가.

도둑맞은 편지

- 에드거 앨런 포 -

에드거 앨런 포(Edgar Allen Poe 1809~1849) 미국의 시인, 소설가, 비평가.

포는 1809년 1월 19일 미국 매사추세츠주 보스턴에서 태어났다. 포의 아버지는 법률을 공부하였지만 연극에 매료되어 배우로 노스캐롤라이나 찰스턴에서 첫 무대에 서고 엘리자베스 홉킨스와 결혼한다. 1810년 행방을 감춘 남편 대신 생계를 위해 과로하던 포의 어머니는 24세의 젊은 나이에 죽는다. 포는 존 앨런(포의 대부로 추정) 부부에게 맡겨져 1815년 영국으로 건너갔다가 1820년 7월에 미국 뉴욕으로 돌아온 뒤 버지니아 대학 등에서 공부했다. 1830년 육군사관학교에 입대했으나 양부와의 불화로 1년 만에 퇴교당한다.

1827년 처녀시집 〈태멀레인과 그 밖의 시들〉을 출판했다. 1833년 10월 〈병 속의 편지〉가 콘테스트에서 최우수상을 받았다. 26세의 나이로 당시 13세의 어린 버지니아와 결혼한다. 그는 〈서턴 리터러리 메신저〉 편집장이 되고 최초의 추리소설인《모르그가의 살인사건》을 그 잡지에 발표한다. 1845년 〈뉴욕 미러〉지에 시집 〈갈가마귀〉와 〈이야기〉 선집을 내면서 작가로서의 명성을 얻기 시작한다. 아내 버지니아가 24세의 젊은 나이로 죽자 1848년 7세 연상의 사라 헬렌 휘트먼 부인에게 청혼하지만 부인 가족의 반대로 무산된다. 그 후 알콜 중독과 가난에 시달리다 1849년 40세의 나이로 삶을 마감하였다.

대표작으로는《윌리엄 윌슨》《어셔 가의 몰락》《붉은 죽음의 가면》《마리 로제의 수수께끼》《황금 벌레》《검은 고양이》《고자질하는 심장》《함정과 추》와《애너벨리》라는 유명한 시가 있다.

살인 등 폭력도 없고 오로지 편지를 숨긴 자와 찾는 자의 치열한 두뇌싸움만 있는 이 대결은 상상력이 뛰어난 D장관과 추리력과 함께 상대방의 마음을 읽을 수 있는 뒤팽의 자존심의 대결로까지 이어진다. 심리적 맹점을 이용한 이 작품은 훗날 코난 도일의 홈즈 시리즈 중 첫 번째 단편인 〈보헤미아의 추문〉에 영향을 주기도 했다.

왕궁에서 권력을 좌우하는 편지가 사라진다. 훔쳐간 범인이 누구인지는 알고 있지만 공개적으로 수사할 수가 없어 사건을 해결하기가 힘이 든다. 비밀리에 편지를 찾기 위해 G경감과 경찰이 수색에 나서지만 결국 찾을 수가 없어 뒤팽에게 조언을 구한다.

G경감이나 보통 사람들의 논리력보다 시인으로서 상상력이 풍부한 D장관이 숨긴 편지를 찾아내려면 상대방의 마음속을 읽고 그의 상상력을 파헤쳐보아야만 한다는 뒤팽의 추리력과 활약으로 편지를 되찾게 된다는 내용이다.

· 갈래 : 추리 소설
· 시점 : 1인칭 전지적 작가 시점
· 배경 : 1800년대 파리 생제르맹 뒤팽의 저택
· 주제 : 자신만 아는 인간의 심리

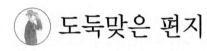

도둑맞은 편지

지나친 연구는 오히려 지혜에 방해가 된다.
— 세네카 —

18××년. 바람 부는 어느 가을날 어둠이 막 깔리는 저녁 무렵이었다. 나는 파리 교외의 생제르맹의 뒤노 가 3층 33호에 있는 친구 C.오귀스트 뒤팽의 조그마한 서재에서 그와 함께 명상과 해포석(海泡石) 파이프의 여유를 누리고 있었다.

적어도 우리들은 한 시간이나 깊은 침묵 속에 잠겨 있었다. 누가 밖에서 보았다면 방 안의 공기를 무겁게 짓누르는 자욱한 담배 연기의 소용돌이에 휩싸여 정신을 놓고 있는 것처럼 보였을 것이다.

그러나 나는 뒤팽과 화제를 나누었던 어떤 문제를 마음속으로 되새기고 있었다. 그것은 모르그 가 사건과 마리 로제 살해 사건의 이면에 얽힌 비밀이었다. 그러므로 방문이 활짝 열리며 우리들이 잘 아는 파리 경시총감 G 씨가 들어왔을 때는 무슨 우연의 일치가 아닌가 하는 생각이 들었다.

우리들은 그를 반가이 맞아들였다. 그는 야비한 면도 있었지만 대신에 유쾌한 사람인데다가 수년간은 그를 만나지 못했기 때문이었다. 그때까지 우리들은 석양 속에 그냥 있었으므로 뒤팽이 램프에 불을 켜려고 일어섰는데, G가 상당히 골치 아픈 사건에 대하여 내 친구의 의견을 들으러 왔다는 말을 듣자 불을 켜지 않고 다시 앉아 버렸다.

"숙고해야 할 문제라면 어둠 속에서 생각하는 것이 더 나을 테니까."
하고 뒤팽이 말했다.

"또 당신의 묘한 버릇이 나왔군요."

총감은 무엇이든 자기가 이해할 수 없는 것은 모두 '묘한데!' 라고 해버리는 습관이 있었다. 묘한 것투성이 속에 살아온 사람이었다.

"그런가요?"

뒤팽은 그에게 담배를 권하고 안락의자를 그쪽으로 밀어 주며 대답했다.

"그런데 그 골치 아프다는 사건은 대체 어떤 것입니까? 또 살인 사건은 아니겠죠?"

하고 내가 물었다.

"아뇨, 이번에는 좀 다릅니다. 사실 아주 간단한 사건이므로 우리들만으로도 충분히 해결할 수 있을 것이라고는 확신합니다만, 사건이 너무 묘해서 뒤팽 씨도 그 사건의 전말을 알고 싶어 할 것 같아서요."

"간단하고도 묘하다?"

뒤팽이 말했다.

"그렇습니다. 그런데 반드시 그렇다고만은 할 수 없죠. 사건이 너무도 간단해서 손댈 길이 없단 말이죠. 그래서 아주 골치가 아프단 말입니다."

"그렇다면 사건이 너무 간단하기 때문에 도리어 당신들이 실수를 했다는 말이군요."

"그럴지도 모르죠."

총감은 껄껄거리며 아주 유쾌하다는 듯이 대답했다.

"어떤 면으로는 그 미스터리가 지나치게 단순하더군요."

뒤팽이 말했다.

"아니, 그런 새로운 학설도 있나요?"

"좀 지나치게 단순명료하다는 말이죠."

"하하, 뒤팽 씨한테는 여전히 못 당하겠군요."

총감은 아주 재미있다는 듯이 웃음을 터뜨렸다.

"그런데 그 사건이라는 것은 어떤 겁니까?"

내가 다시 물었다.

의자 깊숙이 앉은 다음 총감은 담배를 진지하고 심각하게 한 모금 길게 들이마시면서 대답했다.

"간단히 얘기하겠습니다. 그 전에 부탁해 둘 것은 이 사건을 절대 비밀로 해달라는 겁니다. 만일 내가 누구에게든지 발설했다는 것이 알려지면 아마 나는 현직을 떠나야 할 것이오."

"얘기해 보시지요."

"아니면 그만두거나……."

이건 뒤팽이 한 말이었다.

"그러면 시작하겠습니다. 어느 고위층 부서로부터 궁중에서 아주 중요한 문서가 없어졌다는 정보를 비밀리에 들었습니다. 그런데 그것을 훔친 사람은 알고 있습니다. 그것은 의심할 여지가 없습니다. 훔치는 현장을 직접 보았으니까요. 그리고 그것이 아직까지 그 사람의 손에 있다는 것도 알고 있습니다."

"그것을 어떻게 아십니까?"

뒤팽이 물었다.

"그 문서의 성질로 봐서 그것이 그자의 손으로부터 다른 사람의 손으로 넘어가면, 다시 말해서 그의 계획대로 어딘가에 사용했다면 당장 발생할 결과가 나타나지 않는 것으로 미루어보아 확실히 그렇다고 추측할 수밖에 없습니다."

"무슨 말씀인지 이해하기 어렵군요. 좀 더 자세히……."

내가 또 말참견을 했다.

"그럼 좀 더 얘기를 하자면, 그 문서는 그걸 가지고 있는 자에게 권력을 즉, 힘이 있는 어떤 부서에 대해 강력한 권력을 행사할 수 있습니다."

총감은 외교적 말투를 쓰기 좋아했다.

"아직도 무슨 말인지 모르겠군요."

뒤팽이 말했다.

"아직 모르겠다고요? 제삼자에게 그 문서가 폭로되면 이름을 밝힐 수 없는 극히 신분이 높은 분의 명예에 치명상이 됩니다. 즉, 문서를 훔친 자가 그분에 대해 권세를 부리게 된다는 말입니다."

"그렇지만 권세를 부릴 수 있으려면, 문서를 잃어버린 사람이 훔친 녀석을 알고 있다는 것을 훔친 자 또한 알고 있어야 되지 않겠습니까? 그렇지 않고서야 어떻게 감히……."

내가 또 끼어들었다.

총감이 말을 이었다.

"그 도둑은 신사다운 일이든 아니든 간에 무슨 일이든 서슴지 않고 행하는 D장관이랍니다. 훔친 방법도 대담하지만 교묘하게도 훔쳤지요. 문제의 문서는 — 솔직히 얘기하면 한 장의 편지는 궁중의 귀부인이 내실에 혼자 있을 때 받았습니다. 그 편지를 읽고 있는데 마침 상대 권력의 고위층 인사가 들어 왔습니다. 숨겨야 하는 편지를 급한 바람에 책상 위에 둔 채로 겉봉이 위로 나오고 알맹이는 재빨리 가려서 다행히 편지는 발각되지 않았습니다.

바로 그때 D장관이 들어왔습니다. 그의 살쾡이 같은 예리한 눈은 귀부인의 얼굴에 떠오른 당황한 기색을 살펴 잽싸게 책상 위의 편지에 적힌 주소의 필적을 알아보았으며 편지에 비밀이 숨겨져 있음을 대뜸 알아챈 것입니다.

여느 때와 다름없이 사무를 처리한 다음, 그는 문제의 편지와 다소 비슷한 자신의 편지를 꺼내어 펴들고 읽는 척하다가 귀부인의 편지 옆에 바짝 대놓았답니다. 다시 십오 분가량 공무에 관한 얘기를 하더니 나갈 때 슬쩍 귀부인의 편지를 들고 나가버렸습니다.

물론 편지의 주인인 그분은 그것을 보고 있었지만, 앞에 바로 제삼자인 고위층 인사가 있었으므로 D장관의 행위를 저지할 수가 없었습니다. 장관은 아무 소용이 없는 자기의 편지를 귀부인의 책상 위에 놓은 채 유유히 나가버린 것입니다."

"자, 이젠 자네가 말한 권세를 휘두르기에 필요한 여러 조건들이 모두 나왔군. 도둑맞은 분이 훔친 녀석을 알고 있다는 것을 훔친 당사자 또한 알고 있으니까."

뒤팽이 나에게 말했다.

"그렇죠. 이렇게 얻어진 권세는 지난 수개월 동안 매우 위험할 정도로 정치상의 목적에 사용되고 있었습니다. 도난 당한 분은 어떻게 해서든지 그 편지를 되찾아야 했지만, 문제는 공공연하게 처리할 수가 없어 절망 끝에 결국 나에게 일임했습니다."

"당신보다 총명한 경찰은 찾을 수도 상상할 수도 없었겠지요."

뒤팽은 자욱한 담배 연기 속에 파묻혀 말했다.

"비행기 태우지 마시오. 아마 그랬는지도 모르지요."

"총감 말씀과 같이 편지가 지금까지 장관 수중에 있는 것은 확실합니다. 편지를 없애버리는 것보다는 조용히 가지고 있는 편이 유리할 테니까요. 편지를 어떻게든 써버리면 권세가 없어질 판이 아닙니까?"

하고 내가 말하자 G가 동의했다.

"맞습니다. 나도 그 확신하에 일을 해 나갔습니다. 내가 제일 먼저 한 일은 D장관의 저택을 철저히 수색하는 것이었습니다. 당연히 장관에게 들키지 않고 수색을 해야 하는 것이 제일 큰 문제가 되었죠. 우리의 계획이 그의 의심을 사게 된다면 위험해질 수 있을 테니까 특히 조심하라는 경고를 받았습니다."

"그런 수색쯤이야 총감에겐 누워서 떡 먹기겠죠. 파리 경찰은 이런 일에 있어선 많은 경험이 있지 않습니까?"

하고 내가 말했다.

"네, 그야 그렇죠. 그래서 나는 걱정도 하지 않았습니다. 더군다나 장관의 습관은 우리가 저택을 수사하기에 더욱 편했습니다. 장관은 가끔 집을 비우더군요. 그리고 몇 명 안 되는 하인들은 주인 방에서 멀리 떨어진 방에서 자는 데다가 대부분이 나폴리 사람들이었으므로 웬만큼만 술을 먹으면 그만 곯아떨어지더군요.

아시다시피 나는 파리의 어떤 방이든지, 어떤 서랍이든지 열 수 있는 만능 열쇠를 가지고 있습니다. 그 열쇠로 지난 3개월 동안 내가 직접 D장관의 집을 수색하지 않은 날이라곤 하룻밤도 없었습니다. 내 명예와도 관계되는 일이고 밝히기는 뭐하지만 보수도 막대합니다. 그래서 편지가 숨겨져 있을 만한 곳은 빼놓지 않고 샅샅이 수색했다고 생각합니다만 훔친 자가 나보다도 훨씬 지능적인 것을 알고 나는 수색을 단념했습니다."

"그렇지만 이럴 수도 있지 않을까요?"

하고 내가 의견을 내었다.

"물론 그 편지가 아직까지 장관의 손안에 있다 하더라도 집 밖에 감춰뒀는지도 모르지 않습니까?"

뒤팽이 나의 말에 이의를 제기했다.

"그건 거의 불가능할걸. 왕궁의 현재의 특수한 사태, 특히 D장관이 관련되어 있는 음모의 사태로 미루어 보아 편지를 금방 꺼낼 수 있도록 준비해 두는 것이 편지를 가지고 있는 것 못지않게 중요하단 말일세."

"금방 꺼낼 수 있도록 준비해 두다니?"

하고 내가 물었다.

"말하자면 비상사태에 찢어버리기 쉽게라든지."

"옳아, 그렇다면 편지는 확실히 집 안에 있겠군. 장관이 몸에 지니고 다니지는 않을 테니까."

"네, 그렇습니다. 두 번이나 강도인 척하고 내 손으로 직접 몸을 뒤져 보았습니다."

총감이 말했다.

"그런 성가신 일은 안 해도 좋았을 걸 그랬군요. D도 바보는 아닐 테니 그쯤이야 당연히 예상하고 있었겠죠."

뒤팽이 말했다.

"아주 바보는 아니죠. 그러나 D장관은 시인입니다. 나는 시인과 바보를 이웃사촌으로 생각하고 있지요."

총감이 말했다.

"그렇죠. 나도 서툰 시 나부랭이를 지어본 적이 있기는 하지만요."

뒤팽은 해포석 파이프를 심각하게 한 모금 빨며 말했다.

"수색했던 방법을 좀 자세히 말씀해 주실 수 없을까요?"

하고 내가 총감에게 말했다.

"네, 나는 이런 일에는 많은 경험을 가지고 있기 때문에 시간을 들여서 샅샅이 찾아보았습니다. 우선 방마다 가구를 조사하고 서랍은 모두 열어보았습니다.

아시다시피 능숙한 형사에게 비밀 서랍이란 있을 수 없으니까요. 이렇게 꼼꼼한 수색에 있어서 우리들의 눈을 속일 수 있는 비밀 서랍이 있다고 생각한다면 그야말로 얼간이죠. 사실은 극히 명백한 겁니다. 어떤 서랍장이든 간에 해당하는 용적이 있습니다. 그러나 우리들은 세밀한 자를 가지고 있으므로 1라인(0.2센티미터)의 오십 분의 1이라 할지라도 우리들의 눈을 속일 순 없죠.

옷장 다음엔 의자를 조사해 봤습니다. 그리고 쿠션 등은 우리들이 사용하는 가늘고 긴 바늘로 샅샅이 찔러보았습니다. 책상 윗면까지 뜯어 보았는걸요."

"그건 왜요?"

"간혹 책상이나 그런 비슷한 가구의 뚜껑을 뜯어 그런 곳에 물건을 감추는 예가 얼마든지 있으니까요. 또는 가구의 다리에 구멍을 뚫고 그 속에 물건을 넣은 다음 감쪽같이 뚜껑을 덮는 경우도 있습니다. 침대 다리도 이런 목적으로 가끔 사용된답니다."

"그렇지만 빈 구멍은 두들겨 보면 알지 않습니까?"

하고 내가 물었다.

"천만에요. 물건을 넣은 다음 가장자리에 솜을 잔뜩 틀어박으면 그만 아닙니까? 그뿐만 아니라 우리들은 조금이라도 소리를 내면 안 되었으니까요."

"그러나 말씀하신 그런 방법으로 감췄을 듯한 가구를 하나도 빼놓지 않고 낱낱이 뜯어 조각조각으로 분해할 수야 없었겠지요? 편지 한 장쯤이야 얼마나 되겠어요. 돌돌 말면 큰 뜨개질바늘만 한 굵기밖에 안 돼요. 그까짓 거야 의자 다리 사이에라도 틀어넣을 수 있지 않습니까? 그렇다고 해서 의자를 전부 뜯어보지는 않으셨겠지요?"

"그야 그렇죠. 그보다 더 교묘한 방법으로 조사했습니다. 집 안의 모든 의자 다리와 모든 가구의 틈을 도수가 높은 확대경으로 조사했습니다. 만일 최근에 뜯어본 흔적만 있었다면 당장 눈에 띄지 않을 리가 있겠어요? 예를 들면 톱밥 하나라도 사과만큼 크게 보이니까요. 아교 붙인 곳이 좀 떨어져 있다든가 틈이 조금이라도 뒤틀려 있었다면 대번에 눈이 갈 것이 아닙니까?"

"물론 화장대도 보셨겠지요? 판자와 유리 사이도요? 그리고 커튼과 융단은 물론이고 침대와 침구도 조사해 보셨겠죠?"

"그야 물론이죠. 이렇게 모든 가구를 철저히 조사한 다음에는 집 자체를 조사했습니다. 집의 전체 면적을 여러 부분으로 나누고 바로 옆에 붙은 두 채의 집도 포함해서 빠뜨리지 않도록 번호를 붙여 온 집안을 지난번과 같이 1제곱인치씩 확대경으로 조사해 보았습니다."

"옆에 붙은 두 채의 집까지도요! 참으로 대단한 수고를 하셨군요."

"네, 그랬죠. 워낙 보수가 막대하다 보니."

"집 주위의 정원도 보셨겠죠?"

"정원은 전부 벽돌이 깔려 있었습니다. 그래서 별로 힘들지 않았죠. 벽돌 사이의 이끼를 조사해 보았는데, 별로 수상한 곳이 없었습니다."

"물론 D장관의 문서들과 서재의 책들도 모두 조사해 보셨고요?"

"물론이죠. 모든 상자와 소포도 열어보았고 책도 보통 경찰들이 하듯이 다만 흔들어 보는 것으로 그치지 않고 일일이 책장을 넘겨보았습니다. 책 표지도 낱낱이 부피를 재보고 일일이 확대경으로 철저히 조사했습니다. 최근에 제본했다면 그것이 눈에 띄지 않았을 리가 있겠습니까? 서점으로부터 배달된 몇 권의 책은 위로부터 바늘을 넣어서 세밀히 찔러 보았습니다."

"융단 아래 마룻바닥도 조사하셨습니까?"

"물론이죠. 융단을 전부 들어내어 확대경으로 마루 판자 사이를 조사했습니다."

"벽지는요?"

"네, 조사하고말고요."

"지하실도 살펴보셨습니까?"

"했습니다."

"그렇다면 무슨 착오가 있군요. 그 편지는 당신이 상상하듯이 집안에는 없는 것 같습니다."

"아마 그런가 봅니다."

총감도 맥없이 동의했다.

"그러니 뒤팽 씨. 어떡하면 좋겠소. 무슨 좋은 의견이 없소?"

"다시 한번 철저히 집 안을 조사해 보는 것밖에는."

"전혀 소용없는 일이죠. 아무래도 집안에 그 편지가 없다는 건 확실합니다."

"그렇다면 내게 더 이상 좋은 의견은 없는데요. 물론 당신은 편지의 모양은 잘 아시겠죠?"

하고 뒤팽이 물었다.

"그럼요!"

하며 총감은 수첩을 꺼내 잃어버린 편지의 내용과 특히 외형에 관해서 더욱 자세히 설명하기 시작했다. 설명이 끝나자 그는 곧 갔는데 나는 그때처럼 낙심한 그의 얼굴을 본 적이 없었다.

그 후 한 달쯤 지나 그가 다시 우리를 찾아왔는데, 우리들은 전과 다름없이 자욱한 담배 연기 속에 명상에 잠겨 있었다. 그는 우리와 함께 의자에 앉아 파이프를 들고 이런저런 얘기를 하기 시작했다. 마침내 궁금해진 내가 물었다.

"그런데 G씨, 도둑맞은 그 편지는 어찌 되었습니까? 결국 장관을 이길 수 없어 체념해 버렸습니까?"

"그 작자요? 에잇! 지긋지긋한 녀석 같으니. 뒤팽 씨의 말대로 더욱 철저히 재조사해 보았습니다만 예상한 대로 헛수고였습니다."

"편지를 찾으면 제공한다던 보수는 얼마라고 하셨죠?"

뒤팽이 물었다.

"그야 막대하죠. 두둑한 보수입니다. 얼마라고 확실히 말은 못 하지만 누구든지 나에게 그 편지를 찾아준다면 오만 프랑의 내 개인 수표를 서슴지 않고 내놓겠다는 것만은 이 자리에서 분명히 얘기해 두겠습니다. 그 편지의 중요성은 날이 갈수록 더해져 보수가 두 배로 뛰었습니다. 하지만 세 배가 된다 하더라도 난 더 이상 편지를 찾을 수가 없습니다."

"하지만 G씨, 난 당신이 이 사건에 최선을 다했다고는 여겨지지 않는데요. 좀 더 노력할 수 있지 않을까요?"

뒤팽이 해포석 파이프를 빨면서 느릿느릿 말했다.

"어떻게, 무슨 방법으로 말이오?"

"글쎄요. (담배를 뻑뻑 빨며) 당신은 이 사건에서 다른 사람의 충고를 들었더라면 좋았을 겁니다. 애버니디(영국의 외과의사)의 얘기를 아십니까?"

"모릅니다. 애버니디고 도깨비고 다 모릅니다."

"도깨비고 뭐고 그야 당신 마음대로이기는 하죠. 옛날 어느 구두쇠 부자가 의사 애버니디를 찾아와서는 둘이서 마주 앉아 일상적인 얘기를 주고받았습니다. 그러다 구두쇠가 공짜로 진찰을 받을 속셈으로, 가령 이런 환자의 병세는 이러이러한 것으로 생각하는데 선생님 같으면 무슨 약을 쓰라고 하시겠습니까? 하는 식으로 자기 병세를 은근슬쩍 의사에게 물어봤습니다. 그랬더니 '무엇을 쓰냐고요? 그야 물론 의사의 충고를 써야지요.' 하고 애버니디가 대답했답니다."

"하지만 나는 가리지 않고 다른 사람의 충고도 듣고 보답도 하겠습니다. 이 사건을 해결해 주는 사람에게는 누구에게라도 틀림없이 오만 프랑을 제공하겠습니다."

총감은 약간 불안한 얼굴로 말했다.

"그렇다면"

하고 뒤팽은 서랍을 열어 수표책을 꺼내놓으며 말했다.

"방금 말한 금액의 수표를 써 주시오. 수표에 서명만 해주면 당장 그 편지를 드리겠소."

나는 깜짝 놀랐다. 총감 역시 마치 벼락을 맞은 사람처럼 한마디 말도 없이 꼼짝도 않고, 믿을 수 없다는 듯 입을 벌린 채 튀어나올 듯한 눈으로 뒤팽을 쳐다보고 있었다.

이윽고 정신이 돌아왔는지 펜을 들고 몇 번이나 머뭇머뭇하면서 수표책을 멍청히 내려다보더니, 오만 프랑의 수표에 서명한 다음 책상 너머 뒤팽에게로 돌려주었다. 뒤팽은 수표를 확인한 다음 지갑에 집어넣더니 책상 서랍을 열어 문제의 편지를 꺼내 총감에게 주었다.

총감은 기뻐서 어쩔 줄 몰라 그것을 꼭 움켜쥔 다음 떨리는 손으로 급히 펴서 편지의 내용을 읽더니, 비틀거리며 문 쪽으로 달려가 인사 한마디 없이 나가버렸다. 뒤팽이 수표에 서명해 달라고 말한 때부터 그는 줄곧 아무 말도 못했던 것이다.

총감이 허둥지둥 가버리자 뒤팽은 궁금해하는 나에게 자세한 설명을 해주었다.

"파리의 경찰은 그 방면에 있어선 아주 유능하지. 끈기도 있고 교묘하면서 교활하고 직무상 필요한 지식은 충분히 가지고 있다네. 그래서 총감이 D장관의 집 안을 조사한 수색 방법을 얘기했을 때에는 그가 노력한 범위 내에서는 최선을 다했으려니 하고 전적으로 그의 말을 믿었네."

"그가 노력한 범위 내에서는 말이지?"

"그렇지. 그가 사용한 방법은 최상의 것일 뿐 아니라 절대적으로 안전하게 실행되었을 테니 편지가 그들의 수색 범위 내에 감춰져만 있었다면 반드시 눈에 띄었을 것일세."

나는 별생각 없이 웃고 있었으나 뒤팽은 진심으로 얘기하고 있는 것 같았다.

"채택된 방법도 훌륭했고 실행도 빈틈이 없었단 말일세. 하지만 옥의 티는 그런 방법이 상대자에게는 적합하지 않았다는 점일세. 총감이 자랑하는 아주 교묘한 수단이라는 게 실상은 프로크루스테스(그리스 신화에 나오는 강도로서 붙잡은 나그네의 몸이 자기 침대보다 크면 잘라버리고, 짧으면 침대 길이에 맞추어 몸을 길게 늘였다.)의 침대와 같은 것으로 그는 그 침대에 자신의 계획을 억지로 두들겨 맞추었던 것이지. 그는 당면한 사건에 대하여 지나치게 가볍게 생각하거나 혹은 지나치게 깊이 생각하여 항상 실패한단 말일세.

이런 점에 있어선 어린아이가 그보다 훨씬 더 영리하단 말이야. 나는 여덟 살 가량 된 어떤 아이를 알고 있는데 그 애는 '홀짝 놀이'에서 너무도 잘 알아맞혀 늘 이겼다네. 작은 돌멩이로 하는 간단한 놀이로 여러 개의 돌을 한 손에 쥐고 '홀수냐? 짝수냐?' 하고 물어서 맞히면 맞힌 애가 따게 되고 틀리면 물었던 애가 따게 되는 거라네.

방금 내가 얘기한 그 아이는 친구들의 돌을 몽땅 딴 거야. 물론 그 아이에게는 잘 맞힐 수 있는 원칙이 있었다네. 그것은 단순히 상대방의 머릿속을 잘 관찰하여 추측한 것에 지나지 않았네.

가령 상대가 아주 멍청하다고 치세. 그 아이가 손을 들며 '홀수냐? 짝수냐?' 했을 때 이 아이가 '홀수다' 해서 그만 지게 되었다고 하세. 그러나 다음번에는 이기지. 왜냐하면 이 아이는,

'이 바보가 첫 번째에는 짝수로 이겼으니까 이 아이의 머리 정도라면 두 번째는 기껏해야 홀수를 쥘 것이다. 그러니 이번에는 홀수를 불러봐야지.' 라며 '홀수!'를 불러 이긴단 말일세.

상대가 그보다 좀 나은 아이라면 이 아이는 이런 식으로 추리하겠지.

'이 녀석은 내가 처음에 홀수라고 해서 틀렸으니까 두 번째는 짝수에서 홀수로 바꿔볼까 하다가 너무 단순하다고 생각해서 결국 조금 전과 똑같이 짝수로 할 것이다. 그렇다면 짝수다.' 하며 또 이긴단 말이지.

자, 이 아이의 이런 식의 추리 방법을 다른 아이들은 요행수로 단정해 버리는데, 그게 정말 요행일까? 이것이 아이들 간에 재수가 좋다는 말을 듣는 그 아이의 추리법이야. 자, 이 아이의 논법을 분석하면 무엇이겠나?"

"그야 추리자의 지적 능력과 상대자의 지적 능력의 일치에 불과한 거 아니겠나?"

"바로 그 걸세! 그래서 내가, 너는 어떻게 해서 그렇게 잘 알아맞혀 이길 수 있었느냐고 그 아이에게 물어보았더니 이렇게 대답하더군.

'상대가 누구든지 얼마나 영리할까 또는 바보일까, 선량한지 불량한지, 혹은 지금 무슨 생각을 하고 있을까 알고 싶을 때에는 내 얼굴의 표정을 그 아이의 표정에 가능한 한 비슷하게 만들어요. 그다음에는 표정에 따라오는 나의 마음에 어떤 생각이나 어떤 감정이 떠오르나 기다리면 되는 거죠.'

이 어린아이의 대답에는 라 로쉬푸코(프랑스 윤리학자), 라 브뤼에르(프랑스 윤리학자), 마키아벨리(이탈리아 정치가), 캄파넬라(이탈리아의 신부, 철학자. 나폴리 독립운동가) 등에서 엿보인 허위의 심각성보다 더 깊은 논리가 있는 것일세."

"결국 자네의 말은 추리자의 사고력과 상대자의 사고력의 일치는 상대방의 사고 능력을 확실히 추측하고 있느냐 없느냐에 달려 있다는 것이군."

"그것의 실제적 가치는 바로 거기에 달려 있는 거지. 총감과 그 부하들이 여러 번 실패한 것은 우선 이 일치가 없었던 것과, 두 번째의 원인은 상대방의 사고력을 오산한 것, 아니 전혀 계산하지 않은 데에 있네.

그들은 자기네들의 재주만 믿고 자신들이 감출만한 방법으로만 물건을 찾으려고 했지. 그것은 보통 사람들도 갖고 있는 재주일 뿐이야. 하지만 특별한 범인의 교활함이 그들의 재주보다 뛰어날 때에는 말할 것도 없이 범인에게 진다는 말일세.

상대방의 지능이 그들의 지능 이상인 경우에는 반드시 넘어가고, 또 이하일 때에도 질 수 있다네. 그들은 수색의 원칙에 있어 임기응변이 없더군. 비상사태이거나 보수가 막대하다면 원칙에서 좀 벗어나 보려고도 하지 않고 고작 한다는 짓이 그들의 상투적인 수단을 확장하거나 반복하는 정도였지.

예를 들면 G의 경우에도 수색의 원칙에 무슨 변화가 있었나? 구멍을 파 보거나 송곳으로 쑤셔보거나, 두드려보거나 확대경으로 자세히 살펴보거나 집안을 평방인치로 나누어 번호를 매긴 것이 무슨 소용이란 말인가? 그따위 것들은 총감이 오랜 재직 중에 습득한 보통 사람의 지능을 토대로 한 수색 방법 중 몇 개 원칙을 확대하여 응용한 것이 아니고 무엇인가?

그는 사람들이 다 반드시 의자 다리에 구멍을 파고 편지를 감추지는 않는다 하더라도, 당연히 사람의 눈에 띄지 않는 구멍이나 틈에 편지를 감출 것이라고 짐작한 것이 아니겠나?

자네는 어떨 것 같나? 이렇게 눈에 띄지 않는 구석에다 감춘다는 것은 보통의 지능을 가진 사람들이 흔히 하는 짓일세. 물건을 감출 때 이런 식으로 힘들게 감춰진 물건은 금방 추측되기 쉽고 실제로도 추측되는 것이라네. 그러므로 그것을 발견해 내는 것도 수색자의 예민한 통찰력에 있는 게 아니라 단지 주의력과 열성과 결단 때문일세.

그러므로 사건이 위중한 것이나 보수가 굉장할 때라도 총감의 수색 방법이 조금도 변함이 없었다는 것일세. 다행히 도둑맞은 편지가 총감의 수색 범위 내에 있었더라면 즉, 상대방의 은닉 원칙이 총감의 수색 원칙에 포함되어 있었다면 편지의 발견은 의심할 여지도 없었을 테지만 불행하게도 총감은 그에게 철두철미 지고 말았단 말일세.

G의 실패의 원인은 D장관이 시인이었기 때문에 그를 바보라고 단정해 버린 데에 있는 거야. '모든 시인은 바보다.' 라고 총감은 단정하고 이 전제로부터 추론을 내려 판단이 개념을 끌어내지 못하는 오류를 범한 것일세."

"그런데 정말 장관이 시인이었나? 그의 형제가 모두 학계에 이름을 날리고 있다는 것은 알지. 장관도 미분학에 대한 훌륭한 저술도 있어 수학자인 것은 확실하지만 시인은 아닐 걸세."

"아니, 그건 자네의 오해야. 난 장관을 잘 알고 있는데 그는 시인 겸 수학자로서 추리를 잘하지. 수학자뿐이었다면 그렇게 추리를 잘할 수 없었을 거고 아마 총감의 수사에 걸려들었을 걸세."

"여보게, 그렇다면 세상의 여느 의견과 모순이 아닌가. 자네는 수 세기 동안 내려오는 정설을 무시하는 건 아니겠지. 수학적 추리 방법은 오랫동안 최상의 추리력으로 인정되어 오지 않았나?"

"단언할 수 있는 것은"

뒤팽은 샹포르(프랑스 문학가)의 말을 인용하여 대답했다.

"모든 세속적 관념 또는 세속적 관례는 대다수가 대중의 의견에 적용되는 것으로 한마디로 어리석은 일일세. 수학자들은 자네가 말한 통속적인 오류를 보급하는 데 전력을 다해온 셈이지. 그것이 진리로서 보급되어 왔다고 해도 오류는 역시 오류거든. 예를 들면 그들은 이런 곳에 쓰기에는 좀 어울리지 않는 '분석' 이라는 말을 대수에 교묘하게 적용하고 있거든. 이 특수한 기만은 프랑스인이 장본인이지.

하지만 만일 용어에 중요성이 있다면 즉, 용어가 그 적용으로부터 가치를 유도한다면 라틴어의 Ambitus가 영어의 Ambition(야망)을 의미하고, religio가 religion(종교)을, 또한 homines honesti가 영어의 honorable men(훌륭한 사람)을 의미하는 것처럼 analysis(분석)가 algebra(대수)를 유도해내지."

"자네는 파리의 대수 학자들에게 선전포고를 하는 것인가?"

"나는 추상적 논리 이외의 특수한 형식에서 발달한 추리의 효력 또는 가치에 항의하는 것일세. 수학적 연구에서 유도된 이론을 나는 반대하네. 수학은 형식과 수량의 과학이고, 수학적 추리라는 것은 형식과 수량에 관한 관찰에 적용된 논리에 지나지 않은 것일세. 그런데도 순수 대수학의 진리가 추상적 혹은 보편적인 진리라고 가정한 것이 큰 오류일세. 그리고 이 오류가 놀랄 만큼 일반적으로 통용되고 있다는 것에 대해선 정말 심각하게 생각하지 않을 수 없네.

수학의 공리가 보편적 진리의 공리는 아닐세. 형식과 수량의 관계에 대하여 진리인 것이 윤리학에선 큰 오류로 되는 경우가 많거든. 윤리학에 있어서 부분의 집합이 전체와 같다는 것은 대개 진리가 아닐세.

화학에 있어서도 공리는 소용이 없네. 동기를 고려할 때도 그렇지. 왜냐하면 각기 일정한 가치를 가진 두 개의 동기는 그것을 합치더라도 반드시 개개의 가치의 합과 같은 가치를 가진 것이라고는 할 수 없으니까 말일세. 관계의 범위 안에서만 진리인 수학적 진리는 이 밖에도 얼마든지 있네. 그러나 수학자들은 습관상 그들의 진리가 절대적으로 보편적 적용을 가지고 있는 것처럼 주장하고, 세상 사람들도 그와 같이 생각하고 있는 것일세.

브라이언트(영국 고고학자)가 그의 해박한 저서 〈신화학(神話學)〉에서 '이교도의 우화를 믿지 않으면서도 우리들은 으레 그 사실을 잊어버리고 그것을 실화처럼 인정하고 그런 우화로부터 추론한다.'라고 한 말은 똑같은 오류의 근원을 지적한 말일세. 대수 학자들의 경우는 이교도의 우화를 믿고 있으며 그들의 추론은 기억상실이기보다 설명할 수 없는 두뇌의 혼란스러움에서 나오고 있는 걸세.

요컨대 나는 등근(等根) 이외의 것으로 신용할 수 있는 수학자, 혹은 x

^{2}+px가 무조건 q와 같다는 것을 슬그머니 자기의 신조로 삼지 않는 수학자를 아직까지 만난 적이 없네. 시험 삼아 수학자의 한 사람에게 x^2+px가 q와 같지 않을 수 있다고 말해 보게. 그것을 이해시켰다 해도 곧 도망치지 않으면 큰일이 날 걸세. 틀림없이 자네를 때려눕히려고 할 테니까."

내가 그의 얘기를 듣고 웃었더니 뒤팽은 말을 이었다.

"내 얘기의 취지는 만일 D장관이 수학자에 불과했더라면 총감은 이 수표를 나에게 줄 필요는 없었을 걸세. 그러나 나는 그가 수학자인 동시에 시인인 것을 알았네. 나는 그의 환경의 여러 가지를 고려하여 내 잣대를 그의 능력에 맞추었던 것일세.

나는 그를 아첨꾼이며 또 대담한 음모가로 알고 있었지. 이런 사람은 경찰의 상투적인 수단을 잘 알고 있었을 것이고, 강도로 위장한 경찰이 밤길에 잠복해 있을 것을 예상하지 못했을 리가 없네. 그리고 결과는 그가 예측한 대로 모두 들어맞았단 말이야. 물론 가택 수색도 당할 거라 예상하여 가끔 밤에 집을 비워둔 것을 총감은 호기라고 좋아했지만, 사실은 경찰에게 충분한 수색의 기회를 주어서 편지가 집안에 없다는 확신을 ─ G는 결국 넘어갔네만 ─ 주기 위한 모략에 지나지 않았네.

은닉된 물품 수색에 관한 경찰의 상투적 방법에 관해 내가 힘들여 자세히 설명한 것쯤이야 분명히 장관의 머리에도 떠올랐을 거야. 그래서 보통의 은닉 방식을 피했을 것이네. 그의 집안의 아무리 복잡하고도 눈에 띄지 않는 곳이라도 총감의 눈과 바늘이나 송곳과 확대경을 피할 수 없을 거라는 것을 생각 못 할 만큼 바보는 아니라고 나는 확신했던 거지.

결국 나는 그가 '어수룩한' 방법을 취할 거라는 걸 간파했네. 의식적으로 그런 방법을 선택하지 않더라도 말일세. 우리들이 총감을 만난 날 말일세. 너무 단순한 사건이라서 오히려 그를 괴롭힌 것인지도 모르겠다고 말했을 때 총감이 배를 잡고 웃어댄 것을 자네는 기억하고 있겠지."

"그랬지, 생각나네. 참 유쾌하게 웃었지. 나는 총감의 웃음보가 터진 줄 알았네."

"물질계에는 비 물질계와 유사한 것이 얼마든지 있거든. 그러므로 은유와 비유는 논쟁을 강하게 하고 문장을 아름답게 하려고 만들어진다는 수사학상의 독단이 다소 진리의 색채를 띠게 되는 것일세.

예를 들면 관성의 법칙은 물리학이나 형이상학에 있어서 동일한 것같이 생각되네. 물리학에 있어서 큰 물체는 작은 물체보다도 움직이기가 힘이 들고 그에 따르는 운동량은 이 힘에 정비례하는 것인데, 이 사실은 형이상학에 있어서 보다 더 큰 지적 능력은 열등한 지적 능력보다도 동작에 있어서 더 강하고 불변하며 효과적이지만, 처음 움직일 때는 좀처럼 움직이지 않고 주저하게 되는 것과 마찬가지일세.

자넨 거리의 상점에 걸려 있는 간판 중에서 어떤 것이 눈에 가장 잘 띌 것인지 생각해 본 적이 있나?"

"그런 건 생각해 본 적 없는데."

"지도를 펼쳐 놓고 하는 지명 찾기라는 게임이 있네. 한쪽이 어떤 지명을 부르면서 상대편에게 찾으라고 하는 거야. 도시나 강, 혹은 나라 등 아무튼 지도 표면상의 어떤 지명이라도 상관없네. 게임에 서툰 풋내기는 괜히 깨알만한 지명으로 상대편을 골리려고 하지만 게임에 익숙한 사람은 큰 글자로 지도에 가득 펼쳐진 이름을 선택하는 거야. 이렇게 너무 큰 글자로 쓴 지도의 지명이나 거리의 간판과 광고들이 도리어 사람들의 눈에 띄지 않는 것이라네.

이렇게 못 보고 지나치는 물리적 착각은 지적 능력도 있는 사람이 오히려 너무 명백한 것에 생각이 미치지 못하여 그대로 지나쳐 버리는 정신상의 부주의와 흡사한 것일세. 그러나 이것은 총감의 상대가 총감보다 지적 능력이 이상이었든가 또는 이하였을 수도 있지. 총감은 장관이 편지를 어떤 사람에게 들키지 않도록 세상 사람들의 바로 코밑에다 감춰둘 거라고는 꿈에도 생각지 못한 것일세.

그래서 나는 D장관의 대담하고도 당돌하면서 영리한 두뇌의 교묘함을 염두에 두고, 상투적인 수색 방법으로는 찾을 수 없다는 총감 자신이 제공한 결정적인 정보를 생각하였다네. 나는 장관이 편지를 언제든지 손닿는 곳에 두어야 하며 감추기 위해 애를 쓴 흔적을 남기지 않으려는 영리하고도 지혜로운 방법을 채택한 것을 알았지.

나는 이 같은 생각으로 맑게 갠 어느 날 아침에 푸른 안경을 쓰고 장관 댁을 방문했다네. 장관은 마침 집에 있었네. 여전히 하품이나 하며 피곤해하고 무료해서 견딜 수 없다는 듯한 태도더군. 세상에 이 작자처럼 정력가는 없을 거야. 아무도 보는 사람이 없을 때에 그렇단 말일세.

나는 장관 못지않게 눈이 나빠져서 안경을 쓰지 않으면 안 되었다고 불평하며 주인의 얘기에 귀를 기울이고 있는 척 안경으로 주의를 돌려놓고 방 안을 둘러보았네.

나는 장관의 큰 책상을 특히 주의했지. 그 위에는 여러 통의 편지와 문서, 두서너 개의 악기와 몇 권의 책이 어지럽게 놓여 있더군. 한동안 유심히 살펴보았지만 특별히 의심할 만한 것이라곤 아무것도 없었지.

방 안을 휘휘 둘러보다 마침내 나의 시선은 벽난로 한복판 아래에 있는 조그마한 구리 집게로부터 지저분한 파란 리본이 매달려 있고 금속으로 장식되어 겉만 번드르르한 마분지 편지꽂이에 멈췄네. 서너 칸으로 나뉘어 있는 이 편지꽂이에는 몇 장의 명함과 함께 한 통의 편지가 들어 있더군. 이 편지는 아주 더럽게 구겨져 있었는데 처음에는 버릴 것으로 찢어버리려다가 그냥 꽂아둔 것처럼 가운데가 둘로 찢어져 있었네. 그 편지에는 크고 시커먼 봉인이 있었고 뚜렷하게 D라는 기호가 있었으며, 가느다란 여자 필적으로 D장관에게 보낸 것이었네. 그것은 편지꽂이 제일 위 칸에 아무렇게나 꽂아둔 듯이 꽂혀 있었네.

나는 이거야말로 찾고 있던 편지가 틀림없구나 했지. 물론 이 편지는 총감이 우리들에게 자세히 설명한 것과는 판이하게 달랐네. 이 편지의 봉인은 크고 시커먼 D라는 기호였네. 총감이 말한 편지는 작고 빨간 봉인에 S 집안의 공작 문장이 있다고 하지 않았나? 또 총감이 말한 편지의 주소는 어느 왕족이라고 했는데 이 편지의 주소는 여자 필적으로 쓰여 있었어. 다만 편지의 크기만 일치하더군. 이렇게 극단적으로 다른 점과 함께, 손때가 묻어 더럽고 찢어진 편지의 상태가 D의 빈틈없는 일상생활 모습과는 모순되어 보이더군. 게다가 보는 사람으로 하여금 하찮게 보이려는 의도라든가, 편지가 모든 방문자의 눈에 띨 수 있는 곳에 아무렇게나 놓여 있는 점들이 내가 내린 결론과 완전히 일치하는 것이었지. 이런 사실들은 편지를 찾을 목적으로 온 내가 충분히 의심할 만하더군.

나는 가능한 오랫동안 시간을 끌면서 그의 관심을 끌고 감동시킬 만한 논제를 끌어내어 장관과 열심히 토론하는 척하며 편지로부터 일순간도 주의를 놓치지 않았네. 대화 도중 틈틈이 살펴보면서 나는 편지의 겉모습과 편지꽂이에 꽂혀 있는 모양을 머릿속에 깊이 새겨 넣었지.

그러다가 미심쩍은 점을 발견하고는 나의 조그마한 의혹마저 깨끗이 사라졌다네. 편지 모서리를 유심히 살펴보니 필요 이상으로 구겨져 있었단 말이야. 딱딱한 종이가 한 번 접혀져 그 위를 집게로 누른 다음 그 꺾인 곳과 반대쪽으로 다시 꺾을 때 나타나는 갈라진 선이 있었네. 이것만으로도 충분했지. 편지가 장갑처럼 뒤집혀져 주소가 고쳐지고 다시 봉인을 한 것이 확실했네.

나는 장관에게 작별 인사를 하고 일부러 금제 담뱃갑을 책상 위에 놔둔 채 집으로 돌아왔네.

다음 날 아침에 나는 담뱃갑을 찾는다는 핑계로 장관 댁을 방문하여 전날에 우리들이 했던 토론을 계속 이어서 했지.

이때 창문 아래에서 권총 소리 같은 탕! 하는 소리가 들려오고 연이어 놀란 사람들의 비명소리가 들려왔네. 깜짝 놀란 장관은 창 쪽으로 달려가 창문을 열고 밖을 내다보았네.

그 순간 나는 편지꽂이 있는 곳으로 급히 다가가 그 편지를 꺼내 호주머니에 넣은 다음 외관상으로는 똑같은 가짜 편지를 대신 놓아두었네. 그것은 D기호를 흉내 내어 빵으로 만든 봉인으로 집에서 미리 만들어 가지고 간 것일세.

거리의 소동은 총을 가진 사내의 미친 짓 때문에 일어난 것이었지. 부인들과 아이들에게 발포했지만 탄알이 없는 공포탄을 쏜 것이 밝혀져 미친 사람이나 주정꾼으로 취급하여 금방 석방되었다네. 나는 찾던 편지를 손안에 넣자 장관을 따라 창 옆으로 가 서 있었네. 주정꾼이 사라지자 장관은 자기 자리로 돌아오고 나도 인사를 한 후 그 집을 나왔네. 짐작했겠지만 주정꾼의 소동은 내가 시킨 것이었다네."

"그런데 말일세. 왜 가짜 편지 같은 걸 그곳에 넣어두었나? 자네가 처음 방문했을 때 찾았으니 그냥 빼 오지 않고."

"아니지. D장관은 물불을 가리지 않는 대담한 자거든. 또 그의 집에는 그를 위해 생명을 내던질 하인들도 여럿 있는데 어디 될 말인가? 만일 자네 말대로 했다 잘못 걸렸다간 괜히 뼈도 못 추리고 파리 시민들이 내 소식을 알지도 못하게? 그러나 이런 문제 외에도 나에겐 다른 이유가 있었지.

내가 정치적 편견을 가진 것은 자네도 잘 알고 있지 않나? 이 사건에 있어서 나는 귀부인의 당원으로 활동한 걸세. 수개월 동안 장관은 그 귀부인을 자기 세력하에 굴복시키고 있었는데, 이번에는 그가 귀부인에게 굴복당할 차례지. 편지가 그의 손에서 사라졌다는 것을 아직 모르고 있으니까 그는 여전히 제멋대로 행동할 것이 아닌가? 그러다가 곧 정치적인 파멸을 초래할 것이란 말일세.

파멸로 떨어지는 꼬락서니야말로 절벽을 굴러떨어지는 것 같고 숨 막힐 지경일 것일세. '지옥으로 떨어지기는 쉽다'고 했지만 카탈라니(이탈리아 성악가)가 성악에 관해서 얘기한 대로 고음으로 올라가는 것보다 저음으로 떨어지는 것이 더 어렵다고 하더군.

이번 경우에 나는 추락하는 자에게 아무런 동정도 하기 싫다네. 조금의 연민도 느끼지 않아. 그는 무서운 괴물에 파렴치한 천재야. 그래도 총감의 말을 흉내 낸다면, 장관이 어떤 귀부인한테 코가 납작하게 된 후에 당황하여 부랴부랴 내가 바꿔 넣은 가짜 편지를 읽게 되면 그 위인은 무슨 생각을 할까 그 꼬락서니를 보고 싶기는 하군."

"그럼 자네는 그 속에 무엇을 써넣었단 말인가?"

"그냥 백지만 넣기도 좀 뭐하잖아. D장관을 모욕하는 것 같기도 하고. D는 언젠가 한 번 빈에서 나를 몹시 애먹인 적이 있었어. 나는 그때 불쾌한 것을 꾹 참으며 언젠가는 이 일을 설욕하겠노라고 마음먹었지. 그의 뛰어난 지략보다 한걸음 앞선 녀석이 누군지 궁금해할 텐데 단서를 남기지 않는 것도 안 된 일이지 않나. 그도 내 필적을 알고 있으니 백지 가운데에 다음과 같은 글을 써넣었네.

이러한 무참한 계획은
아트레에게는 적당치 않을지 몰라도
티에스트에게는 어울릴 것이다.

이 글은 크레비용의 〈아트레와 티에스트〉(그리스 신화의 복수극) 1절이라네."

큰 바위 얼굴

- 너새니얼 호손 -

작가 소개

너새니얼 호손(Nathaniel Hawthorne 1804~1864) 미국 소설가.

매사추세츠주 세일럼에서 선장의 아들로 태어났다. 엄격한 청교도 가정에서 성장하였으며, 1825년 보든 대학교를 졸업 후 1828년 최초의 소설《팬쇼》를 자비 출판하였으나 호응을 못 받자 전량 회수해 폐기한다. 1837년 단편집《트와이스 톨드 테일스》를 발표하고, 1839년 보스턴 세관에 근무하면서 창작활동에 전념한다.

1842년 S. 피보디와 결혼하고, 그 후 1850년 대표작이 된《주홍글씨》를 발표한다. 17세기 청교도 식민지 보스턴에서 일어난 간통사건을 다룬 내용으로 청교도의 엄격함을 묘사하고 긴밀한 구성과 상징적 기법을 통해 도덕적 죄악에 빠진 인간의 내면을 세밀하게 묘사해 19세기의 대표적 미국소설 작가로서의 명성을 얻는다. 1851년 청교도를 선조로 가진 호손의 4대조에 대한 전설을 바탕으로 한《일곱 박공의 집》을 발표하였다. 1853년 영국의 리버풀 영사로 4년간 근무한 후 이탈리아를 여행한다. 그때의 경험과 자기중심에 사로잡힌 사람들의 내면생활을 비판한《블라이드데일 로맨스》를 발표한다. 1860년 귀국한 뒤《우리들의 고향》을 마지막으로 발표하고 1864년 여행 중에 60세의 일기로 영원히 잠든다.

그 외 작품으로는《대리석의 목신상》《반점》《큰 바위 얼굴》《두번 들려준 이야기》《낡은 저택의 이끼》《눈 인형》등이 있다.

작품 정리

너새니얼 호손이 만년에 쓴 단편소설로 '큰 바위 얼굴' 이라는 소재를 통해 여러 인간상을 보여주면서 이상적인 인간을 추구한 작품이다. 중학교 국어 교과서에 실릴 정도로 우리에게 친숙한 작품으로 구성도 평이하게 특별한 반전보다는 잔잔하게 이야기를 서술해 가는 방식이다.

진정으로 현명하고 선한 인간의 가치는 세속적인 힘이나 경제적 부와 무력 또는 권력에 있는 것이 아니라 순박하고 겸허한 자세로 끊임없는 자기 탐구를 거쳐 얻어진 말과 사상과 실생활의 일치에 있다는 것을 보여준다.

교훈적이고 풍자적인 내용을 담았으며 진정한 인간성이란 그 사람의 삶의 과정을 통해 이루어지는 것을 말하고자 했다.

작품 줄거리

남북전쟁 직후 어니스트란 소년은 어머니로부터 바위 언덕에 새겨진 큰 바위 얼굴을 닮은 아이가 태어나 훌륭한 인물이 될 것이라는 전설을 듣는다. 어니스트는 커서 그런 사람을 만나보았으면 하는 희망을 가지고, 자신도 어떻게 살아야 큰 바위 얼굴처럼 될까 생각하면서 진실하고 겸손하게 살아간다. 세월이 흐르는 동안 돈 많은 부자, 전쟁 영웅이 된 장군, 말을 잘하는 정치인, 글을 잘 쓰는 시인들을 만났으나 큰 바위 얼굴처럼 훌륭한 사람으로 보이지 않았다.

그러던 어느 날 어니스트의 설교를 듣던 시인이 어니스트가 바로 '큰 바위 얼굴'이라고 소리친다. 하지만 할 말을 다 마친 어니스트는 집으로 돌아가면서 자기보다 더 현명하고 훌륭한 사람이 큰 바위 얼굴과 같은 모습을 가지고 나타나기를 마음속으로 바란다.

핵심 정리

· 갈래 : 단편 소설
· 시점 : 전지적 작가 시점
· 배경 : 미국 남북전쟁 후 높은 산에 둘러싸인 계곡 마을
· 주제 : 이상적인 삶과 인간성의 회복

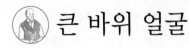 큰 바위 얼굴

어느 날 오후 해 질 무렵, 어머니와 어린 아들은 자기네 오막살이집 문 앞에 앉아서 큰 바위 얼굴에 관해 이야기를 하고 있었다. 그 큰 바위 얼굴은 여러 마일이나 떨어져 있었지만 그들이 눈을 들기만 하면 햇빛에 비치어 그 모습이 뚜렷하게 보였다.

대체 큰 바위 얼굴이란 무엇일까?

높은 산들에 둘러싸인 분지가 하나 있었다. 그곳은 넓은 골짜기로서 많은 사람이 살고 있었다. 그곳에 사는 순박한 사람들 중에는 가파른 산허리의 빽빽한 수풀에 둘러싸인 곳에 통나무집을 짓고 사는 사람들도 있고, 골짜기로 내리뻗은 비탈이나 평탄한 지면의 기름진 땅에 농사를 지으며 안락하게 사는 사람들도 있었다. 또 한 곳에는 인구가 조밀하게 모여서 마을을 이루고 사는 곳도 있었고, 높은 산악 지대로부터 떨어져 내리는 격류를 이용하여 기계를 돌리는 방직 공장도 있었다.

아무튼 이 골짜기에는 살고 있는 주민들도 많았고 살림살이 모양도 여러 가지였으며 그중에는 위대한 자연 현상에 대하여 유달리 감동하는 사람들도 없지 않았으나 그들에게 한 가지 공통된 점은 큰 바위 얼굴에 대한 일종의 친밀감을 가지고 있다는 것이었다.

그렇게 모든 사람이 우러러보는 큰 바위 얼굴은 깎아지른 듯한 절벽 위에 몇 개의 바위로 이루어진 것으로 장엄한 대자연이 유희적 기분으로 만든 작품 같았다. 그 바위들을 적당한 거리에서 바라보면 잘 어우러져 확실히 사람의 얼굴처럼 보이는 것이었다. 마치 거대한 거인이나 타이탄이 절벽 위에 자기 자신의 얼굴을 조각한 것같이 보였다. 넓은 아치형의 이마는 높이가 삼십여 미터나 되고 기름한 콧날에 넓은 입술 ―만약에 우람한 그 입술이 말을 한다면 천둥소리처럼 골짜기의 이 끝에서 저 끝에까지 울릴 것 같았다.

아주 가까이에서 보면 그 거대한 얼굴의 윤곽은 없어지고, 무겁고 큰 바위들이 폐허에 질서 없이 포개진 것으로만 보일 것이다. 그러나 차차 뒤로 물러서면서 보면 그 신기한 형상을 알아볼 수 있게 점점 드러나고, 거리가 멀어질수록 더욱더 사람의 얼굴과 같아져 그 본래의 거룩한 모습을 볼 수 있게 된다. 그리고 구름과 안개에 싸여 희미해질 만큼 멀어지면 큰 바위 얼굴은 정말 살아 있는 것같이 보이는 것이었다.

이곳 아이들이 큰 바위 얼굴을 쳐다보며 자라나는 것은 큰 행운이었다. 왜냐하면 그 얼굴은 생김생김이 숭고하고 웅장하면서도 표정은 다정스러워 온 인류를 포용하고도 남을 것 같은 애정이 느껴지기 때문이었다. 그저 그것을 바라보는 것만으로도 큰 교육이 되었다. 또한 이 골짜기의 토지가 기름진 것은 구름을 찬란하게 꾸미고 햇빛 속에 정다움을 펼치면서 언제나 이 골짜기를 내려다보고 있는 자비스러운 큰 바위 얼굴 덕분이라고 사람들은 믿고 있었다.

처음에 이야기를 시작한 것과 같이 어머니와 어린 소년은 오막살이집 문 앞에 앉아서 큰 바위 얼굴을 쳐다보며 그에 대한 이야기를 하고 있었다. 그 아이의 이름은 어니스트였다.

"어머니!"

하고 아이는 말하였다. 그때 타이탄과 같은 큰 바위 얼굴이 아이에게 미소를 보내는 것만 같았다.

"저 큰 바위 얼굴이 말을 할 수 있었으면 좋겠어요. 저렇게 다정해 보이니까 목소리도 매우 좋겠지요? 만약 내가 저런 얼굴을 가진 사람을 만난다면 나는 정말 그분을 진정으로 사랑할 거예요."

"만약에 옛날 예언이 실현된다면 우리는 언젠가 저것과 똑같은 얼굴을 가진 사람을 볼 수 있을 거란다."

"어떤 예언인데요, 어머니? 어서 얘기해 주세요."

어니스트는 어머니에게 물었다. 어머니는 어니스트보다 더 어렸을 때 그녀의 어머니에게서 들은 이야기를 아이에게 해 주었다.

그것은 매우 오래전부터 전해 내려오는 이야기로서 지나간 일에 대한 것이 아니라 장차 일어날 일에 대한 이야기였다. 옛날에 이 골짜기에 살고 있던 아메리칸 인디언들 역시 그들의 조상들로부터 그 예언을 들어왔다고 한다. 또 그 조상들이 믿음을 가지고 말하는 것에 따르면 그 이야기의 시작은 산골짜기를 흐르는 시내가 종알거리고 나무 끝을 스치는 바람이 속삭여 주었다는 것이다.

그 예언이란 장차 언제고 이 분지 근처에 한 아이가 태어나 고귀하고 위대한 인물이 될 운명을 타고날 것이며 그 아이는 어른이 되어감에 따라 얼굴이 큰 바위 얼굴을 닮아 갈 거라는 것이다.

열렬한 희망과 변하지 않는 확신을 가지고 아직도 많은 늙은이들과 어린이들이 이 오래된 예언을 믿고 있었다. 그러나 아무리 기다려도 그런 얼굴을 가진 사람을 만나지 못한 많은 사람들은 이 예언을 그저 허황된 이야기라고 단정했다. 어쨌든 예언이 말하는 위대한 인물은 아직 나타나지 않았던 것이다.

"어머니! 어머니!"

어니스트는 손뼉을 치며 외쳤다.

"내가 커서 꼭 그런 사람을 만나 보았으면……."

그의 어머니는 애정이 많고 생각이 깊은 부인이어서 아들의 큰 희망을 깨뜨리지 않는 것이 현명한 일이라고 생각했다. 그래서 어머니는 아들에게 말하였다.

"너는 아마 그런 사람을 만날 것이다."

그 뒤로도 어니스트는 어머니께서 해 주신 이야기를 늘 잊지 않았다. 그가 큰 바위 얼굴을 쳐다볼 때마다 어머니에게서 들은 이야기가 마음속에 떠오르는 것이었다. 그는 그가 태어난 그 오막살이집에서 어린 시절을 지내는 동안 늘 어머니 말씀에 순종하였고, 어머니께서 하시는 일들을 그의 조그마한 손과 사랑하는 마음으로 도와 드렸다. 이리하여 가끔 명상을 하는 이 행복한 어린아이는 점점 더 온화하고 겸손한 소년이 되었다.

밭에서 일을 하기 때문에 햇볕에 검게 그을렸지만 유명한 학교에서 교육을 받은 소년들보다 더 총명한 빛이 그의 얼굴에 떠올랐다. 어니스트에게 선생님이 있었다면 그것은 바로 저 큰 바위 얼굴이었다.

어니스트는 하루의 일이 끝나면 몇 시간이고 그 바위를 바라보는 것이었다. 그러다가 마침내는 큰 바위 얼굴이 자신을 알아보고 어니스트의 눈길에 가득 담긴 존경에 대하여 자신을 격려하는 친절한 미소를 보내 준다고 믿기 시작하였다. 물론 큰 바위 얼굴이 어니스트에게만 더 친절하게 보일리는 없겠지만 그렇다고 어린 어니스트의 생각을 덮어놓고 틀렸다고만 할수는 없었다. 사실 믿음이 깊고 순수한 그의 맑은 마음은 다른 사람들이 보지 못하는 것을 볼 수 있었던 것이다. 이 때문에 모든 사람이 다 누릴 수 있는 큰 바위 얼굴의 사랑이 특별히 자신만의 사랑이 될 수 있다고 느꼈다.

바로 이 무렵 옛날부터 전해 오던 예언대로 마침내 큰 바위 얼굴처럼 생긴 위인이 나타났다는 소문이 이 분지 일대에 파다하게 퍼졌다.

여러 해 전에 한 젊은 사람이 이 골짜기를 떠나 먼 항구로 가서 사업을 시작하여 돈을 많이 벌었다. 그의 이름은 -그의 본명인지 혹은 그가 사업에 성공한 데서 온 별명인지는 모르나- 개더골드라고 했다. 빈틈없고 민활한데다가 하늘이 주신 비상한 재능, 즉 세상 사람들이 '재수'라고 부르는 행운을 타고난 그는 대단한 거상이 되었던 것이다.

그의 재산을 계산하는 데만도 많은 시간이 걸릴 만큼 큰 부자가 되었을때 그는 고향을 생각하게 되었다. 그리고 자신이 태어난 고향에 돌아가서여생을 마치겠다고 결심한 그는, 자신 같은 백만장자가 살기에 적당한 저택을 짓기 위해 능숙한 목수를 먼저 고향으로 내려보냈다.

먼저 말한 바와 같이 이 골짜기에는 벌써 개더골드야말로 지금까지 오래기다렸던 예언의 인물이요, 그의 얼굴은 틀림없이 큰 바위 얼굴 그대로라는 소문이 돌았다. 그의 아버지가 여태까지 살았던 초라한 농가를 허물고마치 요술의 힘으로 꾸민 듯한 굉장한 저택이 들어서는 것을 본 사람들은,그 소문이 거짓 없는 사실일 거라고 모두 다 믿게 되었다.

어니스트는 예언의 인물이 드디어 나타났다는 사실만으로도 마음이 몹시 설레었다. 그의 어린 마음은 막대한 재산을 가진 개더골드가 큰 바위 얼굴의 너그럽고 자비로운 미소처럼 모든 사람들에게 자선을 베풀어 줄 것이라고 믿었다.

그는 여느 때처럼 자신에게 친절한 미소를 보내줄 거라고 상상하며 큰바위 얼굴을 바라보고 있었다. 그때 꾸불꾸불한 길을 따라 빠른 속도로 달려오는 마차 바퀴 소리가 들렸다.

"야! 오신다."

개더골드가 도착하는 광경을 보려고 모인 많은 사람들이 외쳤다.

"위대한 개더골드 씨가 오셨다!"

네 마리의 말이 끄는 마차가 속력을 내어 길모퉁이를 달렸다. 마차의 창밖으로 조그마한 늙은이의 얼굴이 보였다. 그의 피부는 자신의 마이더스의 손으로 빚은 것처럼 누른빛이었다. 이마는 좁았고 작고 매서운 눈가에는 수많은 잔주름이 잡혔으며 얇은 입술은 꼭 다물려 더욱더 얇아 보였다.

"큰 바위 얼굴과 똑같다!"

사람들은 큰 소리로 외쳤다.

"옛날의 예언은 정말이었어. 드디어 위인이 오셨다!"

사람들이 그를 보고 예언의 얼굴과 똑같다고 말할 때 어니스트는 정말 어리둥절하였다. 길가에는 때마침 먼 지역에서 방랑해 온 늙은 거지와 어린 거지들이 있었다. 이 불쌍한 거지들은 마차가 지나갈 때에 손을 내밀고 슬픈 목소리로 애걸을 하였다. 누른 손이 ―이것이야말로 재물을 긁어모은 바로 그 손이― 마차 밖으로 나오더니 동전 몇 닢을 땅 위에 떨어뜨렸다. 그걸 보면 이 위인을 개더골드라고 부르게 된 것도 그럴듯하나 스캐터코퍼 (동전을 뿌리는 사람)라 불러도 잘 어울릴 것 같았다. 그럼에도 불구하고 사람들은 굳은 확신을 가지고 큰 바위 얼굴과 똑같다며 열렬한 함성을 보냈다.

그렇지만 어니스트는 실망하면서 주름살투성이의 영악하고 탐욕이 가득 찬 그 얼굴에서 고개를 돌리고 말았다. 그리고 산허리를 쳐다보았다. 거기에는 맑고 빛나는 얼굴이 몰려드는 안개에 싸여 막 지려는 햇빛을 받고 있었다. 그런 모습은 그의 마음을 한없이 편안하게 하였다. 그의 후덕한 입술은 어니스트에게 이런 말을 하는 것 같았다.

"그 사람은 온다. 걱정하지 마라. 그 사람은 꼭 온다!"

세월은 흘러갔다. 어니스트도 이제는 소년이 아니다. 그는 젊은이가 되었다. 그는 그 골짜기에 사는 다른 사람들의 주의를 끄는 일이 별로 없었다. 그도 그럴 것이 그의 일상생활에는 유달리 뚜렷한 점이 없었던 것이다.

그가 남과 다른 점이 있다면 하루의 일을 마치고 혼자 떨어져서 큰 바위 얼굴을 쳐다보며 명상을 하는 것이었다. 그것은 다른 사람들이 보기에는 참으로 바보 같은 짓이었다. 그렇지만 어니스트는 부지런하고 친절하며 자기가 할 일을 어김없이 하는 성실한 사람이었으므로 아무도 그러는 그를 비난하지는 않았다.

큰 바위 얼굴이 그에게는 훌륭한 선생님이라는 것과, 큰 바위 얼굴에 나타난 고고함이 이 젊은이의 가슴을 다른 사람의 그것보다 더 넓고 깊은 인간애로 가득 채운다는 것을 사람들은 알 수 없었다. 큰 바위 얼굴을 바라봄으로써 책에서 배우는 것보다 더 많은 지혜를 얻고 다른 사람의 부끄러운 모습을 경계할 수 있었으며, 그리하여 현재의 상태보다 더 나은 상태로 발전하고 있음을 다른 사람들은 알지 못했다.

어니스트 또한 들 가운데에서 또는 화롯가에서 그리고 혼자 깊이 명상하는 곳에서 그렇게 자연스럽게 떠오르는 사상과 감정이 사람들과의 교류에서 일어나는 것보다 더 품격이 높은 것임을 몰랐다.

그의 어머니께서 처음으로 오래된 예언을 일러주시던 때와 다름없이 순박한 그는, 골짜기를 내려다보고 있는 큰 바위 얼굴을 바라보며 그것과 똑같이 생긴 살아있는 인간의 얼굴이 좀처럼 나타나지 않는 것이 궁금하였다.

이러는 동안에 개더골드는 죽어 땅속에 묻혔다. 이상한 일은 그의 육체요 영혼이었던 재산은 그의 생전에 이미 사라져 버리고, 우글쭈글하고 누런 살갗으로 덮인 산송장 같은 몰골만이 남더라는 것이었다. 그의 황금이 녹아 스러지면서부터 누구나 다 인정하는 것은, 이 거덜 난 상인의 천한 생김새와 산 위에 있는 장엄한 얼굴 사이에 서로 닮은 점이라고는 아무것도 없었다는 점이었다. 사람들은 그가 살아있을 때에도 존경하는 마음이 사라져버렸지만 죽은 뒤에는 그를 까맣게 잊어버리고 말았다.

그런데 이 골짜기의 태생으로 여러 해 전에 군대에 들어가 수없는 격전을 치르고 지금은 유명한 장군이 된 사람이 있었다. 본명은 무엇인지 잘 모르나 군대나 전쟁터에서는 올드 블러드 앤드 선더(피와 천둥의 노인)라는 별명으로 알려져 있었다. 이 백전의 용사도 이제는 노령과 상처로 몸이 약해지고, 요란한 군대 생활과 오랫동안 귓속에 울려오던 북소리며 나팔 소리에 그만 싫증이 나서 고향에 돌아가 편안하게 살고 싶다는 희망을 발표하였다.

그로 인해 골짜기의 흥분은 이루 형언할 수 없었다. 많은 사람들이 전에는 몇 해를 두고 한 번도 거들떠보지 않던 큰 바위 얼굴을 다시금 쳐다보았다. 올드 블러드 앤드 선더 장군이 어떻게 생겼는지 알고 싶었던 것이다.

　장군을 맞이하는 큰 잔치가 벌어지는 날, 어니스트는 일을 마치고 골짜기 사람들과 함께 숲속의 향연이 마련되어 있는 곳으로 갔다.

　어니스트는 발돋움을 하여 이 유명한 큰 손님을 먼빛으로라도 보려 하였다. 그러나 많은 축사와 연설과 장군의 입에서 흘러나오는 답사를 한 마디도 빠뜨리지 않으려고 많은 사람들이 식탁 주위에 몰려들었고, 따라온 호위병은 직책을 다하기 위해 총검으로 사람들을 마구 밀어냈다.

　원래 성품이 부드러운 어니스트는 뒤로 밀려 그의 얼굴을 볼 수가 없었다. 그는 스스로를 위로하기 위해 큰 바위 얼굴이 있는 쪽을 바라보았다. 그는 언제나처럼 진실해 보이고 오랜 시간 마음속에 품고 있던 친구를 대하듯 다정하게 미소를 띠고 그를 마주 보는 것이었다.

　이때 이 영웅의 용모와 멀리 산허리 위에 있는 큰 바위 얼굴을 비교해 보는 여러 사람들의 말이 들려왔다.

　"판에 박은 듯이 똑같은 얼굴이다!"

　한 사람이 기뻐 날뛰면서 외쳤다.

　"영락없구나! 바로 그 얼굴이야!"

　또 다른 사람이 맞장구를 쳤다.

　"닮다마다! 저건 바로 올드 블러드 앤드 선더가 커다란 거울 속에 비친 것 같은 걸."

하고 셋째 사람이 외쳤다.

　"아무렴, 그렇고말고! 장군이야말로 고금을 통하여 가장 위대한 인물이거든."

　그러고는 이 세 사람이 함께 소리 높여 외치자 그것이 군중에게 전파처럼 퍼져서 수천의 입으로부터 큰 함성을 일으키고 그 함성은 수 마일을 울려 퍼져, 큰 바위 얼굴이 천둥 같은 소리로 고함을 지른 것이 아닌가 하고 의심할 정도였다.

　"장군이다! 장군이다!"

　마침내 사람들의 함성 소리가 작아졌다.

"쉿, 조용히! 장군이 연설을 하신다."

그 말대로 식사가 끝나고 그의 건강을 위한 축배를 올린 후 장군은 박수 갈채 속에 감사의 뜻을 표하기 위하여 일어섰다. 어니스트는 그제서야 그를 보았다. 그의 머리 위로는 월계수가 얽힌 푸른 나뭇가지가 아치를 이루고, 그의 이마에 그늘을 드리우듯 깃발은 축 늘어져 있었다. 게다가 마침 숲이 트인 곳으로 큰 바위 얼굴도 볼 수 있었다.

그렇다면 이들 사이에 사람들이 증언한 바대로 유사한 점이 있었던 것일까? 어니스트는 그것을 찾아낼 수가 없었다. 어니스트는 수없는 격전과 갖은 풍상에 찌든 장군의 얼굴을 유심히 바라보았다. 그 얼굴에는 정력이 넘쳐 흐르고 강철 같은 의지가 드러나 보였다. 하지만 깊은 지혜와 다사로운 자애심은 찾아볼 수가 없었다. 큰 바위 얼굴은 준엄한 표정을 하고 있다 하더라도 한편으로는 더 온화한 빛으로 그 표정을 녹여내고 있었다.

"예언의 인물이 아니다."

하고 말하며 어니스트는 군중 사이를 빠져나가 홀로 한숨을 내쉬었다.

"아직도 더 기다려야 하는 것인가?"

또다시 평온한 가운데 여러 해가 흘렀다. 어니스트는 아직도 자기가 태어난 골짜기에서 살고 있었다. 그도 이제는 중년의 나이가 되었다. 그리고 미미하지만 차차 사람들 사이에도 알려지게 되었다. 그는 지금도 예전처럼 생계를 위해 일을 하면서 여전히 순박한 마음을 지닌 사람이었다. 그러나 그는 그동안 많은 일을 생각하고 또 느꼈다. 생애의 가장 좋은 시절을 인류를 위해 훌륭한 일을 해 보겠다는 신념으로 살았다.

어느덧 자기도 모르는 사이에 그는 일종의 전도사 역할을 하고 있었다. 그의 맑고 높은 순수한 사상은 그의 덕행으로 나타나기도 하였으며 설교로도 흘러나왔다. 그가 토해내는 진리는 듣는 사람들로 하여금 깊은 감명을 안겨 주었다. 그로 인해 새로운 생활을 할 수 있는 계기를 만들고는 했던 것이다.

그의 이야기를 듣는 사람들은 바로 자기네의 이웃이요 친근한 벗인 어니스트가 평범한 사람이 아니라고는 전혀 생각하지 않았다. 더구나 어니스트 자신은 꿈에도 그런 생각을 해 본 적이 없었다. 그럼에도 아직까지 그 누구도 말하지 못했던 숭고한 사상이 마치 시냇물의 속삭임처럼 그의 입에서

술술 흘러나오는 것이었다.

어느 정도 시간이 흘러 냉정을 되찾고 나자 사람들은 올드 블러드 앤드 선더 장군의 험상궂은 인상과 산 위에 있는 자비로운 얼굴과는 비슷한 점이 없다는 것을 알게 되었다. 그러자 이번에는 한 저명한 정치가의 넓은 어깨 위에 큰 바위 얼굴과 똑같은 얼굴이 나타났다는 소식이 들려오고, 신문에는 그것을 확인하는 많은 기사가 실렸다.

이 정치가는 개더골드 씨나 올드 블러드 앤드 선더 씨와 마찬가지로 이 골짜기에서 태어났으나 일찍이 이 고장을 떠나 법률과 정치에 종사하였다. 부자의 재산과 장군의 칼 대신에 그는 오직 하나의 혀를 가졌을 뿐이었으나 그것은 앞의 두 가지를 합친 것보다 더 강력한 것이었다. 그의 언변은 놀랄 만큼 유창하여 그가 무엇을 말하든 간에 청중들은 그의 말을 믿지 않을 수 없게 되어, 그른 것도 옳게 보고 정당한 것도 잘못되었다고 여기게 되었다. 그도 그럴 것이 만일 그가 마음을 먹기만 하면 오로지 숨결만으로도 자욱한 안개를 일으켜 대자연의 햇빛을 무색하게 할 수도 있었던 것이다. 그 언변은 때로는 천둥과도 같이 우르르 울리기도 하며 때로는 한없이 달콤한 음악처럼 사람들의 귀에 속삭이기도 하였다. 사나운 질풍처럼 휘몰아치는가 하면 평화스러운 노래이기도 했다.

물론 사실은 아니지만 그는 혀 속에 심장을 지니고 있는 듯하였다. 실로 놀라운 사람이었다. 그의 혀로 하여금 상상할 수 있는 모든 성공을 거두었다. 그의 혀가 말하는 소리는 각 주의 정부와 여러 군주들에게까지 알려지게 되고 그의 목소리는 방방곡곡에 울려 퍼졌으며 온 세계에 그의 명성을 떨치게 되었다.

마침내 그의 설득력 있는 웅변은 국민으로 하여금 그를 대통령으로 선출하도록 하고야 말았다. 이보다 앞서 그의 이름이 세상에 알려지기 시작했을 때 그의 숭배자들은 그와 큰 바위 얼굴과의 사이에 비슷한 모습을 찾아내었다. 이런 사실들이 알려지면서 이 신사는 올드 스토니 피즈(늙은 바위 얼굴)라는 이름으로 전국에 알려지게 되었다.

친구들이 그를 대통령으로 추대하려고 온갖 노력을 다하고 있을 때, 그는 자기 고향인 이 골짜기를 방문하기 위해 길을 나섰다. 기마행렬은 주 경계선에서 그를 맞으려고 출발하였다. 사람들은 일을 멈추고 길가에 모여 그가 지나가는 것을 보려고 하였다. 사람들 속에는 어니스트도 있었다.

말굽 소리도 요란하게 기마행렬이 달려왔다. 먼지가 어찌나 많이 일어나는지 어니스트는 그의 얼굴을 볼 수가 없었다. 악대가 연주하는 감격적인 음악의 우렁찬 반향이 골짜기에 메아리쳐 골짜기 구석마다 이 저명한 손님을 환영하는 소리로 가득 찼다. 그러나 역시 가장 웅대한 광경은 멀리 솟은 절벽이 음악을 메아리로 되울리는 것이었다.

사람들은 모자를 벗어 위로 던지며 소리를 질러댔다. 그 뜨거운 열기가 사람들의 마음에서 마음으로 통하였으며 어니스트의 가슴에도 뜨거운 것이 솟구쳤다. 그도 모자를 위로 던지며 큰 소리로,

"영웅 만세! 올드 스토니 피즈 만세!"

하고 외쳤다. 그러나 아직 그 사람을 보지는 못하였다.

"왔다!"

어니스트 가까이 서 있던 사람들이 외쳤다.

"저기, 저기, 올드 스토니 피즈를 봐라. 그리고 저 산 위의 얼굴을 보라. 마치 쌍둥이 같지 않으냐?"

이같이 화려한 행렬 한가운데에 네 마리의 흰 말이 끄는 뚜껑 없는 사륜마차가 도착하였다. 그 마차 안에는 모자를 벗어든 유명한 정치가 올드 스토니 피즈가 앉아 있었다.

"어때? 대단하지!"

어니스트의 옆 사람이 그에게 말했다.

큰 바위 얼굴은 이제야 제 모습을 만났다. 솔직히 말하여 마차에서 고개를 끄덕거리며 미소를 띠고 있는 모습을 처음으로 보았을 때, 어니스트는 산 위에 있는 얼굴과 흡사하다고 생각하였다. 훤하게 벗어진 넓은 이마며 그 밖의 얼굴 형상이 참으로 당당하고 힘차게 보여, 마치 타이탄과 경쟁하려는 모습 같았다.

그러나 그 정치가의 얼굴에는, 산 중턱의 얼굴을 빛나게 하며 그 육중한 화강석 물체를 영혼이 깃들어 보이게 하는 장엄함이나 위풍당당함, 신과 같은 위대한 사랑의 표정은 찾아볼 길이 없었다. 원래부터 없었거나 그렇지 않으면 있던 것이 사라져 버린 것 같았다. 이 놀랄 만한 품성을 지닌 정

치가의 눈가에는 지치고 침울한 빛이 서려 있는 것이었다.

어니스트의 옆에 있던 사람은 팔꿈치로 그를 쿡쿡 찌르면서 대답을 재촉하였다.

"어때? 어떤 것 같아? 이 사람이야말로 저 산 중턱의 노인과 똑같지 않나?"

"아니오!"

어니스트는 무뚝뚝하게 대답했다.

"아니, 조금도 닮지 않았소."

"그래? 그렇다면 저 큰 바위 얼굴에게 미안한데."

옆 사람은 이렇게 말하면서도 올드 스토니 피즈를 위하여 다시 환호성을 올렸다.

어니스트는 아주 낙심해서 우울하게 그곳을 떠났다. 예언을 실현시킬 수 있으리라 믿었던 사람이 그렇게 할 마음이 없는 것처럼 보여 슬펐던 것이다.

세월은 덧없이 지나가고 이제는 어니스트의 머리에도 하얀 서리가 내렸다. 이마에는 점잖은 주름살이 생기고 두 뺨에도 고랑이 파였다. 그는 정말 늙은이가 되었다. 하지만 헛되이 나이만 먹은 것은 아니었다. 그의 머릿속에는 무성한 백발보다 더 많은 지혜가 깃들고, 이마와 뺨의 주름살 역시 인생행로에서 겪은 시련을 통해 얻은 슬기가 간직되어 있는 것이었다. 어니스트는 이미 이름 없는 존재가 아니었다. 수많은 사람들이 평생을 쫓아다니는 명예가, 찾지도 않고 구하지도 않는 그에게 다가왔다. 그의 이름은 그가 살고 있는 산골짜기를 넘어 세상에 널리 알려지게 되었던 것이다.

어니스트가 이렇게 나이 들어가고 있을 무렵, 자비로우신 하느님의 섭리로 새로운 시인 한 사람이 세상에 나타났다.

그도 역시 이 골짜기에서 태어난 사람이었다. 그러나 이 고장을 멀리 떠나 일생의 대부분을 소란스러운 도시 속에서 살면서 꿈결 같은 아름다운 음률을 그곳에 쏟아 놓고 있었다. 그는 또 장엄한 송가로 그 큰 바위 얼굴을 찬양한 적도 있었다. 큰 바위 얼굴의 웅대한 입으로 읊어도 부끄럽지 않을 만큼 위대한 시였다. 이를테면 이 천재 시인의 훌륭한 재능은 하늘로부터 물려받아 타고난 것이라고도 할 수 있었다.

그가 산을 읊으면 모든 사람들은 그 산허리에 한층 더 장엄함이 깃들고 산꼭대기에는 영광이 드러나는 것을 볼 수 있었다. 그가 아름다운 호수를 노래하면 하늘은 호수에 미소를 던져 영원한 빛을 비춰주려 하는 듯하였다. 망망대해를 읊으면 깊고도 넓은 거대한 바다가 시인의 노래에 감격하여 약동하는 듯이 보였다.

이 시인의 행복이 가득 찬 눈으로 온 세상을 축복하니 세상은 과거와는 달리 더 훌륭한 모습을 갖게 되었다. 조물주는 자기가 순수 창조한 세계의 마지막 완성을 위해 최상의 솜씨를 가진 그를 내려 보냈던 것이다. 그 시인이 와서 해석을 하고 조물주의 창조를 찬양할 때까지는 천지 창조는 완성된 것이 아닌 것 같았다.

이 시인의 시집은 마침내 어니스트의 손에까지 들어가게 되었다. 그는 하루의 일과가 끝난 뒤에 자기 집 문 앞에 놓인 긴 의자에 앉아 그 시들을 읽었다. 그 의자는 오랜 세월 동안 그가 큰 바위 얼굴을 바라보며 명상에 잠겼던 곳이었다. 그리고 지금 자기의 영혼에 강력한 충격을 주는 그 시들을 읽으면서 그는 눈을 들어 인자하게 자기를 내려다보는 그 얼굴을 바라보았다.

"오, 장엄한 벗이여!"

그는 큰 바위 얼굴을 보고 중얼거렸다.

"이 사람이야말로 그대를 닮을 자격이 있는 사람이 아닙니까?"

그 얼굴은 미소를 짓는 것 같았으나 아무 대답이 없었다.

한편 이 시인은 멀리 떨어져 있었어도 어니스트의 명성을 익히 듣고 있었다. 뿐만 아니라 그의 인격을 흠모하여 학교에서 배우지 않고 스스로 터득한 지혜와 그의 고아한 순수성이 생활과 일치되고 있는 이 사람을 몹시 만나고 싶었다. 그래서 어느 여름날 아침에 기차를 타고 어니스트의 집에서 과히 멀지 않은 곳에서 내렸다. 전에 개더골드의 저택이었던 호텔이 바로 옆에 있었지만 그는 여행 가방을 든 채 어니스트의 집을 찾아와 거기서 하룻밤을 묵게 해달라고 청할 생각이었다.

문 앞에 가까이 가자 점잖은 노인이 책을 한 손에 들고 읽고 있었다. 노인은 책갈피에 손가락을 끼운 채 큰 바위 얼굴을 쳐다보고 또 책을 들여다

보고 하는 것이었다.

"안녕하십니까? 지나가는 나그네입니다. 하룻밤 묵을 수 있겠습니까?"

하고 시인은 말을 건넸다.

"네, 그렇게 하시지요."

그는 웃으면서 말을 이었다.

"큰 바위 얼굴이 저렇게 다정한 얼굴로 손님을 맞이하는 것을 본 일이 없는데요."

시인은 어니스트 옆에 앉아 이야기를 주고받았다. 시인은 전에도 가장 재치 있고 지혜롭다는 사람들과 이야기를 나눠 본 일이 있었으나, 어니스트처럼 자유자재로 사상과 감정이 우러나오고 소박한 말로써 위대한 진리를 매우 알기 쉽게 설명하는 사람을 대한 적이 없었다.

또한 시인의 이야기에 귀를 기울이던 어니스트는 큰 바위 얼굴도 함께 몸을 앞으로 내밀고 시인의 말에 귀를 기울이는 것처럼 보였다. 그는 진지하게 다시 한번 시인의 빛나는 눈을 들여다보았다.

"손님께서는 비범한 재주를 가지셨으니 대체 뉘십니까?"

하고 어니스트는 물었다. 시인은 어니스트가 읽고 있던 책을 가리키며 대답하였다.

"노인께서는 이 책을 읽으셨지요? 그러면 저를 아실 것입니다. 제가 바로 이 책을 지은 사람입니다."

어니스트는 그 말을 듣고 더욱 시인의 모습을 살폈다. 그리고 큰 바위 얼굴을 쳐다보더니 이상하다는 표정으로 다시 한번 손님을 쳐다보았다. 그러다 이내 그의 얼굴에는 실망의 빛이 떠올랐다. 그는 머리를 흔들며 한숨을 내쉬었다.

"왜 그렇게 슬퍼하십니까?"

하고 시인은 물어보았다.

"저는 일생 동안 예언이 실현되기를 기다리고 있었습니다. 제가 이 시를 읽으면서 이 시를 쓴 분이야말로 예언을 실현시켜 줄 분이 아닐까 생각했었습니다."

하고 대답하였다. 시인은 얼굴에 약간 미소를 띠면서 말하였다.

"노인께서는 저에게서 저 큰 바위 얼굴과 흡사한 점을 찾기를 원하셨다는 말씀이지요? 그런데 지금 보니 개더골드나 올드 블러드 앤드 선더나 올드 스토니 피즈와 마찬가지로, 저에게도 실망을 했단 말씀이지요? 그렇습니다. 저는 그 정도밖에 안 됩니다. 저 역시 앞서 나타난 세 사람들과 같이 당신에게 또 하나의 실망을 더 하여 드렸을 뿐입니다. 정말로 부끄럽고 슬픈 이야기입니다마는 저는 저기 있는 인자하고 장엄하게 생긴 얼굴에 비할 가치가 없는 인간입니다."

"왜요? 여기 시에 담긴 생각이 신성하지 않단 말씀입니까?"
하고 어니스트는 시집을 가리키며 물었다.

"그 시에는 신의 뜻을 전하는 바도 있습니다. 하늘나라의 노래의 먼 반향쯤은 들릴 것입니다. 하지만 친애하는 어니스트 씨! 나의 생활은 나의 사상과 일치되지 못하였습니다. 나 역시 큰 꿈을 가졌었죠. 그러나 그것들은 다만 꿈으로 그치고, 나는 보잘것없고 천박한 현실을 택하였으며 실제로 그렇게 살아왔습니다. 좀 더 솔직하게 말씀드리면 나의 작품들에서 말하는 자연이나 또는 인생 속에서 그 존재를 확실하게 드러내는 장엄함이라든지 아름다움, 지고지순한 선이라든지에 대하여 나 스스로 신념을 가지지 못하는 일도 있었습니다. 그러니 순수한 아름다움과 진실을 찾으려는 당신의 눈으로 어떻게 내게 저 큰 바위 얼굴을 찾을 수가 있겠습니까?"
하고 시인은 슬프게 대답하였다. 그의 두 눈에는 눈물이 어리어 있었다. 어니스트의 눈에도 눈물이 괴었다.

저녁 해가 질 무렵이 되자, 어니스트는 오래전부터 해 온 일상대로 야외에서 동네 사람들에게 설교를 하기로 되어 있어 자리에서 일어섰다. 그와 시인은 이야기를 주고받으며 팔짱을 끼고 사람들이 기다리는 곳으로 걸어갔다.

그곳은 나지막한 언덕에 둘러싸인 구석진 곳이었다. 뒤에는 회색 절벽이 솟아 있고 앞으로는 무성한 담쟁이덩굴들이 울퉁불퉁한 벼랑으로부터 줄기줄기 뻗어 내려와, 험상궂은 바위들을 비단 휘장처럼 뒤덮고 있었다. 그 공터보다 약간 높게 푸른 나무로 둘러싸인 아늑한 곳이 있었는데 한 사람이 들어갈 수 있을 정도의 공간이었다.

어니스트는 자연이 만들어준 이 연단에 올라가 따뜻하고 다정한 웃음을 띠며 사람들을 둘러보았다. 설 사람은 서고 앉을 사람은 앉고 기댈 사람은 기대며 저마다 편한 자세로 모여 있었다.

서산으로 기울어져 가는 해는 그들의 모습을 비춰 주었으며 고목이 울창하고 어두운 숲에도 석양의 따뜻한 빛을 던져 주고 있었다. 멀리 산허리에서는 큰 바위 얼굴이 언제나 변함없이 장엄하면서도 인자한 모습으로 사람들을 내려다보고 있었다.

어니스트는 자기의 마음속에 있는 생각들을 청중에게 이야기하기 시작하였다. 그의 말은 자신의 사상과 일치되어 있었으므로 힘이 있었으며 그 사상은 자기의 일상생활과 조화되어 있었으므로 말에 깊이가 있었다. 이 설교자가 하는 말은 단순한 음성이 아니요 생명의 부르짖음이었다. 그 말 속에는 선한 행위와 거룩한 사랑으로 된 그의 일생이 녹아 있었던 것이다. 마치 아름답고 순결한 진주가 그의 소중한 생명수 속에 녹아 들어간 것처럼.

그의 이야기에 귀를 기울이고 있던 시인은 어니스트의 인간애와 품격이 자기가 쓴 어떤 시보다 더 고아한 시라고 생각했다. 그는 눈물 어린 눈으로 그 존엄한 사람을 우러러보았다. 온화하고 다정하고 사려 깊은 얼굴에 백발이 흩날리는 모습, 그것이야말로 예언자와 성자다운 모습이라고 시인은 생각하였다.

저 멀리 서쪽으로 기우는 태양의 황금빛 속에 큰 바위 얼굴이 뚜렷이 보였다. 그 주변을 둘러싼 흰 구름은 어니스트의 이마를 덮고 있는 백발 같았다. 그 광대하고 자비로운 모습은 온 세상을 감싸 안는 듯하였다. 그 순간 어니스트의 얼굴은 그가 말하고자 했던 사상과 일치되어 자애롭고 장엄한 표정을 지었다.

시인은 참을 수 없는 충동으로 팔을 높이 들고 외쳤다.

"보시오! 모두 보시오! 어니스트 씨야말로 큰 바위 얼굴과 똑같습니다."

사람들은 어니스트를 쳐다보았다. 그리고 현명한 시인의 말이 사실임을 알았다. 예언은 실현되었던 것이다.

그렇지만 설교를 다 마친 어니스트는 시인의 팔을 잡고 천천히 집으로 돌아가면서, 아직도 자기보다 더 지혜롭고 선한 사람이 큰 바위 얼굴 같은 모습으로 곧 나타나기를 마음속으로 바라는 것이었다.

인디언 부락

- 어니스트 헤밍웨이 -

작가 소개

어니스트 헤밍웨이(Ernest Hemingway 1899~1961) 미국 소설가.

어니스트 헤밍웨이는 1899년 7월 21일 시카고 교외 오크 파크에서 출생하였다. 아버지는 외과 의사였는데 낚시와 사냥을 좋아하여 헤밍웨이도 어린 시절부터 아버지를 따라 낚시 또는 사냥 여행을 종종 하였다. 그의 어머니는 음악적 소질이 풍부하여 교회의 독창가수였을 뿐만 아니라 교회 일을 열심히 보는 교양 있는 여인이었다. 헤밍웨이는 아버지의 적극적인 삶의 방식과 어머니의 예술적 자질을 물려받아 자기의 독특한 문학세계를 이룰 수 있었다.

헤밍웨이는 18살 때 고등학교를 졸업하고 캔자스시티의 〈스타〉지의 기자가 되었다. 7개월간의 짧은 기자 생활을 통하여 훗날 그의 문체를 형성하는데 많은 공부가 되었다. 이때 그는 불필요한 부정어와 형용사의 배척 등 간결한 문체 속에 박진감 넘치는 표현기법을 습득하였다.

1921년에 6살 연상인 해들리 리처드슨과 결혼하여 토론토에서 지내던 중 1922년에 종군기자로서 그리스, 터키 전쟁에 종군하기 위해 급히 소아시아로 갔다. 거기서 그는 후퇴하는 그리스군의 정황을 취재했고 비가 퍼붓는 진창 속을 달리는 병사와 마차에 짐을 싣고 피난하는 피난민들의 모습에서 강렬한 인상을 받는다. 이듬해 기자직을 그만둔 그는 본격적으로 창작에 몰두하기 시작해 파리로 옮겨 갔다. 1932년에는 그의 투우 열의 총결산이라 할 수 있는 《오후의 죽음》을 출판하였다. 1936년 7월에 스페인 내란이 일어나자 헤밍웨이는 스스로 앞장서서 정부군 '공화파'의 지원 캠페인을 벌여 성금을 모아 스페인에 보냈다.

1923년 《3편의 단편과 10편의 시(詩)》를 시작으로, 1924년 단편집 《우리들의 시대에》, 1926년 《봄의 분류》, 《태양은 다시 떠오른다》, 1927년 《남자들만의 세계》, 《살인청부업자》, 1929년 《무기여 잘 있거라》, 1932년 《오후의 죽음》, 《승자는 허무하다》, 1936년 《킬리만자로의 눈》, 1940년 《누구를 위하여 종은 울리나》, 1950년 《강을 건너 숲속으로》, 1952년 《노인과 바다》, 1960년 《위험한 여름》, 1964년 유작(遺作)《이동 축제일》등 다수의 작품을 발표한다. 1953년《노인과 바다》로 퓰리처상을 수상하고, 1954년 노벨문학상'을 받는다. 그 후 1961년 62세 때 아이다호의 자택에서 고혈압과 당뇨병으로 요양 중, 7월 2일 아침 엽총으로 생을 마감한다.

작품 정리

인디언 부락은 1925년 미국에서 출간된《우리 시대에(In Our Time)》에 수록된 작품으로, 헤밍웨이가 어린 시절 의사인 아버지가 왕진 갈 때 따라다니며 보고 경험했던 기억을 모티브로 한 작품이다. 이 작품은 한 소년이 인간의 탄생과 죽음을 목격하고 그 고통스러운 경험을 통해 인생의 무거운 문제인 삶과 죽음에 관한 의문을 품고 왜 사람들이 자살하는지, 그리고 죽음이 힘든지를 묻고 자신은 절대 자살하지 않으리라 다짐하는 한 소년의 내적 성장 과정을 뛰어나게 묘사한 작품이다.

작품 줄거리

소년 닉은 조지 삼촌과 의사인 아버지와 함께 보트를 타고 안개 낀 추운 호수를 뚫고 인디언 부락으로 간다. 이틀 동안 진통을 겪고 있는 인디언 산모를 돕기 위해 가는 것이다. 어느 오두막 안에 출산을 앞둔 인디언 산모가 2층 침대 아래에서 신음을 내고 있었다. 2층 침대 위에는 다리를 다친 남편이 담배를 피우고 있었다. 아버지는 수술 도구가 없어 물을 끓여 기구를 소독하고 마취제도 없이 메스 대신 잭나이프로 산모를 수술한다. 산모가 비명을 지르는 사이 아이가 태어나고, 산모의 절개 부위를 낚싯줄로 봉합한다. 그때 2층 침대에서 수술받는 아내의 고통과 비명을 들어야 했던 남편이 면도날로 자신의 목을 그어 자살한다. 그 광경을 본 닉은 사람들이 왜 자살하는지, 죽음이 힘든지를 묻고 자신은 절대 자살하지 않으리라 다짐한다.

핵심 정리

· 갈래 : 단편 소설
· 시점 : 전지적 작가 시점
· 배경 : 새벽에서 이른 아침까지 인디언 부락
· 주제 : 인간의 삶과 죽음의 본질에 대한 통찰

인디언 부락

호수 기슭에 작은 보트 두 척이 끌어올려져 있었다. 인디언 두 사람이 보트에서 기다리고 있었다. 닉과 아버지가 보트로 올라타자 인디언 두 명이 배를 밀었다. 그중 한 사람이 올라타 노를 저으며 출발했다. 조지 삼촌이 다른 보트에 올라타고, 또 한 인디언이 그 보트를 밀고 올라타 노를 젓기 시작했다.

두 척의 보트는 어둠을 헤치며 앞으로 나아갔다. 닉의 귓가에 다른 보트의 노 젓는 소리가 꽤 먼 앞쪽 안개 속에서 들려 왔다. 인디언은 빠르게 힘껏 노를 저었다. 닉은 아버지의 품에 기대고 안겨 있었다. 호수는 추웠다. 닉과 아버지가 탄 보트의 인디언은 열심히 노를 젓고 있지만, 조지 삼촌이 탄 보트가 줄곧 앞에서 안개를 헤치고 나아가고 있었다.

"아버지, 지금 어디 가는 거예요?"

닉이 물었다.

"응, 저 건너 인디언 부락에 가는 거야. 인디언 여자가 위중한 병에 걸려 몹시 아프단다."

아버지가 대답했다.

"아, 그렇군요."

닉이 대꾸했다.

얼마 지나지 않아 보트가 호숫가 인근에 도착했다. 조지 삼촌이 탄 보트는 이미 호수 기슭에 끌어올려져 있었다. 먼저 도착한 인디언이 와서 닉이 탔던 보트를 함께 호숫가 위쪽으로 끌어 올렸다. 조지 삼촌이 어둠 속에서 엽궐련(잎담배, 시가)을 피우고 있었다. 조지 삼촌은 인디언 두 명에게 엽궐련을 주었다.

그들은 손전등을 든 인디언의 뒤를 따라 호숫가를 출발하고, 밤이슬이 젖은 풀밭을 지나 숲속으로 들어갔다. 얼마쯤 숲으로 들어가자 언덕 깊숙이 뻗은 목재 운반용 도로가 펼쳐져 있었다. 도로 양쪽의 나무들이 벌목되어서 도로변 숲길이 훨씬 훤했다. 젊은 인디언이 손전등을 끄고 그 길을 한참 걸어갔다. 길게 굽은 길을 지나는데, 개가 뛰어나와 컹컹 짖어댄다. 저만치 앞에 오두막집의 불빛이 보였다. 나무껍질을 벗기며 사는 인디언들이 사는 마을이었다. 그때 여러 마리의 개들이 우리 앞으로 달려왔다. 앞서던 인디언이 개들을 막고 쫓았다. 한 오두막집에 노파가 호롱불을 들고 서 있었다.

닉과 아버지는 삼촌과 함께 오두막집 안으로 들어갔다. 나무로 된 2층 침대의 아래 칸에 젊은 인디언 여자가 누워 있었는데, 덮고 있는 이불이 봉긋했다. 여자는 얼굴을 옆쪽으로 돌리고 있었다. 여자는 신음과 심한 비명을 질렀다. 남자들은 산모가 지르는 비명을 듣지 않으려고 길가 어둠 속에 앉아 담배를 피우고 있었다. 여자는 아기를 낳으려고 꼬박 이틀째 진통을 하고 있었다. 여자 곁에는 부락의 늙은 여자들이 모두 모여 그녀의 출산을 돕는 중이었다. 침대 위 칸에는 여자의 남편이 누워 있었다. 남편도 사흘 전에 도끼에 다리를 다쳐 누워 있었다. 그는 파이프로 담배를 연신 피우고 있었다. 방에서는 악취가 진동했다.

"이 여자는 지금 아기를 낳으려고 하는 거다. 닉."

아버지가 출산을 돌봐주는 여자에게 물을 끓여오라고 말을 하고 닉에게 말을 했다.

"예 알아요."

"네가 뭘 알아. 이 여자가 지금 소리를 지르고 고통을 느끼는 걸 진통이라고 한다. 아기는 세상에 나오고 싶고, 엄마도 아기를 낳고 싶어 한다. 엄마의 온몸 근육이 지금 아기를 내보내려고 힘을 쓰고 있는 거다. 그래서 지금 여자가 소리를 지르는 거야."

"예."

그때 여자가 다시 진통이 왔는지 비명을 지른다.

"아버지 빨리 약을 줘서 여자가 울지 않도록 할 수 없나요?"

"마취약을 가져오지 않았단다. 하지만 여자가 내는 이 정도 비명은 아무것도 아니다. 아빠 귀에는 아무것도 아니기 때문이란다."

침대 위 칸에 남편은 벽 쪽을 향해 돌아누웠다. 부엌에 있던 여자가 와서 아버지에게 물이 다 끓었다는 시늉을 했다. 아버지는 부엌으로 들어가서

끓는 주전자의 물을 대야에 반쯤 따랐다. 그리고 남아 있는 물에 손수건에 싼 물건 중에서 몇 개를 꺼내 넣었다.

"이걸 소독해야 한다."

아버지는 이렇게 말하고, 가져온 비누로 대야에 두 손을 담그고 씻기 시작했다. 닉은 아버지가 손을 여기저기 꼼꼼히 씻는 것을 물끄러미 바라보고 있었다. 아버지는 하던 말을 이어 나갔다.

"닉. 아기는 머리서부터 나오게 돼 있단다. 하지만 그렇지 않을 때도 있어. 만약 그렇지 않으면 골치가 아프단다. 어쩌면 이 여자도 수술해야 할지도 모르겠다. 곧, 알 수 있을 거다."

아버지는 꼼꼼히 손을 씻고 방으로 들어가 여자를 진찰하기 시작했다.

"덮고 있는 이불을 치워 줘, 조지. 내 손은 아무것도 만지지 않는 게 좋으니까?"

수술이 시작되자, 조지 삼촌과 세 명의 인디언이 여자를 움직이지 못하도록 양쪽에서 붙잡았다. 그때 여자가 조지 삼촌의 팔을 물었다. 삼촌은

"에이, 이 빌어먹을."

하고 비명을 질렀다. 조지 삼촌과 같은 보트를 타고 온 젊은 인디언이 삼촌을 보고 싱긋 웃는다. 닉은 아버지 옆에서 대야를 들고 조용히 있었다. 수술은 한참이나 걸렸다.

아버지는 아기의 엉덩이를 찰싹찰싹 때리며 숨을 쉬게 한 다음 노파에게 건네준다.

"사내아이구나, 닉."

아버지가 말했다.

"그래 수술을 도운 기분이 어떻니?"

"아무렇지 않은걸요, 괜찮았어요."

닉은 아버지가 하는 것을 보지 않으려고 얼굴을 옆으로 돌리고 말을 했다.

"자, 이제 끝났구나."

아버지가 이렇게 말하고는 뭔가를 대야에다 넣는다. 닉은 이때도 안 보고 있었다.

"나는 지금부터 몇 바늘 꿰매야 하니, 너는 보든 안 보든 너 하고 싶은 대

로 해라. 이제부터 수술한 상처를 꿰매야 하니까."

닉은 쳐다보지 않았다. 이미 호기심이 사라졌기 때문이다.

아버지가 수술을 마치고 일어섰다. 조지 삼촌과 세 명의 인디언도 함께 일어선다. 조지 삼촌은 자기 팔의 여자에게 물린 상처를 보고 있었다. 젊은 인디언은 아까의 일이 생각난 듯 피식 웃었다.

"소독약을 발라 줄게, 조지."

아버지가 말했다. 그리고 아버지는 인디언 여자를 살펴보았다. 여자는 고통이 진정되었는지 조용히 눈을 감고 있었다. 얼굴에는 백지장같이 핏기가 없었다. 여자는 자신의 아기가 어떻게 되었는지 아무것도 모르는 거 같았다.

"아침에 다시 오자"

아버지가 일어서며 말했다.

"한낮까지 센트 이그네스(미시간 호와 휴런 호 사이에 있는 도시)에서 간호사가 올 거야, 우리에게 필요한 것을 모두 가지고 말이야."

아버지는 격양된 큰 소리로 말을 했다. 마치 시합이 끝난 뒤에 탈의실에 들어선 야구 선수처럼 수다스러워져 있었다.

"조지, 이건 의학지에 실을 만한 일이야. 잭나이프로 제왕절개를 하고, 9피트 길이의 가느다란 낚싯줄로 꿰맸으니 말이야."

"참 대단하십니다."

조지 삼촌은 벽에 기대어 팔을 쳐다보며 말했다.

"자랑스러운 아기 아빠의 얼굴이나 한번 보고 갈까. 이런 때 가장 고통을 심하게 겪는 건 아버지도 마찬가지거든. 하지만 용케도 잘 참아 내더군."

아버지는 인디언 남편의 얼굴에서 담요를 걷었다. 그러자 축축한 것이 손에 묻었다. 한 손에 호롱불을 들고 아래 칸 침대 모서리에 올라서서 들여다보고 있었다. 인디언은 얼굴을 벽 쪽으로 돌린 채 꼼짝하지 않고 누워 있었다. 목이 이쪽 귀에서 저쪽 귀까지 베어져 있었다. 흘러나온 피가 침대의 푹 꺼진 곳에 가득 고여 있었다. 인디언의 머리는 왼쪽 팔 위에 얹혀 있었다. 시퍼렇게 선 면도날이 위로 향한 채 담요 속에 있었다.

"빨리 닉을 밖으로 데리고 나가게, 조지."

아버지가 황급히 말했다. 그렇지만 이미 그럴 필요가 없었다. 닉은 아버지가 한 손에 호롱불을 들고 침대 위의 인디언 남자의 머리를 일으켜 세울 때 부엌 입구에서 똑똑히 보고 있었기 때문이다.

"내가 잘못했구나, 닉. 너를 이곳에 데려오는 게 아니었는데."

수술이 끝난 뒤 좋았던 기분이 가셔버린 아버지가 말했다.

"너 몹시 놀랐겠구나, 얼마나 놀랐니!"

"아버지, 아기를 낳는 것이 언제나 저렇게 힘든가요?"

"아니다, 저런 경우는 예외의 일이란다."

"그런데 그 인디언은 왜 자살했을까요? 아버지."

"잘 모르겠구나, 닉. 아마 참을 수가 없었던 모양이지."

"그러면 자살하는 남자는 많은가요?"

"아니, 그렇게 많지는 않다, 닉."

"그러면 여자는 많이 있나요?"

"아니, 좀처럼 없지."

"전혀 자살하지 않나요?"

"아니, 그렇지 않고 더러는 한단다."

"아버지……!"

"응, 왜."

"아저씨는 왜 오지 않나요?"

"아니다, 곧 올 거다."

"아버지, 죽는 건 괴로운가요?"

"아니, 비교적 편할 거다. 경우마다 다르겠지만."

그들은 보트가 있는 호숫가로 돌아왔다. 두 사람은 보트에 올라탔다. 닉이 고물에 앉자 아버지는 이물에 앉아 노를 젓기 시작했다. 해가 언덕 너머에서 막 떠오르고 있을 때 농어 한 마리가 수면 위로 뛰어올라 둥그런 파문이 퍼졌다. 닉은 물속에 손을 담가 보았다. 새벽의 차가운 한기 속에서도 물은 따스했다. 닉은 이른 아침 아버지가 젓는 보트의 고물에 앉아, 자신은 절대로 자살하지 않겠다고 생각을 한다.

목걸이

- 기 드 모파상 -

기 드 모파상(Guy De Maupassant 1850~1893) 프랑스 소설가.

프랑스 노르망디의 미로메닐에서 출생한 모파상은 12세 때 아버지와 떨어져 어머니 밑에서 문학적 감화를 받으면서 자랐다. 어머니의 친구인 G. 플로베르에게 문학을 지도받았을 뿐만 아니라 플로베르의 소개로 E. 졸라를 알게 되었고, 또 파리 교외에 있는 졸라의 저택에 자주 모여 문학을 논하던 당시의 젊은 문학가들과 사귀었다.

1880년에는 모파상을 포함한 여섯 명의 젊은 작가들이 쓴, 프로이센-프랑스 전쟁에서 취재한 단편집《메당 야화》를 졸라가 주관하여 간행했는데, 모파상은 여기에 단편《비곗덩어리》를 실었다. 이 작품은 날카로운 인간 관찰과 짜임새 등에서 어느 작품보다도 뛰어나 사람들의 주목을 받았다.

그 후《테리에 집》《피피양》등의 단편집을 내어 문단에서의 지위를 굳혔다. 1883년에는 장편 소설《여자의 일생》을 발표했다. 불과 10년간의 문단 생활에서 단편 소설 약 300편, 기행문 3권, 시집 1권, 희곡 몇 편 외에《벨 아미》《피에르와 장》《죽음처럼 강하다》《우리들의 마음》등의 장편 소설을 썼다.

그는 러시아 태생의 여류 화가 마리 바시키르체프 등 연인이 여러 명 있으며, 장편《벨 아미》의 성공으로 요트를 사서 '벨 아미'라고 명명한 후 이탈리아 등지를 여행한다. 그즈음 안질과 불면에 시달리면서 갑작스런 발작을 일으키곤 했다. 1892년, 42세 되던 해 페이퍼 나이프로 자살을 기도했다가 미수에 그치자 파리로 돌아와 1년 후 파리 교외의 정신 병원에서 43세의 나이로 일생을 마쳤다.

작품 정리

빛을 갚기 위해 궂은일을 해야만 하는 르와젤 부인의 환경은 젊고 아름다웠던 그녀를 거칠고 투박한 여인의 모습만 남게 하였다. 한 번의 부주의로 인해 젊음을 송두리째 빼앗긴 여인의 삶의 과정을 그리고 있다.

이 작품은 허영심과 끝없는 욕망 때문에 고통의 삶을 살아가게 된 여인의 이야기를 통해 인간의 어리석음과 거짓됨을 폭로하고 있다. 특히 서두의 허영심과 자기과시욕이 강한 르와젤 부인의 성격묘사는 나중에 그녀가 겪을 수밖에 없는 고난에 찬 삶을 강조하며 목걸이가 가짜라는 사실은 허황되고 거짓된 삶을 상징한다. 허영심에 가득 찬 르와젤 부인의 삶을 통해 우연과 운명이 한 인간의 삶을 얼마나 허무하게 만드는가를 잘 보여주는 작품이다.

작품 줄거리

르와젤 부인은 아름답고 매력적인 용모를 가졌지만 운명의 실수로 가난한 집에 태어났다고 생각하는 처녀였다. 어느 가난한 문부성의 하급 관리와 결혼을 한 그녀는 남보다 뛰어난 미모와 매력을 지니고 있었음에도 불구하고 귀족들과 같은 호화스러운 생활을 하지 못하는 자신의 처지에 항상 비관해 왔다. 어느 날 남편이 초대장 하나를 들고 왔다. 르와젤 부인은 파티에 입을 드레스를 사려고 남편의 비상금까지 쓰고, 친구에게 다이아몬드 목걸이를 빌려 파티에 참석한다. 파티를 마치고 집에 돌아왔을 때 그녀가 한 목걸이가 보이지 않자 남편과 아내는 거리로 나가 목걸이를 찾았으나 어디에서도 찾을 수가 없다. 부부는 많은 돈을 빌려 똑같은 목걸이를 사서 친구에게 돌려준 후, 다락방으로 이사를 하고 비참하고 궁핍한 생활을 한 십 년 후에야 비로소 빚을 갚게 된다.

십 년이란 세월이 흐른 어느 날 르와젤 부인은 우연히 산책길에서 목걸이를 빌려줬던 친구를 만나 목걸이 때문에 고생한 이야기를 하였는데, 그것은 오백 프랑밖에 되지 않는 가짜였음을 알게 된다.

핵심 정리

· 갈래 : 단편 소설
· 시점 : 전지적 작가 시점
· 배경 : 19세기 말 프랑스 파리
· 주제 : 어리석은 욕망과 허영심으로 인한 고통의 삶

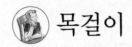

목걸이

　운명의 장난이라고나 할까. 그녀는 매우 아름답고 매력이 넘쳤지만 가난한 관리의 집에 태어난 평범한 처녀들 중의 하나였다.

　그녀에겐 지참금도 없었고 부유하고 지위 있는 남자의 청혼을 받아 결혼하게 될 길도 전혀 없었으며, 따라서 아무런 희망도 가질 수가 없었다.

　그녀는 하는 수 없이 문부성에 근무하는 보잘것없는 한 관리와 결혼을 하였으며, 계절에 따라 옷도 해 입지 못하고 소박하게 살았다. 그 때문에 그녀는 세상에서 버림을 받은 듯 불행했다.

　하기야 여자들에게는 계급이나 혈통보다도 미모와 매력과 애교가 그들의 출신 가문을 대신하기도 한다. 고상한 기품과 우아한 취미, 민첩한 자질 등이 그들의 계급을 이루며 평민의 딸들로 하여금 귀족의 딸들과 어깨를 겨루게 하기도 하는 것이다.

　그녀는 자신이야말로 이 세상의 모든 쾌락과 사치를 누리기 위해 태어난 것이라고 생각했기 때문에 마음속으로 늘 불만을 가지고 있었다.

　누추한 집, 장식도 없는 휑한 벽, 낡아 빠진 의자, 빛이 바랜 커튼을 봐도 마음이 아팠다. 자신의 신분과 비슷한 다른 여자들 같으면 알지도 못할 이런 것 때문에 가슴이 쓰리고 마음이 상했다.

　그녀의 검소한 살림을 맡아 하는 하녀인 브르타뉴 태생의 소녀를 봐도 열중했던 꿈이 다시 되살아나는 것이었다.

　그녀는 동양식 벽걸이가 걸려 있고 높은 청동 촛대에 불이 켜진 조용한 응접실, 그리고 난방기의 후끈한 온기에 졸음이 와서 큰 안락의자에 잠들어 있을 짧은 바지 차림의 뚱뚱한 두 명의 하인을 상상해 보는 것이었다.

　그런가 하면 비단으로 벽을 장식한 살롱, 값진 골동품들이 놓인 우아한 가구들, 모든 여성들의 선망의 대상이 되는 사교계의 인기 있는 남성들과 친한 친구들이 모여 오후 다섯 시의 담화를 즐기도록 꾸민 향기롭고 아담한 밀실을 마음속으로 그려보는 것이었다.

저녁 식사 때 사흘째 빨지 않은 식탁보를 덮은 둥근 식탁에 앉아 맞은 편의 남편이 수프 그릇 뚜껑을 열며 "아, 훌륭한 수프야! 나에겐 이게 최고야."라고 기쁜 목소리로 외칠 때면, 호화롭게 차린 만찬과 번쩍이는 은그릇들, 신선들이 노니는 숲속에 기이한 새들과 고대의 인간들을 수놓은 벽걸이, 으리으리한 그릇에 담겨 나오는 진귀한 음식들, 잉어의 붉은 살이나 들꿩의 날개를 먹으며 은근한 미소를 띠고 정담을 속삭이는 남녀들의 모습이 그녀의 눈앞에 떠올랐다.

　그녀에게는 값비싼 옷도 보석도 전혀 없었다. 그런데 그녀가 좋아하는 것은 이런 것들뿐이었다. 자신은 그것들을 위해 태어났다고 생각했으며 그만큼 그녀는 쾌락과 선망을 동경했고 남성들을 매혹시켜 구애를 받고 싶어했다.

　그녀에게는 수도원 동창인 돈 많은 친구가 있었다. 이제는 그 친구를 찾아보려고도 하지 않았는데 그 친구를 만나는 것은 매우 가슴 아픈 일이었기 때문이었다. 그 친구를 만나고 온 후에는 며칠을 두고 슬픔과 뉘우침과 절망과 비관으로 눈물을 흘리는 것이었다.

　그러던 어느 날 저녁, 남편이 큰 봉투를 하나 들고 희색이 만면하여 돌아왔다.

　"자, 당신에게 주려고 가져온 거야."

　그녀는 급히 겉봉을 뜯었다. 그 안에는 초대장이 한 장 들어 있었다.

　'문교부 장관 조르즈 랑포노 부처는 1월 18일 월요일 저녁 장관 관저에서 파티를 개최하오니 르와젤 부처께서는 참석하시기 바랍니다.'

　그런데 남편이 기대했던 것처럼 그녀는 기뻐하기는커녕 오히려 기분을 상한 듯 초대장을 식탁 위에 내던지며 중얼거렸다.

　"그러니 날 보고 어쩌란 말예요?"

　"아니, 여보! 나는 당신이 퍽 기뻐할 줄 알았는데……. 당신이 요즘에는 외출한 적도 없으니 참 좋은 기회잖아! 이 초대장을 얻는 데 여간 힘들었던 게 아니라오. 서로 얻으려고 다투었는데 하급 직원들에게는 몇 장 주지도 않지. 그날 파티에 가면 고관들을 모두 볼 수 있을 거야."

　그녀는 새침한 눈초리로 남편을 쳐다보고 있더니 참을 수 없다는 듯이 소리쳤다.

"그래, 당신은 나더러 무엇을 몸에 걸치고 가라는 거예요?"

남편은 미처 거기까지는 생각하지 못했었다. 그는 풀이 죽어 중얼거렸다.

"아니 왜, 극장에 갈 때 입는 옷이 있지 않소. 내가 보기에는 좋아 보이던데……."

그는 놀라고 어이가 없어 더 이상 말을 잇지 못했다. 아내가 울고 있었던 것이다. 두 줄기 굵은 눈물방울이 눈가에서 입 끝으로 천천히 흘러내리고 있었다.

그는 더듬더듬 물었다.

"왜 그러지? 응? 왜 그래?"

그녀는 간신히 슬픔을 가라앉힌 뒤 눈물에 젖은 볼을 씻으며 조용한 목소리로 대답했다.

"아무것도 아니에요. 난 그저 입고 갈 옷이 없으니 파티에는 갈 수 없다는 것뿐이에요. 이 초대장은 나보다 옷이 많은 부인이 있는 당신 친구 분들에게 주세요."

남편은 마음이 언짢아져서 이렇게 되물었다.

"여보, 마틸드. 적당한 옷 한 벌 사는 데 얼마나 들까? 가끔 입을 수도 있고 아주 비싸지 않은 것으로 말이야."

그녀는 잠시 생각에 잠겼다. 값을 계산해 보기도 하면서 얼마 정도나 요구해야 이 검소한 관리가 놀라 비명을 지르지 않고, 또 어느 정도 말해야 거절을 하지 않을까 생각해 보기도 했다. 망설이다가 마침내 이렇게 대답했다.

"확실히는 모르겠어요. 하지만 사백 프랑이면 되지 않을까 생각해요."

그러자 남편의 얼굴이 약간 창백해졌다. 왜냐하면 그는 엽총을 사기 위해 꼭 사백 프랑을 예금해 두었던 것이 있었는데, 다가오는 여름에는 일요일마다 종달새 사냥을 갈 수 있으리라고 기대했던 것이다.

그러나 그는 기꺼이 말했다.

"그러면 사백 프랑을 줄 테니 좋은 옷을 사도록 해봐요."

파티 날이 점점 다가올수록 르와젤 부인의 표정은 불안하고 걱정스러운 듯했다. 옷은 준비가 되어 있었다. 어느 날 저녁에 남편이 물었다.

"왜 그러오? 요새 며칠 동안 당신 안색이 흐리니?"

그녀가 대답했다.

"보석도, 패물도, 몸에 붙일 것이라고는 아무것도 없으니 내가 딱해서 그래요. 꼴이 얼마나 궁상맞아 보이겠어요? 차라리 파티에 가지 않는 게 낫겠어요."

그러자 남편이 달랬다.

"생화를 달고 가면 될 것 아니오. 요즘은 그것이 아주 멋있어 보이던데. 십 프랑만 주면 예쁜 장미꽃 두세 송이는 살 수 있을 거야."

그녀는 그 말에 수긍하지 않았다.

"싫어요. 돈 많은 여자들 틈에서 가난해 보이는 것처럼 치욕스러운 일이 또 어디 있겠어요?"

그러다 갑자기 남편이 외쳤다.

"당신도 참 바보야! 아, 당신 친구 포레스티에 부인을 찾아가서 보석을 좀 빌려 달라고 하구려. 그만한 것쯤 부탁할 수 있는 처지가 아니오?"

그러자 그녀는 기뻐서 소리쳤다.

"아! 참, 그래요. 미처 그 생각을 못 했군요."

다음날 그녀는 친구를 찾아가서 딱한 사정을 이야기했다.

포레스티에 부인은 거울이 달린 장식장 앞으로 가더니 큰 상자 하나를 열어 보이며 르와젤 부인에게 말했다.

"자, 골라 봐."

그녀는 먼저 몇 개의 반지를 보았다. 다음에는 진주 목걸이를, 다음에는 베니스산 십자가, 정교한 솜씨로 만든 금과 보석의 패물들을 보았다. 그녀는 거울 앞에서 보석들을 몸에 걸어 보면서 벗어 놓지도 돌려주지도 못하고 망설일 뿐 마음을 정하지 못하고 있었다. 그녀는 친구에게 물었다.

"다른 것 없어?"

"응, 또 있으니까 골라 봐. 어느 것이 네 마음에 들지 알 수가 있어야지."

검은 공단 상자 속에 눈부신 다이아몬드 목걸이가 들어 있는 것이 언뜻 그녀의 눈에 띄었다. 그녀의 가슴은 걷잡을 수 없이 뛰기 시작했다. 그것을 쥐는 그녀의 손은 떨리고 있었다. 그녀는 그것을 목에 걸고 자기의 모습에 스스로 황홀해하고 있었다.

그리고 난처한 듯 망설이면서 부탁하였다.

"이것 좀 빌려 줄 수 있겠니? 다른 건 필요 없어."

"응, 좋아. 그렇게 해."

그녀는 친구의 목을 얼싸안으며 격렬하게 볼에 입을 맞추고는 목걸이를 들고 총총히 집으로 돌아왔다.

파티 날이 되었다. 그날 르와젤 부인은 파티에서 대단했다. 그녀는 누구보다도 아름다웠고 우아하고 맵시 있었으며 기쁨에 도취되어 시종일관 웃고 있었다. 모든 남성들이 그녀를 우러러보았고 이름을 물었으며 소개 받기를 원했다. 모든 관리들이 그녀와 춤을 추고 싶어 했으며 장관도 그녀를 유심히 바라보았다.

그녀는 흥분에 도취해 춤을 추었다. 자신의 아름다움에 의기양양해져 자신의 성공의 영광과 모든 사람의 존경과 찬미와 깨어난 욕망 등, 여자의 마음을 완전무결한 승리감으로 채워 주는 행복의 절정에서 다른 것은 생각해 볼 겨를조차 없었다.

그녀는 새벽 네 시쯤 되어서야 무도회에서 나왔다. 남편은 자정부터 다른 세 명의 친구들과 함께 작은 응접실에서 잠이 들어 있었다. 이들의 부인네들이 마음껏 쾌락을 맛보고 있는 동안에……

남편은 돌아갈 때 추울까 봐 아내가 평소에 입던 소박한 옷을 아내의 어깨에 걸쳐 주었는데 화려한 야회복과는 너무나 대조적인 초라한 옷이었다. 이것을 알고 있는 그녀는 값진 모피로 몸을 감싼 다른 여자들의 눈에 뜨이지 않으려고 얼른 몸을 피했다.

르와젤은 그녀를 붙들었다.

"잠깐만 기다려요. 밖에 나가면 감기 들 거야. 내가 나가서 마차를 불러올게."

그러나 그녀는 남편의 말을 듣지 않고 급히 층계를 뛰어 내려갔다. 그들이 밖으로 나왔을 때 이미 마차는 한 대도 보이지 않았다. 그들은 멀리 지나가는 마차를 소리쳐 불렀으나 그곳까지 오는 마차는 없었다.

그들은 낙담하여 추위에 몸을 떨며 센강 쪽으로 걸어갔다. 마침내 그들은 밤에나 다니는 낡은 마차 한 대를 발견했다. 파리에서는 차마 그 초라한 꼴을 보이기가 부끄럽다는 듯이 낮에는 볼 수 없는 그런 마차였다.

마차는 마르티르 거리에 있는 그들의 집 문 앞에 다다랐다. 그들은 쓸쓸하게 층계를 올라갔다. 그녀에게는 모든 것이 끝난 것이었다. 남편은 열 시까지 직장에 출근해야 한다는 것만을 생각하고 있었다.

그녀는 화려한 자신의 모습을 다시 한번 보려고 거울 앞으로 가서 어깨 위에 걸쳤던 웃옷을 벗었다. 그러다 갑자기 그녀가 비명을 질렀다. 목에 걸었던 목걸이가 사라졌던 것이다.

옷을 벗고 있던 남편이 놀라며 물었다.

"왜 그래?"

그녀는 남편을 향해 돌아서며 얼빠진 듯 이렇게 말했다.

"저……, 저……. 목걸이가 없어졌어요!"

남편은 소스라쳐 놀라며 벌떡 일어섰다.

"아니, 뭐라고? 그럴 리가 있나!"

그들은 옷 갈피 속, 외투 자락, 호주머니 속을 샅샅이 뒤져 보았다. 그러나 목걸이는 보이지 않았다.

남편이 물었다.

"무도회에서 나올 때까지 있었던 것은 확실하오?"

"그럼요! 장관 댁 현관에서도 만져보았어요."

"길에 떨어뜨렸다면 소리가 났을 텐데. 틀림없이 마차 안에 떨어뜨렸을 거야."

"네, 그런 것 같아요. 마차 번호를 기억하세요?"

"모르겠어. 당신도 번호를 보지 않았소?"

"네."

그들은 낙담하며 서로 마주 보았다. 결국 르와젤은 옷을 다시 입었다.

"혹시 눈에 띌지도 모르니 우리가 왔던 길을 다시 가 봐야겠어."

그는 밖으로 나갔다. 그녀는 야회복을 입은 채, 눕지도 못하고 불을 피울 생각조차 못 한 채 망연히 의자에 주저앉아 있었다.

남편은 아침 일곱 시경에야 돌아왔다. 그는 아무것도 찾지 못했다.

그는 다시 경시청으로, 현상을 걸기 위해 신문사로, 마차 회사로 뛰어다녔다. 희망을 걸 만한 곳은 모조리 찾아가 보았다.

아내는 이 무서운 재난 앞에 거의 실신 상태에 빠진 채 온종일 남편을 기다리고 있었다.

르와젤은 저녁 무렵에야 볼이 푹 꺼지고 파리해진 얼굴을 하고 돌아왔다. 그는 아무것도 알아내지 못했다.

"여보, 당신 친구에게 편지를 써야겠소. 목걸이 고리가 망가져서 수선시켰다고. 그러면 그것을 돌려주는데 시간의 여유가 생길 것 아니오?"

그녀는 남편이 부르는 대로 편지를 받아썼다.

일주일이 지나자 그들은 모든 희망을 잃었다.

며칠 만에 5년이나 늙어버린 것 같은 르와젤은 결국 단안을 내렸다.

"똑같은 보석을 사서 돌려주는 수밖에 도리가 없겠어."

그들은 목걸이가 들어 있던 상자를 들고 상자 안쪽에 적혀 있는 상점을 찾아갔다. 보석상은 장부를 들춰 보았다.

"이 목걸이는 저희가 판 것이 아닙니다. 상자만 제공해 드린 것 같군요."

그래서 그들은 똑같은 목걸이를 찾기 위해 기억을 더듬어 가며 이 상점, 저 상점으로 돌아다녔다. 두 사람 다 슬픔과 근심으로 병자처럼 보였다.

그들은 팔레 르와얄의 어느 상점에서 찾고 있던 것과 꼭 같아 보이는 다이아몬드 목걸이를 찾아냈다. 값은 사만 프랑이었으나 삼만 육천 프랑까지 해주겠다는 것이었다.

그들은 보석상에게 사흘간은 다른 사람에게 팔지 말아 달라고 사정했다. 그리고 다행히 이달 말일까지 잃었던 것을 되찾게 된다면 상점에서 팔았던 것은 삼만 사천 프랑으로 되사준다는 조건으로 계약을 했다.

르와젤은 아버지에게서 물려받은 일만 팔천 프랑의 유산을 제외한 나머지는 빚을 내기로 했다.

그는 사흘 동안 이 사람에게서 천 프랑 저 사람에게서 오백 프랑, 이곳에서 오 루이 저곳에서 삼 루이, 닥치는 대로 빚을 얻었다. 그는 증서를 쓰고 전 재산을 저당 잡히고 고리대금은 물론 어떤 종류의 대금업자와도 거래를 했다. 그는 돈을 얻기 위해 인생의 모든 것을 걸었으며, 이행할 수 있을지

자신도 없으면서 서약서에 함부로 도장을 찍었다.

그는 장차 닥쳐올 불행에 대한 걱정과 머지않아 엄습해 올 비참한 어두운 그림자, 앞으로 겪게 될 물질적인 결핍과 정신적인 고통에 대한 상상으로 몸을 떨며, 새 목걸이를 사기 위해 보석상의 카운터 위에 삼만 육천 프랑을 내놓았다.

르와젤 부인이 목걸이를 가지고 포레스티에 부인을 찾아갔을 때 부인은 불쾌한 표정으로 말했다.

"좀 빨리 갖다주지 않고, 내가 쓸 일이 생기면 어쩌려고."

그러면서도 그 여자는 상자 뚜껑을 열어 보지도 않았다. 그녀는 친구가 상자를 열어 볼까 봐 조마조마했다. 목걸이가 바뀐 것을 알게 된다면 친구는 어떻게 생각할까? 뭐라고 말할까? 자신을 도둑으로 생각하지는 않을까?

르와젤 부인은 가난한 사람들의 생활이 얼마나 비참한 것인지 알았다. 그래서 그녀는 곧 비장한 결심을 했다. 저 무서운 빚을 갚아야만 했다. 그녀는 어떻게 해서든지 이 빚을 갚을 심산이었다. 그들은 하녀도 내보내고 집도 팔아 지붕 밑 다락방을 새로 얻었다.

그녀는 집안일이 얼마나 힘든 일이며 부엌일이 얼마나 귀찮은 것인지를 알게 되었다. 그녀의 손과 장밋빛 손톱은 기름 낀 접시나 냄비 바닥을 닦느라 거칠어졌다. 그녀는 세탁도 했다. 더러운 옷이나 내의, 걸레를 빨아서 줄에 널었다. 매일 아침 그녀는 쓰레기를 들고 거리까지 내려갔다. 그리고 물을 길어 나르기 위해 층계를 오르내리며 숨을 몰아쉬었다. 그녀는 빈민굴의 부인네 차림으로 바구니를 팔에 끼고 채소 가게나 식료품 가게나 푸줏간을 드나들며 값을 깎으려다 욕을 먹어가면서 비참하게 한푼 한푼을 절약했다.

그들은 매달 어음을 지불하고도 또 다른 어음들은 계속 연기해야 했다.

남편도 눈코 뜰 새 없이 일했다. 밤에는 상인들의 서류작성을 대신해 주고 돈을 벌었다.

이런 생활이 십 년 동안이나 계속되었으며 십 년 후에야 가까스로 모든 빚을 다 갚았다. 고리대금의 이자와 쌓이고 쌓인 이자의 이자까지도 모두

다 갚은 것이다.

르와젤 부인은 이제 다 늙어버렸다. 그녀는 드세고 완강하고 거칠며 가난한 억척 주부가 되었다. 머리는 아무렇게나 빗어 넘기고 치마는 비뚤어진 채 걸쳐 입고 손은 부르텄다. 물을 첨벙거리며 마룻바닥을 닦고 거친 음성으로 떠들었다.

그러나 남편이 출근하고 나면 이따금 그녀는 창가에 앉아 지난날의 그 파티, 자신이 그처럼 아름답고 환대를 받던 그 무도회를 회상해 보는 것이었다.

그 목걸이를 잃지 않았더라면 어떻게 되었을까? 누가 알 것인가? 인생이란 참 이상스럽고 무상한 거야! 사소한 일이 파멸을 가져오기도 하고 구원을 베풀기도 하는구나!

어느 일요일, 그녀는 일주일의 노고를 풀기 위해 샹젤리제를 한 바퀴 돌아보려고 나갔다가 문득 어린애를 데리고 산보하는 한 부인을 발견했다. 변함없이 젊고 아름다우며 매력 있는 포레스티에 부인이었다. 르와젤 부인은 가슴이 두근거렸다. 가서 말을 할까? 그렇지! 빚을 다 갚은 마당에 그녀에게 모두 이야기하자. 못할 이유가 무엇인가?

그녀는 포레스티에 부인에게 가까이 다가갔다.

"참 오랜만이야, 잔느!"

포레스티에 부인은 그녀를 알아보지 못하고, 초라한 여자가 이토록 자신을 정답게 부르는 것에 깜짝 놀라 중얼거렸다.

"그런데……, 저는 잘 모르겠군요. 사람을 잘못 본 게 아닌가요?"

"나, 마틸드 르와젤이야."

친구는 소리를 질렀다.

"아니, 가엾어라. 마틸드……. 어떻게 이렇게 변했어?"

"응, 참 고생 많이 했지. 우리가 마지막으로 만났던 후로……. 그 극심한 고생살이가 다 너의 목걸이 때문이었어!"

"내 목걸이 때문이었다고? 아니, 왜?"

"내가 문교부 장관 댁 무도회에 가려고 너에게 빌렸던 그 다이아몬드 목걸이 생각나니?"

"응, 그런데?"

"내가 그때 그것을 잃어버렸던 거야."

"뭐라고? 왜, 나한테 돌려줬잖아?"

"내가 돌려준 것은 똑같이 보이지만 새로 산 다른 거였어. 목걸이 값을 갚느라고 꼬박 십 년이 걸렸지. 여유가 없던 우리에게 그게 어떤 시련이었으리라는 것은 너도 짐작할 거야……. 그러나 이제는 다 해결되었어. 내 마음이 후련해."

포레스티에 부인은 발걸음을 멈추었다.

"그럼 내 것 대신에 다른 다이아몬드 목걸이를 사 왔단 말이야?"

"그래. 아직까지 그걸 몰랐었구나. 하긴 모양이 아주 똑같았으니까."

그녀는 순박하고 자랑스러운 기쁨의 미소를 지었다.

포레스티에 부인은 매우 안타까워하며 친구의 두 손을 붙잡았다.

"아! 가엾은 마틸드. 내 목걸이는 가짜였는데! 기껏해야 오백 프랑밖에 나가지 않는……."

두 친구

- 기 드 모파상 -

작품 정리

　이 작품은 평범한 일상 속에서 여가시간을 이용하여 낚시를 하는 행위에서 행복을 느끼며 살아
가는 보통 시민들에게 전쟁은 이러한 작은 행복마저 허용하지 않는다는 것을 말해 준다. 단순하고
일상적인 한 사건이 전쟁으로 인해 소시민의 삶을 얼마나 비참하게 파괴시키는지 잘 보여 주며 폭
력의 정체에 대해 새로운 깨달음을 얻게 하는 작품이다. 변명이 불가능한 상황, 인간이 인간을 대
하는 방식의 냉혹함, 그물망에 들어 있던 물고기의 운명과 인간의 운명을 대조하며 사소한 말 한
마디로 사람의 운명을 좌우하는 프러시아 장교는 전쟁이 갖는 비정성과 비극성을 부각시킨다.

작품 줄거리

　보불 전쟁으로 포위되어 있는 파리를 거닐던 시계상 모리소는 평화스럽던 시절에 낚시터에서
만나 친구 사이로 지내던 소바즈를 만난다. 둘은 침울한 세태를 한탄하며 예전에 한가로이 낚시
를 즐기던 시절을 그리워한다. 술을 한잔 하자던 그들은 많은 술을 마시게 된다. 소바즈는 술김에,
프러시아에게 점령된 강가로 낚시를 하러 가자고 하고 모리소는 그에 동의한다. 소바즈가 잘 아
는 대령에게 통행증을 얻은 후 두 사람은 불안한 마음으로 조심조심 강가로 가서 예전처럼 즐거
이 낚시를 한다. 이상하게도 물고기가 잘 잡히는 가운데 그들은 정치와 전쟁 이야기를 나눈다. 그
렇지만 결국 프러시아군에게 체포되고 프러시아 장교는 그들을 스파이로 단정하여 암호를 말하
라고 한다. 영문을 모르는 둘은 모른다고 대답하자 프러시아 장교의 명령으로 총살시켜 강물에 버
려지고 프러시아 장교는 아무 일도 없었다는 듯이 이들이 잡은 물고기를 요리하라고 명령한다.

· 갈래 : 단편 소설
· 시점 : 전지적 작가 시점
· 배경 : 프러시아에 점령된 프랑스 교외의 강가
· 주제 : 전쟁으로 생긴 비극과 인간의 허망한 삶

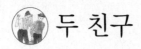 # 두 친구

　파리는 포위되어 사람들은 기아에 허덕이고 있었다. 지붕 위의 참새도 눈에 띄게 줄고 하수구의 쥐도 사라졌다. 사람들은 먹을 수 있는 것이면 무엇이든지 잡아먹었다.

　1월의 맑게 갠 어느 날 아침, 시계방을 하고 있었지만 시국이 시국인 만큼 일거리가 없어져 버린 모리소가 바지에 두 손을 깊숙이 집어넣고 배고픔을 참으면서 변두리 동네의 거리를 시큰둥한 표정으로 흔들흔들 걸었다. 그러다가 같은 부류인 듯한 남자와 딱 마주치자 발걸음을 멈추었다. 어디서 본 듯한 얼굴이라고 생각했는데 역시 그랬다. 소바즈 씨라고, 강에서 알게 된 사람이었다.

　전쟁 전까지 모리소는 일요일이면 아직 이른 새벽부터 낚싯대를 한 손에 들고 깡통을 어깨에 걸치고 집을 나서곤 했었다. 아르장퇴이유 행 기차를 타고 콜롱브에서 내리면 걸어서 마랑트 섬까지 간다. 꿈에도 잊지 못할 이곳에 닿자마자 곧 낚시를 시작하여 밤이 될 때까지 물고기를 낚는 것이다.

　그때 매주 일요일마다 강가의 낚시터에서 포동포동 살이 찌고 작달막하면서도 소탈한 남자를 만났었는데 그 사람이 바로 소바즈 씨였다. 그는 노트르담 드로레트 거리에 조그마한 잡화상을 하고 있었는데 대단한 낚시광이었다. 그들은 나란히 낚싯줄을 드리우고 물 위에 발을 흔들거리면서 한나절을 같이 보내는 일이 가끔 있었다.

　어떤 때에는 둘 다 말 한마디 나누지 않는 날도 있었다. 그러나 어쨌든 취미가 같고 생각하는 것도 비슷했으므로 아무 말 하지 않아도 둘의 마음은 잘 통했다. 이렇게 해서 둘은 사이가 좋아졌던 것이다.

　봄이 되어 아침 열 시경에는 따뜻한 태양이 물과 함께 흐르는 저 아련한 아지랑이를 조용한 수면위에 맴돌게 하고 이들 두 낚시꾼의 등에 봄볕이 기분 좋게 퍼부어 주면 모리소는 생각난 듯이 옆자리의 일행에게 말을 건넨다.

"어떻소, 기분이 정말 좋군요."

하면 소바즈 씨도 맞장구를 친다.

"더할 나위 없죠."

그것만으로도 둘은 충분히 서로 이해하고 마음을 주고받을 수가 있었던 것이다.

또 가을은 가을대로 저녁 해 질 무렵 붉은 노을을 비추어 수면은 진홍색 구름의 모습을 담아 강을 붉게 물들인다. 노을은 지평선을 불처럼 타오르게 하고 두 친구도 불길처럼 새빨갛게 된다. 또 겨울이 다가옴을 두려워하는 짙은 갈색의 나무들마저 금빛으로 물들어 버린다.

그럴 때면 소바즈 씨는 사뭇 기쁜 듯이 모리소에게 말을 건다.

"참으로 좋은 경치군요."

하면 모리소도 멋진 장면에 눈을 떼지 못하고 감탄하면서 대답한다.

"정말로 이런 기분은 시내에 있는 놈들은 알 수가 없지요."

이러한 두 사람이 길에서 우연히 만나 서로 상대편 얼굴을 알아차리자 힘껏 손을 잡았다. 전쟁으로 변해 버린 세태 속에서 다시 만날 수 있어서 무척 반가웠던 것이다. 소바즈 씨는 한숨을 한 번 내쉬고 중얼거렸다.

"어허, 참. 요즘은 아무 생각도 할 수 없게 되었군요."

모리소도 몹시 어두운 얼굴로 내뱉듯이 말했다.

"게다가 날씨까지 좋지 않으니 어쩐 일입니까. 어쨌든 오늘은 올해 들어 처음 보는 좋은 날씨로군요."

과연 하늘은 파랗고 맑은 빛에 차 있었다.

둘은 깊은 생각에 잠기면서 어깨를 나란히 하고 걷기 시작했다. 모리소가 말을 꺼냈다.

"예전에 낚시를 할 때가 정말 좋았지요!"

소바즈 씨가 물었다.

"언제나 또 할 수 있을까요?"

그들은 자그마한 카페로 들어가서 압생트를 한 잔씩 마셨다. 그러고 나서 다시 거리를 어슬렁거리기 시작했다.

모리소가 멈춰 섰다.

"한 잔 더 어때요?"

소바즈 씨도 찬성했다.

"좋습니다."

그들은 다른 술집으로 또 들어갔다.

그곳을 나왔을 때에는 두 사람 모두 아주 좋은 기분이 되어 휘청거리며 걸었다. 따뜻한 날씨였다. 산들바람이 쓰다듬는 것처럼 얼굴을 간질였다. 부드러운 바람을 쐬 더욱 얼큰히 취해 기분이 좋아진 소바즈 씨가 걸음을 멈추었다.

"한번 나가 볼까요?"

"어디에 말입니까?"

"낚시하러 말이죠."

"그렇지만 어디에서 말입니까?"

"어디라니, 그때 그 섬이지요. 프랑스군의 전초가 콜롱브 근처에 나가 있어요. 내가 뒤물랭 대령을 알고 있으니 문제없이 통과시켜 줄 겁니다."

모리소도 낚시를 할 수 있다는 말에 더 이상 참을 수가 없었다.

"좋소. 가십시다."

둘은 낚시도구를 가져오기로 하고 헤어졌다.

한 시간 뒤에 그들은 나란히 국도를 걷고 있었다. 조금 후에 대령의 숙사로 되어 있는 별장에 닿았다. 대령은 두 사람의 부탁을 듣고 빙긋 웃으며 그 들뜬 마음을 실망시키지 않았다. 그들은 통행 허가증을 받고 또 걷기 시작했다.

이윽고 전초선을 넘어 지금은 사람이 한 명도 없는 콜롱브의 거리를 지나 센강 쪽의 작은 포도밭 근처로 나왔다. 그럭저럭 열한 시였다.

눈앞에 아르장퇴이유의 마을이 죽은 듯이 가로놓여 있었다. 오르즈몽이나 싸느와의 고원과 넓은 평야는 저 멀리까지 허허벌판이었고 눈에 보이는 것은 쓸쓸한 벚나무 숲과 잿빛의 땅뿐이다.

소바즈 씨는 언덕의 꼭대기를 가리키면서 낮게 중얼거렸다.

"프러시아 군은 저 높은 곳에 있습니다."

그러고 나자 이 황량한 들판을 앞에 놓고 말할 수 없는 불안이 두 친구를 움츠러들게 했다.

프러시아 병사! 둘은 아직 그 모습을 직접 눈으로 보지는 못했으나 몇 달 전부터 파리를 포위하면서 약탈하고 학살하고 굶주리게 하여 프랑스를 조금씩 파괴해 가고 있었다. 눈에 보이지 않는 강력한 그들을 느끼고 있었던 것이다. 또 두 사람이 저 미지의 승리한 군대에 대하여 품고 있는 증오감에는 일종의 미신적인 공포가 덧붙여 있었다.

모리소는 머뭇거리며 말했다.

"놈들과 불시에 마주치기라도 하면 어떻게 하지요?"

소바즈 씨는 이런 때에도 파리 사람다운 장난기를 섞어 대답한다.

"생선구이라도 만들어 줍시다."

하지만 지평선 일대를 덮고 있는 기분 나쁜 침묵에 기가 죽어 단박에 들판 가운데로 들어서지는 못하고 있었다.

드디어 소바즈 씨가 결심했다.

"자아, 나갑시다! 그런데 조심하시오."

두 사람은 포도밭으로 내려갔다. 몸을 굽히고 배로 기어가면서 풀숲이 있으면 그 속에 숨어서 눈을 굴리고 귀를 기울이면서 조심스럽게 내려갔다.

그 앞에는 풀도 나지 않아 몸을 숨길 수도 없는 작은 평지가 있어서 강가에 다다르려면 그곳을 가로질러야만 했다. 그들은 마구 뛰기 시작했다. 겨우 강가에 닿자마자 얼른 마른 갈대 속에 웅크리고 앉았다.

모리소는 근처에 사람의 발소리라도 나지 않나 땅바닥에 귀를 대어 보았다. 아무것도 들리지 않는다. 확실히 그들 두 사람뿐이었다.

겨우 가슴을 쓸어내리고 강가에서 낚시를 시작했다.

눈앞에는 지금 아무도 없는 마랑트 섬이 있었는데 저편 강가에서는 둘의 모습이 보이지 않을 것이다. 작은 섬에 있던 식당 건물은 문이 닫혀 있어 몇 년 전부터 빈집이 된 것처럼 보였다.

소바즈 씨가 먼저 모래무지를 낚아 올렸다. 다음에는 모리소가 물고기를 낚아챘다. 이렇게 두 사람은 은빛의 작은 물고기가 줄 끝에서 팔딱팔딱 뛰고 있는 낚싯대를 쉴 새 없이 들어 올릴 수 있었다. 사실 거짓말처럼 물고기가 많이 잡혔다.

낚은 물고기를 발밑의 물에 반쯤 담겨 있는 그물바구니에 솜씨 좋게 넣을 때면, 말할 수 없는 기쁨이 온몸에 배어 퍼지는 것이었다. 그것은 아마 오랜 시간 동안 금지되어 온 도박이나 놀이를 하게 되었을 때 느끼는 그런 기쁨과 같을 것이다.

따뜻한 태양이 두 사람에게 따사로움을 전해주고 있었다. 이제 그들은 아무것도 들리지 않고 세상일 같은 것은 잊어버리고 그저 물고기만을 낚고 있었다.

그런데 별안간 땅 밑바닥에서 울리는 둔탁한 음향이 지면을 진동시켰다. 대포가 터지기 시작한 것이다.

모리소는 뒤를 돌아보았다. 둑 너머 저 멀리 왼편에 발레리앙 산의 커다란 윤곽이 보였으며 그 산의 꼭대기에는 지금 막 토해낸 화약 연기가 하얀 깃털 장식처럼 덮여 있었다.

금세 두 번째의 화약 연기가 요새의 꼭대기에서 올랐구나 하는데 잠시 후에 또 폭음이 울렸다. 그로부터 연달아 폭음이 일고 산은 쉴 새 없이 죽음의 숨결을 내쉬며 우윳빛 연무를 토해냈다. 그러면 그것은 조용한 하늘로 천천히 떠올라 산 위에 한 뭉치의 구름을 형성하는 것이었다.

소바즈 씨는 어깨를 으쓱하며 말하였다.

"또 시작했군 그래."

모리소는 낚시찌가 까딱거리며 움직이는 것을 초조한 마음으로 바라보고 있었는데 갑자기 화가 치밀었다. 이렇게 전쟁이나 하고 있는 저 미친 사람들에 대한 선량한 인간의 노여움이었다. 그는 중얼거렸다.

"이렇게 서로 죽이기 내기를 하다니 참으로 어리석지 않소!"

소바즈 씨도 대답했다.

"짐승 그 이상이지요."

마침 그때 모리소는 잉어를 낚아 올리며 큰 소리로 말했다.

"요컨대 정부가 존재하는 한 전쟁은 끊이지 않을 겁니다."

소바즈 씨는 그 말을 가로막았다.

"공화국이었더라면 전쟁은 하지 않았을 텐데……."

이번에는 모리소가 가로채어 말했다.

"임금님이 다스릴 때에는 외국과 전쟁이고, 공화국일 때에는 국내 전쟁이지요."

이리하여 둘은 정치적으로 큰 사건이나 큰 문제를 단순하고 온화한 인간의 부드러운 토론으로서 여유 있게 자신의 의견을 얘기하며, 결국 인간은 언제가 되더라도 자유로워지지는 않을 것이라는 의견의 일치를 보았다.

그러는 사이에도 발레리앙 산은 포탄으로 쉴 새 없이 울리면서 프랑스의 집들을 파괴하고 많은 생명을 없애 존재를 유린하고, 수많은 꿈과 기쁨, 기대와 동경과 행복에 종지부를 찍고 아득히 먼 고향에 있는 아내의 마음에, 딸의 마음에, 어머니의 마음에 평생토록 아물 수 없는 상처를 입히고 있는 것이었다.

"이것이 산다는 것이지요."

하고 소바즈 씨가 말을 던졌다.

"이것이 죽음이라는 것이지요, 라고 말하고 싶은걸요."

라고 모리소는 웃으면서 대꾸했다.

그러나 그 순간 그들은 깜짝 놀라 온몸이 굳어져 버렸다. 방금 그들의 등 뒤로 누군가가 지나간 것을 확실히 느꼈기 때문이다. 슬그머니 눈을 돌려 뒤를 보니 등 너머 바로 곁에 네 사람의 남자가 버티고 서 있는 것이었다. 농부의 옷차림에 납작한 군모를 쓰고 무장한 수염투성이의 거한이 두 사람들 향해 총 끝으로 겨냥을 하고 있었다.

두 사람의 낚싯대는 둘의 손에서 떨어져 강 아래로 흘러 내려갔다.

두 사람은 곧 그들에게 붙들려 조그만 배에 처넣어져 섬으로 끌려갔다. 그들이 빈집이라고 생각했던 아까의 식당 건물 뒤에는 이십 명가량의 프러시아 병사들이 있었던 것이다.

수염투성이의 거한이 의자를 거꾸로 하여 말을 타듯이 앉아 커다란 사기 파이프를 빨아대면서 잡혀 온 두 사람에게 세련된 프랑스어로 물었다.

"어떠시오, 여러분. 많이 잡았습니까?"

그러자 병사 하나가 물고기가 가득 들어 있는 바구니를 가지고 와서 수염투성이 장교 발밑에 놓았다. 프러시아 장교는 씩 웃었다.

"호, 이것 참 대단하군그래. 헌데 그건 그렇고, 내가 말하는 것을 잘 듣기 바란다. 겁낼 것은 없다. 내 생각이 맞다면 너희들 둘은 이쪽을 염탐하려고 온 스파이다. 너희들의 계획을 교묘하게 속이려고 낚시질을 하는 척할 뿐이다. 그래서 나는 너희들을 잡아 총살을 시켜야 하는 것이다. 너희들이 내 손안에 들어온 것은 대단히 가엾은 일이나 지금은 전쟁 중이니 어쩔 수 없다.

그런데 말이다. 너희들은 전초선을 빠져나왔으니만큼 분명 돌아갈 때의 암호를 알고 왔을 것이다. 그 암호를 나에게 가르쳐주면 너희들을 용서하겠다."

두 친구는 나란히 선 채 얼굴은 새파랗게 질리고 손을 부들부들 떨면서 입을 다물고 있었다.

장교는 다시 말했다.

"너희들이 암호를 말했다는 것은 아무도 모른다. 너희들은 아무렇지도 않게 돌아갈 수 있는 거다. 이 비밀은 너희들이 돌아가는 것과 동시에 없어지는 것이다. 만약 너희들이 거부하면 이 자리에서 사형이다. 어느 쪽인지 결정해라."

둘은 아무 말 없이 꿈쩍도 하지 않았다.

프러시아 장교는 냉정하게 한 손으로 강을 가리키면서 다시 말했다.

"잘 생각해라. 5분 뒤에 너희들은 저 강 속에 있을 거다. 5분 뒤다! 너희들에게 가족들도 있을 것 아닌가?"

발레리앙 산은 여전히 흔들리고 있었다.

두 사람의 낚시꾼은 입을 다문 채 버티고 서 있었다. 프러시아 장교는 자기네 나라말로 무엇인가 명령을 내렸다. 이어서 그가 걸터앉아 있는 의자를 약간 뒤로 빼고 두 사람의 포로와 멀리 떨어졌다.

잠시 후 열두 명의 병사가 두 사람과 이십 보쯤 떨어진 곳에 정렬하여 '세워 총'을 하였다.

장교가 또다시 말했다.

"1분간의 여유를 준다. 그 이상은 단 1초도 더 기다리지 않겠다."

그는 갑자기 의자에서 일어나 두 프랑스인 옆으로 다가오더니 모리소의 팔을 잡고 조금 떨어진 곳으로 끌고 가 목소리를 낮추고 속삭였다.

"자아, 빨리! 암호가 뭐냐? 너희 한 패에게 눈치채일 걱정은 안 해도 된다. 가엾어서 용서받은 것으로 해두자."

모리소는 아무런 대답도 하지 않았다.

그러자 프러시아 장교는 이번에는 소바즈 씨를 끌고 가서 똑같은 제안을 했다.

소바즈 씨도 대답하지 않았다.

그들은 다시 나란히 세워졌다.

장교는 명령을 내리고 병사들은 총을 들어 올렸다.

그때 문득 모리소의 시선은 모래무지가 들어 있는 바구니 위에 멈췄다. 두세 걸음 떨어진 곳의 풀밭 위에 내던져져 있었는데 쌓여 있는 물고기들이 아직 살아 움직이며 한 줄기의 햇빛이 부딪쳐 반짝거리고 있었다.

그는 왠지 정신이 멍해져 왔다. 참고 있었으나 눈물이 나와서 견딜 수가 없었다.

그는 친구에게 마지막 인사를 하였다.

"소바즈 씨, 잘 가시오."

소바즈 씨도 말했다.

"모리소 씨, 잘 가시오."

그들은 손과 손을 서로 굳게 잡았으나 머리끝부터 발끝까지 온몸이 떨려 왔다.

장교가 고함을 쳤다.

"쏴라!"

열두 발의 총성이 동시에 울렸다.

소바즈 씨는 털썩 엎어져 쓰러졌다. 모리소는 키가 컸으므로 비틀거리며 한 바퀴를 굴러 친구의 몸 위에 부딪히며 벌렁 나자빠졌다. 가슴께를 맞아 피가 펑펑 뿜어져 나왔다.

프러시아 장교가 또 무언가를 명령했다.

병사들은 사방으로 흩어졌다가 곧 밧줄과 돌을 가지고 와서 그것을 두 시체의 발목에 묶은 다음 강가로 옮겨 갔다.

발레리앙 산은 여전히 대포로 흔들리고 있었고 대포에서 뿜은 연기가 구름을 만들었다.

두 병사가 모리소의 머리와 발을 잡고 들어 올렸다. 그리고 다른 두 병사도 소바즈 씨를 들어 올렸다. 두 개의 시체가 힘껏 휘둘리다가 멀리 내던져져 곡선을 그리면서 강물로 떨어졌는데 발에 매단 돌의 무게 때문에 다리부터 강 속으로 가라앉았다.

강물이 튀어 올라 거품이 일고 수면이 흐트러졌으나 얼마 안 가서 고요해졌다. 잠시 후에는 작은 물결이 강가에까지 밀려 나왔다. 피가 수면 위로 조금 떠올랐다.

장교는 여전히 상쾌한 기분으로 중얼거렸다.

"자아, 이제는 물고기들에게 맡겨 두지."

그리고 숙사 쪽으로 돌아갔다.

그때 문득 풀 위에 뒹굴고 있는 모래무지가 담긴 바구니가 눈에 띄었다. 그는 그것을 집어 올려서 바구니 안을 들여다보고는 저도 모르게 벙글 웃었다.

그는 "빌헬름!" 하고 소리쳤다.

하얀 앞치마를 두른 한 병사가 뛰어나왔다. 프러시아 장교는 총살된 두 낚시꾼이 잡은 물고기들을 그 병사에게 주면서 명령했다.

"빨리 이 물고기를 구워 주게나. 아직 싱싱할 때 구이를 하면 더욱 맛이 좋을 거야."

그는 다시 파이프를 피우기 시작했다.

별

- 알퐁스 도데 -

작가 소개

알퐁스 도데(Alphonse Daudet 1840~1897) 프랑스 소설가, 극작가.

도데는 1840년 프로방스의 님에서 견직물 제조업자의 아들로 태어났다. 1849년 아버지 사업이 어려워져 공장을 팔고 리옹으로 이사를 온 후 리옹의 고등중학교에 들어갔으나, 1857년 아버지의 사업이 망하는 바람에 도데는 대학 진학을 포기하고 알레스에 있는 중학교 사환으로 일했는데 6개월 만에 해고된다. 불행한 그때의 경험이 자전적 소설인 《꼬마 철학자》의 소재가 된다.

1857년 형 에르네스트가 있는 파리로 가서 문학에 전념하며, 시집 《연인들》을 발표해 문단에 데뷔한다. 1860년 당시의 입법의회 의장 모르니 공작에게 재능을 인정받아 비서가 된다. 그 후 보헤미안 문단과 사교계 문인들과 교류를 시작하고, 이를 계기로 남프랑스의 시인 미스트라르를 비롯하여 플로베르, 에밀 졸라, E.공쿠르, 투르게네프 등과 친교를 맺었으며 1867년 1월에 작가인 쥘리아 알라르와 결혼한다. 레옹과 뤼시앵이라는 두 아들과 에드메라는 딸 하나를 낳고 아내 쥘리아와 파리에서 행복한 삶을 산다. 이후 친교를 맺은 문인들과 더불어 자연주의의 일파에 속했으나, 선천적으로 섬세한 시인 기질 때문에 시정(詩情)이 넘치는 유연한 문체로 불행한 사람들에 대한 연민과 고향 프로방스 지방에 대한 애착을 주제로 한 소설들을 발표하여 성공을 거두었으며 그 후 인상주의적인 작품으로 부귀와 명성을 누렸다.

작품으로는 《풍차 방앗간 소식》《프티 쇼즈》《쾌활한 타르타랭》《월요이야기》《젊은 프로몽과 형 리슬레르》《자크》《나바브》《뉘마 루메스탕》《전도사》《사포》《알프스의 타르타랭》《불후(不朽)의 사람》《타라스콩 항구》 외 여러 소설들과, 수필집 《파리의 30년》《한 문학자의 추억》이 있으며 희곡집 《아를의 여인》은 유명한 음악가인 비제가 작곡을 해 더 유명해졌다.

별 속의 사랑은 은은하다. 어떤 강력함이나 열정은 없지만 그 어떤 사랑보다 깊고도 넓다. 고요한 목장에서의 일상과 밤하늘에 대한 아름다운 표현, 목동의 설레는 감정과 아가씨의 순수한 행동 등이 잘 어우러진 작품이다. 아가씨에 대한 목동의 순수함이 한편의 아름다운 풍경화를 보는 듯하다.

이 작품은 도데 특유의 젊은 날의 청순한 사랑을 그리며 별 이야기를 통하여 한 목동의 젊은 날의 순수한 사랑의 감정을 간접적으로 표현하는 기법이 돋보인다.

나는 뤼브롱산에서 양을 돌보며 사는 양치기소년이다. 그곳은 사람들의 인적이 뜸해서 양 떼들과 검둥이 사냥개와 시간을 보내며 지낸다. 두 주일에 한번 씩 미아로와 노라드 아주머니가 보름치의 양식을 실어다 준다. 그들이 올 때마다 마을의 소식 중에서 무엇보다도 주인집 딸인 스테파네트의 얘기를 기다린다.

그러던 어느 일요일, 양식이 오기를 기다리던 소년은 뜻밖에도 스테파네트 아가씨가 양식을 싣고 목장에 오자 놀란다. 미아로와 노라드 아주머니가 사정이 있어 오지 못하고 아가씨가 대신 온 것이다. 아가씨는 많은 것들을 묻기도 하고 즐거운 시간을 함께 보낸 후에 마을로 내려간다. 그런데 산을 내려가던 도중 소나기로 소르그 강에 물이 불어 마을로 돌아가지 못하고 목장으로 돌아온다. 아가씨의 아름다운 모습은 온데간데없고 물에 흠뻑 젖어서 불을 지펴 옷을 말려준다. 날이 저물어 소년과 아가씨는 언덕에 앉아 하늘의 별들을 보며 많은 얘기를 한다. 그러다 아가씨가 소년의 어깨에 기대어 잠이 들자 목동은 별을 보며 생각한다. '이 별들 중에서 가장 예쁘고, 아름다운 별은 내 어깨에 기대어 잠자고 있는 아가씨' 라고 생각한다.

· 갈래 : 단편 소설
· 시점 : 1인칭 전지적 작가 시점
· 배경 : 프로방스 뤼브롱 산의 어느 일요일
· 주제 : 젊은 남녀의 청순한 사랑

별

아름다운 뤼브롱 산에서 양치기를 하던 그 시절, 나는 몇 주 동안이나 아무도 만나지 못한 채 혼자 지냈다. 내 곁을 지켜 주는 것은 오로지 라브리라는 개와 양 떼뿐이었다. 가끔 약초를 캐러 가는 몽 드뤼르의 수도사가 목장을 지나갔고 피에몽 산의 숯 굽는 사람이 시꺼먼 얼굴로 지나칠 때도 있었다.

그러나 그들은 세상을 등지고 살아온 탓인지 늘 조용했으며 사람들과 대화하는 데 별 흥미를 느끼지 않는 모양이었다. 그들은 산 아랫마을이나 도시의 화젯거리에 대해 관심조차 없었다.

꼬마 미아로의 쾌활한 얼굴이나 늙은 노라드 아주머니의 얼굴을 보는 것이 큰 기쁨이었다. 그러므로 보름마다 식량을 실어다 주는 주인집 나귀의 방울 소리가 들릴 때면 기뻐서 어쩔 줄 몰랐다. 나는 그들에게 아랫마을에서 일어난 이야기들을 전해 들었다. 그들은 누가 세례를 받았다느니, 누가 결혼을 했다느니 하는 등의 소식을 전해 주었던 것이다. 그러나 무엇보다 내가 궁금해하는 건, 근방에서 가장 아름다운 주인집 딸 스테파네트 아가씨의 소식이었다.

나는 아가씨에 대한 관심을 겉으로 드러내지 않으면서 그녀의 안부를 묻기도 했다. 요즘도 파티나 야유회에 자주 가는지, 또 여전히 낯선 젊은이들이 찾아와 아가씨에게 환심을 사려고 드는지 물어보았다. 그런 것들이 보잘것없는 목동인 나와 무슨 상관이냐고 누군가 묻는다면 나는 이렇게 대답할 것이다. 내 나이도 이제 스무 살이 되었고, 스테파네트 아가씨는 지금까지 내가 본 사람 중에서 가장 아름다운 사람이라고.

어느 일요일, 도착해야 할 보름치 식량이 아주 늦게 도착한 일이 있었다. 아침나절만 해도 '아마 특별 미사가 있나 보다.' 하고 생각했다. 그런데 오후가 되자 갑자기 소나기가 쏟아지기 시작했다. 그리고 3시쯤에 나뭇잎에서 떨어지는 물방울 소리와 소나기로 넘쳐흐르는 골짜기의 물소리에 섞여 나귀의 방울 소리가 들려왔다. 마치 부활절에 울리는 종소리처럼 명랑하고 경쾌했다.

그런데 나귀를 몰고 온 것은 꼬마 미아로도, 노라드 아주머니도 아니었다. 그것은 다름 아닌 스테파네트 아가씨였다.

보름치 식량 자루 사이에 반듯하게 앉아 이쪽을 향해 다가오는 스테파네트 아가씨는 산의 깨끗한 공기와 소나기가 온 뒤의 상쾌함 때문인지 볼이 발그레 물들어 있었다.

꼬마 미아로는 병이 나서 앓아누웠고, 노라드 아주머니는 휴가를 얻어 자식들이 있는 집으로 갔다는 것이다. 아름다운 스테파네트 아가씨는 나귀에서 내리면서 자초지종을 말해주었다. 중간에 길을 잘못 드는 바람에 늦었다는 이야기도 덧붙였다.

그러나 꽃 모양 리본과 화려한 레이스가 달린 스커트를 입은 아가씨를 보니, 숲속에서 길을 헤맸다기보다는 무도회에서 춤을 추느라 늦은 사람처럼 보였다.

아, 귀여운 아가씨! 아가씨의 모습은 아무리 바라보아도 싫증이 나지 않았다. 나는 이제껏 한 번도 이렇게 가까이에서 아가씨를 본 적이 없었다. 겨울이 되면 산에 눈이 내리기 전에 양 떼를 몰고 아랫마을로 내려간다. 그때 저녁을 먹기 위해 농장으로 돌아가는데 방으로 급히 들어가는 아가씨를 가끔 본 적은 있다. 하인들에게 좀처럼 말을 건네지 않는 아가씨에게서 약간 거만한 태도가 느껴지기도 했다.

그런 그녀가 지금 내게 온 것이다. 오직 나만을 위해서 말이다. 어떻게 가슴이 울렁거리지 않을 수 있겠는가? 스테파네트 아가씨는 자루에서 식량을 꺼낸 후 사방을 둘러보았다. 화려한 나들이옷을 살짝 치켜들고는 오두막 안으로 들어가서 양의 털가죽을 깔아 놓은 잠자리와 벽에 걸린 외투와 지팡이, 화승총 등을 신기한 듯 쳐다보았다.

"그러니까 여기가 네 방이란 말이지? 여기서 혼자 밥도 먹고 잠도 잔다는 말이야? 얼마나 외로울까. 그래 도대체 무슨 생각을 하면서 지내고, 무슨 꿈을 꾸면서 잠이 드니?"

'아가씨, 바로 아가씨 생각을 하면서 보내요…….'

나는 그렇게 대답하고 싶었다. 그것은 거짓이 아니니까. 그러나 가슴이 두근거리고 얼굴이 빨개져서 한마디도 할 수 없었다. 아가씨 역시 내 마음을 눈치챘을지도 모른다. 그래서인지 심술꾸러기 아가씨는 짓궂게도 나를 더욱 난처하게 만들며 즐거워했다.

"그래, 가끔 마음씨 고운 여자 친구가 놀러 오니? 그 아가씨는 아마도 황금 염소 아니면 산봉우리를 뛰어다니는 산의 요정이 분명해."

그러나 머리를 뒤로 젖히며 예쁜 미소를 짓는 그녀 자신이 나타났다가는 눈 깜짝할 사이에 사라지는 요정 같았다.

"잘 있어, 목동아."

"안녕히 가세요, 아가씨."

아가씨는 빈 바구니를 나귀에 싣고 떠났다. 그녀가 산기슭 오솔길로 사라진 뒤에도 나귀 발굽이 돌멩이를 톡톡 차는 소리 하나하나가 내 심장 위에 떨어지는 것처럼 느껴졌다. 저녁이 되어 계곡에 어둠이 깔리기 시작하고, 양 떼가 울타리 안으로 돌아가려고 음매 소리를 내며 서로 몸을 부대끼고 있을 때, 언덕 아래서 누군가가 나를 부르는 소리가 들려왔다.

잠시 뒤 놀랍게도 스테파네트 아가씨가 나타났다. 명랑했던 표정의 아가씨는 옷이 흠뻑 젖은 채 추위와 무서움에 와들와들 떨고 있었다. 산을 내려간 아가씨는 소나기로 물이 불어 있는 소르그 강을 건너려다 하마터면 물에 빠질 뻔한 것 같았다.

난처한 일이 아닐 수 없었다. 무엇보다 이미 어두운 밤이라 농장으로 돌아가는 것은 불가능했다. 지름길이 있기는 하지만 아가씨 혼자서는 도저히 찾아갈 수 없을 테고, 나도 양 떼 곁을 떠날 수 없었기 때문이다.

아가씨는 난처한 표정을 지었다. 산 위에서 밤을 지내면 가족이 걱정할 게 틀림없기 때문에 아가씨는 몹시 걱정했다. 나는 아가씨를 안심시키려고 애썼다.

"아가씨, 7월의 밤은 짧아요. 조금만 참으면 아침이 돼요."

나는 아가씨가 몸과 옷을 말릴 수 있도록 서둘러 불을 피웠다. 그런 다음 우유와 치즈를 아가씨 앞에 내놓았지만 불을 쬐려고도, 음식을 먹으려고도 하지 않았다. 그녀의 두 눈에선 어느새 커다란 눈물방울이 흘러내렸고 그것을 보는 나도 그만 울고 싶었다.

그러는 사이 어느덧 밤이 찾아왔다. 산 위에는 어둠이 뿌옇게 어른거렸고, 서쪽 하늘에만 햇빛이 조금 남아 있을 뿐이었다. 나는 아가씨를 오두막 안으로 데리고 들어갔다. 그러고는 새 짚단 위에 깨끗한 털가죽을 깔아 놓고 편히 쉬라는 인사를 한 뒤 밖으로 나와 문 앞에 앉았다.

아무리 애틋한 사랑의 불길이 내 피를 끓어오르게 해도 나쁜 생각은 조금도 하지 않았다. 오두막 안의 한쪽 구석에 조용히 잠들어 있는 아가씨를 신기한 듯 바라보고 있는 양 떼 바로 곁에서, 주인집 아가씨가 내 보호를 받으며 마음 놓고 쉬고 있다는 생각을 하니 무척이나 흐뭇했다. 하늘이 이렇게 곱고, 별이 이처럼 찬란하게 보인 적은 지금까지 한 번도 없었다.

바로 그 순간 문이 불쑥 열리더니 아름다운 스테파네트 아가씨가 걸어 나왔다. 아마도 아가씨는 낯선 곳에서 잠을 이룰 수가 없는 모양이었다. 양 떼가 끊임없이 움직이면서 지푸라기를 부스럭거렸고, 꿈을 꾸면서 매 하고 울어 댔으니까.

그러자 차라리 모닥불 곁에 있는 편이 낫겠다고 생각한 것이다. 나는 이 불 대신 내가 덮고 있던 양의 털가죽을 아가씨 어깨에 덮어 주었다. 그리고 우리는 말없이 나란히 앉아 있었다. 한 번이라도 밖에서 밤을 새운 적이 있다면 우리가 함께하는 이 시간이 얼마나 행복한지 알 것이다. 고독과 정적 속에서 깨어나는 그 세계를…….

그 세계에서 샘물은 더욱 맑게 노래하고, 연못 위에는 작은 불꽃들이 반짝거리며 춤을 추고 산의 요정들이 이 산에서 저 산으로 뛰어다닌다. 허공에서는 바람 소리가 들려오고 귀 기울이지 않으면 잘 들리지 않는 소리들도 들린다. 마치 나뭇가지가 자라고 샘물이 솟아나는 소리를 듣는 듯하다.

낮은 살아 있는 생명의 세상이지만 밤은 사물들의 세상이다. 그런 세계에 익숙지 않으면 밤은 무섭게만 느껴질 것이다. 아가씨는 바스락거리는 소리만 들려도 몸을 파르르 떨며 내게 바싹 다가앉았다. 한번은 아래쪽 연못에서 구슬픈 노랫소리가 물결을 타고 우리 쪽으로 울려왔다. '그 소리가 뭘까' 하고 생각하는 순간, 아름다운 별똥별 하나가 머리 위를 미끄러지듯 스쳐 갔다.

"저게 뭐야?"

스테파네트 아가씨가 나직한 목소리로 물었다.

"천국으로 가는 영혼입니다."

나는 성호를 그으며 대답했다.

그러자 아가씨도 나를 따라 성호를 그었다. 그리고 잠깐 하늘을 바라보고는 내게 다시 물었다.

"너희 같은 목동들은 요술쟁이라던데 정말인가 봐?"

"요술쟁이라니요, 아가씨. 하지만 우리는 별과 가까이 살고 있기 때문에 산 아랫마을에 사는 사람들보다는 별에 대해 많이 알고 있지요."

아가씨는 한 손으로 턱을 괴고는 마치 하늘의 꼬마 양치기처럼 양의 털가죽을 몸에 두른 채 하늘을 바라보았다.

"어머나, 많기도 해라! 어쩌면 저렇게 아름다울까! 이렇게 많은 별은 본 적이 없어. 너는 저 별들의 이름을 아니?"

"알고말고요. 자, 보세요! 우리 머리 위에 있는 것이 성 야곱의 길 은하수예요. 은하수는 프랑스에서 스페인까지 곧장 뻗어 있어요. 샤를마뉴 대제가 사라센과 싸웠을 때, 용감한 대제에게 길을 가르쳐 주기 위해 그려 놓은 것입니다. 그 옆에 있는 것은 '영혼의 수레'라고 부르는 큰곰자리예요. 그 앞에 있는 세 개의 별은 수레를 끄는 '세 마리의 짐승'이고, 그 세 번째 별 옆의 아주 작은 별이 마부랍니다. 그 주위에 흩어져 있는 별들이 보이지요? 저것들이 바로 하느님이 하늘에 두고 싶지 않은 영혼들이에요. 좀 더 아래쪽에 있는 별은 '쇠스랑' 또는 '삼왕성'이라고 부르지요. 다른 말로 오리온이라고 하는 것입니다. 우리 양치기들에게는 시계 구실을 하는 별입니다. 저 별만 보아도 지금 자정이 지났다는 것을 알 수 있답니다.

조금 더 아래 남쪽으로 반짝이는 것이 '장 드 밀랑(시리우스)'이랍니다. 하늘의 횃불이라고 할 수 있지요. 이 별에 대해 양치기들은 이런 얘기를 합니다. 어느 날 장 드 밀랑이 '삼왕성'이랑 '병아리 상자(묘성)'와 친구 별의 결혼식에 초대를 받았답니다. 병아리 상자가 제일 먼저 출발했지요. 저것 좀 보세요. 삼왕성은 그보다 낮은 곳을 가로질러 가서 그 별을 따라잡았습니다. 그러나 게으름뱅이 장 드 밀랑은 늦잠을 자느라고 제일 늦게 왔지요. 화가 난 장 드 밀랑은 앞의 별들을 멈추게 하려고 지팡이를 던졌답니다. 그래서 삼왕성을 장 드 밀랑의 지팡이라고도 부르지요.

하지만 모든 별 가운데 가장 아름다운 별은 바로 우리의 별이랍니다. 새벽에 양 떼를 몰고 나갈 때도 떠 있고 저녁에 양 떼를 몰고 돌아올 때도 늘 우리를 비춰 주니까요. 우리는 그 별을 '마글론'이라고 부르지요. 아름다운 '마글론'은 '피에르 드 프로방스', 즉 토성을 따라가서 7년에 한 번씩 피에르와 결혼한답니다."

"뭐라고, 별들도 결혼을 한다고?"

"물론이죠, 아가씨."

내가 결혼이 어떤 것인지 설명하려는 순간 무엇인가 싱그럽고 보드라운 것이 살며시 내 어깨에 와 닿는 것이 느껴졌다. 그것은 리본과 레이스로 장식된 곱슬곱슬한 아가씨의 머리였다. 머리를 어깨에 기댄 채 잠이 든 아가씨……

아가씨는 하늘이 밝아 오고 별이 그 빛을 잃을 때까지 꼼짝도 않고 그대로 있었다. 그녀의 잠든 모습을 바라보는 나는 가슴이 설레지 않을 수 없었다. 하지만 이 맑고 거룩한 밤의 보호를 받으며 잠든 아가씨의 모습을 가만히 지켜보는 것 외에 다른 생각을 할 수 없었다. 우리 주위에는 양 떼같이 많은 별들이 제 길을 계속 가고 있었다. 나는 이 별들 가운데 가장 가냘프고, 빛나는 별 하나가 길을 잃고 내 어깨에 잠들어 있는 것이라고 생각했다.

스갱 씨의 산양

- 알퐁스 도데 -

작품 정리

위험한 줄 알면서도 넓은 산과 들의 유혹을 이기지 못해 집을 뛰쳐나간 산양의 모습은 우리 인간의 마음속에 있는 자유로움에 대한 갈망이다. 그 자유를 위해 목숨을 걸고 싸우는 용기 있는 블랑케트라는 산양을 통해 강렬한 의지가 나타난다. 주어지는 대로 살아가는 산양이 아니라 자기 자신을 위해 살아가려는 의지의 산양이다. 그러나 자유에 대한 갈망이 지나치면 작품에서와 같이 결국 쓰러질 수도 있다. 그렇다고 현실에만 안주해서도 안 되며 현실과 이상의 적당한 경계선을 찾는 것이 과제일 것이다.

작품 줄거리

신문사의 기자가 궁색하게 사는 시인 친구에게 보내는 편지로 스갱씨의 산양 이야기를 들려준다. 스갱씨가 키우는 산양들은 우리의 밧줄을 끊고 산으로 달아나 늑대에게 잡아먹히고 만다. 여섯 마리의 산양을 잃고 이번에는 아주 어린 산양을 사서 열심히 보살폈다. 하지만 어린 산양 블랑케트는 자라면서 울타리 너머의 자유를 동경하기 시작했다. 스갱씨가 줄을 길게 늘려 좀더 자유롭게 해주어도 산에는 무서운 늑대가 있어서 산양을 잡아먹는다고 말해도 블랑케트는 그저 자유롭게 떠나고 싶어했다. 결국 스갱씨의 안락한 집을 떠나 자유로운 산에서 겪는 모험은 그저 황홀하기만 했다. 그러다가 밤이 되어 늑대가 나타나자 블랑케트는 새벽까지 최선을 다해 싸우지만 결국 피투성이가 되어 쓰러지고 만다는 내용이다. 그 기자는 편지 말미에 두 번이나 반복해서 말한다. 아침이 되자 산양은 늑대에게 잡아먹혔다는 것을.

핵심 정리

· 갈래 : 단편 소설   · 시점 : 1인칭 전지적 작가 시점

· 배경 : 프로방스 스갱 씨의 목장   · 주제 : 자유를 위해 목숨 걸고 싸우는 용기

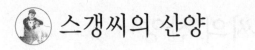# 스갱씨의 산양

파리의 서정 시인 피에르 그랭구아르 군에게

자네의 신세는 언제나 마찬가지일 것일세, 가여운 그랭구아르 군! 파리의 일류 신문 기자 자리를 자네에게 준다고 했다던데, 그것을 군이 거절하다니. 그래 자네 모습을 보게, 이 가여운 친구야! 그 구멍 뚫린 웃옷, 다 해진 바지, 굶주림을 호소하는 듯한 얼굴을 좀 보게. 아름답다는 시에만 몰두하고 있기 때문이 아닌가! 십 년이라는 세월을 보낸 결과라네. 그래도 자넨 부끄럽지 않단 말인가?

그러니 신문 기자가 되게, 이 바보 같은 친구야! 그러면 좋은 식당에서 식사를 할 수 있는 돈이 생길 것이고, 연극도 볼 수 있을 것이며, 또 아름다운 깃털이 달린 새 모자도 살 수 있다네. 싫다고? 원하지 않는다고? 그래서 언제까지 제멋대로 자유롭게 살고 싶단 말이지? 그럼 '스갱 씨의 산양' 이야기를 해 줄 테니 한번 들어 보게. 자유롭게 살려고 하다가 결국 어떻게 되는지 알게 될 걸세.

스갱 씨는 지금껏 산양을 키워 재미를 본 일이 없었다. 그는 항상 같은 방법으로 자기의 산양을 잃어버렸다. 산양들은 끈을 끊고서 산으로 도망갔다. 그리고 산속에서 늑대에게 잡아먹혔다. 주인의 사랑이나 늑대에 대한 공포도 결국 산양들을 붙들어 놓을 수는 없었다. 이 산양들은 모두 탁 트인 곳과 자유를 원하는 독립심 강한 염소들이었다.

산양의 성질을 전혀 이해하지 못한 마음씨 착한 스갱 씨는 깜짝 놀라 말했다.

"이젠 끝이야, 산양들은 내 집이 싫은 모양이야. 이제부터는 산양을 기르지 않겠어."

그러나 그는 용기를 잃지 않았다. 그리고 똑같은 방법으로 산양 여섯 마리를 잃은 후 그는 일곱 번째 산양을 샀다. 이번에는 곁에 오래 두기 위해 아주 어린 것으로 골랐다.

아! 그랭구아르 군, 스갱 씨의 어린 산양은 얼마나 예쁜지! 두 눈은 부드럽고 턱수염이 나고, 까만 발톱은 반짝반짝하고, 뿔에는 줄무늬가 있고, 희고 긴 털이 전신을 덮고 있는 참 예쁜 놈이었네! 에스멜란다의 새끼염소 못지않게 귀여웠지. 게다가 주인도 잘 따르고 성격도 온순해서 젖을 짤 때도 움직이지 않고 가만히 있었지. 참 정이 가는 산양이었어.

스갱 씨는 산양이 자유롭게 돌아다닐 수 있도록 집 뒤에 있는 울타리에 매어 놓았다. 그러고는 혹시라도 불편하지나 않을까 하고 자주 살펴보았다. 산양은 대단히 만족해서 스갱 씨가 기뻐 어쩔 줄 모를 정도로 맛있게 풀을 뜯어 먹었다. 불쌍한 스갱 씨는 생각했다.
'드디어 내 집을 좋아하는 놈이 생겼구나!'
그러나 그것은 오해였다. 그의 산양은 어느덧 싫증이 난 것이다. 어느 날 산양은 산을 바라보며 생각했다.
'저 산꼭대기에서 살면 얼마나 좋을까! 목을 조이는 끈도 없이 마음껏 뛰어놀면 얼마나 즐거울까. 울안에서 풀을 뜯어 먹는 것은 당나귀나 소한테는 좋을지 모르지만 산양에게는 넓은 들판이 필요해.'
그때부터 산양은 울안에 있는 풀이 맛이 없었다. 산양은 이곳이 싫어졌다. 산양은 점점 말라 갔고 젖도 잘 나오지 않았다. 하루 종일 긴 끈을 당기며 산 쪽으로 머리를 돌려 콧구멍을 벌름거리며 슬프게 '매' 하고 울어댔다. 스갱 씨는 산양에게 무슨 일이 일어나고 있다는 것은 알아챘지만, 왜 그런지는 깨닫지 못했다.
어느 날 산양이 스갱 씨에게 말했다.
"아저씨, 저를 산으로 보내 주세요. 여기에 계속 있으면 죽을 것 같아요. 그러니 저를 산으로 보내 주세요."
"네 녀석도 역시!"
스갱 씨는 실망해서 소리를 질렀다. 그 바람에 스갱 씨는 들고 있던 양동이를 떨어뜨렸다. 그리고 산양과 같이 풀 위에 앉아 이야기했다.

"어찌 된 거냐, 블랑케트. 날 떠나고 싶은 것이냐?"

블랑케트가 대답했다.

"네, 스갱 씨."

"끈이 너무 짧아서 그러니? 그럼 끈을 더 길게 해 줄까?"

"그런 건 아무래도 상관없어요."

"그럼 무엇이 필요하니?"

"저 산으로 가고 싶어요, 스갱 씨."

"오, 불쌍한 녀석. 산속엔 늑대가 있다는 걸 모르니? 늑대를 만나면 어떻게 하려고 그러니?"

"뿔로 받겠어요."

"늑대는 너의 뿔 같은 건 무서워하지 않는단다. 그놈은 네 뿔 따위는 겁내지 않아. 그리고 너보다 훨씬 크고 힘센 어미 산양들까지 잡아먹었어. 작년에 여기에 있던 불쌍한 르노드 잘 알지? 르노드는 힘이 아주 세고, 수놈같이 사나웠고, 밤새도록 늑대와 싸웠지만 아침이 되자 결국 늑대한테 잡아먹히고 말았어."

"불쌍한 르노드……. 그래도 괜찮아요, 스갱 씨. 제발 보내주세요."

"맙소사. 내 산양들은 도대체 어떻게 된 셈일까? 늑대한테 희생될 놈이 또 한 마리 생겼구나! 그러나 안 되지. 네가 뭐라고 해도 난 너를 구할 거야. 네가 끈을 끊으면 큰일이니 우리 속에 가두어야겠다. 넌 언제까지나 그곳에 있어야 해."

그리고 나서 스갱 씨는 산양을 어두운 우리 속에 가두고 문을 이중으로 닫았다. 그러나 그는 창문 닫는 것을 깜박 잊었다. 그가 돌아서 나가자마자 산양은 곧 도망쳤다.

자넨 웃겠지, 그랭구아르 군? 하지만 그 웃음이 얼마나 계속될지 두고 볼 일이라네.

어린 산양이 산에 다다르자 산 전체가 황홀해 보였다. 여러 해 묵은 전나무들도 지금까지 그렇게 예뻐 보인 적이 없었다. 산양은 마치 어린 여왕과도 같이 환대를 받았다. 밤나무들은 나뭇가지로 산양을 쓰다듬기 위해 땅에까지 닿도록 몸을 굽혔다. 황금빛의 금작화는 산양이 지나가는 길가에 꽃을 피우고 아름다운 향기를 뿜었다. 산 전체가 블랑케트를 환영했다.

상상이 되지? 그랭구아르 군. 그 어린 산양이 얼마나 기뻐했는지를 말일세! 이젠 울타리도 없고 말뚝도 없고, 마음껏 뛰어다니고, 풀을 뜯어 먹어도 아무도 방해하지 않을 테니……

풀도 얼마나 무성하게 자라나 있는지 뿔을 다 덮을 정도였다. 그리고 꽃이 크고 푸른 풍령초, 꽃받침이 긴 진홍빛의 디기탈리스, 향이 강한 야생의 꽃들이 숲 도처에 활짝 피어 있었다. 숲의 아름다움에 취한 어린 산양은 그속에서 뒹굴다가 갑자기 벌떡 일어서서 기운차게 달리기 시작했다. 머리를 앞으로 내밀고 덤불 속과 회양목 숲을 지나기도 하고, 산꼭대기에 또는 계곡 구석진 곳에, 높은 곳 낮은 곳 할 것 없이 여기저기 뛰어다녔다.
얼마나 뛰어다녔는지 마치 산중에는 스갱 씨의 산양이 열 마리도 넘는 것 같았다. 어린 산양은 아무것도 두렵지 않았다. 산양은 언덕 밑에 있는 스갱 씨의 집을 발견했다. 그것을 보니 눈물이 날 정도로 웃음이 났다. 그리고 산양은 잠깐 동안 생각했다.
'내가 어떻게 저런 작은 집에서 살았을까?'
불쌍한 스갱 씨! 이렇게 높은 곳에 앉아 있는 자신을 보고 어린 산양은 자신이 이 세상 누구 못지않게 위대하다는 생각이 들었다. 아무튼 그날은 스갱 씨의 산양에게는 몹시도 즐거운 하루였다. 정오 때쯤 어린 산양은 포도를 맛있게 먹고 있는 영양 떼를 만났다. 영양들은 친절하게도 어린 산양에게 가장 좋은 포도를 내주었다. 그뿐만 아니라 까만 털이 난 어린 영양 한 마리가 운 좋게 블랑케트의 마음에 들었다. 두 애인은 한두 시간 동안 숲속을 방황했다.
갑자기 바람이 선선해졌다. 산은 보랏빛으로 변했다. 어느새 저녁이 되었다. 어린 산양은 놀라 걸음을 멈추었다. 저 밑에 보이는 들판은 짙은 안개 속에 묻혀 있었다. 스갱 씨의 밭은 안개 속에 가려져 보이지 않았고, 조그마한 집은 약간의 연기가 나는 지붕만 조금 보였을 뿐이었다.
집으로 몰고 가는 양 떼의 방울 소리가 들렸다. 그러자 어린 산양의 마음이 몹시 쓸쓸해졌다. 보금자리로 돌아가던 큰 매 한 마리가 날개로 어린 산양을 스치고 지나갔다. 산양은 몹시 놀라 몸을 부르르 떨었다.

산속에서 짐승의 울음소리가 들려왔다.

"우! 우!"

어린 산양은 곰과 늑대를 연상했다. 하루 종일 정신없이 지내느라 늑대를 미처 생각하지 못했다. 그때 저 멀리 산골짜기에서 나팔 소리가 났다. 그것은 마음이 착한 스갱 씨가 마지막으로 부는 나팔 소리였다.

"우! 우!"

늑대가 울었다.

"되돌아와! 돌아와!"

나팔이 외쳤다. 블랑케트는 돌아가고 싶었다. 그러나 말뚝과 자기를 잡아 맨 끈과 밭을 둘러싼 울타리를 생각하니, 이젠 더는 그런 생활을 할 수 없을 것 같았다. 어느덧 나팔 소리가 그쳤다. 어린 산양은 자기 뒤에서 나뭇잎 소리가 나는 것을 들었다. 돌아다보니 어둠 속에 짧고 곤두선 두 귀와 반짝이는 두 눈이 보였다. 늑대였다. 커다란 늑대는 꼼짝도 않고 뒷발로 앉아 산양을 쳐다보며 입맛을 다셨다.

"하하! 스갱 씨의 어린 산양이로군."

늑대는 빨갛고 큰 혓바닥으로 길게 늘어진 입술을 핥았다. 블랑케트는 어지러웠다. 순간 밤새도록 싸우다가 아침에 드디어 잡아먹혔다는 르노드의 이야기가 생각났다.

스갱 씨의 산양은 머리를 숙이고 뿔을 앞으로 내밀어 늑대를 공격했다. 늑대는 숨을 들이켜기 위해 열 번 이상이나 후퇴하지 않을 수 없었다. 잠깐 동안 휴전할 때에도 산양은 재빨리 자기가 좋아하는 약간의 풀을 뜯어 입에 가득 물고는 다시 싸움을 시작했다.

이런 싸움이 밤새도록 계속되었다. 때때로 스갱 씨의 산양은 맑은 하늘에서 반짝이는 별들을 바라보며 생각했다.

'날이 샐 때까지 견딜 수만 있다면……'

별이 하나둘 사라졌다. 블랑케트는 더 용감하게 뿔로 받고, 늑대는 더욱더 심하게 물어뜯었다. 희미한 빛 한줄기가 지평선에 나타났다. 닭 우는 소리가 산골짜기 밑에 있는 밭에서 들려왔다. 살기 위해 날이 새기만 기다리고 있던 산양은 아름다운 흰 털을 붉은 피로 물들이며 땅바닥에 쓰러졌다. 그러자 늑대는 어린 산양에게 덤벼들어 물어뜯었다.

그럼 잘 있게 그랭구아르 군! 자네에게 들려준 이 이야기는 내가 생각해 낸 것이 아니라네. 만일 자네가 언젠가 프로방스 지방에 오게 된다면 이 지방의 농민들은 자네에게 스갱 씨의 산양에 대해 종종 이야기할 것일세. 밤새도록 늑대와 싸우다가 아침이 되어 늑대에게 잡아먹힌 스갱 씨의 산양 이야기를 말일세. 내 말 잘 알았나? 그랭구아르 군. 밤새도록 늑대와 싸운 스갱 씨의 염소는 아침이 되어 늑대에게 잡아먹혔다네.

외투

- 니콜라이 고골 -

작가 소개

니콜라이 고골(Nikolai Vasilevich Gogol 1809~1852) 러시아 소설가.

본명 니콜라이 바실리예비치 고골야놉스키. 근대 러시아 문학의 어머니로 추앙받는 고골은 현 우크라이나 벨로키소로친지에서 소귀족의 아들로 태어나 어릴 때부터 문학을 좋아하였으며, 1821년 네진 고등학교에 입학 한 후에 연극과 회람잡지를 발행하기도 한다. 1828년 고등학교를 졸업 후 상트페테르부르크에서 하급관리로 지내면서 신문·잡지에 투고한 단편 〈이반 쿠팔라의 전야〉로 문단으로부터 주목을 받으며, 우크라이나의 농촌의 실상을 담은 〈디칸키 근교 농촌 야화〉로 유명작가들에게 찬사를 받아 문단에 지반을 구축한다. 1834년 상트페테르부르크대학의 세계사 담당 조교수가 된 후 《아라베스크》《미르고로드》를 출판한 후 조교수를 그만둔다. 1836년 희극 《검찰관》을 발표 후 상연했으나 관료주의의 부패를 비난했다는 이유로 보수파들에게 비판을 받고 로마로 피신한다. 그 뒤 단편인 《외투》와 장편 《죽은 혼》을 발표한다. 1848년에 팔레스타인을 순례하며 《죽은 혼》 제2부를 집필하기 시작하였으나, 정신착란 상태로 단식에 들어가 자살로 생을 마감한다. 그는 러시아 사실주의 문학의 창시자로 인정되며, A.S. 푸슈킨과 더불어 러시아 근대 문학의 개척자로서 인정을 받는다.

작품 정리

이 소설을 읽으면 소심하고 불행한 한 사나이에 대해 동정심을 느끼면서도 한편으로는 웃지 않을 수가 없게 된다. 지극히 사소한 사건을 상상할 수도 없는 큰 사건으로 인식하기 때문이다. 그래서 외투의 분실이 한 인간의 죽음을 초래할 정도라는 것은 현실세계의 질서와 균형이 뒤집히고 비정상적인 세계로 빠져든다. 아무런 사회적 보호나 혜택을 받지 못하는 소시민의 비극과 함께 특권과 권력을 누리는 관료계층의 부조리와 타락을 대비시키고 있다. 고골리 특유의 기발한 상상력과 독특함에 사람들은 웃음을 터뜨리지만 그 이면에 잔잔히 흐르는 인간애와 연민은 눈물속의 웃음으로 요약된다. 이것은 고골리 작품 전반에 걸쳐 나타나는 특징으로 19세기 러시아의 부패한 관료사회에 대한 날카로운 풍자와 비판정신이 돋보인다. 추악한 사회를 철저하게 묘사하면서도 그 속에서 인간적인 감정을 찾아내어 인도주의 정신을 바탕으로 한 현실사회의 부패와 결함을 드러내어 그것을 개선하고자 하는 데 목적이 있었던 것이라고 평하기도 한다.

작품 줄거리

페테르부르크의 한 말단 관리인 아카키예비치는 요령이 없고 처세술이 부족한 인물이다. 관청에서 서류를 정서하는 일로 삶의 즐거움을 삼는 그는 외투가 너무 낡아 새로 장만해야 하는 처지가 되자 극도의 내핍 생활 끝에 새 외투를 장만한다. 그런데 관청 부과장의 저녁 식사 대접을 받고 돌아오는 길에 불량배들에게 외투를 강탈 당한다. 외투를 찾아 달라고 경찰서장이나 유력한 인사를 찾아다니지만 오히려 호통만 당하다 결국 절망에 빠진 그는 죽고 만다. 그 후 어두운 밤에 유령이 나타나 행인들의 외투를 빼앗는다는 소문이 나돈다. 유령이 된 그는 자신을 업신여겼던 인간들을 징벌하고, 외투를 찾아달라는 청을 거절한 관리의 외투를 빼앗고나서야 환상적인 이야기는 끝을 맺는다.

핵심 정리

· 갈래 : 단편 소설
· 시점 : 전지적 작가 시점
· 배경 : 러시아 페테르부르크 관청
· 주제 : 부패한 관료 사회에 대한 비판

# 외투

어느 관청에서 일어난 일이다. 관청의 이름은 밝히지 않는 편이 나을 것 같다. 어느 부처나 연대, 지청을 막론하고 관청에서 일하는 사람들처럼 화를 잘 내는 부류도 없으니까 말이다.

요즘은 한 개인이 느끼는 모욕을 마치 그가 속한 사회 전체에 대한 모욕으로 간주하는 경향이 없지 않아 있다.

얼마 전에도, 어느 도시인지 이름은 잊었지만 그곳의 경찰서장이 상부에 진정서를 제출한 적이 있었다. 그는 그 진정서에서, 요즘 법질서의 권위가 땅에 떨어지고 있으며 자기의 신성한 직책마저도 번번이 모욕을 당하고 있다는 사실을 명쾌하게 진술했다고 한다.

그는 자기의 주장을 입증하기 위해 꽤 두꺼운 소설책 한 권을 진정서에 첨부했다. 그리고 그 소설에는 거의 십 페이지마다 경찰서장이 등장하고, 그가 술에 만취한 모습으로 묘사된 대목도 몇 군데나 있다는 주장이었다.

그래서 이런 불쾌한 일이 생기는 것을 피하려면 여기서 이야기하고자 하는 관청의 이름도 그저 관청이라고 부르는 게 무난할 것 같다. 아무튼 어떤 관청에 관리 한 사람이 근무하고 있었다.

그는 남보다 나은 점이라곤 눈을 씻고 찾아봐도 찾을 수 없는 그런 사람이었다. 작달막한 키에 얼굴은 약간 얽었고, 붉은 머리털에 눈은 근시였다. 이마는 약간 벗겨졌으며 두 볼은 주름투성이에다 얼굴빛은 마치 고질병 환자처럼 누렇게 떴다. 하지만 어쩔 수 없는 일 아닌가. 그저 페테르부르크의 고르지 못한 날씨를 탓할 수밖에 없는 노릇이다.

그의 직급은 — 뭐니 뭐니 해도 러시아에서는 직급부터 밝혀둘 필요가 있다. — 이른바 만년 9등관이었다. 뭐라고 대들 만한 능력도 없는 사람들을 사정없이 짓밟기를 좋아하는 습성의 작가들이 특히 좋아하는 직급이 바로 9등관이다. 작가들이 이들을 조소하고 풍자하기를 즐긴다는 건 널리 알려진 사실이다.

이 9등관의 성은 바쉬마치킨이었다. 이 성이 바쉬마크(단화)에서 유래되었다는 것은 누가 봐도 분명하지만, 어느 시대에 무슨 이유로 하필이면 바쉬마크란 단어에서 성을 만들어냈는지는 아무도 알 길이 없다. 아버지나 할아버지, 심지어 친척들까지 바쉬마치킨네 집안사람들은 모두 장화를 신고 다녔다. 신창을 가는 것은 1년에 두세 번 정도였다.

그의 이름은 아카키 아카키예비치였다. 독자들에게는 이 이름이 무척 기묘하게 들릴지도 모르겠다. 마치 어떤 의도가 있어서 일부러 지어낸 이름이라고 생각할 수도 있다. 그러나 이 이름은 결코 특별한 의도를 갖고 지은 이름은 아니었다. 다만 이 이름 말고는 다른 이름을 붙여줄 수가 없는 사정이 있었는데 그 사정이란 다음과 같은 것이었다.

기억하는 바로는, 아카키 아카키예비치는 3월 23일 밤에 태어났다. 이미 돌아가신 그의 어머니는 더할 나위 없이 마음씨가 고운 여인으로, 관리의 아내였다. 그녀는 관습에 따라 갓난아기에게 세례식을 베풀어주기로 했다.

산모는 아직 방문 맞은편 침대에 누워 있었다. 산모의 오른쪽에는 아기의 대부(代父)가 될 이반 이바노비치 예로쉬킨이 서 있었는데 그는 원로원에서 과장을 지낸 사람이었다. 왼쪽에는 대모(代母)가 될 아료나 세묘노브나 벨로브류쉬코바라는 매우 정숙한 부인이 자리 잡고 있었다. 그녀는 전 경찰서장의 부인이었다.

이들은 산모에게 아기의 이름으로 '모키', '소시', 아니면 순교자 '호즈다자트' 이렇게 세 가지 가운데 마음에 드는 걸 고르라고 했다.

아기의 어머니는 생각했다.

'무슨 이름이 모두 그따위람!'

두 사람은 그녀를 만족시켜주기 위해 달력의 다른 곳을 들춰보았다. 그리고 이번에도 이름 세 개를 골라냈다. '트리필리,' '드우라' 그리고 '바라히시'가 그것이었다.

"하느님 맙소사!"

이미 중년 고개를 넘긴 아기 어머니는 자기도 모르게 이런 말을 입 밖에 내뱉어버렸다.

"어쩌면 그렇게 괴상한 이름만 튀어나올까요? 평생 한 번도 들어본 적이 없는 이름들뿐이군요. '바르다트'나 '바르프'라면 몰라도 '트리필리'니 '바라히시'니 하는 이름을 도대체 어떻게……."

그래서 달력을 또 한 장 넘겼더니 이번에는 '파론쉬카'와 '바흐치시'가 나왔다.

"알겠어요……."

아기 어머니는 말했다.

"이것도 이 아이의 팔자인 모양이군요. 그따위 이름을 붙이느니 차라리 아이 아버지 이름을 그대로 따서 붙여주는 게 낫겠어요. 아버지 이름이 아카키니까 이 애도 아카키라고 부르죠."

아카키 아카키예비치라는 이름은 그렇게 해서 생겨난 것이다. 아기는 세례를 받을 때 얼굴을 잔뜩 찌푸리면서 울어댔다. 나중에 기껏 9등관이나 되리라는 걸 그때 벌써 예감했었나 보다.

내가 이런 얘기를 하는 것은, 이러한 사정으로 인해 이 사나이에게 달리 다른 이름을 붙일 수 없었다는 것을 독자들이 이해했으면 하는 바람에서인 것이다.

그가 관청에 언제 들어가게 됐는지, 또 누가 그를 그 자리에 임명했는지 기억하는 사람은 아무도 없었다. 그동안 국장이나 과장들은 수없이 많이 바뀌었지만 그는 언제나 같은 자리, 같은 등급인 서기라는 직책을 여전히 맡고 있었다. 그래서 모두들 그가 마치 어머니 뱃속에서부터 머리가 벗겨지고 관리 제복을 입은 채 태어나기라도 한 것처럼 느낄 정도였다.

그가 일하는 관청에서는 어느 누구도 그를 존중하지 않았다. 수위들조차 그가 앞을 지나가도 자리에서 일어서려 하지 않았다. 마치 파리 새끼 한 마리가 날아다니는 것을 보는 듯한 태도로 거들떠보지도 않았다. 상관들은 당연히 그에게 위압적이고 전제적인 태도를 보였다.

부 과장이라는 직책을 가진 자는 최소한의 예의로 하는 말한 마디 없이 그의 코앞에 서류를 불쑥 들이밀곤 했다. "이거 정서 좀 해주세요."라든가, "이거 꽤 재미있는 일거리인 것 같은데……." 하는 등의 그런 의례적인 표현조차 아카키 아카키예비치에게는 생략해버리는 것이었다.

아카키 아카키예비치는 누가 일을 맡기든, 그 사람에게 그런 일을 시킬 권리가 있든 없든 신경도 쓰지 않고 자기 코앞에 내민 서류를 힐끔 보고는 그냥 받아서 즉시 그것을 처리하기 시작했다.

젊은 관리들은 이른바 공무원식 위트를 최대한으로 발휘하여 그를 풍자하고 골려 먹기에 바빴다. 그들은 전혀 근거도 없는 얘기를 꾸며내어 그 앞에서 떠들어대곤 했다.

그의 하숙집 주인은 나이가 일흔이 넘은 노파였는데 젊은 관리들은 아카키 아카키예비치가 늘 그 노파에게 얻어맞고 지낸다느니, 결혼식은 언제 올릴 계획이냐느니 하면서 짓궂게 굴곤 했다. 심지어 종잇조각을 잘게 찢어서 눈이 내린다며 그의 머리 위에서 뿌리기도 했다.

그러나 아카키 아카키예비치는 이런 짓궂은 장난에 대해 한마디도 대꾸하지 않았다. 마치 그런 장난들이 자기 눈에는 전혀 보이지 않는다는 듯한 태도였다. 그리고 사실 일을 하는 데 있어서 그러한 장난도 그에게는 별로 방해가 되지 못했다. 사람들이 그렇게 심하게 장난을 걸고 조롱해도 그는 서류에 글자 하나 틀리게 쓰는 법이 없었던 것이다.

다만 장난이 도를 지나쳐 사람들이 그의 팔꿈치를 툭툭 건드리면서 일을 방해할 정도가 되면 그도 더 이상 참지 못하고 이렇게 중얼거렸다.

"나를 좀 내버려 두시오. 왜 이렇게 사람을 못살게 구는 거요?"

이렇게 말하는 그의 음성과 말투에는 뭔가 색다른 느낌이 있었다. 사람의 동정심을 이끌어내는 그 무언가가 말이다.

그래서 어느 땐가 그 관청에 새로 부임해 온 어떤 청년 관리도 다른 친구들과 함께 그를 놀려대다가 갑자기 무엇에 찔리기라도 한 것처럼 마음을 바꿔 장난을 그만둔 일이 있었다. 그리고 그때부터 이 청년의 눈에는 모든 사물이 갑자기 달라 보였다. 초자연적인 힘이라고 말할 수 있는 어떤 것이 그를 지금껏 사귀어왔던 사람들과 완전히 달라지게 만들었다. 그전까지 그는 다른 사람들을 예의 바르고 사교적인 사람들이라고 생각하고 있었다.

그 후 그 청년은 유쾌한 시간을 보내다가도 갑자기, 그 이마가 벗겨지고 키가 작달막한 관리의 모습이 떠오르곤 했다. 그 모습과 함께 "나를 좀 내버려 두시오. 왜 이렇게 사람을 못살게 구는 거요?" 하는, 사람의 폐부를 찌르는 듯한 애처로운 말소리가 들려왔다.

이 애처로운 말속에는

"나도 당신의 형제 아닙니까?"

하는, 또 다른 의미가 숨어 있다는 느낌이었다. 그럴 때면 이 가엾은 청년은 자기도 모르게 손으로 얼굴을 가려버렸다. 그리고 그 후 평생을 통해 이 청년은 인간의 내면에는 얼마나 비인간적인 요소가 많이 숨겨져 있는가 하는 깨달음에 무서운 전율을 느끼지 않을 수 없었다.

교양 있고 세련된 상류 사회의 사람들, 심지어 고결하고 성실한 사람이라는 평가를 받고 있는 사람들도 예외는 아니었다. 그런 사람들의 내면에도 그런 잔인하기 짝이 없는, 무시무시한 야수성이 자리잡고 있는 모습을 그는 지켜보았던 것이다.

어쨌든 과연 아카키 아카키예비치만큼 자기 직무에 충실한 사람이 과연 몇이나 있을까? 자기 직무에 충실하다는 표현만으로는 사실 부족했다. 그는 자기가 맡은 업무에 진정 애착을 갖고 있었던 것이다.

그는 공문서를 정서하는 하찮은 일 속에서도 나름대로 다채롭고 즐거운 세계를 발견할 수 있었다. 그는 언제나 즐거운 표정으로 일을 했다. 그는 글자 가운데 몇몇 글자를 특히 좋아해서 서류에서 그 글자가 나오기만 하면 금방 얼굴에 기쁨이 가득 찼다. 그리곤 눈을 찡긋하며 입술까지 씰룩거렸기 때문에 그 얼굴만 봐도 지금 그의 펜이 무슨 글자를 쓰고 있는지 알아맞힐 수 있을 정도였다.

만약 그의 열성을 기준으로 관청이 포상을 했다면, 틀림없이 지금쯤 5등관은 되었을 것이다. 물론 스스로는 깜짝 놀라 이해할 수 없겠지만 말이다. 그러나 그렇게 오랜 기간 열성적으로 근무한 결과 그가 얻은 것은 주위의 짓궂은 동료들의 말마따나 관리 제복의 단추와 엉덩이의 치질 외에는 아무것도 없었다.

하기는 그 오랜 세월 동안 그에게 관심을 보인 사람이 전혀 없었다고는 할 수 없다. 어느 마음씨 착한 국장 한 사람이 그에게 평범한 공문서 정서가 아닌, 더욱 중요한 일을 맡기려고 지시한 적이 있었다. 그 국장은 그의 장기간 근속을 표창하려는 의도를 갖고 있었던 것이다.

새로 맡긴 일은, 이미 작성된 서류를 기초로 하여 다른 관청에 보낼 보고서를 만드는 것이었다. 새로운 일이라고 해 봐야 별다른 것은 아니었다. 그저 서류 제목을 새로 붙이고, 몇 군데 동사를 일인칭에서 삼인칭으로 바꾸는 정도에 불과했다. 그러나 아카키 아카키예비치에게는 이것이 여간 어려운 일이 아니었던 모양이다.

그는 새로운 일을 맡아 땀을 뻘뻘 흘리면서 계속 손수건으로 이마를 닦고 있었다. 그러더니 마침내 비명을 지르며 하소연했다.

"이 일은 도저히 안 되겠습니다. 저는 역시 서류 정서를 하는 것이 훨씬 더 편합니다."

그때부터 그는 영원히 정서 업무에 남아 있게 되었다. 그에게는 정서하는 일밖에는 이 세상에 아무것도 존재하지 않는 것처럼 느껴졌다.

그는 옷차림 따위에는 전혀 신경을 쓰지 않았다. 원래 초록색이었던 제복은 이제 붉은 빛이 감도는 누런색으로 변해버리고 말았다.

그는 목이 그다지 긴 편도 아니었는데 옷깃이 워낙 좁고 낮아서 마치 목이 위로 쑥 빠져나와 있는 것처럼 보였다. 마치 러시아에 와 있는 외국인들이 몇십 개씩 머리에 이고 다니며 파는, 석고로 만든 고양이 새끼처럼 목이 유난히 길어 보였던 것이다.

그뿐만이 아니었다. 그의 제복에는 언제나 마른 풀잎이나 실오라기 등이 붙어 있었다. 그는 또 아주 특수한 재능을 하나 갖고 있었다. 길거리를 걸을 때 사람들이 창문으로 쓰레기를 버리는 바로 그 순간에 그 창문 밑을 지나가는 그런 재능 말이다. 그래서 그의 모자에는 늘 수박이며 참외 껍질 따위가 얹혀 있었다.

그는 날마다 길거리에서 벌어지는 일, 사람들이 하는 일에 대해서는 일생 동안 단 한 번도 관심을 가져본 적이 없었다. 알다시피 눈치가 빠르고 머리 회전이 빠른 젊은 관리들은 항상 그런 일에 관심을 기울이는 법이다. 그래서 길 건너편 보도를 걷는 사람의 허리띠가 헐거워 바지가 느슨하게 처진 것까지도 재빨리 발견해서는 연신 킥킥거리며 웃지 않는가.

그러나 아카키 아카키예비치는 설사 눈으로 뭔가 보고 있다 하더라도 진짜로 보는 것이 아니었다. 그저 또박또박 단정하게 쓰인 자신의 필적을 거기에서 발견할 뿐이었다.

가끔 자기의 어깨 너머로 말 대가리 하나가 느닷없이 튀어나와 얼굴에다 콧김을 훅 불어댄다거나 해야 비로소 자기가 지금 관청의 서류 더미 속에 묻혀 있는 것이 아니고 길 한가운데 서 있다는 사실을 깨닫는 것이다.

집에 돌아오면 그는 곧바로 식탁에 덤벼들어 굶주린 사람처럼 수프를 홀

훌 마시고 맛 따위는 가리지 않고 고기와 양파를 삼켜댔다. 파리가 붙어 있
건 말건 상관없이 식탁에 있는 것이면 무엇이든 목구멍으로 쑤셔 넣는 것
이다. 그렇게 해서 배가 부르다는 느낌이 들면 그는 식탁에서 일어나 잉크
병을 꺼내 관청에서 가져온 서류를 정서하기 시작한다.

처리해야 할 서류가 없을 때에는 취미 삼아서 자기가 보관해 둘 문서의
사본을 만들었다. 문체가 아름답다거나 해서보다, 어떤 새로운 인물이나
아주 높은 위치에 있는 사람에게 보내는 서류라는 점에서 주목할 가치가
있을 경우 그는 반드시 복사해두는 것을 원칙으로 삼고 있었다.

페테르부르크의 잿빛 하늘이 완전히 어두워지고 나면 관리들은 자기 봉
급과 취향에 따라 적당한 저녁 식사를 배불리 먹고 비로소 여가를 즐기게
된다. 사각사각 종이 위를 미끄러져 가는 펜촉 소리와 자기 자신이나 다른
사람의 일, 또는 필요 이상으로 자진해서 떠맡은 온갖 용무에서 벗어나 이
제 모두 다리를 쭉 뻗고 쉬게 되는 것이다.

이럴 때 기운이 넘치는 사람은 극장으로 달려가고, 어떤 사람들은 길거
리를 지나는 여자들의 모자를 구경하려고 외출하며, 또 어떤 사람은 보잘
것없는 관리 사회의 스타라고 할 수 있는 예쁜 처녀에게 알랑대기 위해서
저녁 파티 장소를 찾는다.

그러나 사람들은 대체로 만찬이나 나들이 따위는 단념한다. 대신 아파트
3층이나 4층쯤에 자리 잡은 친구 집에 놀러 간다. 대개 작은 방 두 개와 부
엌, 현관이 있을 뿐인 그런 집에서는 대개 돈을 아껴서 간신히 사들인 램프
등 유행에 맞추기 위해 치장한 흔적을 볼 수 있다.

대부분의 관리들은 이런 집의 좁은 방에 흩어져서 트럼프 놀이를 하거나
싸구려 과자 조각에 홍차를 홀짝거리거나 파이프 담배를 피운다. 카드를
돌리는 동안에는 상류 사회의 온갖 소문들을 화제에 올리는데 이런 상류
사회의 소문이야말로 러시아 사람이라면 어느 곳에서든 즐겨 찾는 그런 화
제이다.

그런 화제조차 없으면 어느 경비 사령관에게 보고되었다는, 팔코네가 만
든 동상의 말 꼬리가 떨어져 나갔다는 따위의 케케묵은 에피소드라도 두세
번씩 우려먹게 된다.

이렇게 페테르부르크에 사는 모든 관리, 모든 사람들이 나름대로 즐거움

을 찾아 헤매는 그런 시간에도 아카키 아카키예비치는 어떤 오락에도 결코 끼어들지 않았다. 우연히 어떤 야회석상에서 그를 보았다는 소문조차도 들려오지 않았다.

마음이 흐뭇해지도록 정서를 하고 나면 그는 내일도 하느님께서 또 무슨 일거리를 주시려니 생각하고, 미리부터 내일 일을 머릿속에 그려보면서 웃음을 머금고 잠자리에 든다. 그는 연봉 4백 루블의 초라한 자기 운명에 만족하며 이렇게 평화로운 생활을 보냈다.

만약 인생 항로 여기저기에 덫처럼 자리 잡고 있는 불행만 없었다면 그의 이런 생활은 늙어 죽을 때까지 계속되었을 것이다. 그러나 불행이란 꼭 9등관이 아니더라도 3등관이나 4등관, 7등관을 가리지 않고 모든 인간들에게 빠지지 않고 찾아들기 마련이다. 심지어 누구에게 충고를 하지도 않고, 스스로도 다른 사람에게 충고를 구하지도 않는 그런 인간들에게도 불행은 예외 없이 찾아온다.

페테르부르크에서 기껏 연봉 4백 루블 정도로 생활하는 모든 인간에게 똑같이 무서운 적이 하나 있다. 그 강적은 다름 아닌 북쪽 지방 특유의 지독한 추위다. 물론 이 추위가 건강에 이롭다는 주장도 없는 것은 아니지만……

아침 여덟 시쯤이면 관청에 출근하는 관리들이 거리를 가득 메우게 된다. 그리고 이 무렵이면 혹독한 추위가 어찌나 매섭게 몰아닥치는지, 가엾은 우리 관리 나리들은 코를 어디다 두어야 할지 모르고 쩔쩔매는 것이다. 지위가 높은 양반들조차 추위에 머리가 띵하고 눈에 눈물이 글썽거리는 판이니 가엾은 9등관 따위는 그야말로 속수무책이다.

그나마 한 가지 방법은, 초라한 외투로나마 몸을 단단히 감싸고 될 수 있는 대로 발걸음을 빨리해서 대여섯 개의 골목을 얼른 지나 관청 경비실로 뛰어드는 것이다. 그리고 나서 발을 동동 구르고 몸을 녹여서 출근길에 추위로 꽁꽁 얼어붙은 사무 능력이나 재주가 제자리로 돌아오도록 노력하는 수밖에 없는 것이다.

아카키 아카키예비치 또한 될 수 있으면 빨리 뛰어서 추운 거리를 지나가려고 애쓰고 있었다. 그러나 언제부터인가 유난히 잔등과 어깨가 뼈에 사무칠 정도로 추워서 견딜 수 없을 지경이었다. 그는 마침내 자신의 외투가 뭔가 잘못되었다는 생각을 하게 되었다.

집에 돌아와서 그는 외투를 찬찬히 살펴보았다. 그리고 자기의 외투 잔등과 어깨 두서너 군데가 마치 모기장처럼 얇아진 것을 발견했다. 옷감이 닳을 대로 닳아 훤히 비칠 지경이었고 안감도 갈기갈기 해진 상태였다.

여기서 아카키 아카키예비치의 외투 역시 동료들의 놀림감이었다는 사실을 지적해둘 필요가 있을 것 같다. 사실 그것은 이미 '외투'라는 고상한 명칭을 상실하고, '싸개'라는 망측한 이름을 얻었다.

말이야 바른말이지, 사실 그 외투는 겉모양부터가 무척 야릇했다. 우선 외투 깃이 해가 갈수록 좁아지고 있었다. 겨울이 오면 외투 깃을 잘라서 다른 해진 곳을 기워 입었기 때문이다. 외투를 깁는 재봉사의 솜씨도 그리 신통하지 못하여 외투는 이제 보릿자루처럼 볼썽사나운 꼬락서니였다.

외투를 살펴보고 나서 사태를 대충 짐작한 아카키 아카키예비치는 외투를 페트로비치에게 가져가야겠다고 생각했다. 페트로비치는 뒷계단으로 오르내리는 어느 4층 집 한쪽에서 살고 있는 재봉사였다.

그는 애꾸눈에다 곰보였다. 그래도 말단 관리나 그 밖의 별 볼 일 없는 사람들의 윗도리와 바지 따위를 고쳐주는 솜씨는 나름대로 쓸모가 있었다.

물론 이것은 그가 술에 취해 있지 않을 때의 이야기였다. 또 그가 다른 돈벌이에 정신이 팔려 있지 않아야 했다. 하긴 이따위 재봉사 이야기를 여기서 이처럼 길게 늘어놓을 필요는 없을 것 같다는 생각도 든다. 하지만 소설에서 어떤 인물이 등장할 경우 그 인물의 성격을 완전히 묘사해야 하는 것이 정설처럼 돼 있어서 부득이하게 페트로비치를 좀 더 자세히 소개하겠다.

원래 그의 이름은 그리고리였다. 그는 어느 지주 귀족의 농노였다. 그러던 그가 페트로비치라고 불리게 된 것은 농노 해방 증서를 받고 자유의 몸이 된 뒤로 축제 때마다 술을 진탕 마시게 되면서부터였다.

처음에는 큰 축제 때에만 술을 마셨지만 얼마 지나지 않아 달력에 십자가 표시가 있는 날이면 하루도 빼놓지 않고 곤드레만드레 취하게 됐다. 이 점에서 그는 자기 조상들의 전통에 무척 충실하다고 할 수 있겠다.

마누라와 다툴 때도 그는 더러운 계집년이라는 등, 독일 계집년이라는 등 상스러운 욕을 내뱉곤 했다. 이왕 페트로비치의 마누라 얘기가 나온 김에 이 여자에 대해서도 두세 마디 덧붙일 필요가 있을 것 같다. 그러나 유감스럽게도 이 마누라에 대해서는 거의 알려진 것이 없었다.

그저 페트로비치의 마누라라는 것, 머릿수건 대신 모자를 쓰고 다닌다는 사실이 고작이다. 어쨌든 이 여자의 용모는 그다지 내세울 만한 것이 못 되는 모양이었다. 그 여자의 옆을 지나칠 때 콧수염을 쫑긋거리고 이상한 소리를 내면서 그 모자 아래의 얼굴을 힐끗거리는 것은 기껏해야 말단 근위병 따위였다니 말이다.

페트로비치가 사는 집으로 가는 뒷계단은 온통 구정물투성이었다. ─물론 이것도 나름대로 깨끗하게 한답시고 걸레질을 한 것이다.─ 게다가 페테르부르크의 아파트 뒷계단들이 으레 그렇듯이 두 눈이 아릴 정도로 지독한 알코올 냄새를 풍기고 있었다. 뭐 사실 이런 것이야 누구나 다 알고 있는 것이었다.

아카키 아카키예비치는 이 계단을 걸어 올라가며 페트로비치가 외투를 고치는 삯으로 얼마나 달라고 할지 벌써부터 걱정이 됐다. 그는 마음속으로 2루블 이상은 절대 내지 않겠다고 작정했다.

문은 열려 있었다. 그럴 수밖에 없는 것이 페트로비치의 마누라가 무슨 생선을 굽는 모양인지 부엌 안이 문자 그대로 박쥐 새끼조차 날아다니기 힘들 정도로 연기가 가득 차 있었던 것이다.

아카키 아카키예비치는 주인 마누라가 안 보는 틈을 타서 잽싸게 부엌을 통과해 작업실로 들어갔다. 마침 페트로비치는 나무로 만든 커다란 작업대 위에 앉아 있었다. 마치 터키 총독처럼 책상다리를 한 자세였다. 재봉사들이 일을 할 때는 대개 그렇듯이 지금 페트로비치도 맨발이었다.

제일 먼저 아카키 아카키예비치의 눈에 띈 것은 눈에 익은 페트로비치의 엄지발가락이었다. 그 발톱은 모양이 비뚤어진 데다 마치 거북등처럼 두껍고 단단하게 보였다. 페트로비치는 명주실과 무명실 타래를 목에 걸고 헌 옷을 무릎 위에 펼쳐놓고 있었다. 그는 벌써 3분쯤이나 바늘에 실을 꿰려고 하다가 방이 어둡고 실이 말을 듣지 않는다며 잔뜩 골을 내고 투덜거리는 참이었다.

"제기랄, 지독하게도 애를 먹이는군. 못된 계집년처럼 말이야!"

아카키 아카키예비치는 하필 페트로비치의 기분이 언짢을 때 찾아온 것이 마음에 좀 걸렸다. 사실 일을 맡기기에는 페트로비치가 거나하게 취해 있거나 또는 그 마누라의 표현을 빌리자면, '애꾸눈이 싸구려 보드카에 퐁당 빠져 있을 때'가 좋았다. 그럴 때 페트로비치는 수선비를 선선히 양보할 뿐만 아니라 일을 맡겨 줘서 고맙다는 인사를 하는 일도 있었다.

물론 그럴 경우 나중에 페트로비치의 마누라가 찾아와서 자기 남편이 술김에 그런 헐값으로 일을 맡았다고 우는 소리를 하는 것이 일쑤지만, 그럴 경우라도 10코페이카 동전 한 닢이면 수월하게 넘어가곤 했다.

그러나 오늘처럼 페트로비치의 정신이 말똥말똥할 때면 흥정하기가 무척 까다롭다. 도대체 삯을 얼마나 달라고 할지 짐작하기도 어렵다. 아카키 아카키예비치는 이런 상황을 재빨리 눈치채고 얼른 뒤돌아서려고 했다. 그러나 이미 때는 늦었다. 페트로비치가 하나밖에 없는 눈을 가늘게 뜨면서 이쪽을 쳐다보았던 것이다. 그 바람에 아카키 아카키예비치는 자기도 모르게 그에게 인사를 했다.

"요즘 어떤가? 페트로비치."

"어서 오십쇼, 나리!"

페트로비치는 이렇게 대꾸하며 아카키 아카키예비치의 손을 곁눈질로 살폈다. 무슨 일감을 가져왔는지 보는 것이다.

"뭐, 대단한 건 아니고 말이야, 페트로비치. 오늘 온 것은, 그게 말이지……."

참고로 말해두지만 아카키 아카키예비치는 뭔가 설명해야 할 경우 전치사나 부사를 아무 의미도 없이 이것저것 늘어놓는 버릇이 있었다. 그것이 까다로운 일일 경우에는 말끝을 제대로 마무리하지 못하는 일도 많았다.

"그건 정말, 그러니까, 에, 또, 뭐랄까……."

이따위 말로 얘기를 시작해 놓고서는 그다음 말은 전혀 꺼내지도 않는 것이다. 그래 놓고서도 자기 딴에는 해야 할 이야기를 다 한 것으로 생각하는지 그냥 입을 다물어버리는 일이 많았다.

"도대체 무슨 일로 오신 건데요?"

페트로비치는 이렇게 말하면서 하나밖에 없는 눈으로 아카키 아카키예비치의 제복을 옷깃에서부터 소맷자락, 어깨, 단춧구멍에 이르기까지 죽 훑어보았다. 하긴 이 옷은 페트로비치의 손으로 만든 것이어서 너무나 눈에 익었지만 일단 손님을 봤다 하면 그런 식으로 죽 살피는 것이 재봉사들의 몸에 밴 직업적인 습관인 것이다.

"그게, 다름이 아니고, 페트로비치……. 내 외투가 좀, 아니 그러니까, 겉의 옷감은…… 이렇게 다른 데는 다 멀쩡한데 말이지…… 먼지가 좀 앉아서 겉으로는 고물처럼 보이지만, 아직 새 옷이나 마찬가지지. 그저 한두 군데가 좀, 아니 잔등과 어깨 부분이 좀 낡고, 이쪽 어깨가 좀, 알겠나? 그것뿐이야. 다른 데야 뭐 손볼 데가 있겠나?"

페트로비치는 싸개라는 별명이 붙은 그의 외투를 받아서, 우선 작업대 위에 펼쳐놓았다. 그러고 나서 한참 동안 이리저리 살펴보더니, 고개를 절레절레 흔들면서 손을 뻗어 창틀에서 동그란 담배통을 집어 들었다. 그 담배통에는 어떤 장군의 초상화가 그려져 있었는데 얼굴이 있어야 할 자리에 손가락 구멍이 뚫리고 그 자리를 네모난 종이로 때워 놓아 그 초상화의 주인공이 누구인지는 알 수가 없었다.

페트로비치는 코담배를 한 번 들이마시고 나서 다시 두 손으로 싸개를 집어 들고 밝은 빛에 찬찬히 비춰보았다. 그러고는 다시 고개를 저었다. 그리고 또다시 담배통 뚜껑을 열어 담배를 콧구멍에 집어넣고는 담배통 뚜껑을 닫고 통을 치우더니 마침내 입을 열었다.

"이건 고칠 수가 없겠는데요. 외투가 너무 낡았어요."

아카키 아카키예비치는 이 말을 듣자 가슴이 덜컥 내려앉는 것 같았다.

"아니, 도대체 왜 안 된다는 건가? 응, 페트로비치?"

마치 어린애의 애원하는 목소리로 아카키 아카키예비치는 말했다.

"어깨 있는 쪽이 좀 해진 것뿐인데……. 응? 자네한테 괜찮은 옷감이 있을 것 아닌가?"

"뭐 옷감이야 찾으면 나오겠지만."

페트로비치는 말했다.

"옷감이 있으면 뭐 합니까? 대고 기울 수가 있어야죠. 천이 하도 낡아서 바늘로 기워도 금방 찢어지고 말 텐데요."

"찢어져도 상관없다네. 거기에 또 다른 천을 붙이면 되니까 말이야."

"다른 천을 어떻게 붙입니까? 바닥 천이 워낙 형편없어서 바늘을 꽂을래야 꽂을 수가 없어요. 이게 어디 천입니까? 바람만 좀 세게 불어도 갈기갈기 찢어져 버릴 것 같은뎁쇼."

"그러지 말고, 어쨌든 이걸 손을 좀 봐주게나. 이건 그래도……, 거 뭐랄까."

"도저히 안 됩니다!"

페트로비치는 딱 잘라 말했다.

"바닥 천이 워낙 낡아서, 어떻게 해볼 수가 없다고요. 차라리 이걸 잘라서 각반이나 만드는 편이 훨씬 나을 겁니다. 이제 겨울이 되고 날씨가 점점 추워질 것 아닙니까? 양말만으로는 아무래도 발이 시릴 테니까요. 하긴 각반이라는 물건도 독일 놈들이 돈을 긁어모으려고 재주를 부린 것이긴 합니다만……. (페트로비치는 기회 있을 때마다 독일인들을 욕하고 비웃기를 즐겼다) 어쨌든 외투는 새로 하나 장만하셔야 할 겁니다."

'새 외투'라는 말을 듣자 아카키 아카키예비치는 눈앞이 캄캄해지는 것 같았다. 방 안에 있는 물건들이 모두 뒤엉켜 범벅이 되는 느낌이었다. 담배통 뚜껑에 그려진, 얼굴에 종잇조각이 붙은 장군의 모습만이 또렷하게 보였다.

"새로 하나 장만하다니, 도대체 무슨 수로?"

여전히 꿈속을 헤매는 기분으로 그는 말했다.

"내게 그만한 돈이 도대체 어디 있다고?"

"어쨌든 새것을 하나 장만하셔야 합니다."

페트로비치는 잔인하리만치 태연한 말투였다.

"그렇지만, 만일 말일세. 새로 하나 맞춘다고 하면, 도대체 그게 말일세, 그러니까 그게, 뭐랄까……."

"돈 말씀이세요?"

"그렇지."

"글쎄요……. 아무래도 백오십 루블은 있어야 할 거고 거기에 가욋돈도 좀 들어가겠죠."

페트로비치는 이렇게 말하고 나서 의미심장하게 입술을 굳게 다물었다. 그는 극적인 효과를 무척 좋아했다. 갑자기 느닷없는 말을 내뱉어 상대방을 당황하게 만들고 나서 곁눈으로 상대방이 어떤 표정을 짓는지 힐끔힐끔 살피기를 즐기는 것이다.

"뭐, 외투 한 벌에 백오십 루블이라고?"

가엾은 아카키 아카키예비치가 큰 소리로 외쳤다. 아마 그가 태어난 이후로 가장 큰 목소리였을 것이다. 늘 낮은 목소리로 얘기하는 게 그의 특징이었으니 말이다.

"그렇습죠."

페트로비치는 말했다.

"그보다 더 비싼 외투도 얼마든지 있어요. 깃에다가 담비 가죽을 대고 모자 안쪽을 비단으로 대면 적어도 이백 루블은 먹힐걸요."

"페트로비치, 제발 나 좀 봐주게."

아카키 아카키예비치는 페트로비치가 말하는 새 외투의 효능 따위는 귀에 들어오지도 않고 굳이 듣고 싶지도 않다는 듯 애원하는 목소리로 말했다.

"어떻게 이걸 손을 좀 봐주게나. 얼마 동안만이라도 더 입고 다닐 수 있게 말이야."

"아니, 소용없는 일이에요. 공연히 헛수고만 하고 돈만 날릴 뿐이라고요."

페트로비치는 말했다.

아카키 아카키예비치는 이 말을 듣고 완전히 풀이 죽어서 밖으로 나왔다. 그러나 페트로비치는 손님이 돌아간 뒤에도 뭔가 의미심장한 표정으로 입술을 단호하게 다문 채 일감에도 손을 대지 않고 오랫동안 가만히 앉아 있었다. 재봉사의 기술을 값싸게 팔아넘기지도 않고 자신의 권위를 손상시키지 않은 것이 무척 흐뭇하게 느껴졌던 것이다.

아카키 아카키예비치는 큰길로 나와서도 뭔가 나쁜 꿈이라도 꾸고 있는 듯한 느낌이었다.

'큰일 났군!'

그는 혼자 중얼거렸다.

'정말 이런 일이 생길 줄이야 꿈엔들 생각했겠어?'

그리고 조금 있다가 다시 중얼거렸다.

'결국 이렇게 되고야 말았어. 하지만 이건 전혀 생각지도 못한 일이야!'

한동안 침묵을 지키다가 그는 다시 뇌까렸다.

'음, 그래? 사실이 그렇단 말이지? 하지만 이걸 어떻게 해야 하나? 정말이지 이런 변을 당하게 될 줄이야.'

그는 이렇게 중얼거리며 아무 생각 없이 집과는 반대 방향으로 걷기 시작했다.

길을 걷는 도중에 지나가던 굴뚝 청소부와 부딪쳐 그의 어깨가 온통 새까매지고 말았다. 한창 짓고 있는 건물 지붕에서는 그의 머리 위로 석회 가루가 쏟아져 내려 마치 하얀색 모자를 뒤집어쓴 것처럼 되어버렸다. 그러나 그는 전혀 알아차리지 못했다. 얼마를 더 걸어서 어느 경관과 부딪쳤을 때에야 어느 정도 제정신으로 돌아올 수 있었다.

그 경관은 옆에 총을 세워놓고 우락부락한 손으로 쇠뿔 파이프에서 담뱃재를 털어내고 있는 중이었다.

"어쩌자고 사람 코앞에 불쑥 나타나는 거야, 엉? 도대체 눈은 어디다 뒀기에 길로 다니지 않은 거냐고?"

경관은 호통을 쳐서 그의 정신을 되돌려놓았다. 경관의 이 말에 그는 정신을 차리고 주위를 둘러보았다. 그리고 집으로 걸음을 옮겼다.

그때에야 비로소 그는 생각을 가다듬고 자신의 현재 상황을 똑바로 보았다. 그래서 이제는 조각조각 끊기는 단편적인 생각이 아니라, 모든 일을 털어놓고 상의할 수 있는 친구와 얘기하듯이 자신의 상황에 대해 스스로 얘기하기 시작했다. 자기 처지에 대해 훨씬 더 조리 있고 분명한 얘기를 할 수 있었던 것이다.

"아니야……."

아카키 아카키예비치는 스스로 말했다.

"오늘은 페트로비치에게 사정해봐야 소용이 없을 거야. 그 친구는 오늘, 뭘랄까……, 틀림없이 마누라하고 한바탕 한 모양이니까. 차라리 일요일 아침에 다시 찾아가는 게 낫겠어. 토요일 저녁에 한잔 걸쳐서 눈도 게슴츠레해지고 해장술 생각이 간절할 때 말이야. 해장술을 하고 싶어도 마누라가 돈을 줄 리도 만무하고, 그럴 때 십 코페이카쯤 쥐여 주면 훨씬 고분고분해지겠지 그렇게 되면 내 외투도……."

아카키 아카키예비치는 속으로 이렇게 생각하고 스스로 용기를 북돋우며 일요일까지 기다렸다. 그리고 일요일 아침 페트로비치의 마누라가 집을 나와 어디론가 가는 걸 멀리서 확인한 다음 곧장 페트로비치를 찾아갔다.

아카키 아카키예비치가 예상했던 대로 페트로비치는 토요일 저녁에 한 잔 걸치고 나서 아직 잠이 덜 깬 모양이었다. 눈이 게슴츠레하고 목을 길게 늘여 빼고 금방이라도 바닥에 드러누울 자세였다. 그러나 아카키 아카키예비치가 이렇게 일찍 자기를 찾아온 용건을 듣자마자 금세 태도가 돌변했다. 마치 악마란 놈이 느닷없이 그를 흔들어 깨운 것 같았다.

"글쎄 안 된다니까요."

페트로비치는 말했다.

"새로 한 벌 맞추시라고요!"

아카키 아카키예비치는 미리 생각했던 대로 십 코페이카짜리 동전 한 닢을 슬쩍 페트로비치 손에 쥐여주었다.

"나리, 감사합니다요! 이걸로는 나리의 건강을 위해 한잔 들겠습니다."

페트로비치는 말했다.

"하지만 외투에 대해서는 더 이상 말씀하지 마세요. 그 외투는 이제 아무 짝에도 쓸 데가 없어요. 제가 새것으로 한 벌 잘 지어드릴 테니까요. 그럼 외투 얘기는 이걸로 끝내죠."

아카키 아카키예비치는 그래도 여전히 외투를 수선해달라고 고집을 부려보았다. 그러나 페트로비치는 전혀 들으려고 하지 않았다.

"새것으로 기가 막히게 지어드릴 테니까 절 믿으십쇼. 제가 가진 기술을 한껏 발휘하겠습니다. 최신 유행하는 모양으로, 옷깃에도 은도금한 단추를 멋지게 달고요."

이제야 비로소 아카키 아카키예비치는 외투를 새로 맞추는 것 외에는 다른 방법이 전혀 없다는 사실을 분명히 깨닫게 됐다. 그는 완전히 기가 꺾이고 말았다. 사실 돈이 어디 있어서 외투를 새로 맞춘단 말인가? 물론 명절 때가 되면 상여금이 나오긴 하지만 그 돈은 이미 오래전부터 쓸 데가 정해져 있었다.

바지도 새로 사야 하고 전에 구둣방에서 장화에 가죽 밑창을 댔던 외상값도 갚아야 한다. 그 밖에 셔츠 세 벌과 밝히기 쑥스러운 이름의 속옷들도 몇 벌 삯바느질을 맡겨야 할 형편이다. 한마디로 말해서 상여금은 받는 즉시 사라지게끔 되어 있는 것이다.

설혹 국장이 자비를 베풀어 사십 루블의 상여금을 사십오 루블이나 오십 루블로 올려준다 해도 어차피 그 차이는 몇 푼 되지 않으므로 외투를 새로 마련하기에는 턱도 없는 것이다.

하긴 페트로비치는 느닷없이 변덕을 부려 터무니없이 비싼 값을 부르는 버릇이 있기는 하다. 심지어 그 마누라까지 가끔 나서서,

"여보, 당신 미쳤어요. 멍청이 같으니라고! 지난번에는 공짜나 마찬가지로 헐값에 일을 해주더니 이번엔 또 무슨 생각으로 그렇게 말도 안 되는 비싼 값을 부르는 거야? 당신 몸뚱이를 내다 팔아도 그만한 돈은 못 받을 걸?"

이렇게 고함을 치는 일도 있다. 그리고 아카키 아카키예비치도 그런 사실을 잘 알고 있었다.

아마 잘만 얘기하면 페트로비치는 팔십 루블 정도로 일을 맡아줄 것이다. 이것도 아카키 아카키예비치는 잘 알고 있다. 하지만 그렇다 해도 도대체 어디서 팔십 루블이라는 거액을 만들어낸단 말인가? 그 절반 정도라면 혹시 모른다. 아니 그보다는 조금 더 만들어낼 수 있을 것이다. 하지만 나머지 절반은 또 어디서 구한담?

그러나 우선 독자들은 최초의 그 절반의 돈이 어디서 나올 것인지 정도는 알아둘 필요가 있다. 아카키 아카키예비치는 1루블을 쓸 때마다 2코페이카씩 저금을 하는 습관이 있었다. 뚜껑에 구멍이 뚫리고 열쇠로 잠그게 되어 있는 조그만 상자에 동전을 집어넣는 것이다. 그리고 반년마다 한 번씩 그동안 모은 동전을 지폐로 바꾸었다. 이런 일을 몇 년 동안이나 꾸준히 계속해왔기 때문에 이렇게 모인 돈이 얼추 사십 루블을 넘어섰던 것이다.

융통할 수 있는 그 절반의 돈이란 바로 이걸 말하는 것이다. 하지만 나머지, 다시 말해서 부족한 사십 루블은 어디서 끌어댄단 말인가?

아카키 아카키예비치는 머리를 싸매고 고민한 끝에 앞으로 적어도 1년 동안은 생활비를 바짝 줄여야겠다고 마음먹었다. 아카키 아카키예비치는 저녁마다 즐겨 마시던 홍차도 끊고 밤에는 촛불도 켜지 않기로 했다. 부득

이하게 뭔가 일을 해야 할 경우에는 하숙집 주인 노파의 방에 가서 일을 하기로 했다. 길을 걸을 때도 돌로 포장한 길은 구두 바닥이 빨리 닳을 것 같아 되도록 조심스럽게 뒤꿈치를 들고 살금살금 걷기로 했다.

세탁소 이용 횟수도 가급적 줄이고 집에 돌아오면 잽싸게 옷을 죄다 벗기로 했다. 옷이 빨리 해지는 것을 막기 위해서다. 그리고 두꺼운 무명 잠옷 하나만 입기로 했다. 이 잠옷으로 말할 것 같으면 이제 노후 연금을 받아도 좋을 만큼 오래된 물건이었다.

솔직히 아카키 아카키예비치도 처음엔 이런 허리띠 졸라매기가 여간 불편하지 않았다. 그러나 시간이 좀 지나자 그럭저럭 습관이 되어 별로 불편을 느끼지 않았다. 나아가 저녁 끼니를 거르고도 지낼 수 있을 정도였다. 그 대신 앞으로 새 외투가 생길 것이라는 희망을 갖게 되었다. 이것으로 충분히 정신적인 양식이 되어 준 셈이다.

이때부터 아카키 아카키예비치는 자기의 존재가 충실해져 마치 결혼이라도 해서 다른 사람이 줄곧 옆에 붙어 있는 느낌까지 받게 되었다. 이제는 혼자가 아니라 인생의 동반자가 생겨서 자기와 마음을 합쳐 인생 항로를 함께 나아가는 것 같은 느낌이었다.

그 동반자는 다름이 아닌 새 외투였다. 두껍게 솜을 대고 절대로 닳아 해지지 않는 질긴 안감을 받친 그런 외투 말이다. 그는 전보다 태도가 훨씬 활발해졌고 인생의 확실한 목적을 가진 사람처럼 성격마저 굳건해진 것 같았다. 망설임과 우유부단 ─다시 말해서 흐리멍덩한 회의적인 태도가 그의 얼굴이나 태도에서 저절로 사라졌다.

때로는 두 눈을 반짝이면서 이왕이면 외투 깃에 담비 가죽을 다는 것이 어떨까 하는, 그로서는 대담하기 짝이 없는 생각까지 하기도 했다. 이런 생각들은 그를 일종의 방심 상태로 이끌어가곤 했다. 한번은 서류를 정서하는 도중에 하마터면 글씨를 틀리게 쓸 뻔해서 "억!" 하는 소리가 목구멍에서 튀어나오는 것을 간신히 참은 일도 있었다. 그래서 그는 부랴부랴 성호를 긋기까지 했다.

달이 바뀔 때마다 그는 페트로비치를 찾아가 어디서 옷감을 살 것인지, 색깔은 어떤 것으로 할 것인지, 감을 얼마나 끊으면 될 것인지 따위 외투와 관련된 것을 상의했다. 아직도 약간 걱정이 되기는 했지만, 머지않아 옷감을 사다가 진짜로 외투를 지어 입게 될 날이 올 것을 생각하고 언제나 흐뭇한 마음이 되어 집으로 돌아왔다.

외투를 새로 장만하는 일은 예상보다 빠르게 진행되었다.

국장이 아카키 아카키예비치에게 사십 루블이 아닌, 무려 육십 루블이나 되는 상여금을 지급했기 때문이다. 아카키 아카키예비치에게 새 외투가 필요하다는 걸 국장이 미리 알아차린 것인지, 아니면 일이 되려다 보니 우연히 그렇게 된 것인지 아무튼 그의 손에는 이십 루블의 돈이 더 들어온 것이다. 사정이 이렇게 되어 일은 더욱 빠르게 진행됐다.

두세 달 정도 더 배를 곯고 난 결과 아카키 아카키예비치는 팔십 루블의 돈을 손에 쥘 수 있었다. 어느 때건 지극히 평온하기만 하던 그의 심장도 이번만은 거세게 뛰었다.

바로 그날 그는 페트로비치와 함께 옷감을 사러 나갔다. 그들은 아주 좋은 옷감을 살 수 있었다. 그럴 수밖에 없는 것이 벌써 반년 동안이나 오직 이 일만을 생각해온 데다, 거의 매달 옷감 가게를 둘러보았으니 말이다.

재봉을 할 페트로비치 역시 이보다 더 좋은 나사 옷감은 찾을 수 없을 거라고 했다. 안감으로는 포플린을 쓰기로 했다. 페트로비치의 말을 빌리자면 포플린은 올이 가는 고급 천이여서 보기에도 좋고 반지르르한 것이 오히려 비단보다 낫다는 것이었다. 담비 털가죽은 너무 비싸서 포기하고 그 대신 가게에 갓 들여온 제일 좋은 고양이 털가죽을 골랐다. 이것 역시 멀리서 보면 영락없이 담비 털가죽으로 보일 만큼 좋은 물건이었다.

페트로비치는 외투를 만드는 데 꼬박 2주일이나 걸렸다. 솜 넣는 데를 그토록 꼼꼼히 누비지만 않았어도 그렇게까지 오래 걸리지는 않았을 것이다. 바느질삯으로 페트로비치는 십이 루블을 받았다. 절대로 그보다 싸게 할 수는 없다고 했다. 하긴 페트로비치는 명주실만을 써서 촘촘하게 이중으로 꿰맸고 게다가 일일이 이빨 자국을 내가며 줄을 세우기까지 했던 것이다.

몇 월 며칠이었는지는 정확히 말할 수 없지만 아무튼 페트로비치가 새로 만든 외투를 갖고 온 날은 분명히 아카키 아카키예비치에게 생애 최고의 날이었다.

페트로비치는 아침 일찍 외투를 들고 왔다. 마침 출근하기 조금 전이었다. 어쩌면 그렇게 시간을 맞춰 외투를 들고 왔는지 모르겠다. 벌써 추위가 만만찮은 날씨였지만 더욱 추워질 것 같았기 때문이다.

페트로비치는 마치 일류 재봉사와 같은 모습으로 외투를 싸 들고 나타났다. 그의 얼굴에는 아직까지 아카키 아카키예비치가 한 번도 본 적이 없는 그런 자부심이 어려 있었다. 마치 자기가 만든 것이 보통 물건이 결코 아니라는 것을 과시하는 표정이었다. 기껏 안감이나 깁고 낡은 옷이나 수선하는 재봉사와 이렇게 새로운 외투를 직접 짓는 재봉사는 엄청난 차이가 있다는 것을 말하고 싶은 그런 표정이었다.

그는 외투를 싸 들고 온 커다란 보자기를 풀었다. 보자기는 세탁소에서 방금 가져온 것이어서 다시 접어 호주머니에 집어넣었다. 그는 끄집어낸 외투를 펼쳐 들고 자못 자랑스러운 얼굴로 다시 한번 살폈다. 그리고 두 손으로 외투를 잡고 익숙한 솜씨로 아카키 아카키예비치의 어깨에 걸쳐주었다.

그러고 나서 등에서부터 밑으로 손으로 가볍게 매만져 옷자락을 반듯하게 당겨주었다. 그리고 앞섶을 약간 열어놓은 채 아카키 아카키예비치의 몸을 감쌌다.

아카키 아카키예비치는 그래도 약간 불안해져서 팔소매 길이를 확인했다. 페트로비치는 소매에 팔을 끼우는 것도 도와주었다. 소매 역시 흠잡을 곳이 없었다. 한마디로 말해서 외투는 완전히 맵시 있게 몸에 착 맞았다.

그러는 동안에도 페트로비치는 자기가 하고 싶은 말을 빼먹지 않았다. 자기가 뒷골목에서 간판도 걸지 않고 일을 하는 처지이고, 더욱이 아카키 아카키예비치와는 오래전부터 잘 아는 사이여서 그렇게 옷을 헐값으로 만들어주었지만, 이걸 만약 네흐스키 거리에서 만들었다면 품삯만 해도 칠십오 루블은 주어야 한다는 얘기였다.

아카키 아카키예비치는 이 점에 대해 더 이상 페트로비치와 얘기를 하고 싶지 않았다. 그뿐만 아니라 페트로비치가 버릇처럼 터무니없이 불러대는 금액에 대해서는 말만 들어도 겁부터 났다. 그는 돈을 치르고 고맙다는 치하를 한 후 새 외투를 입은 채 곧장 출근했다.

페트로비치는 아카키 아카키예비치를 뒤따라 나와 길거리에 서서 한참 동안 외투를 지켜보았다. 그리고 일부러 골목길을 달려 큰 거리로 빠져나와 자기가 만든 외투를 다른 방향에서, 곧 정면에서 다시 한번 바라보았다.

한편 아카키 아카키예비치는 더없이 흐뭇한 기분이었다. 그는 순간마다 어깨에 닿는 새 외투의 감촉을 느끼고 있었다. 마음이 너무 흡족해 몇 번이나 혼자 웃음을 지었다. 사실 두 가지 좋은 점을 느끼고 있었다. 하나는 우선 따뜻하다는 것이고 다른 하나는 멋이 있다는 것이었다. 어디를 어떻게 걸었는지도 모르게 이미 관청에까지 와 있었다.

아카키 아카키예비치는 경비실에서 외투를 벗고 위에서 아래까지 검사해본 뒤 잘 간수해달라고 경비에게 신신당부했다. 어떻게 알았는지 아카키 아카키예비치의 그 '싸개'가 어디론가 사라지고 새 외투가 생겼다는 소문이 관청에 쫙 퍼졌다. 모두들 아카키 아카키예비치의 새 외투를 구경하려고 경비실로 몰려왔다.

사람들이 앞을 다투어 축하와 칭찬의 말을 퍼부었다. 처음에는 아카키 아카키예비치도 흐뭇하게 웃음을 지었을 뿐이었으나 나중에는 낯이 뜨거울 지경이었다. 모두들 그를 둘러싸고 새 외투 장만을 축하하는 의미에서 한잔 사야 한다느니 사무실 동료들을 위해 파티를 열어야 한다느니 하며 떠들어댔다.

아카키 아카키예비치는 정신이 얼떨떨해 뭐라고 대답을 해야 할지, 무슨 구실로 적당히 거절해야 할지 도무지 알 수가 없었다. 거의 5, 6분 동안이나 이렇게 시달린 뒤에야 아카키 아카키예비치는 간신히 이건 그리 좋은 물건이 아니다, 중고품이나 다름없는 그런 물건이라고 어린애 같은 거짓말로 난처한 상황을 모면하려고 했다.

결국 한 사람이 나섰다. 그는 부 과장의 지위에 있는 사람이었다. 그는 자기가 결코 거만한 사람이 아니며 부하들과도 스스럼없이 어울리는 사람이라는 것을 과시하고 싶었는지 그럴싸한 제의를 했다.

"아카키 아카키예비치 대신 내가 오늘 밤 파티를 열 테니 오늘 저녁은 다들 우리 집으로 와서 차라도 한잔하는 게 어떨까? 마침 오늘이 내 세례명 축일이거든."

당연히 사람들은 그 자리에서 부 과장에게 축하 인사를 하고 기꺼이 그의 초대를 받아들였다. 아카키 아카키예비치는 적당한 구실을 붙여 빠지려고 했으나 그건 애초에 불가능한 얘기였다. 다들 나서서 그건 실례라느니,

창피한 줄을 알라느니, 체면이 뭐가 되겠냐느니 하며 떠들어댔기 때문이다.

그러나 한편 아카키 아카키예비치 역시 밤에 새 외투를 입고 외출할 기회가 생겼다는 생각이 들어 오히려 기분이 좋아졌다. 이날 하루는 아카키 아카키예비치에게는 마치 명절이나 다름없는 무척 즐거운 날이었다.

그는 매우 행복한 기분으로 집에 돌아와서 외투를 벗어 조심스럽게 벽에 걸어 놓았다. 그리고 다시 한번 외투의 안팎을 손으로 쓰다듬어 보았다. 그런 다음 일부러 전에 입던 그 낡은 '싸개'를 꺼내 새 옷과 비교해 보았다. 저절로 웃음이 터져 나왔다.

하늘과 땅 차이라는 건 바로 이런 걸 말하는 거야! 식사를 하면서도 그는 그 싸개의 꼬락서니를 생각하면서 연신 입가에 웃음을 짓고 있었다. 그는 유쾌하게 식사를 마치고 평소의 습관인 서류 정서 따위는 까맣게 잊어버리고 어두워질 때까지 그대로 침대에 누워 뒹굴며 시간을 보냈다. 날이 어두워지자 그는 얼른 옷을 갈아입고 외투를 걸친 다음 거리로 나갔다.

아쉽게도 이날 저녁 사람들을 초대한 그 관리가 어디에 살고 있었는지는 확실하지가 않았다. 기억이 희미해져서 페테르부르크의 모든 거리와 집들이 머릿속에 한데 뒤엉켜 뒤죽박죽이 되어버린 것이다. 그런 가운데 뭔가 한 가지라도 분명하게 끄집어낸다는 것은 너무 어려운 일이다.

아무튼 그 관리가 시내에서도 손꼽히는 고급 주택가에 살고 있었던 것만은 분명하다. 따라서 아카키 아카키예비치가 살고 있는 집에서는 무척 먼 거리에 있었다. 처음에는 어두컴컴하고 인적이 드문 길을 걸어야 했으나 그 관리의 집이 점점 가까워짐에 따라 거리는 활기가 넘치고 번화해졌으며 불빛도 한층 더 밝아졌다.

길거리를 지나다니는 사람들도 많고 그 가운데에는 화려하게 차린 귀부인들과 담비 깃을 단 신사들의 모습도 눈에 띄었다. 도금한 못을 박고 창살을 붙인 초라한 영업용 마차들의 모습은 줄어들고 대신 빨간 비로드 모자를 쓴 멋진 옷차림의 마부들이 곰 털가죽 무릎 덮개를 두르고 고급 마차를 모는 모습이 자주 눈에 띄었다. 화려하게 장식한 자가용 마차들이 눈 위를 요란스럽게 달려갔다.

아카키 아카키예비치는 이런 모습들을 신기한 듯 바라보았다. 그는 벌써 몇 년 동안이나 이런 밤거리에 나와 본 적이 없었던 것이다. 등불이 휘황찬란한 상점 진열대 앞에 멈춰 서서 눈이 동그래져서 안에 붙여진 포스터를 들여다보았다.

거기에는 날씬한 다리를 허벅지까지 드러낸 모습으로 구두를 벗고 있는 아리따운 미녀의 모습이 그려져 있었고 아가씨의 등 뒤로 스페인식 콧수염을 멋들어지게 기른 사나이가 문으로 목을 빠끔히 들이밀고 쳐다보는 모습이 보였다.

아카키 아카키예비치는 고개를 끄덕이며 히죽 웃고는 다시 걸음을 옮겼다. 그는 어째서 그렇게 히죽 웃었을까? 이런 것들은 그가 그동안 전혀 본 적도 없는 것들이었다. 하지만 그 역시 인간이기에 그런 모습을 보고 자기 내면에서 어떤 감정이 꿈틀대는 것을 느꼈는지도 모른다.

아니면 그 역시 다른 관리들처럼 '프랑스 자식들은 정말 어쩔 수 없는 놈들이라니까! 도대체 마음만 내키면 못 하는 짓거리가 없단 말씀이야!' 이렇게 생각했는지도 모르겠다. 아니, 어쩌면 그런 저런 생각도 하지 않았는지도 모른다. 사람의 마음속에 파고 들어가 그가 생각하는 것을 하나하나 남김없이 들춰본다는 건 불가능한 일이니 말이다.

마침내 그는 부 과장이 살고 있는 아파트에 도착했다. 부 과장은 호화스럽게 살고 있었다. 계단에는 등불이 환하게 밝혀져 있고 침실은 2층에 있었다. 현관 마룻바닥에는 여러 켤레의 고무 덧신이 죽 줄지어 있었다. 그 너머 응접실에서는 사모바르 차가 하얀 김을 내뿜으며 끓고 있었다. 벽에는 외투와 레인코트가 가지런히 걸려 있고, 그중에는 수달피와 비로드 가죽을 댄 것도 있었다.

벽 건너편 방에서는 떠들썩한 소리가 들려왔다. 그때 마침 문이 열리며 하인이 빈 컵이며 크림 접시, 비스킷들이 담긴 쟁반을 들고 밖으로 나오는 바람에 소리가 더욱 크게 들렸다. 동료 관리들이 모인 지가 꽤 된 모양이다. 그래서 벌써 차 한 잔씩은 마신 것 같았다. 아카키 아카키예비치는 자기 손으로 외투를 걸어놓고 방으로 들어갔다.

그 순간 아카키 아카키예비치의 눈에는 여러 개의 촛불과 관리들, 담배 파이프, 트럼프 놀이 탁자들이 한꺼번에 확 들어왔다. 그리고 사방에서 왁자지껄 떠들며 얘기하는 소리와 의자를 잡아당기는 소리가 한꺼번에 귀를 때렸다. 그는 어찌할 바를 모르고 어색한 모습으로 방 한가운데 서 있었다. 그러자 동료들은 곧 그를 발견하고 환성을 올리며 환영했다.

그들은 현관으로 몰려 나가 그 외투를 다시 한번 구경했다. 아카키 아카키예비치는 약간 낯이 간지럽기는 했지만 워낙 순진한 성격이었기 때문에 사람들이 다들 자기 외투를 칭찬하는 얘기를 듣고 기뻐하지 않을 수 없었다. 그러나 얼마 후에는 모두들 아카키 아카키예비치나 그의 외투 따위는 내버려 두고 다시 트럼프 놀이 탁자에 둘러앉았다.

방 안의 떠드는 얘기 소리, 북적거리는 사람들……. 이 모든 것이 아카키 아카키예비치에게는 무척 낯설게 느껴졌다. 무엇을 해야 좋을지, 손발이나 몸 전체를 도대체 어디에 두어야 좋을지 알 수가 없었다. 생각 끝에 그는 놀고 있는 사람들 옆에 가 앉아서 트럼프 패를 들여다보기도 하고 이 사람 저 사람 얼굴을 바라보기도 했다. 하지만 얼마 지나지 않아 하품이 나오기 시작했다. 여느 때 같으면 침대에 들어갈 시간이 훨씬 지났으니 당연한 일이었다.

그는 주인한테 인사를 하고 돌아가려고 했으나 다른 사람들이 그를 붙잡고 새 외투가 생긴 것을 축하하는 의미에서 꼭 샴페인을 마셔야 한다고 우기며 놓아주지 않았다. 한 시간 정도 지나서야 밤참이 나왔다. 채소 샐러드와 쇠고기 요리, 고기만두와 파이, 거기에 샴페인이 곁들여 나왔다.

아카키 아카키예비치도 사람들의 권유를 뿌리치지 못하고 커다란 유리컵으로 두 잔이나 마셨다. 술을 마시고 나니 방 안이 더욱 밝아진 기분이었다. 하지만 벌써 열두 시가 넘었으니 집에 돌아갈 시간이 지났다는 생각을 털어버릴 수가 없었다. 그는 주인이 말릴까 봐 아무도 몰래 살그머니 방을 빠져나왔다.

현관에서 외투를 찾아보니 마룻바닥에 떨어져 있었다. 그는 약간 기분이 언짢았다. 그는 외투를 흔들어 먼지를 잘 털어내고는 어깨에 걸쳐 입고 계단을 내려와 거리로 나갔다.

거리는 여전히 밝았다. 하인들이나 그 밖의 하층민들이 모여드는 구멍가게들은 아직 문을 열어놓고 있었다. 덧문을 닫아건 상점들의 문틈으로 불빛이 아직 길게 새어 나오고 있는 것으로 봐서 그 안의 단골손님들은 아직 돌아갈 생각을 하지 않고 있는 모양이다.

그 안에는 근처의 하녀들과 하인들이 모여들어 자기를 찾고 있을 주인 생각 따위는 까맣게 잊고 온갖 잡담을 나누느라 정신이 팔려 있으리라…….

아카키 아카키예비치는 전에 없이 들뜬 기분으로 거리를 걸었다. 까닭 없이 어떤 귀부인의 뒤를 쫓아가 보려는 생각까지 했다. 그 귀부인은 번개처럼 그의 옆을 스쳐 지나갔다. 마치 온몸에 율동이 넘치는 듯한 움직임이었다.

그는 곧 발걸음을 멈추고 자기가 왜 그녀를 쫓아 달려가려고 했는지 스스로 의아하게 생각하고는 다시 천천히 걸음을 옮기기 시작했다. 얼마 걷지 않아 다시 인적이 드문 텅 빈 거리에 이르렀다. 이곳은 낮에도 별로 기분이 좋지 않은 곳인데 밤이면 한층 더 심했다.

게다가 지금은 더욱 적막하고 음산하며 불이 켜 있는 가로등도 점점 줄어들고 있다. 아마 가로등의 기름이 점점 떨어지고 있기 때문이겠지. 목조 건물과 울타리가 앞으로 쭉 이어져 있는데 어디를 보아도 사람의 그림자는 눈에 띄지 않는다.

길 위에 깔린 눈만이 하얗게 반짝일 뿐, 지붕이 납작한 거리의 집들은 모두 문을 걸어 잠그고 거무튀튀하게 서글픈 빛을 띠고 잠들어 있었다. 이윽고 그는 광장에 도착했다. 거리는 여기서 끝나고 저편의 집들은 보일 듯 말 듯 아득하게 멀다. 광장은 마치 무서운 사막처럼 보였다.

경찰 초소의 등불이 멀리서 깜박이고 있었다. 그러나 그곳은 아득히 멀리, 마치 지평선 저 끝에 서 있는 것 같다. 여기까지 오니 아카키 아카키예비치의 흥겨웠던 기분도 갑자기 가라앉았다. 무언가 불길한 예감에 그는 두려움을 느끼며 광장으로 걸어갔다. 그는 뒤를 돌아보고, 다시 좌우를 둘러보았다. 마치 바다 한가운데에서 떠도는 느낌이다.

'아니, 차라리 아무것도 보지 않는 게 낫겠어.'

그는 이렇게 생각하고 눈을 감은 채 걸었다. 이제 거의 광장을 다 지났겠지 하고 눈을 뜬 순간, 바로 코앞에 수염을 기른 사내들이 버티고 서 있었다. 도대체 어떤 녀석들인지 분간할 틈조차 없었다. 눈앞이 캄캄해지고 가슴이 방망이질 치듯 두근거렸다.

"야, 이건 내 외투잖아!"

그 가운데 한 놈이 그의 멱살을 움켜쥐며 마치 장독 깨지는 것 같은 소리를 질렀다. 아카키 아카키예비치가 "사람 살려!"라고 소리치려 하는데 다른 한 놈이 마치 머리통만 한 주먹을 그의 입에 들이대며,

"소리치면 알지?"

하며 을러댔다. 아카키 아카키예비치는 외투가 벗겨지고 무릎을 차인 것까지는 알았으나 그 뒤에는 눈 위에 나동그라진 채 아무것도 느끼지 못했다.

몇 분이 지나서야 그는 정신을 차리고 일어섰다. 그러나 이미 사람의 그림자는 보이지 않았다. 광장이 몹시 춥고 자기의 외투가 사라졌다는 사실을 비로소 알아차리고는 뒤늦게 고함을 지르기 시작했다. 그러나 그 소리는 광장 저 끝까지 미치지 않는 것 같았다. 그는 죽을힘을 다해 미친 듯이 부르짖으며 광장을 가로질러 경찰 초소로 달려갔다.

초소 앞에는 경관 한 명이 장총에 몸을 기대고 서서, 도대체 어떤 놈이 저렇게 소리를 지르며 달려오나 하고 호기심 어린 눈으로 바라보고 있었다. 아카키 아카키예비치는 경관 앞으로 달려가서 숨을 헐떡이며 경찰이 감시는 하지 않고 졸고 있으니까 지금 강도들이 날뛰고 있지 않냐고 고함을 질렀다.

그러나 경찰은 광장 한가운데에서 사내 둘이 그를 불러 세우는 것은 보았지만 그의 친구들일 거라고 생각해서 그다지 눈여겨보지 않았다고 대꾸했다. 그러고는 자기한테 공연히 욕만 퍼붓지 말고 내일 파출소장을 찾아가 사정 얘기를 하면 외투를 찾아줄 것이라고 했다.

아카키 아카키예비치는 실성한 사람처럼 집으로 돌아왔다. 관자놀이와 뒤통수에 조금 남아 있던 머리카락이 이리저리 헝클어져 있었다. 옆구리와 가슴팍, 바지에는 온통 눈투성이였다. 하숙집 노파는 요란하게 문을 두드리는 소리에 화들짝 자리에서 일어나 슬리퍼를 한 짝만 걸치고 문을 열어주러 나왔다. 한 손으로 잠옷 앞섶을 가리고 있었다.

노파는 문을 열고 아카키 아카키예비치의 꼬락서니를 보더니 기겁을 하고 뒤로 한걸음 물러섰다. 그에게 자초지종을 듣고는 몹시 놀라면서 그렇다면 직접 경찰서의 서장을 찾아가야 한다고 했다. 파출소장 따위는 말로만 약속을 할 뿐이지 뒤에서는 딴짓하기 일쑤니 바로 경찰서장을 찾아가는

것이 최고라는 것이다.

다행히 자기는 서장을 잘 안다고 할 수 있는데 그 이유는 전에 자기 집 하녀로 있던 핀란드 여자 안나가 현재 서장 댁의 유모로 있다는 것이었다. 그뿐만 아니라 자기도 서장이 집 앞을 지나가는 걸 여러 번 본 일이 있으며, 그는 일요일마다 어김없이 교회에 나오는데 거기서도 누구에게나 상냥한 표정을 짓는 것을 보면 틀림없이 마음씨 좋은 사람임에 틀림이 없다는 얘기였다.

아카키 아카키예비치는 쓰라린 마음으로 자기 방으로 돌아왔다. 그가 그날 밤을 어떻게 지새웠는지에 대해서는 다소나마 다른 사람의 심정을 헤아릴 수 있는 사람이라면 충분히 상상이 갈 것이다.

이튿날 아침 일찍 그는 서장을 찾아갔다. 서장이 아직 자리에서 일어나지 않았다고 해서 열 시쯤 다시 가보았다. 그러나 이번에도 "주무십니다."라는 대답을 들었다. 그래서 열 한 시에 다시 갔더니 이번에는 "출타하셨습니다." 하는 것이었다. 하는 수 없이 점심시간에 다시 찾아가 보니, 이번에는 서장 비서가 그를 가로막고 들여보내려 하지 않았다.

무슨 일로 왔느냐, 도대체 무슨 사건이냐는 등 귀찮게 캐묻는 것이다. 아카키 아카키예비치도 이제는 더 이상 참을 수 없었다.

나는 서장을 직접 만나야 할 필요가 있어서 찾아온 것이다, 그러니 너희들이 나서서 나를 못 들어가게 할 수는 없다, 나는 관청에서 공무 때문에 찾아온 사람이다, 그러니 너희들이 나를 막는다면 상부에 보고를 할 수밖에 없다, 알아서 하라고 한바탕 을러댔다.

태어나서 처음으로 자신이 뭔가 만만치 않은 인간이라는 것을 보여준 셈이었다. 그가 이렇게 나오자 비서들도 아무 소리 못 하고 그중 한 명이 서장에게 보고하러 들어갔다. 서장은 외투를 강탈당했다는 얘기를 아주 이상한 의미로 받아들였다.

그는 사건의 요점 따위에는 전혀 관심도 기울이지 않고 오히려 아카키 아카키예비치에게 무엇 때문에 그렇게 늦게야 집으로 돌아갔느냐, 어디 점잖지 못한 곳에 가서 자빠져 있었던 게 아니냐는 등 엉뚱한 질문만 해댔던 것이다.

아카키 아카키예비치는 그만 헷갈려서 서장을 찾아온 것이 외투를 되찾는 데 도대체 무슨 효과가 있었는지 또는 효과가 전혀 없었는지조차 알지 못한 채 그냥 물러 나오고 말았다.

그날 하루 종일 그는 관청에 나가지 않았다. —이런 일은 그의 일생을 통해서 처음이었다.

이튿날 그는 전보다 훨씬 더 을씨년스러워 보이는 그 헌 '싸개'를 걸치고 핼쑥한 얼굴로 출근했다. 물론 이런 때조차 아카키 아카키예비치를 조롱하려 드는 친구들도 있기는 했지만, 사람들은 대부분 외투를 강탈당했다는 얘기를 듣고 충격을 받았다.

동료들은 그 자리에서 그를 돕기 위한 성금을 모으기로 했다. 그러나 정작 모인 금액은 얼마 되지 않았다. 그러잖아도 관리들은 여기저기 뜯기는 돈이 많았기 때문이다. 국장의 초상화를 사 주기도 하고 과장의 친구라는 사람이 쓴 책을 신청하라는 권유를 받기도 하는 것이다.

동료 가운데 한 사람은 아카키 아카키예비치를 동정하고 그를 돕고 싶어서 친절하게 조언을 해주었다. 조금이나마 힘이 되어주고 싶었던 것이다. 그는 아카키 아카키예비치에게 서장 따위를 찾아가 봤자 아무 소용이 없다고 했다. 가령 서장이 상부에 잘 보이려고 기를 쓰고 외투를 다시 찾아낸다 하더라도 아카키 아카키예비치에게는 별로 도움이 되지 않는다는 것이었다. 그 외투가 자기 것이라는 법적인 증거를 내놓지 못하면 결국 외투는 경찰서에 보관하게 된다는 얘기였다.

즉 이 사건을 해결하기 위해서는 고위 관리에게 부탁하는 게 가장 좋은 방법이라고 했다. 그러면 그가 경찰서의 사건 담당자에게 편지를 보내 사건을 원만하게 처리할 수 있다고 설명하였다.

특별히 더 좋은 방법도 없었으므로 아카키 아카키예비치는 동료가 알려준 그 고관을 찾아가기로 마음먹었다. 그 고관이 누구인지 어떤 지위에 있는 사람인지는 밝혀지지 않았다. 다만 참고로 말하자면 그가 그 지위에 오른 것은 아주 최근의 일이며, 그전까지는 별 볼 일 없는 사람이었다는 점이다. 게다가 지금의 지위라는 것도 다른 중요한 지위에 비하면 하잘것없는 것이라고 말할 수 있다.

그러나 다른 사람들이 보기에 별로 대단치 않은 지위라도 스스로는 아주 대단한 것으로 여기는 인간들이 세상에는 늘 있는 법이다. 게다가 그 고위 관리는 여러 가지 수단을 동원해서 자신의 지위를 더욱 높여 보려고 애를 쓰는 중이었다. 이를테면 자기가 출근할 때 부하 직원들이 모두 현관에까지 마중을 나오게 한 것도 그런 노력 가운데 하나였다.

또한 어떤 사람도 자기 방에 직접 들어오지 못하게 하고, 관련된 업무를 엄격하게 정해진 규칙과 순서에 따라 처리하도록 하는 것과 같은 내부 규칙을 만들기도 했다. 다시 말해서 14등관은 12등관에게, 12등관은 9등관이나 그 밖의 등관에게 보고하는 식으로 모든 안건이 엄격하게 순서를 밟아 자신에게 올라오도록 만들어 놓았던 것이다.

우리의 신성한 나라 러시아는 모든 일이 주로 흉내 내는 것으로 이뤄진다. 그래서 누구나 자기 상관이 하는 것을 그대로 흉내 냈다.

심지어 이런 얘기도 있다. 어떤 9등관이 작은 독립 관청의 책임자로 임명되자 즉시 사무실 한쪽을 막아 자기 방으로 정하고 '집무실'이란 팻말을 내건 다음 붉은 깃에 금테 장식을 단 수위를 문 앞에 세워두고 사람이 올 때마다 일일이 문을 여닫게 했다는 것이다. 그런데 그 집무실이란 것이 책상 하나를 겨우 들여놓을 정도였다는 것이다.

앞서 얘기한 이 고관의 태도나 습관 역시 거만하고 위엄이 가득했다. 그렇다고 아주 복잡했던 것은 아니었지만 일하는 체계는 한마디로 엄격했다. '엄격하게, 더욱 엄격하게, 모든 것을 엄격하게!' 하는 것이 그의 입버릇이었다. 그는 이렇게 뇌까리면서 잔뜩 거드름을 피운 얼굴로 노려보는 것이다.

그러나 그렇게까지 할 필요는 없었던 것이 이 관청에서 일하고 있는 수십 명의 관료들은 그러잖아도 항상 두려움에 사로잡혀 있었기 때문이다. 그 고위 관료가 멀리서 나타나기만 해도 그들은 벌떡 일어나 그가 사무실을 지나갈 때까지 꼼짝도 하지 않고 서 있을 정도였다.

그와 부하들과의 일상적인 대화도 마찬가지였다. 그가 사용하는 말은 단 세 가지로 엄격하게 한정되어 있었다. 곧 '자네가 감히 그렇게 할 수 있나?'와 '자네는 지금 누구와 얘기하고 있는지 알고 있나?' 그리고 '지금 자네 앞에 있는 사람이 누구인지 알고 있나, 모르고 있나?' 하는 것이 그것이었다.

하지만 그도 역시 본심은 착한 인간이었다. 친구도 잘 사귀었고 남의 일도 잘 보살펴주는 편이었다. 오직 칙임관(勅任官)이라는 직책이 그를 그렇게 만들었던 것이다. 칙임관에 임명되자 그는 이성을 잃고 흥분했다. 그래서 자기가 어떤 태도를 취해야 할 것인지 헷갈렸던 것뿐이다.

그래도 자기와 대등한 지위의 사람을 상대할 때는 의젓한 태도를 취할 수도 있었다. 또 여러 가지 점에서 제법 총명한 구석도 있었다. 그러나 자기보다 단 한 계급이라도 낮은 사람들 앞에서는 당장 굳은 표정으로 입을 다물어버렸다.

그러면서도 속으로는 사람들과 재미있는 시간을 보낼 수도 있을 텐데 하는 생각을 가지고 있었다. 때문에 그의 현재 상태는 더욱 가엾은 것이었다. 그래서인지 그도 가끔 재미있는 대화나 놀이에 끼어들고자 하는 강한 욕구를 눈빛에 드러내기도 했다.

그러나 그럴 때마다 스스로 너무 지나친 행동을 하는 것은 아닌지, 아랫사람에게 너무 허물없이 구는 것은 아닌지, 그래서 결국 자기의 위신이 깎이는 것은 아닌지 하는 두려움이 그를 가로막았다. 이런 생각 때문에 그는 결국 어디서나 침묵을 지켰다. 어쩌다가 가끔 입을 연다 해도 야릇한 외마디 소리를 지를 뿐이어서 주변 사람들 모두가 그를 따분하기 짝이 없는 인간으로 여겼다.

아카키 아카키예비치가 찾아간 고관은 이런 인물이었다. 게다가 하필 가장 좋지 않은 때 그를 찾아갔다. 하지만 이것 역시 아카키 아카키예비치에게 좋지 않았다는 의미일 뿐, 그 고관에게는 오히려 아카키 아카키예비치가 때맞춰 찾아와준 셈이었다.

그 고관은 마침 자기 서재에 앉아 몇 년 만에 찾아온 어릴 적 친구를 맞아 이야기꽃을 피우고 있던 참이었다. 하필이면 바로 이런 때에 바쉬마치킨이라는 작자가 자기를 찾아왔다는 보고를 받은 것이었다.

"도대체 그 작자는 뭐 하는 친구야?"

그는 퉁명스럽게 비서에게 물었다.

"어느 관청에 근무하는 공무원이라고 합니다."

비서는 이렇게 대답했다.

"그래? 지금은 바쁘니 조금 기다리라고 그래."

고관은 말했다. 하지만 고관의 이 말은 완전히 거짓말이라는 것을 분명히 해둘 필요가 있다.

그와 그의 어릴 적 친구는 이미 할 얘기는 거의 다 하고, 이제는 지루한 침묵 가운데서 이따금 서로의 무릎을 두드리면서 "글쎄 말일세, 이반 아브라모비치!"라거나, "그게 그렇게 됐단 말인가, 스테판 바를라모비치!" 하는 식으로 같은 말만 되풀이하고 있었기 때문이다.

그럼에도 불구하고 그 고관이 자기를 찾아온 관리를 일부러 기다리게 한 것은, 이미 오래전에 공직에서 물러나 시골에 틀어박힌 자기 친구에게 뭔가를 보여주고 싶었기 때문이었다. 곧 자기를 찾아온 관리들이 대기실에서 적지 않은 시간을 기다려야 자신을 만날 수 있다는 사실을 보여주고 싶었던 것이다.

마침내 두 사람은 이야기 거리도 다 떨어져 등받이가 달린 푹신한 소파에 푹 기대고 앉아 담배를 피우고 있었다. 방에는 기나긴 침묵이 흘렀다. 이때 고위 관리는 문득 생각이라도 난 것처럼 보고 서류를 들고 문 옆에 서 있는 비서에게 말했다.

"아 참, 무슨 관리인가 하는 친구가 밖에서 기다린다고 했지? 이제 들어와도 좋다고 해주게."

아카키 아카키예비치의 온순한 생김새와 낡아빠진 제복을 보고 고관은 고개를 돌리며 툭툭 끊어지는 냉정한 말투로 대뜸 물었다.

"용건이 뭐요?"

이것은 그 고위 관리가 칙임관이라는 직책을 받고 부임하기 일주일 전부터 자기 방에 틀어박혀 거울 앞에서 연습한 듯한 그런 말투였다. 아카키 아카키예비치는 방에 들어오기 전부터 겁을 집어먹고 있던 터라 이 말에 더욱 당황했다. 그래도 잘 돌아가지 않는 혀를 억지로 움직여 말을 끄집어냈다.

"실은, 저 그게 그러니까……."

이런 말을 연신 섞어가며 그는 자기가 새로 맞춰 입은 외투를 얼마 전에 야만적인 강도들에게 빼앗겼다는 것, 그래서 경찰국장이나 그 밖의 적당한 지위에 있는 사람들에게 몇 자라도 적어 주시면 외투를 찾는 데 무척 힘이 될 것이라는 얘기를 무척 어렵게 끄집어냈다.

그런데 정확한 이유는 모르지만 그 고관은 아카키 아카키예비치의 말하는 투가 무척 예의에 벗어난 것이라고 판단한 모양이었다.

"뭐라고?"

고관은 예의 그 딱딱한 말투로 말했다.

"자네는 일의 순서라는 걸 전혀 모르고 있나? 지금 어딜 찾아온 거야? 관청의 사무라는 게 어떤 순서를 밟아서 진행되는지 알고 있을 것 아닌가? 이런 문제라면 관련 창구를 찾아 탄원서를 제출하는 게 우선이지! 그러면 서류가 계장, 과장을 거쳐 비서한테 넘겨지고 그다음에 비로소 비서관이 내게 그 문제를 가져오게 되어 있단 말이야!"

"하지만, 각하!"

아카키 아카키예비치는 온몸에 진땀을 흘리며 마지막 남은 기력을 쥐어짜서 이렇게 말했다.

"제가 이렇게 감히 외람되게 각하께 직접 부탁을 드리는 것은……, 저 다름이 아니옵고, 실은 저 비서관들이 도무지, 믿을 수가 없는 사람들이어서……."

"뭐, 뭐라고?"

그 고관은 소리쳤다.

"도대체 어디서 그따위 생각을 머릿속에 집어넣은 거야? 어디서 그따위 사상을 배워왔느냐 말이야? 요즘 젊은 사람들 사이에 상관에 대해 지극히 불손한 태도가 만연되어 있어 정말 큰일이라니까!"

아마 그 고관은 아카키 아카키예비치가 이미 쉰 고개를 넘은 사람이라는 사실을 미처 깨닫지 못한 모양이다. 아카키 아카키예비치를 젊은 사람이라고 부른다면 그건 일흔 살 먹은 노인이나 할 수 있는 얘기일 것이다.

"자네는 지금 누구를 상대로 그런 소리를 하는 건지나 알고 있나? 지금 자네 앞에 있는 사람이 누구인지나 알고 있느냐 말이야, 응? 알아, 몰라?"

그는 이제 아주 발까지 구르며 설혹 아카키 아카키예비치 같은 사람이 아니더라도 겁을 집어먹지 않을 수 없을 만큼 목소리를 높여 고함을 쳤다. 아카키 아카키예비치는 거의 넋을 잃고 비틀비틀 두어 걸음 물러섰다.

그는 온몸이 후들거려 더 이상 서 있기조차 힘들었다. 수위가 재빨리 방에 달려 들어와 부축해주지 않았다면 그대로 방바닥에 쓰러지고 말았을 것이다. 그는 거의 인사불성이 되어 밖으로 끌려 나왔다.

고관은 자기의 태도가 기대했던 것 이상의 효과를 거둔 데 만족했다. 그는 자기의 말 한마디가 상대방을 기절까지 시킬 수도 있다는 사실에 도취되었던 것이다.

그는 자기 친구가 이 모습을 어떻게 보고 있는지 알고 싶어서 곁눈으로 힐끔힐끔 친구의 눈치를 살폈다. 친구 역시 얼이 빠진 듯하였고 공포감마저 느끼는 눈치였다. 고관은 친구의 이런 모습을 보고 마음이 무척 흡족했다.

어떻게 계단을 내려오고 큰길로 나왔는지 아카키 아카키예비치는 아무것도 기억할 수 없었다. 팔이나 다리에도 전혀 감각이 없었다. 여태까지 자기 상급자한테, 그것도 다른 부처의 높은 사람한테 그렇게 호되게 꾸중을 들은 적이 한 번도 없었던 것이다.

그는 입을 딱 벌린 채 자꾸만 인도 밖으로 발걸음이 빗나가면서 거리에서 휘몰아치는 눈보라 속을 걸어갔다.

페테르부르크에서는 원래 그렇지만 이날도 바람은 사방팔방에서 골목골목으로 휘몰아쳤다. 그는 대번에 편도선염에 걸려 집으로 간신히 돌아왔을 때에는 말 한마디 할 수조차 없었다.

그는 곧장 잠자리로 기어들어 갔다. 상관의 별것 아닌 꾸지람 한마디가 이렇게 엄청난 위력을 발휘하기도 하는 것이다!

이튿날 그는 엄청난 고열에 시달렸다. 페테르부르크의 날씨는 그의 병세를 예상보다 훨씬 빠르게 악화시켰다. 의사가 진맥을 하러 와서는 맥을 한 번 짚어보았을 뿐, 이제 어떻게 해볼 도리가 없다고 고개를 저었다. 그저 병자가 아무 치료도 받지 못하고 죽었다는 말을 듣지 않도록 찜질이라도 해주라는 말뿐이었다.

의사는 그가 기껏 하루나 하루 반나절밖에 더 살지 못할 것이라며 하숙집 주인 노파에게 이렇게 말했다.

"할머니, 뭐 더 기다려보고 말고 할 것도 없어요. 지금 곧 소나무 관이라도 하나 주문하세요. 참나무 관은 너무 비쌀 테니까요."

자기 운명에 대한 이런 말들이 아카키 아카키예비치의 귀에도 들렸는지 어쨌는지는 알 수 없다. 설사 들었다 하더라도 그것이 그에게 얼마나 충격을 주었는지, 그가 자기의 비참한 일생을 슬퍼했을지 하는 것은 전혀 알 도리가 없다. 왜냐하면 그는 줄곧 혼수상태에 빠져 헛소리만 하고 있었기 때문이다.

그의 눈앞에는 끊임없이 괴이한 환상이 나타났다. 재봉사 페트로비치가 눈앞에 나타난 것을 보고는 침대 밑에 도둑놈이 숨어 있는 것 같으니 그놈을 잡기 위해 올가미가 달린 외투를 하나 만들어 달라고 부탁하는가 하면, 이불 속에서 도둑놈을 끌어내 달라고 하숙집 노파를 소리쳐 부르기도 했다. 그러다가 새 외투가 있는데 왜 낡아빠진 '싸개'가 저기 걸려 있느냐고 묻기도 했다.

그러다가 자기가 칙임관 앞에서 꾸지람을 듣고 있다고 생각했는지 "죄송합니다, 각하!" 하며 사과를 하기도 했다. 그러다가 입에 담기도 어려운 무서운 욕설을 마구 퍼부어댔다. 그렇게 무서운 욕설을 들어보지 못한 주인 노파는 성호를 긋기까지 했다. 그런 욕설이 '각하'라는 말 뒤에 잇달아 튀어나왔으니 노파로서는 겁을 먹는 것이 당연했다.

나중에는 전혀 의미 없는 말을 중얼거리기 시작했다. 그 말은 아무도 알아들을 수 없었지만 그것이 외투라는 물건을 중심으로 맴돌고 있었다는 것만은 짐작할 수 있었다. 이리하여 결국 가엾은 아카키 아카키예비치는 숨을 거두고 말았다.

그가 죽은 뒤에 그의 방이나 소지품을 봉인하지는 않았다. 우선 유산 상속인이 아무도 없었고 또한 유산이라고 할 만한 것이 아무것도 없었기 때문이다. 거위 깃으로 만든 펜이 한 묶음, 관청에서 쓰는 백지 한 권, 양말 세 켤레, 바지에서 떨어져 나온 단추 세 개, 그리고 독자들도 이미 잘 알고 있는 그 '싸개' 뿐이었다. 이런 물건들이 누구의 손에 들어갔는지는 알 수 없다. 또 솔직히 말해 필자 자신도 그런 데에는 흥미가 없다.

아카키 아카키예비치의 시체는 묘지로 실려 나가 매장됐다. 그리고 아카키 아카키예비치가 사라진 후에도 페테르부르크는 여전히 그 모습 그대로였다. 마치 그런 인간은 처음부터 존재하지도 않았던 것 같았다.

이리하여 그 누구의 도움도 받지 못하고 누구에게도 소중히 여겨지지 않았으며, 누구의 흥미도 끌지 못하고 —매우 흔한 파리도 핀으로 꽂아 현미경으로 관찰하는 생물학자의 주의조차 끌지 못하고— 관청에서 온갖 비웃음을 순순히 참아내면서 이렇다 할 업적 하나 이루지 못한 채 그의 존재는 이 세상에서 영영 사라져버린 것이다.

그 역시 비록 생애가 끝나기 직전이기는 했지만 외투라는 기쁜 손님이 환한 모습으로 나타나 초라한 인생에 잠시나마 활기를 불어넣기도 했다. 그리고는 곧바로 이 세상의 힘센 존재들도 예외 없이 피하지 못할 불행이 그에게 닥쳐오고야 만 것이다.

그가 죽은 지 3, 4일 지나자 즉각 출근하라는 국장의 명령을 전하러 관청의 경비가 하숙집을 찾아왔다. 경비는 돌아가서 그가 두 번 다시 출근할 수 없게 되었다는 보고를 했다. "어째서?"라는 질문에 수위는 이렇게 대답했다.

"어째서고 뭐고 그 사람은 죽었습니다. 벌써 사흘 전에 장사를 치렀더군요."

이렇게 해서 관청에서도 아카키 아카키예비치가 죽었다는 사실을 알게 되었다.

이튿날 아카키 아카키예비치의 후임이 그 자리에 앉았다. 키도 훨씬 더 크고, 그다지 반듯하지 않게 비스듬히 기울어진 필체로 글씨를 쓰는 사나이였다.

그런데 아카키 아카키예비치에 관한 이야기는 여기서 끝나는 것이 아니었다. 아무에게서도 인정받지 못한 인생에 대한 보상이라도 받으려는 듯, 그는 죽은 뒤 며칠 동안 요란한 소동을 일으켰던 것이다.

그가 죽은 뒤에 이런 이상한 생존을 계속할 운명이었다는 것은 아무도 상상하지 못했다. 하지만 정말 그런 일이 현실에서 일어나 이 서글픈 이야기는 뜻밖에도 환상적인 결말을 맺게 된다.

페테르부르크에는 갑자기 이상한 소문이 쫙 퍼졌다. 즉 칼리긴 다리와 그 근처 여기저기서 관리 옷차림을 한 유령이 매일 밤 나타난다는 것이었다. 그 유령은 자기가 외투를 도둑맞았다며 관등이나 신분을 가리지 않고 지나가는 사람의 외투를 자기 것이라고 우기면서 빼앗아 간다고 했다.

고양이 가죽이나 담비 가죽, 깃이 달린 외투, 솜을 누빈 외투, 여우나 너구리, 곰 가죽으로 만든 외투 등 사람의 몸을 감싸는 물건이라면 가죽이든 털이든 종류를 가리지 않고 모조리 벗겨간다는 소문이었다.

어느 관리는 그 유령을 자기 눈으로 직접 보았다고 했다. 그는 첫눈에 그 유령이 아카키 아카키예비치라는 것을 알아봤지만 소름이 끼치고 겁이 나서 죽을힘을 다해 도망쳤는데 멀리서 유령이 손가락을 치켜세우고 자기를 위협하더라는 것이다.

여기저기서 외투 강도 사건이 빈발하여 9등관은 말할 것도 없고, 7등관들까지도 어깨와 잔등이 추위에 얼어붙을 지경이라는 호소가 잇달아 접수되었다. 이렇게 되니 경찰에서도 더 이상 문제를 두고 볼 수 없게 되었다. 그래서 살아 있는 것이든 또는 유령이든 무슨 일이 있어도 반드시 체포하여 극형에 처하도록 하라는 명령이 떨어졌다.

사실 이 명령은 거의 성공할 뻔했다. 어느 경찰이 키루쉬킨 골목에서 그 유령의 범행 현장을 덮친 것이다. 마침 그 유령은 한때 플루트를 연주하던 전직 악사의 외투를 빼앗는 중이었다.

경찰은 그 유령의 멱살을 틀어쥐고 자기 동료 두 사람을 소리쳐 불러 유령을 붙잡고 있으라고 했다. 그러고 나서 자기는 장화 속에서 자작나무 껍질로 만든 코담배 상자를 꺼내어 그동안 무려 여섯 번이나 동상에 걸렸던 코를 잠시나마 담배 연기로 따뜻하게 하려고 했던 것이다.

그런데 그 담배 냄새가 너무 지독해서 유령조차 견딜 수 없었던 모양이다. 경관이 오른쪽 콧구멍을 손가락으로 누르고 왼쪽 콧구멍으로 담배를 들이마시는 순간 유령이 너무 세게 재채기를 하는 바람에 유령을 잡고 있던 경관 세 사람의 눈에 담뱃가루가 들어가고 말았다. 그들이 눈을 비비는 사이에 유령은 자취도 없이 사라져버렸다. 경관들은 그래서 자기들이 정말 유령을 잡았었는지조차 의심스러워졌다.

그때부터 경관들은 유령을 두려워하게 되어 살아 있는 사람조차 붙잡기가 무서워 그저 멀리서 고함만 질러댈 뿐이었다.

"이봐, 뭘 꾸물거리는 거야? 빨리 갈 길이나 가라고!"

덕분에 그 관리 옷차림을 한 유령은 칼리긴 다리 너머에까지 쏘다니게 되었다. 이제 어지간히 대담한 사람이 아니고는 그 근처를 함부로 다니기를 꺼렸다.

우리는 앞서 얘기했던 그 고관에 대해서는 그동안 까맣게 잊고 있었던 것 같다. 솔직히 말하자면 그 고관이야말로 이 거짓 없는 실화가 환상적인 분위기를 띠게 만든 장본인이라고 할 수 있다. 공정을 기하기 위해 이 고관이 느낀 심정을 먼저 얘기해야 할 것 같다.

이 고관은 가엾은 아카키 아카키예비치가 자기에게 혼이 나고 물러간 다음 연민 비슷한 심정을 느낀 것이 사실이었다. 그 역시 원래부터 동정심이 없는 인간은 아니었다. 그의 마음은 선량한 감정을 충분히 받아들일 수 있을 만큼 너그러웠다. 다만 자신의 직위 때문에 그런 것을 겉으로 나타내지 못할 따름이었다.

그때 찾아왔던 친구가 사무실을 나가자마자 그는 곧 불쌍한 아카키 아카키예비치에 대해 생각이 미쳤다. 그리고 그 후 거의 날마다, 그리 대단치 않은 꾸중조차 견뎌내지 못하던 아카키 아카키예비치의 창백한 얼굴이 눈앞에 어른거렸다. 그 불쌍한 관리를 생각하기만 해도 마음이 괴롭고 불안했다.

그래서 일주일 후 그는 부하 직원을 보내서 그가 어떤 사람이며 그 후 어떻게 지내고 있는지, 그리고 실제적으로 도울 방법이 어떤 것인지 등을 알아보게 했다. 그러나 아카키 아카키예비치가 갑자기 열병으로 죽고 말았다는 보고를 받고 그는 무척 충격을 받았다. 그는 그날 하루 종일 양심의 가책에 시달려야 했다.

어느 날 밤, 그는 울적한 마음을 조금이라도 풀고, 여러 가지 불쾌한 생각들을 잊어버리려고 친구가 연 파티에 참석했다. 거기에는 점잖은 사람들이 모여 있었다. 특히 다행인 것은 모인 사람들 대부분이 자기와 같은 관등에 있는 사람들이어서 마음에 거리낄 것이 없었다는 점이다. 이것이 그의 정신 상태에 놀랄 만한 효과를 나타냈다.

그는 완전히 마음이 풀려 친구들과도 유쾌한 기분으로 대화를 할 수 있었다. 그는 그날 밤을 무척 즐겁게 보낸 것이다. 밤참이 나왔을 때는 샴페인도 두 잔이나 마셨다. 알다시피 술은 마음을 흥겹게 하는 데 상당한 효과가 있다.

샴페인을 마시고 나니 그는 좀 더 과감한 행동을 하고 싶은 생각이 들었다. 다름이 아니라, 곧장 집으로 돌아가지 않고 전부터 가까이 지내던 카롤리나 이바노브나라는 여자에게 들르기로 한 것이다. 독일 출신으로 보이는 이 여성에 대해 그는 매우 친근한 감정을 갖고 있었다.

여기서 말해둘 것은, 이 고관이 이미 젊다고는 할 수 없는 나이였다는 점이다. 가정에서도 충실한 남편인 동시에 훌륭한 아버지의 역할을 잘 해내고 있었다. 두 아들 가운데 하나는 벌써 관청에 근무하고 있었고 좀 들창코이긴 하지만 그래도 꽤 귀여워 보이는 예쁘장한 딸 역시 올해 열여섯 살이었다.

이 자녀들은 날마다 그에게 아빠, 안녕! 하며 프랑스 말로 인사를 했다. 그리고 아직도 생기가 넘치는, 그다지 밉상이 아닌 그의 아내는 남편더러 자기 손에 키스를 하도록 시킨 다음, 그 손을 그대로 뒤집어 자기도 남편의 손에 키스를 했다.

이 고관은 이렇게 행복한 가정을 갖고 있었고, 또 자신도 그 생활에 지극히 만족하고 있으면서도 다른 한편으로는 시내의 다른 지역에 여자 친구를 두고 사귀는 것을 무척 당연하게 생각하고 있었다. 이것이야말로 그저 교제에 불과하다는 것이었다.

여자 친구라고 해도 그의 아내보다 별로 젊거나 아름답지도 않았다. 하지만 이런 일이야 세상에 워낙 매우 흔한 것 아닌가. 그러니 우리가 굳이 이러니저러니 따지고 들 일은 아닌 셈이다.

그는 친구네 집 계단을 내려와 마차에 올라타고는 마부에게 말했다.

"카롤리나 이바노브나 집으로 가게!"

그는 마차 안에서 따뜻한 외투로 몸을 감싸고, 러시아 사람 특유의 즐거운 기분에 빠져들었다. 곧 일부러 무얼 생각하지 않아도 머릿속에 끊임없이 달콤한 상념이 떠올라 기분 좋고 편안한 그런 상태 말이다. 그는 더없이 기분이 흡족했고, 방금 떠나온 파티에서의 즐겁고 재미있었던 일들이 머릿속에 계속 떠올랐다.

그는 자기가 익살을 부려 친구들이 배를 잡고 웃게 만들었던 일을 생각해내고는 그 익살을 혼자 입속으로 되풀이해 보았다. 다시 생각해도 역시 그 익살은 재치 있고 사람을 웃길 수밖에 없었어. 그는 자기 자신도 친구들과 함께 큰 소리로 웃어댄 것은 아주 당연한 일이라고 생각했다.

그러나 이따금 들어오는 찬바람이 그의 달콤한 기분을 방해했다. 바람은 어디서 불어오는지도 알 수 없게 불어닥쳐 차디찬 눈가루를 얼굴에 흩뿌렸다. 그리고 외투 깃을 마치 돛처럼 펄럭이게 만들고 그의 얼굴을 사정없이 후려치는 것이었다.

문득 고관은 누군가 뒤에서 자기의 외투 깃을 무서운 힘으로 움켜잡는 것을 느끼고는 뒤를 돌아보았다. 거기에는 다 떨어진 낡은 제복을 입은 작달막한 사나이가 있었다. 고관은 그가 바로 아카키 아카키예비치라는 것을 알아차리고 가슴이 덜컥 내려앉았다. 그의 얼굴은 눈처럼 창백해서 당장 겉으로 보기에도 죽은 사람, 곧 유령이라는 것을 알 수 있었다.

유령은 입을 일그러뜨리고 송장 냄새를 내뿜으며 말했다.

"음, 이제야 네놈을 만났구나! 드디어 네놈을 잡았어! 난 외투가 필요하다! 나를 도와주기는커녕 나에게 호통을 쳤었지! 자, 이젠 네놈이 외투를 내놓을 차례야!"

고관은 완전히 공포에 사로잡혀 거의 숨이 멎을 것 같았다. 그는 평소 부하들 앞에서는 언제나 늠름하고 위엄이 있는 모습을 보이려고 애를 썼다. 또 그의 그런 모습을 본 사람들은 누구나 "참 위풍당당한 사람이로군!" 하고 감탄하곤 했다. 하지만 지금 이 상황에서는 — 호걸다운 풍모를 지닌 사람들이 대부분 그런 경향이 있지만 — 극도의 공포에 사로잡혀 당장 발작이라도 일으키지 않을까 싶을 정도였다.

그는 허겁지겁 자기 손으로 외투를 벗어 던지고 겁에 질린 목소리로 마부에게 외쳤다.

"지금 당장 집으로 가자! 빨리!"

마부는 이 소리를 듣고 채찍을 사정없이 휘둘러 쏜살같이 말을 몰았다. 그리고 만일의 경우에 대비해 두 어깨 사이에 목을 잔뜩 웅크린 자세를 취했다. 왜냐하면 주인의 이런 목소리는 뭔가 어떤 긴급한 순간에 나왔으며 대개의 경우 목소리보다 훨씬 격렬한 어떤 행동이 뒤따르는 경우가 태반이었기 때문이다.

기껏 6분 정도 지났을까, 고관은 벌써 자기 집 현관 앞에 도착했다. 외투를 잃고 겁에 질려 얼굴이 창백해진 그는 카롤리나 이바노브나를 찾아가는 대신 자기 집으로 곧장 달려왔던 것이다. 그는 이루 말할 수 없는 불안에 떨며 그날 밤을 꼬박 새웠다.

그래서 이튿날 아침 차를 마실 때 딸로부터 이런 말을 들었다.

"아빠, 오늘은 안색이 좋지 않아요."

그러나 그는 아무 대답도 하지 않았다.

그는 어제저녁에 어디를 갔었는지, 어디를 가려고 했는지, 그리고 자기한테 무슨 일이 일어났는지에 대해서 단 한마디도 입 밖에 꺼내지 않았다. 이 사건은 그에게 엄청난 충격을 주었다.

그는 이제 부하 관리들에게 "자네가 감히 그렇게 할 수 있단 말인가? 지금 자네 앞에 있는 사람이 누군지나 아나?" 하는 말을 전보다 훨씬 덜 사용하게 되었다. 설사 그런 말을 하는 경우라 해도 우선 상대방의 사정부터 들어보고 나서 하게 되었다.

그러나 더욱 중요한 사실은, 그날 밤 이후로 그 관리 옷차림을 한 유령이 두 번 다시 나타나지 않게 되었다는 점이다. 아마 그 고관의 외투가 유령에게 딱 맞았던 모양이다. 하여튼 이제 어디서 누군가가 외투를 빼앗겼다는 소문은 더 이상 들려오지 않았다.

그러나 소심하고 성격이 지나치게 꼼꼼한 친구들은 아무래도 안심이 되지 않았는지, 아직도 변두리에서는 그 유령이 등장한다고 수군대고 있었다.

사실 콜로멘스코에의 어떤 경관은 어느 집 모퉁이에서 그 유령이 나타난 것을 직접 눈으로 본 일도 있다고 했다. 하지만 이 경관은 원래가 형편없는 약골이었다.

언젠가 한 번은 돼지 새끼 한 마리가 민가에서 달려 나오며 그의 다리를 들이받는 바람에 그 자리에 벌렁 나자빠져 근처에 있던 영업 마차 마부들이 배를 움켜쥐고 웃어댄 일도 있었다. 그때 그는 마부들이 자기를 모욕했다며 한 사람에 1코페이카씩 강제로 거둬들이기까지 했다.

이렇게 약골이라 유령을 보고도 차마 불러 세울 용기가 없어 그대로 어둠 속을 뒤따라갔다. 그러나 유령은 얼마쯤 걷다가 우뚝 멈춰 서더니 뒤를 돌아보고는,

"넌 도대체 뭐야?"

하고 물었다. 그러면서 사람의 것이라고는 도저히 믿기 어려울 만큼 커다란 주먹을 경관에게 불쑥 내밀었다. 그 바람에 경관은,

"아니, 아무것도 아닙니다!"

하고 대답하고는 얼른 되돌아왔다. 그러나 그 유령은 키도 훨씬 더 크고 콧수염까지 큼직하게 기르고 있었다. 그 유령은 오브호프 다리 쪽으로 걸어가는 것 같더니 이윽고 밤의 어둠 속으로 완전히 사라져버렸다.

바보 이반

- 레프 톨스토이 -

작가 소개

레프 톨스토이(Lev Nikolaevich Tolstoy 1828~1910) 러시아 소설가

톨스토이는 1828년 남러시아 야스나야 폴랴나에서 명문 백작가의 넷째 아들로 태어났으나 어려서 부모를 잃고 친척집에서 자랐다. 16세 때 카잔대학에 입학하였지만 1847년 대학교육에 회의를 느껴 학교를 중퇴한다. 그 후 새로운 농업 경영과 농노 계몽을 위해 고향으로 돌아와 영지 내 농민생활의 개선을 위해 노력하였으나 실패로 끝났다. 3년간 방탕한 생활을 하다 군인인 형을 따라 카프카스로 가서 군에 입대를 한다. 《유년 시대》《습격》《삼림벌채》《세바스토폴 이야기》 등은 군 복무 중에 씌어졌는데 사실주의 수법의 여러 작품들이 문단의 주목을 받는다. 1855년 군에서 제대할 무렵에는 청년작가로서의 지위를 확고히 굳힌다. 1861년 2월의 농노해방령 포고에 강한 불신을 품고 농지조정원이 되어 농민들의 권익을 옹호하며 자연에 바탕을 둔 농민교육에 힘을 쏟는다. 1862년 결혼한 후 작품 집필에 전념하여 《코사크》《전쟁과 평화》《안나 카레니나》 등 대작을 발표하여 작가로서의 명성을 누린다. 이때부터 삶에 대한 회의에 시달리며 정신적 위기를 겪는다. 원시 기독교 사상에 몰두하여 사유재산 제도와 러시아 정교를 비판하며, 술 담배를 끊고 손수 밭일을 하면서 빈민 구제 활동을 한다. 1899년 발표한 《부활》에 러시아 정교를 모독하는 표현이 들어 있다는 이유로 종무원에서 파문을 당한다. 사유재산과 저작권 포기 문제로 시작된 아내와의 불화로 고민하던 중 주치의 마코비츠키와 함께 가출한다. 1910년 11월 20일 랴잔 야스타포보 역장의 관사에서 폐렴으로 생을 마감한다.

주요 작품으로는 《유년 시대》《소년 시대》《청년 시대》《세바스토폴 이야기》《카자흐 사람들》《전쟁과 평화》《안나 카레니나》《참회록》《이반 일리치의 죽음》《어둠의 힘》《크로이체르 소나타》《신의 나라는 당신 안에 있다》《예술이란 무엇인가》《부활》 등이 있다.

이 작품은 자기의 주어진 현실을 만족하며 열심히 농사를 짓고 살면 성공과 행복한 삶을 살 수 있다는 교훈을 일러준다. 또한 서로 이해하고 용서하며 한없이 베풀라는 의미를 강조하고 있다.

또한 생활의 현대적인 조건들, 경제력, 권력, 힘 등을 비웃으며 특권층을 비판하였으며 공정한 사회체계에 대한 이상향이 수립되어야 한다는 작가의 확신이 깃들어 있다. 톨스토이의 인생관, 사회관, 종교관, 도덕관 등 그의 모든 사상이 명확히 드러난 작품이다.

작품 줄거리

어느 마을에 부자 농부가 세 아들과 딸 하나랑 살고 있었다. 첫째 세몬은 군인이 되서 늘 집에 없었고 둘째 타라스는 배가 뚱뚱했으며, 이반은 바보였고 말라냐는 태어날 때부터 말을 하지 못했다. 큰 아들과 둘째 아들은 돈만 밝히는 사람들이지만 이반 덕분에 평화롭게 지낼 수 있었다. 잘 사는 모습을 시기하던 악마들이 이반과 형제들을 각각 한 명 씩 맡아 요술로 불행에 빠트린다. 그러나 이반을 맡은 악마는 이반에게 들켜 사람의 병을 고치는 약초를 주고 풀려난다. 두 형제를 불행하게 만든 악마들이 이반을 함께 공격하지만 둘 다 이반에게 지자 돈과 군사를 만드는 요술을 가르쳐 주고 풀려난다. 그 요술을 형들에게 가르쳐 주고 이반은 공주님의 병을 고쳐 주고 결혼을 해 왕이 된다. 이 사실을 안 대장 악마가 이반의 형들을 망하게 하고 이반의 백성들을 못살게 한다. 그러나 이반의 성실함과 부지런함을 닮은 이반의 백성들에게는 악마의 모든 계획이 실패한다.

핵심 정리

· 갈래 : 단편 소설
· 시점 : 3인칭 전지적 작가 시점
· 배경 : 옛날 어느 나라의 부자 농가
· 주제 : 거짓 없는 진실과 주어진 삶에 만족

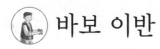 바보 이반

자신의 길을 걷는 사람은 영웅이다.
자기가 할 수 있는 일을 하면서
사는 사람은 누구나 영웅이다.
비록 어리석고 재빠르지 못하다 해도,
입으로만 살고 헌신할 생각조차 못 해도,
다른 사람들보다 무엇인가 부족해도,
자신의 길을 걷는 사람은 영웅이다.

1

옛날 어느 나라에 부자 농부가 아들 셋, 딸 하나와 함께 살고 있었다. 큰아들 세몬은 군인이었고, 배불뚝이 타라스는 둘째, 바보 이반은 셋째 아들이었으며, 막내딸 말라냐는 벙어리였다. 큰아들 세몬은 왕을 모시고 전쟁터에 나갔고, 배불뚝이 타라스는 성안의 상인에게 장사하는 방법을 배우러 갔다. 그리고 바보 이반은 누이동생과 함께 집에서 열심히 일했다.

세몬은 높은 벼슬과 많은 땅을 얻고 귀족의 딸과 결혼했다. 월급도 많고 땅도 많았지만 언제나 돈에 쪼들렸다. 왜냐하면 남편은 열심히 돈을 벌었지만 사치가 심한 아내는 돈이 들어오기가 무섭게 다 써 버렸기 때문이다. 그래서 세몬은 도지세를 받으러 소작인들을 찾아갔다. 그러나 관리인은 이렇게 말했다.

"도지세가 들어오지 않습니다. 그래서 가축도 농기구도 살 수 없습니다. 말이나 소도 없는 처지입니다. 그런 것이 있어야 농사도 짓고 그래야 돈이 들어오는데 말입니다."

그 말을 듣고 세몬은 아버지를 찾아갔다.

"아버지, 아버지께서는 재산이 많으면서도 저에게는 주시지 않았습니다. 가축과 농기구를 살 수 있도록 저에게 아버지 소유로 된 토지를 3분의 1만

주십시오."

그러자 아버지가 말했다.

"너는 살아오면서 지금까지 우리를 위해 무엇을 했느냐? 그런데도 땅을 3분의 1이나 달란 말이냐? 그러면 저 가련한 이반과 네 누이동생이 좋아하지 않을 것이다."

그러자 세몬이 말했다.

"이반은 바보가 아닙니까? 또 말라냐는 귀머거리에다 벙어리입니다. 그런 애들에게 무엇이 필요하겠어요?"

이 말을 듣고 아버지가 말했다.

"그러면 이반의 얘기를 한번 들어 보자. 뭐라고 말하는지."

하지만 이반은 뜻밖의 말을 했다.

"그런 부탁이라면 들어주세요, 아버지."

세몬은 3분의 1의 땅을 얻어 다시 왕에게 충성하기 위해 떠났다.

한편 배불뚝이 타라스도 장사를 해서 돈을 많이 모아 상인의 딸과 결혼했다. 그러나 타라스 역시 불만이 많았다. 그래서 아버지에게 찾아와 이렇게 말했다.

"저에게도 땅을 주십시오."

그러나 아버지는 타라스에게도 땅을 주고 싶지 않았다.

"너는 가족을 위해 아무것도 한 일이 없다. 집에 있는 것은 모두 이반이 벌어들인 것이다. 나는 그 애하고 네 누이동생을 서운하게 하고 싶지 않다."

그러자 타라스가 말했다.

"저런 바보 녀석에게 무엇이 필요합니까? 이반은 장가도 갈 수 없을 겁니다. 누가 바보에게 시집을 오겠습니까? 또 벙어리인 말라냐도 마찬가지죠. 말라냐에게 필요한 것은 아무것도 없습니다. 이반, 네 생각도 그렇지 않니? 집에 있는 곡식의 절반만 나에게 다오. 그리고 나는 농기구 같은 것은 필요 없다. 가축 중에서 회색 말이나 한 마리 가지면 돼. 저 말은 농사 짓는 데 필요한 것도 아니니까."

이반은 형의 말을 듣고는 조용히 웃으며 승낙했다.

"좋을 대로 하세요. 나야 또 잡아 오면 되니까요."

이렇게 해서 타라스도 제 몫을 가져갔다. 타라스는 곡식과 말을 시장으로 실어 갔다. 그러나 이반은 이전과 다름없이 늙고 뼈가 앙상하게 드러난 암말 한 마리로 농사를 지으면서 가족을 봉양했다.

2

도깨비 두목은 이들 형제가 재산을 나누어 갖는데도 싸움 한 번 하지 않고 사이좋게 헤어진 것을 보고 기분이 매우 상했다. 그래서 부하 도깨비 셋을 불렀다.

"자, 봐라. 저 인간 세상에 세 형제가 살고 있지 않느냐? 세몬이란 군인과 배불뚝이 타라스, 그리고 바보 이반 말이다. 저 녀석들이 서로 싸워야 하는데 오히려 사이좋게 지낸단 말이야. 특히 저 바보 이반이란 놈은 어찌나 마음이 착한지 내 일을 엉망진창으로 만들지 뭐냐? 이제부터 너희 셋은 저 세 녀석에게 달라붙어 무슨 방법을 써서라도 서로 헐뜯고 싸움을 하도록 만들어라. 어떠냐, 자신 있느냐?"

"네, 자신 있습니다!"

"그래, 어떻게 할 셈이냐?"

"네, 제 생각에는 이런 방법이 좋을 것 같습니다. 저 녀석들을 아무것도 먹을 것이 없는 가난뱅이가 되게 한 후 세 녀석을 한군데 모여 살게 하는 것입니다. 그러면 녀석들은 분명히 싸움을 하게 될 것입니다."

"그거 좋은 생각이다. 그러면 즉시 떠나거라. 그리고 녀석들의 사이를 갈라놓기 전에는 절대로 돌아올 생각도 하지 마라. 만일 실패하면 네놈들의 가죽을 벗길 것이다."

세 도깨비는 숲속으로 들어가 어떻게 할 것인지를 의논하기 시작했다. 하지만 서로 쉬운 일을 맡겠다고 싸우는 바람에 시간이 오래 걸렸다. 그러다가 겨우 제비뽑기를 해서 누가 누구를 맡을 것인지 결정했다. 그리고 자기 일이 일찍 끝나면 다른 동료를 도와주기로 했다.

도깨비들은 제비뽑기를 하고 나서 언제 다시 이곳에서 만날 것인지를 정하고 일을 끝마치면 누구를 도우러 가야 하는지 의논했다. 그렇게 도깨비 셋은 저마다 자기가 맡은 일을 다 할 것을 다짐하고 헤어졌다.

마침내 약속한 날이 되자 세 도깨비는 다시 숲에 모였다. 그리고 자기가 맡은 일을 어떻게 처리했는지 얘기하기 시작했다. 먼저 세몬에게 갔다 온 첫째 도깨비가 말했다.

"내가 맡은 일은 아주 잘됐어. 세몬이란 녀석은 내일 자기 아버지를 찾아갈 거야."

"왜?"

두 도깨비가 물었다.

"먼저 세몬에게 쓸데없는 용기를 잔뜩 불어넣어 주었지. 그랬더니 녀석은 자기 왕에게 전 세계를 정복하겠다고 큰소리쳤지. 그러자 왕은 세몬을 대장으로 임명하고 인도를 정복하라고 명령했어. 그의 군사들이 모두 정복하러 가겠다고 모였어. 그런데 바로 그날 밤 내가 세몬이 이끄는 군대의 화약을 전부 물에 적셔 놓고 인도 왕에게로 달려가 짚으로 허수아비 군사를 많이 만들어 놓게 했지. 세몬의 군사들은 사방에서 밀려드는 인도의 허수아비 군사들을 보고는 잔뜩 겁을 먹고 얼어 버렸지. 세몬이 '사격!' 하고 공격 명령을 내렸지만 대포나 총이 나가지 않았거든. 세몬의 군사들은 완전히 사기가 떨어져 도망쳐 버렸어. 마치 양 떼처럼 말이지. 그때 기회를 놓칠세라 인도 왕이 그들을 모조리 무찔렀지. 그렇게 세몬이 패해서 돌아오자 왕은 세몬의 땅을 몰수하고 사형을 집행하라고 명령했어. 내가 할 일은 이제 한 가지만 남았지. 세몬을 탈옥시켜 집으로 도망치게 하는 일뿐이야. 내가 맡은 일은 내일 끝나니까 너희 중에서 누가 내 도움이 필요한지 말해 봐."

타라스를 공략하러 갔다 돌아온 도깨비도 자기가 한 일에 대해 말했다.

"나는 도움 같은 거 필요 없어. 내 일도 아주 잘되어 가고 있으니까. 타라스란 녀석도 이제 일주일 이상은 버티지 못할 거야."

도깨비는 말을 이었다.

"나는 먼저 그놈을 욕심쟁이가 되게 했지. 그랬더니 녀석은 남의 재산까지 탐내고 닥치는 대로 물건을 사들였어. 그것도 모자라 지금은 빚까지 내서 사들이는 형편이지. 그런데 너무 사들였기 때문에 어떻게 처리해야 할지를 몰라 쩔쩔매고 있어. 일주일 후에는 그동안 사들인 물건의 외상값과 빌린 돈을 지급해야 할 텐데, 나는 그 녀석의 물건들을 전부 불에 태워 버릴 작정이야. 그러면 그 녀석은 분명 빚을 못 갚고 자기 아버지에게로 달려갈 거야."

이제 마지막으로 이반에게 갔다 온 셋째 도깨비 차례가 되었다.

"네가 맡은 일은 어떻게 됐지?"

셋째 도깨비는 불만스러운 표정으로 말을 꺼냈다.

"사실 내 일은 잘 풀리지 않았어. 나는 먼저 그 녀석을 배탈이 나게 할 생각으로 놈의 밥그릇에 침을 뱉었지. 그러고는 밭으로 가서 땅을 돌처럼 딱딱하게 만들었어. 그렇게 하면 녀석도 밭을 갈지 못하리라 생각했지. 그런데 아, 그 바보 같은 녀석은 그 정도엔 신경도 쓰지 않고 묵묵히 쟁기질을 하는 거야. 배탈이 나 끙끙 앓으면서도 말이야.

그래서 나는 그 녀석의 쟁기를 부숴 놓았지. 그랬더니 집에 가서 새 쟁기를 가져와 갈아 끼우고는 다시 갈기 시작하는 거야. 그래서 나는 땅속으로 들어가 쟁기를 움직이지 못하게 붙들어 보려고 안간힘을 썼지만 불가능했어. 그 녀석이 있는 힘껏 누르는 데다 쟁기가 예리해서 내 손만 상처를 입었어.

결국 녀석은 밭을 거의 다 갈고 이제 얼마 남지 않았지 뭐야. 그러니 친구들! 나를 좀 도와줘. 만일 우리가 그 녀석을 막지 못하면 우리가 꾸민 일은 전부 헛수고가 되고 말 거야. 그 바보 녀석이 농사를 계속 짓는 한 그 녀석들은 어려움을 당하지 않을 거야. 결국 그 바보가 두 형을 도와줄 테니까 말이야."

그러자 세몬을 맡고 있는 도깨비가 다음 날 도우러 가겠다고 약속했다. 도깨비들은 그렇게 결정하고 일단 헤어졌다.

3

이반이 밭을 거의 갈아서 남아 있는 밭은 별로 없었다. 그는 남은 밭을 마저 다 갈아 버리려고 말을 타고 밭에 도착했다. 말고삐를 잡아당겨 쟁기로 밭을 갈기 시작할 때였다. 그런데 무슨 일인지 쟁기가 앞으로 나가지 않았다. 도깨비가 두 발로 쟁기 끝에 매달려 쟁기를 움직이지 못하게 잡아당기고 있었기 때문이었다.

"이상하네. 이곳에 걸릴 만한 게 없는데. 아마 나무뿌리겠지?"

이반은 땅속에 손을 넣어 보았다. 그러자 무엇인가 부드러운 것이 손에 닿았다. 이반은 그것을 움켜쥐고 끌어냈다. 그것은 나무뿌리 같은 검은 형체였는데 자세히 살펴보니 살아 있는 도깨비였다.

"아니, 이 빌어먹을 놈!"

이반은 도깨비를 집어 들어 땅에다 내리치려고 했다. 그러자 도깨비가 발버둥을 치면서 말했다.

"제발 살려 주세요. 그 대신 뭐든 시키는 대로 하겠습니다."

"뭘 해 주겠다는 거냐?"

"뭐든 말씀만 하십시오."

이반은 잠시 머리를 긁적이며 생각에 잠겼다.

"지금 배가 몹시 아픈데 낫게 할 수 있겠느냐?"

"그럼요, 낫게 해 드리지요."

도깨비는 땅 위에 몸을 웅크리고 손으로 이리저리 뒤져 가며 무엇인가를 찾더니 가지가 셋인 조그만 풀뿌리를 뽑아 이반에게 주었다.

"여기 있습니다. 이 뿌리 하나만 드시면 어떠한 병이라도 다 나을 수 있습니다."

이반은 뿌리 하나를 먹었다. 그러자 신통하게도 배 아픈 게 금방 나았다. 도깨비는 다시 애원했다.

"이제는 제발 놓아주십시오. 땅속으로 들어가 다시는 나오지 않겠습니다."

"그럼, 잘 가거라!"

이반의 말이 떨어지기도 전에 도깨비는 물속에 던진 돌멩이처럼 어느새 땅속으로 사라졌다. 그리고 그 자리엔 구멍 하나만 남아 있었다. 이반은 남은 풀뿌리를 모자 속에 집어넣고 나머지 땅을 갈기 시작했다. 이어 나머지 이랑을 갈고 쟁기를 챙겨 집으로 돌아왔다.

말을 매 놓고 집 안으로 들어가니 세몬이 그의 아내와 저녁 식사를 하고 있었다. 논과 밭을 빼앗긴 두 사람은 간신히 감옥에서 도망쳐 나와 아버지 신세를 지려고 달려온 것이다. 세몬은 이반이 들어오는 것을 보고 이렇게 말했다.

"너에게 신세를 좀 져야겠다. 새로운 일자리가 생길 때까지만 나와 집사람이 여기 있게 해 다오."

"네, 그렇게 하세요. 아무 걱정 마시고 내 집이다 생각하세요."

이반은 기분 좋게 대답했다.

그러나 이반이 자리에 막 앉자 세몬의 아내는 이반에게서 땀 냄새가 난다며 인상을 찌푸렸다. 그녀가 남편에게 말했다.

"저는 고약한 냄새가 나는 농부와 함께 식사를 하는 게 싫어요."

그러자 세몬이 말했다.

"집사람이 너에게서 나는 냄새가 싫다고 하니 미안하지만 문간에서 먹었으면 좋겠다."

"그렇게 하세요. 안 그래도 곧바로 밤일을 하러 나가려고 했어요. 말에게 먹이도 줘야 하고……."

이반은 빵과 옷을 들고 밤일을 하기 위해 밖으로 나왔다.

4

세몬을 맡았던 도깨비는 그날 밤 일을 마치고 약속을 지키기 위해 이반을 맡은 도깨비를 찾아왔다. 하지만 밤늦도록 한참을 찾아다녀도 셋째 도깨비의 모습이 보이지 않았다. 그저 밭 가운데 구멍이 하나 뚫려 있을 뿐이었다.

"셋째에게 무슨 나쁜 일이 생긴 게 틀림없어. 그렇다면 내가 대신 할 수밖에. 밭을 다 갈았으니 이번에는 풀밭으로 가서 그 바보를 고생시켜야지."

도깨비는 목장으로 달려가 이반의 목초지에 큰물이 들게 했다. 그래서 땅은 온통 흙탕물투성이가 되었다. 그것도 모르고 이반은 밤새도록 가축을 지킨 후 새벽녘에 큰 낫을 들고 풀을 베러 나갔다.

이반은 초지에 도착하자마자 풀을 베기 시작했다. 그런데 여느 때와는 달리 한두 번만 낫질을 해도 날이 무뎌져 일을 할 수가 없었다. 이반은 여러 방법을 써 보았지만 허사였다.

"안 되겠어. 집에 가서 숫돌을 가져와야지. 간 김에 빵도 가져와야지. 일주일이 걸리더라도 이 풀을 다 베기 전에는 여기를 떠나지 않을 거야."

도깨비는 그 말을 듣고 곰곰이 생각했다.

"제기랄, 이 녀석은 정말 멍청하군! 이래선 안 되겠는걸. 다른 수를 써야겠다."

이반은 다시 돌아와 낫을 갈고 풀을 베기 시작했다. 그 사이 도깨비는 풀 속으로 숨어들어 낫 등에 달라붙은 뒤 날 끝을 땅속에 처박기 시작했다. 결국 이반은 힘이 들어 기진맥진해졌다. 그래도 거의 다 베고 이제 물이 고인 늪지만 남았다. 도깨비는 늪 속으로 숨어들어 가 이렇게 생각했다.

'내 손이 잘리더라도 절대로 베지 못하게 할 거야.'

이반은 늪지대로 갔다. 풀이 그렇게 억세 보이지는 않는데 어쩐 일인지 낫이 말을 듣지 않았다. 이반은 화가 나서 있는 힘을 다해 낫질을 해댔다. 그러자 도깨비는 도저히 배겨날 수가 없었다. 이젠 낫을 피하기조차 힘들었다. 정말 이러다간 끝장날 것 같았다. 그래서 도깨비는 풀 속으로 숨었지만 이반이 낫을 힘껏 휘두르는 바람에 도깨비의 꼬리가 절반이나 잘렸다.

풀을 다 벤 이반은 누이동생에게 그것을 긁어모으라고 말하고 이번에는 보리를 베러 갔다.

그가 갈고랑이 낫을 가지고 보리밭에 도착했을 때는 꼬리를 잘린 도깨비가 이미 보리를 마구 짓밟아 놓은 뒤였다. 갈고랑이 낫으로는 도저히 벨 수가 없을 것 같았다. 그래서 이반은 집으로 돌아가 다른 낫을 가지고 와 베기 시작하여 결국 모두 베었다.

"자, 이번에는 귀리를 베러 가야지."

꼬리를 잘린 도깨비는 그 말을 듣고 생각했다.

'이번에야말로 진짜 골탕을 먹여야지. 어디 내일 아침에 두고 보자!'

다음 날 아침 도깨비는 귀리밭으로 달려가 보았다. 그런데 이게 웬일인가! 귀리는 벌써 다 베어져 있었다. 귀리 낟알이 떨어지는 것을 피하기 위해 이반이 밤새 다 베어 놓은 것이다. 도깨비는 약이 바짝 올랐다.

"저 바보 녀석이 내 꼬리를 자르더니 또 나를 괴롭히는군. 전쟁에서도 이처럼 힘든 적은 없었는데 저 바보 녀석은 밤에도 잠을 자지 않으니 별도리가 없군. 그렇다면 보리 더미에 숨어 들어가 모두 썩혀 버려야지."

도깨비는 보릿단 속에 숨어 들어가 썩히기 시작했다. 그런데 보릿단을 썩히기 위해 따뜻하게 하는 사이 자기도 모르게 잠이 들어 버렸다.

한편 이반은 암말에 수레를 채우고 누이동생과 같이 보릿단을 나르러 왔다. 그리고 보릿단을 짐수레에 싣기 시작했다. 이반은 두어 단가량 던져 올리고 꾹꾹 눌렀다. 그러자 도깨비의 등이 눌려 버렸다. 감촉이 이상하다고 생각한 이반이 단을 치켜들어 보니 꼬리가 잘린 도깨비가 손끝에 매달려 바둥거리고 있었다.

"아니, 이것 봐라. 이런 못된 것이 있나. 다시는 안 나온다더니 또 나왔구나?"

"저는 아닙니다. 지난번에는 제 친구였어요. 저는 당신의 형인 세몬에게 붙어 있던 도깨비입니다."

"그래, 네가 어떤 놈이건 상관없다. 똑같은 꼴로 만들어 주겠다."

이반이 도깨비를 땅바닥에 내리치려고 하는데 도깨비가 애원하며 말했다.

"제발 용서해 주십시오. 다시는 나타나지 않겠습니다. 놓아주신다면 당신이 바라는 것은 무엇이든 해 드리겠습니다."

"그렇게 하지. 그런데 너는 무엇을 할 수 있느냐?"

"원하신다면 어떤 것으로도 군사를 만들 수 있습니다."

"그까짓 게 내게 무슨 소용이 있겠나?"

"아니지요. 군인은 당신이 하라는 대로 무엇이든 해드릴 것입니다."

"노래도 부를 수 있단 말이냐?"

"물론이지요."

"좋아, 어디 한번 해 보아라."

그러자 도깨비가 이렇게 말했다.

"이 보릿단을 한 단 들어 땅 위에 세워 놓고 흔들면서 이렇게 말하기만 하면 됩니다. 명령이다. 너희는 지금부터 보리가 아니다. 보릿단 수만큼 군인이 되어라."

이반은 도깨비가 시키는 대로 보릿단을 땅바닥에 세워 놓고 흔들면서 명령을 내렸다. 그러자 보릿단이 점점 흩어져 나팔을 불고 북을 치는 군사가 되었다. 이반은 너무나 신기하고 재미있어 큰 소리로 웃었다.

"네 녀석은 보통 재주꾼이 아니구나! 여자애들이 이 광경을 보면 좋아하겠는걸."

"그럼 이제 저를 놓아주세요."

"아니야, 낟알도 털지 않은 보릿단으로 군인을 만들면 곡식이 줄어드니 이 군인들을 다시 보릿단으로 되돌려 놓는 방법을 알려 줘야지."

그러자 도깨비가 말했다.

"그건 이렇게 하면 됩니다. 군인의 수만큼 보릿단이 되어라. 명령이다."

이반이 그대로 말하니까 다시 보릿단이 되었다. 도깨비는 다시 애원했다.

"이제는 저를 놓아주세요."

"좋아, 놓아주지."

이반은 도깨비를 땅바닥에 내려놓고 풀어 주었다.

"잘 가거라."

이반의 말이 채 끝나기도 전에 도깨비는 물속에 던진 돌처럼 눈 깜짝할 사이에 땅속으로 들어가 버렸다. 그곳에도 역시 구멍이 하나 남아 있을 뿐이었다.

저녁이 되자 이반은 집으로 돌아왔다. 집에는 둘째 형인 타라스가 아내와 함께 저녁을 먹고 있었다. 배불뚝이 타라스는 빚을 갚지 못하자 남몰래 도망쳐 아버지에게 온 것이다.

그는 이반을 보자마자 사정을 했다.

"이반, 내가 다시 장사를 시작할 때까지 집사람하고 나를 좀 먹여다오."

"그렇게 하세요."

이반은 웃으며 겉옷을 벗고 식탁에 앉았다. 그러자 타라스의 아내가 말했다.

"나는 몸에서 고약한 냄새가 나는 이반과는 같이 밥을 먹을 수가 없어요."

그러자 타라스가 말했다.

"이반아, 너에게서 냄새가 많이 나는구나. 저기 문간에서 먹어라."

"네, 그렇게 하죠."

이반이 대답했다. 그러고는 빵을 가지고 밖으로 나갔다.

"그러지 않아도 밤일 나갈 시간이 되었어요. 말에게 먹이도 주어야 하고요."

5

둘째 도깨비는 그날 밤 일이 끝나자 약속한 대로 친구를 도와 이반을 골탕 먹이려고 타라스가 있는 곳에서 이반이 있는 곳으로 달려왔다. 그리고 밭에 나가 여기저기 친구를 찾아보았지만 찾을 수가 없었다. 다만 늪에서 잘려 나간 동료의 꼬리만 발견했을 뿐이었다. 그리고 보리를 베어 낸 자리에서 또 하나의 구멍을 발견했다.

"이건 아무래도 친구들에게 좋지 않은 일이 있었다는 증거야. 그렇다면 내가 그들을 대신해서 그 바보 녀석을 혼내 줘야지."

도깨비는 이반을 찾으러 탈곡장으로 갔다. 그러나 이반은 벌써 밭일을 마치고 숲속에서 나무를 베고 있었다. 집에 와 있는 두 형제가 같이 사는 것에 싫증을 느끼자 따로 살 집을 지을 나무를 해 오라고 이반에게 말한 것이다.

도깨비는 나무에 기어 올라가서 이반이 나무 베는 것을 방해하기 시작했다. 이반은 나무가 쓰러질 때 가지에 걸리지 않도록 나무 밑동을 잘라 넘어지게 했다. 그러나 이상하게도 매번 다른 방향으로 나무가 쓰러져 나뭇가지에 걸리고 말았다. 이반은 할 수 없이 지렛대를 만들어 방향을 틀어가며 겨우 나무를 쓰러뜨렸다.

이반은 계속 나무를 베었다. 역시 나무는 다른 방향으로 쓰러졌다. 이반은 몹시 지쳐 가까스로 나무를 쓰러뜨렸다. 그리고 세 번째 나무를 베었다. 그것도 마찬가지였다. 이반은 한 오십 그루쯤은 벨 수 있을 것이라고 생각했지만 의외로 힘이 들어 열 그루도 베기 전에 날이 어두워졌다. 이반은 몹시 지쳤다.

그의 몸에서는 마치 안개처럼 김이 모락모락 피어올랐다. 그래도 그는 쉬지 않고 일을 했다. 또 한 그루를 베고 나자 몸에서 힘이 빠지고 등이 쑤시기 시작했다. 그래서 도끼를 나무에 박아 놓고 주저앉아 조금 쉬기로 했다. 도깨비는 이반이 지쳐서 잠잠해진 것을 보고 기뻐서 날뛰었다.

"그러면 그렇지. 이제는 지쳤군. 나도 좀 쉬어 볼까."

도깨비는 나뭇가지에 걸터앉아 내심 기뻐하고 있었다. 그런데 이반은 곧바로 일어나 도끼를 들고 반대쪽으로 나무를 내리쳤다. 그러자 나무는 별안간 우지직 소리를 내면서 쓰러졌다. 도깨비는 너무 갑작스러운 일이라 미처 피할 겨를도 없이 나뭇가지 사이에 손이 끼고 말았다. 그것을 보고 이반은 또 한 번 놀랐다.

"아니, 이 고약한 놈이 다시 나타났네!"

"저는 아닙니다. 저는 당신의 형님 타라스에게 붙어 있던 도깨비입니다."

"필요 없어. 네가 어디 있었건 마찬가지야."

이반은 도끼를 번쩍 치켜들어 도깨비의 등을 내리치려고 했다. 그러자 도깨비가 빌며 애원했다.

"제발 내리치지 마십시오. 원하시는 것은 무엇이든 해드리겠습니다."

"너는 무엇을 할 수 있지?"

"나는 당신이 원하는 만큼 돈을 만들어 드릴 수 있습니다."

"그럼, 어디 한번 만들어 보아라."

그러자 도깨비는 이반에게 이렇게 말했다.

"이 떡갈나무 잎을 들고 두 손으로 문지르십시오. 그러면 금화가 땅바닥에 떨어질 것입니다."

이반은 나뭇잎을 들고 문지르기 시작했다. 그랬더니 과연 누런 금화가 잔뜩 쏟아졌다.

"그것참 재미있는데. 아이들하고 놀기에 안성맞춤인걸."

"그러면 이제 저를 놓아주시는 거죠?"

"좋아, 놓아주지!"

이반은 지렛대를 들고 도깨비를 나무 사이에서 빼내 주었다.

"잘 가거라."

이번에도 이반의 말이 떨어지자마자 도깨비는 돌이 물에 던져지기라도 한 것처럼 눈 깜짝할 사이에 땅속으로 숨어 버렸다. 그리고 거기엔 구멍 하나가 뚫렸다.

6

형제들은 집을 지어 따로따로 살게 되었다. 그러던 어느 날, 이반은 밭일을 다 마치고 맥주를 만들어 형들을 초대했다. 그러나 형들은 이반의 초대를 무시했다.

"우리는 농부들의 음식을 먹어 본 일이 없다."

그들은 그렇게 말하고 참석하지 않았다.

할 수 없이 이반은 마을 사람들을 불러 잔치를 베풀었다. 그리고 술이 거나하게 취하자 춤판이 벌어진 공터로 나갔다. 이반은 춤판으로 다가가 여자들에게 자기를 칭찬해 달라고 부탁했다.

"칭찬을 해 주면 나는 여러분이 지금까지 한 번도 구경한 적이 없는 것을 보여 주겠습니다."

여자들은 모두 미소를 지으며 그를 칭찬해 주었다. 그러고는 이반에게 말했다.

"이제 저희에게 보여 주셔야죠."

"알았어요. 곧 보여 줄게요."

이반은 씨앗 상자를 가지고 숲 쪽으로 뛰어갔다. 여자들은 그 광경을 보고 '어머나, 저 바보 좀 봐!' 하고 비웃었다. 그리고 그의 일은 곧 잊어버렸다. 그런데 이반이 무엇인가를 가득 채운 상자를 들고 다시 돌아왔다.

"나누어 줄까요?"

"그게 뭐예요? 어서 나눠 주세요."

이반은 금화를 한 주먹 쥐어 여자들에게 던졌다. 금화가 여자들 앞에 떨어지자 갑자기 소란스러워졌다. 여자들은 서로 금화를 차지하려고 몰려들었고 농부들도 앞을 다투어 몰려왔다.

춤판은 서로 금화를 잡으려고 아우성치는 난장판이 되었다. 어떤 노인은 하마터면 깔릴 뻔했다. 이반은 이 광경을 보고 계속 웃어댔다.

"서로 싸우지 말아요. 더 가져다줄 테니까."

그는 다시 금화를 뿌리기 시작했다. 수많은 사람들이 계속해서 떼를 지어 몰려왔다. 이반은 상자에 있는 것을 모두 뿌렸다. 모인 사람들은 더 달라고 난리였다. 그러자 이반이 말했다.

"이제는 없어요. 다음에 또 줄게요. 자, 이제 춤을 출까요. 좋은 노래를 불러 봐요."

그러자 여자들이 춤을 추며 노래를 부르기 시작했다.

"여러분의 노래는 재미없어요."

이반이 그렇게 말하자 여자들이 물어보았다.

"그럼 어떤 게 재미있어요?"

"내가 정말 재미있는 걸 보여 주지요."

이반은 헛간으로 가서 보릿단을 하나 들고 낟알을 턴 후 그것을 세워 놓고 흔들면서 말했다.

"명령이다. 보릿단 수만큼 군사가 되어라."

그러자 짚단이 흩어지면서 군사가 되더니 북을 치며 나팔을 불었다. 이반은 군사들에게 노래를 부르라고 명령하고 그들과 함께 큰길로 행진을 했다. 사람들은 눈이 휘둥그레졌다.

이반은 누구도 자기를 따라와서는 안 된다고 당부하고는 그들을 다시 헛간으로 데리고 가 원래대로 짚단이 되게 한 뒤 건초 더미 위에 던졌다. 그리고 집에 돌아와 잠자리에 들었다.

7

다음 날 아침 맏형인 세몬이 어제 있었던 일을 알고 이반을 찾아왔다.

"모두 얘기해라. 너는 도대체 그 군사들을 어디서 데려와서 어디로 데려갔지?"

"그것을 알아서 뭐 해요?"

"무얼 하냐고? 군사만 있으면 뭐든지 할 수 있어. 한 나라를 얻을 수도 있어."

그 말을 듣고 이반은 깜짝 놀랐다.

"그럼 왜 빨리 말씀하시지 않으셨어요? 알았어요. 원하시는 대로 만들어 드리죠. 마침 누이동생과 둘이서 보릿단을 많이 마련해 두었으니까요."

이반은 맏형을 헛간으로 데리고 가서 이렇게 말했다.

"군사는 원하는 대로 만들어 드릴게요. 하지만 군사들을 데리고 여길 떠나야 합니다. 그렇지 않으면 그 군사들을 먹여 살리느라고 온 마을의 양식이 하루에 다 없어지니까요."

세몬은 군사를 다 데리고 가겠다고 약속했다. 이반은 군사들을 만들어 내기 시작했다. 보릿단을 탈곡장에서 내리치자 1개 중대의 군사가 나타났다. 다시 한번 내리치면 또 1개 중대가 되었다. 이리하여 그는 온 들판이 가득 채워질 만큼 수많은 군사를 만들어냈다.

"어때요? 이제 됐나요?"

세몬은 매우 기뻐 어쩔 줄 몰라 하며 말했다.

"됐어, 이제 그만 해. 고맙다, 이반."

"아닙니다. 만일 더 필요하시다면 언제든지 말씀만 하세요. 얼마든지 만들어 드릴게요. 요즘은 보릿단이 많이 있으니까요."

그렇게 해서 세몬은 군대를 통솔하여 행렬을 갖추게 하고 싸움터로 나갔다. 세몬이 떠나자 이번에는 배불뚝이 타라스가 찾아왔다. 그도 어제의 사건을 알고 있었던 것이다. 그는 이반에게 부탁했다.

"숨기지 말고 말해라. 그 금화를 어디서 가져왔지? 만일 나에게 마음대로 쓸 수 있는 돈이 있다면 나는 그걸로 온 세상의 돈을 다 가질 수 있단다."

이반은 깜짝 놀랐다.

"그래요? 진작 말씀하시지 않고요. 형님이 원하시는 대로 만들어 드리겠습니다."

형은 매우 기뻐했다.

"나는 씨앗 상자로 세 상자만 채우면 된다."

"그렇게 하죠. 숲속으로 가시죠. 말을 준비해 가야겠어요. 운반하기가 힘들 테니까요."

두 형제는 숲으로 갔다. 그리고 이반은 떡갈나무에서 잎을 따 문지르기 시작했다. 그러자 금화가 툭툭 떨어져 수북하게 쌓였다.

"이만하면 됐나요?"

타라스는 기뻐서 어쩔 줄을 몰랐다.

"그래, 충분하다. 고맙다, 이반."

"아닙니다. 더 필요하시면 언제든지 오세요. 얼마든지 만들어 드릴게요. 나뭇잎은 많이 있으니까요."

그렇게 해서 배불뚝이 타라스는 말에다 금화를 가득 싣고 장사를 하러 떠났다.

이렇게 하여 두 형은 떠났다. 세몬은 전쟁터로 나갔고 타라스는 장사를 시작했다. 그리고 세몬은 나라를 정복했고 배불뚝이 타라스는 엄청난 재산을 모았다.

어느 날, 이들 두 형제가 한자리에 모였다. 그리고 그동안 일어난 일을 숨김없이 털어놓았다. 세몬은 어디서 군대를 얻었는지 또 타라스는 어디서 장사 밑천을 마련했는지에 대해 얘기했다.

세몬이 동생에게 말했다.

"나는 나라를 얻어 잘 지내고 있지만 돈이 부족해. 군사를 먹여 살릴 돈 말이야."

그러자 배불뚝이 타라스가 말했다.

"나는 돈은 모았는데 그것을 지켜 줄 사람이 한 명도 없습니다."

두 형제는 다시 이반을 찾아왔다. 이반의 집에 도착하자 세몬은 이렇게 말했다.

"이반, 아무래도 군사가 좀 모자란다. 그러니 군사를 더 만들어 주었으면 좋겠다. 조금이라도."

이반은 고개를 내저었다.

"안 됩니다. 형님에게 더 이상 군사를 만들어 드리지 않겠습니다."

"왜 그러는 거야. 지난번에는 필요하면 언제든지 만들어 주겠다고 말했잖아?"

"그랬죠. 그렇지만 이제는 더 이상 만들어 드리지 않겠습니다."

"도대체 왜 그래, 이 바보 녀석아!"

"왜냐하면 형님의 군사가 살인을 했기 때문입니다. 얼마 전 내가 길가의 밭을 갈고 있는데 한 부인이 그 길로 관을 메고 가면서 통곡을 했어요. 그 래서 누가 죽었느냐고 물어보았죠. 그랬더니 그 부인이 이렇게 말했어요. '세몬의 군사들이 전쟁에서 내 남편을 죽였습니다.' 라고 말이에요. 군대란 노래만 하는 것으로 알았는데 사람을 죽였어요. 그래서 나는 이제 더 이상 군사를 만들지 않기로 결심했어요."

이렇게 말하면서 이반은 더 이상 군사를 만들지 않았다.

한편 배불뚝이 타라스도 이반에게 찾아와 금화를 더 만들어 달라고 사정했다. 그러자 이반은 고개를 저으며 안 된다고 말했다.

"이제 더 이상 금화를 만들지 않겠습니다."

"왜? 너는 얼마든지 만들어 주겠다고 말했잖아?"

"약속은 했었죠. 하지만 이제는 더 만들지 않겠어요."

이반은 단호히 거절했다.

"이 바보야! 어째서 만들지 않겠다는 거야?"

"왜냐하면 형님의 금화가 미하일로프에게서 암소를 빼앗아 갔기 때문이죠."

"어떻게 빼앗겼다는 거냐?"

"미하일로프에게 암소 한 마리가 있었고 어린아이들은 그 우유를 마셨어요. 그런데 얼마 전에 그 아이들이 찾아와 우유를 달라고 계속 졸라대는 거예요. 그래서 그 아이들에게 물어보았죠.

'너희 암소는 어떻게 했니?' 그랬더니 끌려갔다는 거예요. 누가 끌고 갔는지 물었더니 타라스의 관리인이 찾아와 엄마에게 금화 세 개를 주고 암소를 가져갔다고 했어요. 그래서 먹을 우유가 없어진 거죠. 나는 형님이 금화를 장난감으로 삼고 있는 줄 알았는데 어린아이들에게서 암소를 빼앗아가 버렸어요. 그러니 이젠 절대로 형님에게 금화를 만들어 드리지 않겠습니다."

이반은 좀처럼 자기 고집을 꺾지 않았고 더 이상 금화를 만들어 주지 않았다. 그래서 두 형은 헛수고만 하고 집으로 돌아갔다. 두 형은 돌아가는 길에 어떤 방법으로 서로 도울 것인지에 대해서 의논했다.

세몬이 먼저 말을 꺼냈다.

"이러면 어떨까? 네가 나에게 군사들을 먹여 살릴 돈을 주고 나는 너에게 군대 절반을 보내는 거야. 네 재산을 지키도록 말이야."

그러자 타라스도 동의했다. 그렇게 해서 두 형제는 재산을 나누어 가진 뒤 둘 다 왕이 되고 부자가 되었다.

8

형들과는 상관없이 이반은 줄곧 자기 집에서 부모를 모시고 벙어리 누이동생과 함께 들에서 일을 하며 살았다.

그러던 어느 날, 이반네 집의 늙은 개가 병이 들어 죽어가고 있었다. 가엾게 생각한 이반은 누이에게서 빵을 받아 모자 속에 넣어 두었다가 개에게 주었다.

그런데 모자에 구멍이 뚫려 빵과 함께 조그만 뿌리 하나가 땅에 떨어졌다. 늙은 개는 빵과 함께 그 뿌리를 먹었다. 그러더니 갑자기 뛰어오르며 장난을 치기도 하고 힘차게 짖어대면서 꼬리를 흔들었다. 병이 깨끗이 나은 것이다.

그 광경을 보고 부모는 깜짝 놀랐다.

"무엇으로 개를 고쳤느냐?"

그러자 이반이 말했다.

"저는 어떤 병이든 고칠 수 있는 풀뿌리를 두 개 가지고 있었는데 개가 그중 하나를 먹었어요."

그 무렵 나라에는 큰 걱정거리 하나가 있었다. 왕의 딸이 병이 들자 왕은 방방곡곡에 방을 붙여 누구든지 공주의 병을 고치는 자에게는 큰 상을 내릴 것이며, 만일 미혼자라면 공주와 결혼을 시키겠다고 했다. 물론 이반이 사는 마을에도 방이 붙었다.

그것을 안 부모가 이반을 불러 놓고 말했다.

"너도 공주에 대해 들었겠지? 너는 모든 병을 고친다는 풀뿌리를 갖고 있다고 했는데 그렇다면 네가 가서 공주님의 병을 고쳐 보지 않겠니? 그러면 너는 한평생 부귀영화를 누리게 될 것이다."

"그럼 부모님 말씀대로 하죠."

이반은 곧 떠날 준비를 했다. 부모가 외출복을 입혀 주자 이반은 현관으로 나갔다. 그런데 현관 앞에 손이 굽은 여자 거지가 서 있었다.

"당신은 어떤 병이든 다 고칠 수 있다고 들었는데 내 손도 좀 고쳐 주세요. 이대로는 신발도 신지 못해요."

"고쳐 드릴게요."

이반은 풀뿌리를 꺼내 여자 거지에게 주었다. 여자 거지는 그것을 받아 먹자마자 병이 나아 즉시 손을 쓸 수 있게 되었다. 하지만 부모는 이반이 한 개밖에 없는 풀뿌리를 여자 거지에게 주어버리자 노발대발하며 욕을 퍼붓기 시작했다. 공주의 병을 고칠 수 없게 되었기 때문이었다.

"이 얼빠진 놈아! 그래 거지 따위는 가엾게 여기고 공주는 가엾게 여기지 않느냐?"

그 말을 들으니 이반은 공주도 가엾게 생각되었다. 그래서 그는 말에 수레를 채우고 급히 짚을 싣고 떠나려고 했다.

"도대체 어디로 가려는 거냐! 이 바보 녀석아!"

"공주님의 병을 고쳐 드리려고 떠나는 거죠."

"하지만 공주님의 병을 고쳐 드릴 풀뿌리가 없지 않느냐?"

"걱정할 것 없어요."

그리고 이반이 말을 몰아 성문 앞에 내려서자마자 공주의 병은 금세 나았다. 왕은 크게 기뻐하며 이반을 불러들여 훌륭한 옷을 입히라고 명령했다.

"지금부터 그대는 내 사위로다."

"네, 황공합니다."

그리하여 이반은 공주와 결혼했다. 얼마 후 왕이 죽자 이반은 그 자리를 물려받아 왕이 되었다. 이렇게 하여 세 형제는 모두 왕이 되었다.

9

세 형제는 각자 자신의 나라를 다스리며 잘 살았다. 큰형 세몬은 풍요롭게 살고 있었다. 그는 짚으로 만든 군사를 밑바탕으로 진짜 군사들을 모아 군대를 만들었다. 전국에 명령을 내려 집집마다 한 명씩 건장한 남자들을 모아 군대를 만든 것이다. 세몬은 모집한 군사들을 잘 훈련시켰다. 그리고 누구든지 그에게 대항하거나 복종하지 않는 자가 있으면 군사들을 보내 혼내 주었다. 사람들은 그를 두려워했다.

그의 생활은 정말로 호화로웠다. 그가 생각하는 것, 그의 눈에 띄는 것은 무엇이든 그의 소유가 되었다. 군대만 동원하면 군사들은 그가 원하는 것은 무엇이나 탈취하고 끌어왔다.

한편 타라스의 생활도 호화롭기 그지없었다. 그는 이반에게서 얻은 돈을 낭비하지 않고 그것을 밑천으로 큰 재산을 모았다. 그리고 그 역시 자기 나라에 그럴듯한 법을 만들어 놓고 백성에게서 교묘히 돈을 거두어들였다. 그는 인두세, 주세, 결혼세, 장례세, 통행세, 거마세를 비롯해 심지어는 신발세, 양말세, 의류세까지 뜯어냈다. 그러자 그에게는 없는 것이 없게 되었다. 돈이 없는 백성에게서 소, 돼지, 닭 등을 빼앗았고, 그것도 없는 사람은 노역으로 세금을 대신하도록 했다.

바보 이반의 생활도 나쁘지는 않았다. 왕의 장례가 끝나자 그는 왕의 옷을 벗어 왕비의 옷장에 넣어 두었다. 그리고 그전처럼 농부 옷으로 갈아입고 일을 했다.

"도무지 따분해서 못 견디겠어. 배에 자꾸 살만 찌니까 마음대로 먹지도 못하고 잠을 잘 수도 없어."

그래서 이반은 부모와 벙어리인 누이를 불러와 옛날처럼 일을 시작했다. 그러자 사람들이 이렇게 말했다.

"당신은 왕이 아니십니까?"

"상관없어. 왕도 먹어야 하니까!"

그때 신하들이 이렇게 말했다.

"국고가 비어 관리들에게 급료를 줄 수 없습니다."

이반이 대답했다.

"걱정할 것 없소. 돈이 없으면 주지 않으면 그만이잖소."

신하들이 대답했다.

"그러면 아무도 일을 하지 않을 것입니다."

"그러면 마음대로 하라고 하시오. 일을 안 해도 좋소. 결국은 일을 하게 될 테니까. 모두 거름이나 가져오도록 하시오. 그자들은 거름을 많이 만들어 놓았을 거요."

그러던 어느 날, 사람들이 이반에게 재판을 해 달라고 찾아왔다. 그 중 한 사람이 말했다.

"이놈이 돈을 훔쳐 갔습니다."

그러자 이반이 말했다.

"아, 그래? 좋아, 좋아! 이 자는 돈이 필요했던 거야."

그러자 이반이 바보라는 것을 모두 알게 되었다. 왕비가 그에게 말했다.

"모두 당신을 바보라고 말하고 있습니다."

"걱정하지 말아요."

이반의 아내는 생각하고 또 생각했다. 그러나 그녀 역시 바보였다.

"제가 어떻게 남편을 거역할 수 있겠습니까? 바늘 가는 대로 실이 따라 가야지요."

이렇게 말하고 그녀도 왕비 옷을 벗어 옷장 속에 넣어 두고 벙어리 시누이에게 농사일을 배우고, 남편을 도왔다.

그렇게 되자 똑똑한 사람들은 모두 떠나 버리고 남은 사람은 바보들뿐이었다. 돈이란 것은 어느 누구에게도 없었다. 모두 스스로 일을 해서 먹고 살았고 더불어 이웃 사람들과 서로 도우며 살았다.

10

도깨비 두목은 부하 도깨비들에게서 세 형제를 파멸시켰다는 소식이 오기를 학수고대하고 있었다. 그러나 아무런 소식도 없었다. 그래서 어떻게 된 일인지 알아보기 위해 직접 나서서 이곳저곳을 찾아다녔다. 그러나 찾아낸 것은 세 개의 구멍뿐이었다.

"음, 아무래도 실패한 모양이군. 그렇다면 내가 직접 해치울 수밖에 없지."

그는 세 형제를 찾으러 갔으나 이미 옛날에 살던 곳에는 없었다. 결국 그는 세 형제를 각기 다른 곳에서 찾아냈다. 셋은 모두 왕이 되어 나라를 다스리고 있었다.

도깨비 도목은 혼잣말로 중얼거렸다.

'결과가 이러니 내가 직접 나서야겠군.'

그는 우선 세몬의 나라로 갔다. 그리고 도깨비 모습이 아니라 장군으로 위장하여 세몬 왕을 찾아갔다.

"사람들의 말에 의하면 세몬 왕께서는 훌륭한 군인이었다고 들었습니다. 저는 군사와 전쟁에 대해 아는 바가 없지만 전하께 충성을 다하고자 합니다."

그러자 세몬 왕은 그에게 여러 가지를 물어본 후 훌륭한 인물이라고 여겨 신하로 삼기로 했다.

장군으로 기용된 도깨비는 강력한 군대를 만드는 방법을 세몬 왕에게 제시했다.

"첫째, 아주 많은 군사를 모집해야 합니다. 왜냐하면 이 나라에는 편안하게 지내려는 백성이 너무 많습니다. 젊은 사람들은 누구를 막론하고 모두 징집하셔야 합니다. 그들은 당신을 위해 싸울 것입니다. 둘째, 최신식 소총과 대포를 만들어야 합니다. 한 번에 백 알의 총알이 나가는 소총을 만들겠습니다. 그리고 무엇이나 태워 버리는 무서운 성능의 대포도 만들겠습니다. 이 대포는 사람은 물론 성도 무너뜨리고 태워 버릴 것입니다."

세몬 왕은 새로 기용한 장군의 제안을 받아들였다. 그는 젊은이는 모두 군대에 징집할 것을 명령하고 또 공장을 세워 최신식 소총과 대포를 만들어 이웃 나라에 선전포고를 했다. 싸움이 시작되자마자 세몬 왕은 적군을 향해 총포를 퍼부으라고 명령하여 단번에 쳐부수고 절반을 불태워 버렸다. 이웃 나라 왕은 곧 항복하고 나라를 바쳤다. 그러자 세몬은 매우 기뻐하며 자신 있게 말했다.

"이번에는 인도를 정복해야지."

하지만 세몬의 소문을 들은 인도 왕은 그의 전술 전략을 완전히 파악하고 그것을 이용해 새로운 계략을 짜냈다. 게다가 그는 소총과 대포 만드는 법도 알아냈다.

마침내 세몬은 인도 왕에게 싸움을 걸었다. 그러나 예리한 낫도 영원히 예리한 것은 아니었다. 인도 왕은 세몬의 군대가 사정권 안까지 들어오지 못하게 하고 여자 병사들에게 하늘을 날게 하여 적군의 머리 위에서 폭탄을 퍼부었다. 여자 병사들은 마치 진딧물에다 약을 뿌리는 것처럼 세몬의 군대에 폭탄을 퍼부었고, 혼비백산한 세몬의 군대는 뿔뿔이 흩어졌다. 결국 세몬 왕은 인도 왕에게 나라를 빼앗겼다.

도깨비 두목은 세몬을 해치우고 이번에는 타라스 왕에게 찾아갔다. 그는 상인으로 변장하여 타라스의 나라에서 자리를 잡고, 많은 사람에게 선심을 쓰면서 돈을 물 쓰듯 쓰기 시작했다. 이 상인은 모든 물건을 비싼 값으로 사 주었기 때문에 백성은 모두 그를 찾아왔다. 이리하여 백성의 형편이 좋아졌고, 돈 사정이 좋아지니 세금도 제때 잘 걷혔다. 그러자 타라스 왕은 매우 기뻐했다.

"참 고마운 상인이군. 내 나라는 점점 많은 돈이 생겨나고 살기가 더욱 좋아지고 있구나."

타라스 왕은 자기를 위해 새 궁전을 짓기 시작했다. 목재며 돌을 나르는 등 새 궁전 짓는 일에 종사하는 모든 백성에게는 많은 품삯을 주겠다고 말했다. 타라스 왕은 그 정도면 전처럼 백성이 일하러 몰려올 거라고 생각했다.

그런데 목재와 돌은 모두 그 상인에게 실려 가고 일꾼들도 모조리 그에게 몰려갔다. 타라스는 할 수 없이 품삯을 대폭 올렸지만 상인은 그것보다 더 많은 돈을 주어 타라스 왕을 곤경에 빠뜨렸다.

궁전은 착공만 하고 완성을 하지 못하고 있었다. 타라스 왕은 정원을 만들 계획도 갖고 있었다. 가을이 되자 타라스 왕은 백성에게 정원을 만들라고 명령했다. 그러나 아무도 오지 않았다. 백성들은 상인의 연못을 파러 몰려갔던 것이다.

겨울이 왔다. 타라스 왕은 신하에게 새로운 모피 코트를 만들 검은담비 가죽을 사 오라고 명령했다. 그러나 신하는 빈손으로 돌아와 이렇게 말했다.

"담비는 없습니다. 상인이 모조리 사 버렸기 때문입니다. 그자는 비싼 값을 주고 산 담비 가죽으로 방석을 만들었다고 합니다."

그다음 타라스 왕은 종마를 사야겠다고 생각했다. 그래서 신하에게 종마를 사 오라고 했다. 하지만 이번에도 신하는 빈손으로 돌아와 이렇게 말했다.

"좋은 말은 그 상인이 다 사 버렸습니다. 그 말들은 상인의 연못에 물을 실어 나르고 있습니다."

이렇듯 모든 사람이 왕을 외면한 채 상인의 일만 거들어 주었다. 그리고 상인에게서 받은 돈으로 세금을 냈다.

왕은 세금을 엄청나게 모을 수 있었다. 너무 많은 세금 때문에 주체할 수 없을 지경에 이르렀다. 게다가 돈은 많아도 당장 생활하는 데 불편을 느끼기 시작했다. 이제 왕은 다른 계획을 모두 접고 살 궁리를 해야 했다.

그러나 결국 모든 생활은 엉망이 되고 말았다. 요리사, 하인, 마부, 여종 모두 상인에게 가 버린 것이다. 마침내 곡식마저 부족하게 되었다. 시장으로 사람을 보내 식량을 구하려고 했지만 모든 물건은 상인이 다 사들여 아무것도 살 수가 없었다. 왕은 그저 세금만 거둬들일 뿐 다른 것은 아무것도 구할 수 없었다.

그러자 왕은 화가 나서 상인을 나라 밖으로 내쫓았으나 상인은 나라 밖으로 나가지 않고 국경에 자리를 잡은 채 똑같은 짓을 계속했다. 모두 돈 때문에 왕을 배반하고 상인에게 몰려갔다. 왕의 사정은 매우 심각했다. 며칠째 음식을 먹지 못했고 심지어 상인이 왕비를 돈으로 사려 한다는 소문까지 나돌았다. 상황이 이렇게 되자 타라스는 거의 미칠 지경이 되었다.

그러던 어느 날 세몬이 타라스를 찾아와 말했다.

"날 좀 도와다오. 내가 인도 왕에게 패해서 도망자 신세가 됐구나."

배불뚝이 타라스도 뱃가죽이 등에 붙을 지경이었다.

"저도 지금 이틀째 아무것도 먹지 못하고 있어요."

11

도깨비 두목은 두 형제를 곤경에 몰아넣고 이번에는 이반을 찾아갔다. 도깨비는 장군으로 변장하고 이반에게 군대를 만들 것을 권했다.

"왕께서 군대가 없다는 것은 매우 위험한 일입니다. 위신에도 맞지 않지요. 명령만 내리신다면 제가 백성 중에서 군사를 뽑아 훌륭한 군대를 만들겠습니다."

그 말을 듣고 이반이 대답했다.

"맞는 말이오. 그렇게 하시오. 그리고 군사들이 노래를 잘 부르도록 가르치시오. 나는 노래를 잘 부르는 군사를 좋아하니까."

도깨비 두목은 이반의 나라를 돌아다니며 지원병을 모집하기 시작했다. 군사가 되는 백성은 비싼 술과 빨간 모자를 준다고 선전했다. 그러자 바보들이 비웃으며 말했다.

"술은 우리한테도 얼마든지 있어요. 우리 손으로 직접 술을 빚으니까요. 그리고 모자도 여자들이 다 만들어 주니까 필요 없어요. 알록달록한 것부터 레이스가 달린 것까지 없는 게 없지요."

결국 아무도 군대에 지원하는 사람이 없었다. 그러자 도깨비 두목은 이반에게 이렇게 말했다.

"이 나라의 바보 백성은 자원해서 군사가 되려 하지 않습니다. 그러니 강제로 군사를 모집해야겠습니다."

"그래, 그것도 좋은 생각이오. 그럼 권력을 써서 군사를 모으시오."

도깨비 두목은 포고령을 내렸다.

"이 나라 백성들은 모두 군사가 되어야 한다. 명령을 어기는 자는 사형에 처할 것이다."

그러자 바보들은 장군에게 달려와 이렇게 말했다.

"군대에 지원하지 않으면 왕께서 사형을 한다고 하는데, 만약 우리가 군사가 되면 어떻게 되는 건가요? 군사가 되면 전쟁에 나가 목숨을 잃을 수 있다고 하던데……."

"그래, 그럴 수도 있어."

그 대답을 듣자 바보들은 군사가 되지 않겠다고 더욱 고집을 부렸다.

"그렇다면 군사가 되지 않겠습니다. 어차피 죽을 거 집에서 죽겠어요."

"이 바보들아, 군사가 된다고 다 죽는 건 아니야. 하지만 군사가 되지 않으면 틀림없이 왕이 사형을 내릴 것이다."

그러자 바보들은 곰곰 생각하다가 이반에게 직접 물어보기 위해 달려갔다.

"장군님이 우리에게 모두 군사가 되라고 하는데 군사가 되면 전쟁터에서 죽을 수도 있어요. 하지만 군사가 되지 않으면 왕께서 사형을 내린다고 하던데 그게 정말인가요?"

그러자 이반이 껄껄 웃으며 대답했다.

"어찌 나 혼자 당신들을 다 죽일 수 있겠느냐? 내가 바보가 아니라면 자세히 말해 주겠지만 나 자신도 바보이니 어찌 된 영문인지 모르겠다."

"그럼 우리는 군사가 되지 않겠습니다."

"그렇게 하거라. 군사가 되지 않아도 좋다."

바보들은 장군에게 달려가 군사가 되지 않겠다고 말했다. 일이 생각대로 되지 않자 도깨비 두목은 이웃 나라의 타라칸 왕에게 가서 전쟁을 일으키도록 부추기기 시작했다.

"이번 기회에 전쟁을 일으켜서 이반 왕을 굴복시킵시다. 그 나라에는 돈은 없지만 곡식과 가축은 많답니다."

그 소리를 들은 타라칸 왕은 전쟁을 일으킬 결심을 했다. 먼저 군사를 모으고 총과 대포를 준비해 국경을 넘어 이반의 나라를 쳐들어갔다. 그러자 백성들이 말했다.

"타라칸 왕이 전쟁을 시작했습니다."

하지만 이반은 별로 신경 쓰는 기색이 아니었다.

"뭐 큰일이야 있을라고. 전쟁을 할 테면 하라고 해."

타라칸 왕은 국경을 넘자 이반의 군대를 염탐하기 위해 선발대를 보냈다. 하지만 아무리 돌아다니며 염탐을 해 보아도 이반의 나라엔 군사들이 보이지 않았다. 타라칸 왕은 이반의 군대가 어딘가 함정을 파 놓고 기다리고 있을지 모른다고 생각했다. 그래서 진격을 하지 않은 채 오랫동안 국경 근처에서 기다렸다. 그러나 아무리 기다려도 군대에 대한 소문은 들려오지 않았다. 싸움을 하려 해도 싸울 상대가 없었다.

기다리다 못해 타라칸 왕은 군사를 보내 마을을 점령하도록 했다. 그러자 바보들이 뛰어나와 군사들을 보고 깜짝 놀라는 것 같았다. 군사들은 바보들의 마을에서 가축과 곡식을 약탈했다. 하지만 바보들은 모든 재산을 달라는 대로 다 내어 주고도 아까워하지 않았다. 게다가 재산을 지키려고 반항하기는커녕 오히려 자기들과 함께 평화롭게 살자고 권했다.

다른 마을도 마찬가지였다. 타라칸의 군사들은 나라 전체를 돌아다니며 약탈을 했지만 어느 곳에서도 반항하는 일은 없었다. 있는 것을 다 내어 주면서도 오히려 즐거워했다.

"당신 나라에서 살기 어렵거든 우리나라로 와서 같이 살아요."

모두 그런 식이었다. 게다가 타라칸의 군사들이 전국을 돌며 군대를 찾아보아도 흔적조차 없었다. 이반의 백성은 스스로 일해서 먹고살며 서로 도우며 지냈다. 그러다 보니 자기 것에 대한 욕심이 없고 남을 위해서는 목숨조차 아까워하지 않았다. 그리고 타라칸의 군사들에게 이곳에 와서 같이 살자고 계속 권했다.

군사들은 차츰 지루해지기 시작했다. 전쟁다운 전쟁이 아니었기 때문이다. 결국 군사들은 타라칸 왕을 찾아가 말했다.

"전쟁을 할 수가 없습니다. 우리를 다른 나라로 보내 주십시오. 전쟁을 하고 싶은데 도무지 여기서는 전쟁을 할 수 없습니다. 이 나라와 전쟁을 하는 건 약한 사람들을 괴롭히고 못살게 구는 것 같아 참을 수가 없습니다."

그 소리에 타라칸 왕이 화가 나서 소리를 질렀다.

"온 마을에 불을 지르고 가축들을 죽여라. 만일 명령을 어기는 자가 있으면 무조건 엄한 벌을 내릴 것이다."

그 말에 군사들은 어쩔 수 없이 명령을 수행할 수밖에 없었다. 그들은 마을의 집과 곡식을 태워 버리고 가축들을 죽이기 시작했다. 그러나 바보들은 여전히 방어를 하지 않고 주저앉아 울기만 했다.

"왜 우리를 못살게 구는 거야? 왜 우리 재산을 불태우는 거야? 필요하다면 차라리 가져가면 될 것을……."

그들은 그렇게 울기만 했다. 그러자 군사들은 마음이 우울해졌다. 바보들의 말이 맞는 데다가 불쌍해 보였기 때문이다. 그래서 군사들은 더 이상 난동을 부리지 않기로 했다. 그리고 결국 군사들은 전쟁을 그만두고 뿔뿔이 흩어졌다.

12

도깨비 두목은 어쩔 수 없이 그곳을 떠나야 했다. 군대의 힘만으로는 이반을 이길 수 없었던 것이다. 그래서 이번에는 멋진 신사로 위장해 이반의 나라에 정착했다. 배불뚝이 타라스에게 썼던 방법을 이반에게 쓰려고 결심한 것이다.

"나는 어떻게 사는 것이 인간답게 사는 것인지 보여 드리겠습니다."

도깨비 두목이 이반에게 아첨하며 말했다.

"좋은 생각이오. 그럼 여기서 살도록 하시오."

이반은 신하를 시켜 신사에게 살 곳을 마련해 주었다. 집을 얻은 신사는 새집에서 지내게 되었다. 다음 날 아침, 신사는 금화가 들어 있는 커다란 자루와 종이를 가지고 마을 광장에 나가서 외쳤다.

"여러분은 마치 돼지처럼 살고 있습니다. 그래서 나는 여러분에게 어떻게 살아야 하는지 알려 주려고 합니다. 먼저 이 설계도에 맞게 집을 짓도록 하십시오. 여러분은 일을 하고 내가 지시를 하겠습니다. 그리고 내 지시대로 따라 주면 여기 있는 금화를 주겠습니다."

말을 마친 신사는 바보들에게 금화를 보여 주었다. 바보들은 놀라지 않을 수 없었다. 왜냐하면 바보들에겐 돈이라는 것이 아예 없었기 때문이다. 필요한 것이 있으면 서로 물물교환을 했고 일은 공동으로 해 왔기 때문이다. 하지만 금화를 보자 바보들은 마음이 흔들리기 시작했다.

"저 금화라는 것 좀 봐. 장난감으로 딱 알맞겠어."

바보들은 금화를 얻기 위해 신사의 지시대로 일을 했다. 도깨비 두목은 타라스의 나라에서 했던 것처럼 누런 금화를 뿌려 가며 온갖 물건을 사들였다. 그러자 바보들은 모든 물건을 금화와 바꾸고 온갖 일을 해서 금화를 벌어들였다. 도깨비 두목은 속으로 신이 나서 이렇게 생각했다.

'이 정도면 성공이야. 이번에야말로 이반을 타라스처럼 만들어 버려야지. 놈이 다시는 일어서지 못하게 말이야.'

바보들은 금화를 얻자 여자들에게 목걸이를 만들어 선물했다. 여자들도 목걸이와 장식으로 금화를 사용했다. 그런데 어느 정도 금화가 생기자 더 이상 금화에 대해 욕심을 내지 않았다. 하지만 신사가 짓고 있는 궁궐 같은 집은 반도 완성되지 못한 상태였고 곡식과 가축은 1년 치도 되지 않았다.

그래서 신사는 바보들에게 더 많은 금화를 주겠다며 일을 하러 오라고 말했고 어떤 물건이건 금화와 바꿔 주겠다고 유혹했다.

그러나 아무도 신사를 위해 일하려 하지 않았고 물건도 가져오지 않았다. 가끔 아이들이 달걀을 금화로 바꿔 가거나 작은 물건을 운반해 주고 금화를 받아 가는 것이 고작이었다. 그 외에는 아무도 신사를 찾아오지 않았다. 마침내 신사는 먹을 것이 궁한 형편이 되었다.

어느 정도 시간이 흐르자 결국 신사는 먹을 것이 없어 마을을 돌아다니며 구걸을 해야 하는 처지가 되었다. 한 집에 찾아가 닭과 금화를 바꾸려고 했지만 주인 여자는 고개를 저으며 말했다.

"우리 집에도 금화는 많아요."

신사는 할 수 없이 어부를 찾아가 생선과 금화를 바꾸려고 했다. 그러나 어부 역시 마찬가지였다.

"그런 건 필요 없어요. 우리 집엔 아이들이 없어서 그런 장난감은 필요 없어요. 아무리 귀한 물건이라고 해도 필요 없어요. 나도 금화는 세 닢이나 갖고 있는걸요."

도깨비 두목은 다시 빵을 사려고 농부의 집에 찾아갔다. 그러나 농부도 금화를 받으려 하지 않았다.

"금화는 필요 없어요. 하지만 하느님을 위해 착한 일을 하라면 하겠어요. 잠깐만 기다려요. 아내에게 빵을 좀 나눠 주라고 할 테니까."

거지 신세가 된 도깨비 두목은 기분이 상해서 농부의 집에 침을 뱉은 후 도망치듯 그 자리를 벗어났다. 하느님의 이름으로 착한 일을 한다는 것이 그의 마음을 상하게 했던 것이다. 하느님이라는 말만 들어도 무서웠던 것이다.

결국 그는 빵도 얻지 못했다. 이반의 나라에 사는 바보들은 모두 금화를 충분히 갖고 있다고 여겼다. 도깨비 두목이 아무리 금화를 들고 사람들을 찾아가도 모두 똑같은 반응을 보였다.

"다른 물건을 가져오면 필요한 것을 주겠어요. 아니면 차라리 그냥 구걸을 하면 먹을 것을 나눠 주겠어요."

하지만 도깨비 두목에겐 금화뿐이었다. 다른 것은 아무것도 갖고 있지 않았다. 더욱이 먹을 것을 위해 일을 하거나 구걸을 하기는 싫었다. 도깨비 두목은 화가 나지 않을 수 없었다.

"도대체 어떻게 된 거야. 돈이란 것은 정말 필요한 것인데, 돈만 있으면 무엇이든 살 수 있고 하인도 부릴 수 있잖아."

그러나 바보들은 그의 말을 들으려 하지 않았다. 그리고 이렇게 말했다.

"그런 건 필요 없어요. 이 나라에는 물건을 사거나 세금을 내는 일이 없으니 그까짓 돈이 무슨 소용 있겠어요?"

도깨비 두목은 하는 수 없이 저녁도 먹지 못한 채 잠자리에 들어야 했다. 이러한 사정이 이반의 귀에도 들어갔다. 백성이 이반을 찾아와 말했다.

"도대체 어쩌면 좋습니까? 우리나라에 훌륭한 신사가 찾아와 살고 있습니다. 그는 맛있는 것을 먹고 좋은 술을 마시며 깨끗한 옷만 입고 일하기를 싫어합니다. 더욱이 구걸은 하기 싫어하면서 금화만 자꾸 내놓습니다. 예전에 금화가 없을 때는 신사에게 무엇이든 갖다주었는데 이젠 아무도 그에게 물건을 주지 않습니다. 그러니 이 신사를 어떻게 하면 좋겠습니까? 저러다 굶어 죽을까 봐 걱정입니다."

그 말을 들은 이반이 이렇게 말했다.

"당연하지. 굶어 죽으면 안 되지. 그 신사에게 양 치는 목자처럼 집집마다 돌아다니며 구걸을 해서 먹고살게 하라."

그렇게 해서 도깨비 두목은 이곳저곳을 떠돌아다니며 구걸을 했다. 며칠이 지나자 이반의 궁궐에 구걸을 하러 갈 차례가 되었다.

도깨비 두목이 점심을 구걸하기 위해 이반을 찾아가자 이반의 벙어리 동생이 식사를 준비하고 있었다. 그때까지 여동생은 많은 사람들에게 식사를 준비해 주었다. 벙어리 여동생은 사람들의 손을 보고 게으름뱅이를 가려낼 줄 알았다. 게으름뱅이들은 일도 하지 않으면서 제일 맛있는 음식을 맨 먼저 먹어 치웠다.

그런 경험에 따라 벙어리 여동생은 나름대로 규칙을 정해 식사를 준비해 주었다. 손에 굳은살이 박인 사람들은 식탁에 앉아 식사를 할 수 있게 했고 그렇지 않은 사람들은 남은 찌꺼기만 주었다.

도깨비 두목이 점심을 얻어먹기 위해 찾아왔을 때도 벙어리 여동생은 슬쩍 그의 손부터 살펴보았다. 그의 손에는 당연히 굳은살이 없었다. 한 번도 일을 하지 않은 손은 곱디고운데다가 손톱은 길게 자라 있었다. 그것을 본 벙어리 여동생은 뭐라고 소리를 지르더니 도깨비 두목을 식탁에서 끌어냈다.

그러자 이반의 아내가 도깨비 두목에게 말했다.

"화내지 마세요. 우리 시누이는 손에 굳은살이 박이지 않은 사람은 식탁에 앉히지 않아요. 그러니 잠깐 기다리세요. 곧 다른 사람들이 다 먹고 나면 남은 것을 줄 테니까."

그 말을 듣고 도깨비 두목은 화를 내며 중얼거렸다.

'이반의 궁궐에서 나한테 돼지죽을 주려고 하는군.'

도깨비 두목은 이반에게 달려가 말했다.

"이 나라에는 모두 손으로만 일을 해야 한다는 바보 같은 법이 있군요. 그런 생각은 어리석기 짝이 없는 것입니다. 영리한 사람은 무엇으로 일하는지 아십니까?"

그러자 이반이 대답했다.

"우리 같은 바보가 어찌 알겠는가? 우리는 대부분 손과 등으로 일을 하지."

"그렇게 일하는 것은 여러분이 어리석기 때문입니다. 그렇다면 내가 무엇으로 일하는지 알려 주지요. 여러분도 곧 깨닫게 될 겁니다. 손보다 머리로 일하는 것이 훨씬 이익이라는 것을."

그 말에 이반은 놀라지 않을 수 없었다.

"과연! 맞는 말이오. 우리가 바보라는 소리를 듣는 것도 무리가 아니군."

도깨비 두목은 계속 설명했다.

"하지만 머리로 일하는 게 쉬운 일은 아닙니다. 내 손에 굳은살이 없다고 해서 먹을 것을 주지 않는 것은 여러분이 어리석기 때문입니다. 머리로 일하는 것이 얼마나 힘든 일인지 여러분은 모릅니다. 때로는 머리가 깨지는 것처럼 아프답니다."

이반은 그 말을 듣고 생각에 잠겼다.

"왜 그대는 자신을 그렇게 혹사하지? 머리가 깨질 지경이라면 쉬운 일은 아니겠군. 그렇다면 차라리 손과 등으로 일하는 게 더 낫지 않을까?"

그러자 도깨비 두목이 대답했다.

"제가 저 자신을 혹사하는 것은 어리석은 여러분을 불쌍하게 여기기 때문입니다. 만일 제가 스스로 혹사하지 않는다면 여러분은 평생 바보로 살아가야 할 것입니다. 다행히 저는 머리로 일해 왔기 때문에 이제 여러분에게 그 방법을 가르쳐 주려고 합니다."

이반은 그 말에 경탄을 하며 말했다.

"그렇다면 어서 알려 주게. 손이 지치면 머리로 대신 일할 수 있는 방법을."

도깨비 두목은 그 방법을 알려 주겠다고 약속했다. 그래서 이반은 온 나라에 방을 붙였다.

'훌륭한 신사가 여러분에게 머리로 일하는 방법을 알려 줄 것이다. 머리는 손보다 더 많은 일을 할 수 있다고 한다. 모두 나와서 배우도록 하라.'

약속한 날이 되자 사람들은 높은 망루를 세우고 그 위에 연단을 만들었다. 이반은 신사를 그 연단으로 안내했다.

연단에 오른 신사는 떠들어대기 시작했다. 어리석고 무식한 백성은 그 연설을 듣기 위해 구름 떼처럼 몰려들었다. 바보들은 신사가 정말로 머리로 일하는 방법을 가르쳐 줄 것이라 믿었다.

하지만 도깨비 두목은 머리로 일하는 방법을 가르쳐 주는 것이 아니라 어떻게 하면 일하지 않고 놀고먹을 수 있는지 떠들어대고 있었다. 바보들은 뭐가 뭔지 알 수 없었다. 결국 시간이 어느 정도 지나자 각자의 일터로 뿔뿔이 흩어졌다.

도깨비 두목은 하루 종일 높은 망루의 연단에서 떠들었다. 그리고 그다음 날도 연설을 계속했다. 그러다 보니 허기가 져서 무엇이든 먹고 싶었다. 하지만 바보들은 신사가 머리로 일을 잘한다면 그까짓 빵쯤은 쉽게 만들어 낼 것이라고 믿었다. 그래서 아무도 신사에게 빵을 주지 않았다.

도깨비 두목은 며칠 동안 계속 연단에서 떠들어댔다. 그러나 사람들은 잠시 연설을 듣다가 곧바로 각자의 일터로 돌아갔다. 이반은 백성에게 계속해서 물었다.

"그래, 어떻던가? 그 신사가 정말 머리로 일하던가?"

"아닙니다. 그는 계속해서 떠들기만 합니다."

한편 도깨비 두목은 며칠 동안 계속 망루에서 떠들어 댄 탓에 지칠 대로 지쳐 비틀거렸다. 그리고 한참을 휘청거리던 도깨비는 결국 기둥에 머리를 부딪치고 말았다. 그때 한 바보가 그 장면을 보고 이반의 아내에게 급히 소식을 전했다. 이반의 아내는 급히 이반에게 달려가 알려 주었다.

"신사가 드디어 머리로 일을 하기 시작했나 봐요. 어서 구경하러 가요."

"그게 정말이오?"

이반은 소식을 듣자마자 말을 타고 망루로 달려갔다. 과연 망루에 도착해 보니 신사가 지칠 대로 지쳐 기둥에 머리를 부딪치고 있었다. 그리고 이반이 망루 아래로 다가서자 신사는 거꾸로 떨어지며 요란한 소리와 함께 기둥들에 차례로 머리를 부딪쳤다.

"오호!"

그 장면을 보니 이반은 감탄사가 절로 나왔다.

"가끔은 머리가 깨지는 경우도 있다고 하더니 정말 그렇군. 이건 손에 박인 굳은살이 문제가 아니야. 저렇게 일을 하다가는 머리에 혹이 많이 생기겠는걸."

이반이 그렇게 생각하는 사이 도깨비 두목은 땅바닥에 머리를 박고 쓰러졌다. 이반은 그 광경을 보고 신사가 얼마나 많은 일을 머리로 했는지 확인하기 위해 가까이 다가섰다. 그러나 그 순간 신사의 머리가 박혀 있는 땅바닥이 갈라지더니 커다란 구멍과 함께 도깨비가 땅속으로 빨려 들어가 버렸다. 그리고 그 자리에는 구멍만 하나 뚫려 있을 뿐이었다.

이반이 그 장면을 보고 머리를 긁적이며 말했다.

"이런 세상에! 또 그놈이었군. 그놈들의 아비가 틀림없어. 아무튼 별 해괴한 놈들이 다 있군."

도깨비들은 모두 사라졌고 이반의 나라는 평화를 지킬 수 있었다. 더 많은 사람들이 이반의 나라로 찾아왔고 두 형도 이반을 찾아왔다. 이반은 그들을 모두 받아들였다. 그 누가 찾아와서 '도와주세요.' 하면 이반은 '좋아요. 이곳에 와서 살도록 하시오. 여기는 무엇이든 다 있으니까.' 하며 흔쾌히 대답했다.

그러나 이 나라에 살려면 꼭 지켜야 할 것이 있었다. 그것은 바로 손에 굳은살이 박인 사람은 식탁에 앉아 식사를 하지만 그렇지 않은 사람은 남은 찌꺼기를 먹어야 한다는 것이었다.

귀여운 여인

- 안톤 체호프 -

안톤 체호프(Anton Pavlovich Chekhov 1860~1904) 러시아 소설가, 극작가

안톤 체호프는 러시아 남부의 항도 타간로크에서 잡화상의 아들로 태어났다. 16세 때 아버지의 파산으로 중학을 고학으로 마쳤다. 모스크바 대학에서 의학을 공부했으며 1880년대에 단막 소극 〈청혼〉과 〈곰〉으로 극작 활동을 시작하였다. 1884년에 대학을 졸업하고 의사가 된다.

1890년에는 단신으로 죄수들의 유형지인 사할린 섬으로 여행을 가면서 제정 러시아의 감옥제도의 실태를 조사한다. 폐결핵 증세가 악화되어 1899년에 결핵 요양을 위하여 크림반도의 얄타 교외로 옮겨간다. 이곳에서 농민들을 치료해 주기도 하고 콜레라에 대한 예방대책을 세우며 사회 사업에 힘을 쓴다.

1900년 학술원 명예회원으로 선출된 후 1901년 올리가 크니페르와 결혼한다. 1884년부터 앓게 된 폐결핵이 더 심해져 1904년 6월 15일 마흔네 살의 나이로 독일의 요양지 바덴바덴에서 생을 마감한다.

대표작으로는 장막극《이비노프》《갈매기》《바냐 아저씨》《세자매》《벚꽃 동산》 5편과《다락방이 있는 집》《관리의 죽음》《카멜레온》《18등불》《지루한 이야기》《사할린 섬》《유형지에서》《6호실》《귀여운 여인》외 다수의 작품이 있다.

톨스토이의 격찬을 받은 이 작품은 주인공 올렌카의 사랑 없이는 살아갈 수 없는 사랑스러운 여인의 전형을 창조하는 데 성공한 작품이라고 볼 수 있다.

두 번의 사별과 스미르닌과의 이별 이후 사랑할 대상이 없어지고 난 후 올렌카는 금방 늙어버린다. 그러다 스미르닌의 아들 사샤에게 모성애적인 사랑에 빠져들어 다시 삶의 힘과 기쁨을 얻게 된다.

체호프가 표현한 귀여운 여인은 남성의존적인 여인이라고 평할 수밖에 없을 것이다. 자신은 없고 그저 남성들에게 희생하고 따르는 여인의 삶을 통해 귀여운 여인이란 어떤 모습이라야 할 것인가에 대해 생각해 보도록 하고 있다.

작품 줄거리

올렌카는 남편의 일이나 남편이 곧 자신이라는 생각으로 일과 교회생활을 열심히 하며 평화롭게 살았다. 그러다 어느 해 겨울 남편 바니카예프는 감기로 세상을 떠났다. 사랑을 잃어버린 올렌카는 외출도 하지 않고 수녀처럼 지내다 건넌방에 세 들어 살던 수의관 스미르닌과 가까워진다. 그에게는 자식이 하나 있었으나 바람난 부인과 이혼을 한 남자였다. 이런 그와의 행복도 오래 가지 못하고 스미르닌의 군대가 먼 곳으로 이동하게 되자 다시 외톨이가 된 올렌카는 먹고 마시는 것조차 귀찮아하며 우울한 나날을 보낸다. 그녀는 더 이상 사랑스러운 여자가 아닌 늙고 추한 늙은이가 되어버렸다. 그러던 어느 날 스미르닌이 자신의 자식과 부인을 데리고 세를 찾는 중이라며 찾아왔다. 외로웠던 올렌카는 그 가족을 흔쾌히 받아들였고 스미르닌의 아들 사샤에게 자식과도 같은 애정을 쏟는다. 그 소년으로 인해 또 다른 자기를 갖게 되는 것이다. 그녀의 삶은 온통 소년으로 꽉 차 있었고 지금까지와는 다른 모성을 느끼고 그 어떤 누구보다 큰 애정과 사랑을 기울이지만 소년을 떠나보내야 하는 상황에 또 다시 불안해한다. 그녀에게는 오직 자신의 마음과 이성 전부를 붙들고 자기의 사상과 생활의 방향을 제시해 줄 애정이 필요했던 것이다.

핵심 정리

· 갈래: 단편 소설
· 구성: 사실적
· 시점: 전지적 작가 시점
· 배경: 19세기 러시아 전원 풍경
· 주제: 희생과 조건 없는 여인의 순수한 사랑

귀여운 여인

8등관으로 퇴직한 프레마니코프의 딸인 올렌카(올리가의 애칭)는 정원으로 내려가는 좁은 계단에 앉아 골똘히 생각에 잠겨 있었다. 무더운 날씨에 파리까지 성가시게 달려들었지만 이제 곧 선선한 저녁이 다가올 것을 생각하니 마음이 흐뭇했다. 동쪽 하늘에서는 검은 비구름이 몰려오고 가끔씩 습한 바람이 불어왔다.

유원지 '치볼리'의 소유주이며, 별채에 세 들어 살고 있는 쿠킨이라는 남자가 안뜰 한복판에 서서 하늘을 쳐다보고 있었다.

"이런, 또 비야!"

그는 내뱉듯 말했다.

"또 비가 올 모양이군! 하루라도 안 내리곤 못 배기나. 마치 일부러 그러는 것 같아. 정말 목을 매고 죽으라는 것과 다를 게 없잖아. 파산하라는 것과 마찬가지야. 매일 엄청난 손해를 보고 있으니!"

그는 두 손을 마주쳐 손뼉을 치더니 올렌카를 향해 말을 걸었다.

"바로 이런 거예요, 올리가 세묘노브나. 우리가 살아간다는 건 말입니다. 정말 울고 싶어요! 일하고, 정성 들이고, 끙끙대며 밤잠도 안 자고 조금이라도 나은 것을 만들어내기 위해 온갖 생각을 다 하는데, 그런데 결과는 어떤가요? 첫째, 저 구경꾼들은 교육도 못 받은 야만인들이랍니다. 나로서는 온갖 정성을 다해 오페레타니, 몽환극이니, 훌륭한 가요곡의 명가수니 하고 내보내지만, 과연 그들이 원하는 것이 그것일까요? 그들이 원하는 것은 유랑극단의 신파극이라고요! 게다가 이 날씨를 보세요. 밤에는 꼭 비가 오거든요. 5월 10일부터 두 달 동안 비가 계속 내리다니, 정말 어처구니없어요! 구경꾼은 거의 오지 않는데 나는 토지 임대료를 꼬박꼬박 바치고 있고, 배우들한테도 출연료를 지불하고 있잖습니까?"

다음 날 저녁에도 비구름이 몰려오자 쿠킨은 미친 듯이 웃으며 말했다.

"도대체 어떻게 된 거야? 어디 한번 멋대로 쏟아져 보라고! 차라리 유원지 전체를 물바다로 만들어버려라! 차라리 나를 물속에 집어넣어봐. 이 세상의 행복, 아니 저세상의 행복이 어떻게 되든 알 게 뭐야! 배우들도 나를 고소하고 싶으면 고소해보라고 해! 재판소가 뭐야? 시베리아로 유배를 보내도 상관없어! 단두대도 사양하지 않겠어! 하하하!"

그다음 날도 마찬가지였다.

올렌카는 잠자코 쿠킨의 말을 듣고 있었다. 때로는 그녀의 눈에 눈물이 맺힌 적도 있었다. 그리고 마침내 그녀는 쿠킨의 불행에 연민을 느낀 나머지 그를 사랑하게 되었다. 그는 키가 작고 마른 몸집이고, 누런 안색에 구렛나룻을 매끈하게 쓰다듬어 붙인 모습이었다. 목소리는 답답하고 가는 음성이고 말할 때는 입이 비뚤어지는 버릇이 있었다. 그의 얼굴은 늘 절망의 빛을 띠고 있었지만 오히려 그것이 그녀의 가슴에 깊은 감동을 가져다주었다.

그녀는 언제나 누군가를 사랑하고 있었다. 아니, 사랑 없이는 한순간도 견디지 못하는 여인이었다. 예전에는 아버지를 무척 좋아했지만 그는 지금 병들어 어둡고 침침한 방의 안락의자에 앉은 채 괴로운 나날을 보내고 있다. 한때 숙모를 몹시 좋아한 적도 있었다. 그녀는 2년에 한 번 정도 브란크스에서 찾아오곤 했다. 그보다 훨씬 전인 여학생 때에는 프랑스어 선생님을 무척 좋아한 적도 있었다.

그녀는 조용하고 온순하며 정이 많은 아가씨로, 다정하고 부드러운 눈매를 가진 건강한 처녀였다. 그녀의 도톰한 장밋빛 뺨이나 까만 점이 하나 있는 목덜미, 그리고 즐거운 이야기를 들을 때 그녀의 얼굴에 떠오르는 귀여운 미소 등을 바라보며 남자들은 마음속으로 '아주 참하다'고 생각하며 덩달아 미소를 짓곤 했다. 또한 여자들은 그녀의 귀여움에 감탄해서 이야기 도중에 갑자기 손을 잡고 기쁨에 넘쳐 정신없이 이렇게 말하곤 했다.

"정말 귀여운 아가씨야!"

그녀가 태어났고 현재도 살고 있는 이 집은 아버지의 유언장에 적혀 있는 것처럼 그녀의 소유였고 근처에 집시 마을이 있으며, '치볼리' 유원지에서도 그리 멀지 않았다. 매일 초저녁부터 밤늦게까지 유원지에서는 음악과 폭죽 소리가 들려왔는데 그것은 마치 쿠킨이 자신의 운명과 싸우면서 그가 노리는 힘겨운 적(저 냉담한 구경꾼들)을 향해 돌격하고 있는 것처럼 여겨졌다. 이른 새벽녘, 그가 돌아오면 그녀는 침실의 창문을 조용히 두드리며 커튼 사이로 얼굴을 내밀어 정답게 미소를 보내주었다.

결국 그는 청혼을 했고 두 사람은 결혼했다. 그리고 그 역시 그녀의 목덜미와 아담한 어깨를 보며 자기도 모르게 손뼉을 치면서 이렇게 중얼거렸다.

"귀여운 여자야!"

그는 행복하다고 느꼈지만 공교롭게도 결혼식 날에도 비가 왔고 밤이 이슥해서도 비가 그치지 않자 그의 얼굴에서는 내내 우울한 빛이 사라지지 않았다.

그래도 두 사람은 즐거운 나날을 보내고 있었다. 그녀는 남편의 사무실에 앉아 유원지 안을 살펴보거나 장부를 기입하고 급료를 주는 일을 맡아 했다. 그녀의 장밋빛 뺨과 사랑스럽고 귀여우면서도 마치 후광과도 같은 미소는 방금 사무실에서 보였는가 하면 어느덧 무대 뒤에서 나타나고, 또 금방 가설극장의 식당에 나타나는 등 언제나 그 부근을 배회하고 있었다.

그녀는 이젠 낯이 익어 친근해진 사람들에게 이 세상에서 가장 훌륭하고 가장 소중하면서도 필요한 것은 바로 연극이라고 말하곤 했다. 그리고 그녀는 진정한 위안을 얻고 교양과 인정이 많은 사람이 되는 길은 오로지 연극에서만 찾을 수 있다고 덧붙였다.

그러나 그녀는 "구경꾼들이 그것을 제대로 알 수 있을까요?" 하고 걱정스러운 표정으로 말했다.

"그 사람들이 원하는 것은 유랑극단의 신파극이랍니다! 어제 〈파우스트〉를 상연했는데 객석이 텅텅 비어 있더군요. 하지만 만약 뭔가 저속한 것을 상연했다면 틀림없이 극장은 대만원이었을 거예요. 내일은 우리 남편 바니치카가 〈지옥의 오르페우스〉를 상연할 거예요. 꼭 와주세요, 네?"

그녀는 이렇게 연극이나 배우에 대해 쿠킨이 말한 것을 그대로 흉내 내곤 했다. 그녀 역시 남편과 마찬가지로 관람객이 예술에 냉담하고 무식하다면서 업신여겼고, 대사를 고치고 악사들의 동작을 간섭하면서 무대 연습에 참견했다. 지방 신문에서 자기들의 연극에 대해 혹평을 하면 그녀는 눈물을 뚝뚝 흘리며 신문사로 달려가 담판을 짓곤 했다.

하지만 배우들은 그녀를 잘 따랐고, '또 하나의 바니치카' 혹은 '귀여운 여인'이라는 애칭을 붙여주었다. 그녀 역시 그들을 잘 보살펴주고 가끔 돈을 빌려주기도 했다. 간혹 속는 경우가 있어도 그녀는 남몰래 혼자서 울 뿐, 남편에게도 하소연을 하지 않았다.

그해 겨울도 두 사람은 즐겁게 지냈다. 한겨울 내내 시내의 극장을 빌려 우크라이나인 극단이나 마술사, 혹은 지방의 아마추어 극단에게 다시 빌려 주었다. 올렌카는 점점 살이 찌고 머리끝에서부터 발끝까지 기쁨과 행복의 빛으로 빛나고 있었다. 그러나 쿠킨은 점점 안색이 누렇게 되어 그해 겨울 에는 사업에 크게 성공했는데도 엄청난 손해를 보았다고 투덜거렸다. 게다 가 그는 밤마다 기침을 심하게 했다. 그래서 올렌카는 그에게 딸기즙이나 보리수꽃 즙을 먹이거나 오드콜로뉴로 찜질해주며 따뜻한 옷으로 감싸주 었다.

"당신은 너무 좋은 분이에요!"

그녀는 쿠킨의 머리카락을 쓰다듬으며 진심으로 그렇게 말했다.

"당신은 정말, 정말 좋은 분이에요!"

그러던 어느 날 그가 사순절에 극단을 모집하려고 모스크바로 떠나느라 집을 비우게 되었다. 남편이 없으면 잠을 잘 자지 못하는 그녀는 줄곧 창가 에 앉아서 별들만 쳐다보며 지냈다. 그 순간 그녀는 자신이 마치 수컷이 없 으면 밤새도록 자지 않고 걱정하는 암탉과 같은 생각이 들었다. 쿠킨은 모 스크바에서의 일정이 늦어져 부활절 무렵에나 돌아온다는 편지를 보내왔 다. 아울러 '치볼리' 유원지에 관한 여러 가지 지시할 것도 써 보냈다.

그런데 수난주(부활절에 앞서는 일주일간) 바로 전날인 월요일 밤늦게 갑자기 문밖에서 불길한 노크 소리가 들려왔다. 누군가가 대문을 마치 물 통이라도 두드리듯 쿵쿵 두드리고 있었다. 잠이 덜 깬 하녀가 맨발로 물웅 덩이를 철벅거리면서 달려 나갔다. 밖에서 거칠고 굵은 목소리가 들렸다.

"죄송하지만 문 좀 열어주시오. 전보가 왔습니다!"

올렌카는 전에도 남편으로부터 전보를 받은 적이 몇 번 있었지만 이번에 는 웬일인지 가슴이 두근거리기 시작했다. 그녀는 부들부들 떨리는 손으로 전보의 봉투를 뜯어 읽었다.

'이반 페트로비치 오늘 급서, 내참 지시 바람, 장례식 화요일.'

그 전보에는 '장례식'이라는 낯선 단어와 무슨 뜻인지 알 수 없는 '내참'

이라는 단어가 적혀 있었다. 서명은 오페라단의 감독 이름으로 되어 있었다.

"아아, 쿠킨!"

올렌카는 그의 이름을 부르며 울기 시작했다,

"사랑하는 나의 쿠킨! 왜 나는 당신을 만났을까요? 왜 당신을 알고 사랑했을까요? 이제 당신은 이 가련한 올렌카를, 이 가련하고 불행한 여자를 버렸으니 난 도대체 누구를 의지해야 하나요?"

쿠킨의 장례식은 화요일에 모스크바의 바가니코프 묘지에서 거행되었다. 수요일에 집으로 돌아온 올렌카는 방에 들어가자마자 침대 위에 엎드려 큰 소리로 울음을 터뜨렸다. 그 울음소리는 거리와 이웃집까지 들릴 정도였다.

"가엾어라!"

이웃 여인들이 성호를 그으면서 말했다.

"귀여운 올리가 세묘노브나가 저렇게 슬퍼하고 있군요!"

그로부터 석 달이 흐른 어느 날, 올렌카는 낮 미사를 마치고 상복을 입은 채 쓸쓸히 집으로 돌아오고 있었다. 그때 우연히 그녀와 나란히 걷게 된 사람은 역시 교회에서 돌아오던 바실리 안드레이치 푸스토발로프라는 이웃집 남자였다. 그는 바바카예프의 큰 원목 도매상의 관리를 맡고 있었는데, 밀짚모자를 쓰고 흰 조끼에 금줄을 늘어뜨리고 있어 장사꾼이 아니라 마치 지주처럼 보였다.

"어떤 일에든 운명이라는 것이 있습니다, 올리가 세묘노브나."

그는 의젓하게 동정 어린 말을 건넸다.

"그러니까 누군가 가까운 사람이 죽었다 하더라도 그것은 하느님의 뜻이므로 우리는 마음을 굳게 먹고 참아내야만 합니다."

그는 올렌카를 집까지 바래다주고 작별 인사를 한 다음 돌아갔다. 그 후 그녀의 귓가에는 그의 의젓한 음성이 맴돌았고, 잠시만 눈을 감아도 당장 그의 새까만 수염이 어른거렸다. 그를 좋아하게 된 것이다. 뿐만 아니라 그녀 역시 상대방의 가슴에 깊은 인상을 남겨준 듯했다.

그로부터 며칠 후 평소에 그다지 친하게 지내지 않던 어느 중년 부인이 커피를 마시러 와서는 식탁에 앉자마자 곧 푸스토발로프의 얘기를 꺼냈다.

그 사람은 진실하고 좋은 사람이다, 그 사람이라면 어떤 여자라도 기꺼이 시집을 갈 것이라고 늘어놓았던 것이다.

그리고 사흘 후에 푸스토발로프가 직접 찾아왔다. 그는 십 분 정도 머물렀을 뿐 몇 마디 말도 하지 않았지만 올렌카는 그를 사랑하게 되었다. 그것은 보통 사랑이 아니어서 그날 밤을 뜬눈으로 새우며 마치 열병에라도 걸린 것처럼 몸과 마음이 활활 타올랐다. 그래서 날이 새기가 무섭게 그 중년 부인을 불러오라며 심부름꾼을 보내는 소동을 벌였다. 그리고 마침내 약혼 예물을 교환하고 두 사람은 결혼식을 올리게 되었다.

푸스토발로프와 올렌카는 행복하게 살았다. 그는 대부분 점심때까지는 원목 도매상에서 일하고 그 후에는 밖으로 일을 보러 나갔다. 그러면 올렌카는 저녁때까지 사무실에 앉아서 계산서를 작성하거나 상품을 보내는 일을 했다.

"요즘은 목재값이 해마다 이십 퍼센트 정도 오르고 있어요."

그녀는 고객들에게 이렇게 말하곤 했다.

"우리는 예전엔 이 지방의 목재를 취급했지만, 요즘엔 목재를 사러 모길료프 현까지 가야 한답니다. 정말 운임이 얼마나 많이 드는지 몰라요!"

이렇게 말하고 그녀는 소름이 끼치는 것처럼 두 손으로 볼을 감쌌다.

그녀는 자기가 이 세상에서 가장 오랫동안 목재상을 해온 듯한 기분이 들어, 이 세상에서 가장 소중하고 필요한 것은 목재라고 여길 정도였다. 도리목, 통나무, 얇은 판자, 각목, 윗가지, 대목, 배판 등과 같은 말들에서 왠지 친근하고 다정함을 느낄 수 있었다. 밤마다 그녀의 꿈에 나타나는 것은 두껍고 얇은 판자 더미가 몇 개나 쌓이고, 끝없이 길게 늘어선 짐마차 행렬이 목재를 멀리 운반해 가는 장면이었다. 또 일곱 치 굵기에 길이가 서른 자 가까이나 되는 통나무가 한 무리를 이루어 깃발과 북소리도 당당하게 원목 도매상으로 들어오는 광경이나 통나무와 도리목, 배판이 서로 부딪쳐 뱃속까지 울릴 듯한 소리를 내며 한꺼번에 쓰러졌다 일어나고 겹쳐 쌓이는 모습도 그려졌다. 올렌카가 꿈을 꾸다 놀라 비명을 지르면 푸스토발로프가 토닥거려주며 다정하게 말을 건넸다.

"올렌카, 왜 그래, 응? 성호를 그어요!"

남편이 생각하고 느끼는 것은 동시에 그녀도 생각하고 느꼈다. 그가 방이 너무 덥다고 생각하거나 요즘은 경기가 나쁘다고 생각하면 그녀 역시 그렇게 생각했다. 남편이 구경하러 다니는 것을 좋아하지 않는 성격이라 쉬는 날이면 그녀도 집에서 지냈다.

"아주머니는 늘 집 아니면 사무실에만 계시는군요. 귀여운 아주머니, 가끔 극장이나 곡마단에도 가고 그러세요."

이웃 사람들이 그렇게 말하곤 했다.

그러면 그녀는 정색을 하며 대답했다.

"우리는 구경 갈 틈이 없어요. 우리같이 장사를 하는 사람한테는 그런 여유가 없어요. 연극이 뭐 그리 좋은가요?"

토요일이 되면 푸스토발로프와 그녀는 반드시 밤 미사에 참석하고, 주일에는 아침 미사에 나갔다. 교회에서 돌아올 때는 언제나 사이좋게 어깨를 나란히 하고 행복한 표정으로 걷곤 했는데, 그럴 때면 그녀의 비단옷이 경쾌하게 바스락거렸다.

집에 돌아오면 차를 마시고 맛있는 빵에 여러 가지 잼을 발라 먹은 뒤 사이좋게 고기만두를 나눠 먹었다. 매일 점심때가 되면 정원은 물론 문밖의 거리까지 야채수프와 함께 양고기와 오리구이 등의 맛있는 냄새가 풍기고, 육식을 금하는 날은 생선 요리 냄새가 그 집 앞을 지나는 사람들을 유혹했다. 사무실에서는 찾아오는 손님에게 언제나 둥근 빵과 차 대접을 했다. 두 사람은 일주일에 한 번씩 목욕탕에 갔는데 돌아오는 길에는 얼굴이 빨갛게 상기되어 행복에 젖었다.

"덕분에 행복한 생활을 하고 있어요."

올렌카는 아는 사람을 만날 때마다 이렇게 말했다.

"고마운 일이죠. 정말 여러분도 우리 남편과 나처럼 지내시기 바래요."

그러던 어느 날, 푸스토발로프가 모길료프 현으로 목재를 사러 떠나자, 그녀는 몹시 쓸쓸해하며 며칠이고 잠도 자지 않고 눈물만 흘렸다. 이따금 저녁 무렵, 그녀의 집 별채를 빌려 쓰고 있는 스미르닌이라는 젊은이가 놀러오곤 했다. 부대에 근무하는 수의사인 그는 여러 가지 이야기를 들려주거나 트럼프 놀이 상대가 돼주어 그녀의 기분도 좋아졌다.

그중에서도 특히 재미있는 것은 그의 가정생활 이야기였다. 그에게는 아내와 아들이 있었지만 아내가 바람을 피우는 바람에 이혼을 했다. 그는 아내를 미워하면서도 매월 아들의 양육비로 사십 루블을 보내주고 있었다. 이런 이야기를 들으며 올렌카는 한숨을 쉬면서 그를 마음속으로 동정했다.

"그럼, 안녕히 주무세요."

시간이 늦자 그녀는 촛불을 들고 계단까지 나와 그를 배웅했다.

"고맙습니다. 당신 덕택에 기분이 한결 좋아졌어요. 안녕히 주무세요."

그녀는 남편의 흉내를 내며 의젓하고 침착하게 말했다. 그리고 수의사의 모습은 벌써 문밖으로 사라졌는데도 그녀는 다시 한번 그의 이름을 부르면서 이렇게 말했다.

"스미르닌, 부인하고 화해하시는 것이 좋겠어요. 아드님을 위해 부인을 용서하세요! 아드님도 이젠 철이 들 나이가 되었으니까요."

푸스토발로프가 돌아오자 그녀는 조용히 수의사와 그의 불행한 가정 생활에 관한 이야기를 들려주었다. 두 사람은 함께 한숨을 짓거나 고개를 저어가며 그의 아들은 아마도 아버지를 그리워하고 있을 거라고 말했다. 그런 다음 성상 앞에 무릎을 꿇고 땅에 이마를 대고는, "하느님, 제발 우리도 아기를 갖게 해주십시오." 하고 기도를 했다.

이런 식으로 푸스토발로프 부부는 서로 사랑하면서 정답게 6년의 세월을 보냈다. 그런데 어느 겨울날, 푸스토발로프는 사무실에서 뜨거운 차를 잔뜩 마신 다음 모자도 쓰지 않은 채 목재를 내주려고 밖에 나갔다가 감기에 걸려 자리에 눕게 되었다. 그리고 용하다는 의사들의 치료에도 불구하고 4개월 동안 앓다가 죽고 말았다. 올렌카는 또다시 혼자 남게 된 것이다.

"이렇게 나만 홀로 두고 가시면 도대체 누구를 의지하고 살라는 말인가요, 여보?"

그녀는 남편의 장례식을 치르고 나서 혼자 흐느껴 울었다.

"당신이 돌아가셨으니 나는 앞으로 어떻게 살아가야 하나요? 이 불쌍하고 불행한 나는 어떻게 살아야 되나요? 이 세상 어느 곳에도 친척 하나 없는데."

그녀는 줄곧 검은 옷에 상장을 달고 다닐 뿐, 이제 모자와 장갑은 사용하지 않기로 했다. 외출하는 것도 가끔 교회와 남편의 묘지에 가는 것이 고작이었고, 마치 수녀처럼 집안에 틀어박혀 지냈다. 그렇게 6개월이 지나자 그녀는 겨우 상장을 떼고 창의 덧문도 열어놓게 되었다. 아침나절에 가끔 하녀를 데리고 식품 가게로 나가는 그녀의 모습이 눈에 띄었으나, 집안 형편과 생활이 어떤지는 짐작으로밖에 알 도리가 없었다. 예를 들면 그녀가 정원에서 수의사와 차를 마시거나 그가 그녀에게 신문을 읽어주는 광경을 누군가 목격했다거나, 또는 우체국에서 그녀가 누군가에게 다음과 같은 말을 했다는 식의 추측과 소문만 무성했다.

"우리 동네에서는 수의사가 가축 검사를 제대로 하지 않기 때문에 여러 가지 전염병이 생기는 거예요. 사람들은 항상 우유를 마시고 병이 생겼다든지, 말이나 소에서 병이 전염되었다는 식으로 말하죠. 정말 가축의 건강이란 사람의 건강 못지않게 조심하지 않으면 안 돼요."

그녀가 말하는 것은 바로 수의사의 생각 그대로였으며, 이제는 무슨 일이든지 그와 똑같은 의견을 가지고 있었다. 그녀는 누군가에게 열중하지 않고는 1년도 살 수 없는 여자였고 이제 자신의 새로운 행복을 자기 집 별채에서 찾아낸 것이 확실했다. 다른 여자였다면 마땅히 세상 사람들의 비난을 받았을 이 사건도 올렌카였기에 어느 누구도 나쁘게 생각하지 않았다. 그녀에 대한 것이라면 무엇이든 당연하게 받아들였던 것이다.

그들 사이에 일어난 변화에 대해서 두 사람은 누구에게도 말하지 않기로 약속했다. 하지만 그 비밀의 약속은 꼭 깨져버리고 말았다. 그 까닭은 올렌카는 비밀이라는 것과 도무지 어울리지 않는 여자였기 때문이다. 부대의 동료가 그를 찾아오면, 그녀는 차와 저녁을 대접하면서 소나 양의 페스트에 관한 이야기며 결핵에 관한 이야기, 그 마을의 도살장에 관한 이야기 등을 거침없이 하곤 했다. 그 때문에 당황한 수의사는 손님이 돌아간 뒤 그녀의 손을 붙들고 화를 냈다.

"자기가 알지 못하는 얘기를 해서는 안 된다고 몇 번이나 부탁하지 않았나요? 우리 수의사들끼리 말할 때는 제발 참견하지 말아요. 쓸데없는 얘기니까 말이오!"

그러면 그녀는 깜짝 놀라 두려운 눈으로 그를 쳐다보며 이렇게 물었다.

"브로지치카(스미르닌의 이름인 블라디미르트의 애칭), 그럼 나는 어떤 얘기를 하면 좋겠어요?"

그리고 그녀는 눈물을 글썽거리며 그의 품에 안겨 제발 화내지 말라고 부탁하는 것이었다. 그래도 두 사람은 행복했다.

하지만 그 행복도 잠깐이었다. 수의사가 부대를 따라 가버렸던 것이다. 그것도 영원히. 왜냐하면 그 부대가 어딘가 아주 먼 곳으로 이동했기 때문이다. 그래서 올렌카는 또 홀로 남게 되었다.

이번에야말로 그녀는 정말로 혼자가 되었다. 아버지는 이미 오래전에 세상을 떠났고 생전에 그가 애용하던 팔걸이의자는 다리 하나가 떨어져 나간 채 먼지투성이가 되어 다락방에 처박혀 있었다. 그녀는 많이 야위고 얼굴도 초췌해졌다. 거리에서 마주치는 사람들도 이제는 예전처럼 그녀를 유심히 보거나 미소를 보내주지 않았다. 꽃다운 시절은 지나가고 이젠 추억거리가 되어버린 것이다. 이제는 온통 혼란스러운 생활, 세심하게 생각하지 않는 것이 오히려 나을 것 같은 생활이 시작되려는 듯했다.

올렌카는 저녁마다 정원으로 이어진 계단에 앉아 '치볼리'에서 연주하는 음악과 폭죽 터지는 소리를 들었다. 그녀는 꿈을 꾸듯 멍한 눈길로 텅 빈 자기 집 정원을 바라보았다. 먹는 것도 마시는 것도 마지못해 하는 것이었다.

그중에서도 가장 슬픈 일은 이젠 그녀에게 자기 의견이 전혀 없다는 것이었다. 눈으로는 주위에 있는 사물들이 보이기도 하고 주변에서 일어나는 일들을 이해할 수 있었지만, 어떤 일에 대해서도 자기 의견을 내세울 수가 없었고 어떤 말을 해야 할지 도무지 분간할 수 없었다.

아무런 자기 의견이 없다는 것은 얼마나 무서운 일인가? 이를테면 병이 하나 놓여 있거나, 비가 오거나, 또는 농부가 짐마차를 타고 가는 것을 보아도, 그 병이라든가 비라든가 농부가 무엇 때문에 있는 것이고 무슨 의미가 있는지 말할 수가 없었다. 가령 누군가 1천 루블을 주겠다고 해도 아무 대답을 할 수 없었을 것이다. 쿠킨이나 푸스토발로프와 함께 살았을 때나 수의사와 함께 있었을 때에는, 올렌카가 설명할 수 없는 것은 아무것도 없었다.

그리고 어떤 문제가 생겼을 때 자기 의견을 말하는 데 머뭇거림이 없었는데, 이제는 깊은 고민과 생각을 해도 마음속에는 마치 자기 집의 정원처럼 크고 허망한 공간이 생겼다. 말할 수 없이 기분이 언짢고 입맛이 쓴 느낌은 마치 쑥을 먹을 때와 다를 바 없었다.

이제는 집시 마을에도 거리 이름이 붙었고, '치볼리' 유원지와 목재 하역

장이 있던 부근에도 주택과 골목이 가지런히 들어서 있었다.

세월은 빨리도 흘러갔다. 올렌카의 집은 그을음에 찌들고 지붕은 녹슬고 헛간은 기울었다. 정원에는 키가 큰 잡초와 가시가 가득한 쐐기풀이 무성했다.

올렌카도 이젠 늙어서 볼품이 없어졌다. 여름철이 되면 그녀는 변함없이 그 계단에 앉아 있었지만 그녀의 가슴속은 여전히 텅 비어 무료하기가 쓰디쓴 쑥 맛과 같았다. 겨울에는 창가에 앉아 멍청하게 밖을 내다보는 것이 일과였다. 그러다가 봄의 숨소리가 설핏 스치거나 바람결에 교회의 종소리가 전해 오면, 갑자기 과거의 추억이 한꺼번에 밀려와 가슴이 저려오고 눈에서는 하염없이 눈물이 흘러내렸다. 하지만 그것도 순간적인 일일 뿐, 가슴속은 다시 텅 비어버리고 무슨 보람으로 살고 있는지 정말 알 수 없는 지경이 되었다. 재롱을 부리는 검은 고양이 브리스카가 목구멍에서 부드럽게 골골 소리를 내도 고양이 따위의 재롱은 조금도 달갑지 않았다.

그녀가 원하는 것은 사랑이었다. 사랑 중에서도 자기의 온몸과 영혼을 다하는 사랑, 있는 그대로의 영혼과 이성을 송두리째 전해주는 그런 사랑, 자기에게 이상과 생활의 방향을 이끌어주는 그런 사랑, 늙어가는 피를 따뜻하게 해주는 그런 사랑이었다. 그래서 그녀는 옷자락에 매달린 브리스카를 뿌리치며 이렇게 소리쳤다.

"저쪽으로 가, 저쪽으로. 여긴 아무것도 없어!"

이런 식으로 날이 거듭되고 해가 거듭되었다. 아무런 기쁨도, 아무런 의견도 없이 그녀는 하녀 마브라가 하는 대로 내버려 두었다.

그러던 7월의 어느 더운 날 해 질 무렵이었다. 마을의 가축 떼가 거리를 지나가며 정원 가득히 먼지를 날리고 있었다. 그 순간 대문을 두드리는 소리가 들렸다. 문을 열어주러 나간 올렌카는 얼핏 밖을 내다보고는 소스라치게 놀라 멍하니 그 자리에 얼어붙고 말았다. 문밖에 수의사 스미르닌이 서 있었던 것이다. 머리카락은 희끗희끗했고 옷차림은 평범했다. 그녀는 한꺼번에 모든 추억이 되살아나 울음을 터뜨리며 아무 말도 못 하고 그의 가슴에 얼굴을 파묻었다. 너무 흥분한 나머지 어떻게 안으로 들어와서 테이블에 마주 앉게 되었는지 모를 정도였다.

"정말 반가워요!"

그녀는 기쁨으로 몸을 떨면서 중얼거렸다.

"브로지치카! 도대체 어쩐 일로 여기까지 오셨나요?"

"실은 이곳에 아주 정착하려고 왔습니다."

그는 계속해서 말을 했다.

"군대를 그만두고 이렇게 이 마을로 온 것은 자유의 몸이 되어 운을 시험해보고도 싶고, 또 한 군데 뿌리를 박고 살아보려고 마음먹었기 때문입니다. 게다가 아들도 이제 중학교에 갈 나이고요. 많이 컸지요. 그리고 실은 아내와 화해를 했답니다."

"그럼 부인은 지금 어디 계세요?"

올렌카가 물었다.

"아들과 함께 여관에 있어요. 나는 새집을 구하러 다니고 있는 중이죠."

"그러시다면 우리 집으로 오세요! 이래 보여도 얼마든지 살 수 있어요. 정말, 그게 좋겠군요. 그리고 난 집세를 한 푼도 받지 않겠어요."

올렌카는 흥분한 나머지 또다시 눈물을 흘렸다.

"가족과 함께 여기서 살아주세요. 나는 저쪽 별채에서 살아도 좋아요. 아아, 정말 기뻐요!"

그렇게 해서 이튿날 안채 지붕에는 페인트가 칠해졌고 벽도 새롭게 단장됐다. 올렌카는 두 손을 허리에 올려놓고 정원을 이리저리 오가면서 지휘를 했다. 그녀의 얼굴에는 옛날의 미소가 빛나고 있었고 생생하게 활기를 띤 모습은 마치 기나긴 잠에서 깨어난 사람 같았다.

수의사의 아내도 왔다. 그녀는 바짝 마르고 못생긴 데다 짧은 머리에 고집이 있어 보이는 여자였다. 함께 따라온 사샤라는 어린애는 나이에 비해 키는 작았지만(아이는 열 살이었다.) 토실토실한 체격에 아름답고 파란 눈동자와 양쪽 볼에 보조개가 있는 귀여운 아이였다. 소년은 정원으로 들어서자마자 곧 고양이를 뒤쫓아 다니며 놀았다. 그리고 금방 집안에는 소년의 쾌활하고 즐거운 목소리가 울려 퍼졌다.

"아줌마, 이거 아줌마네 고양이예요?"

소년이 올렌카에게 물었다.

"이 고양이가 새끼를 낳으면 우리에게도 한 마리 주세요, 네? 엄마는 쥐를 몹시 싫어하거든요."

올렌카는 소년과 이야기를 하기도 하고 차를 마시면서 심장이 금세 따뜻해지고 달콤하게 저려 오는 것을 느낄 수 있었다. 마치 이 소년이 자기가 낳은 아들이나 되는 것 같았다. 그리고 밤이 되어 소년이 식당에 앉아서 공부를 하기 시작하자, 그녀는 감동과 동정 어린 눈길로 뚫어지게 소년을 바라보면서 이렇게 속삭였다.

"정말 귀엽고 잘생긴 아이야. 어쩜 저렇게 똑똑하고, 살결이 희고 깨끗할까."

"섬이라는 것은."

소년은 큰 소리로 책을 읽었다.

"뭍의 일부로서 사면이 바다로 둘러싸여 있는 것을 말한다."

"섬이라는 것은 뭍의 일부로서……."

그녀도 소년을 따라 중얼거렸는데, 이 말이야말로 그녀가 오랜 세월에 걸친 침묵과 공허를 깨고서 확신을 가지고 말한 최초의 의견이었다.

그렇게 자기의 의견이라는 것이 생기자 그녀는 저녁 식사 때 사샤의 부모를 상대로 요즘 중학교 고전이 꽤 어려워졌지만 역시 고전 교육이 실과 교육보다 훌륭하다고 말할 수 있게 되었다. 그리고 중학교를 나오면 어느 방면이든 자기 희망에 따라 의사도 될 수 있고 기사도 될 수 있기 때문에 중학교 교육이 중요하다고 이야기를 늘어놓았다.

사샤는 중학교에 다니게 되었다. 하지만 그의 어머니는 하르코프에 있는 언니에게로 간 뒤 돌아오지 않았다. 아버지는 매일 같이 어딘가로 가축 검역을 하러 떠나기 일쑤여서 때로는 사흘 동안이나 집을 비우는 일도 있었다. 올렌카는 사샤가 부모로부터 버림받아 집안에서 쓸모없는 인간으로 굶어 죽을 것 같은 생각이 들었다. 그래서 그녀는 소년을 자기가 사는 별채로 데리고 와 작은 방 하나를 마련해주었다.

그리고 사샤가 그녀의 별채에 살게 된 지도 어느덧 반년이 다 되었다. 매일 아침 올렌카가 소년의 방에 들어설 때면 그는 한쪽 팔을 베고 숨소리 하나 내지 않고 깊이 잠들어 있었다. 그 모습을 보며 그녀는 소년을 깨우는 것이 가엾다는 생각이 들었다.

"사센카."

그녀는 슬픈 듯이 소년을 불렀다.

"일어나거라, 얘야! 학교 갈 시간이야."

소년은 일어나서 옷을 입고 하느님께 기도한 뒤 자리에 앉아 차를 마셨다. 차를 석 잔 마시고 커다란 비스킷 두 개와 버터 바른 프랑스 빵 반 조각을 먹었다. 그는 아직도 잠이 덜 깨어 기분이 나빠 보였다.

"사센카, 너 아직 동화시를 완전히 외우지 못했지?"

그렇게 말하며 올렌카는 마치 그를 먼 여행이라도 떠나보내는 듯한 눈길로 가만히 지켜보았다.

"말썽꾸러기로구나. 정말 잘해야 해. 공부도 잘하고 선생님 말씀도 잘 들어야 한다."

하지만 사샤는 소리쳤다.

"괜찮아요! 좀 내버려 두세요, 제발!"

그리고 그는 학교를 향해 거리를 걸어갔다. 사샤는 꼬마에게 어울리지 않는 커다란 모자를 쓰고 묵직한 책가방을 둘러메고 있었다. 올렌카는 그 뒤를 소리 없이 따라갔다.

"잠깐 기다려, 사센카!"

그녀가 그를 불러 세웠다.

소년이 뒤를 돌아보면 그녀는 그의 손에 대추나 사탕을 쥐여 주었다. 하지만 학교가 있는 골목길로 접어들면 소년은 키가 큰 뚱뚱보 아주머니가 자기 뒤를 따라오는 것이 부끄러워 획 돌아서서 이렇게 말했다.

"아줌마는 집으로 돌아가세요. 이제 혼자 갈 수 있으니까."

그래도 그녀는 걸음을 멈춘 채 눈도 깜박거리지 않고 소년의 뒷모습이 교문 안으로 사라질 때까지 바라보고 있었다. 아, 그녀에게 아이가 얼마나 귀엽게 느껴졌을까.

그녀가 지금까지 기억하고 있는 애착 가운데 이보다 깊은 것은 없었다. 날이 갈수록 가슴속에 모성애가 세차게 불타올랐다. 지금만큼 아무 분별도 없이, 욕심과 이해관계를 떠나서 마음속으로 자기의 영혼을 바칠 생각을 한 적은 한 번도 없었다. 그녀에게는 전혀 남남인 이 소년, 양쪽 볼의 보조개, 그의 커다란 모자, 이런 것들을 위해서라면 자기 목숨을 버려도 아깝지 않을 것 같았다. 오히려 기쁨에 넘쳐 감동의 눈물을 흘리면서 목숨을 바칠 것 같았다. 무슨 이유로? 그러나 그 이유를 누가 알겠는가?

사샤를 학교까지 바래다준 그녀는 참으로 만족스럽고 흐뭇해져서 여유 있고 애정이 넘쳐흐르는 기분으로 천천히 집을 향해 걷고 있었다. 그녀의 얼굴도 최근 반년 동안에 다시 젊어져 줄곧 미소를 띠고 있었고 눈동자는 밝게 빛났다. 거리에서 만나는 사람들도 그녀의 얼굴을 유심히 쳐다보고는 자신도 모르게 흐뭇해져서 이런 말을 건넸다.

"안녕하세요, 귀여운 올리가 세묘노브나 아주머니! 기분은 어떠세요?"

그러면 그녀는 이렇게 대답했다.

"요즘엔 중학교 공부도 상당히 어려워졌어요. 정말 보통 일이 아녜요. 어제만 해도 1학년 학생에게 동화시를 암기하고 라틴어 번역과 또 다른 숙제가 나왔었지요. 꼬마들한테 그래도 괜찮은 건가요?"

그리고 그녀는 선생님들에 대한 소문, 수업 이야기, 교과서 이야기와 전부터 사샤에게 들은 이야기를 그대로 늘어놓았다.

방과 후 2시쯤부터 그들은 함께 점심을 먹고 밤에는 함께 예습을 하면서 즐겁게 지냈다. 그리고 사샤를 침대에 뉘어주면서 오랫동안 그를 위해 성호를 긋거나 나지막한 소리로 기도문을 외우곤 했다. 그것을 마치면 자기도 침대에 들어가서 먼 장래에 관한 일(사샤가 대학을 나와 의사나 기사가 되어 셋집 아닌 자기의 커다란 저택을 가지고, 말과 멋진 마차를 갖추어 신부를 맞이하고 아기를 낳는 등등)에 대해 공상을 했다.

자면서도 같은 것만을 생각했다. 문득 그녀의 눈에서 눈물이 흘러나와 양쪽 뺨을 적시고 떨어졌다. 그리고 검은 고양이가 그녀의 겨드랑이에 안겨 자면서 자꾸 목구멍에서 소리를 내고 있었다.

"골골골……."

그때 갑자기 대문을 쾅쾅 두드리는 소리가 났다. 올렌카는 벌떡 일어나 무서움에 벌벌 떨었다. 심장이 터질 듯했다. 삼십 초쯤 후에 또다시 두드리는 소리가 들려왔다.

'하르코프에서 전보가 온 모양이야.'

그녀는 온몸을 덜덜 떨면서 생각했다.

'저 아이의 어머니가 사샤를 하르코프로 불러들이려고 하는 거야. 아아, 어쩌면 좋아.'

그녀는 정신이 나간 기분이었다. 머리와 손발이 싸늘해지고 자기만큼 불행한 사람은 세상에 한 명도 없다는 생각이 들었다. 그 후 1분쯤 지나자 말소리가 들려왔다. 수의사가 클럽에서 돌아온 것이었다.

'아아, 다행이야.'

그러자 심장의 고동이 가라앉으며 다시 편안한 기분이 되었다. 그녀는 다시 누워서 사샤에 대한 생각을 했다. 사샤는 옆방에서 쿨쿨 자면서 이따금 이런 잠꼬대를 했다.

"어디 두고 보자! 저리 가지 않으면 가만두지 않겠어!"

고향

- 루쉰 -

작가 소개

루쉰(魯迅. Luxun 1881~1936) 중국 작가, 사상가.

루쉰은 필명으로 본명은 저우수런(周樹人)이다. 중국 저장성, 사오싱에서 대지주 집안의 장남으로 태어났으나 조부의 투옥과 아버지의 병사(病死)로 힘든 유년시절을 보낸다. 1898년 난징의 강남수사학당에 입학, 계몽적 신학문의 영향을 받았다. 1902년 일본에 유학, 도쿄 고분학원과 센다이 의학전문학교에서 의학을 공부했다.

1909년 귀국하여 고향에서 교편을 잡다가 1911년 신해혁명이 일어나자 신정부의 교육부원이 된다. 1920년 이후에는 베이징대학, 베이징여자사범대학에서 교편을 잡는다. 1926년 정부의 문화 탄압에 위협을 느껴 베이징을 떠나 광동 중산대학으로 가서 학생들을 가르쳤으며, 국공분열 뒤의 불안한 정세를 피해 상하이에 숨어살면서 제자인 쉬광핑과 동거한다. 1930년 좌익작가연맹이 설립되자 주도적인 활약을 하였다. 1931년 만주사변 뒤 민족주의 문학, 예술지상주의자들에게 날카로운 비판을 하며 이때부터 판화(版畫)운동을 주도하여 중국 신판화의 기틀을 다진다. 중·일 전쟁이 일어나기 전 1936년 10월 상하이에서 병사한 후 만국공동묘지에 묻힌다.

대표 작품으로는 《단오절》《백광》《토화묘》《압적희극》《사극》 등의 소설이 있고, 《광인 일기》《고향》《아Q정전》 외 전작품을 수록한 소설집 《눌함》, 산문시집 《야초》 등 여러 작품이 있다.

작품 정리

고향은 1921년 5월 〈新靑年〉에 발표되었다. 주인공이 이십여 년 만에 고향에 돌아와 옛날 친구를 만나서 과거와 현재를 대비하는 일인칭 소설로 현실에 대한 비애 속에서도 결코 포기할 수 없는 미래에 대한 희망을 담아내고 있다. 새로운 길은 용납지 않는 낡은 사회를 비난하고 새로운 사회로 이행해 가는 과도기에 볼 수 있는 가치관의 혼란 상태와 이데올로기의 문제를 잘 그려 내고 있다. 그 당시 사회가 안고 있었던 문제를 다른 작품들에 비해 묘사 기법이 섬세하게 그려진 작품이다.

작품 줄거리

이십여 년 만에 이천여 리나 멀리 떨어진 곳에서 매서운 추위를 무릅쓰고 고향에 돌아온 작가는 그동안 생각하고 그리워했던 것과 전혀 다르게, 활기라고는 조금도 없이 초라하게 변한 고향의 모습에 슬픔을 느낀다. 그곳은 어렸을 때의 아름다운 추억이 살아 있는 곳이 아니었다. 집에 도착한 작가는 어머니와 조카 꽁아(宏兒)를 만나고 어머니로부터 윤토 얘기를 듣는다. 오랫만에 만난 그는 몹시 변해 있었다. 옛날처럼 정겨운 모습은 보이지 않고 가난에 찌들어 있었으며 존댓말을 하였다. 시간이 흘러 두 사람은 나이를 먹었고 신분의 격차 때문에 더 이상 예전처럼 서로를 편하게 대하지 못하였으며 마음속에 담아두었던 말을 상대방에게 하지 못한다. 다만 조카와 윤토의 아들인 후세대에서 희망을 바랄 뿐이다.

핵심 정리

· 갈래 : 단편 소설
· 시점 : 전지적 작가 시점
· 배경 : 1900년대 중국
· 주제 : 가난한 계층 간의 갈등

고향

　나는 혹독한 추위를 무릅쓰고 2천여 리나 떨어진 곳에서 이십여 년 만에 고향에 돌아가기 위해 길을 떠났다.

　때는 엄동설한이었다. 고향에 가까워짐에 따라 날씨는 점점 음산하게 흐려지고 찬바람이 윙윙 소리를 내며 선실 안에까지 불어 들어왔다. 선창으로 밖을 내다보니 흐릿한 하늘 밑에 쓸쓸하고 초라한 마을이 활기라고는 조금도 없이 여기저기 가로누워 있었다. 나도 모르게 마음속에 슬픔이 치밀어 올랐다.

　아아! 이것이 내가 이십 년 동안 못내 그리워하던 고향이었던가?

　내가 그리던 고향은 전혀 이렇지 않았다. 나의 고향은 이보다 훨씬 좋았었다. 하지만 고향의 아름다움을 생각해 내어 그 좋은 점을 말하려 하니 또렷한 모습이 떠오르지 않고 알맞은 말도 나오지 않는다.

　그러고 보니 예전에도 이랬었던 것 같다. 그래서 나는 스스로 위안했다. 고향은 본래 이랬었다. 전보다 나아진 것도 없지만 내가 느낀 것처럼 처량하지도 않다. 그렇게 느낀 것은 다만 나의 심경이 변했기 때문이다 라고. 사실 이번에 고향에 돌아오면서 그다지 즐거운 마음으로 온 것은 아니었다.

　이번에 나는 고향과 이별을 하러 온 것이다. 우리 일가들이 오랜 세월 함께 살아온 묵은 집도 이미 팔아버렸다.

　집을 비워 주어야 할 기한도 올해 말까지라 정월 초하루가 되기 전에 낯익은 고향 집과도 영원히 이별하고, 또 정든 고향을 멀리 떠나 내가 밥벌이하고 있는 타향으로 이사를 하지 않으면 안 되는 것이다.

　이튿날 이른 아침에 나는 우리 집 문 앞에 다다랐다. 기와 틈으로 마른 풀 줄기들이 늘어져 바람에 떨고 있는 품이 이 묵은 집의 주인이 바뀌지 않으면 안 될 이유를 설명해 주는 것 같았다.

한집에 살던 일가들은 벌써 이사를 갔는지 몹시 쓸쓸했다. 내가 쓰던 방 밖에까지 이르렀을 때 어머니는 벌써 맞으러 나오셨고, 뒤따라 여덟 살 먹은 조카 굉아도 뛰어나왔다.

어머니는 대단히 반가와 하셨으나 어쩐지 처량한 심정을 숨기지 못하는 기색이었다. 나를 앉혀 놓고 차를 따라 주면서도 이사하는 이야기는 입 밖에 내지 않으셨다. 굉아는 전에 나를 본 일이 없어서 그런지 멀찍이 한쪽 구석에 서서 쳐다보고 있었다. 결국 우리는 이사에 대한 이야기를 끄집어 내고 말았다.

나는 이사 갈 곳에 벌써 셋집을 얻어 두고 세간도 조금 장만했으나 그 밖의 것은 이 집에 있는 가구를 전부 팔아서 장만하자고 말했다. 어머니도 좋다고 하셨다. 그리고 짐도 대강 싸 놓았고, 운반하기 어려운 가구들은 조금 팔아 버렸으나 돈은 얼마 되지 않는다고 했다.

"이삼일 푹 쉬어라. 그리고 일가친척에게 인사나 한 다음에 떠나기로 하자."

"네!"

"그리고 윤토 말이다. 우리 집에 올 때마다 네 이야기를 묻더라. 네가 매우 보고 싶은 모양이야. 내가 벌써 네가 올 날짜를 기별했으니까 아마 곧 올 게다."

이때 나의 머릿속에 갑자기 한 폭의 이상한 그림이 떠올랐다.

새파란 하늘에는 황금빛 둥근 달이 걸려 있고, 그 아래 해변 모래땅에는 온통 끝도 보이지 않을 만큼 파란 수박이 덩굴져 있다. 그 사이에 열한두어 살 된 소년이 목에는 은목걸이를 걸고 손에 쇠 작살을 들어 한 마리의 오소리를 향해 힘껏 던졌으나 그 오소리는 몸을 홱 돌리더니 그 아이의 가랑이 밑으로 빠져 달아나버린다.

이 소년이 바로 윤토이다. 내가 그를 알게 된 것은 불과 열두서너 살 때였으니 지금으로부터 근 삼십 년 전 일이다.

그땐 아버지도 아직 살아 계셨고 집안 형세도 넉넉해서 나는 어엿한 도련님이었다. 그해는 우리 집이 큰제사를 지낼 차례였다.

이 제사로 말하면 삼십여 년 만에 한 번 돌아오는 것이기 때문에 대단히 정중한 것이었다. 정월에 조상의 상에 제사를 지내는데 제물도 퍽 많고 제기도 잘 갖추며 제관도 무척 많아서 제기를 도둑맞지 않도록 경계할 필요가 있었다.

우리 집에는 달머슴 — 우리 고장에서는 일꾼을 세 가지로 구분하였다. 일 년 내내 일해 주는 사람을 머슴꾼이라 하고, 하루하루 품팔이를 하는 사람을 날품팔이꾼이라 하고, 자기 밭도 부치면서 명절 때나 소작료를 거둘 때에만 와서 일손을 돕는 사람을 달머슴이라 하였다. — 이 한 사람뿐이었으므로 일손이 달렸다.

그는 너무나도 바쁜 탓으로 그의 아들 윤토에게 제기를 건사하게 하는 것이 좋겠다고 아버지에게 말했다.

우리 아버지는 그것을 허락하셨고 나도 무척 기뻐했다. 나는 벌써부터 윤토라는 이름을 들었었고 또 그는 나와 같은 또래라는 걸 알았기 때문이다. 그는 윤달에 나서 오행 중의 토가 빠졌기 때문에 그의 아버지가 윤토라고 불렀다. 그는 덫을 놓아 참새를 잘 잡았다.

그래서 나는 설날이 오기를 손꼽아 기다렸다. 설날이 되면 윤토가 오기 때문이다. 드디어 연말이 되었다. 어느 날 어머니께서 윤토가 왔다고 일러 주셔서 나는 바로 뛰어나가 보았다. 그는 때마침 부엌에 있었다. 붉고 둥근 얼굴에 머리에는 조그마한 털모자를 쓰고 목엔 번쩍번쩍하는 은목걸이를 하고 있었다.

이것으로 보더라도 그의 아버지가 아들을 무척 사랑하고 있다는 것을 알 수 있었다. 그가 죽을까 봐 신령과 부처님 앞에 기도하고 목걸이를 걸어 주어 그를 보호하려 한 것이다. 그는 사람을 보면 퍽 수줍어했으나 나만은 어려워하지 않고 곁에 사람이 없을 때 말을 걸어왔다. 한나절도 못 되어서 우리는 곧 친해졌다.

우리가 그때 무슨 이야기를 했는지는 모르겠으나 다만 윤토가 매우 기뻐했으며, 성내에 와서 여러 가지 못 보던 것을 보았다고 말한 것만은 똑똑히 기억하고 있다.

그 이튿날 내가 새를 잡아 달랬더니 그는 이렇게 말했다.

"그건 안 돼. 눈이 많이 와야지. 우리 동네에선 모래밭에 눈이 오면 한 군데를 쓸고 커다란 삼태기를 짧은 막대기로 받쳐 놓고 쌀겨를 뿌려 놓는단다. 그랬다가 새들이 와서 먹을 때쯤 먼발치에서 작대기에 비끄러맨 새끼를 잡아채면 새들은 그만 삼태기에 갇히고 말지. 어떤 새든지 다 있어. 참새, 비둘기, 파랑새……”

나는 그래서 눈 오기를 기다렸다.

윤토는 또 나에게 말했다.

“지금은 너무 춥지만, 여름에 우리 동네에 와봐라. 낮에는 바닷가로 조개껍데기를 주우러 간단다. 빨간 것, 파란 것, 도깨비 조개, 관음손 조개, 별개 다 있어. 밤이면 아버지하고 수박밭을 지키러 가는데, 너도 가자.”

“도둑을 지키니?”

“아니야. 길 가는 사람이 목이 말라 수박을 따 먹어도 우리 동네서는 도둑으로 치지 않아. 지켜야 할 것은 너구리나 고슴도치, 오소리 같은 것이야. 달밤에 바스락바스락 소리가 나면 그건 오소리가 수박을 갉아 먹는 거지. 그러면 바로 작살을 들고 살금살금 걸어가서……”

나는 그때 오소리라는 것이 어떤 것인지 몰랐다. — 지금도 모르지만 — 다만 어렴풋하게 늑대같이 생긴, 아주 흉악하고 사나운 것으로 여겨졌다.

“그놈이 사람을 물지는 않니?”

“작살이 있는데 뭐! 살금살금 다가가서 그놈을 보기만 하면 찌르는 거야. 그런데 그놈은 아주 약아서 도리어 사람한테 달려와서는 가랑이 밑으로 싹 빠져나가 버리는 거야. 그놈의 털은 기름처럼 매끄럽지.”

나는 세상에 이처럼 신기한 일이 많이 있는 줄은 그때까지 몰랐었다. 바닷가에는 오색의 조개껍데기가 있고, 수박에도 이런 위험한 내력이 있을 줄이야! 나는 그때까지 수박은 과물전에서 파는 것으로만 알았을 뿐이다.

“우리 동네 모래밭에 조수가 밀려올 때면 수많은 날치가 펄펄 뛴단다. 모두 청개구리처럼 다리가 두 개씩 달렸지.”

아아! 윤토의 가슴속에는 신기한 이야기가 가득 차 있다. 모두가 내 주위의 친구들은 모르는 일이다. 윤토가 바닷가에서 놀고 있을 때 그들은 나처럼 안마당에서 높은 담으로 둘러싸인 네모진 하늘만 쳐다봤을 뿐이다.

섭섭하게도 설은 지나갔다. 윤토는 집으로 돌아가지 않으면 안 되었다. 나는 응석을 부려 큰 소리로 엉엉 울었다. 그도 부엌에 숨어 울면서 나오려고 하지 않았다. 그러나 기어코 그의 아버지에게 이끌려 가버렸다.

그는 후에 그의 아버지에게 부탁해서 조개껍데기 한 꾸러미와 매우 예쁜 새 깃털 몇 개를 나한테 보냈다. 나도 두어 번 그에게 물건을 보내 주었다. 그러나 그 후로는 다시 만나지 못했다.

지금 어머니가 그의 이야기를 꺼내자 나는 이런 어릴 적의 기억이 별안간 되살아나 아름다운 내 고향을 눈앞에 보는 것 같았다.

"거참 반가운 일이군요. 그는……, 지금 어떻게 지낸답니까?"

"그 사람? 그 사람 형편도 말이 아닌가 보더라."

어머니는 말씀하시면서 밖을 내다보셨다.

"누가 또 온 모양이다. 가구를 산다는 핑계로 와서는 우물쭈물하다가 제멋대로 집어 가 버리니까 내가 나가봐야겠다."

어머니는 일어나 밖으로 나가셨다. 문밖에서 몇 사람의 여자 목소리가 들렸다. 나는 꿩아를 불러 가까이 오라 하여 심심풀이로 이야기를 나눴다.

"글씨를 쓸 줄 아니? 이사 가는 게 좋니?"

"우리는 기차 타고 가지."

"배는요?"

"처음에는 배를 타고……."

갑자기 날카로운 소리가 들려왔다.

"어머나! 이렇게 변했구려! 수염도 이렇게 자라고!"

나는 깜짝 놀라서 얼른 고개를 들어 보니 광대뼈가 쑥 나오고 입술이 얄팍한 오십 전후의 여인네가 내 앞에 서 있다. 양손을 허리에 짚고 치마도 안 입은 채 두 다리를 벌리고 선 모양이 꼭 제도 기구 중에 다리가 가느다란 컴퍼스 같았다. 나는 깜짝 놀랐다.

"나를 몰라보겠소? 내가 그래도 곧잘 안아 주었었는데!"

나는 더욱 놀랐다. 다행히 어머니가 들어오셔서 곁에서 말씀하셨다.

"그 애가 오랫동안 객지로 돌아다니느라 모두 잊었나 보우. 너 생각 안 나니?"

하고 나를 향해 말씀하셨다.

"이이는 길 건너 쪽의 양 씨네 아주머니다. 두붓집을 하던……."

아아, 나도 생각이 난다. 내가 어렸을 때 분명히 길 건너 두붓집에 양 씨

아주머니라는 여인이 하루 종일 앉아 있었다. 사람들은 그녀를 두부 미인이라고 불렀었다. 게다가 그때는 분을 하얗게 발랐고 광대뼈도 이처럼 쑥 나오지 않았었고 입술도 이렇게 얇지 않았으며 또 온종일 앉아 있어서 이러한 컴퍼스 같은 모습은 볼 수 없었다.

그때 사람들이 말하기를 그 여자 때문에 이 두붓집의 장사가 잘된다고 했다. 그때 내 나이가 어려서 그랬겠지만 전혀 인상에 남지 못해 마침내 까맣게 잊어버렸던 것이다.

컴퍼스는 대단히 불만스러운 기색을 나타내며 프랑스 사람으로서 나폴레옹을 모르고 미국 사람으로서 워싱턴을 모르는 것을 비웃는 듯 코웃음 치며 말했다.

"잊었나? 귀인은 눈이 높으시니까……."

"그럴 리가……, 저는……."

나는 당황하여 일어서며 말했다.

"그러면 내 좀 말하겠소. 신 도련님, 도련님처럼 잘사는 분이야 나르기도 불편할 텐데 이런 다 부서진 가구를 가져가 무엇에 쓰려우? 나나 주구려. 우리 가난한 사람들은 쓸 수 있으니."

"잘사는 게 뭡니까? 이런 것이라도 팔아가지고 가야 다시……."

"아이고, 세상에! 지사가 되었다면서 못산다니? 지금도 첩을 셋이나 두고 출입할 때는 팔인교를 타고 다니면서도 못산다구요? 흥, 무슨 소리로도 나는 못 속이우."

나는 더 말할 것도 없겠기에 입을 다물고 잠자코 서 있었다.

"하기는 부자가 되면 될수록 인색해진다더니. 인색하니 더 부자가 될 수밖에……."

컴퍼스는 성이 나 돌아서서 중얼거리다가 어슬렁어슬렁 밖을 향해 걸어나가면서 어머니의 장갑을 바지춤에 쑤셔 넣고 가버렸다. 그 후에도 또 집 근처의 일가친척들이 나를 찾아왔다. 나는 그들을 접대하면서 틈틈이 짐을 꾸렸다. 이렇게 삼사일이 지나갔다.

어느 날 날씨가 몹시 추운 오후 나는 점심을 먹고 앉아서 차를 마시고 있었다. 밖에 누군가 들어오는 기척이 있어 돌아다보았다. 그 순간 나도 모르게 깜짝 놀라서 일어나 맞으러 나갔다.

윤토가 온 것이다. 나는 첫눈에 바로 윤토인 것을 알았으나 내 기억 속의 윤토는 아니었다. 그는 키가 갑절이나 더 자랐고, 그전의 붉고 둥글던 얼굴은 이미 누렇게 변했으며, 그 위에 매우 깊숙이 주름살이 있었다. 눈도 그의 아버지와 비슷하였으나 언저리가 모두 부어서 불그레했다. 바닷가에서 농사짓는 사람들은 온종일 바닷바람을 쏘여 대개가 이렇게 되는 줄은 나도 알고 있었다.

그는 머리에는 낡은 털모자를 쓰고 몸에는 아주 얇은 솜옷을 입었을 뿐이라 전신을 웅크리고 있고 손에는 종이봉투와 긴 담뱃대를 들었는데, 그 손도 내가 기억하고 있던 붉고 통통하게 살찐 손은 아니었다. 굵다랗고 거칠고 험하고 갈라진 게 마치 소나무 껍질 같았다.

나는 매우 흥분했으나 무어라고 말해야 좋을지 몰라 그저 나오는 대로 외쳤다.

"아아! 윤토 형……, 왔구려!"

연달아 많은 말들이 염주처럼 이어져 나오려 했다. 잣새, 날치, 조가비, 오소리……. 하지만 웬일인지 무언가에 꽉 막힌 것처럼 그 말들은 머릿속에서만 뱅뱅 돌 뿐 입 밖으로 튀어나오지는 않았다.

그는 우뚝 서 있었으나 표정에는 기쁨과 쓸쓸함이 나타나 있었다. 입술이 움직이고 있었으나 말은 되지 않았다. 그의 태도가 공손해지더니 이윽고는 이렇게 또렷하게 말했다.

"나리!"

나는 소름이 끼치는 것 같았다. 우리 사이에는 이미 서글프고 두터운 장벽이 가로막혀 있음을 나는 깨달았다. 그리하여 나도 말을 못 했다.

그는 머리를 돌려,

"수생! 나리한테 절해라."

하고 뒤에 숨어 있던 애를 끌어냈다. 이 애야말로 이십 년 전의 윤토와 꼭 같았다. 다만 얼굴빛이 누르고 파리하며 목에 은목걸이가 없을 뿐이다.

"이놈이 다섯째 아이올시다. 집 밖을 모르는 아이라 수줍어하지요……."

어머니와 굉아가 2층에서 내려왔다. 아마 우리 말소리를 들으셨던 모양이다.

"마님! 편지는 벌써 받았습니다. 저는 어찌나 기뻤던지, 나리가 돌아오신다고 해서……."

윤토가 말했다.

"아니, 왜 그렇게 서먹해하나. 자네들, 전에는 형이니 아우니 부르지 않았었나? 그전처럼 신이라고 부르게."

어머니는 기분이 좋아서 말씀하셨다.

"원, 마님도 참……, 그런 법이 어디 있습니까? 그때는 철부지라 아무것도 몰라서……."

윤토는 이렇게 말하면서 수생에게 절을 시키려고 하였으나 아이는 더욱 부끄러워하며 윤토의 등 뒤에 찰싹 달라붙었다.

"개가 수생인가? 다섯째지? 모두 낯선 사람들이니까 서먹해하는 것도 무리가 아니지. 굉아, 너 쟤하고 나가 놀아라!"

하고 어머니가 말씀하셨다.

굉아가 이 말을 듣고 바로 수생한테 손짓을 하자 수생도 선뜻 따라나섰다. 어머니가 윤토에게 앉으라고 권했다. 그는 한참 망설이다가 겨우 앉으며 긴 담뱃대를 탁자에 기대 세우고는 종이봉투를 꺼내 놓으며 말했다.

"겨울이라 아무것도 없습니다. 얼마 안 됩니다만 이 푸른 콩은 제집에서 농사지은 거라 나리께……."

나는 그에게 사는 형편을 물었다. 그는 머리를 흔들며 말했다.

"아주 엉망입니다. 여섯째 놈까지 거들기는 하지만 먹기도 부족합니다. 또 세상도 시끄럽고……, 오나가나 돈은 뜯기죠, 법도 없고……, 농사도 시원치 않습니다. 농사를 지어서 팔려고 해도 몇 번씩 세금을 물어야 하니 본전도 건지지 못하고, 그렇다고 안 팔자니 또 썩기만 하고……."

그는 그저 머리만 흔들었다. 얼굴에는 많은 주름살이 새겨져 있으나 조금도 움직이질 않아 마치 석상 같았다. 그는 아마 쓰라림을 느끼기는 해도 표현하질 못하겠는지 잠깐 말이 없다가 담뱃대를 들고 묵묵히 담배를 피웠다.

어머니가 물은즉 그는 집의 일이 바빠서 내일 곧 가봐야 한다는 것이었다. 또 아직 점심도 안 먹었다고 하면서 자신이 부엌에 가서 밥을 볶아 먹겠다고 하였다.

그가 나가자 어머니와 나는 그의 형편을 안타까워했다. 애들은 많고 흉년에다 가혹한 세금, 군대, 도둑, 관리, 양반……, 이 모든 것이 그를 괴롭혀 멍텅구리 같은 사람으로 만들었다. 어머니는 나에게 가지고 갈 만한 물건이 못 되는 건 그냥 그를 주어 마음대로 고르게 하자고 말씀하셨다.

오후에 그는 몇 가지 물건을 골라냈다. 긴 탁자가 두 개, 의자가 네 개, 향로와 촛대가 한 쌍, 큰 저울 하나. 그리고 볏짚 재도 모두 달라고 했다. 우리가 떠나갈 때 그는 배를 가지고 와서 실어 가겠다고 하였다.

밤에 우리는 또 세상 이야기를 했으나 모두가 밑도 끝도 없는 이야기뿐이었다. 다음 날 아침 그는 수생을 데리고 돌아갔다.

그로부터 아흐레가 지나 우리가 떠나는 날이 되었다. 윤토는 아침에 왔다. 수생은 데리고 오지 않고 다섯 살 먹은 계집애를 데리고 와서 배를 지키게 하였다. 우리는 하루 종일 바빠서 이야기할 틈도 없었다.

손님도 적지 않았다. 전송하러 온 사람도 있었고, 물건을 가져가려고 온 사람도 있었으며, 전송 겸 물건을 가지러 온 사람도 있었다. 저녁나절 우리가 배에 오를 무렵에는 이 묵은 집에 있던 깨지고 낡은 크고 작은 물건들이 이미 하나도 남지 않고 깨끗이 치워졌다.

우리를 태운 배가 앞으로 나아갔다. 양쪽 언덕의 푸른 산들은 황혼 속에서 모두 검푸른 빛으로 변하여 연달아 고물 쪽으로 밀려 사라졌다.

굉아는 나와 함께 선창에 기대서서 밖의 어슴푸레한 풍경을 바라보고 있다가 갑자기 물었다.

"큰아버지, 우린 언제 다시 돌아오나요?"

"돌아오냐고? 너는 왜 떠나기도 전에 돌아올 생각부터 하니?"

"그렇지만 수생이 나한테 자기 집에 놀러 오라고 그랬는데 뭐……"

굉아는 크고 새까만 눈동자로 멍하니 생각에 잠겼다. 어머니도 나도 마음이 어수선해져서 또 윤토 이야기를 꺼냈다.

어머니 말씀은 그 두부 미인이라는 양 씨네 아주머니가 짐을 꾸리기 시작할 때부터 날마다 오더니, 그저께는 잿더미 속에서 대접이니 접시를 십여 개나 들춰내고는 이러쿵저러쿵 따지면서 이것은 윤토가 감춰둔 것으로 그가 볏짚 재를 실어 갈 때 함께 가지고 가려던 것이 틀림없다고 했다는 것이다.

　그리곤 이것을 발견한 것은 자기의 공이라며 '개잡이' — 이것은 우리 고장에서 닭을 치는 데 사용하던 기구였다. 나무판 위에 난간이 세워져 있고 그 난간에다 모이를 담아두면 닭은 목을 내밀어 모이를 쪼아 먹을 수 있으나 개는 보면서도 닭을 잡지 못하여 애를 태운다. — 를 가지고 나는 듯 달아났는데, 그 작은 발에 굽 높은 신을 신고도 잽싸게 내빼더라는 것이다.

　옛집은 나와 점점 멀어져간다. 고향의 산과 물도 점점 내게서 멀어져간다. 그렇지만 나는 아무런 미련도 갖지 않았다.

　나는 다만 내 주위를 눈에 보이지 않는 담이 둘러싸서 나를 고독하게 만드는 것을 느끼고 몹시 마음이 답답했다. 저 수박밭에서 은목걸이를 걸고 있던 작은 영웅의 그림자가 전에는 아주 또렷하더니 지금은 갑자기 어슴푸레해져 이것이 또 나를 몹시 슬프게 했다.

　어머니와 굉아는 잠이 들었다.

　나는 드러누워 뱃전에 철썩철썩 부딪히는 물소리를 들으면서 이제 나의 갈 길을 가고 있음을 깨달았다. 나는 생각하였다.

　나와 윤토는 결국 이처럼 거리가 멀어져 버렸으나 우리의 후손들은 같은 기분이리라. 굉아는 지금 수생을 그리워하고 있지 않은가? 나는 그들이 나 같이 되지 말고, 또 모든 사람이 서로 사이가 멀어지지 않기를 바란다. 그리고 나는 또 그들이 나처럼 괴로움에 쫓기는 생활을 하는 것도, 또 윤토처럼 괴로움에 마비된 생활을 하는 것도 원하지 않는다.

　그들에게는 우리가 아직 경험해 보지 못한 새로운 생활이 있어야만 한다.

　희망이라는 것에 생각이 미쳤을 때 나는 갑자기 두려워졌다. 윤토가 향로와 촛대를 달라고 했을 때 난 그가 우상을 숭배하여 언제까지고 잊어버리지 못하는구나 하고 마음속으로 비웃었다.

　하지만 내가 지금 말하는 희망이란 것도 나 자신이 만든 우상이 아닐까? 다만 그의 소원은 가장 가까운 데 있고, 나의 소원은 아득하고 먼 데 있을 뿐이다.

　나는 몽롱해져 있었다. 눈앞에는 강가의 푸른 밭들이 펼쳐졌고, 그 위의 진한 쪽빛 하늘에는 황금빛 둥근 달이 걸려 있었다.

　나는 생각한다. 희망이라는 것은 원래 있는 것이라 할 수도 없고 없는 것이라 할 수도 없다. 그것은 마치 땅 위의 길과 같은 것이다. 사실 땅 위에 본래부터 길이 있었던 것은 아니다. 다니는 사람이 많아지면 곧 길이 되는 것이다.

(1921년 1월)

단군 신화(檀君神話)

- 작자 미상 -

작품 정리

〈단군 신화〉는 우리나라 최초의 국가인 고조선의 건국 내력을 밝혀 주는 건국 신화이다. 고조선이 청동기 시대에 성립된 국가이므로, 단군 신화는 청동기 시대의 역사적 사실과 고대인들의 세계관을 반영하고 있다. 환인의 아들 환웅은 제정일치 사회의 정치적 군장이자 종교적 제사장이다. 천부인은 바로 무왕(巫王)으로서의 권능을 상징한다. 또 환웅이 풍백, 우사, 운사를 거느리고 내려왔다는 것은 천신을 숭배하고 농경문화를 가진 부족이 이주해 왔음을 뜻한다. 따라서 환웅과 웅녀의 결합은, 천신을 믿고 농경문화를 가진 이주 민족과 지신을 믿는 토착 민족의 결합을 의미한다. 이 과정에서 곰이 굴속에서 삼칠일의 금기를 지키고 나서야 인간이 되었다는 것은 시련과 역경을 극복하는 통과의례로, 이주 민족의 우월 의식을 반영한 것이다. 또 환웅이 신단수 아래에 내려와 신시를 열고 3백60여 가지의 일을 주관하여 인간 세계를 다스려 교화했다는 것은 이미 성립된 인간 사회의 질서를 확립하는 과정이다.

단군 신화의 가장 큰 의미는 고조선이 홍익인간이라는 건국이념을 가지고 이 땅에 내려온 천신의 아들 단군에 의해 세워졌다는 것을 밝힌 것이다. 따라서 이 신화는 민족의 수난기에 우리 민족의 우월성과 신성성을 고취하는 역할을 해 왔다.

작품 줄거리

옛날에 환인의 서자 환웅이 천하에 뜻을 두고 세상을 탐했다. 그의 아버지가 아들의 뜻을 알고 환웅에게 천부인 세 개를 주어 세상을 다스리게 했다. 환웅은 태백산 마루에 있는 신단수 밑에 내려와서 그곳을 신시라 하고, 자칭 환웅천왕이라 했다. 이때 곰 한 마리와 범 한 마리가 환웅에게 사람이 되게 해 달라고 빌었고, 환웅은 신령스런 쑥과 마늘을 주면서 이를 먹고 햇빛을 보지 않으면 사람이 될 것이라 했다. 곰과 범은 이것을 받아서 먹었다. 곰은 삼칠일 만에 여자가 되어 환웅과 결혼을 해 아이를 낳았는데, 그가 바로 단군 왕검이다. 단군은 요임금이 왕위에 오른 지 50년인 경인년에 평양성에 도읍을 정하고 조선이라 불렀다.

핵심 정리

· 갈래 : 신화
· 구성 : 건국 신화
· 제재 : 단군의 탄생과 고조선의 건국
· 주제 : 홍익인간과 단일 민족의 역사성
· 출전 : 삼국유사

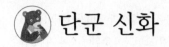

단군 신화

아득한 옛날, 환인(桓因)이 하늘 세계를 다스리던 때이다.

환인에게는 환웅(桓雄)이라는 서자(庶子)가 있었는데, 그는 늘 천하에 뜻을 두고 인간 세상을 다스리고자 하는 욕망을 가졌다.

그러던 어느 날, 마침내 환인이 아들의 그러한 뜻을 알게 되었다.

환인은 아름답게 펼쳐진 산천과 넓은 들판을 보며 생각했다.

'저 땅이라면 널리 인간을 다스려 이롭게 할 만한 곳이겠구나……'

환인은 아들을 불러 말했다.

"지상으로 내려가면 인간들을 잘 다스릴 수 있겠느냐?"

환웅은 기뻐하며 대답했다.

"예, 꼭 행복한 낙원으로 만들겠습니다."

환인은 천부인 세 개를 환웅에게 주어 지상에 내려가서 인간 세상을 다스리게 했다. 천부인은 일종의 상징물로, 지상으로 거느리고 내려간 부하 신들을 비롯하여 세상을 뜻대로 다스릴 수 있다는 징표였다.

환웅은 3천 명의 부하를 이끌고 태백산 꼭대기에 있는 신단수 아래로 내려왔다. 그는 그곳을 세상을 다스릴 근거지로 삼고 '신시(神市)'라 불렀다.

신시를 연 환웅은 바람의 신, 비의 신, 구름의 신들을 거느리고 농사와 생명, 질병, 형벌, 선악 등 인간 세상에서 벌어지는 3백60여 가지의 일들을 주관하면서 인간 세상을 다스렸다.

이때 어느 동굴에 곰 한 마리와 호랑이 한 마리가 함께 살고 있었다. 이들은 매일 환웅에게 찾아와 사람이 되게 해 달라고 기원했다.

환웅은 이들의 정성을 갸륵하게 여겨 신령한 쑥 한 줌과 마늘 스무 개를 주며 이렇게 말했다.

"이것을 먹으며 백 일 동안 햇빛을 보지 않고 견뎌 낸다면 너희 소원대로 사람이 될 것이다."

그리하여 곰과 호랑이는 쑥과 마늘을 먹으며 동굴 생활을 시작했다.

그러나 호랑이는 스무하루 되던 날, 더 이상 참지 못하고 동굴 밖으로 뛰쳐나가 사람이 되지 못했지만 곰은 환웅의 말을 믿고 끝까지 버텨 마침내 사람으로 다시 태어났다.

곰에서 여인의 몸으로 태어났으니 이를 웅녀(熊女)라 했다.

시간이 지나자 웅녀는 또 다른 욕망이 생겼다. 아기를 갖고 싶었던 것이다. 그러나 웅녀는 짝을 찾지 못해 또다시 매일 신단수 아래로 찾아가 기원했다.

"부디 제가 아이를 갖도록 도와주십시오."

환웅이 이를 지켜보다가 하도 애틋하여 잠시 사람의 몸으로 변하여 웅녀와 혼인했다.

그 뒤 웅녀는 아들을 낳았다. 그 아들이 바로 단군왕검(檀君王儉)이었다.

단군은 성장하여 나라를 세웠다. 요(堯) 임금이 왕위에 오른 지 50년인 경인년에 평양성(平壤城, 옛 西京)을 도읍으로 정하고, 국호를 조선이라 했다.

그 뒤 단군은 백악산 아사달(阿斯達)로 도읍을 옮겼는데, 이곳을 궁홀산(弓忽山)이라고도 하고 금미달(今彌達)이라고도 했다. 단군은 이곳에서 1천 5백 년간 나라를 다스렸다.

나라의 기틀이 잡히자 단군은 임금 자리에서 물러나 잠시 황해도 구월산으로 옮겨 갔다가 다시 아사달로 돌아와 산신(山神)이 되었는데, 그때도 끊임없이 백성들을 보살폈다.

조신 설화(調信說話)

- 작자 미상 -

작품 정리

〈삼국유사〉 3권에 수록되어 있는 신라 시대의 설화이며 일장춘몽인 인생의 허무를 주제로 한 꿈의 문학으로 국문학사상 그 원조(元朝)이다. 설화이긴 하나 단편 소설 이상의 구성과 압축된 주제를 살렸다.

이 작품은 불도에 정진해야 할 승려가 세속의 처녀를 사모하면서 오히려 그런 욕망을 관음보살에게 빌고 있는 조신의 모습에서 현실을 극복하는 것이 얼마나 어려운 것인지를 알 수 있다. 특히 이 설화는 정토사라는 절의 건립 내력을 설명하는 사원 연기 설화의 증거가 된다고 할 수 있다. 이 설화를 통해 '인생의 즐거움에 대한 욕망은 한낱 꿈이요, 고통의 근원이니 집착을 버려야 한다' 는 불교적인 가르침이 잘 드러나 있다.

작품 줄거리

신라 때의 승려 조신이 명주 태수 김흔의 딸을 보고 반한다. 얼마 후 김흔의 딸이 다른 남자에게 시집을 가자 조신은 울면서 그녀를 못내 그리워한다. 하루는 부처를 원망하다가 피곤해서 낮잠을 자는데, 꿈속에서 김흔의 딸이 나타나 부모의 뜻을 거역할 수 없어 할 수 없이 출가를 했지만 대사를 마음속으로 사모한다면서 돌아온다. 조신은 기뻐하며 고향에 돌아가 40여 년을 같이 살며 자식을 다섯이나 두었으나 살림은 찢어지게 가난하였다. 15세 된 큰아들이 굶어 죽자 길가에 묻었고, 부부가 늙고 병들어서 움직일 수 없게 되자 10세 된 딸이 걸식하였는데, 미친개에게 물려 드러눕게 된다. 하는 수 없이 자식들을 서로 나누어 막 헤어지려는 찰나 조신은 잠을 깬다. 자신은 백발이 성성한 노인이 되어 있었고 큰아들을 묻은 곳을 파 보니 돌미륵이 나왔다. 인생의 덧없음을 깨우친 후 돌미륵이 나온 자리에 정토사를 지어 불도에 진력하였다.

· 갈래 : 설화
· 구성 : 환몽 설화
· 제재 : 인생무상
· 주제 : 인생의 덧없음을 깨닫고 불도(佛道)에 전념
· 출전 : 삼국유사

조신 설화

    신라 시대 때 세규사(世逵寺, 지금의 흥교사)라는 절의 장원(莊園, 사찰이 소유한 토지)이 명주(溟洲, 지금의 강릉)에 있었다. 본사에서는 조신(調信)이라는 중을 그 장원의 관리인으로 파견했다.

    그는 명주 지방에 있으면서 그곳 태수 김흔(金昕)의 딸을 좋아했다.

    그는 여러 번 낙산사의 관음보살상 앞에 나아가 그녀와 혼인하게 해 달라고 남몰래 빌었다.

    그러나 조신이 기도에만 열중하는 사이 그녀는 다른 남자에게 시집을 가버리고 말았다. 조신은 절망하여 관음보살상 앞으로 나아가 자기의 소원을 들어주지 않은 것을 원망하며 날이 저물도록 슬피 울다가 지쳐서 잠이 들었다.

    그런데 꿈속에 김흔의 딸이 함빡 웃으며 나타나 이렇게 말했다.

    "저도 일찍이 대사님을 뵙고 마음속으로 사모해 왔습니다. 그러나 부모님의 명을 거역할 수 없어 억지로 출가했습니다만, 이제는 대사님과 함께 살고자 이렇게 달려왔습니다."

    조신은 크게 기뻐하며 그녀와 함께 고향으로 돌아갔다. 그들은 40여 년의 세월을 함께 살면서 다섯 명의 자녀를 두었다.

    그러나 그들의 생활이 너무 가난하여 입에 풀칠하기도 힘들었다. 그래서 10여 년간을 이 집 저 집 돌아다니며 빌어먹다가 열다섯 난 큰아들은 굶어서 죽고, 조신과 그의 아내는 늙고 병들어 자리에 눕고 말았다. 그때 열 살된 딸이 이를 보다 못해 구걸을 나섰다가 미친개에게 물려 쓰러졌다.

    이 사실을 접한 부부는 목이 메고 가슴이 미어졌다. 아내는 눈물을 씻으며 조신에게 말했다.

    "제가 처음 당신을 만났을 때는 나이도 젊고 얼굴도 예뻤으며, 입은 옷도 깨끗했습니다. 그리고 당신과의 사랑도 깊어 헝겊 하나로 둘이 덮고 잘망정 따뜻한 정을 느낄 수 있었고, 밥 한 그릇을 둘이 나눠 먹어도 배가 불렀습니다. 그렇게 살아온 지가 어느새 50년에 이르렀습니다. 하지만 몇 년 사이에 몸은 늙어 병들었고, 아이들은 굶주려 죽었습니다. 이제는 구걸을 하려 해도 집집마다 문을 굳게 닫고 열어 주지 않습니다. 형편이 이러한데 어느 겨를에 부부간의 정을 나눌 수 있겠습니까? 꽃다운 얼굴과 화사한 웃음도 풀잎에 이슬이요, 지초(芝草)와 난초(蘭草) 같은 약속도 바람에 나부끼는 버들가지처럼 덧없게 되었습니다. 이제 당신은 내가 있어 더욱 근심이 되는 지경에 이르렀습니다. 지금 와서 조용히 옛날의 기쁨을 생각해 보니 그것이 바로 근심의 시작이었습니다. 이제 우리는 더 이상 참을 수 없는 상황에 이르렀으니 헤어지는 도리밖에는 없습니다. 헤어졌다가 다시 만나는 것도 다 운명이 아니겠습니까?"

조신은 오히려 아내의 말이 기쁘게 들렸다. 그리하여 부부는 각각 아이 둘씩을 나누어 헤어지기로 했다. 막 헤어지려 하자 부인이 말했다.

"저는 고향으로 가겠으니 당신은 남쪽으로 가십시오."

이리하여 서로 작별하고 떠나려는데 잠에서 깨어났다.

모두가 한바탕 꿈이었다. 불당 안의 등불은 여전히 깜빡거리고, 어느덧 희뿌옇게 날이 새고 있었다.

아침이 되었다. 깨어 보니 조신의 수염과 머리가 하얗게 세어 있었다.

괴롭게 살아가는 것도 싫고, 마치 한평생의 고생을 다 겪고 난 듯 재물을 탐하는 마음도 얼음 녹듯 깨끗이 사라졌다. 그러자 관음보살상을 대하기가 부끄러워졌고, 잘못을 뉘우치는 마음을 억누를 수가 없었다.

조신은 꿈에서 열다섯 살 아들이 굶어 죽었을 때 그 시체를 파묻은 곳을 찾아가 파 보았더니 돌미륵이 나왔다. 그는 인생이 물거품같이 허무하다는 것을 깨닫고, 장원의 자리를 내놓았다. 그러고는 자신의 사재를 들여 돌미륵이 나온 자리에 정토사(淨土寺)라는 절을 세웠다.

그리고 다시는 인간 세상에 뜻을 두지 않고 불도에만 전념했다. 그 후 그가 어디서 세상을 마쳤는지는 알 수 없다.

이에 시를 지어 경계한다.

잠시 즐거울 때는 마음에 맞아 한가롭더니
근심 속에 어느덧 남모르게 늙는구나.

모름지기 한 끼의 조밥이 다 익기를 기다리지 말고
인생이 한바탕 꿈임을 깨달았도다.

수신(修身)의 깊은 뜻은 먼저 참되게 함에 있는 것.
홀아비는 미녀를, 도둑은 창고를 꿈꾸는구나.
어찌 가을날 하룻밤 꿈만으로
때때로 눈만 감아 청량(淸凉)의 경지에 이르겠는가.

슬견설(蝨犬設)

- 이규보(李奎報) -

작가 소개

이규보(李奎報 1168~1241)

고려 시대 문신 · 문장가이며 초명은 인저, 자는 춘경(春卿), 호는 백운거사(白雲居士) · 백운산인(白雲山人) · 지헌(止軒)이다. 말년에 시 · 거문고 · 술을 좋아하여 삼혹호선생이라고도 불렸다. 1189년(명종 19) 사마시에 합격하고, 이듬해 예부시에서 동진사로 급제하였다. 그러나 곧 관직에 나가지 못하여 빈궁한 생활을 하면서 왕정에서의 부패와 무능, 관리들의 방탕함과 백성들의 피폐함 등에 자극받아 〈동명왕편〉, 〈개원천보영사시〉를 지었다. 1213년(강종 2) 40여 운(韻)의 시 〈공작(孔雀)〉을 쓰고 사재승(司宰丞)이 되었다. 우정언 지제고로서 참관(參官)을 거쳐 1217년(고종 4) 우사간에 이르렀다. 1230년 위도(蝟島)에 귀양 갔다가 다시 기용되어 1233년 집현전대학사, 1234년 정당문학을 지내고 태자소부 · 참지정사 등을 거쳐 1237년 문하시랑평장사(門下侍郞平章事)에 이르렀다. 경전 · 사기 · 선교 · 잡설 등 여러 학문을 섭렵하였고, 개성이 강한 시의 경지를 개척하였으며, 말년에는 불교에 귀의하였다. 저서로 〈동국이상국집〉, 〈백운소설〉 등이 있고, 가전체 작품 〈국선생전〉이 있다.

작품 정리

이 글은 이나 개의 죽음을 어떻게 볼 것인가를 놓고 손님과 논쟁을 벌인 이야기를 기록한 것이다. '손님'과 '나' 사이에 견해 차이가 생기는 것은 사고의 기본 전제가 다르기 때문이다. '손님'은 큰 동물의 죽음을 불쌍하다고 보지만, '나'의 생각은 이와 다르다. '큰 동물이든 작은 생물이든 생명을 가진 것의 죽음은 불쌍하다.'는 것이 나의 생각이다. 작자가 손님과 독자에게 주는 교훈은 사물은 크기에 관계없이 근본적인 속성은 동일하다는 것이다. 더 나아가 선입견이나 편견을 버리고 사물의 본질을 올바로 보는 안목을 갖추라고 말한다. 이러한 인식에 도달했을 때 '달팽이의 뿔을 쇠뿔과 같이 보고, 메추리를 대붕과 동일시' 할 수 있다는 것이다.

집에 손님이 찾아와 어떤 불량배가 몽둥이로 개를 때려죽이는 것을 보고 가슴이 아팠다고 하며 다시는 고기를 먹지 않겠다고 맹세한다. 이에 나는 지난번에 어떤 사람이 이(蝨)를 잡아 화로에 태우는 것을 보고 가슴이 아파 다시는 이를 잡지 않기로 맹세하였다 하고, 개와 이가 비록 크기는 다르나 같은 생명체이고 달팽이의 뿔을 소의 뿔과 같이 보고 메추리를 대붕(鵬)으로 보라고 한다.

· 갈래 : 한문 수필
· 연대 : 고려 중엽
· 구성 : 교훈적
· 제재 : 개(犬), 이(蝨)
· 주제 : 선입견을 버리고 본질을 제대로 파악하라는 교훈
· 출전 : 동국이상국집

🎭 슬견설

손님이 와서 나에게 말했다.

"어제저녁 한 사내가 큰 몽둥이로 돌아다니는 개를 쳐서 죽이는 것을 보았는데, 보기에도 너무 애처로워 마음 아팠습니다. 이제부터는 개나 돼지의 고기를 먹지 않기로 했습니다."

나는 그 말에 응하여 대답했다.

"지난번에 어떤 사람이 불이 이글이글 타는 화로를 끼고 앉아서, 이를 잡아 그 불 속에 넣어 태워 죽이는 것을 보고, 저는 마음이 아팠습니다. 그때부터 다시는 이를 잡지 않기로 맹세했지요."

손님은 멍해지더니 말했다.

"이(蝨)는 미물입니다. 나는 큰 것의 죽음을 보고, 애처로워서 한 말인데, 당신은 고작 이런 하찮은 것으로 맞대는구려. 나를 놀리는 것이오?"

내가 말했다.

"무릇 피와 기운이 있는 것이라면 사람은 물론 소 · 말 · 돼지 · 양 같은 동물이나, 땅강아지 · 개미에 이르기까지 살기를 원하고 죽기를 싫어하는 마음은 모두 같습니다. 어찌 큰 놈은 죽기를 싫어하는데, 작은놈은 좋아하겠습니까?

그런즉 개와 이의 죽음은 매한가지입니다. 그래서 예를 들어서 맞대어 본 것이지요. 어찌 그런 이유로 서로 기만하겠소이까?

그대가 믿지 못하겠다면, 그대의 열 손가락을 깨물어 보시오. 엄지손가락만 아프고 나머지 손가락은 아프지 않을까요?

한 몸에 붙어 있는 크고 작은 것 할 것 없이 가지와 마디에 골고루 피와 살이 있으므로, 그 아픔은 같습니다.

하물며 각기 기운과 숨을 받은 것인데, 어찌 저것은 죽음을 싫어하고 이것은 좋아할 수 있겠습니까?

그대가 물러나거든, 눈감고 조용히 생각해 보십시오. 달팽이의 뿔을 쇠

뿔로 보고, 메추라기를 대붕(大鵬, 하루에 구만리를 날아간다는, 아주 큰 상상의 새)으로 나란히 여겨 보십시오.

그런 다음에 나는 비로소 당신과 함께 도(道)를 이야기하겠습니다."

국순전(麴醇傳)

- 임춘(林椿) -

작가 소개

임춘(林椿 ?~?)

　　고려 의종·명종 때 문인·학자이며, 자는 기지(耆之), 호는 서하(西河)이다. 예천 임씨의 시조
이기도 하며, 고려 건국 공신의 후예로 일찍부터 유교적 교양과 문학으로 입신할 것을 표방하였
으나 과거에 여러 번 낙방하였다. 1170년(의종 24) 정중부의 난으로 공음전 등의 재산을 빼앗기고
피신한 뒤 이인로·오세재를 비롯한 죽림고회(竹林高會)의 벗들과 시와 술을 즐기며 현실에 대한
불만과 탄식, 포부를 문학으로 피력하기도 했다. 주요 작품으로 가전체 소설 〈국순전〉, 〈공방전〉
과 장편 시 〈장검행〉 등이 있고, 문집으로는 이인로가 엮은 유고집 〈서하선생집〉이 있다.

작품 정리

　　고려 무신 집정 때 문인 임춘이 술을 의인화하여 지은 가전 작품이다. 작자는 이 작품을 통해
서 인생과 술의 관계를 문제 삼고 있다. 인간이 술을 좋아하게 된 것과 때로는 술 때문에 타락한
모습을 풍자하고 있다. 이 작품은 인간과 술의 관계를 통해서 임금과 신하의 관계를 조명해 본 것
이다. 당시 국정의 문란과 병폐, 특히 벼슬아치들의 발호와 타락상을 증언하고 고발하려는 의도
로 표현된 작품이다. 이 작품은 모리배들의 득세로, 뛰어난 인물들이 오히려 소외당하는 현실을
풍자, 비판하는 내용을 담고 있다. 그리고 같은 술을 제재로 '술'을 의인화한 이규보의 〈국선생전
〉에 큰 영향을 주었다.

　국순의 조상은 농서 사람으로 90대 할아버지 모(牟, 보리)가 순임금 시대에 후직이라는 현인을 도와 백성을 먹여 살리고 즐겁게 해준 공로가 있었다. 모는 처음부터 벼슬하지 않고 '나는 반드시 밭을 갈아먹으리라' 하며 밭에서 살았다. 임금은 그에게 옹구에 제사를 지내게 하고 그의 공을 인정해 중산후를 봉하고, 국씨(麴氏)라 하였다.

　위나라 초년이 되었을 때 국순의 아버지 주(酎, 소주)가 세상에 이름이 알려지자 상서랑 서막과 서로 친해져서 주의 말이 사람들 입에서 떠나지 않았다. 국순의 기국과 도량은 크고 깊어 출렁거리고 넘실거림이 마치 만경창파의 물과 같아 맑게 해도 더 맑지 않고, 흔들어도 흐려지지 않았으며, 그 풍미는 한 세상을 뒤엎어 자못 사람에게 기운을 더해 주기도 했다. 마침내 권세를 얻게 된 순은 나라의 중대사를 맡아 처리하였다. 어느 날 임금이 그에게서 술 냄새가 난다 하여 싫어하게 되자 관을 벗고 집으로 돌아와 병들어 죽는다.

· 갈래 : 가전체
· 연대 : 고려 중엽
· 구성 : 풍자적
· 제재 : 술(누룩)
· 주제 : 향락에 빠진 임금과 간신의 대한 풍자
· 출전 : 동문선

🍶 국순전

국순의 자는 자후다. 국순이란 '누룩 술'이란 뜻이요, 자후는 글자대로 '흐뭇하다'는 말이다. 그 조상은 농서 사람으로 90대 할아버지 모(牟, 모맥. 보리의 일종으로 우리말로는 밀이라고 하는데, 이것으로 술의 원료인 누룩을 만듦)가 순임금 시대에 농사에 대한 행정을 맡았던 후직이라는 현인을 도와서 모든 백성을 먹여 살리고 즐겁게 해 준 공로가 있었다.

보리는 사람이 먹는 식량이 되고 있다. 그러니까 보리의 먼 후손이 누룩 술이 되었다는 이야기다. 옛날 옛적부터 인간을 먹여 살린 공로를 〈시경〉에서는 이렇게 노래했다.

"내게 그 보리를 물려주었도다."

모는 처음부터 벼슬을 하지 않고 농토 속에 묻혀 살면서 말했다.

"나는 반드시 농사를 지어야 먹으리라."

이러한 모에게 자손이 있다는 말을 들은 임금은, 조서를 내려 수레를 보내어 그를 불렀다. 그가 사는 근처의 고을에 명을 내려, 그의 집에 예물을 보내도록 했다. 그리고 임금은 신하에게 명하여 몸소 그의 집에 가서 신분이 귀하고 천한 것을 잊고 친분을 맺어서 세속 사람과 사귀게 했다. 그리하여 점점 상대방을 변화시켜 가까워지게 되었다. 이에 모는 기뻐하여 말했다.

"내 일을 이루어 주는 것은 친구라 하더니 그 말이 과연 옳구나."

그 후로 차츰 그가 맑고 덕이 있다는 소문이 퍼져 임금의 귀에까지 들리게 되었다. 임금은 그에게 정문(旌門, 충신·효자·열녀들을 표창하기 위하여 그 집에 세우던 붉은 문)을 내려 표창했다. 그리고 임금을 좇아 옹구에 제사를 지내게 하고, 그의 공로를 인정해 중산후를 봉하고, 식읍(食邑, 왕족 공신에게 준 일정한 지역)을 하사하고 국 씨라 하였다.

그의 5대손은 성왕을 도와서 조정을 지키는 것을 자기의 책임으로 여겨 태평스레 술에 취해 사는 좋은 세상을 이루었다. 그러나 강왕이 왕위에 오르면서부터 점점 대접이 시원찮아지더니 마침내는 금고형을 내리고 심지어 나라의 명령으로 꼼짝 못 하게 했다. 그래서 후세에 와서는 뚜렷이 드러나는 자가 없이 모두 민간에 숨어 지낼 뿐이었다.

위나라 초년이 되자 순(醇)의 아비 주(酎, 소주)의 이름이 세상에 알려지기 시작했다. 그는 곧 상서랑 서막과 알게 되었다. 서막은 조종에 나아가서까지 주의 말을 하여 언제나 그의 말이 입에서 떠나지 않았다.

어느 날 임금에게 아뢰는 자가 있었다.

"서막이 국주와 친하게 지내는 것 같습니다. 만약 이것을 그대로 두었다가는 장차 조정을 어지럽힐 것입니다."

이 말을 듣고 임금은 서막을 불러 그 내용을 물었다. 서막은 머리를 조아리면서 사과했다.

"신이 국주와 친하게 지내는 것은 그에게 성인의 덕이 있기에 때때로 그 덕을 마셨을 뿐입니다."

임금은 서막을 못마땅하게 여겨 내보냈다.

진나라 세상이 되자 주는 세상이 장차 어지러워지리라는 것을 미리 알았다. 그는 항상 유령, 완적(진나라 때 죽림칠현에 속한 사람들. 죽림칠현은 당시 세상을 외면하고 술을 마시며 소위 청담을 일삼았다. 그중에서도 유령은 특히 술을 좋아함)의 무리와 죽림 속에서 놀다가 세상을 마쳤다.

주는 도량이 넓고 깊어 마치 끝없는 만경의 바다 물결과도 같았다. 억지로 맑게 하려고 해도 더 맑아지지도 않고, 일부러 휘저어도 더 흐려지지도 않았다. 그 풍미는 한 세상을 뒤덮어 자못 그 기운을 사람에게 빌려 주기도 했다.

어느 날 섭법사와 종일토록 함께 담론한 일이 있었다. 이때 자리에 모인 사람들은 그의 말을 듣고 모두 허리를 잡았다. 이로부터 그의 이름이 세상에 알려지기 시작했고 그를 국처사라고 불렀다. 이리하여 위로는 공경대부와 신선, 방사(신선의 술법을 닦는 사람 또는 도사)로부터 아래로는 남의 집 머슴, 나무꾼, 오랑캐나 외국 사람들까지 그의 향기나 이름만 들어도 모두 부러워하고 사모했다.

이들은 여럿이 모였다가도 국처사가 오지 않으면 모두 쓸쓸한 표정으로 입을 모아 말하곤 했다.

"국처사가 없으니 자리가 즐겁지 않군."

그가 당시 사람들에게 소중히 여겨진 것은 대개 이러했다.

태위 산도(진 나라 때 죽림칠현의 한 사람)는 감식이 있는 사람이었다. 어느 날 그를 보고 말했다.

"어느 놈의 늙은 할미가 이런 영악한 아이를 낳았단 말인가. 그러나 세상 사람들을 그르칠 사람은 반드시 이 사람일 것이다."

관청에서 그를 불러 청주 종사로 삼았다. 그러나 격의 위에 있는 것이 마땅한 벼슬자리가 아니라고 해서 다시 바꾸어 평원 독우를 시켰다. 그러나 얼마 되지 않아서 그가 탄식하며 말했다.

"내가 이까짓 쌀 닷 말 때문에 남 앞에 허리를 굽힌단 말이냐. 차라리 마을에 있는 아이들과 함께 이야기하면서 노는 게 낫겠다."

그는 이렇게 말하고 벼슬을 내놓고 돌아갔다. 이때 관상을 잘 보는 사람 하나가 말했다.

"그대는 붉은 기운이 얼굴에 떠오르고 있으니 뒤에 가서는 반드시 귀하게 되어 천명의 녹을 받게 될 것이오. 잠시 있으면 누군가가 비싼 값을 내고 데려갈 것이니 그때를 기다리시오."

진의 후주(後酒, 물을 타지 않은 진한 술을 떠내고 재강에 다시 물을 부어 떠낸 술) 시대가 되자 양가의 아들로 인해 주객원외랑이 되었다. 임금은 그의 도량이 큰 것을 알아보고 장차 크게 쓸 생각이 있었다. 이미 쇠로 만든 사발로 덮어 거른 후 벼슬을 높이 올려 공록대부 예빈랑으로 삼고 작을 올려 공으로 삼았다.

이후 임금과 신하가 회의할 때는 반드시 순을 시켜 잔을 채우게 했다. 순의 그 행동하고 수작하는 것이 임금과 신하들의 뜻에 잘 맞았다.

임금은 그를 몹시 칭찬하며 말했다.

"경이야말로 곧고 맑은 사람이다. 내 마음을 열어 주고 일깨워 주는 도다."

순은 권세를 얻어 마음대로 일하게 되었다. 어진 사람을 사귀고 손님을 접대하는 것, 늙은이를 받들어 술과 고기를 주는 일, 귀신과 종묘에 제사를 지내는 일은 모두 순이 맡아서 했다. 임금이 밤에 잔치를 벌일 때에도 오직 순과 궁인만이 곁에서 모실 수 있었고, 그 밖의 사람은 아무리 가까운 신하라도 옆에 가지 못했다.

임금은 날마다 몹시 취해서 정사를 전폐하게 되었다. 순은 임금의 입에 마치 재갈을 물리듯이 해서 아무런 말도 못 하게 했다. 이렇게 되고 보니 예법을 아는 선비들은 순을 마치 원수처럼 미워하게 되었다. 하지만 임금은 항상 순을 보호해 주었다. 그런데 순은 재산 모으는 것을 매우 좋아했다. 그래서 당시 여론은 그를 더욱 비루하게 여겼다.

어느 날 임금이 물었다.

"경은 무슨 버릇이 있는가?"

"옛날의 두예는 〈좌전〉을 좋아하는 벽이 있었고, 왕제는 말 타는 벽이 있었습니다."

이 말을 듣고 임금은 한 번 크게 웃고는 더욱 그를 돌봐주었다.

어느 날 순이 임금 앞에 나아가게 되었다. 본래 순의 입에서는 냄새가 났다. 임금이 이것을 싫어해서 그에게 말했다.

"이제 경은 이미 늙어서 내 앞에서 일을 하지 못하겠는가?"

순은 말을 알아듣고 관을 벗고 사죄했다.

"신이 작을 받고도 사양하지 않으면 끝내는 몸을 망칠 염려가 있사옵니다. 바라옵건대 신을 사제에 돌아가게 해 주시면, 신은 그것으로 제 분수를 알겠나이다."

임금은 좌우 신하들에게 명하여 순을 집으로 돌려보냈다. 그러나 집에 돌아온 순은 갑자기 병이 들어 죽고 말았다.

순에게는 아들이 없었다. 그에게는 족제 청이 있는데 당나라에서 벼슬하여 내공봉까지 지냈다. 이로부터 그의 자손이 중국에 퍼지게 되었다.

사신이 말했다.

국 씨는 그 조상이 백성에게 공이 있었고, 청렴결백한 것을 그 자손에게 물려주었다. 그것은 마치 창이 주에 있는 것과 같아서 향기로운 덕이 황천에까지 미쳤으니, 가히 그 할아비의 풍도가 있다 하겠다. 순은 들고 다니는 병에 지나지 않는 지혜를 가지고 독을 묻은 들창에서 일어나, 일찍이 쇠로 만든 뚜껑을 덮는 금구에 선발되었다. 그리하여 술 단지와 음식 만드는 도마 사이에 서서 담소하면서도 끝내 옳은 것을 받아들이고 그른 것을 물리치지 못해서, 왕실이 어지러워 엎어지는데도 이를 붙들지 못해 결국 세상 사람들의 웃음거리가 되었으니, 옛날 거원(巨源, 죽림칠현의 한 사람인 산도)의 말이 믿을 만하도다.

흥부전(興夫傳)

- 작자 미상 -

이 작품은 비록 흥부와 놀부를 형제 사이로 설정하고 있지만, 단순히 형제간의 우애라는 도덕적 주제를 강조한 작품이라기보다는 당대의 퇴락하는 양반가와 서민의 생활상에 대한 풍속사적인 보고라 할 수 있다. 시대적으로 조선 후기의 신분 변동에 따라 나타난 유랑 농민과 신흥 부농(富農)과의 갈등상이 반영된 점이 그러한 특징을 말해 준다. 그러면서도 전래 설화에서 차용한 모방담으로서의 소설적 구조를 계승하고 있으며, 인물이나 사건을 그려 나가는 방식은 다분히 서민적이고 해학적인 문체를 구사하고 있다. 이러한 문체상의 특징은 이 작품에 설정된 시대적 배경의 심각성이나 비극적 상황을 서민 특유의 건강한 웃음에 의해 인식, 극복하려는 의식에 바탕을 둔 것이다.

잘 알려진 대로 흥부는 착하고 우애한 선인이고, 놀부는 심술 많은 악인으로 등장한다. 이러한 대조적 인물 묘사는 희극적 과장의 수법을 통해 더욱 뚜렷하게 드러난다. 놀부가 흥부를 집에서 내쫓고, 내쫓긴 흥부가 자신의 신세를 한탄하는 장면에서 탐욕에 가득 찬 놀부와 순하기만 한 흥부의 심성과 행위를 극명하게 대조, 과장하는 수법을 통해 희극적 골계미를 풍부하게 해주고 있다. 이 속에는 당시 민중들의 발랄한 웃음과 해학이 들어 있으며, 중세적 질서가 흔들리던 조선 후기 사회의 생활 현실도 엿볼 수 있다.

옛날 놀부라는 욕심 많은 형과, 흥부라는 마음씨 착한 아우가 있었다. 어느 날 부모가 물려준 유산을 독차지한 놀부는 흥부를 집에서 내쫓는다. 집에서 쫓겨난 흥부는 하는 수 없이 부인과 자식을 데리고 건너 산언덕 밑에 수숫대로 얼기설기 집을 한 채 지었다. 하루는 흥부가 견디다 못해 형의 집을 찾아가 먹을 것을 구걸했지만 형 내외에게 죽도록 매만 얻어맞고 돌아온다.

기나긴 겨울이 지나고 봄이 찾아왔다. 강남에서 제비들이 돌아왔다. 흥부네 집 처마에도 제비가 집을 짓고 새끼를 키우고 있었다. 하루는 큰 구렁이 한 마리가 제비 새끼에게 달려들자 흥부가 칼을 들어 잡으려 할 때 제비 새끼 한 마리가 허공에서 떨어졌다. 흥부는 제비의 다친 다리를 당사로 동여매어 제비를 구해 주었다. 이듬해 봄, 제비가 박씨 하나를 물고 와 흥부의 뜰에 떨어뜨린다. 추석날 흥부 부부가 박을 타 보니 온갖 금은보화가 나와 큰 부자가 된다. 그 소식을 전해 들은 놀부는 제비의 다리를 부러뜨려 날려 보낸다. 이듬해 봄 놀부는 제비가 물어다 준 박씨를 심어 가을에 타 보니 온갖 요물과 이상한 것들이 쏟아져 나왔다. 놀부는 이들에게 재산을 다 빼앗겨 오갈 데 없는 신세가 되고 만다. 형의 소식을 전해 들은 흥부는 형 놀부에게 자기 재산을 나누어 준다. 흥부에게 몹쓸 짓을 많이 한 놀부지만 흥부의 어진 덕에 감동하여 과거의 잘못을 뉘우치고 형제가 서로 화목하게 지낸다.

┌─────────────┐
│ 핵심 정리 │
└─────────────┘ ....

· 갈래 : 설화 소설
· 연대 : 미상
· 구성 : 교훈적
· 시점 : 전지적 작가 시점
· 배경 : 조선 후기 충청, 경상, 전라 경계
· 주제 : 인과응보사상과 형제간의 우애

흥부전

　형제는 사람이 지켜야 할 다섯 가지 도리 중의 하나요, 한 몸을 나눔이
라. 그러므로 부귀와 화목을 같이한다. 어떤 형제는 우애가 있고 어떤 형제
는 우애를 저버린다.

　충청 전라 경상도 접경에 사는 연 생원이라는 양반에게 아들 둘이 있었
는데 형의 이름은 놀부이고 동생의 이름은 흥부였다. 한 배 속에서 태어났
지만 흥부는 착하고 부모를 잘 섬기며 우애가 돈독하지만, 놀부는 부모께
불효하고 동기간에게 우애가 없어 마음 쓰는 것이 괴상망측하였다.

　다른 사람은 오장육부지만 놀부는 오장 칠부라. 말하자면 심술보가 하나
더 있어 심사를 피우면 무척 야단스럽게 피웠다.

　술 잘 먹고, 욕 잘하고, 애태우고, 싸움 잘하고, 초상난 데 춤추기, 불난
집에 부채질하기, 집 빼앗기, 늙은 영감 덜미 잡기, 아이 밴 여자 배 차기,
우물 밑에 똥 누기, 올벼 논에 물 터놓기, 다 된 밥에 흙 퍼붓기, 패는 곡식
이삭 베기, 논에 구멍 뚫기, 애호박에 말뚝 박기, 곱사등이 엎어 놓고 밟아
주기, 똥 누는 놈 주저앉히기 앉은뱅이 턱살 치기, 옹기 장사 작대 치기, 이
장하는 데 뼈 감추기, 잠자는 내외에게 소리 지르기, 수절 과부 겁탈하기,
통혼에 방해하기…… 이놈의 심사가 이러하니 모과나무처럼 뒤틀리고, 동
풍 안개 속에 수수 잎처럼 꼬여 흉악한 심사 헤아릴 수 없었다.

　그러나 흥부는 마음씨가 착하고 선량해 동네에서 칭찬이 자자했다. 반면
놀부는 부모가 물려준 많은 재산을 혼자 독차지하고 아우 흥부를 구박하였
으나 흥부의 어진 마음은 조금도 변함이 없었다.

　또 놀부는 부모가 물려준 재물로 좋은 옷 입고 좋은 음식을 먹으면서

　"이번 제사에도 안 쓴다 안 쓴다고 하였건만 황초 값 오 푼이 온데간데없
구나."

하였다. 하물며 아우 흥부를 데리고 살 리가 없다.

　하루는 놀부가 흥부를 불러 말하였다.

"형제란 어려서는 같이 살지만 가정을 이룬 후에는 분가하여 사는 것이 떳떳한 법이니, 이제 너는 처자를 데리고 나가 살거라."

흥부는 하는 수 없이 불쌍한 처자를 데리고 건너 산언덕 밑에 수숫대로 얼기설기 집을 한 채 지었는데, 방에 누워 다리를 뻗으면 발목이 벽 밖으로 나가고, 팔을 뻗으면 손목이 밖으로 나갔다. 또 용마루에서는 별이 보이고, 비가 오면 굵은 빗방울이 방 안에 샌다. 흥부가 생각해도 기가 막힐 노릇이었다. 이런 중에도 흥부네는 자식이 해마다 태어나 층층이 있었으니 어린 자식은 젖 달라, 자란 자식은 밥 달라 보챘다.

흥부는 할 수 없이 형 놀부를 찾아갔다.

"형님 제발 부탁입니다. 굶어 누운 자식 살려낼 길 전혀 없어, 염치 불고하고 형님을 찾아왔사오니 형제간의 우애를 생각하여 뭣이든지 주시면 품을 판들 못 갚으며 일을 한들 공으로 가져가리까. 아무쪼록 형제의 우애를 생각하여 죽는 목숨 살려 주옵소서."

흥부가 이렇듯 애걸하였지만 놀부는 못마땅해하며 말했다.

"너도 염치없는 놈이로다. 하늘은 녹이 없는 사람을 내지 않고, 땅은 이름 없는 풀을 내지 않거늘, 저 먹을 것은 자연 타고나는 것이니라. 너는 어찌하여 복이 없어 날마다 이리 보채는가. 잔말 말고 어서 물러가거라."

흥부가 울며 사정했다.

"형님 그러지 말고 불쌍한 이 동생 좀 살려 주오."

놀부가 버럭 화를 내며 도낏자루 묶음을 내다 놓고 손에 닿는 대로 골라 잡더니 그만 달려들어 흥부 뒷덜미를 잔뜩 움켜쥐고 몽둥이로 내리치는데, 마치 손 빠른 중이 비질하듯 상좌(上座, 여러 중 가운데서 가장 높은 사람) 중이 법고 치듯 세게 내리쳤다.

"이놈 내 눈앞에 뵈지 마라."

이때 놀부 아내가 밥을 푸고 있었는데, 흥부는 매 맞은 것은 잊어버리고 여러 날 굶은 창자에 밥 냄새 맡으니 오장이 뒤집혔다.

"아이고 형수님 밥 한 술만 주오. 이 동생 좀 살려 주오."

흥부가 놀부 아내를 쫓아 부엌으로 뛰어 들어가니, 이 여인 또한 몹쓸 년이라, 와락 돌아서며

"남녀가 유별한데 어디를 들어오느냐."

하며 밥주걱으로 흥부의 마른 뺨을 찰싹 때렸다. 흥부는 두 눈에 불이 번쩍하며 정신이 아찔한 가운데도 뺨에 묻은 밥풀을 떼어 먹기에 바빴다.

"형수님 뺨을 쳐도 먹여 가며 치시니 이 고마움을 어찌 다 하오리까. 기왕이면 이쪽 뺨도 때려 주오."

놀부 아내는 하도 어이가 없어 흥부를 내쫓았다.

이때 흥부 아내는 우는 아이 젖 물리고 큰 아이 달래면서 칠 년 가뭄에 큰비 기다리듯, 구 년 홍수에 햇볕 기다리듯 서너 끼 굶은 자식들과 흥부 오기만을 손꼽아 기다렸다. 흥부가 매에 취해 비틀비틀 걸어오니 흥부 아내는 속도 모르고 반기며 마중했다. 흥부는 본래 우애가 깊은지라 차마 형의 행실을 사실대로 말하지 못하고 우애 있는 말로 꾸며 얘기했다. 형님께서 돈 닷 냥과 쌀 서 말을 주시고, 형수는 돈 닷 냥과 팥 두 말을 주셨는데, 오다가 큰 고개에서 도적을 만나 다 빼앗기고 왔다고 하였다. 그러나 흥부 아내는 도저히 그 말을 믿을 수 없었다. 시아주버니와 형님 속을 어찌 모르랴. 남편 얼굴을 자세히 보니 흐르는 피 흥건하여 얼굴이 모두 붓고 온몸을 만져 보니 성한 곳이 없었다.

흥부는 형의 말은 하지 않고 오히려 아내를 위로하며 말했다.

"여보 마누라 슬퍼 마오. 가난 구제는 나라에서도 못한다고 하니 형님인들 어쩌겠소. 그냥 품이나 팔아 살아갑시다."

그 후 흥부와 아내는 품을 팔았다. 방아 찧기, 술집에 술 거르기, 초상난 집 제복 짓기, 시궁 밭에 오줌 치기, 물이 괴어 있는 논 갈기……. 닥치는 대로 일해도 굶기를 밥 먹듯 하여 살길이 없었다.

하루는 생각다 못해 읍내로 들어가서 나라 곡식 한 섬 꾸어다 먹으리라 마음먹고 관청에 가 보니 이방이 있었다.

"환곡(還穀, 조선 시대에, 곡식을 사창(社倉)에 저장하였다가 봄에 백성들에게 꾸어 주고 가을에 이자를 붙여 거두던 일. 또는 그 곡식)이나 좀 얻어먹고자 왔는데 어떠할는지……."

이방이 대답했다.

"환곡을 얻으려 하지 말고 차라리 매를 맞으시오. 이 고을 김 부자를 어느 놈이 없는 사실을 꾸며 송사를 일으켰다오. 그래서 김 부자를 압송하라는 공문이 왔는데 김 부자는 마침 병이 나고 친척도 병이 있어 누군가 대신

보내고자 한다며 나를 보고 의논합디다. 연 생원이 김 부자 대신에 영문(營門, 병영의 문)에 가서 매를 맞으면 돈 삼십 냥을 줄 터이니, 영문에 가서 매를 대신 맞고 오는 것이 어떻소."

가난한 흥부는 이것도 횡재랴 싶어 허락하는 이방에게 주선금 닷 냥을 먼저 받아 집으로 향했다.

"여보게 이방 다녀오리다."

흥부가 집에 돌아와 아내에게 이 사실을 말하니 흥부 아내가 이 말을 듣고 깜짝 놀라, 가지 마오, 제발 내 말대로 가지 마오. 갔다가 매 맞아 죽으면 초상이 날 터이니 부디 내 말 괄시 말라며 한사코 말렸다. 흥부는 할 수 없이

"알겠소. 당신이 정 그러하다면 아니 가리다. 짚신이나 삼아 신게 저 건너 김 동지네에 가서 짚 한 단만 얻어 오리다."

흥부는 아내를 속이고 영문으로 올라갈 때, 마삯이나 내고 타고 가는 것이 아니라 돈 삼십 냥을 한목에 받아 쓸 작정으로 하루 백칠십 리씩 걸어 며칠 만에 영문에 다다랐다. 가 보니, 청에는 벌써 편지와 돈 백 냥이 와 있었다. 도사령이 흥부는 김 부자 대신 왔으니 아랫방에 들여앉히고, 만일 심문을 하여 매를 칠지라도 아무쪼록 곤장을 때리는 시늉만 하라고 일렀다. 여러 사람이 흥부의 딱한 사정을 위로하고 있을 때 영이 내렸는데, 이번에 나라에 큰 경사가 있어 각 도, 각 읍은 살인죄 외에는 일체 놓아주라는 것이었다. 흥부는 낙심천만(落心千萬, 바라던 일을 이루지 못하여 마음이 몹시 상함)이었다. 도사령이 흥부를 보며 타일렀다.

"여보 연 생원, 이번에 김 부자 일로 여기까지 왔는데 매 한 대도 안 맞고 갔다고 돈을 주지 않거든 두말 말고 영문으로 오면 우리가 무슨 수를 써서든 돈 백 냥을 받아 줄 터이니 염려 말고 어서 가시오."

흥부는 하는 수 없이 남은 돈 한 냥으로 떡을 사서 짊어지고 집으로 돌아왔다.

이 무렵 흥부 아내는 남편이 영문에 갔음을 알고 뒤뜰에 단을 만들고 정화수를 길어다가 단 위에 올려놓고 빌었다. 그리고 신세타령하던 차에 흥부가 거적문을 열어젖히며 들어섰다.

흥부 아내는 매를 맞고 다 죽은 몸으로 돌아올 줄 알았던 흥부가 몸 성히

돌아오니 심히 기쁘기는 하지만 앞길이 막막했다. 그 후 김 부자의 조카를 만났으나 마음이 곧은 흥부는 사실대로 말하고 도리어 맞았으면 해롭지 아니할 것을 못 맞은 걸 한탄했다. 그러자 김 씨는 지닌 돈이 칠팔 냥이라며 쌀이나 한 말 사다 먹으라며 내놓고 가 버렸다.

"내가 매 한 대 맞지 아니하고 남의 돈을 거저 먹으니 염치는 없지만 열흘 굶어 군자 없다고 어찌할 수 있으랴."

흥부는 김 씨가 주고 간 돈으로 쌀 팔고, 반찬 사서 며칠은 살았으나 굶기는 역시 매한가지였다. 그 후로는 이웃 김 동지 집에 가서 짚단을 얻어다가 짚신을 삼아 장에 가서 팔아 끼니를 이었으나 그것도 한두 번이지 매번 짚을 얻을 수 없었다. 흥부는 탄식하고 흥부 아내는 기가 막혀 눈물을 거두지 못하였다.

기나긴 겨울이 지나고 봄이 찾아왔다. 3월 3일이 되니, 소상강의 떼 기러기가 가고 강남 갔던 제비 왔을 때였다. 제비 한 쌍이 크고 좋은 집 다 버리고 오락가락 넘놀다가 흥부를 보고 반기면서 좋다고 지저귀니, 흥부가 제비를 보고 말했다.

"훌륭하고 높게 지은 집들도 많건마는 수숫대로 지은 이 집에 와서 네 집을 지었다가 만일 장마에 무너지기라도 한다면 어떡할꼬. 아무리 짐승이지만 나의 말을 곧이듣고 좋은 집 찾아가서 실하게 집을 짓고 새끼를 치려무나."

이같이 충고해도 제비가 듣지 아니하고 흙을 물어다 집을 짓고 알을 낳아 새끼를 겨우 길러내어 날기 연습하고 있는데, 하루는 큰 구렁이 한 놈이 별안간 제비 새끼에게 달려들자 흥부가 보고 깜짝 놀라 막대기로 쫓아냈다.

"다른 것도 많건마는 어찌하여 하필 제비 새끼를 넘보는 것이냐. 제비는 곡식을 먹지 않으며 인간에게 해를 입히지 않고 옛 주인을 찾아오니 인정이 있는데 제 새끼를 보전치 못하고 일시에 다 죽이니 어찌 아니 가련하리."

흥부가 칼을 들어 그 짐승을 잡으려 할 즈음 제비 새끼 한 마리가 허공에서 뚝 떨어져 피를 흘리며 발발 떠는 것이었다. 흥부가 이를 보고 펄쩍 뛰어 달려들어 제비 새끼를 두 손으로 고이 잡고 애처로이 여겨 부러진 두 다리를 칠산 조개껍데기로 찬찬히 감고, 아내가 시집올 때 가지고 온 당사로 제비 새끼의 상한 다리를 곱디곱게 감아 매어 찬 이슬에 얹어 두었다. 십여 일 뒤 상처가 아물었다. 제비는 공중으로 날아올라 벌레도 잡고 재잘거리니 흥부가 매일 같이 제비집을 돌보며 다정히 지냈다. 그러는 사이에 해가 가고 달이 가자 제비는 흥부에게 하직하고 강남으로 날아갔다. 제비는 수천 리 훨훨 날아가 서제비 왕께 자초지종을 아뢰니 제비 왕이 기뻐하며 박씨 하나를 주면서 말했다.

"돌아가 은혜를 갚거라."

제비는 왕께 하직하고 그 길로 허공 중천에 높이 떠서 박씨를 입에 물고 너울너울 바삐 날아, 흥부네 집을 찾아왔다.

"여보, 작년에 왔던 제비가 입에 무엇을 물고 와서 저토록 넘놀고 있으니 어서 나와 구경하세요."

흥부가 즉시 나와 보고 이상히 여기는데 그 제비가 머리 위로 날아들며 입에 물었던 것을 앞에다 떨어뜨리는 것이었다. 얼른 주워 보니 한가운데 '보은 박' 이라 쓰인 박씨였다.

그것을 동편 울타리 아래 터를 닦고 심었더니 이삼일에 싹이 나고 사오일에 순이 뻗어 마디마디 잎이 나고, 줄기마다 꽃이 피어 박 네 통이 열렸다. 큰 것은 항아리와 같고 작은 것은 동이만 하니 어찌 아니 기쁘겠는가. 어느 날 흥부와 아내는 박을 앞에 두고 의논했다.

"여보, 비단이 한 끼라 하니 저박을 타서 속은 지져 먹고 바가지는 내다 팔아 쌀을 얻어 지어 먹읍시다."

흥부 아내가 말했다.

"하루라도 더 굳혀서 견실해지거든 땁시다."

추석날이었다. 흥부 아내는 배가 고파 하는 수 없이 박을 탔다. 흥부 아내가 밀거니 당기거니 슬근슬근 툭 차 놓으니 여러 빛깔로 아롱진 고운 구름이 서리며 청의동자(靑衣童子, 신선의 시중을 든다는 푸른 옷을 입은 사내아이) 한 쌍이 나왔다. 동자를 보니 왼손에 병을 들고 오른손에 거북류의 갑피로 된 쟁반을 눈 위까지 높이 쳐들며 말했다.

"이것을 값으로 따지면 억만 냥이 넘으니 팔아서 쓰십시오."

그러고는 홀연히 사라졌다.

"세상 사람들이 아무리 재물이 많다고 해도 이런 보배는 없을 것이니, 나처럼 큰 부자가 어디 또 있으리오."

흥부 아내도 좋아하며 말했다.

"저 박을 타 보면 또 무엇이 나오나 켜 봅시다."

슬근슬근 톱질하니 이번에는 온갖 세간이 다 나왔다. 자개함이며, 반닫이, 구름같이 고운 비단, 화려한 문방, 여러 종류의 서책은 물론 온갖 물건이 나올 때마다 흥부 내외는 이리 뛰고 저리 뛰며, 어쩔 줄을 몰랐다.

또 한 통을 타 보니 이번에는 순금 궤가 나왔다. 그 안에는 황금, 백금, 천은, 밀화 호박, 산호, 금패, 진주, 주사, 사향 등이 가득했다. 쏟아 놓으면 여전히 가득가득 차고 해서 밤낮 엿새를 부리나케 쏟고 부으니 어느덧 큰 장자가 되어 있었다. 남은 박을 한 통 마저 타니 이번에는 일등 목수들과 온갖 곡식이 쏟아져 나왔다. 목수들은 우선 명당을 가려 터를 닦고 집을 지었다. 그러고는 사내종 계집종, 아이종이 나며 들며 그동안 박에서 나온 온갖 것을 여기 쌓고 저기 쌓고 야단법석이었다. 흥부 내외는 더할 나위 없이 흥에 겨워 춤을 추었다. 흥부가 아내를 보며 말했다.

"여보 마누라, 춤추려면 내일까지도 다 하지 못할 것이오. 어서 덤불 밑에 있는 박 한 통을 마저 켜 봅시다."

슬근슬근 툭 타 놓으니 이번에는 박 속에서 연꽃같이 아름다운 여인이 나와 흥부한테 나부시 큰절을 하자 흥부가 크게 놀라 황급히 답례하고 연유를 물었다.

"저는 월궁의 선녀이옵니다."

"강남국 제비 왕이 저더러 그대의 소실이 되어 받들라 하셔서 왔나이다."

이렇게 하여 흥부는 좋은 집에서 조강지처와 첩을 거느리고 향락으로 세월을 보냈다.

이러한 소문이 놀부의 귀에 들어가니 찢어 죽여도 죄가 남을 놈의 심술이 제 아우 잘되었다는 말을 듣고,

'이놈이 도둑질하였나, 갑자기 부자가 되었다 하니 내가 가서 윽박질러 가산을 뺏어야지.'

하고 벼락같이 건너가 흥부 집 앞에 다다르니 집 치레도 보던 바 처음이요,

고대광실(高臺廣室, 크고 넓은 집) 높은 집에 네 귀마다 풍경 소리라. 머리는 부엉이 대가리 같고 수리 눈에 왜가리 주둥이 맹꽁이 모가지에 욕심과 심술이 더덕더덕한 놀부는 심술이 뻗쳐 소리를 벼락같이 질렀다.

"이놈 흥부야!"

흥부 아내는 모란 석에 비단 요를 내다 깔며 찻집(찬모)을 불러 점심 식사를 차려 드렸다. 온 집 안이 외국 가는 사신 행차가 든 듯 야단법석이었다. 놀부 놈은 평생에 그런 모양은 처음 본지라 오장 육부가 뒤틀릴 대로 뒤틀려 심술이 나서 흥부 아내에게 기생처럼 맵시 내고 건들거린다는 둥, 가래침을 벽에 내뱉는 둥 칼로 장판을 북북 긋는 둥 차려 온 점심상 수저 들고 이 그릇 저 그릇 두드리며 크니 작으니 하며 마침내는 밥상을 차 엎는 둥 실로 해괴망측한 거동은 차마 두 눈을 뜨고 볼 수가 없었다.

한참 소란을 피울 때 흥부가 들어와 형에게 공손히 인사드렸다.

"흥부야, 이놈 밤이슬을 맞고 다니며 도둑질을 얼마나 하였느냐?"

"형님, 그 말씀이 웬 말이오."

흥부가 앞뒤 일을 자세히 말하자, 놀부가 말했다.

"그렇다면 네 집 구경이나 하자."

흥부가 형을 데리고 돌아다니며 집 구경을 시키는데, 놀부가 흥부의 후실 월궁 선녀도 보고 휘황찬란한 화초장도 보고 나서 말했다.

"네 것이 내 것이요, 내 것이 네 것이 아니냐. 그러니 네 계집을 내게 다오. 그것이 싫거든 화초장을 보내거라. 만일 그것도 못 하겠다면 온 집에다 불을 질러 놓으리라."

흥부는 하는 수 없이 화초장을 내어 줄 수밖에 없었다.

놀부는 하인을 시켜 화초장을 보내 준다는 것도 마다하고 스스로 짊어지고 가니 놀부 아내 또한 눈이 휘둥그레졌다. 놀부 아내가 그 출처를 묻다가 마침내 흥부가 부자가 된 연유를 알고 그해부터 제비를 기다렸다.

그럭저럭 섣달 정월을 다 넘기고 봄이 돌아오니 허다한 제비 중에서도 팔자 사나운 제비 한 쌍이 놀부 집에 이르러 흙과 검불을 물어다 집을 지었다. 어미 제비가 알을 낳아 품을 무렵에 놀부가 밤낮으로 제비집 앞에 죽치고 앉아 보았지만, 알이 다 곯고 다만 한 개가 남아 새끼를 까게 되었다. 차차 자라나 바야흐로 날기를 배울 때, 주야로 기다렸으나 구렁이는 그림자도 볼 수 없었다. 답답한 끝에 삯꾼을 이끌고 두루 다녀 살펴보았지만 도마뱀 한 마리도 못 보고 집으로 오는 길에 홍두깨만 한 까치 독사를 만났다.

"얼씨구 이 짐승아, 내 집 처마로 들어가서 제비를 떨어뜨려다오. 그러면 나는 부자가 될 터이니 너의 은혜와 신세는 병아리 한 뭇(장작, 채소 따위의 작은 묶음을 세는 단위)에 달걀 한 줄로 덧얹어 갚을 터인즉 사양 말고 어서 바삐 들어가자."

놀부가 막대로 독사를 건드리다 그만 발가락을 물렸다. 정신이 아득해져 빨리 집에 돌아와 침을 맞고 석웅황(石雄黃, 천연으로 나는 비소 화합물) 약을 발라 겨우 살아나서는 제가 무슨 이무기인 양 제비 새끼 잡아 내려 두 발목을 지끈 분질렀다.

"불쌍하다. 이 제비야 어떤 몹쓸 이무기가 와서 네 다리를 분질렀느냐."

놀부는 흥부와 같이 칠산 조개껍데기로 부러진 다리를 싸고 칡덩굴의 속껍질인 청올치로 찬찬 동여매어 제비집에 얹어 두었다.

그 제비가 겨우 살아 9월 9일이 되어 강남으로 갈 때

"원수 같은 놀부 놈아 명년 춘삼월에 다시 나와 분지른 네 신세를 잊지 않고 갚을 테니 고이 잘 있거라. 지지위지지."

이듬해 춘삼월에 그 제비가 쓴 박씨를 물고 와서 이리저리 날고 있었다. 놀부는 풀밭에 내려지면 잃을까 하여 겁이 나 삿갓을 뒤집어 들고 따라다니니 이윽고 제비가 박씨를 떨어뜨렸다. 놀부가 좋아하며 두 손으로 집어 들고 자세히 보니 한 치나 되는 박씨에 보수 박이라고 뚜렷이 쓰여 있었다. 무식한 놀부가 이를 어찌 알리오. 좋은 날 받아 동편 처마 아래 거름 주고 심었더니 사오일이 지난 후에 박나무가 났다. 그날로 순이 돋고 사흘 만에 덩굴이 뻗고, 돛대만 한 줄기에 고리날개만 한 박 잎이 마디마디에 무성했다. 며칠 후 줄기마다 꽃이 피어 이윽고 박 십여 통이 백운대 돌 바위같이 주렁주렁 달렸다. 놀부는 이웃 동네의 힘센 장사를 불러 개 잡고 돼지 잡아 푸짐하게 먹인 후에 선금 이십 냥씩 주고 박을 타게 했다.

"어기어차 흘근흘근 당기어라. 어기어차 톱질이야. 어기어차 애고 고질이야."

슬근슬근 흘근흘근 툭 타 놓으니 박 속에서 글 읽는 소리가 나면서 이윽

고 관을 쓴 늙은 양반, 갓을 쓴 젊은 양반, 초립 쓴 새 서방님, 도포 입은 도련님이 꾸역꾸역 나왔다. 그러고는 업쇠를 불러 놀부를 결박하며 노송에 높이 달아매고 참나무 절굿공이로 짓찧었다.

"이놈 놀부야, 네 아비 개불이와 네 어미 똥녀가 댁 종으로 남의집살이를 하다가 밤에 아무도 모르게 도망하기 수십 년인데 이제야 찾았구나. 네 어미와 네 아비 몸값이 삼천 냥이니 당장에 바쳐라."

놀부는 온갖 망신 다 당하던 끝에 돈 삼천 냥을 바치고 사죄하니 그 생원님은 못 이기는 체하고 놀부더러,

"이 돈 삼천 냥을 용돈으로 쓸 것이니 떨어질 만하거든 내 다시 오리라."
하고 사라졌다.

놀부 내외는 기가 막힐 뿐이었다. 그러나 톱질 잘못하고 소리도 괴이하게 지른 연고로 보물이 변하여 나쁜 것이 되어 그렇다면서 다시 두 번째 박을 탔다. 이번에는 가야금 든 놈, 소고 든 놈, 징·꽹과리 든 놈들이 우르르 나오면서 우리가 놀부 인심 좋다는 말을 듣고 일부러 찾아왔노라 하면서 쌀 내놔라, 술밥 달라, 돈 백 냥을 내놔라 하면서 정신없이 뛰노니 놀부가 하는 수 없이 돈 백 냥에 쌀 한 섬을 주어 보낸 후 혹시나 하는 생각에 세 번째 박을 탔다. 이번에는 '나무아미타불 관세음보살' 염불까지 외면서 노승이 나오고 뒤따라 상좌 중이 나왔다.

"놀부야, 우리 스승님이 네 집을 위해 사십구일 정성을 드렸으니 재물로 돈 오천 냥만 바쳐라."

그리고 재를 올리면 재물이 나온다는 말을 듣고는 하는 수 없이 또 돈 오천 냥을 주어 보냈다.

놀부는 더 이상 패가망신하지 말고 그만 켜 보자는 아내의 말을 어기고 또 켜니 이번에는 울음소리 요란한 상여 한 채가 나와 상여를 놀부네 집 마당에 내려놓았다.

"이놈 놀부야, 네 상전이 죽었으니 안방을 치우고 소 잡고 잘 차려라."

놀부는 하는 수 없이 또 전답을 선 자리에서 헐값으로 팔아 돈 삼천 냥을 마련하여 사정사정하여 내놓으며 빌었다. 상두꾼들이 상여를 메고 가다 놀부가 혹시 다른 박에 보물이 없느냐고 묻는 말에 어느 박인지 생금 한 통이 들었다고 하였다.

또 박을 타니 무당이 나와 돈 오천 냥을 빼앗아 갔다. 그러나 놀부는 그만두지 않고 재물을 탐하여 남은 박을 탔다. 그러나 이번에도 수천 명의 등짐 장수들이 나와 돈 삼십 냥을 빼앗겼다. 떠나면서 장수들이 다음 통에는 금은이 많이 있는 것 같으니 정성 들여 켜 보라는 바람에 또 켜 봤으나 이번에는 수백 명의 사당 중들이 쏟아져 나오면서 온갖 것으로 한바탕 놀아나다가 마침내 반닫이를 덜컥 열고 문서 뭉치를 모조리 나누어 가지고 물러갔다. 그리고 또 다음 탄 박에서는 수백 명의 패거리들이 나와 놀부를 잡아 돌려가면서 주리를 틀며 온갖 고통을 다 주었다. 놀부는 그놈들에게 오천 냥을 바치고 구사일생으로 살아났다. 하지만 사지를 제대로 쓰지 못하는 중에도 허욕에 눈이 먼 놀부는 당장에 무슨 좋은 수가 터질 줄 알고 엉금엉금 동산으로 기어올라 다시 박통을 따서 내려와 슬근슬근 톱질을 시키고 보니 팔도 소경이란 소경은 다 뭉치어 막대를 뚝딱거리며 눈을 희번득거리고 내달으면서 놀부를 개 패듯 팼다. 놀부는 견디다 못해 돈 오천 냥을 내어 주고 생각해 보니 이제는 집 안에 돈이라고는 한 푼도 남아 있지 않았다. 그러나 고진감래라 하였으니 설마 길한 일이 없을까 보냐 하고 다시 동산으로 올라가서 박 한 통을 따다 놓고 삯꾼을 달래며 켜 보았다. 별안간 대장군 한 사람이 나와 얼굴은 숯먹을 갈아 끼얹은 듯 제비턱에 고리눈을 부릅뜨고 하는 말이,

"이놈 네가 세상에 태어나 부모께 불효하고, 형제 우애가 좋지 아니하고, 친척과는 불화하니 죄악이 네 털을 빼어 세어도 당치 못 할지니 천도(天道)가 어찌 무심하리오. 옥황상제께서 나를 시켜 너를 만나 한없는 죄를 씻게 하라 하시어 내가 특별히 왔으니 견디어 보라."

하고는 움파(겨울에 움 속에서 자란 빛이 누런 파) 같은 손으로 놀부의 덜미를 잡고 공 놀리듯 하니 놀부가 정신을 잃었다가 다시 깨어나 울며 애걸복걸 빌었다.

장군이 그 모습이 불쌍하여 이후는 동생을 구박 말고 형제와 우애 있게 지내라 하고는 떠났다.

놀부가 겨우 정신을 차리고 다시 동산으로 올라가 보니 아직도 박 두 통이 남아 있었다. 한 통을 또 따서 내려와 째보를 달래어 켜 보는데 박 속에는 아무것도 없고 다만 평평한 박뿐이었다.

"이 박은 먹음직하니 우선 배고픈데 국이나 끓여 먹고 기운이 나거든 남은 박은 우리 둘이 타 보세. 옛사람이 이르기를 고진감래라 하지 않았나."

놀부가 제 계집을 시켜 국을 끓이게 하였다. 그리하여 온 집안 식구들이 한 사발씩 달게 먹고 나니, 무슨 가야금이라도 뜯으며 풍류를 하는 것같이 온 집안 식구에게서 당동당동 소리가 절로 났다.

놀부가 홀로 신세를 생각하니 분한 생각이 들었다.

"부자가 될 생각으로 박을 심었다가 많은 재산을 다 빼앗기고 전후에 없는 고생을 하고 매를 맞고 온 집이 당동 소리로 병신이 되었으니 이런 분하고 원통한 일이 어디 있으리오."

놀부는 분한 김에 덩굴 밑의 박 한 통을 따다 놓고 중얼거렸다.

'그러면 그렇지. 이제야 보물이 든 박을 얻었구나! 과연 이 박이로다. 공연히 딴 박만 타 가지고 고생만 했구나. 이 박을 먼저 켜 볼 것을…….

놀부 부부는 박을 거의 다 탈 때쯤 궁금증이 나서 들여다보니 별안간 박속에서 모진 바람이 일며 벼락 떨어지는 소리가 나더니 똥 줄기가 소나기처럼 퍼부었다. 놀부 부부는 손쓸 사이도 없이 똥 벼락을 맞으며 나동그라졌다. 똥 줄기는 삽시간에 놀부 집 안팎을 가득 채우니 놀부 부부는 온몸이 황금 덩이가 되어 달아났다.

놀부는 멀찌감치 물러나 똥에 묻힌 자기 집을 쳐다보며 말했다.

"여보 마누라, 어찌하면 좋소. 끝장은 똥 더미로 의복 한 가지 없게 됐으니 어린 자식들과 기나긴 앞날을 무얼 먹고 살며, 동지섣달 찬 바람에 무얼 입고 산단 말인가. 아이고 서러워라."

놀부 내외가 갈 곳이 없어 통곡하는데, 흥부가 이 소식을 듣고 하인을 시켜 가마와 말 두 필로 놀부 부부와 조카들을 집으로 데리고 왔다. 그리고 흥부는 형님 내외를 안방에서 지내게 하고 의식을 후히 내어 때때로 대접하며 날마다 위로했다. 또한 좋은 터를 가려 잡아 수만금을 아끼지 않고 집을 지어서 온갖 세간이며 의복, 음식을 똑같이 갖추어 살게 해 주었다. 비록 놀부가 몹쓸 놈이긴 하지만 흥부의 어진 덕에 감동하여 과거의 잘못을 뉘우치고, 형제가 서로 화목하게 지냈다.

흥부 내외는 부귀다남(富貴多男, 재산이 많고 지위가 높으며 아들이 많음)하여 나이 팔십 살을 누리고, 자손이 번성하여 모두 다 기름진 논밭으로 재산이 대대로 풍족하니 그 후 사람들이 흥부의 덕을 칭송하여 그 이름이 백 년이 지나도록 사라지지 아니하였다.

춘향전(春香傳)

- 작자 미상 -

작품 정리

〈춘향전〉은 신분을 초월한 사랑과 정절(貞節)을 주제로 한 작품이다. 전래의 열녀 설화, 암행 어사 설화, 신원 설화 등이 결합하여 판소리 창으로 불리다가 소설화한 것으로 보인다. 사설의 서 사적 구조나 서술이 예술성이 높고, 청중들의 사랑을 가장 많이 받아 온 마당으로 우리나라 고전 소설 중 최고의 걸작으로 평가받고 있다.

이 작품은 순수한 연애와 평등사상을 고취한 반봉건적 문학으로 해학과 풍자적인 면도 보인다. 또한 사실적인 표현으로 생동하는 인물을 창조했기 때문에 고전 소설의 위상을 한 단계 끌어올렸 다는 평가를 받는다.

작품 줄거리

향단과 함께 그네를 뛰는 춘향이의 모습에 반한 이몽룡은 춘향과 백년가약을 맺고 행복한 날 들을 보낸다. 그러나 남원 부사가 임기를 끝내고 서울로 돌아가자 두 사람은 어쩔 수 없이 이별을 하게 된다. 춘향은 이몽룡이 과거에 급제하기를 바라며 하루하루를 지낸다. 이때 고을에는 악명 높기로 소문난 변학도가 신임 사또로 온다. 오래전부터 춘향의 얘기를 들은 변학도는 춘향에게 수 청을 들 것을 권유하지만 춘향은 거절한다. 이에 분노한 변학도는 춘향을 옥에 가두고, 자신의 생 일날에 처형할 것을 계획한다. 한편 서울로 간 이몽룡은 과거에 급제하여 남원에 내려온다. 잔칫 상이 한창인 변학도의 생일날 암행어사 이몽룡은 변학도의 직분을 파하고 꿈에 그리던 춘향과 만 나 행복하게 살았다.

· 갈래 : 판소리계 소설
· 연대 : 미상
· 구성 : 서사적
· 시점 : 전지적 작가 시점
· 배경 : 조선 숙종 때 전라도 남원 광한루
· 주제 : 계급타파와 정조 관념 고취

춘향전

숙종 대왕 즉위 초에 덕성이 크시어 조정에 충신이 가득하고 집집마다 효자와 열녀는 다 있었다.

아름답고 아름다운지고……. 때맞추어 비가 알맞게 내리고 바람이 고르게 부니 배 두드리며 사는 백성들이 곳곳에서 격양가(擊壤歌, 풍년이 들어 농부가 태평한 세월을 즐기는 노래)를 불렀다.

이때 전라도 남원에 월매라는 기생이 있었으니, 삼남(三南, 충청도, 전라도, 경상도 세 지방을 통틀어 이르는 말)의 이름난 기생으로 일찍이 퇴기하여 성씨라는 양반과 노후를 보냈다. 그러나 마흔 살이 넘어도 자식 하나 없는 것이 한이 되어 마침내 병을 얻었다.

하루는 남편을 불러들여 공손히 말했다.

"전생에 무슨 은혜를 입었기에 이생에서 부부 되어, 기생 행실 다 버리고 예절도 지키고 길쌈을 하여 옷도 지었건만 무슨 죄가 이리 커 자식 하나 없으니, 부모 형제 아무도 없는 우리 신세 조상 무덤의 향과 꽃을 누가 받들며, 죽은 뒤 장사는 누가 치르리오. 명산대찰(名山大刹, 이름난 산과 큰 절)에 가서 불공이나 들여 자식 하나 얻으면 평생의 한을 풀겠습니다."

그 후 두류산 반야봉에 정성껏 공들여서인지 그달부터 태기 있었다. 열 달이 차자 하루는 향기가 방 안에 가득하고 오색 구름이 빛나는데 혼미한 가운데 아기를 낳으니 구슬 같은 딸이었다. 월매가 그토록 바라던 아들은 아니지만 나름대로 소원을 이룬 셈이었다. 그 사랑하는 마음을 어찌 말로 하리오. 월매는 딸의 이름을 춘향이라 짓고 손에 잡은 보옥같이 기르니 효행이 비길 데 없고 어질고 착하기가 기린과 같았다. 춘향이는 일고여덟 살이 되어 글 읽기에 마음을 붙이고 몸가짐에 절개까지 있으니, 춘향의 효행을 남원읍에서 칭송하지 않는 사람이 없었다.

이때 삼청동 이한림이라는 양반이 있었는데 대대로 내려오는 명문가요, 충신의 후손이었다. 하루는 전하께서 충효록을 보시고, 충신과 효자를 가려내시어 지방관으로 임명하셨다. 이한림을 과천 현감에서 금산 군수에 제수(除水, 천거에 의하지 않고 임금이 직접 벼슬을 내리던 일)하시었다가 다시 남원 부사를 제수하시니, 이한림이 감사히 여기며 임금님께 하직하고 부하를 데리고 남원으로 향했다. 그곳에 도착하여 민정을 살피니, 사방에 아무런 일 없이 조용하고 백성들은 그를 칭송하였다.

어느 날 사또 자제 이 도령이 방자를 불러 물었다.

"이 고을에서 경치가 좋은 곳이 어디냐? 바야흐로 봄인지라 절로 흥과 운치가 도니 아름다운 경치를 안내하여라."

방자가 대꾸했다.

"글공부하시는 도련님이 경치를 찾아 무엇 하시려고요."

이 도령이 방자를 꾸짖으며 말했다.

"무식한 말이다. 예부터 경치 좋은 강산을 구경하는 것은 풍월과 글 짓는 데 근본이 되는 것이다. 신선도 두루 돌아다니며 널리 보거늘 어이하여 부당하냐?"

이때 방자가 이 도령의 뜻을 받아 사방 경치를 말했다.

"동문 밖에 나가면, 관왕묘는 아주 먼 옛적 영웅의 엄한 위풍이 어제오늘 같사옵고, 남문 밖에 나가오면 광한루, 오작교, 영주각이 좋사옵니다. 또 북문 밖에 나가면 푸른 하늘에 금부용 꽃이 빼어나게 우뚝 섰으니 기암이 둥실 용트림한 듯한 산성이 좋사옵니다."

이 도령이 고개를 끄덕이며 말했다.

"애야, 네 말을 들어보니 광한루와 오작교가 절경인 모양이로구나. 그리로 구경 가자."

이 도령이 사또 앞에 들어가서 공손히 아뢰었다.

"오늘 날씨도 화창한데 잠깐 나가 시운이나 생각하고 오겠나이다."

사또가 매우 기뻐하시며 허락하시고 분부하시었다.

"남쪽 지방의 풍물을 구경하고 돌아오되 시제를 생각하여라."

"아버님이 가르치시는 대로 하겠사옵니다."

이 도령이 사또 전을 물러 나와 방자에게 말했다.

"방자야, 나귀 안장 올리거라."

"나귀 대령하였소."

도령님 거동 보소. 고운 얼굴에 신선 같은 기질과 풍채, 곱게 빗어 밀기름에 잠재워 궁초(엷고 무늬가 둥근 비단의 한 종류)댕기 석황(石黃, 비소의 화합물) 물려 맵시 있게 잡아 땋은 채 머리, 쌍문초 긴 동정, 중치막(예전에, 벼슬하지 아니한 선비가 소창옷 위에 덧입던 웃옷)에 도포를 받쳐 입고 흑사띠(검은 실로 짠 띠)를 가슴 위로 눌러 매고 당혜를 끄는구나.

　"나귀를 붙들어라."

　광한의 진경도 좋지만 오작교가 더욱 좋다. 과연 호남의 으뜸이라 하겠다. 오작교가 분명하면 견우직녀 어디 있나. 이런 승지에 풍월이 없을쏘냐. 이 도령은 글 두 귀를 지었다.

　드높고 밝은 오작의 배에
　광한루 옥섬 돌 고운 다락이라
　누구냐 하늘 위의 직녀란 별은
　흥 나는 오늘은 내가 견우일세.

　이때 내아(內衙, 조선 시대에 지방 관아에 있던 안채)에서 술상이 나왔는데, 술을 한 잔 먹은 후에 취흥이 도도하여 담배 피워 입에다 물고 이리저리 거닐 적에 꾀꼬리 짝 부르는 소리가 봄 취흥을 돋운다. 노랑 벌 흰나비 노랑나비도 향기 찾는 거동이다. 날아가고 날아오니 춘성의 안이요, 영주, 방장, 봉래가는 눈앞에 있으니, 물은 은하수요, 경치가 하늘의 옥경(玉京, 하늘 위에 옥황상제가 산다고 하는 가상적인 서울)과 같다. 옥경이 분명하면 월궁(月宮, 전설에서 달 속에 있다는 궁전)의 항아(姮娥, 달 속에 있다는 전설 속의 선녀)가 없을 리 있겠느냐.

　때는 춘삼월이라 말했으나 오월 단옷날이었다. 일 년 가운데 제일 좋은 시절이다. 월매 딸 춘향이 또한 시서(詩書)와 음률(音律)에 조예가 깊으니, 어찌 천중절을 모를쏘냐. 그네를 뛰려고 향단을 앞세우고, 내려와서 그넷줄을 섬섬옥수(纖纖玉手, 가냘프고 고운 여자의 손을 이르는 말) 넌지시 들어 양손에 갈라 잡고, 백릉(白綾, 흰빛의 얇은 비단) 버선 두 발길로 살짝 올라 발 구를 때, 세버들같이 고운 몸이 단정히 노니는데 뒷단장 옥비녀,

은죽절(銀竹節, 은으로 대마디 형상처럼 만든, 여자의 쪽에 꽂는 장식품)과 앞 치례 볼 것 같으면 밀화장도(蜜花粧刀, 밀화로 꾸민, 주머니 속에 넣거나 옷고름에 늘 차고 다니는 칼집이 있는 작은 칼), 옥장도며 광원사 겹저고리 제색 고름의 모양이 난다.

"통인아!"

"예!"

"저 건너 화류 중에 오락가락 희뜩 어른어른하는 게 무엇인지 자세히 보고 오너라."

통인이 살펴보고 말했다.

"이 고을 기생이던 월매의 딸 춘향이란 계집아이입니다. 제 어미는 기생이오나 춘향이는 도도하여 기생 구실 마다하고 백화초엽(百花草葉, 온갖 꽃과 풀잎)에 글자도 생각하고, 여공(女功, 예전에 부녀자들이 하던 길쌈질) 재질이며 문장을 하는 등 여러 가지를 완벽하게 갖춘 여염집 처자와 다를 것이 없습니다."

이 도령이 허허 웃고 방자를 불러서 분부했다.

"기생의 딸이라……. 급히 가 불러오너라."

방자가 분부를 듣고 춘향이한테 건너갈 때, 맵시 있는 방자 녀석 서왕모(西王母, 중국 신화에 나오는 신녀의 이름) 요지(瑤池, 중국 곤륜산에 있다는 못)의 잔치에 편지 전하던 청조(靑鳥, 반가운 사자(使者)나 편지를 이르는 말. 푸른 새가 온 것을 보고 동방삭이 서왕모의 사자라고 한 한무(漢武)의 고사에서 유래)같이 이리저리 건너갔다.

"여봐라, 춘향아."

부르는 소리에 춘향이가 깜짝 놀랐다.

"무슨 소리를 그따위로 질러 사람을 놀라게 하느냐?"

"애야 말 말아라, 일 났다."

"무슨 일?"

"사또의 자제분이 광한루에 오셨다가 너 노는 모양 보고 불러오란 명령을 내리셨단다."

춘향이가 화를 내며 말했다.

"네가 미쳤구나. 도련님이 나를 어찌 알고 부른단 말이냐? 네가 내 말을 종달새가 열씨 까듯 했나 보구나."

"아니다. 내가 네 말을 할 리 있겠느냐. 하지만 너도 잘한 것 없다. 그네를 타려면 네 집 후원 담장 안에 줄을 매고, 남이 알게 모르게 은근히 매고 타는 게 도리 아니냐?"

춘향이가 대답했다.

"네 말이 당연하나 오늘이 단옷날이다. 비단 나뿐이랴. 다른 집 처자들도 예서 함께 그네를 탈 뿐 아니라, 혹 내 말을 할지라도 내가 지금 기적(妓籍, 예전에 기생으로 등록되어 있던 소속. 또는 기생)에 있는 것도 아닌데 여염집 아녀자를 함부로 부를 일도 없고, 부른다고 해도 갈 리 없다. 당초에 네가 말을 잘못 드린 모양이구나."

방자는 광한루로 다시 돌아와 이 도령에게 여쭈니 이 도령은 그 말을 듣고

"기특한 사람이다. 말인즉 바른 말이지만 다시 가서 말을 하되 이리이리하여 보아라."

이 도령이 광한루로 건너가서 입을 열었다.

"성현도 성이 같으면 장가가지 않는다고 하였으니, 네 성은 무엇이며 나이는 몇 살이냐."

"성은 성 씨이옵고 나이는 열여섯 살이옵니다."

"허허, 그 말 반갑구나. 네 나이 들어 보니 나와 동갑 이팔이요, 성씨를 들어 보니 나와 천생연분이 분명하구나. 좋은 연분으로 평생 동고동락해 보자. 너의 부모 다 계시냐?"

"편모슬하입니다."

"몇 형제나 되느냐?"

"올해 육십 살인 나의 모친과 무남독녀 저 하나뿐이옵니다."

"너도 남의 집 귀한 딸이로다. 우리는 하늘이 정한 연분이니 한평생 누리는 행복을 이뤄 보자."

춘향이 거동을 보라. 눈썹을 쫑그리며 붉은 입을 반쯤 열어, 가는 목 쭉 겨우 열고 옥성으로 말하는 것이었다.

"충신은 두 임금을 섬기지 아니하고 열녀는 두 지아비를 섬기지 않는다는데, 도련님은 귀공자요, 소녀는 천첩(賤妾, 종이나 기생으로 남의 첩이

된 여자)이라, 한 번 정을 맡긴 연후에 버리시면 일편단심 이내 마음 독수 공방 홀로 누워 우는 신세가 되고 싶지 않사옵니다. 그런 분부 다시는 마옵소서."

"네 말을 들어 보니 어이 아니 기특하랴. 우리 둘이 인연 맺을 때 금석맹약(金石盟約, 쇠나 돌처럼 변함없는 약속) 맺으리라. 네 집이 어디냐?"

춘향이가 대답했다.

"방자 불러 물으소서."

"방자야, 춘향의 집을 일러라."

방자가 손을 들어 가리켰다.

"송정 죽림 두 사이로 은은히 보이는 것이 춘향의 집이옵니다."

이 도령이 말했다.

"담이 정결하고 송죽이 울창하니 여자의 절개 행실을 가히 알 만하구나."

춘향이 일어나며 부끄러이 말하였다.

"인심이 고약하니 그만 놀고 가겠습니다."

"기특하다. 오늘 밤 퇴령(退令, 지방 관아에서 아전이나 심부름꾼을 물러가도록 허락하던 명령) 후에 너의 집에 갈 것이니 괄시나 부디 말라."

"나는 몰라요."

"네가 모르면 쓰겠느냐. 잘 가거라. 오늘 밤에 상봉하자."

누각에서 내려 건너가니 춘향의 모친 월매가 마중 나와 있었다.

"아이고, 내 딸 다녀오냐. 도련님이 무엇이라 하시더냐?"

"조금 앉았다가 가겠노라 하고 일어나니, 오늘 밤에 우리 집에 오마 합디다."

"그래 어찌 대답하였느냐?"

"모른다 하였지요."

"잘했다."

이 도령이 춘향을 보낸 후에 아른거려 생각 둘 데가 없어서 책방으로 돌아왔지만 만사에 뜻이 없고 오직 춘향이 생각뿐이었다. 말소리 귀에 쟁쟁하고 고운 태도 눈에 삼삼하여 해 지기만 기다렸다.

이 도령은 퇴령 놓기를 기다리다가 방자를 불러 물었다.

"방자야!"

"예!"

"퇴령 놓았나 보아라."

"아직 아니 놓았소."

조금 있더니 퇴령 소리가 길게 나자 이 도령이 신이 났다.

"방자야, 초롱에 불 밝혀라."

이 도령이 통인의 뒤를 따라 춘향의 집으로 건너갈 때 자취 없이 가만가만 걸으면서 말했다.

"방자야, 사방에 불 비친다. 등을 옆으로 감춰라. 삼문 밖에 썩 나서서 좁은 길 사이에 푸른 버들 몇 번이나 꺾었으며, 투기하는 소년 아이들은 밤에 청루(靑樓, 기생들이 사는 집)에 들어갔으니 지체 말고 어서 가자."

이때 춘향이 칠현금 비껴 안고 남풍시(南風詩, 천하가 잘 다스려져 백성이 잘사는 것을 노래한 것)를 희롱하다가 자리에서 졸더니, 방자가 안으로 들어가자 개가 짖을까 염려하여 자취 없이 가만가만 춘향 방 영창 밑에 가만히 살짝 들어가서 기척을 했다.

"애 춘향아, 잠들었느냐?"

춘향이가 깜짝 놀랐다.

"네 어찌 오느냐?"

"도련님이 와 계시다."

춘향이가 이 말을 듣고 가슴이 울렁울렁 속이 답답하여 부끄럼을 이기지 못해 문을 열고 나오더니 건넌방에 건너가서 모친을 깨웠다.

"아이고 어머니, 무슨 잠을 이다지 깊이 주무시오?"

춘향의 모가 잠에서 깨어 물었다.

"아가 무엇을 달라고 부르느냐?"

"누가 무엇을 달라고 했소?"

"그러면 어째서 불렀느냐?"

"방자가 도련님을 모시고 오셨다오."

춘향의 모친이 문을 열고 방자를 불러 물었다.

"누가 왔느냐?"

방자가 대답했다.

"사또 자제 도련님이 와 계시오."

춘향의 모친이 그 말을 듣고 향단에게 바삐 당부했다.

"향단아!"

"네."

"뒤 초당에 좌석과 등촉을 마련해 두어라."

춘향 모친이 나와서 공수(空首, 왼손을 오른손 위에 놓고 두 손을 마주
잡아 공경의 뜻을 나타냄)하고 우뚝 서서 안부를 물었다.

"그사이 도련님 문안이 어떠시오?"

이 도령이 웃으며 말했다.

"춘향의 모친이라지……평안한가?"

"예, 겨우 지냅니다. 오실 줄 진정 몰라 영접이 재빠르지 못하옵니다."

"그럴 리가 있나?"

춘향의 모친이 앞에서 인도하여 대문 중문 다 지나고 후원을 돌아가니
해묵은 별초당에 등촉을 밝혔는데 그중의 반가운 것이 연못 가운데 쌍오리
로 손님 오신다고 두둥실 떠서 기다리는 모양이었다. 처마에 다다르니 그
제야 춘향이가 사창을 반쯤 열고 나오는데 그 모양을 살펴보니 둥글고 밝
은 달이 구름 밖에 솟은 듯 그 모양을 가늠키 어려웠다. 부끄러이 당에 내
려 천연스레 서 있는 거동은 사람의 간장을 다 녹인다.

"귀중하신 도련님이 변변찮은 집에 와 주시니 황공하고 감격하옵니다."

이 도령이 그 말 한마디에 말문이 열렸다.

"그럴 리가 있는가. 우연히 광한루에서 춘향을 잠깐 보고 연연히 보내기
로 탐화봉접(여색을 좋아함) 취한 마음, 오늘 밤에 오는 뜻은 춘향의 모친
을 보러 왔거니와 자네 딸 춘향이와 백년언약을 맺고자 하니, 자네의 마음
은 어떠한가?"

춘향의 모친이 대답했다.

"가세가 부족하니 재상가에는 부당하고 사, 서인 상하에 다 미치지 못하
니 혼인이 늦어져서 늘 걱정이나 도련님 말씀은 춘향과 백년가약을 맺는다
는 말씀이오나 그런 말씀 마시고 노시다가 가시기나 하시지요."

이 말이 참말 아니라 이 도령이 춘향을 얻는다고 하니 앞일을 몰라 뒤를

눌려 하는 말이었다. 이 도령이 기가 막혀 말했다.

"호사다마(好事多魔, 좋은 일에는 흔히 방해하는 일이 많음)로세. 춘향도 미혼이요, 나도 미장가(아직 장가를 들지 않음)라 피차 언약이 이렇고 육례(六禮, 혼인의 여섯 가지 의식. 관(冠), 혼(婚), 상(喪), 제(祭), 향음주례(鄕飮酒禮), 상견(相見)을 이른다)는 못할망정 양반의 자식이 한 입으로 두말할 까닭이 있겠나? 내 춘향이를 조강지처로 여길 터이니 염려 마오. 대장부 먹은 마음으로 박대하는 행실을 할 것인가! 허락만 해 주오."

월매가 이 말을 듣고 앉았더니 징조가 있는지라 연분인 줄 짐작하고 흔연히 허락했다.

"봉이 나니 황이 나고 장군 나니 용마 나고 남원의 춘향 나니 이화춘풍 꽃답다. 향단아, 주반(酒盤, 술과 안주를 차려 올려놓는 소반이나 예반) 준비했느냐?"

"예."

이 도령이 잔을 받아 손에 들고 탄식하며 말했다.

"내 마음대로 한다면 육례를 행할 것이나 그렇게는 못 하고 개구멍 서방으로 들고 보니 어찌 원통하지 않겠는가. 춘향아, 그러나 우리 둘이 혼인을 치르는 큰 예식의 술로 알고 먹자."

온갖 장난을 다 하고 보니 이런 장관이 또 있으랴. 이팔, 이팔 둘이 만나 벅찬 마음 세월 가는 줄 모르는가 보더라.

어느 날 뜻밖에 방자 나와 아뢰었다.

"도련님! 사또께옵서 부르십니다."

이 도령이 들어가니 사또가 말씀하셨다.

"여봐라! 서울서 동부승지의 교지가 내려왔다. 나도 금세 뒤따라갈 것이니, 너는 내행(內行, 여행길에 오르는 부녀자)을 모시고 오늘 당장 떠나거라."

이 도령이 사또의 말을 듣고 한편 반가우나 한편 춘향을 생각하니 가슴이 답답하여 사지의 맥이 풀리고 간장이 녹는 듯, 두 눈에서 더운 눈물이 펑펑 솟아져 고운 얼굴을 적시었다. 사또 보시고 물으셨다.

"너 왜 우느냐? 내가 남원에서 일생을 살 줄 알았더냐? 기관의 중앙 부서에 있는 직책으로 승차 되니 섭섭히 생각 말고 오늘부터 떠날 차비를 차려 내일 오전에 떠나거라."

이 도령이 겨우 대답하고 물러 나와 내아에 들어가 모친께 춘향의 말을 울며 청하다가 꾸중만 실컷 들었다. 춘향의 집으로 가는데, 설움은 기가 막히나 길거리에서 울 수 없어 참고 나오는데 속에서는 두 간장이 끊어지는 듯했다. 춘향의 집 앞에 당도하니 울음이 왈칵 쏟아졌다.

"어푸어푸 어허."

"울지 마오. 울지 마오."

울음이란 말리는 사람이 있으면 더 울게 되는 법. 춘향이가 영문을 몰라 화를 내며 물었다.

"도련님 아가리 보기 싫소. 그만 울고 자초지종이나 말하오."

"사또께옵서 동부승지로 승차하셨소."

"댁의 경사요, 그러면 왜 운단 말이오."

"너를 두고 가야 하니 내 어찌 답답하지 않겠느냐?"

"지금 막 하신 말씀이 참말이오. 우리 둘이 처음 만나 백년가약 맺을 적에 대부인 사또께옵서 시키시던 일이오니까? 핑계가 웬 말이오. 광한루서 잠깐 보고 내 집에 찾아와서 사람 없는 어두운 밤에 도련님은 저기 앉고 춘향이는 여기 앉아서 하신 말씀 '굳은 맹약 어길 수 없다'라고 전년 오월 단옷날 밤에 내 손목 부여잡고 밖으로 나와 대청 가운데 우뚝 서서 밝은 하늘 천 번이나 가리키며 만 번이나 맹세하지 않으셨나이까. 내 정녕 도련님을 믿었더니 말경에 가실 때는 똑 떼어 버리시니 이팔청춘 젊은 것이 낭군 없이 어찌 살꼬. 여보 도련님, 이 몸이 천하다고 함부로 버리셔도 그만인 줄로 알지 마오. 팔자 사나운 춘향이가 입이 써서 밥 못 먹고 잠 안 와 잠 못 자면 며칠이나 살 듯하오? 상사로 병이 들어 애통하다 죽게 되면 슬프고 원통한 이 혼이 원귀가 될 것이니 존중하신 도련님께 그건 재앙이 아니겠소. 사람 대접 그리 마오. 애고 애고 서러워라."

한참 이리 자진하여 슬피 울 때 춘향 모친이 영문도 모르고 나섰다.

"애고 저것들 또 사랑 쌈 났구나. 거참, 아니꼽다. 눈구석에 쌍 가래가 설 일 많이 보네."

그러나 아무리 들어도 울음이 그치지 않기에 하던 일을 밀쳐놓고 춘향의 방 영창 밖으로 가만가만 들어가 아무리 들어도 이별이었다.

"허허 동네 사람 다 들어 보오, 오늘날로 우리 집에 사람 둘 죽습네다."

두 칸 마루 덥석 올라 영창문을 두드리며 우르르 달려들어 주먹을 겨누면서

"이년 이년 썩 죽어라. 살아서 무엇 하냐. 너 죽은 시체라도 저 양반 지고 가게. 저 양반이 올라가면 뉘 간장을 녹이려느냐? 이년 이년 말 듣거라. 내 늘 이르기를 후회하기 쉬우니 도도한 마음 먹지 말고 여염 사람 가리어서 형세와 지체가 너와 같고 재주와 인물이 너와 같은 짝을 얻어 내 앞에서 노는 모습을 내 눈으로 보았으면 너도 좋고 나도 좋지. 마음이 도도하여 남과 다르더니 잘됐구나, 잘됐어."

두 손뼉 짝짝 마주치면서 도령님 앞에 달려들어

"나와 말 좀 합시다. 내 딸 춘향을 버리고 간다니 무슨 죄로 그러시오? 춘향이가 도령님을 모신 것이 거의 일 년이 되었으니 행실이 그르던가, 예절이 그르던가, 바느질이 그르던가, 언어가 불순하던가, 행실이 잡스러워 창녀와 같이 음란하던가, 무엇이 그르던가. 이 봉변이 웬일인가. 군자가 숙녀를 버리는 법, 칠거지악이 아니면 못 버리는 줄 모르는가?"

"여보소 장모, 춘향만 데려가면 그만 아니오."

"그래 아니 데려가고 견뎌 낼까?"

춘향이가 그 말을 듣고 이 도령을 물끄러미 바라보았다.

"어머니, 도령님 너무 조르지 마소. 우리 모녀의 평생 신세가 도령님에게 매였으니 알아서 하시라 당부나 하오. 이번엔 아무래도 이별할 수밖에 다른 수가 없소. 기왕에 이별이 될 바에는 가시는 도령님을 왜 조르리까마는 우선 갑갑하여 그러는 것 아니오? 어머니 그만 건넛방으로 가옵소서. 내일은 이별이 되는가 보오. 애고 애고 내 신세야 이별을 어찌할꼬. 도령님 올라가면 살구꽃 피고 봄바람 부는 거리거리마다 취하나니 장진주요, 보시나니 집집마다 미색이요, 곳곳에 풍악 소리 간 곳마다 화월이라. 호색하신 도령님 밤낮으로 호강하실 때 나 같은 먼 시골 천첩을 손톱만치나 생각하오리까? 애고 애고 내일이야."

서럽게 우는 춘향이를 이 도령이 타일렀다.

"춘향아 울지 마라. 한양성 남북촌에 옥 같은 여자와 아름다운 여자 많건

마는 규중심처(閨中深處, 부녀자가 거주하던 깊은 곳을 이르는 말) 깊은 정녀밖에 없었다. 내 아무리 대장부인들 잠시인들 잊을쏘냐."

춘향이와 이 도령은 서로 기가 막혀 못 떠나는 것이었다. 도련님 모시고 갈 후배 사령이 헐레벌떡 들어오며 말했다.

"도련님, 어서 행차하옵소서."

춘향이 어찌할 길 없어

"도련님, 내 손으로 따른 술이나 마지막으로 잡수시오. 행찬 없이 가시려면 제가 드리는 찬합 간직하셨다가 숙소 참에서 주무실 때에 저를 본 듯이 잡수시오. 향단아 찬합 술병 내오너라."

하고, 춘향이 한 잔 술 가득 부어 눈물 섞어 드리면서 말했다.

"한양성 가시는 길에 강가에 늘어선 푸른 나무들은 제 작별의 서러움을 머금었으니 제 정을 생각하시오. 아름다운 시절이 되어 가는 비가 뿌리거든 길 위에 오가는 사람의 가슴에 수심이 가득 차겠지요. 말에 오른 채 지치시어 병이 날까 염려되니, 방초무초(풀이 향기롭고 무성함) 저문 날에는 일찍 들어가 주무시고 아침 날 비바람에 늦게야 떠나시며, 한 걸음 천리마로 모실 사람 없사오니 부디부디 천금같이 귀하신 몸 조심하여 천천히 걸으시옵소서. 푸른 가로수가 우거져 늘어선 진나라 서울 길 같은 길에 평안히 행차하옵시고, 종종 편지나 하옵소서."

하루아침에 낭군을 이별하니 어느 날에 만나 보리. 온갖 근심과 한이 가득하여 끝끝내 마음이 북받쳐서 벅차다. 아름다운 얼굴과 운빈(여자의 귀밑으로 드려진 탐스러운 머리털)이 헛되이 늙는 한에 해와 달이 무정하다. 오동추야 달 밝은 밤은 어디 그리 더디 새며 녹음방초 비낀 곳에 해는 어이 더디 가는가. 달 걸린 밤 두견의 울음소리는 임 계신 곳 비치련만 심중에 품은 수심 나 혼자뿐이로다. 밤빛이 비참한데 가물가물 비치는 게 창밖에 개똥 불빛, 밤은 깊어 삼경인데 앉아 있은들 임이 올까. 누운들 잠이 올까. 임도 잠도 아니 온다. 이 일을 어이하리.

한편 이 도령은 올라갈 때 숙소마다 잠을 못 이뤘다.

"보고 지고 나의 사랑 보고 지고. 낮이나 밤이나 잊지 못하는 우리 사랑, 날 보내고 그린 마음 속히 만나 풀리라."

날이 가고 달이 감에 따라 마음을 굳게 먹고 과거에 급제하여 오래지 않아 부임할 것만 바라는 것이었다.

그 후 수 삭 만에 신관 사또 났으니 자하골 변학도라는 양반이 오는데 문필도 유여하고 인물과 풍채도 활발하고 풍류 속에 달통하고 넉넉하되 흠이 있으니, 성격이 괴팍하고 사증(邪症, 보통 때는 멀쩡한 사람이 때때로 미친 듯이 행동하는 증세)을 겸하여 실덕(덕망을 잃는 행실)도 하고 잘못 결정하는 일이 간간이 있는 거로 아는 이들은 다 고집불통이라고 하였다.

광한루에 도착하여 옷을 갈아입고 객사에 임명차로 남여(藍輿, 의자와 비슷하고 뚜껑이 없는 작은 가마) 타고 들어갈 때 백성의 눈에 엄숙하게 보이려고 눈을 부러 둥글게 뜨고 객사에 들어가 동헌에 앉아 도임(到任, 지방의 관리가 근무지에 도착함) 상을 잡순 후에 행수 군관의 인사를 받고 육방 관속(六房官屬, 지방 관아의 육방에 속한 구실아치)의 현신(現身, 아랫사람이 윗사람에게 처음으로 자신을 보임)을 받은 뒤 사또 분부했다.

"수노(首奴, 관아에 딸린 관노의 우두머리) 불러서 기생 대령하라."

호방이 분부를 듣고, 기생 안책 들여놓고 호명을 차례로 부르는데 낱낱이 글귀를 붙여 부르는 것이었다. 연연히 고운 기생도 그중에는 많건마는 이미 사또께서는 춘향의 말을 높이 들은지라 아무리 들어도 춘향의 이름이 없어 사또 수노를 불러 물었다.

"기생 점고(點考, 명부에 일일이 점을 찍어 가며 사람의 수를 조사함) 다 되어도 춘향은 안 부르니 그년은 퇴기란 말이냐?"

수노가 대답했다.

"춘향 모는 기생이로되 춘향은 기생이 아니옵니다."

사또가 물었다.

"춘향이가 기생이 아니면 어찌 규중에 있는 아이의 이름이 높이 났느냐?"

"근본이 기생의 딸이오나 천정하신 연분인지 구관 사또 자제인 이 도령과 백년가약을 맺사옵고 도련님 가실 때에 과거에 급제하면 데려간다 당부하고 춘향이도 그리 알고 수절하고 있습니다."

사또가 화를 내며 말했다.

"이놈 무식한 상놈인들, 그게 어떠한 양반이라고 엄격한 아비 밑의 아름다운 도련님이 화방에 첩을 얻어 살자 할까. 이놈 다시는 그런 말을 입 밖에 냈다가는 죄를 면치 못 하리라. 잔말 말고 불러오라."

춘향을 부르라는 명령이 내리자 이방, 호방이 여쭈었다.

"춘향이는 기생이 아닐뿐더러 전 사또 자제 도련님과 굳게 맹세한 약속이 중하옵고, 나이는 같지 아니 하오나 동방의 분의로 부르라 하시니, 사또의 품위가 손상될까 걱정되나이다."

사또가 크게 노하며 말했다.

"만일 시간을 지체하다가는 이방, 형방들 이하 각 청 두목을 하나같이 파면할 것이니 어서 빨리 대령시키지 못할까?"

육방이 소동을 치고 각 청 두목이 넋을 잃어 사령 관노 뒤섞여서 춘향의 집 앞에 당도하여 외쳤다.

"이리 오너라!"

춘향이가 밖에서 외치는 소리에 깜짝 놀라 문틈으로 내다보니 사령 군노들이 와 있었다.

김 번수며 이 번수며 여러 번수가 손을 잡고 제 방에 앉힌 후에 향단을 불렀다.

"향단아, 주반상 들여라."

취하도록 먹인 후에 궤 문을 열어 돈 닷 냥을 내놓으며 말했다.

"여러 번수님네, 가시다가 술이나 잡숫고 가옵소서. 뒷말 없게 하여 주오."

돈을 받아 차고 흐늘흐늘 들어갈 때 우두머리 기생이 나왔다.

"여봐라 춘향아, 말 듣거라, 너만 한 정절은 나도 있고 너만 한 수절은 나도 있다. 너만 한 정절이 왜 없으며 너만 한 수절이 왜 없겠느냐? 정절부인 아가씨, 수절부인 아가씨, 조그마한 너 하나로 말미암아 육방이 소동하고, 각 청 두목이 다 죽어난다. 어서 가자 바삐 가자."

춘향이는 상방에 올라 무릎을 여미고 단정히 앉았다. 사또가 혹하여 크게 기뻐하며 춘향이에게 분부했다.

"오늘부터 몸단장 정히 하고 수청을 거행하라."

"사또님 분부 황송하오나 일부종사 바라오니 분부하신 대로 못 하겠소."

사또가 칭찬하며 말했다.

"아름다운 계집이로다. 네가 진정 열녀로다. 네 정절 굳은 마음 어찌 그리 어여쁘냐. 당연한 말이로다. 그러나 이수재(도련님)는 경성 사대부의 자제로 명문 귀족의 사위가 되었으니, 한때 사랑으로 잠깐 희롱하던 너를 조금이라도 생각하겠느냐?"

춘향이 대답했다.

"충신은 두 임금을 섬기지 않으며 열녀는 두 남편을 섬기지 않고 절개를 지킨다고 함을 본받고자 하옵는데, 수차례 분부가 이러하오니 사는 것이 죽느니만 못하옵고 정절이 있는 여자는 두 남편을 섬기지 못하오니 처분대로 하옵소서."

사또 크게 노하여 분부했다.

"이년 들어라. 모반 대역하는 죄는 능지처참하게 되고 관장(官長, 관가의 장)을 조롱하는 죄는 기시율(棄市律, 죄인의 시체를 저자에다 버리던 중국의 형벌)에 처한다고 쓰여 있으며, 관장을 거역한 죄는 엄형에 처하고 정배(定配, 죄인을 지방이나 섬으로 보내 정해진 기간 그 지역 내에서 감시를 받으며 생활하게 하던 형벌) 보내느니라. 죽는다고 서러워 마라."

춘향이가 악을 쓰며 말했다.

"유부녀를 겁탈하는 것은 죄가 아니고 무엇이오?"

사또는 기가 막혀 어찌나 분하던지 연상(硯箱, 문방제구를 늘어놓아 두는 작은 책상)을 두드릴 때 탕건이 벗어지고 상툿고가 탁 풀리고 첫 마디에 목이 쉬었다.

"이년을 잡아 내려라!"

좌우의 나졸들이 늘어서서 능장, 곤장, 형장이며 주장을 집었다.

"아뢰라! 형리를 대령하라!"

"예, 머리 숙여라! 형리요."

사또는 어찌나 분이 났던지 벌벌 떨며 기가 막혀 '허푸허푸' 한다.

"여봐라! 그년에게 무슨 다짐이 필요하리. 묻지도 말고 형틀에 올려 매고 골통을 부수고 물 곤장을 올리라!"

"사또님의 분부가 지엄한데 저런 년을 무슨 사정 두오리까? 이년, 다리를 까딱 마라! 만일 요동하였다가는 뼈 부러지리라."

호통하고 들어서서 검장 소리 발맞추어 서면서 가만히 춘향에게 말했다.

"한두 개만 견디소. 어쩔 수가 없네. 요 다리는 요리 틀고 저 다리는 저리 트소."

"매우 쳐라!"

"예잇 때리오."

딱 붙어서 부러진 형장 개비(형장으로 쓰는 막대기. 또는 그 부러진 토막)는 푸드덕 날아 공중에 잉잉 솟아 상방 대뜰 아래 떨어지고 춘향이는 아무쪼록 아픈 데를 참으려고 이를 북북 갈며 고개만 빙빙 두른다.

"애고 이게 웬일이여!"

곤장, 태장을 치는 데는 사령이 서서 하나둘 세건마는 형장부터는 법장이라 형리와 통인이 닭싸움하는 모양으로 마주 엎드려서 하나 치면 하나 긋고, 둘 치면 둘 긋고, 무식하고 돈 없는 놈이 술집 벽에 술값 긋듯 그어 놓으니 한 일 자가 되었구나. 춘향이는 저절로 설움에 겨워 맞으면서

"일편단심 굳은 마음 일부종사의 뜻이오니 한낱 매를 치신다고 일 년이 다 못 가서 내 마음 조금이라도 변하오리까."

열 치고도 그만둘 줄 알았더니 열다섯 번째 매를 치니

"십오야 밝은 달은 떼구름에 묻혀 있고 서울 계신 우리 낭군 삼청동에 묻혔으니 달아달아 임 보느냐? 임 계신 곳 나는 어이 못 보는고."

스물 치고 끝날까 하였더니 스물다섯 매를 치니

"저 기러기, 너 가는데 어디더냐. 가는 길에 한양성 찾아들어 삼청동 우리 낭군께 내 말 부디 전해다오. 나의 모습을 자세히 보고 부디부디 잊지 마라."

삼십 삼천 어린 마음을 옥황 전에 아뢰려고 옥 같은 춘향 몸에 솟으니 유혈이요, 흐르느니 눈물이라.

피눈물 한데 흘러 무릉도원의 홍류수라.

춘향이 점점 악쓰며 하는 말이

"소녀를 이리 말고, 능지처참하여 박살하여 죽여 주면 죽은 뒤에 원조(怨鳥)라는 새가 되어, 초혼조(招魂鳥, 죽은 사람의 혼령을 부르는 새라는 뜻으로, '두견새'를 이르는 말)와 함께 울어 고요하고 쓸쓸한 산중의 달 밝은 밤에 임이 잠든 후 꿈을 깰까 하나이다."

"네 이년! 관청 뜰에서 발악하며 맞으니 좋은 게 무엇이냐? 이후에도 또 그런 거역을 할까?"

반은 죽고 반은 산 춘향은 점점 악쓰며 말했다.

"사또 들으시오. 죽기로 결심하고 먹은 마음을 어이 그리 모르시오. 계집의 품은 원한은 오뉴월에 서리 내립니다. 원통한 혼이 하늘로 다니다가 우리 나라님 앉은 곳에 이 원망하는 심정을 아뢰오면 사또인들 무사하랴. 덕분에 죽여 주오."

사또 기가 막혀

"허허 그년 말 못 할 년이로다. 큰 칼 씌워 옥에 가두어라."

옥창 밖에는 앵두꽃이 떨어져 보이고 거울 복판이 깨져 보이고 문 위에 허수아비가 달려 있듯이 보였다.

"나 죽을 꿈이로다."

수심과 걱정으로 밤을 새울 때 옥 밖으로 장님 하나가 지나가되 서울 봉사 같은 고로

"문수(점쟁이에게 길흉을 물음)하오."

라고 외치련마는, 시골 봉사라

"문복하오."

하며 외치고 가니, 춘향이 듣고

"어머니 저 봉사 좀 불러 주오."

하자, 춘향의 어미가 봉사를 불렀다.

"여보 저기 가는 봉사님."

봉사가 대답했다.

"그 누구요?"

"춘향의 어미요."

"어째 찾나?"

"우리 춘향이가 옥중에서 봉사님을 잠깐 오시라 하오."

봉사 한 번 웃으며

"날 찾는다니 의외로군. 가 보지."

봉사가 옥으로 들어가니 춘향이 반기면서 말했다.

"애고 봉사님 어서 오오."

봉사는 그중에 춘향이가 일색이란 말을 듣고 반가워하며 말했다.

"너무 염려는 말게. 대체 나를 어찌 청하였나?"

"다름이 아니라 간밤에 나쁜 꿈을 꾸었는데 해몽도 하고 우리 서방님이 어느 때나 나를 찾을까 봐 길흉 여부를 점치려 청하였소."

"그리하게."

봉사가 점을 치는데

'저 태서의 믿음직한 말을 빌려 존경을 다 하여 축원하옵나니 하늘이 언제 말씀하시었고 땅이 언제 말씀하셨으리오마는 두드리면 곧 응하시는 것이 신령하심이니 응감하시와 신통하게 하여 주옵소서.'

산통을 철겅철겅 흔들더니

"어디 보자. 일이삼사오륙칠, 허허 좋다. 좋은 괘로구나. 자네 서방님이 머지않아 내려와서 평생의 한을 풀겠네. 걱정하지 마오, 참 좋거든."

춘향이가 대답했다.

"말대로 그리하면 오죽 좋으리까. 간밤 해몽이나 해 주시오."

"어디 자상히 말을 하소."

"단장하던 큰 거울이 깨져 보이고, 창 앞에 앵두꽃이 떨어져 보이고, 문 위에 허수아비가 달린 듯이 보이고 태산이 무너지고, 바닷물이 말라 보이니, 나 죽을 꿈이 아니오?"

봉사가 잠시 생각하다가 말했다.

"그 꿈 장히 좋다. 꽃이 떨어지니 능히 열매를 맺을 것이요, 거울이 깨지니 어찌 큰 소리 한번 없겠는가. 문 위의 허수아비 달렸음은 만인이 다 우러러봄이라. 바다가 말랐으니 용의 얼굴을 볼 것이며, 산이 무너지면 평지가 될 것이다. 좋다, 쌍가마 탈 꿈이로세. 걱정 마소. 머지않았네."

춘향은 장탄수심(長歎愁心, 크게 탄식하며 근심하는 마음)으로 세월을 보내었다.

이때 한양성의 도련님은 밤낮을 가리지 않고 시서백가(詩書百家, 중국 전국 시대의 제자백가들이 내세운 주장)를 잘 읽었으니 글로는 이백이요, 글씨는 왕희지였다. 나라에 경사가 있어 태평과(太平科, 나라에 경사가 있을 때 실시하던 과거)를 볼 때에 서책을 품에 품고 과거장으로 들어가 왕희지의 필법으로 조맹부의 체를 받아 짧은 붓으로 내리 갈겨 선장(先場, 가장 먼저 답안지를 냄)한다.

상시관이 글을 보니 글자마다 비점(批點, 시가나 문장 따위를 비평하여 아주 잘된 곳에 찍는 둥근 점)이요, 구절마다 관주(貫珠, 예전에 글이나 시문(詩文)을 하나하나 따져 보면서 잘된 곳에 치던 동그라미)였다. 글씨가 마치 용이 하늘로 치솟는 듯하고 비둘기가 모래밭에 내려앉은 듯하니 금세의 대재로구나. 금방(金榜, 과거에 급제한 사람의 이름을 써서 거리에 붙이던 글)에 이름을 걸고 임금님이 술 석 잔을 권하신 후 장원급제로 답안지를 시험장에 내걸었다.

임금님께서 친히 불러 보신 후에

"경은 재주 조종에 으뜸이로다."

하시고 도승지 입시하사 전라도 암행어사로 명을 내리시니 평생의 소원이다. 수의(繡衣, 암행어사가 입던 옷), 마패, 유척(鍮尺, 놋쇠로 만든 표준자. 보통 한 자보다 한 치 더 긴 것을 단위로 하며 지방 수령이나 암행어사 등이 검시(檢屍)할 때 썼다)을 내 주시니 전하께 하직하고 본댁으로 나갈 적에 철관풍채(鐵冠風采, 암행어사가 쇠로 만든 관을 쓴 모습. 또는 그와 같이 씩씩하고 위엄 있는 모습)는 산속의 맹호와 같았다.

부모에게 하직하고 전라도로 향할 때 남대문 밖에 나서서 서리 중방 역졸 등을 거느리고, 여산읍에 숙소하고, 이튿날에 서리 중방을 불러 분부했다.

"전라도 초읍 여산이라. 무거운 나랏일을 거행하여 분명히 하지 못하면 죽기를 면하지 못 하리라."

추상같이 호령하여 서리를 불러 분부하되

"순천, 곡성으로 순행하여 아무 날 남원읍으로 대령하라."

분부하여 각기 분발하신 후에 어사또 행장을 차리는데 그 거동을 좀 보소.

숫제 사람을 속이려고 모자 없는 헌 파립(破笠, 해어지거나 찢어져 못 쓰게 된 갓)에 줄을 총총히 매어 초사(질이 나쁜 비단)로 만든 갓끈을 달아 쓰고, 당줄만 남은 헌 망건의 갓풀(짐승의 가죽, 힘줄, 뼈 따위를 진하게 고아서 굳힌 끈끈한 것. 풀로도 쓰고 지혈제로도 씀)관자 노끈 당줄 달아 쓰고, 의뭉하게 헌 도복의 무명실 띠를 가슴에 둘러메고 살만 남은 헌 부채의 솔

방울 선초(扇貂, 부채에 늘어뜨리는 장식품) 달아 햇볕을 가리고 내려올 때
가 마침 농사철이라 농부들이 농부가를 부르는 것이 들렸다.

"저 농부 말 좀 물어보면 좋겠구먼."

"무슨 말?"

"이 골 춘향이가 본관에 수청 들어 뇌물을 많이 받아먹고 민정에 폐를 끼
친다는 말이 옳은지?"

농부가 열을 내며 말했다.

"그대는 어디 사는가?"

"아무 데 살든지."

"아무 데 사는 데라니, 그대는 눈 콩알 귀 콩알이 없나? 지금 춘향이가
수청 아니 든다고 형장 맞고 갇혔으니 창가에 그런 열녀 세상에 드문 일이
네. 구슬 같은 춘향 몸에 자네 같은 동냥아치가 함부로 떠들어 대다가는 빌
어먹지도 못하고 굶어 죽으리. 올라간 이 도령인지 그놈의 자식은 한 번 간
후 소식이 없으니. 사람의 일이 그렇거늘 벼슬은커녕 아무것도 못 하리."

어사또 남원으로 들어와 박석치에 올라가서 사방을 둘러보니 산도 옛날
보던 산이요, 물도 옛날 보던 물이었다.

'광한루야 잘 있더냐? 오작교야 무사하냐? 객사 앞의 푸르른 수양버들
은 나귀 메고 놀던 터요, 청운 낙수 맑은 물은 내 발을 씻던 청계수(淸溪水,
맑고 깨끗한 시냇물)라. 맑은 물 아름다운 경치 넓은 길은 오고 가던 옛길
이라.

어사또 춘향 집에 들어가니 안뜰 적막한데 춘향 모 거동 보소.

"하늘과 땅의 귀신이여, 해님, 달님, 별님은 변하여 한 가지 마음이 되옵
소서. 다만 내 딸 춘향을 금쪽같이 길러내어 외손봉사(外孫奉祀, 직계 비속
이 없어 외손이 대신 제사를 받듦)를 바랐더니, 무죄한 매를 맞고 옥중에
갇혔으니 살릴 길이 없사옵니다. 하늘과 땅의 신령님이 부디 가엾게 여겨
한양성에 있는 이몽룡을 청운에 높이 올려 내 딸 춘향을 살려 주시옵소서."

어사는 춘향 모의 정성을 보고

'나의 벼슬한 것이 조상의 은덕으로 알았더니, 우리 장모의 덕이로다.'
하고

"그 안에 누구 있느냐?"

"뉘시오?"

"나일세."

"나라니 누구신가?"

어사가 들어가며 말했다.

"이 서방일세."

"이 서방이라니. 옳지, 이풍현 아들 이 서방인가?"

"허허, 장모가 망령이 들었나 보세. 나를 몰라보다니."

"자네가 누구여?"

"사위는 백년지객이라 하였는데 어찌 나를 모르는가?"

춘향의 어미 반기며 손을 잡고 들어가서 촛불 앞에 앉혀 놓고 자세히 살펴보니 걸인 중에 상걸인이었다.

춘향의 어미가 기가 막혀

"이게 웬일이오?"

"양반이 잘못되니 말로 할 수가 없네. 그때 올라가서 벼슬길은 끊어지고 가산을 탕진하여 부친께서는 서당 훈장으로, 모친은 친정으로 제각기 갈리어서, 나도 춘향에게 내려와서 돈냥이나 얻어 갈까 하였더니, 와서 보니 양가 이력이 말이 아닐세."

춘향의 어미가 이 말을 듣고 기가 막혀

"무정한 이 사람아, 한 번 이별한 후로 소식이 없었으니 그런 인사가 어디 있으며, 뒷기약인가 뭔가를 바랐더니 일이 잘되었소. 쏜 화살이요 엎지른 물이 되어 누구를 원망하고 누구를 허물하겠냐마는, 내 딸 춘향을 대체 어찌하려는가?"

"여보시오 장모, 춘향이나 좀 보아야겠소."

"그렇게 하구려. 서방님이 춘향을 아니 보아서야 인정이라 하오리까?"

향단이가 여쭈었다.

"지금은 문을 닫았으니 파루(罷漏, 조선 시대에, 서울에서 통행금지를 해제하기 위하여 종각의 종을 서른세 번 치던 일) 치거든 가십시다."

이때 마침 바래를 뎅뎅 치는 것이었다. 향단이는 미음상을 이고 등롱을
들고 어사또는 뒤를 따라 옥문 앞에 당도하여 춘향을 불렀다.

"춘향아!"

부르는 소리에 깜짝 놀라 일어나며

"어머니, 어찌 오셨소? 몹쓸 딸자식을 생각하와 천방지축 다니다가 떨어
져 상하기 쉽소. 이다음에는 오실 생각 마옵소서."

"나는 염려 말고 정신을 차려라. 왔다."

"오다니 누가 와요?"

"그저 왔다."

"갑갑하여 나 죽겠소. 일러 주오. 꿈속에서 임을 만나 만단정회(萬端情
懷, 온갖 정과 회포) 하였더니 혹시 서방님께서 기별이 왔소, 벼슬하고 내
려온다는 노문(벼슬아치가 당도할 날짜를 미리 갈 곳에 알리던 글)이고 왔
소? 애고 답답하여라."

"너의 서방인지 남방인지 걸인이 하나 내려왔다."

"서방님이 오시다니. 꿈속에서 보던 임을 생시에 본단 말인가."

문틈으로 손을 잡고 말 못 하고 기색 하며

"애고 이게 누구시오. 아마도 꿈이로다. 그리워하며 보지 못하던 임을 이
리 쉽게 만날 수 있을까. 이제 죽어도 여한이 없네."

한참을 반기다가 임의 형상을 자세히 보니 어찌 아니 한심하랴.

"서방님, 내 몸 하나 죽는 것은 서러운 마음이 없소마는 서방님은 이 지
경이 웬일이오?"

"오냐, 춘향아 서러워 마라. 사람 목숨은 하늘에 매인 것이니 설마한들
죽을쏘냐?"

춘향이 모친 불러 말했다.

"한양성 서방님을 칠년대한 가문 날에 목마른 백성들이 비를 기다린들
나와 같이 기다렸을까. 심은 나무가 꺾어지고 공든 탑이 무너졌네. 가련하
다 이내 신세. 서방님 내 말 들으시오. 내일이 본관사또 생신이라 취중에
술주정하면 나를 올려 칠 것이니 형문 맞은 자리에 장독(杖毒, 예전에, 장
형(杖刑)으로 매를 심하게 맞아 생긴 상처의 독)이 났으니 수족인들 놀릴쏜
가. 긴 머리 이렇저렁 걷어 얹고 이리 비틀 저리 비틀 들어 매 맞은 병으로

죽거들랑 짐꾼인 체 달려들어 둘러업고 우리 둘이 처음 만나서 놀던 부용당의 쓸쓸하고 고요한 곳에 뉘어 놓고, 서방님께서 손수 염습(殮襲, 죽은 사람의 몸을 씻긴 뒤에 옷을 입히고 염포로 묶는 일)하되 나의 혼백을 위로하여 입은 옷은 벗기지 말고 양지 끝에 묻었다가, 서방님께서 귀하게 되어 성공하시거든, 잠시도 그대로 두지 말고 다시 염하여, 조촐한 상여 위에 덩그렇게 실은 후에 북망산천(北邙山川, 무덤이 많은 곳이나 사람이 죽어서 묻히는 곳을 이르는 말) 찾아갈 때, 앞의 남산과 뒤의 남산을 다 버리고 한양으로 올려다가 선산발치(조상의 무덤이 있는 산기슭)에 묻어 주오. 비문에 새기기를 '수절원사 춘향 지묘'라고 여덟 자만 새겨 주오. 망부석이 아니 될까. 서산에 지는 해는 내일 다시 오르련마는 불쌍한 춘향이는 한 번 가면 어느 때 다시 올까? 가슴에 맺힌 원한이나 풀어 주오."

섧게 울 때 어사또가 달랜다.

"울지 말라, 하늘이 무너져도 솟아날 구멍이 있느니라. 네가 나를 어찌 알고 이렇듯 서러워하느냐?"

어사또는 춘향이와 작별하고 춘향의 집으로 돌아왔다.

"기생을 불러 다과상을 올리라. 육고자(肉庫子, 육고에 속하여 관아에 육류를 바치던 관노)를 불러 큰 소를 잡고 예방을 불러 고인을 대령하고 승발(承發, 지방 관아의 구실아치 밑에서 잡무를 맡아보던 사람)을 불러 차일(遮日, 햇볕을 가리기 위하여 치는 포장)을 치게 하라. 사령을 불러 잡인을 금하라."

이렇듯 요란할 때 기치군물(旗幟軍物, 예전의 군대에서 쓰던 깃발과 무기 따위를 통틀어 이르는 말)이며 육각(六角, 북, 장구, 해금, 피리, 태평소 들로 이루어진 악기 편성) 풍류가 반공중에 떠 있고 푸르고 붉은 비단옷을 입은 기생들은 비단 소매에 싸인 흰 손을 높이 들어 춤을 추고 '지화자 덩실' 하는 소리에 어사또의 마음이 심난했다.

"여봐라. 사령들아! 너의 상전에 여쭈어라. 먼 데 있는 걸인이 좋은 잔치에 왔으니 술과 안주나 좀 얻어먹자고 여쭈어라."

저 사령 거동 보소.

"어느 양반이기에, 우리 상전께서 걸인을 못 들어오게 하시니 그런 말은 내지도 마시오."

등을 밀쳐 내니 어찌 아니 명관인가. 운봉이 그 거동을 보고 본관에게 청했다.

"저 걸인의 의관은 남루하나 양반의 후예인 듯하니 맨 끝자리에 앉히고 술잔이나 먹여 보냄이 어떠하오?"

어사또 들어가 단정히 앉아 좌우를 살펴보니 당상의 모든 수령이 다과상을 앞에 놓고 진양조장단이 높아 갈 때 어사또 상을 보니 어찌 아니 분통하랴. 모 떨어진 개다리소반에 닥나무 젓가락, 콩나물, 깍두기, 막걸리 한 사발이 놓였구나. 상을 발길로 탁 차며 운봉의 갈비를 지분지분 잘랐다.

"갈비 한 대 먹읍시다."

"다리도 잡수시오."

하고, 운봉이 하는 말이

"이러한 잔치에 풍류로만 놀아서는 맛이 적사오니 차운(次韻, 남이 지은 시의 운자(韻字)를 따서 시를 지음. 또는 그런 방법)이나 한 수씩 해 보는 것이 어떠하오?"

"그 말이 옳소."

하니, 운봉이 운을 내는데 높을 고 기름 고 두 자를 내어넣고 차례로 운을 달 때 어사또가 말했다.

"걸인도 어려서 추구권(抽句卷, 좋은 구절을 뽑아 적은 책권)이나 읽었는데, 좋은 잔치 당하여서 술과 안주를 배불리 먹고 그저 가기 염치없으니 차운 한 수 하겠나이다."

운봉이 반기며 붓과 벼루를 내어 주니, 좌중이 다 못하여 글 두 귀를 지었으되 민정을 생각하고 본관의 정체를 생각하여 지었다.

금동이의 아름다운 술은
일만 백성의 피요
옥소반의 맛 좋은 안주는
일만 백성의 기름이라
촛불의 눈물이 떨어질 때
백성의 눈물이 떨어지고
노랫소리 높은 곳에

원망 소리 높더라.

이렇듯이 지었으되 본관은 몰라보고 운봉이 글을 보며 속으로 생각하니
아뿔싸! 일이 났구나.
이때 어사또가 하직하고 간 연후에 공형을 불러 분부했다.
"춘향을 급히 올리라."
이때 어사또가 군호할 때 서리에게 눈짓하니, 청파 역졸의 거동을 보소.
달 같은 마패를 햇빛같이 번쩍 들어
"암행어사 출두야!"
외치는 소리, 강산이 무너지고 천지가 뒤집히듯 산천초목 금수인들 어찌
아니 떨랴.
남문에서,
"출두야!"
북문에서,
"출두야!"
이때 어사또가 분부했다.
"이 고을은 대감이 살던 고을이라 헌화를 금하고 객사로 옮기어라!"
어사또가 좌정한 후에 분부했다.
"본관을 봉고파직 하라!"
"본관은 봉고파직이오!"
사대문에 방을 붙이고 옥 형리를 불러 분부했다.
"네 고을 죄인을 다 올리라!"
죄인을 올려 각각 문죄한 후에 죄 없는 자는 놓아 줄 때 형리에게 물었
다.
"저 계집은 무엇이냐?"
형리가 여쭈었다.
"기생 월매의 딸이온데, 관청 뜰에서 포악히 한 죄로 옥중에 있사옵니
다."
"무슨 죄냐?"
"본관사또의 수청으로 불렀더니 수청을 아니 들려 하고 관청에서 포악한

춘향이로소이다."

어사또가 분부했다.

"네가 수절한다고 관청에서 포악하였으니 살기를 바랄쏘냐? 죽어 마땅하되 내 수청도 거역할까?"

춘향이 기가 막혀

"내려오는 관장마다 모두가 명관이로구나. 어사또 들으소서. 층암절벽 높은 바위가 바람이 분들 무너지며 청송, 녹죽 푸른 나무가 눈이 온들 변하리까. 그런 분부 마시옵고 어서 빨리 죽여 주오."

어사또가 분부했다.

"얼굴을 들어 나를 보라!"

춘향이 고개를 들어 살펴보니 걸객으로 왔던 낭군이 어사또로 앉아 있었다. 반웃음 반 울음으로

"얼씨구나 좋을시고. 어사 낭군 좋을시고. 남원 읍내 가을 들어 떨어지게 되었더니, 객사에 봄이 들어 이화 춘풍 날 살린다. 꿈이냐, 생시냐. 꿈을 깰까 염려로다."

이때 춘향의 어미가 들어와서 한없이 기뻐하는 말을 어찌 다 하랴.

춘향이 남원을 하직할 때 귀하게 되었건만 고향을 이별하니 한편 기쁘고 또 한편 슬프지 아니하랴.

어사또는 좌우 도를 돌며 민정을 살핀 후에 서울로 올라가 어전에 절하니, 삼당상(三堂上, 육조의 판서, 참판, 참의를 통틀어 이르던 말)에 입시하사 문부를 사정한 후에 임금께서 크게 봉하시고 춘향에게 정렬부인을 봉하시니, 은혜에 감사하며 물러 나와 부모 앞에 뵈며 넓으신 은혜에 감사드리었다.

이판, 호판, 좌우 영상을 다 지내고 벼슬을 물러난 후에 정렬부인과 더불어 백 년을 동고동락할 때 정렬부인에게서 삼남 이녀를 두었으니 모두가 총명하여 그 부친을 압도하고 계계승승하여 만세에 유전하였더라.

운영전(雲英傳)

- 작자 미상 -

〈수성궁 몽유록〉 또는 〈유영전〉이라고도 한다. 조선 시대의 고대 소설 중에서도 남녀 간의 애정을 미화한 대표적인 작품이다. 그뿐만 아니라 결말을 비극으로 처리한 유일한 소설이다. 사건 전개에 사실감이 있어 〈춘향전〉보다 격이 높은 염정 소설이다.

이 작품에서는 유영이 김 진사와 운영을 만나 그들의 비극적인 사랑 이야기를 듣는 부분이 유영이 깬 후에 이루어진다. 다시 말해 유영이 주인공들을 만난 것이 꿈속에서가 아니라 현실 속에서 이루어진 것이다. 그러나 김 진사나 운영이 이미 죽은 사람이었다는 점에서 유영이 이들을 만난 것은 환상이라 할 수 있다. 따라서 작품에 더욱 현실성을 부여하려는 〈몽유록〉이 발전된 형식이라 할 수 있다. 이 작품을 일명 〈수성궁 몽유록〉이라 부르는 것도 바로 이 때문이다. 몽유록은 일반적으로 액자 구성 방식을 취하고 있다. 이 작품에서도 유영에 관한 이야기가 작품의 외화라면 김 진사와 운영에 관한 이야기는 작품의 내화라 하겠다.

선조 34년(1601) 봄, 유영(세종대왕의 셋째 아들)이 안평 대군의 옛집이었던 수성궁에 놀러 갔다가 술에 취해 잠이 들었다. 잠에서 깨어난 유영은 안평 대군의 궁녀였던 운영과 운영의 애인이었던 김 진사를 만나 그들의 슬픈 사랑 이야기를 듣는다. 궁중에 갇혀 사는 궁녀의 몸인 운영과 김 진사는 특의 도움으로 수성궁의 담을 넘나들며 사랑을 속삭인다. 운영이 수성궁을 넘으려고 하지만 그들의 목숨을 초월한 모험적인 사랑은 결국 안평 대군에게 탄로가 나 운영은 옥중에서 자살을 하고 만다. 그날 밤 김 진사도 슬픔을 억누르지 못해 식음을 전폐하다가 죽음을 맞는다. 운영과 김 진사는 죽기 전에 자신들의 비극적인 사랑을 기록한 책을 유영에게 주며 영원히 전해 달라고 한다. 유영이 잠에서 깨어 보니 두 사람은 간 곳이 없고 귀책(鬼責)만 남아 있었다. 유영은 그 책을 가지고 돌아온 후 명산을 돌아다녔는데 어떻게 생을 마쳤는지 알 수 없었다.

핵심 정리

· 갈래 : 몽유 소설
· 연대 : 조선 숙종
· 구성 : 염정적
· 시점 : 전지적 작가시점
· 배경 : 조선 선조 때 안평대군의 수성궁
· 주제 : 신분을 초월한 남녀 간의 지고지순한 사랑

운영전

    수성궁은 안평대군(安平大君, 조선 세종의 셋째 아들)의 옛날 집으로 장안 서쪽의 인왕산 밑에 있었다. 그곳은 산천이 수려하여 용이 서리고 호랑이가 쭈그리고 앉아 있는 것과 같이 험준하였다.

    청파산에 사는 유영은 그 산의 아름다운 경치에 대해 익히 듣고 있었다. 어느 날 그가 높은 곳에 올라가서 사방을 바라보니 임진왜란을 겪은 후라 장안의 궁궐과 성안의 화려한 집들은 모두 텅 비어 있었다.

    유영은 바위 위에 앉아 소동파(蘇東坡, 중국 북송의 문인 소식(蘇軾)을 말함. '적벽부'라는 시를 비롯해 서화에도 능한 당송 팔대가의 한 사람)의 시를 읊다가 문득 차고 있던 술병을 열어 다 마시고는 취하여 바위 옆의 돌을 베개 삼아 누웠다. 잠시 후 술이 깨어 주위를 살펴보니 산수를 즐기던 이들은 모두 돌아가고, 동산에는 달이 떴으며 바람은 꽃잎을 어루만지고 있었다.

    그때 부드러운 말소리가 바람을 타고 들려왔다. 유영은 이상히 여겨 찾아가 보았다. 그곳에는 한 소년이 절세미인과 마주 앉아 있다가 유영이 오는 것을 보고 반갑게 맞이하였다. 미인이 조용히 잔심부름하는 계집종을 불러 자하주를 가져오게 하였는데 진기한 안주를 보아하니 인간 세상의 것은 아니었다.

    유영이 먼저 자기 이름을 말하고 나서 물으니 소년이 대답하였다.

    "성명을 가르쳐 드리는 것은 어렵지 않으나 말을 하자면 장황합니다. 저는 진사과에 올랐다 하여 사람들이 '김 진사'라 부릅니다. 그리고 이 여인은 '운영'인데, 옛날 안평대군이 살던 궁궐의 궁인이었습니다."

    진사가 운영을 돌아보면서 말했다.

    "그건 아주 먼 옛날 일인데 그대가 어찌 기억하고 있소?"

    "마음에 쌓인 한을 어느 날인들 잊으리까? 제가 이야기해 드릴 것이니 낭군님이 옆에 있다가 빠뜨리는 것이 있거든 덧붙여 주옵소서."

세종대왕의 왕자 여덟 대군 중에서 셋째 왕자인 안평대군이 가장 영특하였지요. 나이 13세에 사궁(四窮, 조선 후기 서울에 있던 네 개의 궁. 명례궁, 수진궁, 어의궁, 용동궁을 이름)에 나와서 거처하시니 '수성궁'이라 하였습니다.

　대군은 궁녀 중에서 나이가 어리고 얼굴이 아름다운 열 명을 골라서 〈언해소학〉〈중용〉〈대학〉〈맹자〉〈시경〉〈서경〉〈통감〉〈송서〉 등을 차례로 가르쳐 5년 이내에 모두 깨우쳤지요. 그 열 사람의 이름은 소옥, 부용, 비경, 비취, 옥녀, 금연, 은섬, 자란, 보련, 운영이니, 운영은 바로 저였어요.

　대군은 항상 저희에게 엄히 명하셨습니다.

　"시녀로서 한 번이라도 궁문을 나가는 일이 있으면 그 죄로 인해 죽음을 당할 것이며, 바깥사람들 가운데 궁녀의 이름을 아는 이가 있다면 그 또한 죽음을 면치 못할 것이다."

　하루는 밤에 자란이라는 궁녀가 저에게 물었습니다.

　"네가 그리워하고 있는 애인이 누군지는 알지 못하지만 너의 안색이 날로 수척해지니 안타까워서 내가 묻는 거야. 숨기지 말고 이야기해 봐."

　저는 일어나 고마워하며 말했습니다.

　"네가 지극한 우정으로 묻는데 어찌 숨길 수 있겠니?"

하고는 자란에게 모두 이야기해 주었습니다.

　지난가을, 국화꽃이 피고 단풍이 떨어지기 시작할 때 하루는 동자가 들어와 고했어.

　"나이 어린 선비가 김 진사라 하면서 대군을 뵙겠다 합니다."

　"김 진사가 왔구나."

　대군은 기뻐하면서 김 진사를 맞이하셨지. 김 진사는 베옷을 입고 가죽 띠를 맨 선비였는데 얼굴과 행동이 신선 세계에나 있을 법한 사람과 같았어. 진사님이 대군께 절을 하고 나서 말했지.

　"외람되게 많은 사랑을 입고서도 이제야 인사를 올리게 되어 황송하옵니다."

　진사님이 처음 들어올 때 이미 우리와 얼굴을 마주쳤으나 대군은 진사님의 나이가 어리고 또한 심성이 무척 착하므로 우리더러 다른 곳으로 물러

가 있도록 하지 않으셨어. 대군이 진사님 보고 말씀하셨어.

"가을 경치가 매우 좋으니 바라건대 시 한 수를 지어 이 집에서 광채가 나도록 해 주오."

그러면서 대군은 금연에게 노래를 부르게 하고, 부용에게는 거문고를 타게 하셨지. 또 보련은 단소를 불게 하고, 나에게는 벼루를 받들게 하셨는데, 그때 내 나이 열일곱 살이었지. 낭군을 한 번 보니 정신이 어지러워지고 가슴이 울렁거렸는데, 진사님 또한 나를 돌아보면서 웃음을 머금고 자주 눈여겨보는 거야.

진사님이 붓을 잡고 오언(五言, 한 구가 다섯 자씩으로 된 한시) 사운(四韻, 네 개의 운각으로 된 율시) 한 수를 지었는데 내용은 이러했지.

거리 남쪽을 향해 날아가니
궁 안에 가을빛이 깊구나
차가운 물에 연꽃은 구슬 되어 꺾이고
서리 내린 국화에는 금빛이 드리우네
비단 자리에는 홍안(紅顔, 젊고 아름다운 얼굴)의 비녀
옥 같은 거문고 줄에는 백운 같은 소리
유하주 한 말 들고 먼저 취하니
이 몸 가누기 어렵도다.

대군이 읊다가 놀라시면서 말씀하셨어.

"진실로 천하의 드문 재주로다. 어찌 서로 늦게 만났던고."

시녀들도 감탄을 금치 못했어.

"이분은 반드시 신선이 학을 타고 속세에 오신 것이니 어찌 이와 같은 사람이 또 있겠습니까?"

이때부터 나는 잠도 못 자고 입맛도 없고 마음이 괴로워서 허리띠를 푸는 것조차 잊곤 했는데, 너는 아무것도 눈치채지 못하더라.

운영이 말을 마치자 자란이 말했습니다.

"그래, 내가 몰랐었구나. 이제 네 말을 들으니 마치 술이 깬 것처럼 정신이 맑아지는 것 같구나."

그 후로 대군은 진사님과 자주 접촉하였으나, 저희는 서로 얼굴을 보지 못하게 하여 언제나 문틈으로 엿보다가 하루는 제가 오언 사운 한 수를 썼습니다.

베옷에 가죽 띠를 맨 선비는 신선과 같은데,
늘 바라보건만 어찌하여 인연이 없는고.
솟는 눈물은 얼굴을 씻고
원한은 거문고 줄에 우나니
가슴속 원한을
머리 들어 하늘에 하소연한다.

저는 시와 금전 두 닢을 겹겹이 봉해서 진사님에게 부치려고 하였으나 방법이 없었지요.

얼마 후 진사님이 궁에 들어오셨는데 얼굴에 핏기가 없어 옛날의 기상을 찾기 어려웠습니다. 제가 벽에 구멍을 뚫고 봉투를 던졌더니, 진사님이 주워서 집으로 가져가 펴 보고는 슬픔을 이기지 못하여 손에서 놓지도 않고, 그리운 마음에 몸을 가누지 못하셨다 합니다.

그 당시에 한 무녀가 대군의 궁에 드나들면서 신용을 얻고 있었는데, 이 소문을 들은 진사님이 그 집을 찾아가 보니 서른이 안 된 아주 예쁜 여자였답니다.

그녀는 일찍이 과부가 된 뒤부터 음녀(淫女, 성격이나 행동이 음란하고 방탕한 여자)로 자처하고 있었던지라 진사님을 보고는 기뻐하였지요. 무녀는 진사님을 붙들어 놓고 반드시 밤을 새우면서 같이 자리라 마음먹었답니다. 다음 날 목욕하고 짙은 화장에 화려하게 꾸미고 꽃 같은 요와 옥 같은 자리를 깔아 놓고 계집종에게 망을 보게 하였지요.

진사님이 오셔서 이 광경을 보고 이상하게 여기자, 무녀가 말했습니다.

"오늘 저녁은 무슨 날이기에 이같이 훌륭한 분을 뵙게 되었을까요?"

진사님은 무녀에게 뜻이 없었기 때문에 대답도 않고 있으니, 무녀가 또 말했지요.

"과부의 집에 젊은이가 왕래를 꺼리지 않고, 더구나 무엇 때문에 당신의 고민을 말하지 않는지요?"

"점술이 신통하다면 어찌 내가 찾아오는 뜻을 알지 못하오?"

무녀는 즉시 영전에 나가 신에게 절하고 방울을 흔들고 몸을 떨며 중얼거렸습니다.

"당신은 정말로 가련한 사람입니다. 뜻을 이루지 못할 뿐만 아니라 삼 년이 못 가서 황천 사람이 됩니다."

"나도 알고 있습니다. 그러나 마음속에 맺힌 한은 백약으로도 고칠 수 없으니, 만일 당신이 다행히 편지를 전하게 된다면 죽어도 잊지 못할 것입니다."

"저는 비천한 무녀로 부르지 않으면 감히 궁에 들어가지 못합니다. 그러나 진사님을 위해 한번 가 보겠습니다."

무녀가 편지를 갖고 궁에 들어와 가만히 저에게 전해 주었습니다. 방으로 들어와서 뜯어 보았습니다.

'처음 눈으로 인연을 맺은 후부터 마음은 둥실 떴고 넋이 나가 도저히 진정치 못하고 늘 궁궐 쪽을 바라보며 애를 태웠지요. 이전에 벽 사이로 전해 주신 잊을 수 없는 옥음(玉音, 남의 편지나 말을 높여 이르는 말)을 소중히 받아 들고 가슴이 메어 반도 채 읽지 못하고 눈물이 떨어져 글자를 알아볼 수 없어 다 보지도 못하였으니 장차 이를 어찌하오리까. 그 후부터 누워도 잠들지를 못하고 음식은 목을 내려가지 않고, 병은 골수에 사무쳐……'

사연 끝에 칠언 사운 한 수가 적혀 있었는데 바로 이러했지요.

누각은 저녁 문 닫혔는데
모든 그림자 희미하여라.
낙화는 물에 흐르고
어린 제비는 집을 찾아가네.
누워도 못 이룰 꿈이요.
하늘엔 기러기도 없네.
눈에 선한 임은 말 없고
꾀꼬리 소리에

옷깃 적시네.

편지를 다 읽고 나자 기가 막혀서 입으로는 말조차 할 수 없고 눈물이 다하자 피가 눈물을 이었습니다.

하루는 대군이 비취를 불러 말씀하셨습니다.

"너희들 열 명이 한 방에 같이 있으니 공부에 전념할 수가 없다." 그러고는 다섯 명을 서궁으로 보냈지요. 저는 자란, 은섬, 옥녀, 비취와 같이 그날로 짐을 옮겼습니다. 옥녀가 말했습니다.

"그윽한 꽃, 흐르는 물, 꽃다운 수풀이 마치 산 옆이나 들에 있는 것 같으니 참으로 훌륭한 독서당이구나."

그 말에 제가 대답했지요.

"산 사람도 아니고 중도 아니면서 이 깊은 궁에 갇혔으니, 참말로 장신궁(長信宮, 중국 한나라 때 장락궁 안에 있던 궁전. 주로 태후가 살았다)이 따로 없다."

그랬더니 모든 궁인이 탄식하고 울적하게 여겼습니다.

그 후에 나는 편지를 써서 뜻을 이루고자 했으며, 진사님도 지성으로 무녀를 찾아가 간절히 부탁하였으나 더는 드나들기 좋아하지 않았어요. 아마진사님이 자기한테 관심이 없다는 것을 알고 그랬을 것 같기도 합니다.

그럭저럭 두어 달이 지나고 계절은 다시 가을이 되어 서늘한 바람이 불고 국화는 황금빛을 토하고, 벌레는 소리를 가다듬고 흰 달은 빛을 밝혔지요. 시내에서 빨래하기 좋은 때라 여러 궁녀와 같이 날짜와 빨래할 장소를 결정하려 했으나, 의논이 잘되지 않았어요.

남궁 사람들이 말했습니다.

"맑은 물과 흰 돌은 탕춘대 밑보다 나은 데가 없단다."

그러자 서궁 사람들이 말했습니다.

"소격서동의 물은 문밖에서 더 내려가지 않는데 왜 가까운 곳을 놔두고 먼 데로 가려고 해?"

결국 남궁 사람들이 고집을 부리며 승낙하지 않아 결정을 짓지 못하고, 그날 밤에는 그만 흩어지고 말았지요.

그 뒤 진사님을 그리워하는 저의 병이 점점 깊어지자 남궁과 서궁의 궁녀들이 모여 의논한 끝에 소격서동으로 정하기로 하였지요. 중당에 모여 있는데 소옥이 말했어요.

"하늘은 푸르고 물이 맑으니 빨래할 때가 되었구나. 오늘 소격서동에다 휘장을 치는 것이 좋겠지?"

이에 여러 사람이 모두 찬성하였습니다. 저는 서궁으로 돌아가서 흰 나삼(羅衫, 얇고 가벼운 비단으로 만든 적삼)에다 가슴속에 가득 찬 슬픔과 바람을 써서 품에 넣고는 자란과 같이 일부러 뒤떨어져 마부를 보고 일렀어요.

"동문 밖에 있는 무당이 가장 영험하다고 하니, 내가 그 집에 가서 내 병을 보이고 오겠다."

저는 그 집에 가서 좋은 말로 애걸하며 말했지요.

"오늘 찾아온 것은 진사님을 한번 만나고 싶어서이니 부디 소식을 전해 준다면 이 몸이 다 하도록 은혜를 갚겠어요."

무녀가 사람을 보냈더니 진사님이 찾아왔습니다. 둘이 서로 만나 한마디도 하지 못하고 눈물만 흘릴 뿐이었지요. 제가 편지를 주면서 말했어요.

"저녁에 틈을 타서 꼭 돌아올 것이니 낭군님은 여기에서 기다려 주옵소서."

그러고는 바로 말을 타고 갔습니다. 진사님께 전한 편지의 그 사연은 이러하였지요.

"며칠 전에 무산의 신녀가 전해 준 편지에는 낭랑한 옥음이 종이에 가득하였습니다. 정중한 마음으로 읽고 또 읽어 보니 슬프고도 기뻐서 마음을 진정하지 못하고 바로 답신을 보내고자 하였으나, 전할 길이 없었습니다. 또한 편지를 보내면 비밀이 샐까 두려워, 고개를 들어 멀리 바라보며 날아가고자 하는 마음 간절하였으나 날개가 없으니 애가 타고 넋이 사라져 오로지 죽을 날을 기다리고 있답니다. 다만 죽기 전에 이 편지를 통하여 평생의 회포를 다 말씀드리오니 엎드려 바라옵건대 낭군께서는 저를 잊지 마시고……"

그 글은 애가 타서 마음속 깊이 상심하는 글이고, 그 시는 상사의 시였습니다.

제가 말을 타고 무녀의 집에 돌아와 보니 진사님은 종일 울어 넋을 잃어 제가 온 것도 알지 못하는 것 같았어요. 제가 왼손에 차고 있던 운남의 옥색 금환(金環, 금으로 만든 고리)을 풀어서 진사님의 품속에 넣어 주며 말했습니다.

"낭군님께서는 저에게 박정하다 하지 않으시고 천금 같은 귀한 몸을 굽혀 더러운 집에 와서 기다리셨습니다. 제가 비록 어리석지만 목석이 아니오니 감히 죽음으로써 허락하리다. 제 말에 대한 약속의 표시로 금환을 드리겠습니다."

그러고는 갈 길이 바빠 일어나 작별을 고하니, 흐르는 눈물이 비와 같았습니다. 제가 진사님의 귀에다 대고 말하였습니다.

"저는 서궁에 있으니 낭군님께서 말을 타고 서쪽 담을 넘어 들어오시면, 삼생(三生, 전생(前生), 현생(現生), 내생(來生))에서 미진한 인연을 이을 수 있을 것입니다."

말을 마치고는 황급히 나와서 먼저 궁문을 들어오니, 나머지 여덟 사람도 뒤따라 들어왔습니다.

얼마 후 제가 자란을 보고 말하였습니다.

"오늘 저녁에는 진사님과 반드시 지켜야 할 약속이 있어. 만약 오늘 오시지 않는다면 내일 반드시 담을 넘어오실 거야. 오시면 어떻게 대접할까?"

그날 밤 진사님은 오지 않았습니다.

진사님이 담을 보니 높고 험준하여 넘지 못하고 돌아와서 근심하고 있는데, 특이라고 하는 종이 이것을 알고는 진사님을 위해 사다리를 만들어 주었답니다. 그것은 매우 가볍고 능히 거두었다 폈다 할 수 있어 아주 편리하였다 합니다.

그날 밤 궁으로 가려고 할 때 특이 품 안에서 털옷과 가죽 버선을 꺼내 주면서 말했답니다.

"이것을 신으면 넘어가기가 수월할 것입니다."

진사님이 그것을 입으니 얼굴빛이 훤하여 낮과 같았습니다. 마침내 진사님이 담을 넘어 숲속에 엎드리니 달빛이 밝게 비치고 있더랍니다. 조금 있다가 사람이 안에서 나오더니 웃으면서 말하였습니다.

"이리 나오소서, 이리 나오소서."

진사님이 나아가 인사를 하자 자란이 진사님을 바로 모시고 들어왔지요.

"진사님이 오시기를 손꼽아 기다렸는데 이제야 뵈옵게 되어 저희도 한시름 놓았습니다."

진사님이 계단을 지나 들어오실 때, 저는 사창을 열어 놓고 동물 모양의 금화로에 향을 피우고 유리 같은 서안(書案, 예전에 책을 얹던 책상)에다 〈태평광기〉 한 권을 펴들고 있다가 진사님이 오시는 걸 보고 일어나 맞이하였습니다. 제가 일어나 절을 하니 진사님도 답례하였습니다.

자란이 준비해 준 진수성찬을 차려 놓고 자하주를 따라 권하니 석 잔을 마시고 진사님은 좀 취한 듯이 말했습니다.

"밤이 얼마나 깊었지요?"

자란이 마침 그 뜻을 알고는 휘장을 드리우고 문을 닫고 나갔습니다. 제가 등불을 끄고 잠자리에 드니 그 즐거움은 말 안 해도 알 것입니다. 밤은 이미 새벽이 되고 그 기쁨은 날 새기를 재촉하기에 진사님은 바로 일어나 돌아가셨습니다.

이후부터는 하루도 빠짐없이 어둑어둑할 때에 궁으로 들어와서 새벽에 돌아가셨습니다. 사랑은 더욱 깊어 가고 정은 점점 두터워져 스스로 그칠 때를 알지 못하였어요. 그러던 중 궁궐 안 눈 위에 발자취가 남게 되었습니다. 궁인들은 모두 그의 출입을 알고 위험하다고 했습니다.

하루는 진사님이 좋은 일의 끝이 화가 될까 두려워 근심하고 있는데 특이 들어와 물었습니다.

"진사님의 얼굴빛을 보니 근심이 있는 것 같습니다. 무슨 까닭입니까?"

"보지 못하면 병이 마음과 골수에 들고, 보면 헤아릴 수 없는 죄가 되니 어찌 근심하지 않겠느냐?"

"그러면 어찌하여 남몰래 업고 도망가지 않으십니까?"

특의 말을 들은 진사님은 그렇게 하기로 작정하고 그날 밤 특의 계획에 따라 제게 말씀하셨습니다.

"특이 비록 노비지만 꾀가 많아 이런 계획을 짰는데 어떠하오?"

진사님의 말을 다 듣고 나서 저는 허락했습니다.

"예전에 저의 부모님과 대군께서 주신 의복과 보화가 많으니 물건들을 버리고 갈 수는 없으니 어찌하면 좋을까요? 너무 많아 말 열 필이 있어도 다 운반할 수 없어요."

진사님이 돌아가서 특에게 말하니 그는 기뻐하면서 말했지요.

"무엇이 어렵겠사옵니까? 저의 벗 이십여 명이 있는데 그들에게 운반토록 하면 태산도 옮길 수 있을 것입니다."

저는 귀중한 물건들을 밤마다 정리하여 이레 만에 바깥으로 운반을 마치고 나니 특이 말했습니다.

"이것들 가운데 보화는 산중에다 구덩이를 파고 깊이 묻어 두는 것이 좋을 것 같습니다."

하지만 특의 생각은 이 보화를 얻은 후 저와 진사님을 산골로 끌고 들어가서 진사님을 죽이고, 저와 재물을 차지하려는 계획이었습니다. 그러나 순진하신 진사님은 그 사실을 전혀 알지 못했습니다.

하루는 진사님이 대군의 궁에 갔다 돌아와서 이렇게 말했습니다.

"도망해야 하겠소. 내가 지은 죄 때문에 대군이 의심하고 있으니 더 이상 지체하지 말고 오늘 밤에 도망가야 하겠소."

"지난밤 꿈에 한 사람을 보았는데 얼굴이 흉악하고 자기를 '모돈 단우'라 하면서 말하기를 '이미 약속한 바 있어 장성 밑에서 오래도록 기다렸노라' 하기에 깜짝 놀라 깨어 일어났습니다. 꿈이 상서롭지 않으니 낭군님도 다시 생각해 보세요."

"꿈은 거짓인데 그걸 어찌 믿을 수 있겠소?"

"장성이라고 말한 것은 궁궐이며 모돈이라고 말한 것은 특인 듯한데, 낭군님은 그 노비의 마음을 잘 알고 계시는지요?"

"그놈은 본래 미련하고 음흉하지만 지금까지 나에게 충성을 다하였으니 어찌 그런 악한 일을 하겠소?"

"낭군님의 말씀을 어찌 감히 거역하리오마는 자란과 나의 정이 형제와 같으니 이 사실을 말하지 않을 수 없습니다."

그러고는 곧 자란을 불러 진사님의 계획을 말하였더니, 자란이 크게 놀라 꾸짖으며 말하였습니다.

"서로 즐거워한 지가 오래되었는데 어찌 스스로 화를 부르려 하니? 한두 달 동안 서로 만난 것도 모자라 담을 넘어 도망치는 일을 어찌 사람으로서 차마 할 수 있겠어. 그리고 천지가 한 그물 속인데 하늘로 올라가거나 땅으로 들어가지 않는 이상 도망간들 어디로 갈 수 있겠어?"

진사님은 일이 이루어지지 못할 것을 짐작하고는 한탄하면서 눈물을 머금고 나가셨습니다.

하루는 대군이 서궁에 와서 철쭉꽃이 만발한 것을 보시고 시녀에게 명하여 오언절구를 지어 올리게 하고는 칭찬하셨습니다.

"너희 글이 날로 좋아지니 내 매우 흡족하구나. 다만 운영의 시는 누군가를 그리워하는 것 같구나. 네가 따라가고자 하는 사람이 어떠한 사람이냐? 김 진사의 글에도 의심할 만한 대목이 있었는데, 혹시 김 진사를 생각하고 있는 게냐?"

저는 즉시 뜰에 내려가 머리를 땅에 대고 울면서 고했어요.

"대군의 뜻을 어기고는 곧바로 죽고자 했으나 나이가 아직 스무 살이 안 되었고, 또 부모님을 보지 못하고 죽으면 구천(九泉, 땅속 깊은 밑바닥이란 뜻으로 죽은 뒤에 넋이 돌아가는 곳)에 가서도 한이 되겠기에 삶을 도둑질하여 여기까지 이르렀나이다. 이제 대군께서 제 마음을 아셨사오니 어찌 죽는 것을 애석하게 여기 오리까."

그러고는 바로 비단 수건으로 스스로 난간에 목을 매었습니다. 그러자 대군이 크게 노하였으나 마음속으로는 정말 죽이고 싶지 않았는지 자란을 시켜 구하게 하여 죽지 못하였습니다.

진사님이 그날 밤 들어오셨으나 저는 병이 들어 일어나지 못하고 자란에게 맞이하도록 했습니다. 술 석 잔을 권하고는 제가 말했지요.

"이후로는 다시 볼 수 없을 것이니 삼생의 인연과 백년가약이 오늘 밤으로 다한 것 같습니다. 만약 하늘의 인연이 끊어지지 않았다면 구천에서 다시 만나겠지요."

진사님은 우두커니 서서 저를 한없이 바라보다가 가슴을 치고 눈물을 흘리면서 나갔습니다. 진사님이 집으로 돌아가서 특을 보고 한 가지만 말했습니다.

"재물은 네가 잘 지키고 있느냐? 내 장차 다 팔아서 지난날 무녀의 집에서 부처님께 드린 약속을 실천할 것이다."

특이 집에 돌아와서

‘궁녀가 나오지 않으니 그 보물들은 몽땅 나의 것이 되겠지.’

하며 벽을 향하여 남몰래 웃었으나 사람들은 아무도 알 수 없었지요.

하루는 특이 스스로 옷을 찢고 코를 쳐서 피가 흐르게 하여 온몸을 더럽히고 머리를 흩뜨리고는 진사님 앞에 맨발로 엎드려 울면서 말했어요.

“외로운 이 몸이 산중을 지키다가 수많은 도적이 습격하여 목숨을 걸고 도망쳐 왔습니다. 만일 그 보화가 아니었다면 제가 어찌 이와 같은 위험에 처했겠습니까.”

그러면서 주먹으로 가슴을 치고 통곡하자 진사님이 따뜻한 말로 위로해 주었습니다. 하지만 얼마 후 진사님은 특의 모든 소행을 알고 노비 십여 명을 거느리고 가서 불시에 그의 집을 수색하여 보니, 금팔찌 한 쌍과 운남 보경(중국 운남에서 만든 거울) 하나만 남아 있을 뿐이었습니다.

이 사건의 소문이 퍼져 궁인 하나가 대군에게 고하니 대군이 크게 노하여 남궁인을 시켜 서궁을 뒤지게 하였습니다. 그래서 제 의복과 보화가 전부 없어진 걸 알고 대군은 서궁 궁녀 다섯 명을 뜰에 불러 놓고 형장을 엄하게 차리고는 명령을 내렸습니다.

“이 다섯 명을 모두 죽여서 다른 사람들에게 본을 보여라!”

그러고는 집행인 한 사람에게 명하셨습니다.

“곤장의 수를 헤아리지 말고 죽을 때까지 쳐라.”

그러자 다섯 궁녀가 호소하였습니다.

“바라건대 말이나 한번 하고 죽게 해 주십시오.”

은섬이 글을 올리자 대군이 보고 나더니 노여움이 좀 풀리는 것 같으므로, 소옥이 꿇어앉아 울면서 아뢰었습니다.

“전날 빨래하러 갈 때 성안으로 가지 말자고 한 것은 저의 의견이었으나 자란이 밤에 남궁으로 와서 매우 간절히 청하기에 제가 그 뜻을 안타깝게 여겨 다른 궁녀들의 뜻을 물리치고 따랐사옵니다. 운영이 절개를 깨뜨리게 된 죄는 저에게 있사옵니다. 운영은 죄가 없으니 저를 죽이시고 운영의 목숨을 살려 주옵소서.”

그 말에 대군의 노여움이 조금 풀어져 저를 별당에 가두고 다른 궁녀들은 돌려보냈습니다. 그러나 그날 밤 저는 괴로움을 이기지 못하고 결국 비단 수건으로 목을 매어 죽었습니다.

진사는 붓을 들어 기록하고 운영은 옛일을 이야기하는데 바로 앞에서 보는 듯이 매우 상세하였다. 두 사람은 마주 보고 슬픔을 스스로 억제하지 못하다가 운영이 진사에게 말했다.

"다음 이야기는 낭군님께서 하옵소서."

그러자 진사가 이야기하기 시작했다.

운영이 자결한 후 궁인들 가운데 통곡하지 않는 사람이 없어 마치 부모가 돌아간 것과 같았습니다. 저는 예전에 무녀에게 했던 부처님과의 약속을 저버릴 수 없어 구천의 영혼을 위로해 주고자 금팔찌와 보경을 팔아 쌀삼십 석을 사서 청녕사로 보내 제를 올리고자 했습니다. 그러나 믿을 만한 사람이 없어 다시 특을 불러 지난 죄를 사해 주고 명을 내렸습니다.

"내가 운영을 위해 초례(醮禮, 전통적으로 치르는 혼례식)를 베풀고 불공을 드려 소원을 빌고자 하니 네가 가지 않겠느냐?"

특이 즉시 절로 갔지만 사흘 동안 궁둥이를 두드리면서 누워 놀다가 지나가는 마을 여인을 강제로 끌고 들어와 절에서 수십 일을 지내고도 재를 올리지 않았습니다. 그러자 스님들이 분개하여 어서 제를 올리라고 재촉하였습니다.

특이 마지못하여 삼일을 밤낮으로 소원하는 말이 가히 기가 막힌 것이었습니다.

"진사는 오늘 빨리 죽고 운영은 다시 살아나 특의 짝이 되게 하여 주소서."

오직 그것뿐이었습니다. 그리고 나서 특이 돌아와 거짓으로 말했습니다.

"운영 아씨는 반드시 살길을 얻을 것입니다."

저는 그 말을 믿고 있었지요.

그 후 제가 공부를 하고자 청녕사에서 며칠 묵는 동안 스님들에게 특이 한 일을 자세히 듣고는 분함을 이기지 못하겠더이다. 그래서 목욕재계하고 부처님 앞에 나아가 절을 하고 향불을 사르면서 빌었습니다. 그랬더니 칠일 만에 특이 우물에 빠져 죽었습니다.

그 일이 있었던 뒤 저는 세상일에 뜻이 없어져 어느 날 새 옷을 갈아입고 고요한 곳에 누워 나흘을 마시지도 먹지도 않았습니다. 그러다가 깊이 탄식하고는 곧 다시 일어나지 못할 몸이 되고 말았습니다.

쓰기를 마치자 붓을 던지고 두 사람은 마주 보고 슬피 울면서 그칠 줄을 몰랐다. 그것을 보고 유영이 위로하자 김 진사는 눈물을 흘리면서 고마워하며 말하였다.

"우리 두 사람은 본래 천상의 선인으로 오래도록 옥황상제를 모시고 있습니다. 하루는 제가 하늘나라의 복숭아를 따 운영과 같이 먹다가 발각되어 인간 세상으로 귀양 내려온 것입니다. 그리하여 인간사의 괴로움을 골고루 겪다가 드디어 옥황께서 저의 허물을 용서하셨습니다. 이제 삼청궁으로 올라가 다시 옥황상제님을 곁에서 모시게 되었습니다. 그래서 돌아가는 길에 바람의 수레를 타고 다시 옛날 속세에서 놀던 곳을 찾아와 보았을 뿐입니다."

김 진사가 말하고는 눈물을 뿌리면서 운영의 손을 잡고 또 말했다.

"바다가 마르고 돌이 불에 타 버린들 우리의 정은 사라지지 않을 것이요, 땅이 늙고 하늘이 거칠어진들 우리의 원한은 지우기 어려울 것입니다."

김 진사는 취하여 운영의 몸에 기대어 시 한 수를 읊었다.

궁중에 꽃이 떨어지니 제비와 참새가 날고
봄빛은 예전과 같건만 주인은 없네
중천에 높이 솟은 달은 차갑기만 한데
아직 푸른 이슬은 우의(羽衣, 선녀나 신선이 입는다는 새의 깃털로 만든 옷)를 적시지 않는구나.

그러니 운영도 일어나 함께 읊었다.

고궁의 고운 꽃 봄빛을 띠니
천만년 우리 사랑 꿈마다 찾아오는구나.
오늘 저녁 여기에 놀며 옛 추억 찾아보니
막을 수 없는 슬픈 눈물 수건을 적시네.

이때 유영도 시에 취하여 누워 있다가 산새 소리에 깨어났다. 주위를 둘러보니 구름과 연기가 땅에 가득하고 새벽빛은 아득한데, 사람은 보이지 않고 다만 김 진사가 기록한 책자만 홀로 있었다.

만복사저포기(萬福寺樗蒲記)

- 김시습(金時習) -

작가 소개

김시습(金時習 1435~1493)

조선 초기 학자이자 문인이며, 생육신(生六臣)의 한 사람이다. 자는 열경(悅卿), 호는 매월당(梅月堂)·동봉(東峰)·청한자(淸寒子)·벽산(碧山)·췌세옹(贅世翁)이다. 그는 태어날 때부터 신동소리를 들었는데, 세 살 때 이미 시를 지을 줄 알았을 뿐 아니라 〈소학(小學)〉 등도 통달했다 한다. 다섯 살 때 세종대왕 앞에서 글을 지어 올리니 왕이 감탄하여 칭찬하고 비단을 선물로 내렸다. 열다섯 살 때 어머니 상(喪)을 당하여 여막(廬幕)을 짓고 3년상을 치른 뒤 1455년(세조 1) 삼각산 중흥사에서 공부하다가 수양대군이 어린 단종을 몰아내고 왕위에 올랐다는 소식을 듣고 통분하여 나흘 동안 두문불출 단식한 뒤 읽던 책을 모두 불태워 버리고 중이 되어 법명을 설잠(雪岑)이라 하고 방랑길에 올랐다.

1458년(세조 4) 관서 지방의 유람을 마치고 〈탕유관서록후지〉를 썼으며, 1460년(세조 6) 관동지방의 유람을 끝내고 〈탕유관동록후지〉를 썼다. 또 1463년(세조 9) 삼남지방을 유람한 뒤 〈탕유호남록후지〉를 지었다. 그해 효령대군(세조의 숙부)의 권고로 세조의 불경언해 사업을 도와 내불당에서 교정 일을 맡아보았으나, 1465년(세조 11) 다시 서울을 떠나 경주로 내려가 남산에 금오산실을 짓고 독서를 시작하여 우리나라 최초의 전기적 한문 소설 〈금오신화〉를 창작하였다. 1468년(세조 14) 금오산에서 〈산거백영〉을 썼고, 1476년(성종 7)에 〈산거백영후지〉를 썼다. 1481년(성종 12) 47세로 환속(還俗)하여 1485년(성종 16)에 〈독산원기〉를 썼다. 한평생 절개를 지키며, 불교와 유교의 사상을 아울러 포섭한 사상과 탁월한 문장으로 한세상을 풍미하다가 1493년(성종 24) 59세로 생애를 마쳤다. 1782년(정조 6) 이조판서에 추증되었으며, 영월의 육신사에 배향되었다. 시집으로 〈매월당집〉이 있고, 전기집으로는 〈금오신화〉가 있으며, 〈십현담 요해〉 등의 저서가 있다.

이 작품은 〈금오신화〉에 실려 전하는 5편 중의 하나로 일종의 전기 소설(傳奇小說)이다. 전래하는 〈인귀교환 설화〉, 〈시애 설화〉, 〈명혼 설화〉 등이 복합적으로 어우러져, 이승의 사람과 저승의 영혼의 결합이라는 전기성(傳奇性)이 두드러진다. 이러한 경향은 전래 설화, 패관 문학, 가전 등의 내적 요인에 중국 진당 전기체 소설의 영향을 받아 이루어진 것으로 볼 수 있으며, 직접적으로 구우의 〈전등신화〉의 영향이라고 할 수 있다. 이 글은 우리나라 최초의 소설이라는 점에서 국문학사상 의의를 지닌다.

이 글의 소설적 특징은 〈금오신화〉에 실려 있는 다른 작품과 마찬가지로, 주인공이 재자가인(才子佳人)이고 한문 문어체로서 사물을 극히 미화시켜 표현하고 있다는 점이다. 작품 안에 보이는 운문은 상황에 따른 정감을 집약시켜 주인공의 심리를 묘사하는 구실을 하고 있지만, 당대의 여건으로 본다면 모든 문장이 운문에서 완전히 탈피하기 어려웠다. 불교의 연(緣) 사상이 바탕이 된다.

전라도 남원에 양생(梁生)이라는 노총각이 있었다. 그는 일찍이 부모를 여의고 만복사라는 절에 구석방을 얻어 외롭게 살고 있었다. 젊은 남녀가 절에 와서 소원을 비는 날 그는 모두가 돌아간 뒤 법당에 들어갔다. 저포를 던져 자신이 지면 부처님을 위해 법연(法筵)을 열고, 부처님이 지면 자신에게 좋은 배필을 달라고 소원을 빈 다음 공정하게 저포 놀이를 했는데 양생이 이기게 되었다. 양생이 탁자 밑에 숨어 기다리고 있자 열대여섯 되는 아름다운 처녀가 외로운 신세를 한탄하며 배필을 얻게 해 달라는 내용의 축원문을 읽으며 울었다. 이 말을 들은 양생은 탁자 밑에서 나가 처녀와 인연을 맺는다. 그는 여인의 집에서 사흘간 머물며 극진한 대접을 받고 꿈처럼 달콤한 시간을 보낸다. 사흘이 지나자 여인은 양생에게 은 주발 하나를 주었다. 그리고 다음 날 보련사로 가는 길가에 서 있다가 자신의 부모를 만나면 인사를 드리라고 부탁한다. 양생은 여인이 시킨 대로 다음 날 보련사 가는 길에 서 있다가 딸의 대상을 치르러 가는 양반집 행차를 만난다. 그들을 통해 자신과 인연을 맺은 그 여인이 왜구들에게 죽임을 당한 처녀의 환신임을 알게 된다. 양생은 처녀의 부모가 차려 놓은 음식을 혼령과 함께 먹고 난 뒤 홀로 돌아왔다. 양생은 여인과 이별한 후 세상을 등지고 지리산에 들어가 약초를 캐며 혼자 살았다고 한다.

· 갈래 : 명혼 소설

· 연대 : 조선 세조

· 구성 : 전기적

· 시점 : 전지적 작가 시점

· 배경 : 전라도 남원 만복사 동편 방 한 칸

· 주제 : 시공을 초월한 남녀 간의 사랑

만복사저포기

　전라남도 남원에 양생이란 사람이 있었다. 그는 일찍이 어버이를 여의고, 아직 장가들지 못한 채 '만복사'라는 절에 구석방 하나를 얻어 외로이 살아가고 있었다.

　그 방에는 배나무 한 그루가 있었는데 바야흐로 꽃이 만발하여 온 뜰이 은세계를 이룬 듯했다. 그는 답답하고 외로울 때면 달밤에 배나무 밑을 거닐면서 시를 읊어 자기의 외로움을 달래곤 했다.

　한번은 외로움에 지친 신세타령하는 시 한 수를 읊고 나자 공중에서 소리가 들렸다.

　"그대가 참말로 좋은 배필을 만나고자 한다면 무엇이 어려울 게 있을까?"

　양생은 기뻐 마지않았다.

　이튿날은 3월 24일이라, 고을 풍속에 따라 해마다 젊은 남녀들이 만복사를 찾아 향불을 피우고 저마다 소원을 비는 날이었다.

　양생은 저녁 예불이 끝나기를 기다려 법당에 들어가 자기 소매 속에 깊숙이 간직해 가지고 갔던 저포(점치는 데 쓰는 되의 윷)를 꺼내어 부처님께 아뢰었다.

　"오늘 제가 부처님을 모시고 저포 놀이를 하고자 하나이다. 소생이 지면 법연(불교를 설법하는 자리)을 베풀어 부처님께 보답해야 할 것이며, 만약 부처님께서 지신다면 꼭 미녀를 소생의 배필로 점지하여 주시기를 간절히 바라옵니다."

　그가 축원한 후 바로 저포를 던졌더니 과연 양생이 승리하게 되었다. 그는 곧 부처님 앞에 꿇어 엎드려 자기의 소원을 다시 한번 다짐한 다음 탁자 밑에 숨어서 동정을 살폈다.

　이윽고 꽃같이 아름다운 화용월태(花容月態, 꽃다운 얼굴과 달 같은 자태)의 아가씨가 들어오는데 나이는 열대여섯, 검은 머리에 깨끗한 단장은 마치 꽃구름을 타고 내려온 달 궁전의 선녀 같아서 그 고운 모습은 이루 말로 형용하기 어려웠다.

여인은 흰 손으로 기름을 등잔에 따라 불을 켜고 향로에 향을 꽂은 뒤에 세 번 절하고 꿇어 엎드려 슬프게 탄식했다.

"인생이 박명하기가 어찌 이와 같으리까?"

그러고는 품속에 간직했던 축원문을 부처님께 바친 다음, 흐느껴 울기 시작했다. 그 울음이 어찌도 슬픈지 이루 말할 수 없었는데 불좌 밑에서 숨어 엿보고 있던 양생은 그녀의 아름다움에 취하여 자기도 모르게 뛰어나와 말하였다.

"아가씨가 지금 읽은 글은 대체 무슨 내용입니까?"

그러고는 여인의 글을 한번 훑어보고 얼굴에 기쁜 빛을 감출 수 없어 말했다.

"그대는 누구시기에 이곳에 홀로 와 있습니까?"

그러자 여인은 아무런 놀라움이나 두려움 없이 대답하였다.

"저도 사람임이 분명하니 의심을 푸시기를 바랍니다. 당신은 아름다운 배필을 구하는 중이시지요? 굳이 이름은 알아 뭐 하시겠습니까?"

당시에 만복사는 이미 퇴락하여 스님들이 절 한 모퉁이에 옮겨 살았는데, 법당 앞에는 다만 쓸쓸한 행랑채만 남아 있었다. 그리고 행랑채 끝에 매우 비좁은 방이 한 칸 있었다. 양생은 아가씨에게 눈짓하며 허리를 껴안고 안으로 들어가니 여인도 사양하지 않고 따라갔다.

그리하여 두 사람은 운우(雲雨, 남녀가 육체적으로 관계를 맺음)의 정을 누렸다. 이윽고 밤이 깊어 달이 동산에 떠오르며 그 황홀한 그림자가 창가에 비치는데, 어디에선가 사람 발소리가 나는 것이었다. 여인이 먼저 놀라며 물었다.

"누가 왔느냐? 혹시 아무개 아니냐?"

"그렇습니다. 낭자께서는 지금껏 문밖에 한 걸음도 나가지 않으시더니, 오늘은 어찌 이런 곳에 와 계십니까?"

여인이 대답하였다.

"오늘의 인연은 실로 우연한 일이 아니다. 하느님과 자비하신 부처님께서 고운 임을 점지해 주신 덕택으로 백년해로 하게 되었으니 이보다 다행한 일이 어디 있겠느냐? 비록 어버이께 말씀드리지 못한 것은 예의에 어긋나지만, 이렇듯 아름다운 인연을 맺게 된 것은 평생의 기쁨이 아닐 수 없다. 너는 빨리 집으로 돌아가 주안상을 차려 오도록 해라."

시녀가 명을 받고 물러간 뒤 얼마 후에 다시 돌아와 뜰 아래에서 즐거운 잔치를 베푸니, 때는 이미 사경(四更, 하룻밤을 오경(五更)으로 나눈 넷째 부분. 새벽 1시에서 3시 사이)에 임박하였다. 양생이 가만히 주안상의 그릇들을 살펴보니 아무런 무늬도 없고, 술잔에서는 기이한 향내가 진동하는데 분명 인간의 물건이 아닌 것 같았다.

양생은 속으로 의심스러웠으나 그 여인의 맑고 고운 음성과 몸가짐이 아무래도 어느 명문 집 따님이 한때의 정을 걷잡을 길 없어, 어두운 밤 담을 넘어 나온 것으로 생각하고 더 이상 의심하지 않았다.

여인은 양생에게 술잔을 권하며 시녀를 시켜 굳이 권주가 한 가락을 부르게 한 뒤 말했다.

"이 아이는 옛 곡조밖에 알지 못한답니다. 청하건대 당신께서 저를 위해 노래 한 수를 지어 주시옵소서."

양생은 흔쾌히 허락한 다음 곧 '만강홍' 가락으로 한 곡조 지어 시녀에게 부르게 하니 그녀는 노래를 다 듣고 나서 슬픈 빛을 보이며 말하는 것이었다.

"그대를 진작 만나지 못했음을 심히 유감으로 생각하옵니다. 그러나 오늘의 인연을 어찌 천행이라 하지 않겠습니까? 당신께서 만일 저를 버리지 않으신다면 평생토록 당신을 남편으로 받들겠습니다. 그러나 만일 당신께서 저를 버리신다면 영원히 이 세상에서 사라지겠나이다."

양생이 이 말을 듣고 한편 놀랍고도 고마워서 가슴이 뿌듯하여 말하였다.

"그대의 사랑을 내 어찌 저버릴 수 있으리오."

그러나 아가씨의 일거일동이 아무래도 이상하여 그는 동정을 유심히 살폈다. 그때 마침 서쪽 봉우리에 지는 달이 걸리고 먼 마을에서 닭이 홰를 치는 소리가 은은히 들려왔다. 절에서는 새벽 종소리가 울려 오고 먼동이 희끄무레 트기 시작했다.

술상을 거두어 가라는 명령에 시녀가 어디론가 사라진 뒤 여인이 말했다.

"아름다운 인연이 이미 이루어졌으니 낭군을 모시고 저의 집으로 돌아갈까 합니다."

양생은 기꺼이 승낙하고 여인의 손을 잡고 앞길을 향해 걸어가는데 마을을 지날 때 울타리 밑에서 이미 이웃집 개들이 짖기 시작하였고, 한길에도 사람들이 보이기 시작하였다.

그러나 이상하기 그지없는 일은 양생이 여인을 데리고 돌아오는 모습을 아무도 모르는 것이었다. 이런 해괴한 일이 어디 있을까? 양생은 아가씨를 따라 깊은 숲을 헤치고 가는데 이슬이 길을 적셔 초로가 막막하였다. 그가 의아해하며 물었다.

"당신이 사는 곳은 어째서 이리 황량한가요."

"그런 말씀 마십시오. 노처녀의 거처는 항상 이러합니다."

둘은 함께 시를 지어 주고받으며 농담하고 웃으며 걸어갔다.

한 곳에 이르니 풀이 가득한 곳에 한 채의 아담하고 고운 집이 서 있는데 여인은 양생을 데리고 그리로 들어갔다. 방 안에는 침구와 휘장이 드리워 있고, 곧이어 밥상을 들이는데 엊저녁의 차림새와 조금도 다른 것이 없었다. 하지만 양생은 기쁨과 환락으로 연사흘을 즐겼다. 그 즐거움은 한평생의 아름다운 추억이 되는 데 손색이 없었다.

그러는 동안에도 시간은 흘러 어느 날, 아가씨가 갑자기 이렇게 말하는 것이었다.

"이곳의 사흘은 인간 세상의 삼 년에 해당하니 이제는 그만 돌아가실 때가 되었습니다. 그만 돌아가시어 생계를 돌보시는 것이 어떠하겠습니까?"

그리고 나서 아가씨는 이별의 잔치를 베풀어 정을 나누었다.

양생은 슬픔이 갑자기 밀려왔다.

"대체 그게 무슨 말이오?"

"오늘의 미진한 연분은 내세에서 다시 이어지리라 믿사옵니다. 그리고 이곳의 예절도 인간 세상의 것과 별다를 바 없으니, 이웃 친척들과 만나 보고 떠나시는 것이 어떠하시겠습니까?"

양생은 그렇게 하자고 대답했다. 그러자 여인은 시녀를 시켜서 친척과 이웃 친구들을 초대하였다. 이날 밤 초대된 사람은 정 씨, 오 씨, 김 씨, 유씨였는데 이들 네 아가씨는 모두 귀족 가문의 사람들이었다. 천품이 온순하고 풍류가 놀라우며 총명 박학하여 시에 능하였으므로, 양생은 그들과 화합하며 즐겼다. 술자리가 끝나자 이들과는 하직하고 아가씨는 양생에게 은잔 한 벌을 내주면서 말하였다.

"내일은 제 부모님께서 저를 위해 보림사에서 음식을 베풀 것입니다. 임께서 저를 버리시지 않으신다면 보림사 가는 길에서 기다렸다가 부모님을 함께 뵙는 것이 어떠하시겠습니까?"

양생은 그렇게 하기로 언약하고 이튿날 잔을 들고 보림사 길목에서 기다리고 있었더니 과연 어느 명문가의 행렬이 딸의 대상(大祥, 사람이 죽은 지 두 해 만에 지내는 제사)을 치르려고 보림사로 향하고 있었다. 그 집안의 종인 듯한 사람이 길가에 은잔을 들고 서 있는 양생을 발견하고 주인께 아뢰었다.

"마님, 우리 집 아가씨 장례 때 관에 묻었던 은잔을 누가 벌써 훔쳐 간 듯합니다."

"그게 무슨 말이냐?"

그러자 주인이 놀라며 다그쳤다.

"저기 저 서생이 가지고 있지 않습니까?"

주인은 말을 멈추고 양생에게 다가와 은잔을 얻은 유래를 물으니, 양생은 사실대로 대답할 수밖에 없었다. 주인은 한참 만에 입을 열었다.

"내 일찍이 팔자가 기박하여 슬하에 여식 하나를 두었는데 왜란 통에 죽고도 미처 장례를 치르지 못하고 개녕사 곁에 묻어 둔 채 오늘에 이르렀네. 그러다 오늘이 마치 대상 날이라 부모 된 도리로 보련사에 가서 시식(施食, 죽은 친족을 위해 음식을 베풀고 법문과 염불을 외는 일)이나 베풀려고 가는 길일세. 여식을 기다려 함께 오게나."

양생이 홀로 기다리니 약속대로 아가씨가 시녀를 데리고 나타나, 그들은 손을 마주 잡고 보련사로 갔다. 아가씨가 절 문 안으로 들어서자 부처님께 염불하고 흰 장막 안으로 들어갔는데 그를 본 사람은 아무도 없었다. 다만 양생에게만 보일 뿐이었다. 음식을 먹는 모습도 보이지 않고, 수저 소리만 달그락거렸으나 모든 것이 인간이 하는 짓과 흡사하였다.

곁에 있던 사람들은 매우 놀라 드디어 장막 속에 신방을 마련하고 양생과 더불어 자게 하였다. 한밤중이 되자 낭랑한 음성이 들려온 듯하여 사람들이 귀를 기울이면 문득 아가씨의 소리는 들리지 않았다. 아가씨가 양생에게 말하였다.

"이제부터 저의 신세타령을 여쭙겠나이다. 제가 예법에 어긋나는 짓을 하는 것도 잘 알고 있습니다. 하도 오래 들판 수풀 속에 묻혀 있어서 풍정(風情, 정서와 회포를 자아내는 풍치나 경치)이 한번 발하니 마침내 이를 이기지 못하였습니다. 마침내 삼세(三世, 과거, 현세, 내세)의 인연을 만나 당신의 동정을 얻게 되어, 백 년 절개를 바쳐 평생 지어미의 길을 닦으려 하였나이다. 그러나 아깝게도 숙명적인 이별을 거스를 수가 없어 하루바삐 저승길을 떠나야겠습니다. 이제 한번 헤어지면 뒷날을 기약할 수 없으니, 이 서럽고 아득한 정을 무엇으로 다 말씀드리겠습니까?"

이렇게 말하고 아가씨는 슬피 울었다.

이윽고 스님과 사람들이 혼백을 전송하니 영혼은 문밖을 나간 것인지 여인의 얼굴은 보이지 않고, 슬픈 울음소리만 은은히 들리다가 이내 점점 멀어져 갔다. 부모도 그것이 실제 일어난 것임을 깨달았고, 양생 역시 그가 귀신이었음을 뚜렷이 알 수 있었다. 그리하여 그는 더욱 슬퍼 부모들과 어울려 통곡하였다. 그의 부모가 말하였다.

"은잔은 자네에게 맡길 것이오. 그리고 내 딸이 지니고 있던 밭과 여종 몇 사람이 있으니 자네는 부디 내 딸을 잊지 말아 주게."

이튿날 양생이 고기와 술을 가지고 아가씨와 만났던 곳을 찾으니 과연 묘가 하나 있었다. 양생은 음식을 차리고 조문을 외고 돌아왔다. 그 뒤에도 양생은 슬픔을 이기지 못하여, 집과 농토를 전부 팔아 저녁마다 제를 올리고 시식(施食, 죽은 영혼을 하늘로 보내기 위해 경전을 독송하며 염불하는 의식)을 하였더니, 하루는 아가씨가 공중에서 양생을 부르며 말하였다.

"당신의 은덕으로 저는 다른 나라에 남자가 되어 태어났나이다. 우리의 몸은 더욱 멀어졌으나 당신의 두터운 정을 어찌 잊겠나이까. 그래도 다시 바른 업을 만나 더불어 영원한 윤회를 해탈하고 싶습니다."

양생은 그 후 장가들지 않고 지리산에 들어가 약초를 캐면서 살았는데, 그가 어떻게 죽었는지 아는 사람은 아무도 없었다고 한다.

양반전(兩班傳)

- 박지원(朴趾源) -

작가 소개

박지원(朴趾源 1737~1805)

조선 후기 문신 · 학자이며 호는 연암(燕巖), 자는 중미(仲美), 시호는 문도공이다. 16세에 처삼촌인 영목당 이양천에게 글을 배우기 시작하여 20대에 이미 뛰어난 글재주를 보였으며, 30대에 세상에 널리 이름이 알려지게 되었다. 박제가 · 이서구 등과 학문적으로 깊은 교류를 가졌으며, 홍대용 · 유득공 등과는 이용후생에 대해 자주 토론하고 함께 서부 지방을 여행하기도 하였다.

1765년 과거에 낙방하자 오직 학문과 저술에만 전념하다가 1780년(정조 4) 팔촌 형인 박명원을 따라 중국에 가서 청나라 문물을 두루 살피고 왔다.

이 연행(燕行)을 계기로 하여 충(忠) · 효(孝) · 열(烈) 등과 같은 인륜적인 것이 지배적이던 전통적 조선 사회의 가치 체계로부터 실학, 즉 이용후생의 물질적인 면으로 가치 체계의 변화를 가져오게 되었다. 그때 보고 듣고 한 것을 기행문체로 기술한 〈열하일기〉 26권을 남겼는데, 여기에는 〈양반전〉, 〈허생전〉, 〈호질〉 등 주옥같은 단편 소설들이 실려 있다.

그는 서학에도 관심을 가져 자연과학적 지식의 문집으로 〈연암집〉이 있고, 저서로는 〈열하일기〉, 〈과농소초〉 등이 전하며 연행 뒤 〈열하일기〉를 지어 백성에게 이롭고 나라에 도움이 되는 것이라면 비록 이적(夷狄)에게서 나온 것이라 할지라도 그것을 취하여 배워야 한다고 주장하였다.

1786년 음사로 선공감감역이 되어 늦게 관직에 들어서서 사복시주부 · 한성부판관 · 면천군수 등을 거쳐 1800년 양양부사를 끝으로 관직에서 물러났다.

문장가로서 뛰어난 솜씨를 보여 정아한 이현보의 문장과 웅혼한 그의 문장은 조선 시대 문학의 쌍벽으로 평가되고 있다. 희화(戲畵) · 풍자(諷刺)의 수법과 수필체의 문장들은 문인으로서의 역량을 잘 나타내 주는 작품의 특징이라고 할 수 있다. 〈열하일기〉, 〈허생전〉, 〈양반전〉, 〈호질〉, 〈민옹전〉, 〈광문자전〉, 〈김신선전〉, 〈역학대도전〉, 〈봉산학자전〉, 〈과농소초〉 등이 대표적인 작품이다.

이 작품은 연암집의 〈방경각외전〉에 실린 7편의 전(傳) 가운데 하나이다. 이 작품은 당시의 현실을 날카롭게 풍자하고 있는데, 특히 새로운 시대에 걸맞지 않은 인간상(무능하기 짝이 없는 양반, 부패한 관료, 무지한 천민 등)을 해학적이고 풍자적으로 고발하고 있다. 시대적 흐름을 반영하여 몰락하는 양반과 부상하는 평민을 등장시켜 삶의 발랄함을 부각시키려는 해학적인 이 작품은 무능한 양반과 부자가 된 평민 사이에서 이루어진 양반 매매 사건을 소재로 해서, 사회적 모순을 안고 있는 전형적인 양반의 모습을 그리고 있다. 또한 사이사이에 끼어 있는 교묘하고 익살스런 표현은 독자의 웃음을 유발하기에 충분하며, 그러한 표현이 높은 문학적 가치를 인정받기도 한다.

강원도 정선에 한 양반이 살고 있었다. 그는 학식이 높고 현명하며 글 읽기를 좋아했다. 그에 대한 소문이 좋아 부임하는 신임 군수마다 그의 집을 찾아가서 인사를 했다. 양반은 살림이 넉넉하지 못하여 해마다 관가에서 빌려주는 환곡을 타 먹고 살았다. 이렇게 여러 해를 보내는 동안 빚은 산더미처럼 쌓여 1천 석이나 되었다. 어느 날 이 고을에 순찰차 들른 관찰사가 관곡을 조사하다가 이 사실을 알고 당장 양반을 잡아들이라고 명령한다. 이때 건넛마을에 사는 문벌이 없는 부자가 소문을 듣고 양반집으로 달려가 환곡을 갚아 줄 테니 양반을 팔라며 흥정을 건다. 양반은 이게 웬 떡이냐 싶어 얼른 승낙한다. 그리하여 부자는 양반의 빚진 환곡 1천 석을 갚아 준다.

양반이 관곡을 갚았다는 말을 듣자 이를 의아하게 생각한 군수가 양반을 찾아간다. 일의 자초지종을 들은 군수는 마을 사람들을 모아 놓고 양반 매매증서를 만든다. 처음에 양반이 취해야 할 말과 행동거지를 하나하나 열거하자 부자는 양반이 좋은 것인 줄 알았는데 행동의 구속만 받아서야 되겠느냐며 자기에게 좀 더 이롭게 해 달라고 한다. 이에 군수는 두 번째 양반 매매증서를 고쳐 쓴다. 양반의 횡포를 하나하나 나열하면서 관직에도 나갈 수 있고, 상인들을 착취할 수도 있다고 한다. 부자는 '그런 양반은 도둑이나 다를 바 없다' 면서, 머리를 절레절레 흔들면서 달아나 버린다. 그리하여 그는 죽는 날까지 아예 '양반' 이란 말을 다시는 입 밖에 내지 않았다고 한다.

· 갈래 : 풍자 소설
· 연대 : 조선 영조
· 구성 : 비판적
· 시점 : 전지적 작가 시점
· 배경 : 조선 시대 강원도 정선
· 주제 : 몰락하는 양반의 무능력과 위선

양반전

'양반'이란 말은 선비들에 대한 존칭이다.

강원도 정선 고을에 한 양반이 살고 있었는데 그는 매우 현명하며 글 읽기를 좋아하였다. 그에 대한 소문이 좋아 새로 부임하는 원님마다 그의 오막살이를 찾아가서 인사를 나누곤 하였다. 그러나 양반은 살림이 넉넉하지 못하여 해마다 관가에서 빌려주는 환곡을 타다 먹었는데 한 번도 갚지 못하고 해를 거듭하니 어느덧 빚이 천 석에 이르렀다.

어느 날 관하의 군과 읍을 순행하던 관찰사가 환곡의 출납을 조사해 보고 몹시 화가 나 양반을 잡아들이라는 엄명을 내렸다.

"무슨 놈의 양반이기에 이렇듯 많은 환곡을 거저먹는단 말이오? 당장에 명령을 내려 포교를 보내도록 하오!"

그러나 군수의 생각에는 '양반이 도저히 천 석이나 되는 쌀을 갚을 길이 없거늘 어찌 잡아 가둘 수 있을까!' 하며 애통하게 여겼으나 그렇다고 상관의 명령을 어길 수는 없었다.

이 소식을 전해 들은 양반은 밤낮으로 울고만 있었다. 그로서는 아무런 계책도 서지 않았기 때문이다. 아내가 그 꼴을 보니 욕설이 저절로 나왔다.

"당신은 이날 입때까지 글만 읽더니, 이제는 관가에서 빌려 먹은 곡식도 갚지 못하는구려! 양반, 양반하고 고개만 끄덕이지만 참말 더럽소! 돈 한 푼 못 버는 그놈의 양반, 에잇 치사해!"

한편 건넛마을에 문벌이 없는 부자 하나가 살고 있었다. 그 부자가 양반이 잡혀가게 되었다는 소문을 듣자 그의 아들을 불러들였다.

"양반들은 아무리 가난해도 언제나 남에게 존경받으며 영화롭게 지내는데, 우리는 재물이 많지만 언제나 천대를 받으며 말 한 번도 거들먹거리지 못할 뿐만 아니라 양반의 코빼기만 봐도 굽실거려야 하고, 댓돌 아래에서 엎드려 절하면서 코가 땅에 닿도록 무릎걸음으로 설설 기어야만 하는구나!"

아버지가 탄식하자 큰아들이 분하다는 듯이 말했다.

"우리는 재물을 쌓아 두고도 밤낮 이 꼴로 살아가야 하니 부끄럽고 창피해서 못 견디겠어요?"

아버지가 다시 입을 열었다.

"보아하니 지금 저 건넛마을 양반이 환곡을 갚지 못해 몹시 난처한 모양인데, 이대로 가다가는 양반 신세를 보전하지 못할 것 같다마는……."

아버지가 말을 하면서 자식들의 눈치를 살피는데, 작은아들이 한 가지 제의했다.

"그놈의 양반을 아예 사 버리죠 뭐! 우리가 대신 환곡을 갚아 주고 양반 문서를 사면 재물도 많겠다 큰소리치고 살지 않겠어요?"

부자는 부랴부랴 양반의 집으로 달려가서 환곡을 갚아 줄 테니 '양반' 신분을 넘겨 달라고 흥정을 걸었다. 양반은 속수무책으로 잡혀갈 날만 기다리고 있던 참이라 '이게 웬 떡이냐?' 싶어 얼른 승낙하였다. 이리하여 부자는 양반의 빚진 환곡 1천 석을 당장 관가에 갖다 갚으니, 누구보다 놀란 것은 군수였다.

어쨌든 양반이 죄를 면하게 되었으니 그 일을 치하도 하고 환곡을 갚게된 연유를 알아보고자 군수는 몸소 양반의 집을 찾아갔다. 그런데 이게 어찌 된 일인가? 양반은 벙거지에 잠방이 차림을 하고서 얼른 뜰 아래로 내려가 엎드리며

"소인, 소인은……."

하면서 감히 군수를 바로 바라보지도 못하였다.

군수는 몹시 놀라 빨리 내려가서 양반의 손을 잡아 일으키려고 하였다.

"여보시오, 이게 웬일이오? 어찌하여 이렇듯 몸을 굽히시오?"

양반은 더욱 송구함을 이기지 못하고 머리를 조아리며 엎드려 말하였다.

"영감! 소인은 오직 황공할 따름이옵니다. 어느 앞이라고 감히 스스로 욕된 꼴을 하겠나이까? 실은 제가 '양반'을 팔아서 환곡을 갚았나이다. 그러하오니 이제부터는 건넛마을 부자가 '양반'이 되었나이다. 이제 소인은 영감을 뵐 수도 없는 상사람이올시다."

이 말을 들은 군수는 잠시 생각에 잠기더니 이윽고 입을 떼었다.

"그 부자가 진실로 군자로다! 그 부자야말로 양반이로다. 재물이 많아도

인색하게 굴지 않고 의가 있음이요, 남의 딱한 사정을 돌봐 주었으니 인자함이요, 비천한 것을 미워하고 존귀한 것을 숭상하니 슬기로움이라! 그런 사람이야말로 참된 양반이로다! 그러나 '양반'의 매매는 사사로이 거래한 것이라 아무런 문서도 주고받지 않았으니 장차 분쟁이 일어날지도 모르니 고을 사람들을 모아 놓고 당신네 두 사람과 함께 이 사실을 밝히며 '양반 매매증서'를 만들어 군수인 내가 증인으로서 서명 날인을 하겠소."

군수는 이렇게 다짐하고 돌아갔다.

관가로 돌아온 군수는 호방을 불러서 정선군 안에 사는 양반을 비롯하여 농민, 장사치에 이르기까지 모조리 불러들이도록 하였다.

이윽고 관가의 넓은 뜰에 많은 사람이 모여들었다. 부자는 양반들이 모여 앉은 오른쪽에 앉히고, 양반은 섬돌 아래에 세웠다.

그러고는 '양반 매매증서'를 만들었는데 그 내용은 이러했다.

건륭 십 년 구 월 모일에 이 문서를 만든다. 환곡을 갚기 위해 '양반'을 팔았으니 그 값이 쌀 일천 석이다. 본래 양반에는 여러 가지가 있다. 글만 읽는 양반은 '선비'라 하고, 정사에 관여하는 양반은 '대부'라 하고, 덕이 높은 양반은 '군자'라고 한다. 무관은 계급에 따라 서반에 늘어서고, 문관은 서열에 따라 차례로 서는데 이를 통틀어 양반이라 일컫는다. 이제 '양반'을 산 자는 제 뜻에 따라 이 중에서 하나를 선택할 수 있다.

양반은 천한 말과 행동을 하지 말아야 하고, 선조들의 높은 행적을 본받아 이를 따라야 한다. 새벽에 일찍 일어나 등잔불을 밝히고 꿇어앉아, 눈은 코끝을 내려보면서 얼음 위에 조롱박을 굴리듯 동래박의(東萊博議)를 술술 외워야 한다. 배고픔을 참고 추위도 견뎌야 하며, 가난하다는 말을 해서는 안 된다. 할 일이 없어 앉아 있을 때는 아래위의 이를 마주쳐 딱딱거리며, 뒤통수를 톡톡 치고 잔기침하며, 입을 다셔 침을 삼켜야 한다. 탕건이나 갓은 소매로 문질러 먼지를 떨어내고 윤이 나게 하며, 세수할 때는 주먹을 쥐고 씻지 말고, 양치질은 알맞게 해 냄새가 나지 않게 한다. 노비를 부를 때는 목청을 길게 돋우어 부르고, 걸음은 느릿느릿 걷고, 신은 가볍게 끌어야 한다. 〈고문진보〉와 〈당시품위〉를 작은 글씨로 베끼되 한 줄에 백 자씩 들어가게 써야 한다.

또한 손으로 돈을 만지지 않고 쌀값을 묻지 말아야 한다. 아무리 더워도 버선을 벗으면 안 되고, 밥을 먹을 때는 맨상투 바람으로 먹지 않는다. 밥을 먹을 때는 국을 먼저 먹지 말고, 국물을 먹을 때는 훌훌 소리를 내면서 마셔서는 안 되고, 젓가락을 절구질하듯 굴려서도 안 된다. 날파를 먹으면 안 되고 막걸리를 마실 때 수염을 빨지 말며, 담배를 피울 때도 볼이 파이도록 빨아서는 안 된다.

아무리 화가 나더라도 아내를 때려서는 안 되며, 물건을 발로 차서도 안 된다. 노비를 꾸짖을 때도 상스러운 욕설을 하면 안 되고, 말과 소를 나무랄 때도 침이 튀지 않게 한다. 소를 잡아먹지 않고 노름해서도 안 된다. 병이 나도 무당을 부르지 말며, 제사 때 중을 불러 제를 올려서도 안 되며, 추워도 화롯불을 쬐지 않는다.

이와 같은 여러 가지 행실이 만약 양반과 다를 경우에는 이 문서를 관가로 가지고 와서 마땅히 송사할 것이다.

이리하여 성주인 정선 군수가 문서 끝에 이름을 쓰고 좌수와 별감이 증인이 되어 나란히 이름을 써넣었다. 이어서 통인이 도장을 여기저기 찍었다. 그 모습은 마치 밤하늘에 별이 널려 있는 것 같았다.

호장이 이 증서를 다 읽어 주자 부자는 탄식하면서 이렇게 말했다.

"허허! 양반이란 것이 단지 이것뿐이오? 나는 양반이 신선 같다고 들었으며 또 그렇게 알고 있었기에 천 석이나 되는 재산을 서슴지 않고 내놓은 것이니 나에게 좀 더 이롭게 고쳐 주십시오."

군수는 부자를 괘씸하게 여겼으나 환곡을 갚아 준 공적을 참작하여 '양반 매매증서'를 고쳐 쓰기로 하였다.

하늘이 백성을 네 가지로 만들었으니 이들 가운데서 가장 으뜸은 선비라 일컫는 양반이며 막대한 이로움을 지녔느니라. 몸소 농사를 짓거나 장사를 하지 않을뿐더러 대충 글을 익히면 크게는 문과에 급제하고 최소한 진사는 된다. 문과에 급제하면 홍패를 받는데, 그 크기는 불과 두 자밖에 안 되지만 이것만 있으면 무엇이든 갖출 수 있으니 그야말로 돈 자루나 다름이 없다. 진사는 사십에 첫 벼슬을 해도 이름이 나고 장차 더 큰 벼슬에 오를 수 있다.

그리하여 귀밑털은 일산 바람에 하얘지고 배는 노비들의 긴 대답 소리에 먹지 않아도 불러진다. 방 안에는 화분을 들여서 기생으로 삼고 뜰에는 학을 길러 우짖게 해야 한다. 설령 선비가 군색하여 낙향하더라도, 여전히 마음대로 할 수 있으니 이웃의 소를 빌려 자기의 논밭을 먼저 갈게 하며, 동네 사람들에게 김을 매게 한다. 만약 양반을 업신여기며 말을 듣지 않을 때는 그놈의 코에다 잿물을 들이붓고, 상투를 잡아매어 수염을 뽑는다 해도 감히 원망조차 못 할 것이다.

호장이 여기까지 읽어 내리자 부자는 갑자기 손을 내저으면서
"아이고, 맙소사!"
하고는 숨을 헐떡이며 말하였다.
"그만두시오, 그만두시오! 양반이란 게 참으로 맹랑한 것이구려! 나리들은 나를 도둑놈으로 만들려고 하는구려!"
그러고는 벌떡 일어나더니, 머리를 절레절레 흔들면서 달아나 버렸다. 그리하여 그는 죽는 날까지 아예 '양반'이란 말을 다시는 입 밖에 내지 않았다고 한다.

허생전(許生傳)

- 박지원(朴趾源) -

허생전은 열하일기 안에 있는 〈옥갑야화(玉匣夜話)〉에 들어있는 이야기로, 작가가 북경에서 돌아오는 길에 옥갑에서 여러 비장과 나눈 이야기를 옮겨 적은 것이 옥갑야화이다. 허생전은 당시의 나라 경제 규모가 너무 작고 노론 집권층의 헛된 명분론과 뛰어난 인재의 등용과 능력을 펼치지 못하는 실정을 비판하며, 이웃 나라의 뛰어난 문물을 배우고 상업을 더 발전시키는 무역의 필요성을 강조한다. '논밭도 있고 아내도 있다면 무엇 때문에 힘들게 도둑질하겠느냐'는 도둑의 말을 통해 나라 경제를 맡은 위정자들을 비판하고 양반사대부의 무능함에 대한 비판과 새로운 삶의 실천을 추구한다. 18세기 후반의 사회 현실을 17세기 후반으로 무대를 옮겨 당시 사회의 정치적 · 경제적 · 사회적 제도의 취약점과 집권층의 무능력과 허위의식을 허생이라는 인물을 통해 비판하고 그 대응책을 제시하는 박지원의 사상인 '이용후생'의 실학사상을 잘 표현한 작품이다. 〈허생전〉은 〈양반전〉〈호질〉등과 함께 연암 박지원의 대표적인 한문 소설이다.

허생은 남산 밑에 비바람조차 가리지 못할 만큼 초라한 초가집에서 살았다. 그는 글 읽기를 좋아하였으나 아내가 삯바느질을 해서 겨우 연명해 가는 형편이었다. 어느 날 굶주림을 참다못한 아내가 푸념하자 허생은 책을 덮고 탄식하며 집을 나선다.

허생은 장안에서 제일의 부자라는 변 씨를 찾아가 1만 냥을 빌려 지방으로 내려간다. 그는 이돈을 밑천으로 장사를 해 큰돈을 번 후 변산의 도적 떼를 이끌고 빈 섬으로 들어가 살기 좋은 낙원을 건설한다. 집으로 돌아온 허생은 변 씨를 찾아가 10만 냥을 내놓는다. 변 씨에게 허생의 이야기를 들은 어영대장 이완이 허생을 찾아간다. 이완이 허생에게 조정의 어진 인물을 찾는 중이라고 말하자 허생이 와룡 선생을 천거하고 종실과 권세 있는 집안의 계집들을 명나라 후손에게 시집보내고, 사대부의 자제들을 뽑아 유학을 보내 그들의 풍속과 실정을 파악하게 할 수 있냐고 묻자 이완은 어렵다고 말한다.

　　격노한 허생은 옆에 있던 칼로 이완을 찌르려 했으나 혼비백산 겁에 질려 달아난 이완은 이튿날 다시 허생의 집을 찾아갔으나 허생은 어디로 갔는지 없고 다 쓰러져 가는 그의 초가집만 쓸쓸하게 남아 있었다.

| 핵심 정리 |

· 갈래 : 풍자 소설
· 연대 : 조선 정조
· 구성 : 풍자적
· 시점 : 전지적 작가 시점
· 배경 : 조선 효종 때 서울 묵적골
· 주제 : 양반 사대부의 무능과 실학사상 실천

🎩 허생전

　허생은 남산 밑 묵정동에 살았는데 두어 칸밖에 안 되는 초가집은 거의 비바람조차 가리지 못할 만큼 초라했다.

　허생은 날마다 방에 들어앉아 글만 읽으니 먹고살게 없었다. 할 수 없이 아내가 삯바느질로 겨우 연명해 가는 형편이었다.

　어느 날 굶주림을 참다못한 아내가 눈물을 흘리면서 말했다.

　"당신은 과거 한 번 못 보고 글만 읽고 있으니 앞으로 무엇을 하겠다는 거예요?"

　허생은 빙그레 웃으면서 대답했다.

　"내 글이 아직 미숙해서 그러오."

　"그럼 일이라도 해서 돈 좀 벌어 보세요."

　"배운 것이 글뿐인데 그런 일을 내가 어떻게 할 수 있소?"

　"일을 못 하면 장사라도 해야죠."

　"밑천이 있어야 장사를 하지……."

　아내가 버럭 성을 내며 말했다.

　"아니 그럼 밤낮으로 글만 읽더니 무엇을 배웠어요. 일도 못 한다 장사도 못 한다. 그럼 어디 가서 비럭질이라도 해 오세요."

　모욕을 느낀 허생은 보던 책을 덮고 일어나면서 탄식했다.

　"어허, 애석하구나! 십 년 기약으로 글 읽기를 시작하여 앞으로 삼 년밖에 남지 않았는데……."

　허생은 집에서 나왔으나 갈 만한 곳이 없어 이리 기웃 저리 기웃 서성이 더니 지나가는 사람을 붙잡고 물었다.

　"이 마을에서 가장 부자가 누구요?"

　그 사람은 생각할 것도 없이 대뜸 대답했다.

　"아 그야 변 부자지요."

　변 씨라는 장안의 갑부 하나를 확인한 그는 곧바로 변 씨 집을 찾아갔다.

"남산 밑 묵정동에 사는 허생이라 하오. 내가 집이 가난해서 장사해 보고 자 하니 돈 만 냥만 빌려주시오."

변 씨는 괴이한 선비를 유심히 보고만 있더니 말 한마디 없이 돈 만 냥을 선뜻 내놓았다.

허생 역시 그 돈을 받아서 묵묵히 나왔다. 이 광경을 지켜보고 있던 주위 사람들이 변 씨에게 물었다.

"이름조차 묻지 않고 만 냥이나 되는 거금을 선뜻 빌려주시다니 도대체 무슨 생각으로 그러시는 겁니까?"

"자네들이 모르는 소리일세. 남에게 아쉬운 소리를 하는 사람은 대개 그 럴듯하게 말을 꾸며대고 신의가 있는 체하는 법인데 방금 그 사람은 그러 한 기색이 조금도 없단 말이야. 두고 보시오. 저 사람은 내가 빌려준 돈보 다 더 많은 돈을 가져올 테니."

한편 허생은 기호 지방(경기도와 황해도의 남부 및 충청남도의 북부를 이르는 말)의 접경이요, 삼남(충청도, 전라도, 경상도를 통틀어 이르는 말) 의 어귀인 안성으로 갔다. 그곳 시장에 자리를 잡고 대추, 밤, 감, 배 등속 의 과일이란 과일은 모조리 사들였다. 안 팔겠다는 사람이 있으면 값을 곱 절로 쳐 주고라도 다 사들였다. 이렇게 되고 보니 안성의 과일은 물론 전국 의 과일이 모두 허생의 창고로 들어갔다. 제사에 쓰일 과일을 독점한 허생 은 본전의 몇 배가 되는 돈을 벌었다. 허생은 한숨을 쉬며 말했다.

"돈 만 냥으로 온갖 과일을 사들였으니 우리나라가 좁긴 좁구나."

다음에는 그 돈으로 칼, 괭이, 무명 따위의 이용품을 같은 수법으로 사들 여 제주도로 건너갔다. 제주에 귀한 일용품을 팔아서 이득을 본 허생은 그 곳의 특산인 말총을 죄다 사 버렸다. 그러면서 혼자 중얼거렸다.

"몇 해 안 가서 이 나라의 사람들은 상투도 매지 못할걸!"

아니나 다르랴! 얼마 후 망건값은 열 배로 뛰었고 망건 장수들은 돈을 한 짐씩 짊어지고 제주로 모여들었다.

이렇게 해서 백만장자가 된 허생은 뱃사공 한 사람을 붙들고 근처에 사 람이 살 만한 빈 섬이 없느냐고 물었다.

"여기서 동쪽으로 사흘만 가면 사문과 장기 사이에 섬이 하나 있는데, 온 갖 꽃과 과일이 무성하고 사슴과 물고기 떼가 한가로이 놀며 땅이 비옥하

답니다."

"나를 그곳으로 안내해 주시오. 그러면 당신이 평생 쓰고도 남을 돈을 드리겠습니다."

뱃사공과 함께 섬에 도착하여 사방을 두루 답사하고 난 허생은 혼자서 중얼거렸다.

"천 리도 못 되는 섬이니 무엇을 하겠는가? 땅은 기름지고 물이 좋으니 부자로는 살겠군."

이때 마침 변산에 큰 도둑 떼가 일어 관가에서는 이들을 잡으려 애쓰고 도둑 떼들은 포졸이 무서워서 나오지 못하고 굶어 죽을 지경이었다.

이러한 이야기를 들은 허생은 혼자 도둑의 소굴을 찾아가 그들의 두목과 이야기를 나누었다.

"당신들에게 처자와 토지가 있는가?"

"허허…… 그런 것이 있다면 무엇 때문에 고생스럽게 도둑질하겠는가?"

"그렇다면 내가 당신들에게 돈을 나누어 주지. 내일 저 바닷가에 붉은 깃발을 단 배가 나타나거든 내가 싣고 온 돈 배인 줄 알고 당신들 마음대로 가져가 보시오."

허생은 굳게 약속하고 나서 도둑의 소굴을 빠져나왔다.

도둑들은 허황한 허생을 비웃었으나 이튿날 약속대로 돈 삼십만 냥을 싣고 나타나자 그들은 모두 엎드러 절하면서 허생을 장군으로 모시겠다고 했다.

허생이 도둑들에게 명령했다.

"자, 당신들 마음대로 이 돈을 가져가시오."

그들은 저마다 앞을 다투어 돈을 한 짐씩 지고 나왔다. 그러나 아무리 힘센 놈이라도 백 냥 이상은 지지 못했다. 이 모습을 본 허생은 웃음이 절로 나왔다.

"돈 백 냥을 지고 끙끙거리는 주제에 무슨 도둑질을 하겠다는 거냐? 너희들은 평범한 백성이 되고 싶어도 이름이 도둑의 명부에 실려 있어 그러지도 못 할 것이니 이 돈으로 각각 계집 하나와 소 한 마리씩만 데리고 오너라."

이렇게 말한 허생은 예의 기름진 섬으로 들어가 그들을 기다렸다. 약속한 날 그들은 제각기 여자와 소를 데리고 돌아왔다.

　도둑의 섬은 살기 좋은 낙원으로 변했고, 땅이 기름지니 먹을 것이 풍족하였다.

　이때 일본 장기에 흉년이 들었다는 소문을 들은 허생은 남아도는 양식을 싣고 가서 돌아올 때는 은 오백만 냥을 배에 싣고 왔다.

　섬으로 돌아온 허생은 주체할 수 없는 은 오십만 냥을 바다 가운데 던져 버리면서 만족한 듯이 말했다.

　"이제 내 일이 끝났다. 처음에 이곳에 올 때는 부자가 된 다음 학문과 예절을 가르치려 했는데, 섬은 좁고 나의 덕도 모자라 이제 떠나련다. 이후부터 아이를 낳거든 오른손으로 수저를 들도록 하며 어른에게 사양하는 법을 가르쳐라. 그리고 다른 섬과는 절대로 왕래하지 마라. 또 너희 중에 글을 조금이라도 아는 자는 나와 함께 나가야 한다. 글이란 화의 근원이니라."

　이처럼 교훈을 내린 뒤 자기가 타고 나갈 배 한 척만 남겨두고 나머지 배는 모두 불살라 버렸다.

　육지에 올라선 허생은 가난한 사람들을 찾아다니며 돈을 나누어 주었으나 한양에 돌아왔을 때는 아직도 십만 냥이 넘게 남아 있었다.

　변 씨 집을 찾아간 허생은 은 십만 냥을 내놓으면서 말했다.

　"자 받으시오. 그때는 글을 읽다가 배가 고파서 체면 불고하고 찾아온 것이었으나 우리같이 학문을 하는 사람에게 돈이란 소용이 없나 봅니다. 돈 때문에 사람이 달라지는 법은 없으니까요."

　변 씨는 깜짝 놀라면서 말했다.

　"이렇게 많은 돈을 받을 수는 없소. 빌려 간 돈을 갚겠다면 일 푼의 이자를 쳐서 받도록 하지요."

　"당신은 나를 장사치로 보시오."

　이렇게 말을 던진 허생은 십만 냥의 은을 남겨 둔 채 일어섰다.

　변 씨는 밖으로 나와 허생의 뒤를 밟았더니 남산 밑의 다 쓰러져 가는 초가집으로 들어가는 것이 아닌가. 이튿날 변 씨는 허생의 집을 찾아가서 돈을 내놓았다. 하지만 허생은 사양하면서 말했다.

　"내가 만일 부자가 되고 싶었다면 백만 냥을 버리고 십만 냥을 얻겠소? 돈은 그대로 가져가시고 그 대신 우리 내외가 먹고 지내는 데 필요한 생활비만 그때그때 보내 주시오. 이 이상 나에게 재물로 인한 괴로움을 주지 마시오."

이렇게 해서 변 씨는 허생의 생계를 돕는 정도에서 그치기로 했다.

몇 해를 지내는 동안 두 사람은 아주 가까워졌다. 변 씨는 만 냥으로 어떻게 백만 냥이나 되는 큰돈을 벌었는지 그동안 정말 궁금했다. 어느 날 두 사람은 술이 거나하게 취하자 변 씨가 입을 떼었다.

"선생은 어떻게 해서 오 년 동안에 백만 냥이나 버셨소?"

"그거야 아주 쉬운 일이죠. 조선은 외국의 배나 차가 통하지 않기 때문에 모든 물건이 그 속에서 생산되고 그 속에서 소비된답니다. 천 냥으로 모든 물건을 다 살 수는 없으나 백 냥으로 그중의 한 가지 물건을 독점할 수 있지 않겠소? 물건만 독점하면 그 값은 물주가 부르는 게 값이지요. 그러나 이러한 방법으로 돈을 버는 것은 나라를 망치는 길이니 조심해야 합니다."

변 씨는 상대방이 비범한 천재라고 감탄하면서 이렇게 물었다.

"지금 나라의 실정을 보면 슬기로운 지사가 저마다 재주를 자랑할 법도 하건만 선생은 어찌하여 숨어 살려 합니까?"

"숨어 살던 사람들은 많았소. 나는 장사를 해서 번 돈도 바다 속에 던져 버렸는데 또 무슨 욕망이 있겠소. 그런 말씀은 그만하고 술이나 마십시다."

이런 일이 있고 난 이후, 변 씨는 허생의 이야기를 어영대장 이완에게 했다.

이 말을 들은 이완은 아주 반가워하며 청했다.

"나를 그 선생에게 안내해 주오."

이완은 유비의 삼고초려를 본받기 위해 변 씨와 단둘이서 걸어가기로 했다. 허생을 찾아간 이완이 지금 조정에서는 어진 인물을 찾는 중이라고 열변을 토하자 허생은 그의 말을 막으며 이렇게 말했다.

"와룡 선생을 소개할 터이니 임금으로 하여금 삼고초려를 하시도록 대장인 당신이 주선하실 수 있으시겠소?"

"매우 어려운 말씀인데요. 다른 더 좋은 일을 가르쳐 주십시오."

"청나라 장사들이 조선에 대한 옛 은혜를 빙자하고 이 나라에 굴러와서 계집을 요구하고 있는데 당신은 조정에 특청해서 종실과 권세 있는 집안의 계집들을 이들에게 출가시킬 수 있겠소?"

어영대장은 고개를 숙이고 생각에 잠기더니 어려운 일이라고 대답했다.

"여전히 어렵다고만 하시는데 그러면 무엇이 가능하겠소. 이번에는 아주 쉬운 일을 가르쳐 드릴 테니 당신은 해낼 수 있겠소?"

"어서 말씀해 보십시오."

"사대부의 자제들을 뽑아 청나라에 유학을 보내시오. 그리하여 이들로 하여금 그들의 풍속과 실정을 깊이 파악하도록 한다면 장차 지난날의 국치를 씻을 날이 올 것이오."

"존엄한 사대부들이 자기의 귀여운 자제들을 오랑캐 나라로 보내려고 하겠습니까?"

어영대장의 대답이 이처럼 점잖게 떨어지자 허생은 분노가 왈칵 치밀었다.

"이른바 사대부란 무엇이냐? 어느 뼈인지도 모르게 태어나서 사대부라고 뽐내는 놈들이 아니 그래 상투 틀고 거추장스러운 도포를 입고 전쟁터에 나가는 것이 옛 법이란 말인가? 그놈들의 옛 법은 무엇이나 못한다는 것뿐이군. 그래, 세 가지 중 한 가지도 못하겠다면서 충신이라고 자부하는 네 놈의 목부터 잘라야겠다."

격노한 허생이 옆에 있는 칼을 집어 들었다. 혼비백산 겁에 질려 그 집을 뛰쳐나온 이완은 이튿날 다시 삼고초려를 했으나 허생은 어디로 갔는지 없고 다 쓰러져 가는 그의 초가집만 쓸쓸하게 남아 있었다.

박씨전(朴氏傳)

- 작자 미상 -

작품 정리

　이 작품은 인조 때 일어난 병자호란을 배경으로, 실재 인물이었던 이시백과 그의 아내 박 씨라는 가공인물을 주인공으로 하여 여러 가지 이야기를 엮은 서사문학이다. 이 소설은 여러 가지 면에서 자주성이 매우 강한 작품으로, 우리나라를 주 무대로 사건이 전개되면서 역사적인 실재인물들을 등장시킨 점과 남존여비 시대에 여성을 주인공으로 설정한 점 등을 통해 작자의 주제 의식이 작품에 어떻게 구현되는지를 이해하는 데 도움이 된다.

작품 줄거리

　조선 인조 때 이시백이라는 젊은이가 살았다. 그는 매우 총명하고 문무를 겸하여 명망이 조야에 떨쳤다. 아버지 이 상공이 주객으로 지내던 박 처사의 청혼을 받아들여 시백은 박 처사의 딸과 가연을 맺게 된다. 그러나 시백은 신부의 용모가 천하의 박색임을 알고 실망하여 박 씨를 대면조차 하지 않는다. 박씨 부인은 남편 이시백이 과거 시험을 보러 갈 때 벽옥 연적을 주며 장원급제하도록 돕는다. 그러던 어느 날 박 씨가 하루아침에 허물을 벗고 아름다운 여인으로 거듭나자 거들떠보지도 않던 시백은 크게 기뻐하여 박 씨의 뜻을 그대로 따르고, 부부가 화목하게 지낸다. 이때 중국의 호왕은 용골대 형제에게 수만의 병사를 주어 조선을 침략하게 한다. 이를 안 박 씨는 시백을 통해 왕에게 호병이 침공했으니 방비를 하도록 청했지만 영의정 김자점과 좌의정 박운학이 반대한다. 왕이 판단을 내리지 못하고 주저하고 있을 때 하늘에서 선녀가 내려와 박 씨의 말을 들으라고 한다. 마침내 호병의 침공으로 사직이 위태로워지자 왕은 광주산성으로 피난하지만 결국 용골대에게 항서를 보낸다. 많은 사람들이 잡혀 죽었으나 오직 박 씨의 피화당에 모인 부녀자들만은 무사했다. 이를 안 적장 용골대가 피화당에 침입하자 박 씨는 그를 죽이고, 복수하러 온 그의 형 용골대도 크게 혼을 내준다. 박 씨는 도술을 발휘해 오랑캐의 침략을 막아 내지만 임금의 명에 의해 할 수 없이 적을 돌려보낸다. 왕은 박 씨의 말을 듣지 않은 것을 후회하고 박 씨를 충렬 부인에 봉한다. 박 씨와 이시백은 국난을 극복하고 행복한 여생을 보내다 선계로 돌아간다.

핵심 정리

· 갈래 : 군담 소설
· 연대 : 미상
· 구성 : 전기적
· 시점 : 전지적 작가 시점
· 배경 : 명나라 숭정연간 세종 때 서울 안국방
· 주제 : 청나라에 대한 적개심과 봉건제도의 비판

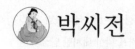 박씨전

조선 시대 인조 대왕이 즉위한 초기, 금강산 상상봉에 한 명의 처사가 있었다. 그의 성은 박이요, 이름은 현옥, 별호는 유점대사라 하는데 도학으로 유명한 선비였다.

그는 결혼한 지 삼십 년이 된 부인 최 씨와 함께 유점사라는 절 근처에 '비취정'이라는 집을 짓고 세월을 보내고 있었다. 그래서 그를 존경하는 세상 사람들은 박 처사를 '비취 선생' 또는 '유점 처사'라고 불렀다.

그에게는 딸이 둘 있었는데, 장녀는 나이가 열일곱이나 되었지만 얼굴이 못생겨 배필을 맞지 못하였고 동생이 먼저 출가하였다. 시집 못 간 큰딸은 용모는 볼 것이 없으나 현명하고 정숙하며, 또 학문이 깊고 넓어 세상의 온갖 일을 모르는 것이 없었다.

어느 날, 박 처사가 신임 관찰사 이득춘의 아들 시백의 인품과 재주가 일세에 으뜸이란 소문을 듣고, 딸과 혼인하기를 청하여 결혼하니 그가 바로 이시백이다. 그러나 첫날밤, 신방에 들어간 신랑이 놀라며 밖으로 뛰쳐나왔다. 그것을 보고 아버지 이 판서가 아들을 꾸짖었다.

"아니, 너는 왜 신방에서 뛰쳐나왔느냐? 지금 그런 경거망동으로 나를 욕되게 하려는 것이냐?"

그러자 시백은 울상이 되어 떨리는 음성으로 말했다.

"소자가 신방에 들어갔을 때는 신부가 없더니, 나중에 들어왔는데 마치 무섭고 끔찍한 괴물 같은 여자라 놀라고 말았습니다. 게다가 몸에서 더러운 냄새까지 진동하여 토할 것만 같아서 황급히 나오게 되었습니다. 그런 여자와는 부부가 될 수 없습니다. 저는 날이 새는 대로 서울로 돌아갈까 합니다."

이 판서도 깜짝 놀랐으나 아들의 경솔하고 무례함을 꾸짖었다.

"네가 아무리 속이 좁다 해도 오늘이 첫날밤인데, 신부의 외모가 비록 모자란 점이 있다 해도 어찌 이토록 가벼운 행동을 하느냐? 여자는 본래 현명하고 정숙한 덕이 제일 중요한 것. 용모가 부족한 것은 큰일이 아니건만 너는 어찌 얼굴 생김새만 중시하고 덕을 가벼이 여기느냐?"

이시백은 황송하게 여기면서도 아버지께 엎드려서 변명하였다.

"그 여자의 용모와 행동은 해괴망측하여 차마 마주 보기조차 힘들 지경입니다. 이것은 분명 조물주가 시기하고 하늘이 미워하여 이런 괴물을 여자로 만들어 내신 것입니다. 비록 하늘의 뜻을 어기고 부모께 불효가 될지라도 저는 한시도 볼 수 없으니 곧 파혼하고 서울로 가라고 허락해 주십시오."

그러나 아버지는 굽히지 않고 아들을 꾸짖었다.

"이놈아, 너는 아비를 털끝만치도 생각지 않고 그런 말을 함부로 하느냐? 여자의 덕망은 돌아보지 않고 젊고 아리따운 여인만을 취하고자 하니 어찌 한심한 노릇이 아니며 내가 화가 나지 않겠느냐? 그런 말은 아예 말고 어서 신방으로 돌아가서 신부의 어진 덕을 고맙게 여기고, 신부를 맞아들여 아비의 마음을 편하게 하여라. 만일 내 말을 다시 거역하면 부자의 의를 끊어 버리겠다."

시백은 아버지의 뜻이 이토록 굳으니 더는 거역하지 못하고 다시 신방으로 돌아갔다. 그러나 신부를 보기가 싫어서 옷도 벗지 않고 한쪽 구석에 돌아누웠다가 날이 밝기가 무섭게 밖으로 나가는 우울한 나날을 보냈다.

그 무렵에 나라가 태평하고 만백성이 생업을 즐기므로 인조 대왕은 종묘에 제사를 올리고 과거를 시행하여 인재를 뽑게 되었다. 이시백이 과거에 응할 모든 준비를 하고 내일이면 대궐 안 과거 시험장으로 들어가게 되었다.

이튿날 아침 박 씨 부인은 시비 계화에게 서방님을 초당까지 모셔 오라고 일렀다. 계화가 난생처음 있는 일이라 의아하게 생각하면서 소서헌으로 가서 이시백에게 아뢰었다.

"서방님, 아씨께서 초당으로 잠깐 오시라고 하옵니다."

시백은 불쾌한 얼굴로 계화를 꾸짖었다.

"무슨 일로 장부가 과거 길에 오르는데 여자가 주제넘게 오라 가라 하느냐?"

시백은 아내 박 씨의 전갈을 무시하고 가지 않았다. 계화가 돌아가서 그

대로 전하자, 박 씨 부인은 묵묵히 오랫동안 생각하다가 다시 계화에게 전
갈을 보냈다.

"여자의 도리로 서방님을 앉아서 청하는 것이 당돌하나 잠깐 오시면 과
장에서 필요한 물건을 드리겠으니 수고스럽지만 한번 다녀가시라고 여쭈
어라."

계화가 다시 가서 자세히 전하였다. 그러나 시백은 보기 싫은 아내가 성
가시게 구니 화를 내고 큰 소리로 꾸짖었다.

"예끼! 요망스럽게 계집이 장부의 과거 길을 앞두고 이렇게 귀찮게 구니
괘씸하다!"

그리고는 애꿎은 계화를 잡아서 매질하였다. 계화는 연약한 몸에 볼기
삼십 대를 맞고 엉엉 울면서 박 씨 부인 앞으로 기어가 서방님께 당한 일을
고하였다. 계화의 참혹한 모습을 본 박 씨 부인은 눈물을 흘리면서 탄식하
였다.

"계화야, 내 죄로 네가 이토록 매를 맞다니, 참으로 미안하구나. 나도 지
금까지 참고 지냈지만 여자의 몸으로 태어난 것이 이토록 비참함을 오늘에
야 뼈아프게 느꼈구나."

박 씨 부인은 잠깐 생각하더니 꿈에서 보고 연못가에서 주운 백옥 연적
을 계화에게 주면서 전갈을 보냈다.

"한 번만 더 서방님께 가서 이 연적을 드리고 여쭈어라. '이 연적의 물로
먹을 갈아서 글을 지으면 장원 급제하여 벼슬을 얻는 것은 물론이요, 부모
님께 영광을 드리고 가문을 빛낼 것입니다. 그리고 저 같은 사람은 군자에
게는 소용없는 인간이니 생각지 마시고, 부디 귀족 가문의 좋은 여자를 택
하여 평생을 즐겁게 살아가십시오' 라고 여쭈어라."

계화가 다시 시백에게 가서 연적을 올리고 박 씨 부인의 전갈을 조심스
럽게 전하였다.

눈썹을 찡그리고 듣던 시백이 연적을 보니, 백옥으로 된 천하의 보물이
었다. 그제야 부인의 성의를 지나치게 멸시한 것을 뉘우치고 온화한 말투
로 대답했다.

"계화야, 부인에게 전하거라. 내가 성미가 너무 급해서 공연히 너까지 벌
을 주었다. 그러나 부인은 마음이 온순하여 이런 연적을 보내 과거에 급제

하길 도우려 하니 고맙다고 전해라. 그리고 다른 가문에 다시 장가들라는 것은 너무 지나친 말이며 나는 그런 생각이 전혀 없다고 전해라."

계화가 비로소 웃음을 띠며 돌아와 서방님 말씀을 전하자 박 씨 부인은 묵묵히 듣고만 있었다.

그날 이시백은 과장으로 들어가 글 제목을 보고 곧 생각을 가다듬어서 글을 지었다. 그리고 박 씨가 준 연적의 물을 따라 먹을 갈고는 단숨에 답을 죽 내리 적어 시험관에게 올렸다.

이윽고 방이 걸렸는데 '장원에 한성 사람인 이시백, 아버지는 이조판서 득춘'이라고 되어 있었다. 시백이 기뻐하고 있는데 큰 소리로 자기 이름을 부르는 소리가 대궐 안을 진동하였다. 그는 팔도에서 모인 선비들이 흥분하여 웅성거리는 속을 헤치고 나아가 대전에 이르렀다. 왕이 장원으로 뽑힌 인물을 보시자 영웅호걸이라며 얼굴에 희색을 가득히 띠고 그에게 앞으로 나라의 큰 일꾼이 되라고 분부하셨다. 그리고 친히 어사화(御賜花, 조선 시대 문무과에 급제한 사람에게 임금이 하사하던 종이꽃)와 청삼(靑衫, 나라에 제사 지낼 때 입는 남색 도포)을 내려 주셨다.

박 씨 부인이 시집온 지 어언 삼 년 세월이 흐른 어느 날 밤, 달빛이 밝고 맑은 바람이 솔솔 불더니 하늘에서 학 우는 소리가 나면서 박 처사가 구름을 타고 내려왔다.

박 처사는 이 판서의 손을 잡고 말했다.

"아드님이 뛰어난 재능으로 높은 벼슬에 오르고 대궐에 나가게 되니 이런 경사가 없습니다. 그러나 제 딸아이의 모습이 그러해서 판서께 즐거움을 드리지 못하여 죄송합니다. 그러나 다행히 올해는 딸아이의 액운이 다하여 흉한 용모와 누추한 본바탕을 벗을 시기가 되었습니다. 그래서 제가 이렇게 와 어진 사위의 과거 급제를 축하하고 딸애를 보려고 합니다."

박 처사가 방으로 들어가자 박 씨 부인이 아버지를 맞아 절을 올리고, 문안 인사를 드렸다. 박 처사는 딸의 손을 잡고는 남쪽으로 앉히고 웃으며 말했다.

"올해로 네 전생의 죄는 다 끝났다."

박 처사가 진언을 외우면서 빛나는 손을 들어 박 씨 부인의 얼굴을 가리키자 흉하던 얼굴이 허물을 벗고, 아름다운 눈을 가진 절세미인으로 변하였다.

드디어 부부가 사랑하며 살게 된 지 몇 달이 안 지나 박 씨 부인은 아기를 갖게 되었고, 마침내 열 달이 되어 쌍둥이 아들 형제를 순산하였다. 판서 부부가 무척 기뻐하며 시녀를 거느리고 산실(産室, 해산하는 방)에 들어가 살펴보니 아이들이 모두 건강하고 두 눈이 샛별같이 빛나는 게 무척 영리하게 보였다.

판서 부부는 손자들의 이름을 '희기'와 '희인'이라 짓고 마치 손안의 보배로운 구슬처럼 사랑했다.

한편 북방 오랑캐 나라의 왕은 탄식하며 말했다.

"내가 조선을 쳐서 항복을 받고 나라의 위엄을 빛내려던 차에 뜻밖에 적국의 침입으로 임경업의 덕을 봄으로써, 조선에 그런 명장이 있음을 알았다. 또한 그만큼 조선의 위세가 대단함을 알았으니, 앞으로 조선을 깔보고 범하지 못하겠도다."

옆에서 부왕의 말을 들은 공주가 뜻밖의 말을 하였다.

"염려 마십시오. 제가 조선에 가서 이시백과 임경업을 없애 버리고 오겠나이다."

왕은 기뻐하면서 공주에게 남자의 옷을 입히고 칼 한 자루를 주며 말했다.

"네 지혜와 능력이 보통 사람보다 훨씬 뛰어나고 웬만한 사내가 당하지 못할 용맹을 겸하였으니 내가 어찌 이시백과 임경업 때문에 근심하겠느냐."

한편 천지가 조용한 깊은 밤에 부부가 마주하게 되자, 박 씨 부인이 정색을 하고 뜻밖의 말을 하였다.

"내일 해가 진 후에 설중매라는 기생이 당신의 서재로 찾아올 것입니다. 당신이 만일 그 계집의 아름다움을 탐하여 침실에 들이시면 밤중에 큰 화를 당하실 것이니, 잘 구슬려서 제 침실로 보내십시오. 제가 알아서 처리하겠습니다."

다음 날 밤이 이슥해서 한 여자가 문을 살며시 열고 들어와 이 판서에게 절을 하였다. 여자를 자세히 살펴보니, 나이는 스무 살쯤 되고 얼굴이 백옥같이 흰 데다 말하고 웃는 모습이 무척 예쁘고 화사한 절세미인이었다.

판서는 놀라면서 물었다.

"웬 여자가 밤에 이렇게 왔는가?"

"소녀는 원주에 사는 설중매라는 기생입니다. 대감의 재주와 품격이 시골까지 유명하여, 외람되지만 대감님을 한번 모시고자 먼 길을 찾아왔나이다. 그러니 대감께서는 소녀의 간절한 사정을 어여삐 여겨 주시기를 바랍니다."

"네 말이 기특하구나. 이 서재에는 외부 사람들의 출입이 빈번하니 후원에 있는 부인의 거처에 가서 기다려라. 밤이 깊으면 너를 불러 조용히 밤을 지내리라."

그러고는 내당의 시녀를 불러 후원으로 보냈다.

박 씨 부인은 시녀 계화를 시켜서 주안상을 차려 오라고 하여 산호로 만든 잔에 부은 술을 권하니 설중매가

"저는 본디 술을 먹지 못하오나 부인께서 주시니 어찌 사양하겠습니까?" 하고 너덧 잔을 받아 마셨다. 그러고는 술에 취해 정신이 몽롱하여 기운을 차리지 못하게 되었다.

그러자 박 씨 부인이 말했다.

"취기가 있거든 대감께서 부르실 때까지 잠시 누워 쉬도록 하라. 부르시면 깨워서 보낼 것이다."

"그럼 잠깐 실례하겠나이다."

옷을 입은 채 누운 설중매는 곧 깊은 잠이 들었다.

박 씨 부인이 잠자는 여자의 모습을 보니 미간에 살기가 비치고 흉한 기운이 진동하였다. 살며시 품 안을 뒤져 보니 비수가 들어 있어 그것을 꺼내려고 하자, 칼이 스스로 박 씨 부인에게 달려들었다. 박 씨 부인은 깜짝 놀라서 칼끝을 빨리 피하고는 주문을 외워 칼의 발동력을 제어하고는 설중매가 잠에서 깨기를 기다렸다.

박 씨 부인이 먹인 술은 오랫동안 잠을 재우는 신기한 효과가 있었으므로 설중매는 이튿날 아침이 되어서야 잠에서 깼다.

박 씨 부인은 설중매를 불러 놓고 언성을 높여서 크게 꾸짖었다.

"네가 나를 속이려 하느냐? 너는 북방 호왕의 딸 기룡대가 아니더냐?"

그 말에 기룡대는 혼비백산하여 죄를 고하면서 살려 달라고 애원하였다.

"네 나라의 왕이 분수에 맞지 않는 야심을 품고 감히 우리나라를 범하고자 하는 것은 우리나라의 운수가 불길한 탓도 있겠지만, 우리의 힘을 모르는 너희로서는 스스로 멸망할 어리석은 생각이다. 네 나라가 아무리 강하다 해도 우리나라는 결코 침략하지 못할 것이다. 내가 관대하게 타이르더라는 것을 빨리 가서 부왕에게 알려라."

박 씨 부인이 말하고는 공중을 향하여 주문을 외우니 갑자기 천둥 번개가 진동하고 폭풍우가 일어, 기룡대의 몸을 저절로 날려 순식간에 호국 궁중에 떨어지게 하였다. 기룡대는 한참 후에 정신을 차리고 머리를 흔들면서 일어나더니 부왕에게 말했다.

"조선에 갔다가 하마터면 부왕 마마를 다시는 뵙지 못할 뻔하였습니다."

왕이 놀라며 물었다.

"도대체 어찌 된 일이냐?"

공주가 조선에 가서 겪은 일을 자세히 고하자 호왕은 경탄하였다.

"허허, 이시백의 부부가 그런 영웅인 줄은 몰랐다. 조선이 나라 땅은 비록 작으나 명석한 인재가 하나둘이 아니로구나."

그러고는 조정의 백관을 불러 놓고 조선 침략에 대한 정책을 다시 의논하였다. 작은 나라의 일개 판서 부인에게 당한 대국의 치욕을 참을 수 없었기 때문이다. 그리하여 호왕은 병자년 12월에 용골대, 용홀대 두 형제에게 조선을 치라는 명을 내렸다.

이때 박 씨 부인이 시백에게 말하였다.

"호국의 공주 기룡대가 쫓겨 돌아간 후에 호국의 병력이 점점 강성하여 조선 침범의 야망을 버리지 않았습니다. 그들은 군사를 일으켜 임경업을 죽이고 상감의 항복을 받고자, 용골대 형제를 좌우 선봉장으로 삼아 올해 12월 28일에 동대문을 뚫고 들어올 것입니다. 부디 그날을 잊지 마시고 상감을 모시고 광주 산성으로 급히 피하여 화를 면하십시오. 그 뒷일은 제게 맡기십시오."

이 말은 듣고 도승지로 있던 이시백은 상감께 아뢰었다.

"신의 처 박 씨의 말이 올해 12월 28일 밤에 오랑캐 병사가 북으로 돌아 동대문을 깨뜨리고 성 안에 침입할 것이니 상감과 왕대비와 세자 대군 삼 형제분을 모시고 광주 산성으로 피하시게 하라 하옵니다. 본래 신의 처가 앞날을 보는 능력이 있기에 상감께 고하나이다."

상감이 깜짝 놀라며 이시백의 말에 따라 산성으로 피난하려 하자 영의정 김자점과 좌의정 박운학은 천부당만부당한 일이라고 반대하였다.

"도승지 이시백이 감히 그런 말을 하여 조정을 놀라게 하고, 상감마마의 심기를 불안하게 하오니, 이시백의 벼슬을 삭탈하셔서 징계하옵소서."

상감이 반대론에 부딪혀 판단을 내리지 못하고 주저하고 있는데, 공중에서 홀연히 옆에 비수를 낀 선녀가 내려와 뜰 아래 엎드렸다.

상감이 놀라 선녀에게 물었다.

"선녀는 무슨 일로 과인을 찾아왔느냐?"

선녀는 절을 하고 상감께 아뢰었다.

"신은 도승지 이시백의 부인 박 씨의 시비 계화이옵니다. 상감마마께서 지금 간신 김자점의 말을 들으시고 결정하지 못하시기에 부인이 저에게 급히 가서 곧 산성으로 피신토록 하라고 하였나이다."

계화는 덧붙여 상감에게 아뢰었다.

"만일 이 밤을 지체하시면 큰 화를 당하실 것이니 저의 주인 박 씨의 말을 범상하게 듣지 마시옵고 곧 피난하옵소서."

계화는 재차 아뢴 후 홀연히 몸을 날려 공중으로 사라졌다.

그리하여 여러 신하는 어가(御駕, 임금이 타던 수레)를 호위하고 산성으로 피난했다. 어가가 산성에 이르러 백성의 말을 들으니, 과연 호나라 병사가 이미 서울에 침입하여 사람들을 마구 죽이고 재산을 약탈한다는 흉보였다.

호장 용골대가 대군을 거느리고 한성에 침입하여 보니, 국왕은 이미 광주로 피난하고 대궐에 없었다. 분개하여 아우 용홀대에게 서울을 점령케 하고 기병 오천 명을 거느리고 폭풍처럼 송파를 건너 광주 산성으로 추격하였다.

수문장이 황급히 상감에게 아뢰었다.

"호장 용골대가 성문에 이르러 문을 열라고 불같이 위협하고 있습니다. 상감께서는 빨리 군졸을 풀어서 도적을 방비하소서."

상감이 놀라며 눈물을 흘렸다.

"하늘이 과인을 망하게 하려는 국운인가 보다. 삼백 년 기업이 과인에 이르러 망할 줄을 어찌 알았으랴."

이때 공중에서 갑자기 큰 소리가 들려왔다.

"상감께서는 걱정하지 마시고 항서(降書, 항복의 뜻을 적은 글)를 써서 용골대에게 주소서. 용골대는 세자 대군 삼 형제를 볼모로 잡아가고 난리는 일단 종식될 것입니다. 비록 망극한 일이나 무엇보다도 조정의 위태로움을 면하도록 하옵소서. 국운이 불길하여 호국의 속국이 되어 조공을 바치는 운수니 면할 수 없나이다. 저는 광주 유수 이시백의 처이옵니다. 제가 한번 나아가 칼을 들면 용골대의 머리와 호국 병사 삼만 명을 풀 베듯 할 것이나 하늘의 뜻을 어기지 못하니, 신첩의 죄를 부디 용서해 주시옵소서."

그것을 본 상감이 신기하게 여기고 뜰에 내려가서 하늘을 향하여 무수히 칭찬하고 항서를 써서 용골대에게 보냈다. 적장 용골대는 조선 왕의 항복을 받고 여러 날 만에 의기양양하여 돌아와 보니 제 아우 용홀대가 박 씨의 시비 계화에게 죽었다는 소문이 들려왔다. 그는 노기가 충전하여 곧 박 씨를 찾아가 벽력같이 호통을 쳤다.

"박 씨가 도대체 어떤 계집인데 무슨 곡절로 대국의 대장을 당돌히 죽이고, 머리를 나무 꼭대기에 달았느냐? 어서 나와서 내 칼을 받아라!"

박 씨 부인이 그 소리를 듣고 분함을 참지 못하고 계화를 불러서 명하였다.

"네가 가서 저놈을 죽이지는 말고 간담만 서늘케 해서 우리의 도술 솜씨를 보여라."

계화가 목청을 가다듬어 적장을 꾸짖었다.

"용골대야! 오랑캐 나라의 대장으로 우리나라에 왔다가 여자에게 당하고 돌아가려니 어찌 가엾지 않을 수 있겠느냐."

용골대는 눈을 부릅뜨고 계화를 보고는 칼을 휘두르며 달려들었다.

"천한 계집이 무례하게 대장부 욕하기를 능사로 하니 너를 단칼에 죽여서 아우의 원수를 갚겠다."

그러나 아무리 용맹을 뽐내는 용골대라도 박 씨 부인의 요술을 어찌 당하겠는가? 용골대는 손발을 놀리지 못하고 혼비백산하여 마침내 애걸하였다.

"소장이 눈이 있어도 눈동자가 없어 존위를 범하여 죽을죄를 지었으니 불쌍히 여기시고 목숨만 살려 주시면 이 길로 귀국하겠나이다."

"네가 그런 뜻이라면 왕대비 전하를 이곳에 모셔 오너라."

용골대가 허둥지둥 부하 군졸을 불러서 왕대비를 빨리 이곳 피화정으로 모셔 오라고 명하였다. 그러나 세자 대군 삼 형제는 할 수 없이 조국의 땅을 떠나서 호국으로 들어갔다.

상감은 하서와 함께 세자 대군을 호국에 보낸 뒤, 애가 타 잠도 못 이루고 진지도 제대로 못 드시고 불안해하였다. 하루는 공중에서 선녀가 내려왔다. 머리에는 일월국화관을 쓰고 몸에 오색구름이 그려진 옷을 입은 그 선녀는 하늘에서 내려오자마자 땅에 엎드렸다.

상감이 놀라서 급히 물었다.

"선녀는 누구신데 과인이 있는 곳에 왔느냐?"

선녀가 다시 일어나 절을 하고는 말하였다.

"신첩은 광주유수 이시백의 처 박 씨입니다."

상감은 더욱 놀라며 말하였다.

"경의 지략에 늘 탄복하던 중, 이제 경의 모습을 보게 되니 과인의 마음이 매우 기쁘오."

그러고는 뒤에 있는 이시백을 돌아보면서 말하였다.

"경의 충성이 드높고 더욱이 훌륭한 부인을 두었으니 이 얼마나 기특한 일이오."

상감은 유수의 벼슬을 올려서 세자사(世子師, 세자의 교육을 맡아 보던 벼슬)를 삼고, 부인 박 씨에게는 정경부인 직첩을 내리고, 시백의 부친 이득춘은 보국숭록 대부 봉조하(奉朝賀, 조선 시대에 종이품의 고나리로 사임한 사람에게 특별히 주던 벼슬)를 삼았으며 그의 부인 강 씨 역시 정경부인으로 봉하였다.

어느 해 가을 구월 보름, 달빛이 휘황하게 밝은 날에 이시백은 부인과 더불어 완월대에 올라서 자손들을 좌우에 앉히고 즐거운 잔치를 베풀었다.

이윽고 부부는 자손들에게 말하였다.

"사람이 세상에 나면 죽는 것은 면치 못하는 하늘의 뜻이다. 내 나이 팔십을 지나고 관록(官祿, 관리에게 주던 봉급)이 일품에 이르렀으며, 자손이 번성하여 가문을 빛내니 우리가 지금 죽은들 무엇이 원통하랴."

그러고는 모든 자손을 일일이 어루만지고 상을 물리게 한 뒤에 나란히
누워서 마치 잠을 자는 듯이 운명하였다.

상감은 이시백의 별세 소식을 듣고 비감해하며 예관을 보내어 영전에 조
문케 하였다. 또한 부의(賻儀, 상가에 부조로 보내는 돈이나 물품)를 후히
내리고는 시호를 '문춘공'이라 칭하였다. 그리고 박 씨 부인에게는 특별히
충렬비를 세워 주었다고 한다.

유충렬전(劉忠烈傳)

– 작자 미상 –

작품 정리

작자 · 연대 미상인 〈유충렬전〉은 영웅의 일생을 소설로 엮은 전형적인 군담 소설이다. 작품의 전개는 주인공의 신기하고 기이한 출생, 성장 과정에서의 시련과 극복, 그리고 영웅적 투쟁과 화려한 승리로 이어져 있으며, 주인공의 극단적인 하락과 공명의 극으로의 상승을 통해서 인간의 흥망성쇠의 삶을 보여 주는 작품이다.

또한 이 작품은 충신과 간신의 대립을 통하여 조선 시대의 충신 상을 표현했다. 그러나 무능한 왕권에 대한 규탄과 역경에 처한 왕가의 비굴함이 나타나고 있어, 권좌에서 실세한 계층의 권좌 만회의 꿈을 투영하고 있음을 알 수 있다. 두 번에 걸쳐 호국을 정벌하고 호왕을 처벌한다는 점에서, 병자호란 이후 호국 청나라에 대한 강한 적개심을 표현한 작품이다.

작품 줄거리

명나라 영종 연간에 정언주부의 벼슬을 하고 있던 '유심'은 늦도록 자식이 없어 한탄하다가 남악 형산에 가서 치성을 드리고 신기하고 기이한 태몽을 꾼 뒤 아들을 낳았는데 그의 이름을 충렬이라 지었다. 충렬의 나이 일곱 살에 문장과 필법을 닦고 음률과 술법을 익히며 천문지리와 도삼략을 마음속에 품는다. 이때 조정의 신하들 중에 반란의 기회만을 엿보던 정한담 · 최일귀는 유심을 모함하여 귀양을 보내게 하고, 유심의 집에 불을 지른다. 그러나 충렬은 천우신조로 은퇴한 재상 강희주를 만나 사위가 된다. 강희주는 유심을 구하려고 상소를 올렸다가 귀양을 가게 되고, 강희주의 가족은 난을 피하여 모두 흩어진다. 충렬은 강 소저와 이별하고 백용사의 노승을 만나 무예를 배우며 때를 기다린다. 이때 남적과 북적이 반기를 들고 명나라에 쳐들어오자 정한담은 자원 출전하여 남적에게 항복하고, 남적의 선봉장이 되어 천자를 공격한다. 정한담에게 여러 번 패한 천자가 항복하려 할 즈음, 충렬이 등장하여 남적의 선봉 정문걸을 죽이고 천자를 구출한다. 충렬은 단신으로 반란군을 쳐부수고 정한담을 사로잡는다. 그리고 호왕(胡王)에게 잡혀간 황후 · 태후 · 태자를 구출하며, 유배지에서 고생하던 아버지 유심과 장인 강희주를 구한다. 또한 이별하였던 어머니와 아내를 찾고, 정한담 일파를 물리친 뒤 높은 벼슬에 올라서 부귀영화를 누린다.

핵심 정리

· 갈래 : 군담 소설
· 연대 : 미상
· 구성 : 전기적
· 시점 : 전지적 작가 시점
· 배경 : 중국 명나라 조정과 중국 대륙
· 주제 : 충신과 간신의 대립

유충렬전

중국 명나라 호치 연간의 일이다. 법령이 아직 제대로 갖추어지지 않은 와중에 남만, 북적 등 오랑캐들의 세력이 극성을 부렸다. 그들은 기회만 있으면 모반(謀反, 국가나 군주의 전복을 꾀함)을 꾀하고 난리를 일으켰다. 그 가운데 토번 서달과 남만 가달은 군비가 넉넉하여 항상 반역의 뜻을 품고 있었다.

이때 해동 창해국 임경천이 명나라의 천자를 만나 당시에 추진되던 도읍을 옮기고자 하는 뜻에 반대하였다.

"남경은 태종이 창업을 일으킨 땅으로 여러 대에 걸쳐 공신이 나왔으며 앞으로도 오래도록 수도가 될 만큼 방어 시설이 잘되어 있는 성입니다. 또한 산세도 오악(五岳, 중국의 이름난 다섯 산. 태산(泰山), 화산(華山), 형산(衡山), 항산(恒山), 숭산(嵩山)을 말함) 중에서 남악 형산(衡山)은 신령스러운 산으로 제왕의 업적이 오래도록 지속될 만합니다. 또한 천기(天紀, 천체가 운행하는 규칙과 질서)를 보니 북두칠성의 정기가 남쪽에 하강하고, 삼태성(三台星, 큰곰자리에 있는 자미성을 지키는 별. 각각 두 개의 별로 된 상태성(上台星), 중태성(中台星), 하태성(下台星)으로 이루어져 있음)의 빛깔이 아름다우니 폐하께서는 한낱 도적의 무리를 피하려고 하늘이 내리신 땅을 버리려 하십니까?"

천자는 이 말을 듣고 기뻐하며 천도의 뜻을 버리고 국정에 전념하게 되었다.

이때 조정에는 태종 황제의 개국공신이었던 유기의 삼십 대 손 유심이란 사람이 정언 주부의 벼슬을 하고 있었다. 그는 성품이 충직할 뿐만 아니라 부귀공명도 으뜸이었으나 다만 한 점 혈육이 없어 항상 신세를 한탄하였다.

"슬프다. 나는 전생에 무슨 죄가 많아 나라의 녹봉을 먹으면서도 자식이 없다는 말인가. 죽은 후 청산에 백골은 누가 묻어 주며 선조들에게 올리는 제사는 누가 받든단 말인가."

스스로 탄식하며 죽어서 황상을 뵐 수 없고 황천에 돌아가 부모를 뵐 면목이 없다 하며 슬퍼하니 그의 부인 장 씨는 더욱 송구스러울 뿐이었다. 장 씨 부인은 유 주부가 탄식하며 눈물지을 때마다 시름 가득한 창자가 썩어 들어가는 듯했으나 그때마다 고마워했다.

"상공에게 자식이 없는 것은 제가 박복하여 죄가 큰데도 상공의 음덕으로 지금까지 목숨을 부지하니 그 은혜가 태산 같사옵니다."

유 주부가 부인을 위로하여 말하였다.

"듣자 하니 남악 형산이 천하의 명산이라 합니다. 수고를 아끼지 마시고 그곳에 가서 산신령께 소원을 빌며 정성이나 드려봅시다."

처음엔 사양하던 유 주부도 결국 목욕재계하고 제물을 갖추어 남악 형산을 찾았다. 푸른 산은 첩첩하고 울창한 숲은 장관이었다. 높은 곳에는 오색 구름이 감돌고 산마루와 골짜기마다 화사한 복사꽃이 피어 있었다. 여기저기 구경을 마친 유 주부와 장 씨 부인은 단을 모아 놓고 제물과 함께 구리로 만든 작은 솥에 안친 밥을 정결히 담아 놓고 유 주부가 축문을 읽다.

"유세차, 기해년 3월 15일 대명국 남경 동문 안에 사는 유심은 형산 신령 앞에 비나이다. 슬프도다, 유심은 나이 늦도록 한 점 혈육이 없사오니 죽은 후 백골을 누가 거두며 선영(先塋, 조상의 무덤)의 제사를 누구에게 전하리까. 선영에 죄인이 되는지라 정성을 다하여 발원하오니 내려다보시고 자식 하나를 점지하여 주시옵기를 간절히 바라나이다."

유 주부가 천지신명께 고하여 비는 애끓는 소리는 천신도 눈물을 흘릴 만큼 절감한 것이었고 옥황상제인들 무심할 수 없을 것 같았다. 집에 돌아온 유 주부와 장 씨 부인은 아들에 대한 생각이 더욱 간절했다.

어느 날 밤이었다.

장 씨 부인의 눈앞의 하늘에서 한 선관(仙官, 선경(仙境)에서 벼슬살이를 하는 신선)이 청룡을 타고 내려와 말하였다.

"저는 하늘나라 자비원의 대장성을 차지한 하위 선관이온데 모함받아 인간 세상으로 내쫓겨 남악산 신령께서 부인께로 가라 하여 왔사오니 부디 거두어 주소서."

말을 마치자 청룡을 날려 보내고 품에 달려들어 깜짝 놀라 깨어나 보니 꿈이었다.

장 씨 부인은 그날로 태기가 있어 옥동자를 낳으니 방 안에는 향기가 그윽하고 밖에는 예사롭지 않은 구름이 가득 찼다. 그때 선녀 하나가 나타나 하늘나라에서 나는 복숭아 두 개를 내놓으며 일렀다.

"하나는 부인이 잡수시고 하나는 훗날 공자를 먹이면 오래도록 죽지 않고 잘 살아가리라."

과연 아기의 모습은 비범한 데가 있었다. 두 눈은 봉황의 눈처럼 빛났고 빼낸 것 같은 두 귀와 오뚝한 코는 왕의 얼굴을 방불케 하였다. 아기의 양 팔에는 북두칠성이 박혀 있고 가슴에는 대장성이, 그리고 등에는 삼태성(三台星, 큰곰자리에 있는 자미성을 지키는 별. 각각 두 개의 별로 된 상태성, 중태성, 하태성으로 이루어져 있음)이 뚜렷이 박혀 있었다. 또 다리 밑에는 '대명국 도원수'라는 주홍빛 글자가 은은히 박혀 있었다. 기쁨을 금치 못한 유 주부는 아이의 이름을 '충렬'이라 하고 자는 '선학'이라 했다.

세월은 흘러 충렬의 나이 일곱 살에 문장과 필법을 닦고 음률과 술법을 익히며 천문지리와 육도삼략(六韜三略, 중국의 오래된 병서 〈육도〉와 〈삼략〉을 아울러 이르는 말)을 마음속에 품게 되었다. 천신에게서 배운 무술과 검술도 육체의 성장과 함께 날로 몸에 익어 갔다.

이때 마침 조정에는 도총 대장 정한담과 병부상서 최일귀라는 두 간신이 있었다. 이들이 토번 서달을 정벌해야 된다는 주장을 제법 충신답게 천자에게 아뢰니 천자가 이를 허락하였다. 그러자 유심은 힘이 강대한 오랑캐와 싸우는 것은 부당한 일이라고 간언하였다. 천자가 결정을 못 하고 주저하고 있을 때 간신 정한담과 최일귀는 적극 주장하였다.

"유심의 말은 대국을 버리고 오랑캐와 붙어 같이 살자는 말이니 이는 서달과 마음을 합하여 대명국을 역모하려는 뜻입니다. 그러니 유심을 베시고 서달을 치십시오."

천자가 그 일을 허락하였다는 말을 듣고 한림학사 왕공열은 청렴하고 정직한 충신을 죽일 수 없다고 간하니 천자는 유심을 황성 밖으로 유배 보내도록 했다.

정한담이 승상부에 높이 앉아 제법 호기 있게 유심을 내려다보며 명령하였다.

"네 죄를 논한다면 죽여 마땅하되 나라의 은혜가 망극하여 연북으로 귀양 보내니 지체 말고 떠나거라."

유심은 할 수 없이 집에 돌아와 대성통곡하며 죽도를 풀어 충렬에게 채워 주며 말하였다.

"구천에 가더라도 부자가 상봉하였을 때 신표가 있어야 하리라. 이 칼을 부디 잘 간수하여라."

처자와 이별하고 행장을 차려 문밖에 나선 유 주부는 천지가 아득할 뿐이었다. 그의 떼어 놓은 발자국마다 피 같은 눈물이 고였다.

유 주부가 청송령을 지나 초나라 충신 굴삼려의 사당이 있는 회사정을 들르니 '일월같이 밝은 충신이 만고에 밝아 있고 암석같이 곧은 절개는 천추에 빛났으니 이 땅에 지나는 그 누구든 슬프지 않으리오. 이렇듯 애달픈 마음을 어찌 한 개 붓으로써 기록할 수 있을까.'라는 글이 현판에 새겨져 있었다. 이 글을 읽어 보고 유심은 행랑에서 붓을 꺼내어 벽에다 썼다.

'병오년 8월 17일 남경 땅 유심은 역신 정한담과 최일귀의 참소로 연북 땅으로 귀양을 가니, 일월 같은 충절을 바칠 수 없고 빙설 같은 절개가 쓸 곳이 없어 명라수를 지나다가 굴삼려의 충혼을 만나 물에 빠져 죽노라.'

글을 쓴 다음 붓을 던지고 물에 뛰어들려 하니 영거사가 유 주부의 손을 잡고 만류하며 백사장으로 인도하여, 훗날을 기약하며 억울한 누명을 벗어야 한다고 위로하였다. 그리하여 길을 재촉하여 연북에 닿았다.

간신 정한담과 최일귀는 유 주부를 귀양 보내고 옥관도사와 함께 역모를 꾀해 천자가 될 일만 궁리했다. 그러나 도사가 천기를 보고 하는 말이 아직 이르다 하니 정한담과 최일귀는 한밤중에 유심의 집에 불을 질렀다.

이날 밤 장 씨 부인은 잠에 들었는데, 한 노승이 나타나 오늘 밤 집안에 큰불이 일어날 것이니 후원 담장 밑에 은신하였다가 충렬을 데리고 남쪽으로 달아나라 하고 사라지는 것이었다. 놀라 눈을 떠 보니 이미 불길이 온 집안을 휩쓸고 있었다.

장 씨 부인은 충렬을 데리고 달아나 회수(淮水, 화이수이 강)가에 다다랐다. 그러나 회수를 건너갈 배가 없어 방황하던 중 남쪽에서 흘러온 조그마한 배 한 척에 몸을 의지하였다. 얼마 가지 못해 이내 도적의 습격을 받아 충렬은 깊은 물속에 던져졌고 장 씨 부인은 몸을 결박당하였다.

슬프다! 유 주부는 귀양을 갔고 충렬은 물속에 빠져 죽었으며 장 씨 부인은 도적에게 잡혔으니 장 씨의 처절한 모습이야말로 눈물 없이는 볼 수 없는 것이었다.

이들 도적 떼는 회수 강가의 도적 귀수 마철의 부하들이었다. 마철은 장 씨 부인을 아내로 맞기 위하여 갖가지로 회유책을 써 가며 달래기도 하고 을러대기도 하였다. 장 씨 부인은 하는 수 없이 우선 허락하는 체하고 도적을 안심시킨 뒤, 옥함 하나를 봇짐에 싸서 한밤중에 도망쳐 나왔다.

장 씨 부인은 몸을 피해 달아나다 하룻밤 묵어가던 곳에서 또다시 도적의 무리에게 발각되어 쫓기던 참에 한 선녀의 도움으로 금릉 고을 덕현 활인동이라는 곳에 닿았다. 피곤한 몸에 잠깐 눈을 붙이는 듯하였는데 한 노승이 나타났다.

"이제 액운이 다하였으니 이 산어귀로 들어가면 자연히 구해 줄 사람이 있을 것이다."

장 씨 부인은 그 말에 따라 첩첩 산길을 더듬어 깊숙이 들어갔다. 가는 길이 어찌나 험하던지 발에서는 피가 나고 정신은 몽롱하여 차라리 물에 빠져 죽으려고 하던 차에 한 여인의 구원을 받게 되었다. 여인이 안내하는 곳은 이 처사의 집이었다. 이 처사는 유 주부의 조카 되는 사람으로 장 씨 부인을 극진히 모셨으나 깊은 한은 풀릴 길이 없었다.

한편 물속에 던져진 충렬은 바위를 딛고 간신히 서게 되자 어머니를 찾다 울음을 터뜨렸다. 때마침 남경 뱃사람들의 구원으로 영릉을 지나 장사 땅으로 가다가 명라수의 회사정에 닿게 되었다. 그곳에서

'병오년 8월 17일 남경 유심은 간신의 해를 입어 연북으로 귀양을 가다가 명라수에 빠져 죽노라.'

라는 글을 보고 마루에 거꾸러져 통곡하였다.

때마침 영릉 땅에는 벼슬을 버리고 한가하게 살아가는 전 승상 '강희수'라는 사람이 있었다. 강 승상이 길을 가다 슬피 우는 충렬을 보고 그 연유를 물어 집으로 데리고 가서 사위로 삼았다.

강 승상은 출중한 사위로 얻어 말년을 행복하게 살아가던 중 유 주부의

원한을 풀어 줄 목적으로 유심의 무죄함과 간신들을 축출하시라는 상소를 올렸다가 오히려 천자의 노여움만 사서 귀양을 가게 되었다.

강 승상은 귀양길에 오르면서 충렬에게 서신을 보내어 몸을 피신하여 생명을 보전하고 훗날을 기약할 것을 당부하였다. 충렬은 하는 수 없이 입고 있던 적삼을 벗어 글 한 수를 적어 신표(信標, 뒷날에 보고 증거가 되게 하기 위해 서로 주고받는 물건)로 어린 아내에게 주었다. 총명한 아내 역시 붉은 치마 한 폭에다 절개를 다짐하는 갸륵한 글을 써서 충렬에게 바쳤다.

충렬은 글을 받아 비단 주머니에 넣고 애끓는 이별을 하니 이 모양을 보고 장모 소 씨는 불시에 닥쳐온 환란에 통곡하다 그만 기절하고 말았다. 충렬은 쓰러진 장모를 깨어나게 하고 정성껏 위로하였으나, 길을 재촉할 수밖에 없었다.

충렬이 떠난 후 소 씨 부인과 강 낭자는 궁중의 노비로 끌려가게 되고 강 승상의 집은 헐리고 말았는데, 사람들은 그곳에 연못을 팠다. 소 씨 부인과 강 낭자를 끌고 가던 의금부 나졸 중 장한이란 사람은 전에 강 승상의 은혜를 입은 적이 있어 이 기회에 두 사람을 도우려고 마음먹고 있었다.

"부인과 낭자께서 이 물에 돌아가신 표시를 두시고 도망하시면 아무런 후환이 없을 것이니 부디 살아나시어 다시 만나 뵙기를 바랍니다."

그는 두 여인을 청수 물가로 인도한 후 하룻밤 묵고 있던 주점으로 재빨리 돌아갔다.

소 씨 부인은 어찌할까 곰곰 생각하더니 낭자의 손을 잡고 근처 주막에 들러 잠시 머물다가 낭자를 속이고 청수가로 달려가 신발을 벗어 놓고 강물속으로 뛰어들었다. 시어머니를 잃은 강 낭자는 정신을 놓은 채 청수 강가를 헤매다가 늙은 관비의 간곡한 만류로 그를 따라가게 되었다. 그리하여 강 낭자는 관비의 수양딸이 되었다.

한편, 주점의 나졸들 사이에서는 난리가 났다. 그러다 청수 강가에 이른 나졸들은 소 씨 부인과 며느리가 물에 빠져 죽은 흔적을 발견하고 그냥 돌아갈 수밖에 없었다.

충렬은 정처 없는 발길로 청산만 따라가다 보니 백학이 춤을 추며 층암 절벽에서 떨어지는 폭포수가 과연 절경을 이루고 있었다. 멀리 저편에 절이 있는 것 같아 찾아가 보니 독경 소리가 은은한 나무 사이로 단청이 빛나는 고루거각(高樓巨閣, 높고 크게 지은 집)이 그 속에 있었다. 그곳의 현판에는 '서해 광덕산 백룡사'라고 쓰여 있었다.

그때 문에서 노승 하나가 나오는데 백팔염주를 목에 걸고 육환장을 손에 들고, 검은 베 장삼을 떨쳐입고 점잖은 굴갓(모자 위를 둥글게 대로 만든 갓. 벼슬을 가진 중이 썼음)을 쓰고 있었다. 노승은 이내 충렬을 보고 합장하더니 말하였다.

"소승이 나이가 많아 유 상공의 행차를 동구 밖까지 나가 맞이하지 못하였사오니 무례함을 용서하소서."

충렬이 놀라며 대답하였다.

"저는 팔자가 기구하여 일찍이 부모를 잃고 정처 없이 다니다가 이 산에 들어왔습니다. 높으신 대사를 만나 뵈니 어찌 이다지도 관대하시며, 또한 천한 저의 성을 어찌 알고 계시옵니까?"

노승이 그 말에 대답하였다.

"어제 남악산 선관이 이곳에 왔다가 떠나갈 때 소승에게 부탁하기를 내일 오시에 남경 동성문 안에 사는 유 주부의 아들 충렬이 이 절에 올 것이니 잊지 말고 잘 대접하라 하셨습니다. 그래 기다리는 중이었는데 유 상공의 차림새를 보니 남경 사람 같아 안 것입니다."

유충렬은 그 말을 듣고 한편 기쁘기도 하고, 한편으론 서글픈 마음을 억제하지 못하면서 노승을 따랐다.

충렬은 노승에게 병서를 배우고 무예를 익히는 한편, 불도를 닦고 인격을 길렀다. 마침내 충렬은 병서에 통달하고 무예 실력은 무궁무진하며, 천문과 지리에 능통한 명장의 자격을 고루 갖추게 되었다.

조정에서는 도총대장 정한담과 병무상서 최일귀가 호시탐탐 천자가 되기 위해 기회만 노리고 있었다. 정한담은 신기한 병법과 둔갑술을 익혀 통달하고 있었다.

정한담은 본시 하늘나라의 익성으로 옥황상제의 노여움을 사서 인간 세상에 귀양을 온 것이었다. 그는 인간 세계에 내려와 묘한 재주가 많은 것 중에도 옥관 도사를 별채에 두고 주야로 공부를 하였다. 그리하여 조정이 오직 그의 손에서 놀아나니 정말 한심한 일이었다.

때마침 흉노 선우가 북쪽 오랑캐인 호나라 국왕과 합세하여 서변국 36도 군장과 남만, 나달, 토번, 서달 등 다섯 나라가 군사를 합세하여 남경에 들이치니 천자는 크게 놀라 정한담과 최일귀에게 부탁하였다.

"경들의 충성과 지략은 짐이 이미 다 아는 바니, 아무쪼록 오랑캐를 몰살하여 근심을 덜게 하오."

그러나 정한담과 최일귀는 적장에게 항복하는 편지를 띄우고 오히려 함께 천자를 치는 데 앞장설 것을 청원하였다. 이것을 뒤늦게 알게 된 천자는 발을 구르며 후회하였으나 때는 늦었다. 명나라의 진중에서는 여섯 명의 대장을 번갈아 내보냈으나 모두 잃고 끝내는 정문걸의 칼날에 충신 이향의 목까지 떨어졌다. 이에 정문걸에게 진 태자의 군사는 금산성으로 후퇴하여 들어갔다.

도성을 지키던 조정만은 정한담에게 쫓겨 황태후와 황후를 모시고 금산성으로 피하였다. 남경의 도성 안에는 역적과 오랑캐의 발길이 들끓어 하늘은 빛을 잃었고, 천자는 눈앞에 닥친 망국의 비운을 안고 통곡하였다.

한편 도성을 점령한 정한담은 용상에 올라앉아 만조백관(滿朝百官, 조정의 모든 벼슬아치)을 호령하며 천자에게 옥새를 내놓고 항복하라고 협박하였다. 천자는 조정만과 함께 옥새를 들고 용둥수에 빠져 죽으려 했다.

한편, 광덕산 백룡사에 있던 유충렬은 노승이 주는 옥함을 열고 갑옷, 투구와 장검, 그리고 책 한 권을 얻었다. 투구에는 '일광주'라고 새겨 있고 갑옷에는 '용린갑'이라는 글자가 새겨져 있었다. 〈신화경〉을 읽어 보니

'갑옷을 입은 후에 신화경을 일곱 번 외우고 하늘나라의 대장성을 세 번 맞히면 변화무궁 하리라.'

하여 장검을 살펴보니 '장성검'이라 새겨져 있었다.

충렬은 노승의 안내로 조 장자의 '천사마'를 얻어 높이 타고 남경을 향하여 달리니 청룡이 오색구름을 헤치며 나는 듯하였다. 충렬은 이윽고 금산에 도착하여 조정만과 통성명을 하고 적진을 향하여 나가 싸우겠다고 청하였다. 그러나 조정만은

"적의 기세가 등등하니 대적하지 말라."

했으나 틈도 주지 않고 적진으로 내달리며

"천하의 역적 정한담아, 남경 동성 안에 사는 유충렬을 아느냐! 바삐 나와 목을 늘여 내 칼을 받아라."
하고 호령하였다. 원한이 맺히고 충성 어린 충렬의 고함은 천지를 흔들고 강산을 무너뜨리는 것 같았다.

명나라 진중을 무인지경으로 헤쳐 들어가던 정문걸의 눈앞에 사람은 보이지 않고 일광주에서 발하는 광채뿐이었다. 용린갑(龍鱗甲)으로 몸을 가린 충렬은 천사마를 높이 타고 다만 햇빛을 따라 움직일 뿐인데 갑자기 정문걸의 목이 땅에 떨어졌다. 유충렬은 정문걸의 목을 들고 항서를 들고 있다가 밖으로 나오는 천자와 마주쳤다. 천자는 기뻐하며 충렬을 보고 그 연유를 물었다.

"소장은 지난날 동성 문안에 살던 유심의 아들 충렬입니다. 아버지의 원수를 갚으려고 찾아왔습니다. 폐하께서는 지난날에 정한담과 최일귀를 충신이라 하시더니 어찌 모반을 맞아 많은 생명을 피바다로 물들이고, 대대로 내려온 충신을 귀양 보내고 죽이시니 종묘사직이 어찌 위태롭지 않겠습니까?"

충렬이 정문걸의 머리로 땅을 두드리니 천자는 부끄러워 대답할 바를 몰랐다. 이윽고 천자가 지난날의 잘못을 사과하니 유충렬이 투구를 땅에 벗어 놓고 무례함에 용서를 빌고는 물러 나왔다.

천자는 삼 층 단을 쌓고 '대명국 대사마도 원수 유충렬'이란 친필로 쓴 기를 하사하였다. 유 원수는 천자의 은혜에 감사하며 경건하게 절을 올리고 물러 나와 진법을 시험하였다.

정문걸의 어이없는 죽음을 본 최일귀는 대노하여 유충렬에게 달려들었으나 한 번도 겨뤄 보지 못하고 장창, 대검과 철퇴까지 잃고 도망쳤다. 용맹이 뛰어난 적장 마용이 분기충천하여 유 원수와 대적하다 죽는 것을 보자 정한담은 화가 머리끝까지 치밀어 용상을 치며 날뛰었으나 또다시 최일귀가 도원수 충렬과 싸우다 죽었다.

최일귀의 죽음을 본 정한담은 장창과 대검을 양손에 쥐고 형산마를 솟구쳐 내달았다. 그는 육정육갑(六丁六甲)의 재주를 부려 좌우에 호위시키고 벽력같은 소리로 말하였다.

"충렬아, 어서 나와 내 칼을 받아라."

그러자 유 원수가 대답하였다.

"네 놈은 정한담이 아니냐? 여러 대를 거쳐 국록을 먹고 임금을 섬기거늘 무엇 때문에 충신을 죽이고 역적을 도모하며 죄 없는 우리 부친을 귀양 보냈느냐? 너는 나와 불공대천(不共戴天, 하늘을 함께 이지 못한다는 뜻으로, 이 세상에서 같이 살 수 없을 만큼 큰 원한을 가짐을 비유하여 이르는 말)의 원수라. 내 너의 살을 점점이 포를 떠서 궁문에 제사를 지내리라."

크게 노한 정한담은 옳고 그름을 따지지 않고 유 원수에게 내달았다. 한담은 조화를 부려 오색구름 사이에 몸을 숨기고 유 원수를 향하여 칼을 내리쳤다. 그때 유 원수는 문득 깨달았다.

'정한담은 천신이다. 산 채로 잡으려다가 오히려 해를 당하겠다.'

다시 싸움이 시작되었다. 그야말로 용과 범이 어우러지는 처절한 싸움이었다. 정한담은 유 원수가 내리치는 장성검에 투구를 잃고 혼비백산하여 옥관 도사의 쟁(箏, 국악 현악기의 하나. 명주실로 된 열세 줄의 현이 걸려 있음) 소리를 듣고 본진으로 달아났다. 옥관 도사는 정한담에게 사람의 힘으로는 유 원수를 이길 수 없으니 특별한 계략을 써야 한다고 일러 주었다.

이튿날 유 원수는 정한담의 계략에 걸려 함정에 빠졌다. 유충렬은 정신을 가다듬어 〈신하경〉을 읽고 의연히 말과 함께 몸을 날렸다. 함정에서 치솟은 충렬은 좌충우돌 일광주 투구의 눈부신 광채 속에 천사마의 발굽에서 모든 것은 먼지로밖에 보이지 않았다. 그 아래서 적군의 머리는 썩은 풀잎 떨어지듯 하였다. 유 원수의 칼 아래 땅이 붉게 물들고 피는 흘러 냇물을 이루었다. 내친김에 유 원수는 정한담이 있는 당대에까지 달려갔다. 순간 정한담은 장검으로 유 원수를 치려고 했는데, 그보다 한 치 앞서 유 원수의 장성검이 번쩍 빛나더니 정한담의 머리가 그의 칼끝에 꽂혔다.

이때 명의 본진(本陣, 군대를 지휘를 하는 본부가 있는 군영)에서는 유 원수가 적진에 둘러싸여 위태로운 것을 보고 천자가 매우 놀라 슬퍼하고 있었다. 그러나 유 원수는 황후와 황태후 그리고 태자까지 구하여 본진에 닿았다. 그러나 유 원수가 천자에게 바치려고 정한담의 목을 자세히 살펴보니 그것은 허수아비의 목이었다. 그리하여 충렬은 다시 적진으로 달려갔다.

한편, 정한담은 힘으로는 충렬을 잡지 못할 것을 알고 연북으로 귀양 간 유 주부를 잡아다가 협박하였다. 그가 끝내 복종하지 않자 정한담은 유심을 가두어 놓고 거짓 편지를 써서 유 원수에게 보냈다. 그러나 거짓 편지에 속을 유충렬이 아니었다. 오히려 연일 공격을 늦추지 않으니 정한담은 남만과 토번의 오랑캐에게 구원병을 청하는 격문을 띄웠다.

원군을 얻은 정한담은 유 원수가 금산성을 도우러 간 사이 도성을 쳐서 천자와 황후, 황태후, 태자를 고스란히 잡았다. 할 수 없이 천자는 옥새를 물려주고 용포를 찢어 항복하는 글을 쓰려고 할 즈음 유 원수의 천사마가 들이닥쳐 장성검으로 정한담의 양팔을 자르고 몸을 묶었다.

위기일발로 천자를 구원해 냈으나 도안까지 침입해 온 호왕은 황후와 황태후 그리고 태자를 사로잡아 돌아갔다. 이것을 뒤늦게 알게 된 천자는 하늘을 우러러 길이 탄식하여 백화담에 빠져 죽으려 하였으나, 유 원수가 충정으로 만류하였다.

유 원수가 정한담에게 아버지 유 주부와 장인 강 승상의 소식을 물었으나 생사를 모른다 하니 참담하여 통곡하였다. 그래서 정한담의 죄는 다음에 징벌하기로 하고 우선 호국 땅을 향하여 천사마를 몰았다.

본국으로 돌아온 호왕은 태자를 꿇려 놓고 항복을 강요하고 황후를 겁탈하려 하며 도리에 어긋난 짓을 자행하였다. 그러나 서릿발 같은 황후의 호령에 노한 호왕이 황후와 황태후, 태자를 형틀에 매어 백사장 십 리 길에 군사를 도열해 놓고 막 처형을 하려던 찰나에 유 원수가 나타나 벽력같이 호령하였다.

"우리 황후와 황태자, 그리고 태자를 해치지 말라!"

형리가 칼날을 막 내리치려는 순간이었다.

"네 이놈들, 그 칼을 멈추어라."

백사장에 모였던 오랑캐 군사들은 유 원수의 질풍 같은 습격에 물결처럼 흩어졌다. 유 원수는 세 귀인의 환란을 막아 내고 귀향길에 올랐다.

유 원수 일행은 유심이 귀양 가 있는 표관이라는 땅으로 향하였다.

'표관에 가면 아버지는 뵐 수 있겠지만 회수 강물 속에 어머니를 여의고

청수 강물에 아내를 잃었으니……'

충렬이 스스로 탄식하며 눈물을 흘리니 황후와 태자는 유 원수를 따뜻하게 위로하였다.

만리타향에 유배를 가서 갖은 고초를 겪어 가며 토굴에서 남은 목숨을 보전하던 유 주부가 아들을 알아보지 못하자 충렬은 떠날 때 받은 죽도를 보여 주었다. 유 주부가 토굴에서 나오며 슬픔과 기쁨으로 목이 메어 말했다.

"죽도는 바로 내가 준 신표다. 그러나 내 아들은 등에 삼태성이 있는데……."

충렬은 얼른 웃옷을 벗어 엎드려 등을 보였다. 그제야 유 주부는 충렬의 목을 끌어안고 통곡하다가 기절하였다. 이윽고 눈을 떠 보니 그의 앞에는 황후, 황태후, 태자가 둘러앉아 유 주부를 위로하고 있었다.

충렬은 자기가 지내 온 과거 십 년의 세월을 아버지에게 들려주었다. 유 주부는 아들의 말을 다 들은 후 놀라워했다.

"정문걸 마용은 남북에 이름난 명장이요, 정한담, 최일귀는 천상의 귀신과 같거늘 네 어떻게 그들을 모두 몰살하였느냐? 네 몸이 귀하게 될 줄은 알았지만 어찌 이 같은 만고의 영웅이 될 줄을 알았으랴."

유 원수 일행이 남경까지 오려면 무려 삼만 오천 리나 되었다. 유 주부를 떠나 마천령을 넘고 황하수를 건너 양자 고개를 넘고 한성숙에서 숙식한 다음, 봉황대를 바라보며 죽림원을 지났다. 참으로 길고 긴 여행 끝에 유 원수 일행이 남경 도성에 닿자 모든 시민과 군사들이 도원수 유충렬의 덕을 기리는 소리가 온 장안에 가득 찼다. 그 소리는 줄줄이 행렬을 뒤따르며 물결처럼 번졌다.

한편, 조정에서는 정한담의 죄를 다스리기 시작했다. 유 주부는 천자 곁에서 친히 나졸을 호령하여 병구(兵具, 전쟁에서 쓰는 여러 가지 도구)를 갖추고 말하였다.

"이놈 정한담아! 위를 바라보아라. 나를 알겠느냐? 네가 자칭 '신황제'라고 하며 기고만장하더니 이제 두 팔조차 없이 붙잡혀 이 작은 유심 앞에 꿇어앉아 있으니 웬일이냐? 너의 죄를 네가 아느냐?"

정한담은 무릎을 꿇고 엎드린 채 말하였다.

"소인의 털을 모두 빼어 죄를 수놓아도 털이 모자랄까 하오니 죽여 주옵소서."

유 주부는 나졸들에게 정한담의 목을 잘라 수레 위에 높이 싣고 장안을 돌게 하였다. 길가에 모여 선 백성들의 아우성은 그칠 줄을 몰랐다. 천자는 정한담과 최일귀의 구족을 멸한 다음(이후 9대까지의 자손을 모두 죽임) 주부 유심을 '금자광록대부 승상 겸 연왕'에 봉하고 유충렬에게는 '대사마 도원수'라고 칭하며 '위국공'으로 봉했다. 그리고 조정만도 승상으로 임명하고 '충목후'로 봉하였다.

그러나 지극한 은혜와 영광이 쌓여도 충렬의 가슴속은 밝지 못하였다.

'회수에서 돌아가신 어머니와 옥문관으로 귀양을 간 강 승상, 청수에 빠져 죽은 강 낭자의 생각을 잊을 수 없구나……'

유충렬은 결국 천자의 허락을 얻어 양양을 지나 급히 서변국에 닿아 강 승상의 소식을 물으니 강 승상은 다시 토번 왕의 볼모가 되어 잡혀갔다는 것이다. 토번국 왕 서달은 유충렬이 온다는 말을 듣고 마철 삼 형제에게 팔십만 대군을 주며 막게 하였다. 그리고 서달 자신은 옥관 도사와 함께 산에 올라 싸움을 구경하였다.

강 승상은 토번 왕에 불복한 자라 해서 옥에 가두고 굶겨 죽일 작정이었다.

토번 땅에 당도한 유충렬이 외쳤다.

"이놈 서달아! 강 승상을 해치지 말아라!"

눈 깜짝할 사이에 충렬은 적의 선봉대장 마철과 그의 두 동생 마웅, 마학을 차례로 베었다. 유충렬은 그 길로 산 위에서 싸움을 보고 있던 서달과 옥관 도사를 쫓아가 사로잡았다. 그리고 옥에서 강 승상을 구해 내니 늙은 얼굴에 뜨거운 두 줄기의 눈물을 흘리며 이내 통곡하고 말았다.

"이것이 꿈인가? 생시인가? 이제 나는 하늘의 해를 다시 우러러보게 되었구나."

유 원수는 강 승상을 모시고 옥관 도사를 압송하여 남경을 향해 돌아오는 길을 재촉하였다. 유 원수의 행렬이 드디어 변양 회수 강가에 이르렀다. 그 강은 예전에 충렬이 어머니를 잃었고 자신은 물속에 버려진 몸이 된 것을 남경 장사들이 구해 준 곳이었다. 유 원수는 돌아가신 어머님의 제사를 지내기 위하여 회수 백사장에 삼 층 단을 모으고 정성을 다하여 축문을 외웠다. 외우기를 마친 충렬이 너무나 비통하게 우니 구경하던 백성들도 따라 울고 그 슬픔이 용궁까지 스며드는 듯하였다.

금릉산 활인동은 십 년 전에 장 씨 부인이 이 처사의 집을 찾아 안정을 취하게 된 곳이다. 이 처사는 유충렬이 회수 강가에서 돌아가신 어머니를 위하여 제사 지낸다는 말을 듣고 구경을 왔다가 그가 장 씨 부인의 아들임을 확인하였다. 그래서 사람을 충렬의 진중에 보내어 만나 보니 이 처사와 유충렬은 친척 간이라 그동안의 사유를 전부 말하였다.

이 처사가 충렬을 데리고 활인동까지 와서 어머니를 뵈니 어머니가 믿지 않아 등에 박힌 삼태성의 자국과 다리 밑에 새겨진 '대명국 도원수'라는 희미한 글자를 보여 드리니 그제야 자기 아들인 줄 알고 충렬을 껴안으며 그간의 경위를 말하였다.

유충렬은 가마를 준비하여 어머니 장 씨 부인을 모시고 강 승상과 함께 황성을 향하여 떠났다. 하지만 유 원수는 남경이 가까워지자 강 낭자 생각이 더욱 간절하였다.

'강 낭자의 외로운 혼을 어디 가서 다시 만나볼 수 있을까?'

유 원수의 일행이 영릉 땅에 이르렀다. 객사에 들어 숙소를 정한 다음 옛고향 월계촌의 소식을 알아보기로 하였다. 그런데 객사의 주인은 십 년 전 영수 땅 청수에서 강 낭자를 구해 온 바로 그 관비였다.

그녀는 강 낭자에게 유 원수의 수청을 들라고 졸라댔지만 절개를 생명처럼 알고 있던 강 낭자에게 통할 리 없었다. 하다 못한 관비는 강 낭자 대신 자기의 딸을 보내기로 하였다.

그때 유 원수는 홀로 방 안에 촛불을 밝히고 강 낭자의 생각에 잠겨 있었다. 비단 주머니를 풀어 강 낭자의 글을 보니 한층 더 슬픔에 겨웠다.

한편, 강 낭자도 자기 대신 관비의 딸을 들여보내 놓고 잠을 못 이루고 있었다.

'세상에 이상한 일도 많다. 원수의 이름이 틀림없이 나의 남편 이름과 같으니…… 답답하고도 이상한 일이다.'

강 낭자는 헤어진 남편 유충렬의 생각에 한숨을 지으며 남편이 써 준 글

귀를 꺼내 보며 눈물을 흘렸다.

'헤어질 때 구천에서 다시 만나자고 약속하였는데, 이 모진 목숨만 살아나고 그 어른은 돌아가셨단 말인가?'

강 낭자는 눈물로 한밤을 지새웠다. 그러나 강 낭자를 대신하여 유 원수 방에 수청을 들러 갔던 관비 딸의 주선으로 유 원수와 강 낭자는 재회의 기쁨을 가질 수 있었다.

유충렬은 너무나 반가운 마음에 말하였다.

"당신이 강 낭자란 말이 꿈이오, 생시오? 그대가 정녕 낭자거든 이 충렬이 주던 이별의 시를 보여 나의 막막한 마음을 진정하게 하여 주오."

강 낭자는 눈물을 가누지 못하면서 품속에 깊숙이 간직했던 시를 꺼내 보였다. 글씨가 어제 쓴 듯 완연하였지만 달라진 것은 눈물로 번진 얼룩뿐이었다. 유 원수도 급히 자기가 간직했던 강 낭자의 시를 보였다. 유 원수는 낭자의 손을 잡고 말하였다.

"당신 아버님을 옥문관에 가서 모셔 왔으니 어서 만나 뵙도록 하시오."

뜻밖에 아버지와 남편을 만나게 된 강 낭자의 기쁨과 반가움은 말할 수 없었다.

유 원수의 행렬은 마침 황성에 닿아 천자를 비롯하여 문무백관의 영접을 받고, 유 원수는 옥관 도사를 참형(斬刑, 목을 베어 죽이는 그런 형벌)에 처했다. 천자는 유충렬에게 보답하기 위해 '남평왕'으로 봉하였다. 거기다 '대사마 대장군 겸 대승상'으로 삼고 장 씨 부인은 '정렬부인 겸 연국 왕비'로 봉하고 강 승상에게는 '서겸왕'의 직첩(職牒, 조정에서 내리는 벼슬아치의 임명장)을 내렸다.

계축일기(癸丑日記)

- 어느 궁녀 -

작품 정리

　조선 시대 수필 형식의 기사문(記事文)으로 필사본 1책 〈서궁록〉이라고도 한다. 1613년(광해군 5, 계축년) 선조의 계비인 인목 대비 폐비 사건을 시작으로 하여 일어난 궁중 비사를 기록한 글이다. 인조반정 뒤 대비의 측근 나인이 썼다고 한다. 그러나 문체와 역사적 사실을 들어 인목 대비 자신이 쓴 것이라는 설도 있다. 〈계축일기〉는 공빈 김씨의 소생인 광해군과 인목 대비의 소생인 영창 대군을 둘러싼 당쟁을 중후한 궁중어로 사실적으로 서술한 글이다. 묘사보다는 서술에 중점을 두고 있어 당시의 치열한 당쟁의 이면을 이해하는 데 좋은 자료가 된다.

작품 줄거리

　인목 대비는 김제남의 딸로, 선조의 첫 왕비 박 씨가 선조 33년에 승하하자 2년 후에 계비가 되었는데 선조 36년에 정명 공주를 낳고, 3년 뒤인 39년에 영창 대군을 낳았다. 초비 박 씨에게는 자식이 없고 후궁의 하나인 공빈 김 씨의 2남 광해군 휘가 일찍 세자가 된다. 선조가 57세로 승하하자 곧바로 광해군이 즉위하여 임해군을 죽이고, 그 후 무옥 사건이 종종 일어나자 그의 혐의 병은 더욱 심했다. 광해군 5년에는 마침 서양갑(徐羊甲) 등의 사건이 발각된다. 유자신, 이이첨, 박승종 등이 심복과 함께 대비의 아버지이자 대군의 외조부인 김제남이 광해군을 내치고 대군을 왕위에 세우려 한다고 소문을 퍼뜨린다. 이로 인해 김제남과 그의 아들, 영창 대군 그리고 많은 내관들은 역적으로 몰려 참혹한 죽임을 당하고 인목 대비는 서궁으로 쫓겨나 폐비가 되어 청춘 시절을 다 보내고 늦게 인조반정 때 복위된다.

핵심 정리

· 갈래 : 궁정 소설
· 연대 : 조선 광해군시대
· 구성 : 내간체
· 배경 : 인목대비의 폐비로 인한 궁중비사
· 주제 : 궁중의 권력투쟁
· 출전 : 서궁일기

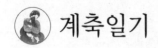

계축일기

　임인년(선조 35)에 중전인 인목왕후가 아기를 가졌다는 이야기를 듣고 당시 세자였던 광해군의 장인 유자신은 사위의 왕위 계승이 어려워질까 하여 중전을 놀라게 해 낙태시킬 생각을 품었다. 그래서 대궐 안에 돌팔매질을 하고, 변소에 구멍을 뚫고 나무로 쑤시기도 하고, 한밤중에 횃불을 든 강도가 들었다고 떠들어 대기도 하였다.

　이듬해 중전이 공주를 낳으니 처음에는 대군을 낳은 것으로 잘못 전해 들은 유자신은 아무 말도 없더니 공주를 낳았다는 걸 알게 된 뒤에야 웃으면서 선물을 주었다고 한다. 이것을 보더라도 그가 얼마나 중전을 미워했는지 짐작할 만하다.

　그로부터 삼 년 뒤에 중전이 드디어 영창대군을 낳으니 유자신은 소식을 듣고 집에 틀어박혀 머리를 싸매고 음흉한 계략을 꾸미기 시작했다. 이제 적자가 태어났으니 동궁(광해군)의 자리가 위태롭다고 여긴 것이다.

　당시 임해군(광해군의 형)이 자식이 없으니 왕이 임해군을 세자로 삼았다가 영창대군에게 전하게 하려고 한다는 거짓 소문을 내며 '선묵제 만묵제'라는 동요까지 지어 광해군을 세자로 봉하겠다는 뜻을 중국 황제에게 전하라고 재촉하였다.

　그러나 선조는

　"둘째 아들을 세자로 세우는 것은 집안과 나라가 모두 망하는 일이니, 중국 황제는 온 천하에 법을 펴고 다스리는 마당에 한 조정을 위해서 그런 처사를 허용하지 않을 것이다."

하고 그 후 다시 상소를 올리자 크게 꾸중을 하였다.

　광해군을 세자로 책봉하는 일이 행여 막히지나 않을까 염려한 유씨 일파는 적자가 태어나니 세자 책봉은 안 한다고 떠들었다.

　선조가 병에 걸리자 정인홍, 이이첨 등 대여섯 사람이 상소를 올렸다.

　"유영경(당시 영의정)이 임해군을 위해서 광해군의 세자 책봉을 중국에 청하지 않으니 유영경의 머리를 베게 하십시오."

그뿐 아니라 차마 입 밖에 낼 수 없는 말로 상감의 뜻을 거스르기 일쑤였다.

그러니 이미 여러 해 동안 병을 앓아 기운이 다한 상감은

"어찌하여 나를 협박하는 짓을 하는고?"

하며 분개하는 마음을 이기지 못하여 음식을 들거나 자는 것조차 거의 하지 못하였다. 그러다 결국 정인홍 등을 귀양 보내라는 유언을 남기고 운명하였다.

상감이 승하할 때 광해군에게 남긴 유언에도 이렇게 당부하였다.

"모함하는 말이 있어도 마음에 두지 말고 어린 대군을 가엾게 생각하라."

그러니 어찌 영창대군을 왕위에 오르게 할 뜻이 있을까마는 유씨 일파는 계속 의심하여 갖가지 모함을 하고, 우선 임해군을 없앨 계책을 의논하곤 하였다.

선조는 광해군이 어렸을 때부터 영특하지 못하다고 여겨 왔으나 임진왜란 때 갑자기 왕세자로 정하고부터는 항상 친히 가르치고 교훈을 내렸지만 도무지 순종하는 일이 없었다. 상감이 타이르면 도리어 원수처럼 생각하니 마땅치 않게 생각하였다.

"자식이 되어 어버이에게 하는 도리가 어찌 저럴 수 있는가?"

그러던 중에 세상을 떠난 의인왕후(선조의 첫 왕비)의 장례도 마치지 않았는데 후궁의 조카를 데려다가 첩을 삼으려 하였다. 그래서 상감이 꾸짖고 허락하지 않았더니 그 일을 두고두고 원망하였다. 그러다 병오년에 큰 화가 일어났을 때 상감을 속이고 후궁을 위협하며

"내가 하는 일을 상감께 아뢰거나 조카를 내주지 않으면 훗날 삼족(三族, 부모, 형제, 처자를 통틀어 이르는 말)을 없앨 테니 그리 알아라."

하며 공갈과 협박을 하면서 나인을 보내 빼앗아 갔다.

광해군은 영창대군이 태어났을 때부터 없앨 마음을 품어 오다가 대군이 점점 커 가자 변을 일으켜 순식간에 없애려고 날마다 유자신과 궁리하니, 철부지 어린 대군이 불쌍하고 가여운 노릇이었다.

정인홍 등이 미처 귀양지까지 도착하지도 않았는데 상감께서 승하하자,

광해군은 그날로 불러들여 벼슬을 내리고는 옆에 두었다. 그리고 두 주일이 되자 형인 임해군을 없애기 위해 미리 사헌부와 사간원에 임해군의 죄목을 꾸며서 올리게 시키고는 임해군한테 죄목을 들이댔다.

"이제라도 대궐에서 나가면 죄를 벗을 수 있지만 궐내에 그냥 머무른다면 죄가 더 무거워질 것이니 빨리 나가도록 하시오."

라며 한편으로는 군사를 시켜 대궐 밖으로 나가는 임해군을 묶어 교동으로 귀양 보내 감금해 두었다. 이때 임해군이 병중인 것으로 알고 있던 명나라에서 사실을 조사하기 위해 사신을 보내자 임해군에게 협박했다.

"전신불수인 체하면 처자(妻子, 아내와 자식을 아울러 이름)와 함께 살도록 해 주겠으나, 만일 내 말대로 하지 않으면 죽일 것이다."

임해군은 곧이듣고 그대로 했지만, 명나라 사신이 돌아가자 독약을 내려 형을 죽였다.

임해군을 죽일 때 영창대군도 함께 죽이려고 상소문을 올리자 조정(朝廷, 임금이 나라의 정치를 신하들과 의논하거나 집행하는 곳. 또는 그런 기구)에서 시비가 벌어졌다.

"지금 강보(포대기)에 싸여 있는 어린 몸이고 또 새 정치를 베푸는 이 마당에 형제를 둘씩이나 함께 죽인다는 것은 불리한 일입니다."

하니 대군은 죽이지 않고 그냥 두었다. 그러나 대군을 없애려는 흉계는 변치 않아 결국 난을 일으키고 말았다.

어느 해 겨울에 유자신의 아내 정 씨가 대궐 안으로 들어와 딸과 사위 셋이서 머리를 맞대고 사흘 동안을 자정이 넘도록 의논하더니 마침내, 계축년 정월 초사흗날부터 흉악한 무옥의 계략이 시작되었다. 유자신, 이이첨, 박승종 등 심복과 함께 대비의 아버지이자 대군의 외조부인 김제남이 광해군을 내치고 대군을 왕위에 세우려고 한다는 소문을 퍼뜨렸다. 또한 사형수 박응서에게 시키는 대로만 대답하면 살려 주겠다고 꾀니, 그는 살겠다는 욕심으로 김제남과 함께 대군을 왕으로 세우기 위해 역적모의를 했다는 자백을 한 것이다.

이렇게 하여 김제남과 그의 아들 그리고 많은 내관들을 역적으로 몰아 죽이고, 마침내 대군을 끌어내기 위해 대비에게 말하였다.

"조정에서는 대군을 속히 내놓으라고 날마다 보채지만 어린아이가 무엇을 알겠느냐며 들은 체를 않고 있었습니다. 그러나 서양갑, 박응서 같은 무리들을 사귀어 역모를 꾀하는 대란이 났으니, 인제 와서 누구의 탓으로 돌리겠습니까? 조정 대신들이 심하게 노하여 그 마음을 풀도록 잔치에 참석케 하려고 하니 대군을 잠깐 궐 밖으로 내보내도록 해 주십시오."

대비는 하도 기가 막혀서 차마 바로 듣지 못하고, 모시는 이들도 마음이 산란하여 가슴이 미어졌다. 그러나 아무 대답을 안 할 수 없어 말하였다.

"이 세상에서 저지르지도 않은 큰 변을 만나 친아버님과 동생을 죽였으니, 내 자식의 일로 인해 어버이께 큰 불효가 되어 세상에 용납되지 못할 줄 압니다. 하지만 대군이 나이 들어 철이라도 났다면 모르지만, 이제 동서도 분간하지 못하는 여덟 살 철부지 어린애일 뿐입니다. 그래서 애당초 대군을 데려다 종으로 삼아 제 명이나 다하게 하시고, 아버님과 동생을 살려 주십사 청한 것입니다. 그때 제가 머리카락을 잘라 친필로 글월을 써서 보냈건만 받지 않고, 인제 와서 어찌 이런 말씀을 하십니까? 이 모든 일을 어린아이가 알기나 할 것이며, 어른의 죄가 아이한테 미치니 합당한 일입니까?"

그러자 광해군이 대답하였다.

"선왕께서 불쌍히 여기라고 하신 유언도 계신 터이니 대군에 대해선 아무 염려 마십시오. 머리카락은 제가 갖고 있지 못할 물건이라 도로 드리는 겁니다."

"아버지께서 돌아가시게 된 일을 생각하면 간장이 미어지는 것 같으나 국법이 중하여 내 마음대로 살려 드리지도 못했습니다. 하지만 이 아이는 선왕(先王, 윗대의 임금)의 아들이니 그래도 좀 생각을 해 주실까 하였는데, 새삼스레 그런 말씀을 하시니 말의 앞뒤가 맞지 않아 서러워질 따름입니다. 어린아이를 어디다 감추어 두겠습니까? 내가 품에 안고 함께 죽을지언정 내보낸다는 건 차마 못 할 노릇입니다."

대비가 이렇게 전하니 광해군이 글을 써 보냈다.

"아무려면 아이보고 아는 일이냐고 족치겠습니까? 예부터 특별한 사정이 있으면 궐 밖으로 잠시 나가는 일은 간혹 있었으니, 그 정도로 여기시고 좀 내보내 주십시오. 조정에서 하도 보채어 그들의 마음을 풀어 주려는 것이니, 대군에게 해로운 일이 있으리라고는 조금도 근심하지 마십시오."

"내 낯을 보아서가 아니라 대전도 선왕의 아드님이시고 대군 또한 아들이니 정을 생각해서 차마 해할 리야 있겠습니까? 그러나 대군이 나이 열 살도 채 못 되었고, 한 번도 대궐 밖을 나간 일도 없으니 어디다 숨겨 두겠습니까? 대전께서 압력을 가하시면 될 일이니 선왕을 생각하셔서 인정을 베풀어 주소서."

광해군이 또 말하였다.

"문밖에 내보내 주십사 해 놓고 설마하니 먼 곳으로 보낼 리 있겠습니까? 이 서소문 밖 가까운 곳에 벌써 거처할 집을 정해 놓았습니다. 궐 안에 두면 조정에서 없애 버리라고 날이면 날마다 근래 서너 달 동안 보채지 않은 날이 없었습니다. 내 비록 듣지 않으려고 하나 조정에서 하도 시끄럽게 구니, 오히려 문밖으로 내보내 그들의 마음을 시원케 해 주는 게 대군에게도 좋은 일입니다. 제가 어련히 잘 보살피지 않겠습니까? 결코 거짓말을 하는 게 아닙니다. 이 말을 철석같이 믿으시고 부디 내보내 주십시오."

그러자 대비가 애원하였다.

"여러 번 이렇게 말씀하시니 서러운 중에도 더욱 망극합니다. 또한 선왕을 생각하고 옛날에 국모(國母, 임금의 아내나 임금의 어머니를 이르던 말)라고 하시던 일을 생각하신다니 감격스러우나, 대전께서는 다시 한번 고쳐 생각해 주십시오. 어미가 어린것을 혼자 내보내고 차마 어찌 나만 살 수 있겠습니까? 차라리 나와 함께 나가게 해 주십시오."

이제는 더 버텨도 소용이 없는 줄 알게 된 대비는 거듭하여 간곡히 당부하였다.

"이 설움을 어디에 견주겠습니까? 그러나 대군을 곱게 있게 해 주마 하고 벌써 여러 날 말씀하셨고, 내전에서도 속이지 않겠노라고 극진한 투로 글월에 보냈으니 그 말을 믿고 대군을 내보내겠습니다. 하지만 살아남은 제 둘째 동생과 어린 동생만이라도 살려 주시어 제사나 잇게 하여 주십시오."

광해군은 그제야 기꺼이 대답하였다.

"두 동생일랑 고이 살게 하겠습니다. 대군을 하루빨리 내보내 주십시오. 잠시 나가는 것이니 그동안 오히려 편안하시고 좋을 것입니다. 날마다 안부 전하는 사람도 드나들게 할 것이며, 원하시는 일도 다 들어 드리겠습니다."

다음 날, 장정 내관 열 명가량이 몰려와 사이 문을 여니 대비전 나인들은 두려워 구석구석에 웅크리고 있었다. 장정들이 나인들 침소에까지 몰려 들어와 말하였다.

"무엇이 부족하며, 무엇이 마땅치 않아 이런 일을 저지르시는고? 대군에게 돈이 없던가, 명례궁(지금의 덕수궁)에 돈이 없던가? '대비'의 칭호라도 받으시고 대군을 살리려 하실 일이지 어찌하여 이런 역모를 하실꼬? 어린 아이가 무엇을 알까마는 일을 저질렀으니 뉘 탓으로 돌릴꼬? 어서 대군을 내보내소서."

차마 들을 수가 없는 말이라 잠자코 있으니 그들이 또 꾸짖으며 말하였다.

"다 옳은 말을 하였으니 입이 있다 한들 무슨 할 말이 있어 대답을 하겠는가? 너희 나인들이 대군을 빨리 납시게 해야지, 만약 그렇지 않고 지체하여 더디 내보낸다면 너희를 모조리 죽일 것이니 그리 알아라."

까무러쳐 있던 대비가 겨우 정신을 차리고 대전 나인 우두머리 너덧 사람을 들어오라 하고 말하였다.

"너희들도 사람의 탈을 썼으면 설마 나의 애매함과 서러움을 모를 리야 있겠느냐? 내가 무신년에 죽지 않고 지금껏 살아온 것은 대전이 선왕의 아드님이기에 오로지 두 아이를 편안히 살게 해 줄까 함이었다. 그 후 여러 해를 두고 하루도 마음 편할 날 없이 백 가지로 근심만 하며 살아왔다. 그러다 흉한 도적을 만나 용납할 수 없는 대역의 죄명까지 내게 뒤집어씌웠으나 하늘이 무심하여 이토록 애매한 처지를 말해 주지 않으니, 내가 무슨 말을 한단 말이냐? 이제 밖으로는 아버님과 동생을 죽이셨고, 안으로는 나를 가까이 받들던 나인들을 모두 죽였으니, 이 어린 대군의 몸에까지 죄가 미칠 까닭이 없으련만 또 대군을 내놓으라 하니 차라리 내가 너희 앞에 바로 죽어서 이런 망극하고 서러운 말을 아니 듣고 싶다. 그러나 대전의 말이 아직도 내 귀에 쟁쟁히 남아 있고, 나인들이 모두 증인이 되었으니, 임금이 설마 국모를 죽이겠는가? 만약 그렇다면 범인(凡人, 평범한 사람)에 비할 바가 아니라고 여러 번 은근한 말로 일러 왔으니, 그 말들을 철석같이 믿고 내보내겠다. 내 두 어린 동생만은 놓아주어 어머님을 모시게 하고 조상의 제사나 받들게 해 준다면 대군을 내보내려 하노라. 이 말을 그대로 대전(大殿, 임금이 거처하는 궁전)과 내전(內殿, 왕비가 거처하던 궁전)에 전하도록 하여라."

대비의 애통한 말을 사람으로서 눈물 없이 어찌 차마 들을 수 있을까마는 그들은 모진 말을 거리낌 없이 하였다.

"이토록 하지 않으시더라도 대전께서 어련히 알아서 처리하시겠습니까? 속히 내보내 주십시오."

그러나 차마 내보내지 못하고 한없이 통곡하니 두 아기도 곁에서 함께 울었다.

"하느님이시여, 내가 무슨 죄를 지었다고 이토록 서럽게 하시나이까?"

대비가 하도 섧게 우시니, 비록 무쇠 같은 마음을 가진 사람인들 어찌 눈물이 나지 않을까?

장정 나인들은 틈틈이 앉아서 으름장을 놓았다.

"너희의 울음소리가 들리면 대군을 안 내주실 것이니, 좋은 낯으로 어서 들어가 여쭈어야지 행여 서러운 빛을 보이거나 하면 다 죽여 버리리라."

대전 나인들이 눈물을 감추고 들어가 여쭈었다.

"벌써 범의 입을 면치 못하게 되었으니 병드신 부부인(어머님)께서 지금 살아 계심은 오직 대비님을 믿고 의지하셔서입니다. 미처 부원군의 뼈도 제대로 간수하지 못하신 형편이니, 두 오라버님이나 살려 주시거든 제사를 받들게 하시고 설움은 잠시 참으시고 대군을 내보내십시오."

날은 저물어 가고 어서 내라는 재촉은 불같고 또 안에서는 나인마저 재촉하니 하늘을 꿰뚫을 힘이 있다 한들 어찌 이길 수 있었겠는가.

점점 더 늦어지니자 우리 나인들을 각각 꾸짖으며 말하였다.

"너희들이 이래서야 집행할 수 없으니 우리가 들어가서 대군을 빼앗아 데리고 올 것이다. 너희들 한 사람이라도 살 수 있는지 어디 두고 보자."

장정들이 들이닥치려 하자 나이 많은 변 상궁이 들어가 여쭈었다.

"대전에서 안팎 장정들을 모두 보냈으며 밖에는 금부 하인들이 쇠사슬을 들고 둘러섰고, 나인들을 끌고 가려고 저리 대령하고 있습니다. 저희가 죽는 건 서럽지 않지만, 대비께서 오직 이 늙은 것을 믿고 계시며 소인도 대비 마마를 믿고 의지해 왔습니다. 혹시 무슨 불행이 닥치더라도 소인이 살아 있다가 막아 드릴 수 있을까 하여 죽지 않고 지금까지 살아온 것입니다. 그런데 대군 아기씨를 이토록 내주지 않으시니 이제야 죽을 때를 알게 되었습니다."

대비께서 말씀하셨다.

"너희들은 나인인 까닭으로 자식에 대한 어미의 정을 모른다. 나는 차마 내주지 못하겠다."

한편으로 대군을 모시고 있는 나인들이 아기씨를 달래며 말하였다.

"사나흘만 잠시 나갔다가 올 것이니, 버선 신고 웃옷 입고 나를 따라 나갑시다."

영특한 대군이 말하였다.

"죄인들만 드나드는 문으로 데려가려 하는데, 죄인이 버선 신고 웃옷은 입어 무엇 할까?"

"누가 그렇게 말합디까?"

"남이 일러 줘야만 아나? 내가 다 알았네. 서소문은 죄인이 드나드는 문인데 나도 죄인이라 하여 그 문밖에다 가두려 하는 것 아닌가? 누님과 함께 간다면 모르지만 나 혼자는 못 가겠노라."

대군의 말을 들은 대비는 더욱 서럽게 울었다.

"더 이상 내주지 않거든 나인들을 다 잡아내라."

날은 늦어 가고 재촉은 불길 같아 기운이 다 빠진 대비는 정 상궁이 업고 공주는 주 상궁이 업고 대군은 김 상궁이 업었다.

대군이 말하였다.

"어머님과 누님께서 먼저 나가시고, 나는 그 뒤를 따르게 하라."

"어찌 그렇게 하라 하시나요?"

"내가 먼저 나가면 나만 나가게 하시고 다른 두 분은 안 나오실 것이니 나 보는 데서 가오."

대비는 생무명(천을 짠 후에 잿물에 삶아서 뽀얗게 처리하지 않은 원래 그대로의 무명)으로 만든 상복을 입고 생무명 보를 덮고, 두 아기씨는 남빛 보를 덮고서 상궁들에게 업혀 자비문에 다다랐다.

내관 십여 명이 엎드려 아뢰었다.

"어서 빨리 나오십시오."

대비가 말하였다.

"너희도 선왕의 녹을 먹고살았으니 어찌 측은한 마음이 없겠느냐? 내가 십여 년을 왕비 자리에 있으면서도 자식을 얻지 못해 늘 근심하던 끝에, 병오년 처음으로 대군을 얻으시고 선왕께서 기뻐하시며 사랑이 비할 데 없으셨다. 그러나 당시는 강보에 싸인 어린 것이기에 무슨 뜻을 두셨겠는가? 자라는 모양만 대견해하시다가 돌아가시니, 내 그때 따라 죽었던들 오늘날이 서러운 일을 겪지 않으련만, 모두 내가 죽지 못하고 살았던 죄라. 아직 동서도 구별하지 못하는 철없는 것마저 잡아내니, 조정이나 대간(사헌부와 사간원의 벼슬을 통틀어 부르는 말)이나 선왕을 생각한다면 어찌 이런 서러운 일을 할까?"

대비는 너무도 애통해하였다. 내관들도 눈물을 닦으며 입을 열어 여러 말을 하지 못했다.

대전 나인 연갑이는 대비를 업은 나인의 다리를 붙들고, 은덕이는 공주를 업은 주 상궁의 다리를 붙들어 걸음을 옮겨 딛지 못하게 하였다. 그러나 대군을 업은 사람을 앞으로 끌어내고 뒤에서 떠밀어서 문밖으로 내보내고, 나인들은 안으로 밀어 들이고 자비문을 닫아 버리니 그 망극함이 어떠하였겠는가.

대군 아기씨만 문밖으로 업혀 나가 등에 머리를 부딪치고 울면서 어머니를 애타게 부르짖었다.

"어마마마 좀 보게 해 줘."

사람들은 울음소리가 진동하고 눈물이 땅 위에 가득 차 눈이 어른거려 길을 찾지 못하였다.

대군이 문밖으로 나간 뒤 그 주위를 칼과 화살 찬 군인이 빙 둘러싸고 가니, 그제야 울기를 그치고 머리를 숙인 채 자는 듯이 업혀 갔다.

대비는 하늘을 우러러 애통해하다가 여러 번 기절하고, 사람 없는 틈을 타서 목을 매거나 칼로 자결을 하려고 사람들을 모두 내보내라 하였다. 변 상궁이 그 뜻을 짐작하고 밤낮으로 곁을 떠나지 않고 마주 앉아서 여러 말로 위로하였다.

"대군의 나이 이제 열 살도 못 되셨으니 설마 죽이기야 하겠습니까? 바깥소식에 귀를 기울이고 있으면 자연히 안부라도 듣게 될 것이며, 대비께서 살아 계셔야 본가 제사도 맡아 하실 것이요, 소인네들도 살 것이 아닙니까? 안 그러면 늙으신 본가 어른이 누구를 믿고 살아 계시겠습니까? 아드님을 위하여 깨끗이 죽고자 하시나 부모님께 크게 불효가 되는 일이니 친정어머님을 생각하시어 마음을 돌리시고, 잠시 동안 이 서러움을 견디옵소서. 궁궐 문이나 열 거든 본가댁 분들을 만나 억울하고 서러운 말씀도 서로 나누소서. 또한 공주 아기씨도 자손인데, 버리고 돌아가시면 어디 가서 누구를 믿고 사시겠습니까. 대군마마 소식은 아직 모르오나, 대비께서 먼저 돌아가시면 반드시 대군을 죽일 것이며 공주 아기씨 또한 일을 꾸며서 마저 없애 버릴 것입니다. 또한 대비께서 역모를 꾀하다가 발각되어 자결하였노라고 역사책에 올릴 것이니, 지금 처지가 견디기 어려운 지극한 슬픔인 줄은 다시 말할 길 없사오나, 후세에 대비마마의 이름이 더럽혀 전해질 것을 깊이 생각하시어 애통함을 참으시고 마음을 돌리옵소서.”

그러나 대비는 잠시도 쉬지 않고 서럽게 곡을 하시며 음식을 들지 않고 다만 냉수와 얼음만 마실 뿐, 날마다 친정어머님과 대군의 안부를 알아 올리라고 보챘다. 그러나 대군은 무사하시다는 말뿐이요, 어머님 소식은 알 길이 없었다.

이렇게 지낸 지 한 달 만에 대군을 강화로 옮겼으나 알려 주는 이가 없으니, 차츰 대비는 수상히 여기어 새로이 근심하였다. 대군 아기씨가 즐기던 과일이며 고기며 종이, 붓들을 침실에 놓아두고 나인들에게 끝없이 보챘다.

“어찌하여 이리 안부도 알리지 않는고. 필경 무슨 까닭이 있는 것이야. 어서 안부나 알아다오.”

하지만 어디에 가서 들을 수가 있었겠는가? 대비가 내관에게 물었다.

“안부는 염려 없이 들으리라 하더니 벌써 몇 달째 안부를 모르겠다. 도대체 어디에 가 있으며 어찌 약속이 다른고? 임금으로서 설마 속일 리야 있을까 하며 철석같이 믿었더니, 인제 와서 속인 게 분명하니 간 곳이나 고하라.”

그러나 아무도 대답조차도 하지 않았다.

한편 영창대군은 아직 강화도에 가지 않았을 때 김 상궁에게 업혀 슬픔을 이기지 못해 울면서 보챘다.

"내 발을 씻겨라. 목욕도 시켜다오."

김 상궁이 물었다.

"무슨 일로 목욕은 하려 하십니까?"

"오늘이 며칠이냐?"

"날은 알아서 무엇 하시렵니까?"

"알 만한 일이 있어서 묻는 것이다."

대군이 이 말을 하고 더욱 서럽게 울었다. 그래서 모두가 이상히 여겼더니 과연 유월 스무하룻날에 강화로 끌려갔던 것이다. 머리가 영특하여 닥칠 화를 미리 알았던 것일까?

대비는 더욱 서러워 음식을 끊고 밤낮 우시는 걸로 세월을 보내더니, 하도 권하는 바람에 콩가루를 냉수에 풀어 간장 종지로 들고 그것도 하루에 한 번씩도 제대로 드시지 않았다. 변 상궁이 울면서 간절히

"목이라도 적시고 우십시오."

하면 겨우 두어 번씩 마실 뿐이었다.

이렇게 계축년, 갑인년, 을묘년까지 삼 년을 콩가루를 꿀물에 탄 것을 하루에 한 번씩만 들면서

"대군의 기별을 알고 싶구나."

하시며, 문안을 오는 내관더러 아무리 말해도 들은 체도 하지 않았다.

광해군이 갑인년 삼월에 내관을 보내어 변 상궁에게 일렀다.

"너희들이 다른 마음을 품지 말고 오직 대비로만 모시고 편안히 살 일이지, 어찌하여 대군을 임금으로 삼으려고 반정을 꾀하였느냐? 이제 살아남은 나인들은 내 말을 잘 듣고 그대로 복종해야지, 그렇지 않는다면 분명히 말해 두려니와 법대로 처단할 것이니 그리 알고 행하도록 하여라. 처음엔 대군을 서울에 두었더니 죄인을 성안에 두는 게 옳지 못하다고 조정에서 하도 보채어 하는 수 없이 강화 땅으로 옮겼다. 그랬더니 제 목숨이 박명하여 옮긴 지 오래되지 않아 죽었다. 죄인의 주검은 찾는 법이 아니라고 조정에서는 내버려 두라고 하였지만, 형제간의 의리를 생각하여 비단 자리와 관을 갖추어 극진히 장사 지냈다. 이를 대비가 아시더라도 서러워하실 리 없겠지만, 서울에서 강화로 옮길 때 알지 못하였으니 제 명에 죽었어도 나보고 죽였다고 하실 게 뻔하니 천천히 아시게 하여라. 즉시 여쭙기라도 한

다면 너희들을 잡아다 옥에 가두고 집안사람을 모조리 잡아 죽일 것이니, 너희들만 알고 있다가 때를 보아 너그럽게 생각하시도록 하면 아무런 후환이 없을 것이다. 만일 한숨을 쉬며 서러워한다는 말이 조금이라도 들리면 모두 살지 못할 것이니 그리 알아라."

대군이 돌아가셨다는 말을 듣고 나인들의 서러움이 태산 같았으나 어찌 울음소리인들 낼 수 있었겠는가? 그저 가슴을 두드리고 원통해 할 따름이었다.

사월이 되도록 대군이 죽었다고 말하지 않았다. 어느 날 대비가 꿈을 꾸었는데 두 젖이 흐르고 모든 사람이 대군 아기씨를 안아다가 대비에게 안겨 주니 반가워 우시며 젖을 먹이다 꿈을 깨었다.

"어찌하여 이런 꿈을 꾸었을까? 마음이 다시금 놀랍고 온몸이 떨려 진정을 할 수 없구나."

나인들이 말하였다.

"젖이라 하는 것은 아이들의 양식이니, 아기씨께서 장수하셔서 마마의 마음을 즐겁게 하시고 또 서로 만나 보실 좋은 징조입니다."

그 뒤에 또 꿈을 꾸었는데, 대군 아기씨가 대비에게 와 안기며 말하기를

"머리를 빗으며 하늘의 옥경을 보니 인간의 복과 운명이 다 하늘에 달린줄 알았습니다. 어마마마께서 저를 보지 못하시어 서러워하시나 저는 옥황상제를 뵈었으니……."

하고 울었다. 대비가 붙들며 말하였다.

"어디를 갔었느냐? 나는 너를 잃고 서러워 죽고자 하였는데, 너는 어찌하여 간 곳도 안 가르쳐 주느냐?"

대군이 대답하였다.

"아셔도 아무 소용이 없습니다."

대비가 나인들을 보며 말했다.

"이 어찌 보통 꿈이겠느냐? 죽이고도 나를 속이는 것 같으니 바른대로 말하면 좋을 것이나, 그렇지 않으면 이 서러움을 참지 못해 차라리 죽어서 같은 곳으로 가고자 하노라."

상궁이 서러움을 참지 못하여 말하였다.

"눈물이 흘러 옷이 젖으니 어찌 서러움을 참으며 무쇠 같은 마음인들 참

아지겠나이까. 영특한 아기씨께서 안부를 전하려고 애쓰다 못해 이리 꿈에 나타나시니, 인간은 속일 수 있어도 신령은 못 속이나 봅니다."

그 말을 들은 대비가 졸도하여 죽은 듯이 누워 있어 가까스로 냉수로 깨워 정신을 차리게 하였다.

이렇듯 억울하고 서러움을 참을 길 없건만 광해군과 대전 나인들은 갖은 말로 모함하면서 대비와 공주 아기씨마저 죽이려고 온갖 계략을 꾸몄다.

광해군이 말하였다.

"대비의 성질이 사납기 이루 말할 수 없어 우리 대전마마를 죽이고 대군을 그 자리에 세우려 하다가 들켜 저렇게 잡힌 신세가 된 것이다."

그리고 나인을 시켜 꾀며 말하였다.

"대비를 죽이거나 그 처소에 불을 지르면 너희는 양반이 되어 나가게 해주겠다."

공주가 마마(천연두)를 앓고 있을 때 사람을 시켜 침전에 불을 질러 하마터면 타 죽을 뻔하기도 했다.

또 대비가 있는 궁에 여러 번 방화하여 그때마다 나인들이 불을 끄니 내관 별장이 모두를 기특하게 여겼다.

명례궁에 갇히어 지낸 지 십 년이 되어 가니 모든 물건이 다 동이 나서 신발창 기울 노끈이 없어 베옷을 풀어 꼬아 깁고, 옷 지을 실이 없으니 모시옷과 무명옷을 풀어 쓰곤 하였다. 부엌칼이 없어 환도를 둘러 끊어서 칼을 만들고, 가위가 다 닳으니 숫돌에 갈아서 날을 만들어 썼다.

하인들은 옷이 없어 낡은 야청옷(검푸른색 옷)을 뜯어서 흰 것에 드리워 입고 윗사람은 치마 만들 것이 없어 민망히 여기고 살았다. 그런데 짐승의 똥에 쪽 씨가 들어 있어 심었더니 한 포기 났는데, 한 해 길러 두 해째는 꽤 많이 자랐다. 그래서 겨우 남빛 물감을 들이기 시작했다.

쌀을 씻을 바가지가 없어 소쿠리로 쌀을 이니 까마귀가 박씨를 물어 와 한 해 길러 두 해째는 쪽박이 열더니, 세 해째는 중박이 되고 네 해째는 큰 박이 열었다.

겨울을 칠팔 년을 지내는 사이에 햇솜이 없어 추워서 덜덜 떨었는데 면화씨가 많이 열려 그것으로 옷에 솜을 넣어 입었다. 또 꿩을 얻어 왔는데 목에 수수씨가 들어 있어 심었더니 무성히 열려 가을이 되어 수수떡을 만들어 먹을 수가 있었다.

상추씨가 짐승의 똥 속에 있기에 이를 땅에 심기도 했다. 또한 씨뿌리지 않은 나물이 침실 앞뜰에 돋아나 기특히 여겨 가꾸어 뜯어 삶아 먹으니 향기롭고 맛이 좋아 모두 먹었다. 꿈에 어떤 사람이 나타나 이르기를

"나물을 못 얻어먹기에 이 나물을 주노라."

하더란다.

대추나무가 몇 그루 있었는데 온통 벌레집이 되어 오래전부터 열매를 맺지 못하였다. 햇과일이 없으나 대비가 부원군을 위하여 제사를 지내고 나니 무오년부터 그 나무가 싱싱해져서 열매가 큰 밤만큼 크게 열리며, 맛조차 기이하게 좋고 어찌나 많이 열렸던지 거의 한 섬이나 땄다.

복숭아를 심지 않았건만 저절로 자라 맛이 예사가 아니더니, 꿈에서 이르기를

"보통 복숭아는 세 해 만에 열매가 열리나 이 나무는 두 해 만에 열매 열게 하였으니 아랫사람이 먹으면 열매 열지 않고 나무도 죽게 되리라."

하였다.

그래서 대비만 드시다가 꿈이니 믿기지 않아 모두 먹었더니 과연 그해 겨울에 나무가 절로 죽더란다. 대비가 시녀를 시켜 밤나무를 심었더니 여러 해 무성하다가 기미년(광해군 33)에 죽어 이상하게 여겼다.

그러자 또 꿈에서 일렀다.

"이 나무가 죽었으나 이상하게 여기지 마라. 다시 살아나리라. 이 나무가 사는 것에 따라 대비께서 다시 살아나시리라."

과연 이듬해 한 가지가 살아나고, 또 이듬해에 한 가지가 살아났는데 다시 꿈에 이르기를

"다 살아나면 좋은 일이 생기리라."

과연 계해년 3월 13일, 오랫동안 닫혔던 명례궁 문이 열렸으니 세상이 바뀐 것이었다. 대비와 공주 아기씨와 충성스러운 나인들의 십여 년에 걸친 고초는 드디어 끝났건만, 강화도 외로운 물가에서 가엾이 죽어 간 영창대군과 아버님과 동생들 그리고 억울하게 죽어 간 삼십여 명 나인들의 원혼은 무엇으로 달랠 수 있을까?

통곡할 만한 자리(好哭場論)

- 박지원(朴趾源) -

'통곡할 만한 자리'는 박지원이 청나라를 여행하고 쓴 기행문 〈열하일기〉 중의 한 편으로, 새로운 문물과 사상에 깊은 관심을 가졌던 작가가 요동의 백탑과 광활한 요동 벌판을 보고 적절한 비유와 구체적인 예를 통해 매우 실감나게 묘사하고 있다. 특히 천하의 장관인 광활한 벌판을 보고 '통곡하기 좋은 울음터'라고 말하면서 그 까닭을 나름대로의 독특한 논리로 설명하고 있어서 '호곡장론(好哭 場論)'이라는 이름으로 불리기도 한다. 장관을 보고 감탄하는 것이 아니라 통곡하겠다고 하는 발상의 전환, 대상에 대한 치밀한 분석과 적절한 비유가 공감을 일으키는 작품이다.

작품 줄거리

작가는 요동 벌판을 보고 '한바탕 울고 싶다'라고 표현한다. 사람들은 슬픔에만 울음을 자아낸다고 여기고 다른 감정에는 울음을 연결시키지 못하는데 사실은 인간의 일곱 가지 감정이 극에 달하면 모두 울음으로 표현할 수 있다고 하였다. 여기에서 드넓은 벌판을 보고 통곡할 만한 자리라고 한 것은 슬픔에서 비롯되는 것이 아니라 기쁨이 극에 달해 북받쳐 나오는 울음으로, 갓난아이가 어둡고 비좁은 어미의 태 속에서 넓은 세상으로 나와 터트리는 울음과 같다고 하였으며 새로운 세계를 접하는 자신의 기쁨을 표현하며 천하의 드넓은 벌판을 보고 감탄대신 통곡하겠다고 말하는 것이다.

핵심 정리

· 갈래 : 기행문   · 연대 : 조선 영조시대

· 구성 : 비유적   · 배경 : 광활한 요동 지방의 기행

· 주제 : 새로운 세계를 만나는 기쁨   · 출전 : 열하일기 도강록

통곡할 만한 자리

칠월 초팔일 갑신일, 맑음.

정 진사와 가마를 타고 삼류하(三流河)를 건너 냉정에서 아침을 먹었다. 십여 리 남짓 가다가 산기슭을 돌아 나오자, 태복이 허리를 굽히고 말 앞으로 달려 나와 땅에 머리를 조아리고 큰 소리로 외쳤다.

"백탑(白塔)이 곧 현신하오."

태복이란 자는 정 진사의 말을 맡은 하인이다. 태복의 말이 있었지만 산기슭이 앞을 가려 백탑은 아직 보이지 않았다. 그런데 말을 채찍질하여 수십 보를 채 가기도 전에 산기슭을 벗어나니 눈앞이 아찔해지며 눈에 헛것이 현란했다.

나는 오늘에서야 비로소 사람이란 본디 의지할 데도 없으며 다만 하늘을 이고 땅을 밟고 살아갈 수밖에 없는 나약한 존재임을 깨달았다.

말을 멈추게 하고 사방을 돌아보다가 나도 모르게 이마에 손을 대고 말하였다.

"통곡할 만한 자리로다! 한바탕 울어볼 만하구나!"

정 진사가 의아해하며 물었다.

"이 같은 천지간에 이렇게 시야가 시원스레 탁 트인 드넓은 벌판을 만나 속이 후련해지는데 갑자기 한바탕 울고 싶다니 그게 무슨 말씀이오?"

내가 대답하였다.

"그 말도 맞지만 꼭 그것만 있는 것이 아니라오. 예부터 영웅은 잘 울고 미인은 눈물이 많다지만 아무리 그래도 두어 줄기 소리 없는 눈물이 그저 옷깃을 조금 적시는 것뿐이요, 아직 그 울음소리가 천지에 가득 차올라 쇠로 된 종이나 돌에서 울리는 것 같다는 말을 들어 보진 못했소.

사람들은 희노애락애오욕(喜怒哀樂愛惡欲) 칠정(七情) 중에서 오직 슬픔(哀)만이 울음을 자아내는 줄 알았지 다른 감정 역시 모두 울음을 자아내는 줄은 모를 것이오.

기쁨(喜)이 극에 달해도 울게 되고, 노여움(怒)이 사무치면 울게 되고, 즐거움(樂)이 극에 달하면 울게 되고, 사랑(愛)이 사무쳐도 울게 되고, 미움(惡)이 극에 달하여도 울게 되고, 욕심(欲)이 사무치면 또한 울게 된다오.

답답하고 억눌렀던 감정을 확 풀어버리는 것으로 큰 소리로 우는 것보다 더 빠른 방법은 없소. 울음이란 천지간의 뇌성벽력에 비할 수 있을 거요. 극에 달하여 복받쳐 나오는 감정으로 울음이 터지는 것이 웃음과 무엇이 다르겠소?

사람들은 일상 중의 이처럼 지극한 감정을 겪어 보기가 쉽지 않기 때문에 교묘하게 일곱 가지 감정을 늘어놓고 '슬픈 감정(哀)'에만 울음이 어울린다고 생각하는 것이라오. 그래서 사람이 죽어 초상을 치를 때에는 슬픈 일이라 하여 억지로라도 '아이고' 하며 울부짖는 것이지요.

그러나 정말로 칠정에서 우러나오는 지극하고 참다운 소리는 참고 억눌려 천지간에 쌓이고 맺혀도 감히 터져 나올 수 없소. 저 한나라의 가의는 자기의 울음 터를 얻지 못하고 결국 참다못해 자신을 알아준 왕의 선실(宣室)을 향하여 큰 소리로 울부짖으니, 어찌 사람들을 놀라게 하지 않을 수 있었을 것이오?"

정 진사가 듣고 있다가 다시 물었다.

"그래, 지금 통곡할 만한 자리가 이토록 넓으니 나도 그대를 따라 한바탕 통곡해야 할 텐데 무엇 때문에 울어야 할지 모르겠소. 칠정 가운데 어느 '정'을 골라 울어야 하겠소?"

내가 대답하였다.

"갓난아이에게 물어보시지요. 아이가 처음 어미의 배에서 밖으로 나오며 느끼는 '감정'이란 무엇이겠소? 처음에는 밝은 빛을 볼 것이요, 다음에는 부모와 친척들이 눈앞에 모여 있는 것을 볼 수 있으니 아기는 기쁘고 즐겁지 않을 수 없을 것이오.

태어나서 처음으로 갖는 이 같은 기쁨과 즐거움은 늙어 죽을 때까지 두 번 다시 없을 일이니 슬픔이나 노할 일이 있을 리 없고, 그 '감정'이란 응당 즐거움과 기쁨으로 소리 내어 웃는 것이 당연하지만 도리어 분하고 서러움이 복받치는 듯 한없이 울음을 터뜨린다오.

이것을 보고 어떤 이는 말하기를 인생은 잘났든 못났든 제왕이든 백성이

든 태어나 언젠가 죽기는 매일반이요, 살아 있는 동안에 허물과 환란, 근심과 걱정을 백방으로 겪을 테니 갓난아이는 세상에 태어난 것을 후회하며 스스로 먼저 통곡하여 제 조문(弔問)을 제가 하는 것이라고도 하오.

하지만 이것은 결코 갓난아이의 진심이 아닐 것입니다. 아기가 어미의 태 안에 자리를 잡고 있을 때는 어두운 데서 갑갑하게 얽매이고 비좁게 지내다가 하루아침에 탁 트인 넓은 곳으로 빠져나와 팔을 펴고 다리를 뻗어 정신마저 시원하게 될 테니, 어찌 감정이 다하도록 참된 소리를 질러 한바탕 울음을 쏟아내지 않을 수 있으리오!

그러므로 갓난아이의 울음소리에는 기쁨이 극에 달해 나오는 것이며 가식이 없다는 것을 마땅히 본받아야 할 것이오.

금강산 비로봉 꼭대기에 올라서서 멀리 동해를 굽어보며 한바탕 통곡할 '자리'를 잡을 만할 것이요, 황해도 장연의 금사(金沙) 바닷가에 가도 한바탕 통곡할 '자리'를 얻을 수 있을 것이오. 그런데 오늘 요동 벌판에 이르고 보니 이곳에서부터 산해관까지 일천이백 리 구간은 사방을 둘러봐도 도무지 산 하나도 볼 수 없고 하늘과 땅이 실로 꿰맨 듯 맞붙어 있어 이 벌판 가운데를 오고 가는 비와 바람만이 창망할 뿐이니, 이곳 역시 한바탕 통곡할 만한 '자리'가 아니겠소?"

국어과 선생님이 뽑은 중학생이 읽어야 할 소설(2학년)

초판 1쇄 | 2023년 7월 15일 발행
초판 2쇄 | 2023년 12월 15일 발행

지은이 | 현진건 외
옮긴이 | 김현수 외
엮은이 | dskimp2000

펴낸이 | 이경자
펴낸곳 | 북앤북

편 집 | 김대석
교 정 | 이정민
디자인 | 인지숙
일러스트 | 이혜인

주소 | 경기도 고양시 일산동구 산두로 128 909동 202호
전화 | 031-902-9948   팩스 | 031-903-4315
이메일 dskimp2000@naver.com

출판등록 | 제 2016-000182 호 (2008. 1. 22)

ISBN 979-11-86649-77-0 43810